Christopher Ross

Das Geheimnis des weißen Bären

Die Fährte des Bären

Weltbild Taschenbuch

Der Autor

Hinter dem Pseudonym Christopher Ross verbirgt sich der Autor Thomas Jeier. Er wuchs in Frankfurt am Main auf und lebt heute bei München und »on the road« in den USA und Kanada. Seit seiner Jugend zieht es ihn nach Nordamerika, immer auf der Suche nach interessanten Begegnungen und neuen Abenteuern. Für seine Bücher erhielt er zahlreiche Preise. Unter dem Pseudonym Christopher Ross veröffentlicht er romantische Abenteuerromane für Jugendliche und Erwachsene.
Mehr über Christopher Ross und Thomas Jeier erfahren Sie im Internet unter *www.christopherross.de*

Christopher Ross

Das Geheimnis des weißen Bären

Die Fährte des Bären

Zwei Romane in einem Band

Weltbild

Besuchen Sie uns im Internet:
www.weltbild.de

Umschlaggestaltung: zeichenpool, München
Umschlagmotiv: Shutterstock (© coka; © Francesco83;
© TTphoto; © 2009fotofriends)
Gesamtherstellung: CPI Moravia Books s.r.o., Pohorelice
Printed in the EU
ISBN 978-3-86800-415-1

2013 2012 2011 2010
Die letzte Jahreszahl gibt die aktuelle Ausgabe an.

Christopher Ross

Das Geheimnis des weißen Bären

Roman

Weltbild

1

Das Wiehern eines Pferdes riss Ella Morgan aus dem Schlaf. Sie erhob sich von ihrem Strohlager, lief barfuß zum halb geöffneten Fenster und beobachtete nervös, wie der Farmer Haskell von seinem Pferd stieg. Anscheinend hatte er wieder getrunken. Er blieb schwankend stehen, torkelte unbeholfen ein paar Schritte nach vorn, stützte sich auf den Brunnenrand und blickte angestrengt in ihre Richtung. »Ella!«, rief er, ohne sich darum zu kümmern, dass ihn jeder hören konnte. »Wo steckst du, Weib?«

Sie zog hastig ihren Kopf zurück und lauschte angestrengt auf seine Schritte. Er hatte schon zweimal versucht, sich ihr zu nähern, und beide Male war sie ihm nur durch einen glücklichen Zufall entkommen. Vor drei Wochen, als er sie im Stall bedrängt hatte, war eines der Pferde durchgegangen, und vor ein paar Tagen, als er von einem Nachbarn zurückgekehrt war, hatte sie sich rechtzeitig aus dem Staub gemacht.

Schritte scharrten über den Hof. Sie schob vorsichtig den Kopf nach vorn und beobachtete, wie sich Haskell dem Gesindehaus näherte. Im hellen Mondlicht glänzten seine feuchten Augen. Er war ein stämmiger Mann mit breiten Schultern, gestärkt durch die jahrelange Arbeit auf den Feldern. In seiner Rechten hielt er die lederne Reitpeitsche, die schon so mancher Magd und auch manchem Knecht zum Verhängnis geworden war.

»Ich weiß, dass du in deiner Kammer bist«, rief er lallend. »Hat gar keinen Zweck, sich zu verstecken!« Er blieb stehen, schüttelte ärgerlich den Kopf, um den Alkohol zu vertreiben und wieder einigermaßen klar zu denken können, und torkelte weiter. »Mach die Tür auf, Ella! Hörst du mich?«

Sie ahnte, dass sie ihm diesmal nicht entkommen würde. Die Mägde und Knechte, die mit ihr unter einem Dach schliefen, würden ihr nicht helfen. Wer sich gegen seinen Herrn wandte, setzte seine Existenz aufs Spiel. Der Farmer würde jeden, der seine Hand gegen ihn erhob, auspeitschen und davonjagen.

»Gleich bin ich bei dir, Ella!«

Von seiner Frau hatte sie keine Hilfe zu erwarten. Falls der Lärm sie geweckt hatte, würde sie sich die Ohren zuhalten und geduldig warten, bis er in ihre Kammer kam. Die beiden lebten schon lange nicht mehr wie Mann und Frau zusammen. Es hieß sogar, der Farmer besuche heimlich die Huren in der Stadt.

Haskell rüttelte an der verschlossenen Tür. »Mach auf, oder ich hole eine Axt!«, rief er ungeduldig. »Schieb sofort den Riegel zur Seite!«

Ella erkannte, dass ihr nicht mehr viel Zeit blieb. Sie schlüpfte in ihre Kleider, streifte ihre Schuhe über und lief in den Flur. Durch das Fenster auf der anderen Seite kletterte sie hinaus. Sie rannte gebückt zum Schweinestall, öffnete die schwere Holztür und huschte hinein. Als die Schweine laut zu grunzen begannen, zog sie hastig die Tür hinter sich zu. Sie lief ein paar Schritte und blieb an der Stirnseite unter der Fensterluke stehen.

Minutenlang geschah gar nichts. Nur die Schweine

grunzten aufgeregt, warteten vergeblich darauf, dass Ella neues Futter in ihre Tröge füllte.

»Seid still«, flehte sie leise. »Verratet mich nicht!«

Das Grunzen wurde leiser, doch im selben Augenblick erklangen Schritte vor dem Stall, und die schwieligen Hände des Farmers zogen die Tür auf. Blasses Mondlicht fiel durch die Öffnung auf den schmutzigen Boden.

Sie zog sich noch tiefer in die Dunkelheit zurück. Ihre Hände tasteten nach der Mistgabel, die sie nach der Arbeit im Stall immer in dieselbe Ecke stellte. Nach einigem Suchen bekam sie den Stiel zu fassen und umklammerte ihn.

»Ella!«, rief der Farmer. »Du bist da drin, nicht wahr? Warum versteckst du dich vor mir? Ich bin dein Herr, hast du das vergessen? Du hast das zu tun, was ich dir befehle. Also stell dich nicht so an und zeig dich endlich!«

Ella dachte nicht daran. Sie sah die Umrisse des Farmers, die sich deutlich gegen die halb geöffnete Tür abzeichneten, und roch den Alkohol, der ihn wie eine Wolke umgab. Wenn er so betrunken war wie jetzt, war ihm alles zuzutrauen. Dann schreckte er auch nicht davor zurück, sie wie eine Hure zu behandeln. Was bedeutete schon eine Magd für einen Mann wie ihn?

Selbst im nüchternen Zustand war er niemals freundlich zu ihr gewesen. Sie war nach dem plötzlichen Tod ihrer Eltern, die beide an einer rätselhaften Krankheit gestorben waren, zu ihm gekommen und froh gewesen, eine feste Anstellung zu erhalten. Als Magd musste sie die gleiche Arbeit wie auf der elterlichen Farm erledigen, doch es fehlten ihr die Liebe und die Wärme, die sie von ihren Eltern empfangen hatte. Der Farmer Haskell und seine Frau behandelten sie und die anderen Knechte und Mägde wie Sklaven, ließen sie von frühmorgens bis spätabends schuften und bezahlten weniger Lohn als die wesentlich ärmeren Nachbarn. Nur die Angst, keine andere Arbeit zu finden, hatte Ella bisher davon abgehalten, die Farm zu verlassen.

»Du bist hier! Ich weiß es«, rief Haskell. Er riss ein Schwefelholz an und hielt es in die Höhe. »Zeig dich endlich, verdammtes Weibsbild!«

Ella duckte sich tief und hielt die Luft an, aus Angst, sie könnte sich durch ihre hastigen Atemzüge verraten. Ihre Hände schlossen sich fest um den Stiel der Mistgabel. Nur mit Mühe unterdrückte sie ein verzweifeltes Schluchzen.

Haskell nahm eine Öllampe von der Wand und zündete den Docht an. Er drehte ihn nach oben und kam langsam näher. Im ungewohnten Licht glaubten die Schweine wohl, es wäre bereits Morgen, und begannen erneut zu grunzen. Sie drängten ungeduldig zu den Trögen und warteten auf ihr Futter.

Der Farmer kümmerte sich nicht um sie, dachte in seinem Suff nur daran, die junge Magd zu finden und sich auf sie zu stürzen. »Ella!«, rief er.

Ella wich vor seinem Schatten zurück, bis sie mit dem Rücken gegen die Seitenwand des Stalles stieß. Sie unterdrückte einen Schrei und beobachtete, wie der Lichtkreis der Lampe über den Boden wanderte und unaufhaltsam näher kam.

Es gab kein Entrinnen mehr.

Der Lichtstrahl erfasste sie und leuchtete ihr direkt ins Gesicht.

»Ella«, stieß er hervor. Doch diesmal klang seine Stimme heiser und brüchig, und in dem einen Wort schwang das unablässige Verlangen mit, das ihn seit dem Tag beseelte, an dem er seiner Frau überdrüssig geworden war.

Er stellte die Lampe auf die Fensterbank. Mit zitternden Lippen ließ er seinen Blick über ihren wohlgeformten Körper wandern. In ihrem Zustand, die Augen vor Angst weit geöffnet und die honigblonden Haare offen und zerzaust, wirkte sie noch verführerischer als tagsüber, wenn sie den Blick respektvoll vor ihm senkte und ihre Haare zu einem züchtigen Knoten gebunden trug. In seine Augen trat ein feuriges Glimmen, und seine Lippen waren feucht, als er nach ihr griff und lallte: »Jetzt ... jetzt bist du fällig!«

Ella reagierte instinktiv, sprang zur Seite und prallte gegen das Gatter eines Schweinepferchs. In ihrer Panik holte sie mit der Mistgabel aus. Sie rammte dem überraschten Farmer die schmutzigen Zinken mit voller Kraft in den linken Oberschenkel. Die Wucht des Aufpralls warf ihn nach hinten und ließ ihn zu Boden sinken. Stöhnend und mit schmerzverzerrtem Gesicht blieb er liegen. Die Mistgabel blieb zitternd in seinem Bein stecken.

Sie erschrak so sehr, dass sie sekundenlang zu keiner Bewegung fähig war. Wie versteinert blieb sie vor dem Farmer stehen und starrte auf die Wunde. Im flackernden Lichtschein der Lampe quoll das Blut tiefrot aus seinem Bein. Zitternd beobachtete sie, wie er mit beiden Händen nach der Mistgabel griff, sie mit einem Ruck herauszog und mit einem Aufschrei zurücksank.

Erst jetzt reagierte Ella. Sie stieg über den stöhnenden Farmer hinweg und lief zur Stalltür. Mit wehenden Kleidern rannte sie über den Hof zu ihrem Quartier. Sie kletterte durch das offene Fenster und stopfte in Windeseile ihre wenige Habe in einen Beutel: ihre Extra-Unterwäsche, den Zinnteller, das Messer und die Schatulle mit dem wertlosen Schmuck, den sie von ihrer sterbenden Mutter bekommen hatte, die Kerze und die Schwefelhölzer. Den Lederbeutel mit dem Ersparten stopfte sie in eine Tasche unter ihrem Kleid.

Vom Schweinestall drangen wilde Verwünschungen zu ihr herüber, als sie ins Freie stieg. Nur undeutlich sah sie, wie der Farmer Haskell auf allen vieren aus dem Stall kroch und drohend eine Faust schwang. »Ich erwische dich, elendes Weibsbild!«, rief er wütend. »Du entkommst mir nicht!«

Ella ließ sich nicht beirren und rannte im Schatten einiger Schuppen zur Straße hinauf. Die beiden Hunde des Farmers ließen sich nicht blicken. Sie dankte dem Herrgott dafür, dass Haskell nicht laufen konnte und seine Frau sich nicht um ihn kümmerte. Nur in den Quartieren der Knechte und Mägde flammten einige Lampen auf. »Die Ella ist weg!«, hörte sie jemanden rufen.

Sie rannte so schnell wie noch nie in ihrem Leben. Einer Eingebung folgend, nahm sie die Kutschenstraße von York nach London, lief der Hauptstadt entgegen, die einen halben Tagesmarsch weiter südlich lag. Nur im Häusermeer einer großen Stadt, so wurde ihr selbst in ihrem verwirrten Zustand klar, konnte sie dem Farmer entkommen. Haskell würde Himmel und Hölle in Bewegung setzen, um sie zu finden und zu bestrafen. Ein reicher Farmer wie er, beinahe schon ein Gutsherr, ließ sich die Demütigung, von einer einfachen Magd so hereingelegt worden zu sein, bestimmt nicht gefallen.

Auf einer Anhöhe oberhalb des Anwesens blieb sie stehen. Schwer atmend blickte sie auf die Farm zurück, die vier Jahre lang ihr Zuhause gewesen war. In jenem kalten

Januar des Jahres 1766, als ihre Eltern gestorben waren, war sie siebzehn gewesen. Die elterliche Farm war an den Gutsherrn zurückgefallen, und ihr war nichts anderes übrig geblieben, als sich Arbeit zu suchen. Ein Leben ohne Zukunft. Der Edelmann, von dem sie als junges Mädchen geträumt hatte, würde sie niemals in den Sattel seines Schimmels ziehen.

Jetzt stand sie auf der Straße und ihre Zukunft sah noch düsterer aus als bisher. Sie konnte von Glück sagen, wenn sie Haskell entkam und nicht im Kerker landete. Sie hatte von Frauen gehört, die einen Laib Brot gestohlen und jahrelang im Kerker geschmachtet hatten oder verbannt worden waren. Welche Strafe erwartete eine Magd, die ihren Herrn mit der Mistgabel angegriffen und verletzt hatte? Viele Jahre im Kerker? Das Beil des Henkers?

Der Gedanke ließ sie erschaudern und trieb sie weiter an. Noch war sie viel zu aufgeregt, um das ganze Ausmaß ihrer Tat zu begreifen. Ihre ganze Anstrengung galt nur der Flucht. Im Schutz der Nacht musste sie so viele Schritte wie möglich zwischen sich und die Farm bringen. Es würde nicht lange dauern, bis einer der Dienstboten die Frau des Farmers geholt und sie die Wunde ihres Mannes verarztet hatte. Sobald sie ihm einen Verband angelegt hatte, würde er in den Sattel steigen und ihre Verfolgung aufnehmen.

Von plötzlicher Panik getrieben, rannte sie noch schneller. In den tiefen Furchen, die unzählige Kutschenräder in die Erde gegraben hatten, fiel es ihr schwer, das Gleichgewicht zu halten. Der Mond stand als blasse Sichel am Himmel. Als sie gegen einen Stein stieß, stolperte sie und stürzte zu Boden. Erschöpft blieb sie liegen. Über ihre Wangen rannen Tränen, und sie dachte einen Augenblick daran, sich in ihr Schicksal zu ergeben. Erst das ferne Bellen eines Hundes riss sie aus ihrer Erstarrung und zwang sie aufzustehen.

Sie erklomm die Wegböschung und lief quer über die Felder. Hier kam sie noch langsamer voran und ihre Gestalt war weithin sichtbar, aber auf der anderen Seite erstreckte sich ein dichter Wald über mehrere Hügel. Zwischen den Bäumen wäre sie erst einmal sicher. Sie schickte ein Stoßgebet zum Himmel und bat den Herrn, ihre Verfolger so lange festzuhalten, bis sie ihr Ziel erreicht hatte, zweifelte jedoch daran, dass Gott bereit war, einer mittellosen Magd zu helfen. Soweit sie wusste, spielte er vor allem den Reichen und Mächtigen in die Hände. Doch diesmal erhörte er ihr Gebet und ließ sie unbehelligt den Waldrand erreichen. Oder lag es nur an den robusten Arbeitsschuhen, die sie vor einigen Wochen von einer Magd, die einen Ehemann gefunden und mit ihm gegangen war, geschenkt bekommen hatte?

Sie stützte sich an einem Baumstamm ab und wartete, bis sie wieder zu Atem gekommen war. Ihre Brust schmerzte vor Anstrengung. Obwohl sie harte körperliche Arbeit gewohnt war und den ganzen Tag auf den Beinen war, tat ihr jeder Muskel weh. Sie konnte von Glück sagen, dass sie in den Ackerfurchen nicht umgeknickt war und sich den Knöchel verstaucht hatte.

Während sie noch keuchte, blickte sie nach Norden zurück. Niemand war ihr gefolgt. Nur die starren Umrisse einer Vogelscheuche hoben sich gegen den düsteren Himmel ab. Die Felder lagen verlassen im bleichen Mondlicht.

Sie entspannte sich ein wenig. Wenn es ihr gelang, sich einige Tage im Wald zu verstecken, legte sich die Aufregung vielleicht, und Haskell gab auf. Nur eine vage Hoffnung, aber immerhin. Selbst wenn er weitersuchte, standen ihre Chancen, die Hauptstadt zu erreichen, nicht schlecht. Solange sie durch die Bäume geschützt war, konnte sie sich ungehindert bewegen. Das Risiko, einem Räuber oder Wegelagerer zu begegnen, musste sie eingehen. Was hatte sie schon von einem solchen Mann zu befürchten? Außer den paar Münzen, die sie in ihrer Tasche unter dem Kleid trug, besaß sie kaum etwas.

Dumpfer Hufschlag ließ sie aufhorchen und dämpfte ihre aufkeimende Hoffnung. Auf der Kutschenstraße tauchten Reiter auf. Haskell war nicht dabei, doch selbst im Mondlicht erkannte sie drei Knechte von der Farm. Sie ritten stämmige Ackergäule, die eigentlich der Feldarbeit vorbehalten waren.

Sie hielten am Rande des Ackers an, über den sie gelaufen war, und sprachen miteinander. Der böige Wind trug ihre Worte zu Ella hinüber.

»Die ist doch längst über alle Berge«, sagte einer. »Die Kutschenstraße hat sie bestimmt nicht genommen. Wenn sie schlau ist, hält sie sich irgendwo versteckt. Wenn's nach mir geht, können wir genauso gut umkehren.«

»Bist du verrückt?«, erwiderte ein untersetzter Bursche, den alle Curly nannten. Ella erkannte ihn an seiner Fistelstimme. »Was meint ihr, was Haskell mit uns macht? Ihr habt doch gesehen, wie wütend der Farmer war.«

Der dritte Knecht lachte. »Das Weibsbild hat ihn ganz schön erwischt, was? Bis der wieder laufen kann, ziehen einige Wochen ins Land. Ganz schön mutig, die Kleine! Ich wette, er hat sich wieder an sie rangemacht.«

»Was denn sonst«, meldete sich der Erste. »Der macht sich doch an jede ran, die nicht schnell genug auf die Bäume kommt. Mich wundert, dass ihm nicht viel früher eine die Mistgabel in den Bauch gerammt hat. Sein Weib zum Beispiel. Wenn ich die wäre, würde ich ihm sein Ding abschneiden!«

Alle lachten.

Ella hielt sich eine Hand vor den Mund.

»Und was passiert dann?«, fragte Curly. »Die Frau landet im Kerker, und wenn sie Pech hat, schlägt ihr der Henker den Kopf ab! Nein, die hält lieber still und lässt sich von ihm versorgen. Die teilen sich schon lange nicht mehr die Kammer. Sie weiß doch längst, dass er es mit anderen Frauen treibt.«

Der Knecht, der zuerst gesprochen hatte, beruhigte sein tänzelndes Pferd. »Lasst uns wenigstens so tun, als würden wir nach Ella suchen«, sagte er. »Vor morgen früh brauchen wir gar nicht zurückzureiten. Oder wollt ihr, dass Haskell uns den Kopf abreißt? So wütend habe ich ihn noch nie erlebt!«

»Er hat recht«, stimmte Curly zu. »Wenn wir die Nacht durchreiten, kann er nichts sagen. Ich hab keine Lust, mich von ihm auspeitschen zu lassen.«

»Und kaum sind wir zurück, müssen wir auf die Felder.«

»Was hast du denn gedacht?«

Sie ritten weiter, und Ella hörte nur noch, wie jemand sagte: »Ich möchte jedenfalls nicht in ihrer Haut stecken, wenn er sie erwischt. Der lässt sie in den Kerker werfen und tagelang foltern, bevor er sie zum Henker schickt.«

Ella ließ sich erschöpft gegen den Baumstamm sinken. Obwohl sie genau wusste, dass nur wirkliche Schwerverbrecher im Tower landeten, wurde ihr bei dem Gedanken übel. Ihr Magen verkrampfte sich, ihr wurde schwindlig und sie musste die Augen schließen, um wieder zu Kräften zu kommen.

Sie wartete, bis sie sich beruhigt hatte, und lief langsam in den Wald hinein. Das Mondlicht verblasste hinter ihr. Die Schatten wurden dunkler und sie sah kaum noch die Hand vor Augen. Sie versuchte, sich mit dem Gedanken zu beruhigen, dass die Knechte auf der Kutschenstraße weiterritten und Haskell erst am Morgen aufbrechen würde, doch ihre Angst blieb und trieb sie unablässig vorwärts. Die linke Hand weit ausgestreckt, um sich davor zu schützen, gegen einen Baum zu prallen, tastete sie sich durch den dunklen Wald, bis sie irgendwo im Unterholz erschöpft zusammenbrach.

Zwischen einigen Büschen schlief sie ein, die Beine angezogen wie ein Baby in der Wiege. Sie öffnete nicht einmal die Augen, als ein Fuchs auftauchte und neugierig an dem Beutel schnüffelte. Als er merkte, dass sich nichts Essbares darin befand, verschwand er in der Dunkelheit. Lediglich ein schwarzer Nachtvogel hielt ihr die Treue, blieb geduldig über ihr in einem Baumwipfel sitzen, als hätte ihn jemand beauftragt, Wache über sie zu halten.

2

Früh am nächsten Morgen wurde sie durch lautes Vogelgezwitscher geweckt. Sie öffnete die Augen und blickte zu den Bäumen empor, die sich sachte im Wind bewegten. Einige Sonnenstrahlen fielen auf den Waldboden.

Sie erhob sich und streckte ihre steifen Glieder. Es dauerte einige Zeit, bis ihr einfiel, warum sie zwischen den Büschen geschlafen hatte. Sofort griff die Angst mit klammen Fingern nach ihr. Für einen Augenblick wagte sie nicht einmal zu atmen. Sie blickte sich besorgt nach allen Seiten um, lauschte angestrengt in das Halbdunkel des Waldes, auf der Suche nach einer Bewegung oder einem Geräusch, das nicht in diese Umgebung passte.

War Haskell schon unterwegs? Hatte er einige Nachbarn und Knechte um sich geschart und suchte mit einem Aufgebot nach ihr? Hatte er die Polizei alarmiert? War ihr das Gesetz auf den Fersen? Quälende Fragen, die ihr Angst einflößten. Wenn Haskell mit einem Dutzend oder mehr Männern den Wald durchkämmte, würde sie ihnen auf keinen Fall entkommen.

Doch im Wald gab es nur natürliche Geräusche, das Rauschen des Windes, das Zwitschern der Vögel, das Sprudeln einer nahen Quelle, das Rascheln von Laub, als ihr nächtlicher Besucher, der Fuchs, durch das Unterholz streifte.

Nur ganz allmählich fiel die Anspannung von ihr ab. Sie klopfte sich das Laub aus den Kleidern und vertrieb die Kälte, indem sie beide Arme um ihren Körper schlang. Obwohl das Frühjahr bereits Einzug gehalten hatte, war es nachts noch empfindlich kalt. Sie war versucht, ein Feuer anzuzünden, verzichtete aber darauf, aus Angst, die Flammen könnten sie verraten.

Sie hob ihren Leinenbeutel auf und lief ein paar Schritte. Erst jetzt merkte sie, wie hungrig und durstig sie war. An der Quelle trank sie gierig von dem kühlen Wasser und aß von den Waldbeeren, die in der Nähe wuchsen. Sie schmeckten wesentlich besser als der Haferbrei und der Eintopf mit dem sehnigen Fleisch, den es auf der Farm der Haskells gegeben hatte.

Gestärkt und von neuer Hoffnung beseelt, wanderte sie nach Süden. Sie hatte keine Ahnung, was sie unterwegs erwartete, sie hatte ihre heimatliche Grafschaft noch niemals verlassen. Abseits der Kutschenstraße blieb ihr nur die Sonne als Wegweiser. Auf jeder Lichtung, die sie überquerte, blickte sie zum Himmel, freute sich darüber, dass kaum Wolken zu sehen waren und die Sonne leuchtend am Himmel stand. Nach Süden, immer weiter nach Süden. Erst wenn die ersten Häuser von London auftauchten, wollte sie einen weiten Bogen schlagen, um sich der Stadt aus einer anderen Richtung zu nähern. Dort war die Gefahr, von ihren Verfolgern erwischt zu werden, wesentlich geringer.

Gegen Mittag erreichte sie die andere Seite des Waldes. Sie aß einige Beeren und trank vom Wasser eines sprudelnden Baches, bevor sie den Schutz des Waldes verließ und über einen weiten Acker lief. Das Getreide war erst vor wenigen Wochen gesät worden, und es gab keine Möglichkeit für sie, sich zu verstecken. Alle paar Minuten ging sie in die Hocke und spähte aufmerksam nach allen Seiten, in ständiger Angst, die Knechte einer nahen Farm kommen zu sehen. Das Muhen einiger Kühe, die jenseits eines schmalen Weges auf einer Weide grasten, machte sie noch nervöser.

Aufatmend blieb sie zwischen den Laubbäumen jenseits des Ackers stehen. Das verfilzte Unterholz des Birkenwaldes bot ausreichenden Schutz. Sie aß von den wilden Erdbeeren, die überall wuchsen, und beobachtete einen bunt gefiederten Vogel, der ihr einige Zeit folgte und von einem Ast zum anderen flog. Als ein größeres Tier im Laub raschelte, flog er eilig davon.

Der Birkenhain war nicht besonders groß, zog sich über

einen lang gestreckten Hügel und fiel auf der anderen Seite steil zu einem Fluss ab. Sie entdeckte ihn erst, als die Bäume lichter wurden und sein Wasser durch die Bäume schimmerte. Erschrocken blieb sie stehen. Der Fluss war nicht so breit, wie sie sich die Themse bei London vorstellte, aber für sie stellte er ein unüberwindbares Hindernis dar. Sie konnte nicht schwimmen. Die einzige Möglichkeit, den Fluss unbeschadet zu überqueren, bestand in der schmalen Holzbrücke, die den nördlichen Teil der Kutschenstraße mit dem südlichen verband.

Südlich der Brücke lag eine Kutschenstation: ein zweistöckiger Gasthof mit einem Stall und mehreren Schuppen. Die Sonne spiegelte sich in den verglasten Fenstern des Fachwerkhauses. In einer Koppel standen vier Pferde. Ella beobachtete, wie eine Magd aus dem Stall kam und mit einem Eimer frischer Milch zum Küchenhaus neben dem Gasthof ging. Ein Hund rannte über den Hof und jagte die Hühner auseinander. Nachdem er sie mehrmals aufgescheucht hatte, verlor er die Lust und lief an der Koppel vorbei auf die Felder.

Ella wägte ihre Chancen ab. Wenn sie ungesehen zum Fluss kam und im Schutz der Uferböschung blieb, schaffte sie es vielleicht bis zur Brücke. Um die andere Seite des Flusses zu erreichen, brauchte sie Glück. Die Brücke lag im Blickfeld der Station, und sie konnte nicht wissen, ob jemand aus dem Fenster blicken oder ausgerechnet in diesem Augenblick aus der Tür kommen würde. Ganz zu schweigen von dem Hund, der sicher bellen würde, wenn er eine Fremde witterte. Zu viele Unwägbarkeiten, aber eine andere Möglichkeit gab es nicht. Wenn sie nach London wollte, musste sie über die Brücke.

Ohne weiter zu überlegen, lief sie los. In gebückter

Haltung hastete sie durch das kniehohe Gras zum Fluss hinunter. Das Zirpen unzähliger Grillen begleitete sie. Die Sonne stand direkt über ihr und brannte ungewohnt heiß vom Himmel herab. Ausgerechnet während ihrer Flucht zeigte sich das Wetter von seiner besten Seite. Ein Wink des Schicksals? Auch an dem Tag, als ihre Eltern gestorben waren, hatte die Sonne geschienen. Wie blanken Hohn hatte sie ihr Leuchten auf dem Schnee empfunden, als sie das Sterbezimmer verlassen und aus dem Haus gegangen war. »Warum?«, hatte sie den Pastor gefragt. »Warum ist der Herr so ungerecht?« Und der Pastor hatte geantwortet: »Die Wege des Herrn sind unergründlich, mein Kind.«

Das waren sie, fürwahr. Einen ungerechten Mann wie Haskell, der seine Bediensteten schlechter als jeder Gutsherr behandelte, ließ er ungeschoren, und ihre Eltern, die stets ihre Pflicht getan hatten und jeden Sonntag in die vier Meilen entfernte Kirche gegangen waren, bestrafte er. Von den vier Kindern, die ihre Mutter geboren hatte, war nur sie am Leben geblieben. Und als eine unbekannte Krankheit in der Grafschaft umgegangen war, hatte der Tod nur im Haus ihrer Eltern zugeschlagen. Sie würde niemals herausfinden, warum der Herr sie so vernachlässigt hatte. Abgesehen von einigen kleinen Vergehen und einigen Gedanken, die sie beim Anblick eines jungen Mannes in der Kirche gehegt hatte und für die sie sich heute noch schämte, hatte sie niemals eine Sünde begangen. Aber war nicht das ganze Leben ungerecht? Warum wurden manche Menschen als wohlhabende Adelige und andere als bettelarme Knechte und Mägde geboren? Sie wusste es nicht.

Ohne gesehen zu werden, erreichte sie die Uferböschung. Im Schatten der Büsche arbeitete sie sich bis zur Brücke vor. Neben einem Gestrüpp ging sie in Deckung.

Sie blickte ans andere Ufer und beschloss, sich dort ebenfalls hinter der Uferböschung zu verstecken, sobald sie die Brücke überquert hatte. Von dort waren es über hundert Meter bis zu den nächsten Bäumen. Sie brauchte viel Glück, um nicht von den Bewohnern der Kutschenstation entdeckt zu werden. Sie seufzte. Wenn sie es doch nur schon geschafft hätte!

Plötzlicher Hufschlag und das Rattern einer Kutsche schreckten sie aus ihren Gedanken. Die Kutsche aus York! Sie lief rasch unter die Brücke, zuckte ängstlich zusammen, als die schweren Räder über die Holzbohlen ratterten und sie den Schatten der Kutsche über sich sah. Sie duckte sich tief zwischen das Unkraut, das unter der Brücke wuchs, und konnte sehen, wie die Kutsche von der Straße abbog und vor dem Gasthaus in einer großen Staubwolke hielt.

Der uniformierte Kutscher kletterte vom Bock und rief: »Alles aussteigen! Eine halbe Stunde Pause, die Herrschaften! Im Gasthaus hält die Witwe Carmody frischen Eintopf bereit! Ich habe nie etwas Besseres gegessen.«

Er riss den Schlag auf und half einem Handelsreisenden und einem vornehm gekleideten Gentleman aus der Kutsche. Ella kniff die Augen gegen die Sonne zusammen, um besser sehen zu können. Sie lächelte, als sie die leuchtende Glatze des Handelsreisenden entdeckte. Beim Anblick des Gentleman errötete sie, ohne den Grund dafür zu erkennen. Er war kein besonders großer Mann, aber sehr kräftig und muskulös, obwohl seine Gesichtszüge eher weich waren und so gar nichts von der Arroganz und dem Hochmut zeigten, die man Aristokraten wie ihm normalerweise nachsagte. Doch seine dunklen Augen zeigten Entschlossenheit und Willensstärke, das glaubte sie selbst auf die weite Entfernung zu erkennen. Er trug einen Dreispitz und einen leichten Umhang über seiner Weste, einem weißen Rüschenhemd und der dunklen Kniehose. Seine schwarzen Schuhe glänzten.

Nur für einen Augenblick hatte Ella das Gefühl, der Fremde würde sie ansehen, dann wandte er sich ab und verschwand im Gasthof. Doch der kurze Blick in ihre Richtung hatte genügt, um ihr einen Stich zu versetzen. So sah der Edelmann auf dem weißen Pferd aus, der durch ihre Träume ritt.

Aus Angst, von dem Kutscher entdeckt zu werden, zog Ella sich wieder tiefer unter die Brücke zurück. Sie beobachtete, wie ein Pferdeknecht aus dem Stall herbeieilte und dem Kutscher half, die Pferde auszuspannen. »Hallo, Matt«, grüßte er. »Schon von der Magd gehört, die Haskell durchgebrannt ist? Sie soll ihn mit einer Mistgabel angegriffen und schwer verletzt haben.«

»Würde dem alten Schwerenöter ganz recht geschehen«, erwiderte der Kutscher, ein untersetzter Mann mit langen Koteletten. »Der hat es doch mit jeder Magd auf seinem Hof getrieben. Mich wundert, dass es nicht früher passiert ist. Angeblich soll sie einen Laib Brot gestohlen haben. Auch das wäre kein Wunder. Seine Bediensteten bekommen doch kaum was zu essen.«

Der Knecht spannte die beiden Zugpferde aus und führte sie von der Deichsel weg. »Gestohlen? Nie im Leben hat die was gestohlen! So dumm ist sie nicht. Das hat er doch nur erfunden, um die Polizei alarmieren zu können. Verführen wollte er sie, der Schweinehund, und sie ist ihm davongelaufen.«

»Ganz meine Meinung«, stimmte der Kutscher zu. »Ich werde sie jedenfalls nicht verpfeifen, wenn ich sie sehe.«

Er wandte sich zur Tür. »So, jetzt wird's aber höchste Zeit, dass ich was zwischen die Zähne bekomme, sonst verpasse ich noch das Signal zur Abfahrt.« Er kicherte vergnügt. »Ich hab heute einen feinen Herrn dabei, der duldet keine Verspätung.« Er dämpfte seine Stimme, sodass Ella ihn kaum noch verstehen konnte. »Martin Owen, der Sohn des Earl of Shrewsbury. Sein Vater besitzt Anteile an der HBC.«

»HBC?«, fragte der Knecht verwundert.

»Hudson Bay Company«, erklärte der Kutscher. »Die Gesellschaft kontrolliert den Pelzhandel in den amerikanischen Kolonien. Captain James Cook soll auch auf ihrer Lohnliste stehen. Die haben mehr Geld als King George!«

»Und dieser Martin Owen …«

»… wird bald zu den mächtigsten Männern der Erde gehören«, übertrieb der Kutscher grinsend. »Wenn sein Vater stirbt, erbt er die gesamten Anteile.«

»Die Welt ist ungerecht«, seufzte der Pferdeknecht.

Ella wartete geduldig, bis er die neuen Pferde geholt und vor die Kutsche gespannt hatte. Sie war ihm und dem Kutscher sehr dankbar. Wenn alle Menschen wie die beiden dachten, hatte sie nichts zu befürchten. Dann würde sie niemand der Polizei ausliefern. Doch verlassen konnte sie sich darauf nicht. Wenn sie ihr Versteck verließ und den Kutscher bat, sie bis London mitzunehmen, war auch er gezwungen, sie auszuliefern. Dafür würden schon dieser Martin Owen und der glatzköpfige Handelsreisende sorgen. Obwohl … bei dem vornehmen Gentleman war sie nicht sicher. Wenn er der Mann aus ihren Träumen war, würde er sie bestimmt nicht in den Kerker werfen lassen.

Nachdem der Knecht die ausgespannten Pferde abgerieben und gestriegelt hatte, blieb er am Koppelzaun stehen und stopfte sich eine kurze Maiskolbenpfeife. Gelangweilt rauchte er und hing dabei seinen Gedanken nach. Erst nach einer Zeit, die Ella wie eine Ewigkeit vorkam, kehrte er in den Stall zurück.

Ella wartete einige Minuten, um sichergehen zu können, dass er nicht wieder herauskam, griff nach ihrem Bündel und lief geduckt über die Brücke. Die Holzbohlen knarrten verdächtig laut unter ihren schweren Schuhen.

Auf der anderen Seite versteckte sie sich hastig hinter dem Ufergestrüpp. Zufrieden stellte sie fest, dass man sie nicht entdeckt hatte. Die Stalltür blieb verschlossen und auch vor dem Gasthaus blieb alles still. Der Hund war immer noch auf den Feldern und jagte Kaninchen. Die Zugpferde standen gelangweilt im Geschirr und beachteten sie nicht. Die Kutschenstraße lag verlassen unter der Mittagssonne. »Lieber Gott, ich danke dir!«, flüsterte sie.

Ohne sich mit weiteren Gedanken aufzuhalten, setzte sie ihre Flucht fort. Mit wehenden Kleidern, den Leinenbeutel mit ihrer Habe fest umklammert, lief sie über die Weide östlich der Kutschenstraße und kletterte ungehindert über den Zaun am anderen Ende. Sie ließ sich gegen einen Baum fallen und blickte besorgt zur Kutschenstation zurück. Die Tür des Gasthofs stand offen und der Gentleman, der Martin Owen hieß, der Handelsreisende und der Kutscher traten heraus. Sie war gerade noch rechtzeitig losgerannt. Hinter den Männern erschien eine ältere Frau, die eine schmutzige Schürze vor dem langen Rock trug. Sie sagte etwas, das Ella nicht verstand, und alle außer dem Gentleman lachten. Der Kutscher half seinen Passagieren in die Kutsche, kletterte auf den Bock und trieb die Pferde an.

Ella versteckte sich hinter dem Baum, als die Kutsche an ihr vorbeiratterte. In einer dichten Staubwolke verschwand das Gefährt in der Ferne.

»Geschafft«, flüsterte Ella erleichtert. Sie setzte sich eine Weile in das Gras unter den Bäumen, um neuen Mut zu fassen und wieder zu Kräften zu kommen. Sie hatte noch nicht einmal die Hälfte des Weges geschafft und keine Ahnung, welche Hindernisse noch auf sie warteten. Solange sie im Dunstkreis der Farm war, durfte sie sich auf keinen Fall offen zeigen. Zu viele Menschen in der näheren Umgebung waren abhängig von Haskell und würden nicht zögern, sie an den Farmer zu verraten. Der Kutscher und der Knecht waren Ausnahmen. Schon bei der Witwe, die den Gasthof der Kutschenstation bewirtschaftete, hatte sie ihre Zweifel. Sie bezog alle ihre Lebensmittel von der Farm und würde bankrott gehen, wenn Haskell ihr den Nachschub sperrte. Erst wenn sie sich der Stadt näherte, konnte sie hoffen, im Strom der vielen Menschen unterzutauchen.

Sie stemmte sich vom Boden hoch und strich ihr Kleid glatt. Gut, dass sie keinen Spiegel zur Hand hatte. Mit ihren zerzausten Haaren und dem von der Sonne geröteten Gesicht sah sie sicher wie eine Bettlerin aus. Sie würde sich einer gründlichen Reinigung unterziehen müssen, bevor sie sich um eine Stelle in London bewarb.

Das Rattern eines Wagens erklang. Sie hatte schon Angst, der Kutscher wäre zurückgekehrt, weil einer der Passagiere sie entdeckt hatte, doch das Geräusch kam von der Kutschenstation her, wo der Pferdeknecht einen mit Strohballen bedeckten Wagen aus dem Hof lenkte und über die Kutschenstraße nach Süden fuhr. Sie duckte sich rasch. Kein Grund, die Nerven zu verlieren, beruhigte sie sich. Ein Knecht, der mit einem Wagen voller Heuballen nach London fuhr, um sie auf dem Markt zu verkaufen, war keine Seltenheit. Doch sie wusste aus Erfahrung, dass die meisten Männer noch vor Sonnenaufgang aufbrachen, um frühmorgens zum Marktbeginn in der Stadt zu sein. Warum brach dieser Pferdeknecht so spät auf?

Noch während sie nachdachte, hielt der Knecht den Wagen an und kletterte vom Kutschbock. Zielstrebig kam er auf sie zu. »Ella Morgan!«, rief er. »Ich weiß, dass du bei den Bäumen bist! Hab keine Angst! Ich will dir helfen!«

Sie erschrak. Also hatte doch jemand beobachtet, wie sie über die Felder gelaufen war. Sie überlegte, ob sie weglaufen sollte, und entschied sich dagegen. Der Knecht war bestimmt schneller als sie, und außerdem hatte er bestimmt nicht vor, sie an die Behörden auszuliefern. Nach dem, was er zum Kutscher gesagt hatte, würde er ihr eher helfen. Hatte er Haskell nicht einen Schweinehund genannt? Hatte er nicht zugestimmt, als der Kutscher den Farmer als Schwerenöter beschimpft hatte?

Dennoch zögerte sie, bevor sie aus dem Schatten der Bäume trat. »Ich hoffe, du bist nicht gekommen, um mich in den Kerker werfen zu lassen«, sagte sie vorwurfsvoll. »Ich habe mich nur verteidigt. Der Farmer Haskell wollte …« Sie wurde rot. »Nun, du kannst dir sicher denken, was er wollte. Und als er im Stall auf mich losging, habe ich ihm die Mistgabel ins Bein gerammt. Ich habe nichts gestohlen. Ich bin weggerannt, weil ich keine Ruhe mehr auf der Farm hätte. Ich habe große Angst, kannst du das verstehen?«

Aus Nervosität hatte sie länger gesprochen, als sie eigentlich wollte.

Der Knecht lächelte nur und deutete auf den Wagen mit den Heuballen.

»Klettere auf den Wagen!«, sagte er. »Ich bringe dich nach London.«

3

Der Pferdeknecht hieß Willie Johnston und plapperte ununterbrochen. Er erzählte von seinen Eltern, die angeblich von den Nordmännern abstammten und aus den schottischen Highlands nach England gekommen waren. »Mein Vater war Seemann«, behauptete er stolz. »Er ist im Krieg gegen die Franzosen gefallen. Sobald ich genug Geld gespart habe, gehe ich auch zur Marine. Wie man hört, kommt es zum Krieg mit den Kolonien, da will ich dabei sein.«

»Und meine Mutter«, so berichtete er wenig später, »bestellte unsere Farm. Es war eine große Farm, beinahe so groß wie die von Haskell, aber sie war eine ehrliche Frau, und die Knechte und Mägde bekamen immer gut zu essen und wurden gut bezahlt. Sie wurde vom Blitz getötet, als sie ein mutterloses Kalb ins Haus tragen wollte. Ein Baum erschlug sie vor unserem Haus.«

Ella saß zwischen den Heuballen auf der Ladefläche und war froh, sich von der Anstrengung des langen Marsches erholen zu können. Es machte ihr nichts aus, dass die Räder ständig über lose Steine holperten und sie jede Erschütterung empfindlich spürte. Wichtig war, dass sie nicht mehr zu laufen brauchte und auf dem Wagen einigermaßen sicher war. Falls sie anderen Reisenden begegneten, würde sie unter die Plane kriechen, die über den Heuballen lag. Das Risiko, dort entdeckt zu werden, war wesentlich geringer, als auf einem Acker oder einer Weide in die Arme eines Mannes zu laufen, der ihr weniger freundlich gesonnen war und sie an Haskell auslieferte.

»Ich habe dir was mitgebracht«, sagte Johnston. Er war älter, als sie gedacht hatte, ungefähr Mitte Dreißig, und sein Gesicht war von Pockennarben entstellt. Unter seiner Wollmütze schaute rotes Haar hervor. »Du hast doch sicher Hunger.« Er reichte ihr etwas Brot und rohen Schinken und freute sich, als sie sich heißhungrig darüber hermachte. »Hab ich mir gedacht, dass du Kohldampf hast. Die Witwe Carmody hat die ganze Speisekammer voll von dem Zeug, die merkt gar nicht, wenn ich mir ein bisschen rausnehme.« Er lachte vergnügt. »Der Schinken kommt von der Haskell-Farm. Wir bekommen alle Lebensmittel vom Farmer Haskell.«

Sie blickte ihn kauend an. »Und warum hilfst du mir dann?«

»Keine Ahnung«, erwiderte er, während er das Zugpferd mit einem Zügelschlag antrieb. »Weil ich nicht leiden kann, wie Haskell mit seinen Leuten umgeht. Weil er mich bei seinem letzten Besuch wie einen Aussätzigen angesehen hat. Was weiß ich? Der Witwe hab ich erzählt, dass ich die Heuballen in London verkaufen kann. Sie hätte dir bestimmt nicht geholfen.«

»Weil sie Angst hat, dass Haskell sie nicht mehr beliefert?«

»Weil sie keinen Ärger will«, verbesserte er. »Mir ist das egal, ich hab sowieso ständig Ärger. Als ich aus dem Fenster gesehen hab und dich laufen sah, dachte ich mir, handelst dir eben noch mehr Ärger ein. Allein hättest du es nicht geschafft. Zu viele Menschen auf den Feldern, die vom Farmer Haskell abhängig sind. Einer von ihnen hätte dich erwischt, ganz sicher.«

Er kramte seine Maiskolbenpfeife aus der Jackentasche, stopfte frischen Tabak hinein und zündete sie an. Der würzige Geruch erinnerte Ella an ihren Vater, der sich jeden Abend eine Pfeife gegönnt hatte. »Was hast du vor?«, fragte Johnston nach einer Weile. »Willst du als Hausmädchen arbeiten?«

»Ich nehme jede Arbeit, die ich kriegen kann«, antwortete sie. »Alles ist besser, als weiter für dieses Scheusal zu arbeiten.« Sie wischte ihre fettigen Hände an einem Heuballen trocken und blickte ihn zweifelnd an. »Ich werde doch Arbeit finden? London ist eine große Stadt, da hat die Polizei doch sicher andere Sorgen, als nach einer entlaufenen Magd zu suchen, oder?«

Johnston paffte nachdenklich an seiner Pfeife. »Wenn du eine Weile in der Versenkung bleibst, hast du nichts zu befürchten. Hast du Erspartes dabei?«

»Ein paar Schillinge«, sagte sie.

Er nickte zufrieden. »Die reichen. Bleib auf der East Side, wo die armen Leute wohnen, und treib dich auf der Straße herum. Das tun viele Leute, und wenn das Wetter so bleibt, kannst du auch im Freien schlafen. In ein paar Wochen, wenn Gras über die Sache gewachsen ist, suchst du dir Arbeit. So würde ich es machen. Ist sicherer. Haskell hat dich wegen Diebstahls angezeigt. Wenn sie dich deswegen einsperren, hast du nichts zu lachen.«

Ihr wurde zum ersten Mal bewusst, dass sie auch in London von der Polizei erwischt werden könnte. Selbst im Getümmel der vielen tausend Menschen, die dort lebten, bestand die Gefahr, dass ein Polizist sie erkannte und festnahm. Haskell hatte der Polizei sicher eine genaue Beschreibung von ihr gegeben. Der Vorwurf, sie habe einen Laib Brot gestohlen, war sicher nicht die einzige Lüge, die er erzählt hatte. Und einer Magd würde man wohl kaum glauben, wenn sie eine Aussage machte.

»Mach dir keine Sorgen«, beruhigte sie der Pferdeknecht. »In der Stadt leben so viele Menschen, da fällst du gar nicht auf. In einigen Wochen ist alles vergessen. London ist die größte Stadt der Welt, hast du das gewusst?«

Er ergriff die Gelegenheit, in blumigen Worten von London zu erzählen, von den großen Märkten und Palästen auf der vornehmen West Side, und betonte, dass er eines Tages auch in die Stadt ziehen und dort als Hufschmied oder Kutscher arbeiten würde. Er verriet ihr nicht, dass er vor zehn Jahren ähnlich gesprochen hatte. Obwohl es sie interessierte, was er über die Stadt zu berichten hatte, ermüdete sie sein Redeschwall. Schon nach wenigen Sätzen lehnte sie ihren Kopf gegen den Heuballen, schloss die Augen und schlief ein.

Eine unsanfte Berührung weckte sie. Johnston hatte ihren Kopf mit der Hand berührt und rief mit gedämpfter Stimme: »Unter die Plane! Schnell!«

Ella schreckte hoch und blickte sich verwirrt um. Sekundenlang wusste sie nicht, wo sie sich befand. Erst als Johnston ein zweites Mal rief: »Unter die Plane! Schnell!«, gehorchte sie. Ihr Herz klopfte bis zum Hals, als Johnston den Wagen anhielt und vom Kutschbock kletterte. »Hallo, Matt!«, hörte sie ihn rufen. »Sieht ganz so aus, als bräuchtest du Hilfe! Wie ist das denn passiert?«

»Der verfluchte Felsbrocken«, antwortete der Kutscher. »Ich hätte weiter rechts fahren sollen. Zum Glück ist die

Achse nicht gebrochen. Lehn dich gegen die Kutsche, dann kann ich das Rad draufschieben. Ja, so ist es gut.«

Ella hörte, wie die beiden Männer rackerten und keuchten und erleichtert aufatmeten, als sie die Kutsche repariert hatten. Anscheinend war das Rad von der Achse gesprungen. Dumpfe Hammerschläge drangen an ihre Ohren.

»So, das hätten wir«, sagte der Kutscher nach einer Weile. »Sie können wieder einsteigen, meine Herrschaften!« Ella hätte gern die Plane gehoben, um einen weiteren Blick auf Martin Owen zu werfen, war aber nicht so leichtsinnig, sich unnötig in Gefahr zu bringen. »Gleich fahren wir weiter.«

Außer dem gemurmelten Dank des vornehmen Herrn war kein Wort zu hören, als die Fahrgäste in die Kutsche stiegen. Erst als die Tür zuklappte, fragte der Kutscher: »Was suchst du eigentlich hier? Willst du nach London?«

»Eine Fuhre Heu«, antwortete Johnston. »Für einen guten Kunden.«

»Um diese Zeit? Bis du zurück bist, ist es Mitternacht!«

»Ich hab keine Angst«, erwiderte Johnston. »Schon gar nicht vor Wegelagerern. Bei mir gibt es ja nichts zu holen. Das Geld, das ich für die Fuhre bekomme, bringe ich auf die Bank. So hat es die Witwe am liebsten.«

»Eine vorsichtige Frau.«

»Und ich bin ein vorsichtiger Mann.«

»Und du hast wirklich nur Heu auf dem Wagen?«

»Was denn sonst? Gold und Edelsteine?«

Der Kutscher lachte. »Dir traue ich alles zu. Du bist mit allen Wassern gewaschen. Irgendwann bekommst du Arbeit in der Stadt, da bin ich ganz sicher. Vielleicht sogar als Kutscher.« Er lachte wieder.

»Bis bald, Willie!«

»Bis bald, Matt!«

Die Kutsche rollte langsam davon. Willie nahm die Zügel auf und wartete, bis das Rattern der Räder in der Ferne verklungen war. »Du kannst wieder rauskommen«, sagte er, »sie sind weg. Gut, dass es keine Polizisten waren.«

Sie kroch unter der Plane hervor und merkte, wie Tränen in ihre Augen traten, als die Anspannung von ihr abfiel. Minutenlang brachte sie kein Wort hervor, so sehr hatte sie der ungewollte Aufenthalt mitgenommen.

Ein anderer Kutscher, und es wäre vielleicht um sie geschehen gewesen.

»Du kennst diesen Matt gut, was?«, sagte sie.

»Schon seit ich bei der Witwe arbeite. Matt ist ganz in Ordnung.«

Sie zupfte einige Strohhalme aus ihren Haaren. »Und der vornehme Herr ... wer war das? Ich dachte immer, Leute wie er haben eigene Kutschen?«

»Lord Owen?« Er blickte sich lächelnd um. »Nun ja, eigentlich ist er noch gar kein Lord. Er ist der Sohn des Earl of Shrewsbury. Ein mächtiger Mann, dieser Earl. Er ist an der Hudson Bay Company und zahlreichen anderen Gesellschaften beteiligt. Im Bankengeschäft hat er auch seine Finger drin.«

»Und sein Sohn fährt mit der regulären Kutsche?«

»Soweit ich weiß, mischt er sich gern unters Volk. Man darf den Kontakt zu den einfachen Bürgern nicht verlieren, wenn man etwas erreichen will. Den Satz soll sein Vater gesagt haben, aber ich glaube eher, der stammt von ihm. Für einen Aristokraten ist er schwer in Ordnung. Im Gasthof hat er sich an denselben Tisch wie wir gesetzt und denselben Eintopf gegessen. Er hat nicht mal Wein verlangt.« Er trieb die Pferde an. »Wann hast du ihn gesehen?«

»Ich war unter der Brücke, als er aus der Kutsche stieg«, räumte sie ein. Sie wollte hinzufügen, wie sehr sie von ihm beeindruckt war, ließ es aber. Doch Willie Jones hatte auch so schon bemerkt, welch bleibenden Eindruck Martin Owen auf sie hinterlassen hatte. »Vergiss ihn«, sagte er, ohne seine Maiskolbenpfeife aus dem Mund zu nehmen. »Solche Männer verkehren nicht mit einfachen Mägden wie dir. Selbst wenn er sich in dich verlieben würde, dürfte er nicht mit dir ausgehen, und eine Heirat würde der Earl of Shrewsbury notfalls mit Gewalt verhindern. Du magst ihn, nicht wahr?«

»Nein«, log sie, »ich habe mich nur gewundert, einen solchen Mann in einen einfachen Gasthof gehen zu sehen. Das ist doch ungewöhnlich, oder?«

»Sehr ungewöhnlich«, stimmte er zu.

Die Sonne neigte sich bereits nach Westen, als die ersten Häuser von London in der Ferne auftauchten. Die mächtige Kuppel von St. Paul's Cathedral überragte alle anderen Gebäude. Ella hatte viel über die Kirche gehört, aber nicht gewusst, dass sie so hoch und groß war. Ein gewaltiges Bauwerk. Um sie herum erstreckte sich ein gewaltiges Meer von Häusern, nur unterbrochen vom Grün vereinzelter Parks und dem hellen Band der Themse. Sie glaubte, Westminster Palace und den Tower zu erkennen, zwei ebenfalls monumentale Gebäude, von denen ein Knecht auf der Haskell-Farm erzählt hatte, der schon mal in London gewesen war. Auf der Themse waren mehrere Segelschiffe mit hoch aufragenden Masten und kleinere Boote zu sehen.

»Groß, nicht wahr?«, bemerkte Johnston stolz.

Ella war zu beeindruckt, um etwas zu sagen.

»Versteck dich wieder unter der Plane«, schlug er vor. »In der Gegend, durch die wir gleich fahren, wimmelt es von Polizisten. Ich lasse dich auf dem Markt in Covent Garden raus, da fällt es am wenigsten auf. Da ist viel Trubel.«

Sie verschwand wortlos unter der Plane und zog die Beine an, um besser gegen die Erschütterungen auf den Straßen gewappnet zu sein. Teilweise holperten die Räder jetzt über hartes Kopfsteinpflaster. Sie klemmte den Beutel mit ihrer Habe unter ihren Bauch und hielt sich mit beiden Händen an einem Heuballen fest, um nicht zu sehr durchgeschüttelt zu werden. Sie war sicher, dass ihr Körper in wenigen Stunden von blauen Flecken übersät sein würde.

Nur an dem zunehmenden Lärm merkte sie, dass sie sich der Innenstadt näherten. Sie hörte Hufgetrappel und das Rattern von Wagen, die wütenden Schreie von Kutschern, die sich einen Weg durch das Chaos bahnten, das Wiehern der Pferde und die marktschreierischen Ankündigungen von fahrenden Händlern. Als sie den lauten Ruf »Halt, Polizei!« hörte, glaubte sie schon, ihre letzte Stunde habe geschlagen, aber Johnston war nicht gemeint und fuhr ungehindert weiter.

Sie bekam es mit der Angst zu tun. Der ungewohnte Lärm und die Dunkelheit unter der Plane trieben sie an den Rand einer Panik. Ihr blieb nur die Flucht in ein Gebet, das sie monoton vor sich hinsprach, wie eine Beschwörungsformel, die böse Kräfte vertreiben sollte. Was habe ich getan, fragte sie sich ständig. Worauf habe ich mich eingelassen? Obwohl sie die Antwort doch wusste:

Es war ihr gar keine andere Wahl als die Flucht nach London geblieben. Nirgendwo sonst besaß sie eine Chance.

Ihr Fuhrwerk wurde langsamer und hielt. Sie hörte, wie Johnston vom Kutschbock stieg, und blinzelte in das ungewohnte Licht einiger Lampen, als er die Plane zur Seite zog. »Runter!«, sagte er. »Schnell!« Er half ihr vom Wagen und warf die Plane wieder über die Heuballen. »Mehr kann ich leider nicht für dich tun. Sieh zu, dass du dich auf die East Side durchschlägst.«

Ella griff nach ihrem Leinenbeutel und reichte ihm die Hand. »Vielen Dank, Willie. Das werde ich dir nie vergessen. Wenn ich einmal reich bin ...«

»Geh jetzt!«, ließ er sie nicht zu Ende sprechen. Er stieg auf den Kutschbock und fuhr über den Marktplatz davon, ohne sich nach ihr umzudrehen.

Sie blieb stehen und ließ ihren Blick staunend über das bunte Treiben wandern. Covent Garden war ein riesiger Platz, der von palastartigen Gebäuden eingerahmt wurde und jetzt am späten Nachmittag von zahlreichen Lampen und Fackeln erleuchtet war. Niemals zuvor hatte Ella so viele Menschen auf einem Platz gesehen. Männer, Frauen und Kinder verschiedener Schichten tummelten sich zwischen den überdachten Ständen der Marktleute, die mit lauter Stimme frisches Fleisch, Geflügel, Fische, Obst, Gemüse, Gewürze und sogar Blumen anboten. Ein Mann hielt einen fetten Wels hoch und rief: »Haben Sie jemals einen so prächtigen Wels gesehen, meine Herrschaften?« Und ein anderer stellte sich auf einen Hocker und tönte: »Ein einmaliges Angebot, meine Damen und Herren! Frische Blumen, heute zum halben Preis!«

Ella war so fasziniert von dem Treiben, dass sie gar nicht merkte, mit welch bedauernden Blicken sie die vorbeilaufenden Passanten bedachten. Erst als zwei junge Männer mit Fingern auf sie zeigten und schadenfroh lachten, wurde sie sich ihres Aussehens bewusst. Hastig kämmte sie mit gespreizten Fingern das Stroh aus ihren Haaren und versuchte, etwas Ordnung in ihre Frisur zu bringen. Sie klopfte sich den Staub aus ihren Kleidern, rieb mit dem Leinenbeutel über ihre Arbeitsschuhe und zog rasch davon, bevor zu viele Leute stehen blieben und vielleicht die Polizei auf sie aufmerksam machten.

Mit der untergehenden Sonne im Rücken lief sie nach Osten. Sie blieb auf den Hauptstraßen, wo sie am wenigsten auffiel, und mischte sich unter die Spaziergänger, die aufgeregt über das Kopfsteinpflaster hetzten. In London hatten es alle Menschen eilig, das wusste sie schon aus Erzählungen, aber dass die Städter so ungeduldig und rastlos wären, hätte sie nicht gedacht. Sie beobachtete einen Handwerker, der mit beiden Händen in den Hüften vor seiner Werkstatt stand und lautstark mit einem Kunden stritt, und lachte über zwei wohlerzogene Jungen, die ihren Eltern in gebührendem Abstand folgten. Zwei Hunde kämpften um die Essensreste aus einer Abfalltonne.

Sie merkte gar nicht, dass sie stehen geblieben war und wie gebannt einer mit goldenen Beschlägen verzierten Kutsche nachsah, die von einem uniformierten Kutscher über die Straße gelenkt wurde. Nur für einen Augenblick sah sie einen älteren Herrn mit Perücke und eine korpulente Lady in einem prächtigen Kleid darin sitzen. Einige andere Passanten blickten der Kutsche ebenfalls nach. »Der Earl of Shrewsbury«, hörte Ella eine Frau sagen.

»Was willst du hier?«, fragte eine respektlose männliche Stimme.

Sie wandte erschrocken den Kopf und sah sich einem Polizisten gegenüber. Sein Blick war streng und musterte sie ungeniert. So wie er die Stirn in Falten legte und die Brauen hochzog, fiel sein Urteil nicht gerade gut aus.

»Ich dulde keine Bettlerin in dieser Gegend«, sagte er.

»Aber ich habe doch nur ...«

»Verschwinde!«, schnitt er ihr das Wort ab. »Und lass dich in meinem Revier nicht mehr blicken, sonst stecke ich dich ins Gefängnis, verstanden?«

»Ja, Wachtmeister«, sagte sie schnell.

Sie überquerte die Straße und bog in eine Seitengasse, wo der Polizist sie nicht mehr sehen konnte. Dort begann sie zu laufen. Sie rannte ziellos durch die Straßen, vorbei an mehrstöckigen Mietshäusern, bis sie keine Luft mehr bekam und sich erschöpft gegen eine Hauswand lehnen musste.

Dann begann sie zu weinen. Sie weinte, bis keine Tränen mehr kamen und sie vor lauter Verzweiflung würgen musste. »Was mache ich nur?«, flüsterte sie, den salzigen Geschmack ihrer Tränen auf der Zunge. Langsam rutschte sie an der Hauswand hinunter und setzte sich auf den staubigen Boden.

4

Ella blieb erschöpft in einer Gasse stehen. Seit Stunden irrte sie durch London, ohne zu wissen, wo sie sich befand. Die Sonne war längst untergegangen und das flackernde Licht einiger Laternen zauberte unheimliche Schatten auf das Kopfsteinpflaster. Es war die Stunde vor Mitternacht.

Erst vor wenigen Minuten hatte sie elf Glockenschläge von einer nahen Kirche gehört.

Sie wusste nicht mehr, was sie tun sollte. Aus dem Hauseingang, in den sie sich verkrochen hatte, um etwas Schlaf zu finden, war sie vertrieben worden, und aus einem Park war sie vor einem bellenden Hund geflohen. In ihrer Verzweiflung hatte sie beschlossen, zwei Pence für die Übernachtung in einer billigen Pension zu opfern, aber dort war kein Platz mehr gewesen. Aus einer besseren Herberge hatte der unfreundliche Besitzer sie mit Schimpf und Schande davongejagt.

Die Hoffnung, in London eine neue Zukunft zu beginnen, war längst tiefer Niedergeschlagenheit gewichen. Mehr denn je wurde ihr bewusst, wie wenig Chancen sie als einfache Magd hatte. Sie kam vom Lande, hatte nie etwas außer Hausarbeit und Feldarbeit gelernt, konnte kaum lesen und schreiben und sah in ihren schmutzigen Kleidern so schäbig aus, dass sie sich am liebsten in ein Kellerloch verkrochen hätte. Wie sollte sie in diesem Aufzug jemals eine Anstellung finden? Selbst ohne Haftbefehl würde die Polizei sie früher oder später als Landstreicherin festnehmen und ins Gefängnis sperren.

Mit Tränen in den Augen lief sie durch die schmale Gasse. Bedrohlich ragten die Häuserwände zu beiden Seiten empor. Eine Katze turnte über eine Mauer und verschwand in einem verwahrlosten Garten. Ella setzte sich auf die Stufen eines zugemauerten Eingangs und lehnte den Kopf gegen die Backsteinwand. Erschöpft schloss sie die Augen. Sie war so müde, dass sie sich nicht einmal an dem verräterischen Rascheln im Abfall störte. Eine Ratte huschte unter einigen Lumpen hervor und verschwand in einem Kellerloch.

Ella schlief ein, ihren Leinensack hielt sie lose in der linken Hand. Der Mond, der sich gerade in diesem Augenblick über die Häuserschlucht schob, ließ ihr Gesicht unnatürlich blass erscheinen. Ein herrenloser Hund tauchte in der Gasse auf, schnüffelte an dem Leinensack und lief enttäuscht weiter.

Seit sie die Augen geschlossen hatte, war keine Stunde vergangen, als zwei junge Männer über die Mauer kletterten. Beide trugen Schiebermützen und dunkle Mäntel. »Was will die denn hier?«, wunderte sich der eine. Der andere antwortete: »Sieht wie eine vom Lande aus. Eine Magd oder so was.«

Ella schlief fest und merkte nicht, wie sich die beiden Männer ihr näherten. Der Größere der beiden blickte auf sie hinab und sagte: »Hübsches Ding!« Der Kleinere erwiderte: »Lass den Blödsinn. Ob die Geld bei sich hat?«

»Dann würde sie bestimmt nicht auf der Straße schlafen.«

»Wer weiß? Die vom Lande sind komisch.« Der Kleinere beugte sich zu ihr hinab und kramte in dem Leinenbeutel. »Nur Kleider und so 'n Zeug.«

»Hab ich doch gesagt.«

»Vielleicht hat sie das Geld unterm Kleid. Manche Frauen haben Taschen darunter, das weiß ich von meiner Schwester.« Er berührte die schlafende Ella am Oberschenkel, fand eine Öffnung im Kleid und zog den Lederbeutel hervor. »Na, was hab ich gesagt, Partner?«, sagte er strahlend, als er ihn geöffnet hatte und die Münzen sah. »Das sind Shillinge. Sieh dir das an!«

Vom Klingen der Münzen erwachte Ella. Sie richtete sich stöhnend auf, sah die beiden Gauner mit ihren Münzen im Mondlicht stehen und erstarrte mitten in der Bewegung. Sie war noch viel zu benommen, um zu erkennen, dass sie beraubt wurde, brachte lediglich ein Stöhnen über die Lippen.

Der Größere der beiden Männer reagierte am schnellsten. Er fuhr blitzschnell herum und schlug ihr die Faust gegen die Schläfe. Sie sank bewusstlos und ohne einen weiteren Laut abzugeben, auf die Treppe zurück.

Die Männer rannten davon.

Als Ella zum zweiten Mal aufwachte, schlug es ein Uhr und ihr Schädel brummte, als wäre sie mit voller Wucht gegen eine Wand gelaufen. Sie griff sich mit beiden Händen an den Kopf und spürte klebriges Blut an ihrer linken Schläfe. Unter ihren verklebten Haaren hatte sich eine dicke Beule gebildet.

Sie richtete sich langsam auf und lehnte den Kopf gegen die Hauswand. Nur langsam kehrte ihre Erinnerung zurück. Zwei Männer mit Schiebermützen. Die Münzen. Die schwere Faust, die aus dem Nichts gekommen war und sie in einen bodenlosen Abgrund geschleudert hatte.

Die Münzen!

In einer böser Vorahnung tastete sie nach dem Lederbeutel. Die Münzen waren nicht mehr da. Die Männer hatten sie gestohlen. Gleich in ihrer ersten Nacht in London war sie gemeinen Straßenräubern in die Hände gefallen.

Die Erkenntnis traf sie wie ein Schlag, ließ sie mit leeren Augen in die Dunkelheit blicken und für einen Augenblick sogar das Dröhnen in ihrem Kopf vergessen. Ihre linke Hand verkrampfte sich um den Leinenbeutel, den der Mann achtlos neben sie geworfen hatte, ihre Rechte klammerte sich an das brüchige Treppengeländer. Warum ging in letzter Zeit alles schief?

Sie bereute bereits ihren Entschluss, nach London gegangen zu sein, obwohl sie in einer anderen Stadt oder auf dem Lande genauso gefährdet gewesen wäre, und verfluchte Haskell, der schuld daran war, dass sie mittellos und ohne Hoffnung auf eine bessere Zukunft in einer schmutzigen Gasse lag.

Länger als eine halbe Stunde verharrte sie in quälendem Selbstmitleid. Sie ergab sich dem Schmerz, der in ihrem Schädel tobte, und weinte bitterlich, unfähig, die Benommenheit, die von ihr Besitz ergriffen hatte, abzuschütteln. Vor ihren Augen verschwamm alles. Die wenigen Lichter, die noch in den Häusern brannten, vereinten sich mit dem Mond zu diffusem Nebel. Die Geräusche, die von der nahen Hauptstraße kamen, wurden zu einem Summen, das im Dröhnen und Tosen in ihrem Schädel unterging.

Erst als der Schmerz nachließ, konnte sie wieder klarer denken. Sie durfte nicht aufgeben. Wie um sich zu beweisen, dass sie noch genügend Kraft für einen Neuanfang besaß, stemmte sie sich vom Boden hoch und hielt sich an der Hauswand fest. Leise stöhnend wehrte sie sich gegen eine erneute Ohnmacht. Sie wartete, bis die Schleier vor ihren Augen verschwunden waren und tastete sich an der Hauswand durch die schmutzige Gasse.

Warum sie zur nahen Hauptstraße lief, wusste sie nicht. Viel später, als sie wieder klar denken konnte, glaubte sie, von der Angst getrieben worden zu sein, bei einem weiteren Überfall ihr Leben oder ihre Unschuld zu verlieren. Stöhnend taumelte sie durch die Dunkelheit. Wie eine Betrunkene stützte sie sich alle paar Schritte an der Mauer ab und hielt sich den schmerzenden Kopf. In diesem Zustand hätte sie sich nicht mal gegen eine Verhaftung gewehrt. Mit jedem Schritt nahm der Schmerz zu, drohte sie, erneut das Bewusstsein zu verlieren.

Als sie die Hauptstraße erreichte, nach einer Zeit, die ihr wie zwei oder drei Stunden vorkam, sank sie erschöpft zu Boden. Unfähig, nur noch einen weiteren Schritt zu gehen, rutschte sie auf das kühle Kopfsteinpflaster. Benommen starrte sie in das Licht einer Straßenlaterne, die über ihr flackerte.

Das Rattern der Kutsche, die in diesem Augenblick auf die Hauptstraße bog und in ihre Richtung gefahren kam, hörte sie wie aus weiter Entfernung. Es kam langsam näher, dann verstummte es plötzlich, und das Schnauben eines Pferdes drang durch die Nacht. Der Schlag der Kutsche wurde geöffnet.

Ella schaffte es nicht, den Kopf zu heben, brachte es nicht einmal fertig, die Augen zu öffnen. Die Schritte einer Frau, so viel glaubte sie zu erkennen, klapperten über das Pflaster. »Du lieber Gott, die arme Frau ist verletzt!«, hörte sie eine weibliche Stimme. »Was haben sie mit Ihnen gemacht, Miss?«

Statt einer Antwort brachte Ella nur ein leises Stöhnen hervor.

»James! Kommen Sie doch mal her!«, rief die Frauenstimme nach dem Kutscher. Nur widerwillig schien er zu kommen, seine Schritte klangen langsam und zögernd. »Sehen Sie sich die arme Frau an, James! Sehen Sie die Wunde an der Schläfe? Das ist getrocknetes Blut. Sie ist überfallen worden.«

»Ich sehe es, Mrs Galloway«, erwiderte James. »Aber wenn ich mir die Bemerkung erlauben darf: Sie sieht nicht gerade wie eine Vertrauen erweckende Person aus. Sehen Sie doch nur, dieses schäbige Kleid und die schmutzigen

Haare – jede Magd auf dem Lande ist sauberer. Ich glaube, sie ist eine von diesen Landstreicherinnen, die sich seit einiger Zeit in unserer Stadt herumtreiben. Ich würde mich von ihr fernhalten. Sie bringt nur Ärger.«

»James!«, rief die Frau entrüstet. »Ich wusste ja gar nicht, dass Sie so hochnäsig sein können. Wenn ich mich recht erinnere, kamen Sie gerade aus dem Gefängnis und waren mittellos, als ich Sie einstellte. Habe ich recht?«

»Ein bedauerlicher Irrtum, Mrs Galloway. Ich komme aus einer guten Familie und habe es nicht nötig, Brot zu stehlen. Mir fehlte lediglich das Geld, um einen Anwalt zu beauftragen, der es wirklich ehrlich meint.«

»Natürlich, James. Sie sind ein Unschuldslamm. Wie konnte ich das vergessen? Aber diese junge Frau ist genauso unschuldig, das sieht doch ein Blinder, und wenn sie wirklich eine Landstreicherin ist, wird es höchste Zeit, dass ihr jemand hilft, ins Leben zurückzufinden. Helfen Sie mir, James!«

»Wie bitte?«

»Drücke ich mich so undeutlich aus? Sie sollen mir helfen, die arme Frau in die Kutsche zu tragen. Ich werde sie gesund pflegen. Fassen Sie mit an!«

Ella spürte, wie kräftige Hände sie anhoben und über den Gehsteig trugen. Sie stöhnte vor Schmerzen. In der Kutsche wurde sie mit dem Rücken auf eine gepolsterte Sitzbank gelegt. »Fahren Sie vorsichtig, James!«, hörte sie die energische Stimme von Mrs Galloway. »Nehmen Sie Rücksicht auf sie!«

James ergriff die Zügel und lenkte die Kutsche weiter nach Westen. Er ließ die Pferde so langsam gehen, dass Ella kaum etwas von der Erschütterung spürte. Nach einer Weile öffnete sie die Augen und blickte ihre Retterin an.

Im schwachen Licht erkannte sie eine kräftige Frau mit einem runden Gesicht und großen Augen. Sie hatte etwas zu viel Puder im Gesicht, der verzweifelte Versuch, das Altern zu verhindern, und ihr leicht dekolletiertes Kleid spannte sichtbar. Ihre Haare waren zu einem kunstvollen Gebilde hochfrisiert.

»Danke … vielen Dank!«, presste Ella hervor.

»Keine Ursache, Schätzchen«, erwiderte Mrs Galloway fröhlich. »Aber jetzt schließen Sie besser wieder die Augen und ruhen sich aus! Mit so einer Verletzung ist nicht zu spaßen. Ich kümmere mich um Sie, keine Angst!«

Ella tat, was sie verlangte, und empfand die plötzliche Sicherheit und Geborgenheit wie ein Geschenk des Himmels. Der Herr musste ein Einsehen gehabt und beschlossen haben, sie auf die Sonnenseite des Lebens zu führen. Diese Mrs Galloway war ein Engel. »Ich … ich bin Ella«, sagte sie.

»Und ich bin Hannah Galloway und kenne mich mit solchen Verletzungen aus, also machen Sie sich keine Sorgen. Zwei, drei Tage Ruhe, und Sie sind wieder auf dem Damm. Ich gebe Ihnen das Zimmer meiner Tochter, die ist schon seit zehn Jahren aus dem Haus. Vertrauen Sie mir, Schätzchen!«

Ella blieb gar nichts anderes übrig. Sie öffnete kurz die Augen, als sie vor einem zweistöckigen Haus in der vornehmen Bond Street hielten, doch als sie Anstalten machte, sich aufzurichten, drückte Hannah Galloway sie sanft zurück und sagte: »Kommt gar nicht infrage, Schätzchen. Wir tragen Sie.«

James hütete sich, noch einmal Kritik zu üben, und trug sie auf beiden Händen ins Haus von Mrs Galloway. Er brachte sie in ein Zimmer, das größer als das Wohnzimmer war, in dem Ella mit ihren Eltern gelebt hatte, und legte sie aufs Bett. Sie seufzte dankbar, als sie das weiche Kissen unter ihrem Kopf spürte. Zwei flinke Hände zogen ihr die Arbeitsschuhe von den Füßen.

»Danke, James«, hörte sie Mrs Galloway sagen. Wenig später erschien ihre Retterin mit einer Schüssel heißen Wassers und säuberte ihre Wunde. »Nicht so schlimm, wie ich dachte. Da bleibt nichts zurück. Sie brauchen nur Ruhe und ein wenig Pflege.« Ella wehrte sich nicht, als Hannah Galloway ihr das Kleid und die Unterwäsche auszog, sie von oben bis unten wusch und ihr eines von ihren eigenen Nachthemden überstreifte. Selbst in ihrem Zustand genoss sie die edle Seide auf ihrer Haut. »Um die Haare kümmern wir uns morgen. Schlafen Sie sich erstmal gründlich aus. Gute Nacht, Schätzchen.«

Ella lächelte mit geschlossenen Augen. »Vielen ... vielen Dank, Mrs Galloway«, sagte sie noch einmal. »Ich ... ich bin Ihnen wirklich sehr dankbar ...«

So glücklich wie in dieser Nacht hatte sie sich schon lange nicht mehr gefühlt. Wie schnell sich die Dinge doch änderten. Eben hatte sie noch verletzt, mittellos und ohne Hoffnung in einer schmutzigen Gasse gelegen, und jetzt trug sie ein Seidennachthemd und ruhte im weichen Bett einer vornehmen Dame, die in einem Haus in der Bond Street wohnte. Selbst auf der Haskell-Farm hatte man von Prachtstraßen wie der Bond Street gehört.

Am nächsten Morgen waren ihre Schmerzen verflogen. Nur wenn sie sich abrupt bewegte, erfüllte noch ein leichtes Brummen ihren Kopf, und auf die Beule an ihrer linken Schläfe durfte sie sich auch nicht legen. Sie öffnete die Augen und blinzelte in die Sonnenstrahlen, die durch das Fenster fielen. Sobald sich ihre Augen an das ungewohnte

Licht gewöhnt hatten, erkannte sie die kostbaren Schränke und Kommoden im Zimmer. An der Wand hing das Gemälde einer betenden Frau. Auf einer Kommode stand die Elfenbeinstatue eines Bären, die sie auf eigenartige Weise in ihren Bann zog.

»Guten Morgen, Schätzchen!«, begrüßte sie Hannah Galloway, als sie mit dem Frühstückstablett erschien. Es gab schwarzen Tee, frisches Rührei und zwei knusprige Brötchen, eine Mahlzeit, wie sie sie zum letzten Mal an einem Sonntag bei ihren Eltern genossen hatte. »Keine Angst, ich koche nicht selbst«, beruhigte Mrs Galloway sie, »darum kümmert sich Gwendolyn, meine Köchin. Wie geht es Ihnen heute Morgen? Sie sehen viel besser aus.«

»Mir geht es auch besser«, erwiderte Ella. Sie kam sich wie eine Prinzessin vor, als Hannah Galloway das Tablett aufs Bett stellte. »Ich bin Ihnen zu tiefstem Dank verpflichtet. Ich weiß, ich sehe wie eine Landstreicherin aus.«

Mrs Galloway lächelte. »Um die Haare kümmern wir uns gleich. Wie geht es der Beule?« Ella schob die Haare von ihrer linken Schläfe und sie nickte zufrieden. »Wunderbar. Ich hatte schon Angst, ich müsste einen Arzt rufen.«

»Nein, es geht mir gut«, sagte Ella schnell. Das Rührei und die Brötchen schmeckten herrlich und der heiße Tee weckte ihre Lebensgeister. Sie strahlte. »So ein gutes Frühstück habe ich noch nie gegessen, Mrs Galloway.«

Hannah Galloway freute sich. »Sagen Sie Hannah zu mir, ich halte nicht viel von Förmlichkeiten.« Sie bemerkte Ellas fragenden Blick und musste lachen. »Du meinst, weil ich teure Kleider trage und in einer vornehmen Gegend wohne? Das hat nichts zu sagen. Ich komme aus einfachen

Verhältnissen. Als junges Mädchen habe ich viele Jahre lang auf der Straße gelebt. Dann hatte ich das Glück, einen redlichen Mann zu treffen, der sich nicht zu schade war, eine einfache Frau wie mich zu heiraten. Gott hab meinen Henry selig! Er machte den anderen Offizieren weis, ich wäre die Nichte eines Gouverneurs aus unseren amerikanischen Kolonien, sonst hätten wir niemals den Bund der Ehe schließen dürfen. Leider ist er im Krieg gegen die Franzosen gefallen. Aber lassen Sie uns von was anderem reden. Wie ist das passiert?«

»Die Beule?« Sie nippte an ihrem Tee, hatte Schwierigkeiten, aus der zerbrechlichen Tasse zu trinken. »Ich bin überfallen worden.« Sie blieb bei der Wahrheit, erzählte Mrs Galloway, sie sei in die Stadt gekommen, um Arbeit zu suchen, und habe sich verirrt. »Sie haben meine Ersparnisse geraubt.«

»Viel?«, fragte Hannah Galloway.

»Zwölf Shillinge und ein paar Pennies.«

»Nicht der Rede wert«, winkte ihre Retterin ab, »deswegen brauchen wir nicht zur Polizei zu laufen. Oder willst du die beiden Gauner anzeigen?«

»Nein, keine Polizei!«, antwortete Ella hastig.

Hannah blickte sie prüfend an. Nach einer Weile fragte sie vorsichtig: »Du bist auf der Flucht, nicht wahr? Du bist weggelaufen?«

Ella wollte die hilfsbereite Frau nicht belügen und berichtete ihr die Wahrheit. »Wenn du willst, verlasse ich heute noch dein Haus«, sagte sie.

»Nicht nötig, Schätzchen. Du hast doch nichts dagegen, dass ich ›Schätzchen‹ sage? Ich habe schon von diesem Haskell gehört. Wenn nur die Hälfte von dem stimmt, was man mir berichtete, hast du richtig gehandelt. Und mach dir keine Sorgen wegen der Polizei. Bei mir sucht sie bestimmt niemanden und in ein paar Wochen ist Gras über die Sache gewachsen.« Sie kicherte. »Soll ich dir ein Geheimnis verraten? Ich habe auch als Magd gearbeitet, bevor ich nach London kam. Und in London tat ich Dinge, die ich wohlweislich vor meinem Gatten verschwiegen habe. Vielleicht verstehst du jetzt, warum ich dir helfe? Du erinnerst mich an … an mich.«

»Ich möchte dir nicht zur Last fallen, Hannah.«

»Unsinn, Schätzchen! Du bleibst bei mir. Ich habe sogar Arbeit für dich. Ich besitze ein Modegeschäft am Grosvenor Square und suche schon lange eine junge Dame, die den Frauen der Gesellschaft meine Kleider vorführt. Dein hübsches Gesicht und deine schlanke Figur werden meinen Umsatz kräftig steigern. Die Ehemänner kaufen die Kleider, weißt du? Und ich bin schon ein bisschen zu kräftig für diese Arbeit. Du kannst natürlich hier wohnen bleiben. Ich bestehe sogar darauf. Was hältst du davon, Schätzchen?«

»Was ich davon halte?«, fragte sie. »Ich bin begeistert, Mrs Galloway … ich meine … Hannah! Vielen Dank! Natürlich bin ich einverstanden!«

5

Zum ersten Mal, seit Ella das Haus ihrer Eltern verlassen hatte, war sie zufrieden mit ihrem Spiegelbild. Der Friseur, der von Hannah Galloway mit mehreren Sixpence entlohnt worden war, hatte kunstvolle Locken in ihre honigblonden Haare gedreht und sie zu einem eleganten

Knoten geschlungen, der sie ein paar Monate älter, aber auch hübscher und respektabler aussehen ließ.

Zusammen mit dem Kleid, das sie von ihrer Retterin bekommen hatte, und den neuen Schuhen gab es nichts mehr, das an die einfache Magd erinnerte, die sie noch vor zwei Tagen gewesen war. Nicht einmal der Farmer Haskell hätte sie in diesem Aufzug noch erkannt, geschweige denn die Polizei, falls sie überhaupt ihre Beschreibung vorliegen hatte. Sie sah wie die Frau eines angesehenen Mannes aus, eines Handwerkers oder eines Angestellten in einem der vielen Kontore. Mit berechtigtem Stolz lächelte sie ihr Spiegelbild an und sagte: »Sehr erfreut, Sie kennenzulernen, Miss Morgan.«

Die Arbeit in dem Modegeschäft bereitete ihr große Freude. Niemals zuvor hatte sie sich in einer so geschmackvollen und ansprechenden Umgebung bewegt. Der Verkaufsraum erstrahlte in hellen Pastelltönen und die kostbaren Möbel hätten auch in das Empfangszimmer eines Schlosses oder Gutshauses gepasst. An den Wänden hingen große Spiegel, und einige der schönsten Kleider waren so ausgestellt, dass man sie von allen Seiten bewundern konnte. Direkt an den Verkaufsraum schlossen ein Umkleideraum, ein Aufenthaltsraum und ein Büroraum an. Die Schneiderei lag im ersten Stock des Hauses.

Zu Ellas großer Verwunderung entwarf ihre Arbeitgeberin den größten Teil der Kleider. Oft saß sie tagelang über ihren Zeichnungen und Skizzen, bis sie mit der fertigen Vorlage in die Schneiderei ging und bei der Fertigung eines Modells half. Wenn Kunden kamen, führte Ella die neuen Kleider vor, und sie konnten dann entscheiden, ob sie ein vorrätiges Modell erstehen oder ihre eigenen Wünsche und Vorstellungen einbringen und ein Kleid nach Maß kaufen wollten. Fast alle Käufer der gehobenen Schicht entschieden sich für die zweite Variante, obwohl sie ein halbes Vermögen dafür ausgeben mussten.

Bereits nach einer Woche stellte Hannah eine leichte Umsatzsteigerung fest, und dafür war auch Ella verantwortlich, die begeistert in ihrer neuen Arbeit aufging und in einzigartiger Schönheit erstrahlte, wenn sie die Kleider vorführte. Besonders die älteren Männer waren von ihrem Lächeln angetan und kauften so manches Kleid, das sie früher missmutig kritisiert hätten. Leider waren ihre Ehefrauen oft doppelt so dick wie Ella und sahen wesentlich unvorteilhafter darin aus. Aber das störte weder die Frauen noch die Männer.

»Ich schätze, bei Layton & Shear's macht man sich langsam Gedanken«, sagte Hannah eines Abends, als sie allein im Laden waren. Layton & Shear's war eines der größten Bekleidungsgeschäfte in London. Sie lächelte. »Ich bin sehr mit dir zufrieden, Schätzchen. Du leistest gute Arbeit.«

»Und ich kann dir nicht genug dafür danken, dass du mich eingestellt hast, Hannah. Ich fühle mich sehr wohl bei dir und die Arbeit bereitet mir große Freude.« Sie zögerte ein wenig. »Warum tust du das alles für mich?«

Hannah legte beide Hände auf ihre Schultern. »Purer Egoismus, Schätzchen. Seitdem meine Tochter mit diesem Kapitän durchgebrannt ist, fehlte mir die Gesellschaft. Ich war einsam. Nun ja, und wie ich schon sagte, du erinnerst mich an meine eigene Jugend. Wie alt bist du? Einundzwanzig? Mein Gott, damals ging es mir wirklich dreckig, und wenn mein Henry nicht erschienen wäre, hätte mein Leben wohl ganz anders ausgesehen. Dann wäre ich vielleicht diejenige gewesen, die dir die Beule verpasst hätte.«

»Das glaube ich nicht, Hannah. Nicht einmal, wenn du

dich bettelnd auf der Straße herumgetrieben hättest, wärst du so niederträchtig gewesen.«

»Hast du eine Ahnung, Schätzchen!«

Ella legte eines der vorgeführten Kleider in die Truhe und blickte ihre Arbeitgeberin fragend an. »Deine Tochter hat einen Kapitän geheiratet? Einen richtigen Kapitän? Auf einem Segelschiff? So wie einen wie Captain Cook?«

»Einen gewissen Robert Byron«, antwortete Hannah. »Ich sage immer Kapitän, aber bis er sein erstes Kommando bekommt, werden wohl noch einige Jahre vergehen. Er ist Erster Offizier. Eigentlich wollte er vor zwei Jahren mit Captain James Cook in See stechen, aber die Admiralität entschied sich für einen anderen Mann. Jetzt hofft er, bei der nächsten Arktis-Expedition dabei zu sein. In zwei Wochen soll die Entscheidung fallen.«

»Er will in die Arktis fahren? Aber da gibt es nur Eis und Schnee!«

»Sie suchen nach einer Nordwestpassage. Nach einer Durchfahrt im Norden unserer amerikanischen Kolonien, die unseren Handelsschiffen den Weg nach China verkürzt. So eine Durchfahrt würde Zeit und Geld sparen. Die Offiziere, die bei ihrer Entdeckung dabei sind, brauchen sich um ihre Karriere keine Sorgen mehr zu machen. Das weiß ich von meinem Schwiegersohn.«

»Und der König finanziert diese Expeditionen?«

»Der König, das heißt, die Royal Society. Sehr zum Leidwesen der Hudson Bay Company, die im Norden unserer Kolonien das Sagen hat und sich natürlich nicht die Butter vom Brot nehmen lassen will. Wer die Nordwestpassage entdeckt, hat die Nase im Handel vorn und verdient ein Vermögen.«

Jeder kannte die Royal Society, eine vom König eingesetzte Gesellschaft, die sich der Erforschung fremder Länder widmete. Aber Ella erinnerte sich auch, von der Hudson Bay Company gehört zu haben. Richtig, der Pferdeknecht hatte ihr davon erzählt. Die Eltern des vornehmen Mannes, dieses Martin Owen, sollten beträchtliche Anteile an der Gesellschaft besitzen.

»Du weißt so viel«, bewunderte Ella ihre Arbeitgeberin. »Ich wollte, ich hätte auch dieses Wissen und könnte so gut schreiben und lesen wie du.«

»Kein Problem. Ich bringe es dir bei. Wie wäre es, wenn wir schon heute Abend damit anfangen? Ich weiß zwar nicht, ob ich zur Lehrerin tauge ...«

»Oh, das wäre wunderbar!«, erwiderte Ella strahlend.

Hannah war tatsächlich sehr gebildet. An der Seite ihres studierten Mannes hatte sie den Ehrgeiz entwickelt, sich ein solides Allgemeinwissen anzueignen, um den anderen Frauen der vornehmen Gesellschaft, in die sie eingeheiratet hatte, zumindest in dieser Hinsicht überlegen zu sein. Während ihr Ehemann im Felde war, hatte sie viel gelesen und war sogar im Theater und in der Oper gesehen worden. Die meisten Frauen begnügten sich damit, ihren Männern zu dienen, kostbare Kleider zu tragen und ihnen Kinder zu gebären, aber das war ihr nie genug gewesen. »Es genügt nicht, sich auf einen starken Mann zu verlassen«, sagte sie. »Wenn man sich in dieser Welt durchsetzen will, muss man sich vor allem Wissen aneignen. Wissen ist Macht, manchmal sogar mächtiger als Geld. Und nicht alle Männer begleiten einen bis zum Tod. Sieh dir meinen Henry an. Wie hätte ich mich ohne ihn durchsetzen sollen? Geld allein hätte nicht genügt. Ein Geschäft wie meines führt man nur, wenn man über das nötige Selbstbewusstsein verfügt.«

Bei ihrer Ziehmutter, wie sie Hannah insgeheim nannte, lernte Ella flüssig zu lesen und zu schreiben, und schon bald war sie imstande, in den Büchern und Schriften zu lesen, die ihr Ehemann hinterlassen hatte. Darunter war auch der Aufsatz eines gewissen John Knight, der zwischen 1719 und 1728 in der Arktis nach einer Nordwestpassage gesucht hatte. Er berichtete von seltsamen Eingeborenen, die in Schneehäusern wohnten, sich von rohem Fleisch ernährten und mit Hundeschlitten über das Ewige Eis fuhren. Allein bei dem Gedanken stockte ihr der Atem. Aber dieses fremde Volk interessierte sie, und sie bat Hannah, ihr noch mehr Bücher und Aufsätze darüber herauszusuchen. Viele Schriften gab es nicht, doch in den wenigen Berichten erfuhr sie einiges über die seltsamen Bewohner des kalten Nordens, unter anderem, dass sie sich mit Knochenbrillen vor Schneeblindheit schützten.

Eine seltsame Erfahrung machte sie beim Anblick eines kostbaren Kupferstichs, der einem der Bücher beilag. Er zeigte einen gewaltigen Bären. Obwohl sie der Anblick einer solchen Bestie normalerweise geängstigt hätte, erschrak sie nicht. Im Gegenteil, sie empfand eine seltsame Nähe zu dem Bären. Er wirkte vertraut, schien sich mit seinen funkelnden Augen direkt an sie zu wenden und zu sagen: »Hab keine Angst, meine Freundin! Ich tue dir nichts!«

Mit den Kunden sprach sie nicht über diese Themen, das hätte sich nicht für eine junge Frau geziemt. Die Erkundung fremder Länder und Völker war Männersache und über ihre Empfindungen beim Anblick des Bären hätte man nur gelacht. Sie beschränkte sich darauf, so hübsch wie möglich auszusehen und die Kleider, die sie trug, möglichst nachhaltig wirken zu lassen.

»Du bist ein Naturtalent«, lobte Hannah, »ich bin froh, dass ich dich habe.«

Hannah übertrug ihr immer mehr Verantwortung im Laden, um sich mehr um den Entwurf neuer Modelle und die Fabrikation kümmern zu können, und ließ sie eines Nachmittags sogar allein im Verkaufsraum. »Ich bin bei einer Freundin zum Tee eingeladen«, sagte sie. »Bleibst du noch ein wenig hier und räumst die neuen Kleider in die Truhen? Wenn du möchtest, sage ich James, dass er dich in einer Stunde mit der Kutsche abholen soll. Einverstanden?«

»Nicht nötig, Hannah. Das kurze Stück laufe ich gern.«

Ella brauchte lediglich eine halbe Stunde für die Arbeit, obwohl sie jedes der neuen Kleider ausgiebig bewunderte und es sich vor dem Spiegel vor den Körper hielt. Bei einem der Kleider geriet sie regelrecht ins Schwärmen. Es war aus dunkelroter Seide gefertigt und mit zarten Goldfäden durchwirkt. Den Kragen und die Ärmel zierten kostbare Spitze. Der Stoff lag so angenehm in den Händen, und im Schein der Lampen leuchteten die Goldfäden so verführerisch, dass sie nicht umhin konnte, es anzuziehen. Sich einmal in einem solchen Kleid zu bewegen, ohne für vornehme Kunden posieren zu müssen, einmal so tun, als wäre sie selbst eine adelige Lady!

»Wunderschön!«, erklang eine männliche Stimme, als sie den Verkaufsraum betrat, um sich im Spiegel zu bewundern. »Wie eine Königstochter!«

Ella blieb abrupt stehen und erblasste, denn der Gentleman, der unbemerkt den Laden betreten hatte, war niemand anderer als Martin Owen, der Sohn des mächtigen Earl of Shrewsbury. Der junge Mann, dessen dunkle Augen sie schon vor der Kutschenstation in Unruhe versetzt hatten. Aus der Nähe betrachtet, wirkten diese Augen noch verführerischer, was vor allem an dem humorvollen Blitzen lag, das in ihnen leuchtete. Aber das, versuchte sie sich zu beruhigen, konnte auch am Flackern der vielen Öllampen liegen.

»Ich bitte vielmals um Entschuldigung«, sagte er und nahm seinen Dreispitz vom Kopf. »Ich habe Sie wohl erschreckt. Mein Name ist Martin Owen. Eigentlich bin ich nur hier, um einen Termin für meine Schwester zu vereinbaren, aber allein der Anblick Ihrer Schönheit wäre schon Grund genug, dieses Geschäft zu betreten. Das Kleid steht Ihnen wirklich einzigartig, Mylady!«

Mylady? Er nahm wohl an, einer adeligen Prinzessin gegenüberzustehen. Kein Wunder bei diesem kostbaren Kleid. Einer plötzlichen Eingebung folgend, beschloss sie, ihn nicht zu enttäuschen. »Henriette von Mecklenburg-Strelitz« wiederholte sie einen Namen, den sie in der Zeitung gelesen hatte.

»Mecklenburg-Strelitz?«, fragte er verwundert. »Sie stammen aus demselben Geschlecht wie die Gattin unseres Königs?« Er blickte sie ungläubig an. »Ich wusste gar nicht, dass eine Verwandte unserer Majestät in England lebt.«

»Ich bin nur auf Besuch hier«, erwiderte sie. Das Verwirrspiel begann ihr Freude zu machen. »Und um ehrlich zu sein … ich bin nur über drei Ecken mit Ihrer Majestät verwandt. Jedenfalls nicht so eng, dass sie mich in ihren Palast einladen würde. Ich bin sicher, sie hat meinen Namen noch nie gehört.«

»Sie sprechen ein vortreffliches Englisch, Mylady!«

Ella fiel ein, dass die Gattin des Königs aus einem fremden Land kam und errötete leicht. Nach einem Augenblick der Unsicherheit fing sie sich wieder. »Ich hatte einen vortrefflichen Lehrer, mein Herr, und bin hier, um bei meiner Freundin, der Witwe des tapferen Henry Galloway, die letzten Feinheiten zu erlernen. Leider ist Mrs Galloway nicht hier, um Sie empfangen zu können, aber wenn Sie erlauben, überbringe ich ihr gern einen Gruß. Ich bin sicher, sie ist morgen gern bereit, Sie und Ihre Schwester zu empfangen.« Ihr wurde bewusst, dass sie dann die Kleider vorführen und ihre kleine Posse aufgeben müsste, sie fand aber keinen Ausweg aus dieser Klemme. Sie hoffte, ihr würde rechtzeitig etwas einfallen. Sie überspielte ihre plötzliche Verlegenheit mit einem Lächeln. »Mrs Galloway hat mir freundlicherweise gestattet, einige ihrer Kleider anzuprobieren, während sie bei einer Freundin zum Tee weilt.«

»Und Sie haben eine vortreffliche Wahl getroffen«, verkündete Martin Owen. »Damit würden Sie die Männerwelt auf jedem Ball verzaubern.«

Ella lächelte innerlich, als sie daran dachte, dass sie noch nie in ihrem Leben auf einem Ball gewesen war und dass sie für ein Kleid wie dieses einen Jahreslohn opfern müsste. »Vielen Dank, mein Herr, Sie sind sehr galant.«

Martin Owen drehte verlegen seinen Dreispitz in den Händen. Er suchte verzweifelt nach einer Ausrede, um die Unterhaltung mit der bezaubernden Lady zu verlängern. »Ich hoffe, ich sehe Sie bald wieder«, sagte er dann. »Es war mir ein außerordentliches Vergnügen, mich mit Ihnen zu unterhalten.«

»Ganz meinerseits, Sir. Wenn Sie mich bitte entschuldigen wollen …«

Doch weder machte sie Anstalten, den Verkaufsraum zu

verlassen, noch setzte er seinen Dreispitz auf und ging zur Tür. Sie mussten beide schmunzeln. Es kam selten vor, dass ein junger Mann der Oberschicht und ein junges Fräulein aus adeligem Geschlecht so ungestört miteinander reden konnten.

»Meine Freundin wohnt in der Bond Street, nur ein paar Straßen von hier«, sagte sie und fügte kühn hinzu: »Eigentlich wollte ich alleine gehen, aber wenn Sie wollen, dürfen Sie mich nach Hause begleiten. Ich glaube, es wäre nicht sehr schicklich für mich, jetzt allein zu gehen. Es wird schon dunkel.«

Das war zwar reichlich übertrieben, denn die Sonne war noch nicht einmal untergegangen, aber eine bessere Ausrede fiel ihr nicht ein. Sie wollte Martin Owen auf keinen Fall gehen lassen. Sein sanftes Lächeln und sein gewandtes und auf seltsame Art auch schüchternes Verhalten hatten sie auf eine Weise berührt, die sie bisher nicht gekannt hatte. Es war schon eigenartig: Einerseits verführte er sie dazu, ein wenig abweisend und schnippisch zu sein, und andererseits sehnte sie sich nach seinem Lächeln und seiner Nähe. »Oder haben Sie Angst, sich mit einer jungen Dame in der Öffentlichkeit zu zeigen, Sir?«

»Lassen Sie das alberne ›Sir‹«, erwiderte er mit gespieltem Widerwillen. »Ein Gentleman, der um diese Zeit mit Ihnen spazieren geht, darf doch wohl erwarten, mit seinem Vornamen angesprochen zu werden. Ich heiße Martin.«

Sie merkte wohl, dass er »um diese Zeit« spöttisch betonte, und reagierte mit einem tiefen Knicks. »Und ich heiße …« Sie zögerte kurz. »… Henriette.«

Er verbeugte sich. »Es ist mir ein Vergnügen, Henriette. Gehen wir?«

»Ich will nur ein anderes Kleid anziehen«, sagte sie. »Ich

glaube, dieses Gewand wäre ein bisschen zu festlich für unseren kurzen Spaziergang.«

Sie ging ins Nebenzimmer und schloss die Tür. Vor dem Spiegel zog sie sich um. »Du bist eine Närrin, Ella!«, beschimpfte sie ihr Spiegelbild, während sie vorsichtig das kostbare Kleid auszog. »Wie kommst du dazu, den netten Gentleman auf so dreiste Weise zu belügen? Und was hat dich dazu getrieben, das Adelsgeschlecht der Gattin des Königs zu nennen? Wenn er deinem Schwindel auf die Schliche kommt, und das passiert so sicher wie das Amen in der Kirche, erlebst du dein blaues Wunder!« Aber sie lächelte dabei und glaubte wohl, die Sache irgendwie in Ordnung bringen zu können. Sie würde Martin Owen die Wahrheit erzählen, gleich nachher, wenn sie sich von ihm verabschiedete. Noch war nichts passiert. Ein kurzer Spaziergang mit einer gewöhnlichen Angestellten würde ihm bestimmt nicht schaden.

In dem Alltagskleid, das Hannah ihr zur Verfügung gestellt hatte, kehrte sie in den Verkaufsraum zurück. Die Worte, die sie an ihr Spiegelbild gerichtet hatte, waren bereits vergessen. »Entschuldigen Sie meine einfache Kleidung«, sagte sie lächelnd, »ich habe es abends gern ein wenig bequem.«

»Sie sehen bezaubernd aus«, schmeichelte er ihr.

Sie schloss den Laden ab und sie spazierten gemeinsam zur Bond Street. Nach den schweren Jahren, die sie als Magd auf der Haskell-Farm verbracht hatte, war es ein seltsames Gefühl, am Arm eines Gentleman über eine der vornehmsten Straßen der Hauptstadt zu flanieren. Inzwischen war die Sonne hinter St. Paul's Cathedral verschwunden und die ersten Laternen brannten.

»Gehen Sie oft mit jungen Damen spazieren?«, forderte sie ihn heraus.

»Ich gehe nicht mal allein spazieren«, erwiderte er ebenso schnippisch. »Wenn ich ehrlich bin, lege ich die meisten Wege in der Kutsche zurück.«

»Und warum machen Sie bei mir eine Ausnahme?«

Er grinste. »Weil Sie mich so nett gebeten haben!«

»Das ist nicht wahr!«, reagierte sie scheinbar wütend. Bis zum Haus ihrer Arbeitgeberin blieb ihnen wenig Zeit für eine Unterhaltung, und nach dem schnippischen Duell kam es lediglich zu einigen belanglosen Wortwechseln. Vor dem Eingang löste sich Ella von seinem Arm.

»Hier wohne ich«, sagte sie. Ihren Entschluss, ihm die Wahrheit zu beichten, hatte sie bereits wieder verdrängt. »Vielen Dank für Ihre Gesellschaft.«

»Gern geschehen, Henriette. Ich darf mich doch wieder melden?«

»Wenn Sie möchten …«

Er verabschiedete sich mit einem angedeuteten Handkuss von ihr und zog zufrieden von dannen. Ella lächelte noch lange, nachdem er gegangen war.

6

»Ein Brief für Lady Henriette von Mecklenburg-Strelitz«, sagte der Bote und brach sich beim Aussprechen des ausländischen Namens beinahe die Zunge.

Das Hausmädchen zog verwundert die Augenbrauen hoch. »Sie müssen sich irren, mein Herr. Hier wohnt keine Lady mit diesem Namen.«

»Aber ich habe mich bestimmt nicht in der Adresse geirrt …«

»Das ist schon in Ordnung«, sagte Ella, die den Boten durch die angelehnte Salontür gehört hatte. »Der Brief ist für mich.« Sie nahm den Umschlag vor dem verdutzten Hausmädchen entgegen, bedankte sich bei dem uniformierten Boten und kehrte mit gemischten Gefühlen in den Salon zurück. Hannah wartete mit dem Buch, aus dem sie einander abwechselnd vorgelesen hatten.

»Henriette von Mecklenburg-Strelitz?«, betonte sie jedes einzelne Wort.

Ella lief rot an und öffnete den Brief. »Verehrte Henriette«, stand dort in geschwungenen Buchstaben, »ich erlaube mir, Sie am 10. Mai zu einem festlichen Ball in Shrewsbury Manor einzuladen. Es wäre mir eine große Ehre, Sie im Landschloss meiner Eltern zum Tanz zu führen. Wenn Sie gestatten, hole ich Sie gegen achtzehn Uhr in Ihrer Wohnung ab. Ich freue mich darauf, Sie wiederzusehen, und verbleibe …« Die restlichen Zeilen verschwammen vor ihren Augen, und sie musste sich mit einer Hand auf eine Kommode stützen, um nicht das Gleichgewicht zu verlieren. »Was habe ich angerichtet«, seufzte sie. »Warum habe ich ihm nicht die Wahrheit gesagt?«

»Von wem ist der Brief?«, fragte Hannah.

»Martin Owen«, erwiderte sie zögernd. »Er kam in den Laden, vor ein paar Tagen, als du bei deiner Freundin warst. Ich hatte das neue Kleid angezogen, das rote mit den goldenen Stickereien. Ich weiß, das hätte ich nicht tun sollen, aber das Kleid ist so wundervoll, und ich wollte mich nur für ein paar Minuten wie eine Prinzessin fühlen. Du … du bist mir doch nicht böse, Hannah?«

»Natürlich nicht.« Hannah lächelte amüsiert. »Und

du hast dich bei diesem Martin Owen als Henriette von Mecklenburg-Strelitz ausgegeben? Die Frau des Königs kommt aus diesem Geschlecht. Fiel dir kein anderer Name ein?«

Ella schüttelte den Kopf. »Ich hatte den Namen in der Zeitung gelesen und dachte mir ... eigentlich wollte ich mir nur einen kleinen Scherz erlauben, aber dann ... Ich konnte doch nicht ahnen, dass er mich zu einem Ball einlädt.«

»Du hast ihm den Kopf verdreht.«

Sie nickte schuldbewusst.

»Und hast dich in ihn verliebt!«

»Ich wollte es ihm sagen, Hannah. Nachdem er mich nach Hause gebracht hatte, wollte ich ihm die Wahrheit sagen, ganz bestimmt. Aber ich konnte nicht. Woher sollte ich denn wissen, dass er sich noch mal bei mir meldet?«

»Martin Owen«, sinnierte Hannah. »Ist das nicht der Sohn des Lord of Shrewsbury? Dem so viele Anteile der Hudson Bay Company gehören?«

»Ja, das ist er.«

»Wie sieht er denn aus?«

Sie strahlte. »Einfach wunderbar, Hannah! Gar nicht so, wie man sich einen Adeligen vorstellt. Viel stärker und ... männlicher. Und seine Augen, sie sind so dunkel und sanft, und wenn er mich ansieht, funkelt es darin. Ich kannte noch nie einen Mann, der so höflich und zuvorkommend zu mir war.«

Hannah lachte fröhlich. »Klarer Fall von Liebe, Schätzchen! Und wenn ich mich recht erinnere, haben mein Henry und ich auch kräftig geflunkert, damit wir heiraten konnten. Aber musstest du ausgerechnet den Namen unserer Königin nehmen? Wenn nun jemand diese Henriette kennt? Du musst ihm unbedingt die Wahrheit sagen. Wenn er dich liebt, akzeptiert er dich so, wie du bist, glaube mir. Und dann findet ihr auch einen Weg, um zu heiraten.«

»Aber dazu ist es noch viel zu früh!«, erschrak Ella.

»Glaube mir, Schätzchen, wenn eine Frau so von einem Mann schwärmt, dann heiratet sie ihn auch, ob er will oder nicht. Und nun setz dich endlich! Du bist dran mit Vorlesen, und ich bin sehr gespannt, wie es weitergeht.«

Aber Ella fiel es schwer, sich zu konzentrieren, und ihre Gedanken schweiften immer wieder zu Martin Owen ab. War sie wirklich in ihn verliebt? Was empfand er für sie? Wie würde er reagieren, wenn sie ihm gestand, dass sie gar keine Lady war und vor wenigen Wochen noch als Magd gearbeitet hatte? »Ich habe doch gar nichts anzuziehen«, sagte sie mitten im Satz.

»Darüber mach dir mal keine Sorgen«, beruhigte Hannah sie mit einem nachsichtigen Lächeln. »Du wirst das schönste Kleid tragen, das man jemals auf Shrewsbury Manor gesehen hat. Martin Owen wird dir zu Füßen liegen!«

Natürlich stellte Hannah ihr das rote Kleid mit den goldenen Stickereien und der anmutig gefalteten Spitze zur Verfügung, dazu besorgte sie schwarze Schuhe und einen Fächer mit einem bunten Blumenmuster. Die kunstvolle Frisur mit dem von hauchdünner Seide durchwirkten Haarknoten übertrug sie einem Friseur, der mehr Geld für seine Dienste verlangte, als selbst Ella bei ihrer neuen Arbeit in zwei Monaten verdienen konnte. »Womit habe ich das verdient? Warum tust du das alles für mich?«, fragte Ella, als sie sich im Spiegel betrachtete und vollkommen hingerissen von ihrer Erscheinung war.

»Das weißt du doch«, antwortete Hannah.

»Und wenn er mich abweist?«

»Das wird nicht passieren, Schätzchen!«

Martin Owen war begeistert. Als Ella ihn im Salon empfing, blieb er stehen und blickte sie bewundernd an. »Verzeihen Sie, Henriette, wenn mir für einen Augenblick die Sprache wegbleibt«, sagte er. »Sie sind wirklich die bezauberndste Frau, die mir jemals begegnet ist! Sie sehen einfach himmlisch aus! Ich empfinde es als große Ehre, Sie ausführen zu dürfen!«

»Ganz meinerseits, Martin. Ich freue mich.«

Shrewsbury Manor lag einige Meilen südwestlich von London, und sie hatten während der einstündigen Fahrt in der Kutsche ausreichend Gelegenheit, sich zu unterhalten. Ella erfuhr, dass Martin als ältester Sohn dazu auserkoren war, eines Tages die Geschäfte seines Vaters zu übernehmen, und sich um die zahlreichen Firmen in London und Umgebung kümmern sollte. Bisher arbeitete er im Londoner Hauptbüro der Hudson Bay Company und war vor allem darum bemüht, die Außendarstellung der Handelsgesellschaft zu verbessern.

»Ich habe darüber gelesen«, erwiderte Ella. »Einige Politiker kritisieren die Hudson Bay Company wegen ihres Alleinanspruchs auf den Pelzhandel.«

Martin blickte sie erstaunt an. »Und ich dachte, Frauen interessieren sich nicht für Politik. Sie erstaunen mich immer mehr, Henriette. Aber es stimmt, es gibt diese Kritik. Dabei haben wir uns in unserem Vertrag mit der Regierung verpflichtet, auch die Entdeckung und Erforschung unbekannter Landstriche und Völker zu finanzieren. Das verschlingt eine Menge Geld. Aber lassen Sie uns von etwas anderem reden. Wie haben Sie sich in London eingelebt?«

Eigentlich hatte Ella daran gedacht, ihm während der Fahrt die Wahrheit zu beichten, doch stattdessen antwortete sie mit einer neuen Lüge: »Oh, ich habe erst gestern nach Hause geschrieben und in höchsten Tönen von dieser Stadt geschwärmt. Die vornehmen Geschäfte, die vielen Parks, das British Museum und St. Paul's Cathedral … einfach einmalig! Aber am besten gefallen mir die Menschen. So eine Vielfalt habe ich nirgendwo sonst gesehen.«

»Das freut mich. Könnten Sie sich denn vorstellen, für immer hier zu leben?«

Sie verstand den Hintergedanken bei der Frage und konnte nicht umhin, ihn wieder zu necken. »Das kommt ganz darauf an, Martin. Ich müsste natürlich einen triftigen Grund dafür haben, meine Familie und meine Heimat zu verlassen.« Als sie seine betrübte Miene bemerkte, fügte sie schnell hinzu: »Aber ich könnte es mir vorstellen. Ich könnte es mir sehr gut vorstellen.«

Shrewsbury Manor lag inmitten blühender Wiesen, ein dreistöckiges Landhaus aus unbehauenen Granitblöcken, das von einem Kutschenhaus, den Stallungen und zahlreichen Wirtschaftsgebäuden umgeben war. Die Eingangstür umrahmte ein Portal mit weißen Säulen. Ein livrierter Diener half ihnen aus der Kutsche und kündigte sie den Herrschaften an. »Martin Owen und Lady Henriette von Mecklenburg-Strelitz«, verkündete er großspurig.

Beim Anblick des feierlich erleuchteten Hauses und der zahlreichen Gäste in festlicher Kleidung wäre Ella am liebsten im Boden versunken. Alle Männer trugen gepuderte Perücken und seidene Mantelröcke über den Kniehosen, die Frauen überboten sich gegenseitig in ihren Abendkleidern und mit kunstvollen Frisuren, die wie bei Ella mit seidenem Zierrat geschmückt waren.

Bis vor ein paar Wochen hatte sie eine solche Gesellschaft nur aus Erzählungen gekannt und die Geschichten immer für übertrieben gehalten. Jetzt gehörte sie selbst dazu, zumindest bis zu dem Augenblick, in dem sie Martin über ihre wahre Identität aufklären würde. Warum hatte sie ihm noch nichts gesagt?

Martin verbeugte sich vor seinen Eltern. Wie die meisten Adeligen sprach er sie respektvoll an: »Mylord, Mylady, darf ich Ihnen meine Begleiterin, Lady Henriette von Mecklenburg-Strelitz, vorstellen?« Er wandte sich an Henriette: »Lord Charles Owen und Lady Mary Owen ... meine Eltern.«

Henriette zeigte ihre Ehrerbietung mit einem respektvollen Knicks. »Es freut mich wirklich sehr, Sie kennenzulernen, Mylord.« Sie begrüßte den stämmigen Mann mit dem dichten Backenbart, der ihn älter machte, als er wirklich war, und erschrak, weil sie leises Misstrauen in seinen strengen Augen zu erkennen glaubte. »Es ist mir ein Vergnügen, Mylady!«, sprach sie rasch seine Gattin an, doch auch ihr Lächeln wirkte etwas gekünstelt und verriet leichte Abneigung. »Von Mecklenburg-Strelitz?«, fragte sie verwundert. »Aus demselben Adel wie die Frau unseres Königs? Ich wusste gar nicht, dass eine ihrer Verwandten in England weilt. Sind Sie schon lange in London, Mylady?«

Ella glaubte, einen schnippischen Unterton in ihrem »Mylady« zu hören, kam aber zu dem Schluss, dass sie sich den Spott nur einbildete. »Seit ungefähr vier Wochen«, antwortete sie höflich. »Ich besuche eine Freundin unserer Familie. Hannah Galloway, vielleicht haben Sie schon von ihr gehört.«

Ihre Miene entspannte sich. »O ja, sie entwirft wundervolle Kleider.«

»Weiß die Gattin des Königs von Ihrem Besuch?«, fragte Charles Owen.

Sie brachte ein Lächeln zustande. »Nein, Mylord. Ich bin nur ... wie sagt man so schön ... über drei Ecken mit ihr verwandt. Wir sind eine sehr große Familie. Und im Vergleich zu ihr bin ich nur eine unbedeutende Dienerin.«

Ella war froh, als die Vorstellung endlich vorüber war und sie den festlich geschmückten Ballsaal betreten konnte. Sie war überwältigt von dem Prunk, der auch in diesem Raum herrschte, den kristallenen Kronleuchtern, den blitzenden Spiegeln, den schweren weinroten Vorhängen. Auf einer Art Bühne standen die Musiker und stimmten ihre Instrumente. Sie kam sich wie in einem Märchen vor und hatte sogar das Glück, einen Prinzen an ihrer Seite zu haben. Sie hoffte nur, dass ihr Traum nicht plötzlich zerstört würde.

Ich werde es ihm nach dem Ball sagen, beschloss sie. Warum soll ich uns diesen wunderschönen Abend verderben? Wenn er unsere Beziehung nach meinem Geständnis beendet, kann ich immer noch behaupten, einen höfischen Ball erlebt zu haben. Die Erleichterung, den kritischen Augenblick etwas hinausgeschoben zu haben, zauberte ein Lächeln auf ihr Gesicht.

Dennoch ließ sie den ersten Tanz verstreichen. Sie nutzte die Zeit, um zu beobachten, wie sich die Paare beim Menuett bewegten, und war froh, bei ihrem ersten Tanz keine größeren Fehler zu machen. Wie hätte sie ihrem Partner auch erklären sollen, dass sie noch niemals ein Menuett getanzt hatte?

»Sie tanzen wunderbar«, sagte Martin zu ihrer großen Verwunderung, und sie nickte dankbar, in der Gewissheit, sich eher ungeschickt anzustellen.

Als sie sich in einer Tanzpause aus dem Ballsaal zurückzogen, erbot sich Martin, ihr das Landhaus zu zeigen, den riesigen Salon mit seinen dunklen Eichenmöbeln und der wuchtigen Kommode, das Speisezimmer, das von einem ovalen Esstisch aus edelstem Holz, einem verspielten Kronleuchter und schweren Brokatvorhängen bestimmt wurde. Mehrere Ölgemälde an den Wänden zeigten Jagdszenen aus den heimatlichen Wäldern der Umgebung.

»Entschuldigen Sie mich einen Augenblick«, sagte Martin, als er seine Mutter allein aus dem Ballsaal kommen sah, »ich bin gleich wieder zurück.«

Sie zeigte ihr Einverständnis, indem sie nickte, und blieb geduldig vor der Bibliothek stehen. Die Tür stand einen Spalt offen, und sie hörte Stimmen.

Von ihrer Neugier verführt, spähte sie in den Raum hinein. Charles Owen stand mit einem stattlichen Mann in bürgerlicher Kleidung zusammen. Der Fremde war ungefähr vierzig Jahre alt, strotzte nur so vor Gesundheit und fiel durch seine aufrechte Haltung und eine Narbe an der linken Schläfe auf.

»Ich kann keinen Ihrer Männer mitnehmen«, sagte er, »daran lässt sich nichts ändern. Die Royal Society lässt sich nicht umstimmen.« Er trank von dem Whisky, den Charles Owen ihm angeboten hatte. »Ich dachte, Sie hätten mich wegen eines möglichen Kommandos kommen lassen, Mylord. Wenn ich gewusst hätte, was Sie von mir verlangen, wäre ich zu Hause geblieben.«

Charles Owen funkelte ihn wütend an. »Captain Wyngate! Sie vergessen wohl, wen Sie vor sich haben! Wenn Sie glauben, dass ich Sie bestechen wollte, sind Sie auf dem Holzweg! Ich wollte lediglich, dass Sie einem meiner

Vertrauten die Chance geben, sich im Eis des Nordens zu beweisen.«

»Das geht leider nicht, Mylord«, blieb Wyngate hart. »Ich persönlich hätte nichts dagegen, einen Ihrer Offiziere an Bord zu nehmen, aber die Entscheidung über die Zusammensetzung der Mannschaft liegt allein bei der Royal Society. Robert Byron ist mein Erster Offizier, und dabei bleibt es auch.«

Charles Owen trank einen Schluck von seinem Whisky und unterdrückte mühsam seinen Ärger. »Wie Sie wollen, Captain Wyngate. Sie wissen, dass ich für das nächste Parlament kandidiere und einiges für Sie tun könnte. Es wird andere, größere Expeditionen geben, und Cook kann nicht alle Kommandos übernehmen. Jetzt müssten Sie schon die Passage entdecken, wenn Sie nach Ihrer Rückkehr noch ein Bein auf die Erde bekommen wollen.«

»Das habe ich vor, Mylord.«

Ella erkannte, dass der Captain im Begriff war, sich zu verabschieden, und entfernte sich rasch von der Tür. Unter der Treppe, die in den ersten Stock führte, versteckte sie sich. Sie beobachtete, wie die beiden Männer aus der Bibliothek kamen und Captain Wyngate ohne ein weiteres Wort zur Tür ging. Er wirkte zu Recht betroffen. Charles Owen hatte versucht, einen Offizier der Hudson Bay Company auf sein Schiff zu schmuggeln, um über die Fortschritte der rivalisierenden Royal Society genau informiert zu sein, und ihm wahrscheinlich eine größere Summe dafür geboten. Es sprach für den Captain, dass er das unmoralische Angebot abgelehnt hatte.

Sie beobachtete, wie Martins Vater in den Ballsaal zurückkehrte, und verließ ihr Versteck.

»Ah, da sind Sie ja!«, rief Martin, als sie in den Lichtschein trat. »Entschuldigen Sie bitte, dass ich Sie warten ließ. Ich wollte Ihnen noch die Bibliothek zeigen.«

Ohne ihm zu verraten, dass sie seinen Vater belauscht hatte, folgte sie ihm in den Raum. Es roch nach dem Whisky, den Charles Owen und sein Gast getrunken hatten. »Mein Vater hat wohl noch Besuch gehabt«, entschuldigte er sich. »Er kann nicht mal während eines Balls seine Geschäfte ruhen lassen.« Er lächelte. »Nun, wie gefällt Ihnen die Bibliothek? Großartig, nicht wahr?«

»Erstaunlich«, musste sie zugeben.

Bis zur Decke zogen sich die Regale empor, gefüllt mit Büchern und Schriften aus England, Frankreich und anderen europäischen Ländern; sogar aus den Kolonien waren einige bedeutsame Werke dabei. Vor den Regalen standen Leitern, damit man auch die obersten Reihen erreichen konnte.

»Wundervoll«, staunte Ella, als sie an den Regalen entlangging, obwohl sie nicht einmal einen Bruchteil der Bücher kannte und einige Titel gar nicht entziffern konnte, weil sie in einer fremden Sprache verfasst waren. »Sehr eindrucksvoll!«

Außer diesen eher oberflächlichen Worten fiel ihr nichts ein. Zu deutlich hatte sie noch das Bild seines Vaters vor Augen, wie er auf verachtenswerte Weise versucht hatte, den Captain umzustimmen.

Sie wandte sich von ihm ab, um sich nicht durch ihre Miene zu verraten, und drehte sich der einzigen Wand zu, an der kein Regal stand. Ein riesiges Gemälde erstrahlte im Licht der Öllampe, die Martin hochhielt, und zog sie so in ihren Bann, dass sie wie zu Stein erstarrt davor stehen blieb.

Das Motiv verstörte sie auf ähnliche Weise wie der Kupferstich, den sie in einem von Hannahs Schriften gefunden hatte. Auch dieses Gemälde zeigte einen Bären, doch dieser hatte sich drohend auf die Hinterbeine erhoben und fletschte seine blanken Zähne. Seine dunklen Augen funkelten wild.

Die Bestie war so plastisch dargestellt, dass sie aus dem Bild herauszuwanken und ihr etwas mitzuteilen schien. Was wollte ihr der Bär sagen?

Martin stellte die Lampe auf einen Beistelltisch und lächelte entschuldigend. »Oh, ich hätte Sie vielleicht warnen sollen. Der Bursche sieht zum Fürchten aus, nicht wahr? Zum Glück gibt es diese Bestien nur im Norden unserer Kolonien.«

»Ja, zum Glück«, erwiderte sie zaghaft.

7

In den Kensington Gardens küssten sie sich zum ersten Mal. Weit genug vom Palast entfernt, um nicht von einem neugierigen Beobachter gesehen zu werden, blieben sie unter einem der weit ausladenden Bäume stehen und blickten einander in die Augen. Die Maiensonne strahlte von einem erstaunlich klaren Himmel, und sie fühlten sich unbeobachtet, denn der Park war nur Personen der Oberschicht vorbehalten, und sie befanden sich abseits der Spazierwege.

»Du weißt, dass ich dich liebe«, sagte er. »Ich liebe dich seit dem Augenblick, in dem ich dich in deinem roten Kleid vor dem Spiegel stehen sah.«

»Und ich liebe dich«, erwiderte sie aufrichtig.

Sie legte ihre Arme um seinen Hals und schloss die Augen, spürte seine weichen und zärtlichen Lippen und versank in einem Rausch, aus dem sie erst erwachte, als sie voneinander ließen und Martin heiser flüsterte: »Wenn uns jemand in dieser verfänglichen Haltung sieht, landen wir beide im Tower.«

Er lächelte amüsiert, aber Ella blieb ernst und dachte mit Schrecken daran, dass sie ihm noch immer nicht die Wahrheit gesagt hatte. Sie durfte ihr Geständnis nicht länger hinausschieben, wenn ihre Liebe weiter Bestand haben sollte. »Martin«, sagte sie, ohne ihn anzublicken, »ich muss dir etwas sagen …«

»Nicht jetzt«, verkannte er den Ernst der Lage. »Lass uns am See entlanggehen und den herrlichen Sonnenschein genießen.« Er deutete auf die quakenden Enten. »Sieh nur, selbst die Enten freuen sich über unsere Liebe!«

Noch mehrmals an diesem Tag setzte Ella zu einem Geständnis an, doch der rechte Augenblick wollte sich nicht einstellen, und die erlösenden Worte kamen nicht über ihre Lippen. Nächstes Mal, schwor sie sich, noch in der Kutsche sage ich ihm die Wahrheit. In Gedanken malte sie sich bereits aus, wie er ihre Worte lächelnd zur Kenntnis nahm und antwortete: »Uns kann niemand trennen, meine Liebe. Ella … der Name gefällt mir sowieso besser.«

Doch als er sie einige Tage später zu einem Theaterbesuch abholte, war er so guter Dinge, dass sie es wieder nicht fertigbrachte und sich damit tröstete, nach der Vorstellung sei es immer noch früh genug. Sie wohnten einer ausgelassenen Komödie bei, amüsierten sich über die heiteren Dialoge der Schauspieler und sahen sich auch die Pantomime an, die der Aufführung folgte.

Als sie das Theater verließen, wartete der Earl of

Shrewsbury mit zwei Polizisten auf sie. Wie ein drohender Racheengel stand er auf dem Bürgersteig und in seinen Augen stand Abscheu und Verachtung, als er Ella anblickte. »Ella Morgan«, sagte er so laut, dass einige Leute stehen blieben, »ich verhafte dich wegen Diebstahls und Betrug. Constables, nehmen Sie die Frau fest!«

Martin stellte sich schützend zwischen Ella und die Polizisten. »Was soll das heißen?«, erwiderte er entsetzt. »Das muss ein Irrtum sein! Mylord, das können Sie nicht tun. Henriette ist meine Braut. Ich beabsichtige, sie zu heiraten.«

»Die Frau an deiner Seite heißt Ella Morgan. Die wirkliche Henriette von Mecklenburg-Strelitz ist siebzig Jahre alt und niemals über die Grenzen ihrer Heimat hinausgekommen!« Er deutete verächtlich auf Ella. »Das ist eine gemeine Diebin und Betrügerin, die dich nur heiraten wollte, um ihrer gerechten Strafe zu entgehen und an die Reichtümer unserer Familie zu kommen. Bis vor ein paar Wochen hat sie als einfache Magd auf dem Anwesen des Farmers Haskell gearbeitet. Sie hat einen Laib Brot gestohlen und ist geflüchtet. Wahrscheinlich hat sie Mrs Galloway genauso wie uns belogen.«

»Sie müssen sich irren«, glaubte er immer noch.

Ella blickte ihn schuldbewusst an. »Ich wollte es dir die ganze Zeit sagen, Martin. Ja, es stimmt, ich heiße Ella Morgan und habe als Magd auf dem Anwesen des Farmers Haskell gearbeitet. Aber ich habe nichts gestohlen und bin nur weggelaufen, weil Haskell mich … sich mir unehrenhaft genähert hat.«

»Du hast nichts gestohlen?«

»Ich schwöre es, Martin! Bei meiner toten Mutter!«

»Glaubst du einer einfachen Magd mehr als einem

Großfarmer, der wichtige Persönlichkeiten der Londoner Gesellschaft mit Fleisch, Gemüse und Obst beliefert?«, widersprach der Earl of Shrewsbury. »Sie ist eine Betrügerin!«

Ella spürte, wie Martin von ihr abrückte. Er nahm seine Hand von ihrem Rücken, und seine Miene wurde unsicher. »Du hast mir eine Posse vorgespielt«, sagte er leise und sichtlich betroffen. »Wie kannst du den Namen der Frau unseres Königs in dieser Weise missbrauchen? Warum hast du mir nicht deinen wahren Namen gesagt, wenn du unschuldig bist? Vertraust du mir so wenig?«

»Ich hatte Angst, dich zu verlieren, Martin! Mit einer einfachen Magd, die vom Gesetz gesucht wird, wärst du doch niemals ausgegangen! Oder hättest du mir geglaubt? Ich weiß, ich hätte diesen Namen nicht annehmen dürfen, aber in der Eile fiel mir kein anderer ein, und ich ...« Sie begann zu weinen.

»Genug!«, beendete Charles Owen den verzweifelten Wortwechsel. »Constables, legen Sie die Frau in Ketten! Sie bleibt im Kerker, bis ein Gericht über ihre Strafe entschieden hat! Und schicken Sie das Kleid, das sie sich ergaunert hat, zu Mrs Hannah Galloway zurück. Keine Diskussionen mehr!«

Ella wehrte sich nicht, als die Constables ihr Ketten anlegten und sie zu einem einfachen Pritschenwagen führten. Mit gesenktem Kopf kletterte sie auf die Ladefläche. Einige Passanten lachten schadenfroh, als sie die Frau in ihrem wunderschönen Abendkleid in Ketten sahen. »Das dürfen Sie nicht tun!«, hörte sie Martin rufen und gleich darauf die strenge Zurechtweisung seines Vaters: »Mäßige dich, mein Sohn! Diese Frau bekommt nur, was sie verdient!«

Sie hob erst den Kopf, als der Wagen weit genug vom

Theater entfernt war und Martin und sein Vater kaum noch zu sehen waren. Im Schein der zahlreichen Öllampen über dem Eingang glaubte sie zu erkennen, wie der Earl of Shrewsbury seinen aufgebrachten Sohn am Arm festhielt. Sie seufzte betrübt.

Sie hatte verloren. Ihre Dummheit, das Adelsgeschlecht der Frau des Königs zu wählen und Martin so lange die Wahrheit zu verschweigen, und das Misstrauen und die Nachforschungen des Earl of Shrewsbury hatten alle ihre Hoffnungen zerstört. Die Vergangenheit hatte sie eingeholt. Man würde sie im Kerker verrotten lassen oder an Bord eines Schiffes in eine Strafkolonie schicken, und nicht einmal Martin konnte daran etwas ändern. Der Einfluss seines Vaters war zu groß. Als sie ihn während des Balls belauscht hatte, war ihr klar geworden, zu welchen Maßnahmen er fähig war.

Rumpelnd näherte sich der Wagen dem Kerker. Vor dem klobigen Gebäude in der Nähe des Hafens war es stockdunkel, und sie sah kaum eine Hand vor Augen, als man sie in das Verlies führte. Über eine gewundene, aus Felsen gehauene Treppe ging es in einen düsteren, nur von einer flackernden Öllampe beleuchteten Kerkerraum. Im Schein der Lampe saß ein muskulöser Bursche in ausgefransten Hosen und einem einfachen Baumwollhemd, wie es Seeleute trugen. Es spannte sich über seinem mächtigen Brustkorb. Sein Schädel war kahl, sein grimmiges Gesicht von einer Brandwunde entstellt.

Beim Anblick der Constables sprang der Bursche auf und griff nach dem Schlüsselbund, der an einem Haken über seinem Stuhl hing. Er humpelte zu der großen Zelle am Ende des Kerkerganges und öffnete die vergitterte Tür. »Da rein!«, befahl er mit kehliger Stimme. Man sah seinen reglosen Augen nicht an, ob er sich über das vornehme Kleid seiner Gefangenen wunderte.

Als Ella zögerte, stieß er sie unsanft in die dunkle Zelle. Sie stolperte über die Ketten und stürzte zu Boden. Erst als einer der beiden Polizisten, der wohl Mitleid mit ihr hatte, etwas sagte, nahm der Bursche ihr die Ketten ab. Sie rieb sich die schmerzenden Gelenke und sank niedergeschlagen zu Boden.

»He, wen haben wir denn da?«, kam eine weibliche Stimme aus der Dunkelheit. »Hast dich ja richtig fein gemacht für deinen Besuch!« Den Worten folgte höhnisches Gelächter. »Bist du was Besseres? Ne Adelige oder so was? Ich dachte, die reichen Verbrecher sperren sie in den Tower. Wer bist du?«

Ella wartete, bis sich ihre Augen an das Halbdunkel gewöhnt hatten und sie ihre Mitgefangene sehen konnte. In dem fahlen Mondlicht, das durch das winzige Fenster über ihren Köpfen schien, erkannte sie eine stark gepuderte und parfümierte Frau mit blitzenden Augen und zerzausten roten Haaren. Sie hockte auf dem Boden und hatte das einfache Gefängniskleid unsittlich über die Knie geschoben. »Ella Morgan«, sagte sie leise. »Ich bin unschuldig!«

Die Frau lachte höhnisch. »Das sagen sie alle, Kindchen! Ich bin auch unschuldig! Oder meinst du, ich kann was dafür, dass der alte Sack, der mit mir aufs Zimmer ging, einen Herzanfall bekam? Wir hatten noch nicht mal losgelegt, verdammt!« Sie lachte wieder. »Ach, übrigens, ich bin Geneviève.«

»Geneviève? Das klingt französisch.«

»Soll es auch, Kindchen! Die Seeleute sagen, französische Frauen lieben am besten, also hab ich mir einen französischen Namen zugelegt. Du solltest mal sehen, wie die Augen der Männer leuchten, wenn ich meinen Namen nenne. Der Trick mit Geneviève ist die halbe Miete. Wer will schon Mary?«

Oder Ella, dachte sie. Sie schloss die Augen und schluchzte bitterlich, als sie daran dachte, dass ihr schöner Traum von einer Heirat mit einem geliebten Mann unwiederbringlich dahin war. Der Earl of Shrewsbury hatte unrecht. Sie hatte es nicht auf den Reichtum der Familie abgesehen und wäre sogar ohne die festlichen Bälle und Theaterbesuche ausgekommen. Denn was war dieser Prunk gegen die traute Zweisamkeit in den Kensington Gardens? Konnten die prunkvollen Kristallleuchter in Shrewsbury Manor mit dem bezaubernden Licht der Sonne mithalten? Was bedeuteten schon Adelstitel? Sie liebte Martin um seiner selbst willen und hätte ihn auch geheiratet, wenn er ein einfacher Knecht gewesen wäre. Sein Vater hatte diesen Traum zerstört.

»Warum haben sie dich eingebuchtet, Kindchen?«, fragte Geneviève.

Ella hob den Kopf und überlegte lange, ob sie der Fremden, die offensichtlich eine Straßendirne war, die Wahrheit erzählen sollte. Nach einer Weile entschied sie sich dafür. Es tat gut, einer anderen Person sein Herz auszuschütten, auch wenn diese Person ein unsittliches Leben führte. Sie berichtete von den Versuchen des Farmers, sie zu vergewaltigen, ihrer abenteuerlichen Flucht nach London und ihrer Begegnung mit Martin Owen. »Ich hätte ihm meinen richtigen Namen sagen sollen, gleich damals im Laden«, sagte sie.

Geneviève winkte ab. »Vergiss es, Kindchen! Wenn du das getan hättest, wäre der gute Mann schneller weg gewesen, als du denken kannst! Oder meinst du, der Sohn eines Earls kann es sich erlauben, mit einer einfachen Magd rumzupoussieren? Nee, Kindchen, das haut nicht hin! Selbst wenn er hin und weg von deiner Schönheit gewesen und unsterblich in dich verliebt gewesen wäre, hätte er sich nicht mehr blicken lassen. So `ne Adelsfamilie kann sich das nicht erlauben. Ein König kann sich keine Bettlerin nehmen, das ist einfach nicht drin!« Sie lachte. »King George und das Mädchen vom Lande!«

Im Kerkergang wurden Schritte laut und der kahlköpfige Wärter erschien mit einem Gefängniskleid. »Anziehen!«, befahl er barsch und warf das zerschlissene Kleid in die Zelle. Zu Ellas Erleichterung verschwand er gleich wieder.

Sie blickte Geneviève fragend an.

»Ich würde das Ding anziehen«, antwortete die, »sonst hilft dir der Kahlkopf, und dann hast du nichts zu lachen!« Sie grinste. »Keine Angst! Ich dreh mich, wenn du willst. Oder hast du die Pocken unter deinem schönen Kleid?«

Ella befreite sich schüchtern von ihrem Kleid und den Unterröcken. Widerwillig streifte sie das schmutzige Gefängniskleid über. Während sie sich umzog, ging ihr Blick immer wieder ängstlich zum Zellengitter, aus Angst, der Wärter könnte sie heimlich beobachten oder frühzeitig zurückkehren.

»Jetzt siehst du schon besser aus«, spottete Geneviève.

Wenig später erschien der Gefängniswärter und Ella reichte ihm das Kleid durch die Gitterstäbe. »Wie lange muss ich hier drin bleiben?«, bedrängte sie ihn voller Verzweiflung. »Wann werde ich dem Richter vorgeführt?« Sie hielt sich an den Gitterstäben fest und blickte ihn vorwurfsvoll an. »Ich bin unschuldig! Ich habe nichts gestohlen! Lass mich raus! Ich will raus ... bitte!«

Der Wärter schüttelte lediglich den Kopf und hinkte davon.

Ella kehrte niedergeschlagen auf ihren Platz zurück.

»Das bringt nichts«, sagte Geneviève nüchtern. »Hier kannst du schreien und toben, so viel du willst. Das geht bei diesem Hornochsen auf der einen Seite rein und auf der anderen wieder raus. Er hat sowieso nichts zu sagen.«

»Aber sie müssen mich anhören! Ich will eine faire Verhandlung!«

»Die bekommst du, Kindchen. Zumindest das, was die hohen Herrschaften unter einer fairen Verhandlung verstehen. Sie hören sich an, was du zu sagen hast, und dann tun sie das, was ihnen am besten in den Kram passt. Ich kann froh sein, dass der Kerl, der auf mir gestorben ist, nur ein einfacher Händler war. Wenn ich Glück habe, komme ich ohne Strafe davon. Bei dir sieht's etwas anders aus. Du hast dich mit einem Earl angelegt. Tut mir leid, Kindchen, aber dich werden sie wohl in die Kolonien schicken. Soll kein Zuckerschlecken sein, hab ich gehört, aber immer noch besser, als am Galgen zu enden. Wenn du Glück hast, landest du bei einem anständigen Plantagenbesitzer.«

Ella hatte über die reichen Plantagenbesitzer in den Kolonien in einem Buch gelesen und wusste, dass britische Gefangene als Sklaven an sie verkauft wurden. Nur wenn sie Glück hatten und bei einem menschlichen Herrn landeten, hatten sie es besser als die schwarzen Sklaven. In dem Buch hatte aber auch gestanden, dass einige Gefangene sich schon während der Überfahrt ins Meer stürzten, um einem lebenslangen Martyrium zu entgehen.

In dieser Nacht tat Ella kaum ein Auge zu. Noch als ihre Mitgefangene längst eingeschlafen war, lehnte sie an der kahlen Kerkerwand und starrte mit leeren Augen in die Dunkelheit. Sie hörte das leise Scharren einer Ratte, die erst verschwand, als Geneviève mit einem Fuß nach ihr stieß, und schüttelte sich vor Ekel, als sie einen Käfer an ihrem Hals spürte. Das trübe Mondlicht vor dem Fenster konnte sie nicht beruhigen, und selbst das Läuten einer Kirchenglocke, das aus der Ferne zu ihr drang, hatte wenig Tröstliches an sich.

Am nächsten Morgen verdeckten dichte Regenwolken den Himmel, und sie wachte erst auf, als der Wärter ihr Frühstück durch die Zellenstäbe schob, dünnen Haferbrei und schmutziges Wasser. Sie wandte sich angeekelt ab.

»Du gewöhnst dich an das Zeug, Kindchen«, sagte Geneviève.

Angeekelt aß sie von dem Haferbrei. Schon nach der Hälfte musste sie würgen und sich beinahe übergeben. »Ich … ich kann das nicht … essen«, stammelte sie mit Tränen in den Augen. »Ich … ich will hier raus, ich …«

»Reiß dich zusammen, Kindchen! Das wird schon!«

Als hätte Gott wieder ein Einsehen mit ihr, erklangen plötzlich ungewohnte Schritte im Zellengang. Im düsteren Licht erkannte sie die Kleidung eines vornehmen Gentleman, dann ein vertrautes Gesicht. »Martin!«, rief sie überrascht. Tränen schossen in ihre Augen, diesmal aus Freude. »Du bist gekommen! Du hast mich nicht vergessen! Oh, ich wusste es! Du liebst mich wirklich! Du hast dem Richter gesagt, dass ich unschuldig bin, nicht wahr?«

Sie rannte zu den Gitterstäben und umarmte ihn, so gut das durch die Eisenstangen ging. »Gott sei Dank!«, seufzte sie. »Nimmst du mich gleich mit?«

Doch an seiner steifen Haltung merkte sie, dass ihre

Freude verfrüht war. Sie löste sich von ihm und blickte ihn entsetzt an. »Du holst mich nicht raus?«

»Ich liebe dich«, erwiderte er. »Ich liebe dich wirklich. Und ich habe mich über den Farmer Haskell informiert. Ich glaube an deine Unschuld ... Ella, und verstehe jetzt auch, warum du mir einen falschen Namen genannt hast.«

»Aber? Was versuchst du mir zu sagen, Martin?«

Er senkte betreten den Kopf. »Mein Vater schickt mich nach Amerika. Ich soll den großen Stützpunkt im Süden der Hudson Bay übernehmen. Ich steche noch heute Morgen in See. Mit der Enterprise nach Boston und dann über die Flüsse nach Norden. Wir werden uns niemals wiedersehen!«

»Aber das darfst du nicht zulassen, Martin! Ich liebe dich!«

»Es geht nicht anders, Ella. Mein Vater will sichergehen, dass wir uns niemals wieder begegnen. Er behauptet, ich hätte große Schande über unsere Familie gebracht und sei es nicht wert, sein Erbe in der Heimat anzutreten.«

»Und was hat er mit mir vor? Will er mich hängen lassen?«

»Ich weiß es nicht, Ella.« Er griff mit beiden Händen nach ihr und senkte seine Stimme. »Aber ich habe dafür gesorgt, dass du nicht in diesem Kerker verrottest. Ich habe den Gefängniswärter bestochen. Er wird dich freilassen. Morgen Nacht. Aber du musst selbst sehen, wie du draußen zurechtkommst.«

»Morgen Nacht?«, erschrak sie. »Warum nicht gleich, Liebster? Ich könnte mich auf dein Schiff schleichen und als blinde Passagierin mitfahren!«

Er schüttelte den Kopf. »Viel zu gefährlich. Mein Vater

wartet nur darauf, dass ich dich aus dem Gefängnis hole, dann hat er einen Grund, mich vollkommen zu enterben, und du ... du landest vielleicht am Galgen! Du kennst meinen Vater nicht. Seine Karriere und seine Ehre gehen ihm über alles.«

»Ich weiß«, flüsterte Ella sorgenvoll.

»Sobald ich weg bin, achtet er nicht mehr auf dich. Morgen Nacht lässt der Wärter dich raus. Ich hab ihm gesagt, dass ihn einer meiner Vertrauten umbringt, falls er mir nicht gehorcht. Vertrau mir!«

»Du darfst mich nicht verlassen, Martin!«, flehte sie. »Ich liebe dich!«, flüsterte er, bevor er ging.

»Ich fress 'nen Besen«, sagte Geneviève.

8

Vor Aufregung tat Ella kein Auge zu. Sie lag unruhig auf ihrer Pritsche, starrte in die Dunkelheit und lauschte auf jedes noch so kleine Geräusch, das aus dem Zellengang zu ihr drang. Durch das winzige Fenster beobachtete sie, wie der Mond durch die Wolken brach und langsam über den Himmel wanderte.

Der kahlköpfige Gefängniswärter, der in der vergangenen Nacht auf sie aufgepasst und sie tagsüber an einen anderen Mann übergeben hatte, war zurückgekehrt und döste im Schein seiner Lampe vor sich hin. Sie konnte ihn nicht sehen, nahm nur das Flackern des Lichtscheins wahr und hörte seine Schritte, wenn er aufstand und sich die Beine vertrat. Gelegentlich fluchte er unterdrückt.

Sie spürte das Mondlicht auf ihrem Gesicht und veränderte ihre Stellung. Würde sich der Wärter an die Abmachung halten? Würde er sie freilassen?

Und wie würde er ihr Entkommen seinem Herrn erklären?

Sie nahm an, dass er alle Schuld auf Martin schieben würde. Er würde die Wahrheit erzählen und nur das Geld verschweigen, das er von ihm bekommen hatte. Oder er benutzte einen Teil der Summe, um außer Landes zu fliehen. Mit Geld konnte man sich eine Menge kaufen, sogar die Freiheit.

Oder unternahm er gar nichts?

Sie faltete die Hände und betete. Ihre Zukunft lag in den Händen des Gefängniswärters. Er entschied, ob sie in die Kolonien geschickt und als Sklavin verkauft wurde oder noch eine geringe Chance hatte, ihr Leben selbst zu bestimmen. »Herr, ich bitte dich«, flüsterte sie, »lass ihn die Tür öffnen!«

Doch als es Mitternacht schlug, waren seine schlurfenden Schritte noch immer nicht zu hören. Sie veränderte erneut ihre Stellung und blickte auf Geneviève, die leise schnarchend unter ihrer Decke lag. Ella hatte ihr nichts von der Abmachung erzählt, sie kannte sie viel zu wenig, um ihr vertrauen zu können.

Sie wurde müde, und obwohl sich jede Faser ihres Körpers dagegen wehrte, versank sie in einen leichten Halbschlaf. In ihrem Dämmerzustand sah sie Martin, wie er an der Reling der *Enterprise* stand und sich immer weiter von ihr entfernte. Ihn in den entferntesten Winkel der amerikanischen Kolonien zu schicken, war ein geschickter Schachzug seines Vaters gewesen. Die Hudson Bay lag Hunderte von Meilen von jeder menschlichen Siedlung entfernt. In den Büchern und Schriften, die sie gelesen hatte, wurde die

Bucht als einer der einsamsten Winkel des fernen Nordens beschrieben, als eisiger Vorhof der Hölle, in dem sich nur Eisbären und Wölfe und die seltsamen Eingeborenen wohlfühlten, die in Schneehäusern wohnten und sich von rohem Fisch ernährten.

Beinahe glaubte sie zu sehen, wie der Earl of Shrewsbury schadenfroh die Hände gegeneinander rieb und zu seiner Gattin sagte: »Dort drüben wird unser Sohn endlich zum Mann! Und wir können sicher sein, dass diese Diebin ihn niemals wieder sieht. In fünf oder sechs Jahren, wenn er zurückkehrt, hat er die Schlampe vergessen, und dann wird er eine Frau seines Standes heiraten.«

Sie ballte ihre Hände zu Fäusten, bis sich die Fingernägel ins Fleisch gruben. Den Schmerz spürte sie kaum. »Nein, diese Genugtuung werde ich Ihnen nicht geben, Mylord!«, flüsterte sie kaum hörbar. »Ich werde Martin nicht aufgeben! Ich werde ihn finden, und wenn ich dazu sieben große Ozeane überqueren muss!«

Im Zellenflur erklangen Schritte. Sofort war Ella hellwach und setzte sich auf den Pritschenrand. Der Schlüsselbund rasselte. Der Schatten des Gefängniswärters geisterte über den Boden, kroch an der Wand entlang und fiel auf den Zellenboden. Ohne ein Wort zu sagen, öffnete der kahlköpfige Mann die Tür.

Geneviève schreckte aus dem Schlaf. »Was soll der Lärm?«

»Verschwinde!«, befahl der Wärter.

»Was geht hier vor?«, rief Geneviève. Sie war plötzlich hellwach. »Haust du etwa ab? Warte, ich komme mit! Verdammt, wie hast du das gemacht?«

»Nur du«, sagte der Wärter.

»Geneviève kommt mit!«, widersprach Ella.

Bevor der Wärter etwas dagegen unternehmen konnte, huschten beide Frauen durch die offene Zellentür. Sie rannten durch den Gang und stiegen über die Felsentreppe auf die Straße hinaus. Wie vom Teufel gehetzt, hasteten sie die dunkle Straße hinab und blieben keuchend in einem Hauseingang stehen.

»Sieht ganz so aus, als wär heute mein Glückstag«, sagte Geneviève.

»Martin«, erklärte Ella. »Er hat den Wärter bestochen.«

»Und was jetzt? Glaub ja nicht, dass du bei mir bleiben kannst.«

»Ich muss zu ihm«, entschied Ella.

Geneviève kicherte leise. »Bist du irre? Soweit ich mitgekriegt hab, ist er zu irgendeiner fernen Bucht unterwegs. Willst du auch auf einem Schiff anheuern? Selbst wenn du tausend Pfund hättest, würden sie dich nicht mitnehmen. Frauen an Bord bringen Unglück, schon mal gehört?«

»Ich finde eine Möglichkeit!«

»Na, dann viel Glück!«, wünschte Geneviève ihr. »Danke, dass du mich mitgenommen hast. Aber denk daran, dass du nicht immer so ein Schwein hast! Wenn sie dich noch mal einsperren, ist kein Gentleman mehr da, der den Gefängniswärter besticht. Dann bringen sie dich auf irgendeine ferne Insel!«

»Ich weiß. Pass auf dich auf!«

»Du auch«, verabschiedete sich Geneviève und verschwand in einer düsteren Seitengasse. Ihr Schatten tanzte flüchtig im Schatten einer Laterne über eine Hauswand, dann verschmolz er mit der Nacht. Ihre Schritte verklangen.

Ella folgte weiter der gepflasterten Straße, ohne einen

festen Plan und ohne zu wissen, in welche Richtung sie lief. Sie hatte keine Ahnung, wie lange es dauern würde, bis man ihre Flucht entdeckte, und wollte so weit wie möglich vom Gefängnis weg sein, wenn die Alarmglocken läuteten. Sie war fest entschlossen, sich nicht mehr einfangen zu lassen. Diese Genugtuung würde sie dem Earl of Shrewsbury und auch Farmer Haskell nicht geben.

Mit hastigen Schritten irrte sie durch die engen Gassen, vorbei an dunklen Wohnhäusern und einer Kirche, die sich mächtig und drohend auf einem freien Platz erhob. Ohne es zu wollen, landete sie im Hafenviertel und wurde prompt vor den Spelunken von betrunkenen Seeleuten angepöbelt. »He, Kleine«, rief einer, »warum so eilig? Lass uns einen trinken! Ich hab die Taschen voller Guinees!« Und ein leichtes Mädchen erwiderte: »Kommt gar nicht infrage, du Lustmolch! Du bleibst bei mir! Wir haben noch die ganze Nacht vor uns!«

Ella bog in eine dunkle Gasse ab und sah bereits die Lichter im Hafen aufflackern, als die aufgeregten Rufe einiger Männer durch die Nacht hallten. Sie versteckte sich rasch im Schatten eines hohen Mietshauses und duckte sich hinter einen Handkarren, den ein nachlässiger Händler dort stehen gelassen hatte.

Mit klopfendem Herzen beobachtete sie, wie zwei der Männer in ihre Gasse gerannt kamen und aufgeregt miteinander sprachen. Obwohl sie nur die Umrisse der Männer im Halbdunkel sehen konnte, glaubte sie die Uniformen von Polizisten auszumachen. Schmerzlich wurde ihr bewusst, dass die Constables sie in ihrer grauen Kleidung sofort als Gefangene erkennen mussten.

Wenige Schritte von ihr entfernt blieben die Polizisten stehen.

»Die ist doch längst über alle Berge«, sagte der eine. »Wenn sie schlau ist, kriecht sie irgendwo auf der East Side unter, bis die Aufregung vorüber ist.«

»Bist du sicher, dass der Sohn des Earls sie befreit hat?«, fragte der andere.

»Sagt der Gefängniswärter«, kam die Antwort. »Er wollte auch abhauen, aber sie haben ihn in einem Reitstall erwischt. Er wollte gerade ein Pferd stehlen. Er schwört tausend Eide, dass Martin Owen ihn gezwungen hat, die Frau zu befreien. Ansonsten würde man ihn einen Kopf kürzer machen.«

»Ich glaube auch, dass der junge Owen dahintersteckt. Warum sollte der Kahlkopf sie sonst laufen lassen? Für eine schnelle Nummer?« Er lachte. »Die bekommt er auch umsonst. Wenn du mich fragst, hat Owen ihm einen Batzen Geld dafür gegeben, dass er Ella Morgan befreit. Der Earl wird ihn mächtig in die Zange nehmen, um das rauszukriegen. Ich möchte nicht in seiner Haut stecken, wenn er irgendwo einen Beutel mit Münzen versteckt hat.«

Die beiden Constables blickten sich suchend um.

»Hier ist sie jedenfalls nicht«, sagte der eine. »Lass uns lieber mal die Kneipen und Spelunken auf der East Side durchkämmen. Die andere Gefangene war eine Hure. Die hat sie vielleicht unter ihre Fittiche genommen.«

»Meinetwegen. Da gibt's wenigstens was zu trinken.«

Die Polizisten verschwanden und Ella atmete erleichtert auf. Sie wartete, bis sie sicher sein konnte, dass sie nicht mehr in der Nähe waren, und verließ zögernd ihr Versteck. Im Schatten der Häuser lief sie zum Hafen hinunter.

Abseits der Lichter blieb sie stehen. Sie war noch nie am Hafen gewesen und blickte staunend auf die vielen Schiffe, die dort vor Anker lagen. Wie dunkle Gerippe hoben sich ihre Masten und Takelagen gegen den mondhellen Himmel ab. Auf einem der größeren Segelschiffe brannten Laternen. Einige Männer waren damit beschäftigt, Kisten aus einem flachen Kahn zu heben und auf die Ladefläche eines Wagens zu wuchten. Von einem der Segelschiffe, die zu groß für die Kaimauer waren, ruderte ein Mann herüber.

Die breite Straße am Hafen wurde von den Verwaltungsgebäuden der großen Schifffahrtsfirmen und Kontore gesäumt, die um diese Zeit fast vollkommen im Dunkeln lagen. Gleich daneben und in den umliegenden Gassen lagen zahlreiche Spelunken und Kaschemmen, einige mit roten Laternen über den Eingängen. Etliche Betrunkene und leichte Mädchen tummelten sich auf den Straßen, torkelten Arm in Arm über das Kopfsteinpflaster und sangen unanständige Lieder. Zwei Hunde stritten sich laut bellend um einen Essensrest.

Ihr Blick ging wieder zu den Segelschiffen zurück. Ihr wurde klar, dass sie instinktiv den richtigen Weg eingeschlagen hatte. Wenn sie Martin jemals wiedersehen wollte, musste sie an Bord eines Schiffes gelangen. Aber wie sollte sie herausfinden, welches dieser Schiffe nach Boston segeln würde? Eine Reise nach Indien oder Afrika würde ihr wenig nützen. Die Hudson Bay lag im Norden der amerikanischen Kolonien, und die waren ihr Ziel, auch wenn sie erfahren hatte, dass es in Amerika bald zum Krieg kommen würde.

Während sie noch im Schatten stand und überlegte, hörte sie Räder poltern, Hufschlag erklang, und eine Kutsche rollte heran. Der Kutscher hielt an der Kaimauer, sprang vom Bock und riss den Schlag auf.

»Captain?«

Den stattlichen Mann, der aus der Kutsche stieg, hatte Ella schon einmal gesehen, während des Balls im Hause des Earl of Shrewsbury. Captain James T. Wyngate war sein voller Name, wie sie inzwischen wusste, und wieder bewunderte sie seine stämmige Gestalt und seine aufrechte Haltung. Diesmal trug er einen dunkelblauen Uniformrock über seinen weißen Kniehosen, und auf seinem Kopf saß ein Dreispitz. An seinem Gürtel baumelte ein Säbel.

»Ist die Mannschaft vollzählig, Mr Byron?«, fragte er.

»Alle Mann an Bord«, antwortete der Mann, der hinter ihm aus der Kutsche stieg. Robert Byron war etwas größer als der Captain und genauso gekleidet, hielt sich aber nicht so aufrecht und machte nicht den Eindruck, als wäre er jemals bei der Marine gewesen. »Dreißig Mann, darunter Abner Stockwell, der Zweite Offizier, und Hump, der Koch. Wir sind bereit, Captain.«

»Sehr gut, Lieutenant. Wir laufen pünktlich um sechs Uhr aus. Irgendwelche anderen Schiffe, die uns in die Quere kommen könnten?«

»Nein, Sir«, antwortete Byron, dessen Freundlichkeit gespielt schien. Ella erinnerte sich, dass er ein eigenes Kommando anstrebte. »Die *Enterprise* ist gestern Morgen nach Boston ausgelaufen. Die *Liverpool,* der Dreimaster neben unserem Schiff, geht nach Afrika. Ansonsten ist kaum was los, abgesehen von den Flussseglern auf der Themse. Die meisten Schiffe sind in die amerikanischen Kolonien unterwegs, da soll es Krieg geben.«

»Ja, ja, der Krieg gegen die Kolonisten.« Wyngate schien nachdenklich. »Alle reden davon, dabei hat er noch nicht einmal begonnen. Ich bevorzuge den friedlichen Teil der Seefahrt, die Handels- und die Entdeckungsfahrten.«

Robert Byron lächelte. »Und die Beute, die man dabei machen kann. Soweit ich weiß, sollen unvorstellbare Goldschätze in der Arktis liegen.«

»Hirngespinste, Lieutenant. Alles nur Hirngespinste.«

»Wer weiß, Captain?«

Wyngate schüttelte den Kopf. »Der einzige Reichtum, zu dem wir dort oben kommen können, ist die Entdeckung der Nordwestpassage. Das Wissen um eine Durchfahrt nach China wäre mehr wert als alles Gold und Silber.«

Die beiden Offiziere stiegen über eine Treppe zum Wasser hinunter und bestiegen eine Schaluppe, die einige Seeleute von der *Discovery* herübergerudert hatten. Sie salutierten, als Wyngate und Byron an Bord gingen. Mit regelmäßigen Ruderschlägen bewegten sie den Kahn zum Segelschiff zurück.

Ella merkte sich genau, wo die *Discovery* lag. Dieses Schiff war ihre einzige Hoffnung. Fast alle Expeditionen, die bisher nach der Nordwestpassage gesucht hatten, waren durch die Hudson Bay gesegelt, von Henry Hudson, der sie vor beinahe zwei Jahrhunderten entdeckt hatte, über den dänischen Seefahrer Jens Munk bis zu den Schiffen der Hudson Bay Company, die bis vor ein paar Jahren in den nördlichen Gewässern nach der Durchfahrt gesucht hatten. Wenn sie es schaffte, als blinde Passagierin an Bord zu kommen und einige Tage unentdeckt zu bleiben, würde Captain Wyngate sie in der Hudson Bay vielleicht an Land setzen.

Ohne sich von der Stelle zu rühren, beobachtete sie, wie Wyngate und Byron mit ihrer Schaluppe an der *Discovery* anlegten und über ein Fallreep an Bord kletterten. Die Seeleute, die sie gerudert hatten, hielten die Strickleiter straff, bis sie über die Reling stiegen. Von Deck tönte ein lautes »Der Captain!«

Ella spürte, wie ihre Zuversicht nachließ. Wie sollte es ihr jemals gelingen, an Bord eines so streng bewachten Schiffes zu kommen? Am Verhalten der Offiziere und Seeleute erkannte sie, wie streng, beinahe militärisch die Organisation an Bord war. Gingen diese Männer noch mal schlafen, bevor die *Discovery* die Anker lichtete? Und würden sie das Fallreep über der Reling hängen lassen?

Sie lächelte über ihren Leichtsinn, als ihr klar wurde, welches Risiko sie einging. Nicht einmal ein erfahrener Seemann wäre dieses Vorhaben ohne Bauchschmerzen angegangen. Doch als sie daran dachte, was ihr passieren würde, wenn die Constables sie erwischten, hatte sie keine Angst mehr.

Obwohl immer wieder Betrunkene und leichte Mädchen an ihrem Versteck vorbeikamen, zwang Ella sich zur Geduld. Sie durfte sich nicht zu früh an Bord schleichen. Erst wenn sich die Aufregung über die Ankunft der beiden Offiziere gelegt hatte, konnte sie es wagen. Das nervöse Geschrei einiger Männer trieb sie beinahe aus ihrer Deckung, weil sie glaubte, die Häscher des Earl of Shrewsbury vor sich zu haben, aber es handelte sich nur um einige junge Männer mit ihren Mädchen, die in einer der Tanzhallen gefeiert hatten.

Erst als eine nahe Turmuhr die vierte Stunde schlug, wagte Ella sich ins Freie. Sie überquerte die Straße zur Kaimauer, bewegte ihre Hüften dabei möglichst auffällig, wie sie es bei den leichten Mädchen beobachtet hatte, und stieg die Treppen zum Wasser hinab. Wie sie gehofft hatte, lagen dort zahlreiche Flusskähne und Ruderboote vor Anker. Die Ladung des Flussbootes mit den Kisten war inzwischen gelöscht und sie befand sich ganz allein am Kai.

Weil sie ahnte, wie schnell sich das ändern konnte, stieg sie rasch in eines der Ruderboote. Sie löste den Strick, mit dem es festgebunden war, und ruderte ins Hafenbecken hinaus. Sie hatte mehr Glück, als sie erhofft hatte. In dem Boot lagen eine schwarze Wollmütze, die sie sofort aufsetzte und ihre blonden Haare darunter versteckte, und sogar ein Leinenbeutel mit Vorräten: Ein halber Laib Brot, etwas Schinken, eine Flasche Wasser. Anscheinend die Vorräte eines Fischers, der noch in dieser Nacht hinausfahren wollte.

In der Dunkelheit und mit der dunklen Mütze über ihren Haaren fühlte sie sich sicherer, auch wenn sie recht unbeholfen ruderte und nur langsam vorankam. Sie hoffte, dass sie kein Seemann beobachtete. Er hätte sofort gemerkt, dass sich ein Laie in dem Boot befand. »Gott, gib mir Kraft!«, betete sie leise.

Im Schatten manövrierte sie sich vorsichtig an die *Discovery* heran. Aus der Nähe betrachtet wirkte sie noch größer und mächtiger, beinahe wie eine uneinnehmbare Festung. Der Rumpf war breit und ausladend, wie bei der *Endeavor* von Captain James Cook, die sie auf einem Gemälde in Hannahs Haus und auf einem Kupferstich abgebildet gesehen hatte. Ein umgebautes Kohleschiff, wie sie gelesen hatte, mit dem breiten Rumpf konnte man es notfalls an Land schieben und reparieren. Drei Masten ragten vom Deck empor. Am Großmast wehte die englische Flagge. Keines der Heckfenster war erleuchtet, ein sicheres Zeichen dafür, dass Captain Wyngate und sein Erster Offizier noch einmal zu Bett gegangen waren. Vom Deck drang kaum ein Laut herab, aber sie wusste, dass dort Seeleute auf Wache standen.

Sie brauchte eine Weile, um unter das Fallreep zu kommen. Unterwegs hatte sie sich den Vorratsbeutel mit einem Strick, der ebenfalls in dem Boot gelegen hatte, um den Leib gebunden, um beide Hände zum Klettern freizuhaben. Sie bekam eine der untersten Sprossen zu fassen, stieß das Ruderboot mit beiden Füßen vom Schiffsrumpf weg und beobachtete zufrieden, wie es mit der Strömung davontrieb. Ächzend kletterte sie das Fallreep hinauf.

Unter der Reling blieb sie einen Augenblick auf der Sprosse stehen, bis sie sich von der anstrengenden Kletterei erholt hatte. Dann zog sie sich vorsichtig nach oben. Über die Reling hinweg blickte sie auf das Hauptdeck. Im Schein einiger Laternen und Fackeln lag es verlassen unter dem Mond. Als sie keinen der Wachposten in der Nähe entdecken konnte, kletterte sie an Bord. Das einfache Gefängniskleid, das nicht einmal bis zu den Knöcheln reichte, behinderte sie weniger als andere Kleider. Hinter einer dicken Taurolle ging sie in Deckung.

Kaum hatte sie sich versteckt, tauchte ein Wachposten auf und blieb gelangweilt an der Backbordreling stehen. Er hatte eine Muskete über seiner rechten Schulter hängen. Nachdem er eine Weile zur Küste geblickt und die vielen Lichter im Hafen bewundert hatte, schlenderte er ahnungslos davon.

Ella nutzte den Augenblick. Sie rannte zum Niedergang unterhalb des Achterdecks und stieg über die steile Treppe in den Bauch des Schiffes hinab.

9

Nur weil Ella so viele Bücher über Entdeckungsfahrten und den Querschnitt eines Segelschiffs in einem der Pamphlete studiert hatte, wusste sie, wo der Lagerraum lag. Auf der *Discovery* nahm er fast das gesamte Unterdeck ein. So leise wie möglich stieg sie an der Großen Kajüte und den Schlafräumen der Offiziere vorbei, blieb noch einmal lauschend stehen und huschte dann hinein.

In dem Raum herrschte fast vollkommene Dunkelheit, und selbst nachdem sie sich eine ganze Weile darin aufgehalten hatte, konnte sie kaum etwas sehen. Lediglich die Umrisse der Ladung erkannte sie. Von einer Bordwand zur anderen waren schwere Kisten, Fässer und Säcke gestapelt, auch schwere Rundhölzer, die mit Tauen gesichert waren, damit sie bei starkem Wellengang nicht verrutschten. Der Kreuzmast ragte mitten durch den Raum.

Ella tastete sich wie eine Blinde voran, spürte das raue Holz einer Kiste und den gedehnten Stoff eines prall gefüllten Sackes. Als sie mit dem Fuß gegen ein Fass mit Pökelfleisch stieß, gab es ein dumpfes Geräusch, das ihr in der Dunkelheit so laut vorkam, dass sie erschrocken innehielt und aus Angst, es könnte sie jemand gehört haben, kaum zu atmen wagte. Sie hielt sich mit beiden Händen an einer Kiste fest, um besseren Halt zu haben, und ertastete einen Gegenstand aus Glas und Metall: eine Öllampe. Sie suchte weiter und fand eine Schachtel mit Schwefelhölzern. Sie konnte ihr Glück kaum fassen, riss eines der Hölzer an der Kiste an und entzündete den Docht der Öllampe.

Im Lichtschein blickte sie sich rasch im Lagerraum um. Die *Discovery* hatte Pökelfleisch, Zwieback, Trockengemüse, Mehl, Käse, Gewürze, Süßwasser und sogar Wein geladen, und ein paar Säcke waren mit kostbaren Zitronen gefüllt. Sie sollten den gefürchteten Skorbut verhindern, eine schwere Krankheit, die einem die Zähne und das Zahnfleisch verfaulen ließ und schon viele Seeleute das Leben gekostet hatte. Als einer der ersten Kommandanten hatte Captain James Cook erkannt, dass Zitronen ein wirkungsvolles Mittel gegen diese Plage waren. Sie prägte sich den Standort der Süßwasserfässer ein, um jederzeit ihre Flasche nachfüllen zu können, und sah, dass im hinteren Teil des Lagerraums besonders viele Säcke lagen, der ideale Platz für ihr Lager.

Sie löschte die Lampe, um sich nicht durch den Lichtschein zu verraten, und stellte sie an ihren Platz zurück. Beinahe gleichzeitig vernahm sie ein leises Stöhnen. »He«, drang eine Stimme vom Großmast her, »ist da jemand?«

Sie ging sofort in die Hocke und duckte sich hinter die Kiste. Wie zu Stein erstarrt und mit angehaltenem Atem blieb sie sitzen. Sie wagte nicht einmal, sich zu rühren, als sich ein Krampf in ihrer linken Wade bemerkbar machte.

»Seht euch vor«, erklang die Stimme wieder. »Wenn ich einen erwische, der sich an meinem Proviant zu schaffen macht, gibt es Saures! Habt ihr gehört? Und den Wein gibt es nur für den Captain und den Ersten Offizier!«

Das konnte nur der Proviantmeister sein. Sie hätte sich denken können, dass der Mann seine Hängematte im Lagerraum aufgehängt hatte, und war froh, dass er sie nicht entdeckt hatte. Dennoch wartete sie noch eine ganze Weile, bevor sie weiter nach hinten lief. Zwischen den Säcken, im Schutz hoch gestapelter Kisten und Fässer, schlug sie ihr Lager auf. Es war bereits früher Morgen, aber sie hatte die letzten beiden Nächte kaum geschlafen und brauchte dringend Schlaf. Den Vorratsbeutel versteckte sie zwischen zwei Kisten. Sie grub sich zwischen die Säcke und schloss erschöpft die Augen.

Von den lauten Befehlen, die wenige Stunden später an Deck erschallten und dumpf ins Unterdeck drangen, wurde Ella geweckt. Sie gähnte verschlafen und zuckte im nächsten Augenblick erschrocken zusammen, als ihr einfiel, wo sie sich befand. Sofort war sie hellwach. Ohne ein Geräusch zu verursachen, richtete sie sich auf und überzeugte sich davon, dass keine Lampe brannte. In dem schwachen Lichtschein, der durch den vorderen Niedergang hereinfiel, erkannte sie, dass der Proviantmeister den Lagerraum verlassen hatte. Obwohl das Schiff noch im Hafen lag, knarrte es an allen Ecken und Enden, sie glaubte sogar zu hören, wie die leichten Wellen im Hafenbecken gegen den Rumpf schlugen.

Die Trillerpfeife des Maats tönte vom Hauptdeck herab. »Alle Mann in die Wanten!«, hörte Ella ihn rufen. Sie hatte noch niemals gesehen, wie ein großes Segelschiff startklar gemacht wurde, konnte sich nach der Lektüre der zahlreichen Bücher, die sie gelesen hatte, aber vorstellen, mit welcher Hektik an Bord gearbeitet wurde. Die Verfasser der Berichte, meist Kapitäne oder Erste Offiziere, hatten genau beschrieben, wie sie breitbeinig auf dem Achterdeck standen und beobachteten, wie der Bootsmaat die Seeleute in die Wanten jagte, um die Segel zu setzen. Über die Wegeleinen, dicke Taue, die zwischen den Wanten gebunden waren, kletterten sie zu den Rahen empor. Eine riskante Arbeit, die schon manchen Seemann das Leben gekostet hatte.

Ella glaubte zu spüren, wie sich die Segel blähten und langsam Leben in die *Discovery* kam. Sie schien sich erleichtert im frischen Morgenwind zu recken und zu dehnen und setzte sich schaukelnd in Bewegung. Ella saß zwischen den knarrenden Kisten und ächzenden Rundhölzern und war froh, dass die Fracht mit breiten Lederriemen und Stricken gesichert war. Es dauerte einige Augenblicke, bis sie sich an das Schwanken des Schiffes gewöhnt hatte.

Sie spürte den Trubel, der jetzt an Deck herrschen musste, bis zum Unterdeck herab, und empfand die Aufregung, die einen Mann wie den Captain ergriffen haben musste, ähnlich stark. Doch sie fieberte nicht der Erforschung fremder Länder und der Entdeckung der legendären Nordwestpassage entgegen. Sie freute sich, am Ende doch noch über den Farmer Haskell und seine gemeine Lüge und über das rücksichtslose Vorgehen des Earl of Shrewsbury triumphiert zu haben. Wie gerne hätte sie jetzt an der Reling gestanden und auf die Stadt zurückgeblickt, ihr ein letztes Lebewohl zugerufen und sich dann abgewandt, ihr Gesicht in den Wind gehalten und gerufen: »Ich finde dich, mein Liebster! Und wenn ich um die halbe Erde fahren muss! Ich finde dich!«

Doch drei Tage später war ihre zwischenzeitliche Begeisterung purer Verzweiflung gewichen. In dem Lagerraum kam sie sich wie in einem Gefängnis vor, und die Finsternis machte ihr Angst, besonders dann, wenn sie das Tapsen von Ratten oder Mäusen hörte. Selbst wenn sich der Proviantmeister länger auf dem Hauptdeck aufhielt, wagte sie nicht, die Öllampe zu entzünden. Die Angst, von ihm entdeckt zu werden, war zu groß. Noch war die Küste nur wenige Meilen entfernt, und Captain Wyngate hätte genug Zeit, um beizudrehen und sie abzusetzen. Sie durfte sich erst zeigen, wenn es keine Möglichkeit mehr gab, vor der Küste eines zivilisierten Landes vor Anker zu gehen.

Am vierten Tag wurde sie seekrank, und in ihrem Magen rumorte es so stark, dass sie am liebsten gestorben wäre. Sie übergab sich, bis ihr schwindlig wurde und nur noch bittere Galle kam, und spürte, wie immer mehr Kraft aus ihrem Körper wich. Doch jedes Mal, wenn sie von ihren Vorräten aß, musste sie sich sofort wieder übergeben. Nicht einmal das Wasser vertrug sie. Ein heißer Kräutertee hätte ihr in diesem Zustand gutgetan, aber daran war nicht zu denken. Ihr blieb nur, so ruhig wie möglich auf den Säcken liegen zu bleiben und darauf zu warten, dass die Krankheit verging. Sie hoffte inständig, dass der Gestank ihres Erbrochenen nicht den Proviantmeister anlockte.

Zum Glück plagte sie die Krankheit nur einen Tag und eine Nacht. Bereits am nächsten Morgen ging es ihr besser und sie behielt sogar die Nahrung bei sich. Sobald der Proviantmeister zum Hauptdeck hinaufgestiegen war, wischte sie den Boden sauber und füllte frisches Wasser in ihre Flasche. Ihr Gesicht bekam langsam wieder Farbe, und einmal wagte sie sogar, einige Stufen im Niedergang nach oben zu steigen, um wenigstens etwas frische Luft abzubekommen. Auf dem Unterdeck fühlte sie sich eingesperrter als im Kerker.

Nur der Gedanke an ein baldiges Wiedersehen mit Martin ließ sie die Strapazen ertragen, die Kälte, die nachts unter ihr dünnes Gefängniskleid kroch, und die Einsamkeit, die sich in der Dunkelheit wie ein eiserner Reif um ihren Körper legte. Sie drängte sich zwischen die prall gefüllten Säcke, um besser gegen den kühlen Wind geschützt zu sein, der selbst im Lagerraum zu spüren war. Inzwischen hatte sie herausgefunden, dass die Säcke mit Tee gefüllt waren. Gegen die Einsamkeit wehrte sie sich mit komplizierten Rechenaufgaben, die sie sich selbst ausdachte, und mit der

Vorstellung, wie es sein würde, wenn sie Martin wieder in die Arme schloss. Wie seine Augen leuchten würden, wenn sie ihre Arme um seinen Hals legte und ihn küsste.

Sie glaubte fest daran, dass Captain Wyngate den Stützpunkt der Hudson Bay Company an der gleichnamigen Bucht kannte und dass er die Güte besitzen würde, sie dort von Bord zu lassen. Er war kein Freund des Earl of Shrewsbury, das hatte sie selbst erfahren, und glaubte ihr sicher, wenn sie ihm die Wahrheit erzählte. Er durfte ihr die Bitte nicht abschlagen. Wenn er sie zwang, nach England zurückzukehren, waren ihr der Galgen oder die Verbannung in die Sklaverei sicher. Dann würde sie Martin niemals wiedersehen. Allein der Gedanke ließ sie erzittern und trieb ihr die Tränen in die Augen.

Am fünften Tag gingen ihre Vorräte zur Neige. Sie stahl einige Zwiebacke, etwas Käse und eine Zitrone und hinterließ die Kisten und Säcke so, dass niemand etwas merkte, zumindest beim groben Hinsehen. Die Zitrone schmeckte widerlich, aber der Gedanke, noch einmal und unter einer viel schwereren Krankheit zu leiden, war noch unerträglicher. Die ausgelutschte Schale verstaute sie in ihrem Proviantsack. Falls der Proviantmeister in diesem Teil des Lagerraums auftauchte, musste sie innerhalb von Sekunden verschwinden können, ohne eine verräterische Spur zu hinterlassen.

Die Überfahrt verlief ruhig, und nachdem sie einmal seekrank gewesen war, schien sie gegen das Rollen des Schiffes und das leichte Schaukeln in der Dünung immun zu sein. Das Knarren und Ächzen der Planken hörte sie längst nicht mehr. Die gefürchteten Stürme, von denen sie in den Berichten der Seefahrer gelesen hatte, blieben aus. Dennoch brauchte sie ihre ganze Kraft, um in der ständigen Dunkelheit und Abgeschiedenheit nicht durchzudrehen. Den Wechsel vom Tag zur Nacht merkte sie nur an den Befehlen, die vom Hauptdeck herunterdrangen, und dem Erscheinen des Proviantmeisters, der jeden Abend die Lampe anzündete, verbotenerweise von dem kostbaren Wein trank, der nur für die Offiziere bestimmt war, und sich dann schlafen legte.

Am späten Morgen des zehnten oder elften Tages – so genau konnte sie das nicht mehr bestimmen – wurde die Monotonie ihrer Reise durch eine Begebenheit unterbrochen, die ein neues Problem heraufbeschwor und ihr sehr zu denken gab. Im Niedergang erklangen Schritte, und zwei Männer erschienen im Laderaum. Als der Docht der Öllampe aufflammte, erkannte sie Lieutenant Robert Byron und Abner Stockwell, den Zweiten Offizier. Sie blieben neben den Wasserfässern stehen und unterhielten sich leise. Abner Stockwell war ein untersetzter Bursche mit einem breiten Gesicht, zu großen Augen und kräftigen Oberarmen. Unter seiner Wollmütze sahen blonde Locken hervor.

»Und ich sage dir, bei den Wilden nördlich der Hudson Bay gibt es Gold und Silber im Überfluss«, sagte der Lieutenant. Obwohl er leise sprach, verstand Ella jedes Wort. »Von so einem Schatz träumt sogar der König.«

»Bist du sicher?«, fragte Stockwell.

»Ganz sicher«, antwortete Byron.

»Aber Wyngate meint, dass du dich irrst«, sagte der Zweite Offizier. »Es soll überhaupt keine Schätze im Hohen Norden geben, nur Eis und Schnee. Die Entdeckung der Nordwestpassage sei wertvoller als alle Schätze der Welt, sagt er. Wir würden alle reich und berühmt, wenn wir sie fänden.«

Der Lieutenant winkte ab. »Und was haben wir davon, wenn sie uns in die Geschichtsbücher schreiben? Da hast du's. Wyngate hat keine Ahnung. Der ist doch schon zufrieden, wenn er als großer Entdecker gefeiert wird und einen Vortrag vor den Mitgliedern der Royal Society halten darf. Für ein paar Shillinge! Weißt du, was passiert, wenn wir die Nordwestpassage tatsächlich entdecken? Ich will es dir sagen. Sie werden den Namen unseres erfolgreichen Captains in ein Denkmal meißeln und die großen Handelsgesellschaften sahnen ab. Männer wie der Earl of Shrewsbury. Sie schicken ihre Schiffe nach Norden und kassieren, was wir ihnen vor die Füße geworfen haben.«

»Das wird der König nicht zulassen.«

»Der König kassiert mit«, sagte Byron, »der beteiligt sich sogar an den Investitionen. Und dann schickt er ein Kriegsschiff nach Norden und lässt seine Soldaten auf diese vermummten Wilden los. Aber das werde ich nicht zulassen. Ich werde nicht dulden, dass wir diese blödsinnige Nordwestpassage suchen, während Gold und Edelsteine vor unserer Nase liegen und wir nur noch zugreifen müssen.«

»Bist du ganz sicher, dass es diese Schätze gibt?«

»Dieser Seemann hat es mir erzählt. Er war mit einem Schiff der Hudson Bay Company in der Bucht. Und er hatte keinen Grund, mich zu belügen.«

»Wieso nicht?«

Byron grinste. »Weil ich ihm mein Messer unters Kinn hielt.«

»Und wenn er anderen genau dasselbe erzählt hat?« – »Das hat er bestimmt nicht.«

»Woher willst du das wissen?«

»Weil er nicht mehr reden kann«, erwiderte Byron verschlagen. »Er kam wenig später bei einem bedauerlichen Unfall ums Leben. Bei einer Schlägerei in einer Taverne. Oder meinst du, ich lasse so einen Mann frei herumlaufen?«

»Du hast ihn … ermorden lassen?«

»In den Tavernen zählt ein Menschenleben nichts.«

Ella hatte mit klopfendem Herzen zugehört und schlug entsetzt eine Hand vor den Mund, als sie von dem Mord erfuhr. Also war Robert Byron von Anfang an nur hinter Gold und Edelsteinen hergewesen; deswegen auch sein Bemühen, so schnell wie möglich das Kommando eines Schiffes zu bekommen. Wie konnte man sich nur so verstellen! Wie würde der Captain reagieren? Und was würde Hannah Galloway sagen, wenn sie jemals die Wahrheit über ihn erfuhr? Auch ihre Tochter war auf sein galantes Wesen hereingefallen. Sie ahnte bestimmt nicht, welch niederträchtiger Charakter sich hinter seinem Äußeren verbarg, dazu sah sie ihn viel zu selten. Hatte er sie nur geheiratet, um eine bürgerliche Fassade für seine Verbrechen zu haben?

»Wo ist der Seemann dem Wilden begegnet?«, fragte Stockwell.

»In der Hudson Bay.«

»Wo die Strömung sein soll, nach der wir suchen?«

»Genau da.«

»Und sie haben den Wilden nicht geschnappt?«

»Ein Seemann hat ihn erschossen«, berichtete Byron. »Der verdammte Kerl ging unter oder wurde von einer Eisscholle begraben. Sie konnten ihn nicht an Bord hieven. Aber mein Mann hat den goldenen Armreif gesehen.«

»Warum hat der Captain sich die Schätze nicht geholt?«, fragte Stockwell verwundert. »Warum hat er nicht nach dem Dorf dieses Wilden gesucht?«

»Weil er genauso verbohrt war wie unser Captain. Er hatte nur seine verdammte Nordwestpassage im Kopf. Aber mein Mann hat gesehen, dass der Wilde aus dem Norden kam. Und er hat als Einziger den Armreif bemerkt.«

»Warum erzählst du mir das alles?«, wollte Stockwell wissen.

Byron wartete ein paar Sekunden, um seinen Worten mehr Gewicht zu verleihen. »Weil ich ganz sichergehen will, dass du auf meiner Seite bist, falls es ... nun, falls es zu Schwierigkeiten kommt. Du weißt, dass du diesen Posten nur mir zu verdanken hast? Ohne mich würdest du auf der Straße sitzen.«

»Das weiß ich, Robert. Ich bin auf deiner Seite.«

»Auch wenn es hart auf hart kommt?«

»Du meinst, falls wir den Captain ausschalten müssen?«

»Falls wir hart durchgreifen müssen.«

»Ich bin auf deiner Seite«, sagte Stockwell noch einmal.

Ausgerechnet in diesem Augenblick rutschte Ella mit dem Fuß ab und stieß gegen eine Kiste. Das dumpfe Geräusch hallte durch den Lagerraum.

»Was war das?«, erschrak Byron. »Ist der Proviantmeister hier?«

»Nein, der ist oben. Ganz sicher.«

»Sonst jemand?«

»Nein.«

»Aber da war ein Geräusch.« Der Lieutenant blickte in

die Richtung, in der Ellas Versteck lag, und ging ein paar Schritte, die Öllampe in der linken Hand. Mit der anderen griff er nach seiner Pistole. Er kam langsam näher.

Auf allen vieren zog Ella sich hinter die Kiste zurück. Gerade noch rechtzeitig griff sie nach dem Käse, den sie auf einem Sack liegen gelassen hatte.

Flackernder Lichtschein fiel auf ihr Sacklager. Einer der Säcke war stark eingedellt, und sie hatte schon Angst, dass Byron misstrauisch werden könnte, aber ausgerechnet eine Ratte rettete ihr möglicherweise das Leben. Der Käse hatte sie angelockt. Als Byron um die Ecke blickte, kletterte sie über die Säcke und floh vor dem ungewohnten Licht ins Dunkel zwischen die Fässer.

Byron lachte. »Nur eine Ratte«, stieß er erleichtert hervor. Er steckte seine Pistole ein und kehrte zu seinem Komplizen zurück. Gleich darauf erlosch die Öllampe und Ella hörte, wie die Männer den Niedergang hinaufkletterten.

10

Seit sieben Wochen war die *Discovery* nun schon unterwegs. Das Schiff schien sich auf einem endlosen Ozean verirrt zu haben, ohne Inseln und Küsten und ohne die geringste Aussicht, jemals wieder einen Hafen anzulaufen. Ella vegetierte in ihrem dunklen Verlies dahin, lebte von gestohlenem Zwieback, Käse und Wasser, das mit zunehmender Fahrtdauer immer brackiger wurde, und konnte von Glück sagen, dass das Wetter hielt und zwischen den warmen Teesäcken selbst die kühlen Nächte einigermaßen zu ertragen waren. Der Zitronensaft, den sie in ihr Wasser gegeben hatte, hielt sie bei Gesundheit, und der Gedanke an Martin hinderte sie daran, in der Dunkelheit den Verstand zu verlieren.

Nach den unheilvollen Worten, die sie von Robert Byron gehört hatte, wagte sie sich nicht mehr an Deck. Sobald sie dort auftauchte, würde der Lieutenant wissen, dass sie ihn belauscht hatte, und versuchen, sie zum Schweigen zu bringen. Er war ein gnadenloser Mann, der nur an seinen persönlichen Vorteil dachte und in dem Zweiten Offizier einen wichtigen Mann als Vertrauten hatte. Und er war fest entschlossen, es notfalls auch mit dem Captain aufzunehmen, wenn es um seinen persönlichen Vorteil ging.

Falls sich Wyngate zu lange mit der Suche nach der Nordwestpassage aufhielt, so glaubte sie erkannt zu haben, würde Byron eine Meuterei anzetteln. Er würde den Captain umbringen oder aussetzen und selbst das Kommando übernehmen. Die Mannschaft würde ihm willig folgen. Die Aussicht, einen Teil der Beute abzubekommen, überwog den Ruhm, eine nordwestliche Durchfahrt gefunden zu haben, die kaum einen Seemann an Bord interessierte.

Ella befand sich in der Klemme. Seit Tagen zermarterte sie sich ihr Gehirn, ohne einen Ausweg aus ihrem Dilemma zu finden. Was sie auch tat, brachte sie in eine ausweglose Situation. Wenn sie heimlich zu Captain Wyngate lief und ihm von der Unterhaltung zwischen Byron und Stockwell berichtete, würde er ihr nicht glauben. Ihr Gefängniskleid verriet sie als flüchtigen Sträfling, und sie konnte von Glück sagen, wenn er sie nicht hinrichten ließ. Wenn sie einer Strafe entging, würde der Lieutenant ihr nach dem Leben trachten, um eine lästige Mitwisserin loszuwerden.

Und wenn sie im Laderaum blieb, schob sie ihr Schicksal lediglich um einige Wochen oder Monate auf.

Mit starrem Blick kauerte sie zwischen den Teesäcken. An die Ratten, die sich zwischen der Ladung tummelten, und die Würmer bei den Mehlsäcken hatte sie sich längst gewöhnt. Sie lauschte dem Rauschen des Meeres, dessen Wellen in unregelmäßigem Rhythmus gegen den Schiffsrumpf klatschten, und dem Knarren der Planken, die bei jeder Bewegung ächzten. Den Befehlen, die vom Hauptdeck in den Laderaum drangen, konnte sie entnehmen, dass sich das Wetter von seiner besten Seite zeigte. Das Leben an Bord nahm seinen gewohnten Lauf, und Robert Byron ließ sich nicht anmerken, welche Ziele er insgeheim verfolgte. Er beantwortete alle Befehle des Captains mit einem »Aye, Sir!«

An einem der nächsten Abende ließ der Proviantmeister seine Öllampe ungewöhnlich lange brennen. Wie einige Male zuvor stahl er eine Flasche von dem kostbaren Wein und setzte sich auf eine Vorratskiste neben seiner Hängematte. Aus ihrem Versteck verfolgte Ella, wie zwei Männer den Niedergang herunterkamen und sich verstohlen umblickten, bevor sie zum Proviantmeister gingen.

»Da seid ihr ja«, rief der Proviantmeister mit gedämpfter Stimme. »Was gibt's denn so Wichtiges, das einen Schluck von meinem Wein wert wäre?«

»Gold«, antwortete einer der beiden Besucher, ein kräftiger Bursche mit unsteten Augen und einer platten Nase. »Da, wo wir hinfahren, gibt's Gold!«

»Gold? Wer sagt das?«

»Byron«, erwiderte der Mann so leise, dass Ella es gerade noch verstehen konnte. »Wir haben gehört, wie er sich mit dem Zweiten unterhalten hat. Stimmt's, Will?«

Will Abercrombie, ein rotblonder Schotte mit einem kantigen, wie aus Stein gemeißelten Gesicht, nickte heftig. »Aye, Dan. Das stimmt.«

»Geschwätz«, winkte der Proviantmeister ab. »Da oben gibt's kein Gold.«

Dan setzte sich zu ihm auf die Kiste. »Byron hat tausend Eide geschworen, dass es so ist, Wally. Das Gold liegt bei den Wilden, in einem ihrer Dörfer. Byron will das Kommando übernehmen, falls der Captain nicht anhalten will.«

»Aber ... das wäre Meuterei!«

»Ich weiß. Kriegen wir jetzt 'nen Schluck?«

Der Proviantmeister reichte ihm wortlos die Flasche, und Will Abercrombie trank daraus, bis sein Kumpan ihn ungeduldig am Ärmel zupfte. Nachdem er getrunken hatte, war die Flasche halb leer. »He, lasst mir auch noch was übrig«, hielt Wally Frost, der Proviantmeister, ihn zurück. »Her damit!«

Keiner der drei Männer hörte die Schritte im Niedergang, und auch Ella wurde erst darauf aufmerksam, als unruhige Schatten über die Wand tanzten und zwei Männer im Laderaum auftauchten: Captain Wyngate und Robert Byron. »Ich bin ganz Ihrer Meinung, Captain«, sagte Byron gerade.

»Wir sollten so viel Fahrt wie möglich machen, Lieutenant, um die Hudson Bay noch vor September zu erreichen. Der Winter kommt früh in diesen nördlichen Breiten.«

»Natürlich, Sir.«

»Welchen Wein trinken Sie am liebsten, Lieutenant? Französischen?«

»Kriegsbeute?«, fragte er lächelnd.

»Spielt das eine Rolle?«

»Im Gegenteil, Captain.«

»Ich zeige Ihnen ein paar Flaschen. Wein gehört zu meinen Hobbys.«

Doch als sie die letzten Sprossen des Niedergangs erreicht hatten, wurde ihre Aufmerksamkeit auf den Proviantmeister und seine beiden Besucher gelenkt. Die Seeleute hatten versäumt, rechtzeitig ihre Öllampe zu löschen.

Captain Wyngate hielt den Lieutenant zurück, der sich bereits den Kisten mit dem Wein zugewandt hatte, und fuhr den Proviantmeister an: »Was hat das zu bedeuten? Wer hat dir erlaubt, von dem Wein zu trinken? Und was suchen diese beiden Männer hier unten? Warum seid ihr nicht in euren Kojen?«

»Wir ... wir sind auf Freiwache, Captain«, stammelte Will Abercrombie.

»Aye, Sir«, rief sein Kumpan ohne Verstand.

Wyngate wechselte einen raschen Blick mit dem Lieutenant, der sich regelrecht darauf zu freuen schien, die Männer bestrafen zu können. »Mitkommen!«, befahl der Captain barsch. Er zog seine Pistole.

Die Männer erhoben sich schuldbewusst und liefen mit hängenden Schultern am Captain und dem Lieutenant vorbei zum Niedergang. Byron drängte sich hinter sie und trieb sie mit knappen Befehlen zum Hauptdeck hinauf. Wyngate bildete den Schluss und machte eher den Eindruck, als wäre ihm die bevorstehende Bestrafung der Männer eine Last.

Ella wusste aus Erzählungen, wie hart ungehorsame Seeleute bestraft wurden, und zuckte bei jedem der lauten Befehle, die über das Hauptdeck gebrüllt wurden, laut zusammen. »Zwanzig Hiebe für jeden von euch!«, rief der Captain. Und gleich darauf befahl er: »Bindet sie an den Großmast!«

Obwohl ihr der Anblick gequälter und erniedrigter Menschen ein Gräuel war, auch wenn es sich um schäbige Männer wie diese drei Seeleute handelte, wurde Ella von dem Geschehen auf dem Hauptdeck auf magische Weise angezogen. Wie die Menschen, die bei einer Hinrichtung zusahen, obwohl sie danach nächtelang nicht schlafen konnten, trieb es sie zum Schauplatz der Bestrafung. Die Auspeitschung hatte alle Männer an Deck gelockt, und sie brauchte keine Angst zu haben, im Niedergang einem andern zu begegnen.

Wie in Trance stieg sie die steile Treppe empor. Sie hielt sich mit beiden Händen am Geländer fest, als sie merkte, dass böiger Wind aufgekommen war und die *Discovery* schaukeln ließ. Oben angekommen, spähte sie vorsichtig aufs Hauptdeck. Der frische Wind, der ihr entgegenblies, tat ihr gut, aber es dauerte eine Weile, bis sie sich an das helle Zwielicht gewöhnt hatte.

Was sie sah, ließ ihr den Atem stocken. Der Proviantmeister und seine Kumpane waren mit nackten Oberkörpern an den Großmast gebunden worden und warteten zitternd auf ihre Bestrafung. Der Rest der Besatzung stand in einem Halbkreis um sie herum oder lehnte an der Reling.

»Walten Sie Ihres Amtes, Lieutenant!«, befahl Captain Wyngate.

Byron griff nach der Peitsche und lächelte, als er den harten Griff in seiner Hand spürte. Er schien es zu genießen, die Männer zu bestrafen, während Captain Wyngate eher widerwillig dabeistand.

Die meisten Männer der Besatzung wirkten nachdenklich und dachten wohl daran, dass schon Kameraden bei Auspeitschungen gestorben waren. Auf hoher See bedeutete ein Menschenleben nicht viel, schon gar nicht, wenn es sich um einen einfachen und ungebildeten Seemann handelte.

Ella begann zu zittern, als ihr den Sinn kam, dass man mit einer einfachen Magd, die aus dem Kerker geflohen war, genauso wenig Mitleid haben würde. Kein Gentleman, der etwas auf sich hielt, würde sie auspeitschen, aber der Verbannung würde sie nicht entgehen.

»Gnade«, jammerte einer der Gefesselten, »ich bin krank, Lieutenant!« Aber es war wohl eher der Alkohol, der ihm zu schaffen machte, und er war viel zu schwach und benommen, um weitere Gegenwehr zu leisten. Er brachte nicht einmal die Kraft auf, seinen Körper zu straffen, als der erste Peitschenhieb ihn traf. Das Leder hinterließ einen blutigen Striemen und entlockte ihm einen Schrei, der Ella durch Mark und Bein ging.

Byron verzog die Lippen zu einem kaum merklichen Lächeln. Er betrachtete die Peitsche wie ein wertvolles Schmuckstück, bevor er zuschlug, und warf dem Captain einen zufriedenen Blick zu, wenn die Riemen auf den nackten Rücken schnalzten. Jetzt stöhnte der geschundene Mann nur noch.

Angewidert kletterte Ella in den Laderaum zurück. Das Echo der heftigen Peitschenhiebe verfolgte sie bis zu ihrem Lager. Sie warf sich auf die Säcke und hielt sich die Ohren zu, aber das Schnalzen der Peitsche war so laut, dass es selbst dann noch zu hören war. »Dir wird die Sauferei schon vergehen!«, hörte sie Robert Byron rufen. Und:

»Jetzt wisst ihr, was euch erwartet, wenn ihr meine Befehle nicht befolgt!« Als hätte er den Captain bereits abgelöst.

Ella fand keine Ruhe mehr. Noch etliche Tage später hörte sie das Stöhnen des Proviantmeisters, wenn er sich abends in seine Hängematte legte, und in ihren Ohren hallten die Peitschenhiebe wie ein endloses Echo nach. Zum ersten Mal verfluchte sie ihre Entscheidung, sich an Bord der *Discovery* zu schleichen. Die Reise war anstrengender und härter, als sie jemals befürchtet hatte, auch wegen der Hintergedanken des Lieutenants und der Notwendigkeit, während der ganzen Reise in ihrem Versteck zu bleiben. Die raue Gangart von Byron, den sie nach Hannahs Beschreibung für einen ehrenhaften Gentleman gehalten hatte, schuf eine zusätzliche Bürde, der sie nicht entrinnen konnte. Die Chancen, ihren geliebten Martin je wiederzusehen, schwanden mit jedem Vorstoß, den der machthungrige Offizier wagte.

Weil sie ohnehin nichts dagegen unternehmen konnte, ergab sich Ella widerstandslos in ihr Schicksal. Jetzt halfen nur noch die leisen Gebete, die sie jeden Abend in der Dunkelheit flüsterte. Als sie vom heftigen Schwanken des Schiffes geweckt wurde und ein wuchtiger Donnerschlag die *Discovery* in der Mitte auseinanderzureißen drohte, glaubte sie bereits, den Zorn Gottes zu spüren, doch dann erschien der Maat im Niedergang und rief: »Alle Mann an Deck!«, und ihr wurde klar, dass sie in einen heftigen Sturm geraten waren. Das Schiff schlingerte und stampfte, und sie vermochte durch die Planken zu sehen, wie sich bedrohliche Wolken am Himmel türmten und die Windböen an den Wanten zerrten und an den Segeln rissen. Mächtige Wellen schlugen gegen den Schiffsrumpf und drohten, die *Discovery* zu verschlingen.

Der Proviantmeister war bereits aus seiner Hängematte gesprungen, hatte seinen Mantel übergezogen und war an Deck gestürmt. Ein Schwall Meerwasser kam durch den Niedergang nach unten geschwappt und klatschte gegen die gestapelten Kisten und Säcke. Einige Ratten flohen quiekend. Sie hörte einen lauten Fluch und gleich darauf, wie die Luke geschlossen wurde.

Durch das Toben des Sturms drangen die Befehle zu ihr herab, die Lieutenant Byron durch sein Sprachrohr an die Männer weitergab: »Alle Mann an die Masten! Alle Segel reffen! Hört ihr nicht, ihr verdammten Faulpelze?«

Die *Discovery* stürzte in ein Wellental hinab. Sie ächzte in allen Fugen und schlingerte so stark, dass Ella sich mit beiden Händen an einen der Säcke klammern musste. Entsetzt beobachtete sie, wie ein Lederriemen riss, dann ein Strick, und sich eine der schweren Kisten aus ihrer Verankerung löste. Sie rutschte langsam in ihre Richtung und kippte vornüber. Es gelang ihr gerade noch rechtzeitig, ihre Beine wegzuziehen. Die Kiste schlug auf die Säcke, riss den Stoff auf und kippte inmitten wirbelnder Teeblätter zu Boden und zerbrach. Ersatzteile und Werkzeuge regneten auf die Planken.

Als eine weitere Kiste nachfolgte, sprang Ella in panischer Angst auf und stapfte über die nachgebenden Säcke zum Niedergang. Bei jeder plötzlichen Bewegung des Schiffes fiel sie zu Boden und rappelte sich mühsam wieder auf. Schluchzend und stöhnend bahnte sie sich einen Weg durch das Chaos.

Endlich hatte sie den Niedergang erreicht. Sie hielt sich mit beiden Händen am Geländer fest und verschnaufte keuchend. Jedes Zucken des Schiffes bereitete ihr körperliche Schmerzen. Ein Fass löste sich und rollte auf den

Niedergang zu, und sie floh mit schnellen Schritten nach oben. Wegen der geschlossenen Luke war es stockdunkel und sie musste sich allein auf ihren Tastsinn verlassen. Sie wurde gegen die Seitenwand geschleudert und schrie vor Schmerzen auf, fiel einige Stufen zurück und schlug sich die Beine auf.

In ihrer Verzweiflung trat sie die Flucht nach oben an, ungeachtet der tödlichen Gefahren, die auf dem Hauptdeck auf sie warteten. Voller Panik stieß sie die Luke nach oben und schaffte es erst im dritten Versuch, sie zu öffnen.

Eine Woge eiskalten Meerwassers schlug ihr entgegen und drohte sie nach unten zu schleudern, doch ihre Hände krampften sich um das Geländer und sie ließ nicht locker. Klitschnass zog sie sich nach oben, kroch mit dem Oberkörper ins Freie und blieb weinend liegen. Die Welt drehte sich vor ihren Augen. Das Deck, die hohen Masten, der schwarze Himmel. Wie durch einen dichten Schleier sah sie, wie einige Männer in den Wanten hingen, die Oberkörper über die Rahen gebeugt, und gegen die schlagenden Segel kämpften.

»Beeilt euch, Männer!«, rief der Lieutenant durch sein Sprachrohr.

Die Männer stemmten sich gegen den Wind. Die Wanten und Schoten knarrten verdächtig und das Heulen des Windes wurde immer stärker. Von einer Sekunde auf die andere war der Wind orkanartig angeschwollen und das Schiff befand sich in höchster Gefahr. Das erkannte selbst Ella. Sie lag erschöpft auf den Planken, wurde alle paar Augenblicke von schäumendem Wasser überspült und war unfähig, zu schreien oder um Hilfe zu rufen. In dem tosenden Sturm hätte sie sowieso niemand gehört. Sie betete schluchzend.

Im Focksegel erschien ein Riss. Der Wind verfing sich in dem Spalt und umklammerte wütend die Leinwand. Wie von Geisterhand getrieben, erschien eine Zickzacklinie in dem geblähten Tuch. Es zerriss mit einem scharfen Knall und wickelte sich um einen schreienden Seemann. Ella hörte nur den Knall, bemerkte den Mann erst, als er mit offenem Mund in die Tiefe stürzte.

Entsetzt schloss sie die Augen. Von heftigen Weinkrämpfen geschüttelt und von schäumendem Meerwasser gepeitscht, erlebte sie den Rest des Sturms wie in einem Albtraum. Ein Gegenstand traf ihren Kopf und stürzte sie für wenige Augenblicke in eine rettende Ohnmacht, dann erwachte sie und hörte eine Stimme: »Kurs West zu Süd! Achterwache an die Besanbrassen!«

Fast eine Stunde dauerte es, bis alle Segel gerefft waren und die *Discovery* auf Backbordkiel dem Sturm trotzte. Jetzt lag das Schiff ruhiger und die Männer konnten wieder durchatmen. Das Schlimmste war vorüber. Wenn der Sturm nicht zunahm, würden sie unbeschadet in den späten Morgen segeln.

Ausgerechnet Robert Byron sah die benommene Ella im Niedergang liegen. Er blieb verwirrt stehen und rief: »Der Arzt soll kommen! Schnell!«

11

Ella erwachte in einer bequemen Koje und räkelte sich zufrieden in dem sauberen Bettzeug. Seit ihrer Zeit bei Hannah hatte sie nicht mehr so gut geschlafen. Sie wähnte sich in einem angenehmen Traum, wollte gar nicht mehr aufwachen und erschrak erst, als sie den rauen Stoff eines Nachthemds an ihrem Körper spürte. Entsetzt öffnete sie die Augen. Wer hatte sie umgezogen?

Sie setzte sich auf und verzog vor Schmerzen das Gesicht. Ihr Körper brannte von den Hieben und Stößen, die sie während des Sturms abbekommen hatte. Nur langsam kehrte die Erinnerung zurück und gaukelte ihr die furchtbaren Bilder ihrer Erinnerung vor: die schwere Kiste, die beinahe auf ihre Beine gefallen wäre, das Chaos im Lagerraum, der Schwall eiskalten Meerwassers, der sie im Niedergang getroffen hatte. Das fürchterliche Heulen des Windes, das Knarren und Ächzen des Schiffes, der peitschende Regen auf dem Hauptdeck und der Seemann, der vom Mast gestürzt war.

Nachdem sie sich einigermaßen gefasst hatte, blickte sie sich erstaunt in dem kleinen Raum um. Der Koje gegenüber auf einer Anrichte standen ein Krug und eine Waschschüssel. Über einer Holztruhe lagen die Kleider und Unterwäsche eines schlanken Mannes, anscheinend die einzige passende Kleidung, die man für sie gefunden hatte, dazu ein fester Mantel und eine Wollmütze. Ihre Schuhe waren trocken. Wie sie später erfuhr, hatte der Arzt sie vor den Ofen in der Großen Kajüte gestellt.

Leise stöhnend schlug sie die Decke zurück. Sie stellte die Füße auf den Boden, wartete einen Augenblick, bis die Benommenheit von ihr abfiel, und fühlte sich durch das große Fenster angezogen, das von ungewohnter Helligkeit erfüllt war. Nach den langen Tagen der Dunkelheit fiel es ihr schwer, sich ans Tageslicht zu gewöhnen. Sie stand auf und ging langsam darauf zu.

Den Ausblick würde sie ihr Leben lang nicht vergessen. Geheimnisvolles Zwielicht hing über dem Meer, das spiegelglatt unter dem verwaschenen Himmel lag. Glitzernde Eisbrocken trieben in der leichten Strömung. Eisnebel hing wie glänzende Watte über der endlosen Weite. Der Horizont war kaum auszumachen, verschmolz irgendwo in der Ferne mit dem Wasser und dem Nebel. Eine magische Landschaft von geheimnisvoller Schönheit, fremdartigem Zauber und andächtiger Stille.

Lediglich das Knarren der Planken passte nicht in diese Umgebung. Dem Sturm war eine Flaute gefolgt und jedes Geräusch klang überlaut in der ungewohnten Stille. Der Captain hatte den Anker werfen lassen, um nicht von der leichten Strömung abgetrieben zu werden, und bei jeder leichten Bewegung, die das Schiff machte, drang das Klirren der Kette herauf.

Sie löste sich von dem Anblick und lauschte angestrengt an der Tür. Von nebenan war kein Geräusch zu hören. Sie war froh, die Begegnung mit dem Captain und Robert Byron noch eine Weile hinausschieben zu können, zog ihr Nachthemd aus und wusch sich gründlich. Das Wasser brannte auf den blutigen Schrammen, die sie sich in dem Sturm zugezogen hatte, doch glücklicherweise war sie nicht ernsthaft verletzt, und nachdem sie sich etwas bewegt hatte, waren die Schmerzen kaum noch zu spüren. Sie kleidete sich an und war froh, dass es keinen Spiegel in der Kammer gab. In der ungewohnten Männerkleidung kam sie sich wie eine Gauklerin auf einem Jahrmarkt vor. Immerhin waren die Kleider warm und bequem und passten einigermaßen.

Bevor sie die Tür zum Nebenraum öffnete, atmete sie tief durch. Sie hatte eine schwierige Unterredung vor sich und bezweifelte, schon genügend Kraft dafür aufbringen zu können. Zögernd betrat sie die Große Kajüte. Sie lag gleich nebenan und war durch einen schmalen Gang zu erreichen, an dessen Wänden mehrere Gewehrständer mit Musketen hingen. Durch drei große Fenster und zwei mit Glasfenstern versehene Türen, die auf die schmale Heckgalerie führten, fiel das arktische Zwielicht in den Raum. Beherrscht wurde er von einem mächtigen Kartentisch, an dem der Captain den Kurs festlegte, einem Esstisch mit vier Stühlen, einigen Kommoden und Kisten aus dem Privatbesitz des Captains und einem Schreibtisch. In einem kleinen Ofen aus Blech, der neben einem breiten Sofa stand, knisterte ein Feuer.

Ella war so beeindruckt von dem lichten Raum und der geschmackvollen Vertäfelung, dass sie den Captain erst beim zweiten Hinsehen bemerkte. Er stand an einem der Fenster, die Hände auf dem Rücken verschränkt, und drehte sich um, als er sie kommen hörte. »Guten Morgen, Miss. Die Kleider stehen Ihnen wirklich gut.« Er lächelte verhalten. »Sie gehörten meinem letzten Schiffsjungen. Etwas anderes können wir Ihnen leider nicht bieten.«

»Vielen Dank, Captain. Wer … wer hat mich ausgezogen?«

Das Lächeln des Captains verstärkte sich. »Das war unser Doktor. Sollte er Sie vielleicht in dem durchnässten Kleid liegen lassen? Sie hätten sich den Tod geholt. Keine Angst, es hat niemand zugesehen, und der Doktor könnte Ihr Großvater sein und macht sich schon lange nichts mehr aus Frauen.«

»Captain«, begann sie zögernd ihre Beichte.

»Setzen Sie sich erstmal«, unterbrach Wyngate sie mit väterlichem Wohlwollen. »Ich lasse Ihnen eine Kanne heißen Tee und warmen Haferbrei bringen. Sie haben doch sicher seit Wochen nichts Anständiges mehr gegessen, Miss ...«

»Morgan. Ella Morgan«, ergänzte sie.

»Captain James T. Wyngate«, stellte er sich vor. Er ging zur Tür, trug seinem Adjutanten auf, das Frühstück zu bringen, und setzte sich ihr gegenüber in einen mit blauem Samt bezogenen Sessel. Geduldig wartete er, bis das Frühstück gekommen war und sie sich ausreichend gestärkt hatte. »Wir sind in eine Flaute geraten. Kann noch ein, zwei Tage dauern, bis wir wieder genug Wind haben. In den Gewässern des Hohen Nordens weiß man nie.«

Sie war dankbar, dass er nicht gleich zur Sache kam, und genoss das ausgiebige Frühstück. Wie oft hatte sie sich in ihrem dunklen Verlies nach einer warmen Mahlzeit gesehnt! Sie hätte nicht gedacht, dass einfacher Haferbrei so gut schmecken konnte. Nachdem sie gegessen hatte, ließ sich ihr Geständnis nicht länger hinausschieben. »Captain«, sagte sie mit gesenktem Blick, »ich weiß, dass ich Unrecht begangen habe. Ich habe mich ohne Erlaubnis auf Ihr Schiff geschlichen und im Lagerraum versteckt. Ich habe Lebensmittel gestohlen und von Ihrem Trinkwasser getrunken. Es tut mir leid.«

»Zumindest sind Sie der schönste blinde Passagier, den ich jemals an Bord hatte«, erwiderte er lächelnd, »auch wenn Sie sicherlich andere Kleider gewöhnt sind. Ich nehme an, Sie hatten einen triftigen Grund für Ihr Vorgehen.«

»Sie haben doch sicher mein Gefängniskleid gesehen, Captain. Ich bin aus dem Kerker des Earl of Shrewsbury geflohen.« Sie erzählte ihm die ganze Geschichte, von ihrer Flucht vor dem zudringlichen Farmer Haskell bis zu ihrer Verkleidungsposse als kostbar gewandete Lady, ihrer Liebe zu Martin Owen und dem Rachefeldzug seines Vaters. »Ich bin unschuldig«, fügte sie verzweifelt hinzu. »Ich habe nichts gestohlen. Der Farmer wollte mir Gewalt antun. Wenn ich schuldig bin, dann wegen meines Auftritts als falsche Lady. Aber es geschah aus Liebe, Captain, und aus Liebe bin ich an Bord ihres Schiffes. Gibt es eine bessere Entschuldigung für ein solches Vergehen als die Liebe? Ich hatte gehofft, Sie würden mich in der Hudson Bay absetzen.«

Der Captain hatte geduldig zugehört und blickte sie lange an, schien sich nicht sicher zu sein, ob er sie bestrafen oder ihr verzeihen sollte. »Wissen Sie, wie groß die Hudson Bay ist, Miss Morgan?« Indem er sie nicht mit dem Vornamen anredete, bewies er ihr seinen Respekt. »Die Strömung, die wir suchen, soll weit im Norden sein. Das Fort der Hudson Bay Company liegt an der Südküste. Wissen Sie, wie weit dieser Umweg wäre? Und was schreibe ich in mein Logbuch? Ich könnte diesen Umweg niemals verantworten.«

»Ich muss Ihnen noch etwas gestehen, Captain«, fuhr sie unerwartet fort. »Ich habe Ihre Auseinandersetzung mit Martins Vater … dem Earl of Shrewsbury belauscht. Ich war auf dem Ball und hörte zufällig, wie Sie sich mit ihm stritten. Sie weigerten sich, einen seiner Offizier auf die Reise mitzunehmen.«

Wyngate war sichtlich überrascht. »Sie sind eine außergewöhnliche junge Dame, Miss Morgan. Mit einer dummen Magd haben Sie nichts gemein.«

»Ich hatte eine gute Lehrerin«, erwiderte sie lächelnd. »In London durfte ich bei Mrs Hannah Galloway wohnen und in ihrem Modegeschäft arbeiten.«

»Das erklärt vieles.« Seine amüsierte Miene wurde gleich

wieder ernst. »Aber ich kann diesen Umweg nicht verantworten, Miss Morgan. Weder vor der Royal Society noch vor mir selbst. Sie haben recht, der Earl of Shrewsbury gehört nicht gerade zu meinen besten Freunden, und was Sie belauscht haben, war ein eindeutiger Bestechungsversuch. Dennoch muss ich mich an Recht und Gesetz halten, selbst wenn ich an Ihre Unschuld glaube, und das tue ich. Ich kenne den Farmer Haskell und seine Eskapaden. Und ich war schon immer dagegen, der Zugehörigkeit zu einem gewissen Stand zu viel Bedeutung zuzumessen. Warum soll ein Adeliger ein besserer Mensch sein als ein gewöhnlicher Bürger? Ich weiß, ich stehe mit dieser Meinung ziemlich allein, aber Sie sind doch der beste Beweis dafür, was die Aneignung bestimmter Umgangsformung ausmachen kann.« Er seufzte bedächtig. »Aber ich verspreche Ihnen, mich persönlich für Ihre Freilassung einzusetzen und den besten Anwalt unserer Familie zu beauftragen, Sie vor Gericht zu verteidigen.«

Sie wurde blass. »Sie wollen mich nach London mitnehmen?«

»Ich fürchte, ich habe keine andere Wahl. Ich wende mich bereits gegen die Krone, indem ich Sie bewirte und ungefesselt an diesem Tisch sitzen lasse. Eigentlich müsste ich Sie in eine dunkle Kammer sperren.« Er bemerkte ihre entsetzte Miene und beruhigte sie rasch mit einem Lächeln. »Aber an Bord eines Schiffes bin ich Ankläger und Richter in einer Person. Ich kann Männer auspeitschen lassen und Todesurteile fällen und bin leider manchmal gezwungen, ein solches Urteil zu sprechen, aber ich werde den Teufel tun – entschuldigen Sie meine harte Ausdrucksweise – und eine junge Frau wie eine Schwerverbrecherin behandeln, nur weil sie sich als Lady verkleidet hat. Denn mehr haben Sie nicht getan, Miss Morgan, das sehe ich Ihnen an.«

»Sie sind ein verständnisvoller Mann, Captain Wyngate«, erwiderte sie, obwohl ihre Miene eher Entsetzen ausdrückte. »Aber ich kann nicht zurück. Ich habe geschworen, Martin zu finden, und ich würde eher einen Gewaltmarsch durch Eis und Schnee wagen, als nach London zurückzufahren.«

Er lächelte wieder. »Diese Torheit traue ich Ihnen ohne Weiteres zu, Miss Morgan. Eine junge Frau, die sich wochenlang im Lagerraum eines Schiffes versteckt, ist zu allem fähig. Die Liebe geht seltsame Wege, nicht wahr?«

»Ich muss ihn wiedersehen, Captain!«

Er stand auf, lief zum Fenster und blickte nachdenklich auf das ruhige Meer hinaus. »Vielleicht gibt es eine Möglichkeit«, sagte er nach einer Weile bedächtig. »Es kann durchaus sein, dass wir in der Hudson Bay überwintern müssen, so wie Hudson und einige andere. Sobald das Eis aufbricht, hätte ich einen guten Grund, die Station der Hudson Bay Company anzulaufen, um dort neue Vorräte an Bord zu nehmen. Das gäbe Ihnen die Gelegenheit, Ihren ... Verlobten wiederzusehen. Ich würde Sie nicht zurückhalten und meinen Männern gebe ich entsprechende Befehle.« Er legte die Stirn in Falten. »Wenn ich mir auch große Sorgen über Ihren Aufenthalt an Bord mache, besonders dann, wenn er noch ein halbes Jahr dauert. Es heißt, dass die Anwesenheit von Frauen auf einem Schiff großes Unglück bringt.«

»Diesen Aberglauben werde ich widerlegen«, erwiderte sie entschlossen. »Und in diesem Aufzug werde ich Ihre Seeleute wohl kaum auf dumme Gedanken bringen.« Ihre

Miene verdüsterte sich. »Allerdings gibt es da noch etwas, das ich Ihnen sagen muss. Es betrifft Lieutenant Byron, Ihren Ersten Offizier. Ich konnte nicht umhin, ihn und den Zimmermann im Lagerraum zu belauschen. Vielleicht mache ich mir zu viele Gedanken, aber ich musste den Eindruck gewinnen, dass er keinen großen Wert darauf legt, die Nordwestpassage zu finden. Er glaubt, dass in den Dörfern der Eingeborenen wertvolle Goldschätze liegen, und scheint fest entschlossen zu sein, sich dieses Gold anzueignen. Wenn Sie sich weigern würden, nach dem Gold zu suchen, will er sein Vorhaben mit Gewalt durchsetzen. Es hörte sich an, als wollte er … meutern, Captain. Lieutenant Byron ist ein gefährlicher Mann.«

Der Captain blickte wieder zum Fenster hinaus und schien jeden einzelnen Eisbrocken einer genauen Inspektion zu unterziehen. Erst als die Stille, die zwischen ihnen entstanden war, quälend wurde, drehte er sich um. »Lieutenant Byron ist jung und ungestüm«, erwiderte er, »und ich lege nicht jedes Wort auf die Goldwaage, das in meiner Abwesenheit gesprochen wird. Aber Sie können versichert sein, dass es niemals an Bord der *Discovery* zu einer Meuterei kommen wird. Ich lege großen Wert auf Disziplin, auch wenn ich nicht so hart und brutal wie mancher andere Captain erscheinen mag. Wenn ich einen königlichen Auftrag habe, führe ich ihn aus und lasse mich nicht durch lächerliche Gerüchte ablenken. Es gibt kein Gold in der Arktis, Miss Morgan, und ich möchte Sie bitten, dieses Thema nicht mehr anzuschneiden, besonders nicht in der Gegenwart von Lieutenant Byron. Solange er sich in meiner Gegenwart nichts zuschulden kommen lässt, vertraue ich ihm.« Er kehrte vom Fenster zurück. »Seien Sie unbesorgt, Miss Morgan. Sie stehen unter meinem persönlichen Schutz. An Bord der *Discovery* haben Sie nichts zu befürchten. Und jetzt lassen Sie uns nach draußen gehen. Ich möchte Sie meiner Mannschaft vorstellen und für klare Verhältnisse an Bord sorgen.«

Etwas eingeschüchtert und von Unruhe erfüllt, folgte Ella dem Captain aufs Achterdeck hinaus. Es war kalt und immer noch windstill. Trübes Zwielicht lag über dem Schiff und die Segel hingen schlaff an den Rahen. Die meisten Männer waren unter Deck, nur Lieutenant Byron lehnte an der Reling und drehte sich erwartungsvoll um, als Wyngate und Ella auf dem Achterdeck erschienen. Sie glaubte, eine Mischung aus Misstrauen und Abneigung in seinen Augen zu erkennen. Sicher beschäftigte ihn der Gedanke, ob sie dem Captain von seiner heimlichen Unterhaltung mit Stockwell berichtet hatte.

»Lassen Sie die Männer antreten!«, befahl Wyngate dem Lieutenant.

»Alle Mann an Deck!«, rief Byron durch das Sprachrohr.

Die Männer kletterten missmutig aus den Niedergängen und verteilten sich auf dem Hauptdeck. Sie hatten größtenteils in ihren Hängematten oder in Decken gewickelt auf den Planken gelegen und die Flaute zu einem Nickerchen genützt. Gähnend kamen sie näher. Als sie sahen, dass die in etwas zu großen Kleidern steckende Gestalt neben dem Captain eine Frau war, rissen sie ungläubig die Augen auf. »Ich will doch glatt einen Besen fressen«, staunte einer.

»Männer!«, rief der Captain seiner Besatzung zu. »Ich will, dass ihr mir genau zuhört, denn ich sage es nur einmal. Wir haben eine Frau an Bord. Dies ist Miss Ella Morgan aus London. Sie war als blinde Passagierin auf unserem

Schiff, aus Gründen, die ich nicht näher erörtern möchte, und wird ab sofort in unserer freien Offizierskajüte wohnen. Nur so viel möchte ich euch sagen: Zu ihrer Flucht aus London und ihrer Verzweiflungstat, sich an Bord der *Discovery* zu verstecken, führte eine Verkettung von unglücklichen Umständen, an denen sie keine Schuld trägt. Als Kommandant dieses Schiffes spreche ich sie hiermit auch vom Vergehen des Diebstahls frei. Ohne den Zwieback und das Wasser, das sie unter Deck gestohlen hat, wäre sie verhungert.«

Einige Seeleute murrten unwirsch, darunter der Proviantmeister und die beiden Kumpane, die ausgepeitscht worden waren, aber niemand wagte, etwas gegen die Entscheidung des Captains einzuwenden. Ella entgingen jedoch nicht die misstrauischen Mienen von Byron und Stockwell.

»Ich möchte, dass ihr sie wie eine Lady behandelt«, fuhr Wyngate fort, »und ihr den nötigen Respekt erweist. In ihrer Gegenwart möchte ich weder einen Fluch noch ein anderes böses Wort hören. Wer ihr zu nahe tritt oder sie mit einer anzüglichen Bemerkung belästigt, bekommt zehn Peitschenhiebe. Zeigt ihr, dass ihr euch wie Gentlemen zu benehmen wisst. Wir sind keine Piraten. Wir sind nicht unterwegs, um wehrlose Eingeborene um ihren armseligen Besitz zu bringen.« Er blickte Byron, auf den diese Worte gemünzt waren, scharf an. »Wir sind im Hohen Norden, um Geschichte zu schreiben. Seit über hundert Jahren suchen Entdecker und Forscher nach der sagenhaften Nordwestpassage, und wir werden sie finden! God Save the King, Amen!«

Als hätte die Natur auf das Ende seiner Rede gewartet, blähten sich plötzlich die Segel. Böiger Wind war aufgekommen und verfing sich in der Leinwand. Wellen schlugen gegen den Schiffsrumpf, die Wanten knarrten.

Wyngate nickte seinem Ersten Offizier zu und der gab die entsprechenden Befehle. »Anker lichten! Alle Mann auf ihre Posten! Wird's bald, Männer?«

Die Ankerkette rasselte und das Schiff legte sich langsam in den Wind. Knarrend und seufzend gaben die Planken nach. Die Männer vergaßen ihren Ärger und johlten begeistert, als die *Discovery* sich bewegte. Jetzt waren sogar der Anblick der blonden Frau und die Worte des Captains vergessen. Es zählte nur, dass die Flaute vorüber war und sie wieder an Fahrt gewannen.

12

Die Heckgalerie wurde zum bevorzugten Aufenthaltsort für Ella. Auf der schmalen Veranda, die sich vor den Heckfenstern der *Discovery* entlangzog, war sie ungestört, und nur die fernen Befehle der Offiziere und des Maats erinnerten sie daran, dass noch andere Menschen an Bord waren. Sie war allein mit dem Wind und dem Meer und dem unruhigen Heckwasser des Schiffes.

Der Anblick der arktischen Landschaft, die sich wie ein magisches Reich aus einer anderen Welt vor ihr ausbreitete, gab ihr die Ruhe, die sie nach den langen Wochen in der Dunkelheit brauchte. Nur selten hatte sie in der Natur einen solchen Frieden verspürt. Die Eisbrocken lagen scheinbar reglos im klaren Wasser und spiegelten sich in dem hellen Zwielicht, das in leuchtenden Bahnen durch die Wolken fiel. Außer dem Knarren der Segel, dem Ächzen der Planken und dem leisen Rauschen des Meeres war kein Laut zu hören. Nichts verriet, wie kalt, abweisend und gefährlich der Norden sein konnte.

Sie hatte den langen Mantel angezogen und trug dicke Wollhandschuhe. Um Hals und Gesicht hatte sie einen Schal geschlungen, der nur ihre Nase und die Augen freiließ. Sie hielt ihre Nase in den Wind und hoffte inständig, die kalten Böen könnten alle dunklen Gedanken aus ihrem Gehirn blasen und ihr die Angst nehmen, die sie nach den Worten des Captains beseelte. Sie hatte Glück gehabt. Captain Wyngate war ein verständnisvoller Mann und empfand anscheinend Sympathie für sie. Oder war es die Abneigung gegen den Earl of Shrewsbury, die ihn so nachsichtig handeln ließ? Er beschützte sie mit seiner ganzen Autorität vor den Gefahren, die sie an Bord der *Discovery* bedrohten.

Und doch fühlte sie sich alles andere als sicher. Lieutenant Byron musste ahnen, dass sie ihn belauscht hatte, und war sicher nicht mit der Handlungsweise des Captains einverstanden. Auch für einen Teil der Männer, die sie trotz ihres Aufzugs mit gierigen Blicken angestarrt hatten, würde sie nicht die Hand ins Feuer legen. Wenn es zu einer Meuterei käme, wäre sie nicht besser dran als auf Haskells Farm oder im Verlies des rachsüchtigen Earls. Und wenn sich der Captain durchsetzte und die Nordwestpassage noch vor Einbruch des Winters fand, würden sie nicht in der Hudson Bay überwintern müssen. Stattdessen müsste sie mit ihm nach London zurückkehren und sich vor einer Jury verantworten. Dann würde sie Martin nie wiedersehen!

Oh, wie sie sich nach ihm sehnte! Nicht nur in ihren Träumen hörte sie seine sanfte Stimme, blickte in seine dunklen Augen, spürte seine zärtlichen Hände um ihre Taille. Schon als er in Hannahs Laden gekommen war, hatte sie sich von ihm angezogen gefühlt und geglaubt, seinen zärtlichen Blick auf ihrer Seele zu spüren. Es war wirkliche Liebe, nicht diese vorbehaltlose Ergebenheit, die viele Frauen gegenüber ihren Männern empfanden. An seiner Seite hatte sie sich stärker als jemals zuvor gefühlt, und sie glaubte zu wissen, dass auch er von ihrem aufblühenden Selbstbewusstsein verzaubert war. Er mochte eine starke Frau, und sie mochte einen starken Mann, und zusammen würden sie eine unschlagbare Einheit bilden. Nicht umsonst hatte Gott sie an Bord dieses Schiffes geführt.

Sie musste ihn einfach wiedersehen!

Die nächsten Tage verliefen ruhig. Ein stetiger Wind trieb die *Discovery* nach Nordwesten und sie kamen gut voran. Die See lag wie ein graues Tuch vor ihnen. Vereinzelte Eisbrocken trieben mit der Strömung und rieben sich an der Felsenküste, die schemenhaft aus dem Dunst aufgetaucht war. An den lauten Befehlen, die bis zu ihr auf die Heckgalerie schallten, erkannte sie, dass Captain Wyngate den Kurs ändern und das Schiff in die Wasserstraße lenken ließ, die auf der Backbordseite ins Landesinnere führte. Wenige Minuten später kehrte er aufgeregt in die Große Kajüte zurück, gefolgt von Lieutenant Byron, und beugte sich über den Kartentisch. »Endlich«, sagte er.

Die Tür zur Heckgalerie war angelehnt und Ella verstand jedes Wort.

»Was sagen Sie nun, Lieutenant? Wir sind in der Wasserstraße, die zur Hudson Bay führt. Hier beginnt die Nordwestpassage, da bin ich ganz sicher. Sobald wir einen Weg aus der Bucht gefunden haben, sind wir durch.«

Byron teilte die Vorfreude des Captains nicht. »Hudson hatte keinen Beweis dafür, dass es einen Weg aus der Bucht gibt. Wenn ich mich recht erinnere, sprach er nur von einer starken Strömung, die zum Meer führen müsse. Eine ziemlich kühne Behauptung, wenn Sie mich fragen. Und gefährlich dazu. Sie wissen doch, was aus Captain Hudson wurde. Seine Mannschaft meuterte und ließ ihn auf einer Eisscholle zurück, weil er sie mit seinem Wahn, diese Passage zu finden, in höchste Gefahr gebracht hatte.«

»Soll das vielleicht eine Drohung sein, Lieutenant?«

»Ich wollte nur daran erinnern, wie gefährlich die Suche nach der Nordwestpassage sein kann. Hudsons Männer mussten in der Arktis überwintern und kamen fast alle ums Leben. Der Winter kommt früh.«

»Das weiß ich selbst«, reagierte Wyngate ärgerlich, »aber wir sind einen Monat früher dran als Hudson. Wir haben noch nicht mal August und der große Wintereinbruch ist erst im September zu erwarten.« Er richtete sich auf und blickte Byron prüfend an. »Können Sie sich denn gar nicht freuen, Lieutenant? Wir haben die Einfahrt gefunden. Wenn wir Glück haben, führt uns diese Durchfahrt auf die andere Seite des Kontinents. Dort wartet das Paradies auf uns, es gibt fruchtbares Land und Nahrung im Überfluss. Und so ganz nebenbei hätten wir einen wesentlich kürzeren Weg nach China gefunden, der unserer Krone ein unschätzbares Vermögen einbringen würde!«

»Unserer Krone. Und wo bleiben wir?«

»Denken Sie denn nur an Profit?«

Ein dumpfer Schlag erschütterte das Schiff, dann noch einer und noch einer. Die *Discovery* geriet ins Schlingern und fing sich nur langsam im aufgewühlten Wasser. Ein beängstigendes Grollen lief durch das Schiff. Ella klammerte sich ängstlich an das Geländer der Heckgalerie, um nicht über Bord oder zu Boden geworfen zu werden. Sie wurde auf die Knie gezwungen und zog sich langsam wieder nach oben. Die Aufbauten zitterten, als würden riesige Bäume gefällt und dicht neben dem Schiff ins Wasser stürzen.

»Eine Kollision«, rief der Lieutenant erschrocken.

Der Captain griff nach seinem Dreispitz, stülpte ihn sich auf den Kopf und lief zur Tür. Entschlossen stieg er den Niedergang hinauf. Byron folgte ihm nach einigem Zaudern. Von Neugier und Angst getrieben, verließ Ella die Heckgalerie und folgte den Offizieren auf das Achterdeck. Sie sah, wie Wyngate zwei Seeleute zur Seite stieß und erschrocken an der Reling stehen blieb.

Ella folgte ihm zögernd. Fast alle Männer waren an Deck versammelt und starrten nach Osten. Ihre Gesichter waren grau und in ihren Augen stand nackte Angst. Die Szene erinnerte sie an eine Geschichte, die sie vor vielen Jahren von ihrem Vater gehört hatte. Er hatte ihr von einem Geisterschiff erzählt, das steuerlos übers Meer getrieben war. Ein böser Fluch hatte die Seeleute des Schiffes, das ihm begegnet war, versteinert und auf eine lange Reise in den Rachen der Hölle geschickt. Ein unheimliches Märchen, das ihr Vater von einem Seemann in einer Taverne gehört hatte.

In respektvoller Entfernung von Wyngate und Byron blieb Ella an der Reling stehen und starrte auf das Meer hinaus. Ein gewaltiger Eisberg, so groß wie zehn Häuser, erhob sich aus dem grauen Meer. Die eisigen Flächen des Monstrums glänzten im Zwielicht und verliehen ihm ein seltsames Eigenleben. Wie ein lebendiges Wesen trieb der Eisberg im Wasser. Obwohl er mehrere hundert Schritte vom Schiff entfernt war, schien eine ständige Bedrohung von ihm auszugehen. An den Stellen, an denen sich riesige Brocken von dem Monstrum gelöst hatten und ins Meer gefallen waren, schäumte das Wasser.

Wie kleinere Abkömmlinge des eisigen Ungeheuers schwammen die Eisbrocken im Wasser. Sie wurden vom Wind über das Meer getrieben. Einige der Brocken, so groß wie die Kisten, in der die Segel verstaut wurden, hatten die *Discovery* steuerbord mehrmals gerammt. Der Aufprall war so heftig gewesen, dass das Schiff vom Kurs abgekommen war. Das sagte jedenfalls der Captain, als er die Eisbrocken erblickte. Ella hatte schon geglaubt, das Schiff hätte einen Felsen gerammt oder wäre auf Grund gelaufen.

Beim Anblick des mächtigen Eisbergs erkannte Ella, welche Faszination vom arktischen Norden ausging, und verstand plötzlich, warum Captain Wyngate so fasziniert von dieser Landschaft war. Dieses Land war gewaltig und schön, aber auch grausam und gefährlich und konnte einen Menschen in seinen Grundfesten erschüttern. Ihr ging es wie den Männern der Besatzung, die fassungslos vor dieser grandiosen Landschaft standen und vom Anblick der eisigen Naturwunder beinahe erschlagen wurden. Dies war eine vollkommen andere Welt, faszinierender noch als die Traumwelten ihrer Kindheit, die ein Mensch nur verstehen konnte, wenn er sie gesehen hatte.

»Solange der Eisberg so weit weg ist, kann er uns nicht gefährlich werden«, sagte Wyngate. Obwohl er nur zu Byron gesprochen hatte, war seine Stimme in der plötzlichen Stille auf dem ganzen Schiff zu hören. »Die Eisbrocken sind viel gefährlicher.« Wie Ella später erfuhr, konnte das Treibeis ein Schiff so stark beschädigen, dass es sank. Auch

Henry Hudson, einer der erfahrensten Seefahrer seiner Zeit, hätte sein Schiff beinahe an das Eis verloren, das hatte er selbst in seinem Bericht geschrieben. Unerfahrene Seeleute, erzählte ihr Wyngate, unterschätzten oft die Macht, die von dem Eis ausging. Und sie wussten nicht, dass lediglich ein Teil des Eises aus dem Wasser ragte. Das war bei den Eisbrocken so, aber auch bei den Eisbergen, die ein regelrechtes Inferno auslösten, wenn sie umkippten oder auseinanderbrachen.

»Was ist los mit euch?«, fuhr Wyngate die Seeleute an. »Hat euch der Eisberg die Sprache verschlagen? Davon gibt es viele, und wir werden noch einige sehen, bis wir die Nordwestpassage entdeckt haben.«

Die Seeleute starrten ihn an, immer noch sprachlos und vor Angst kaum zu einer Bewegung fähig. Die meisten waren ungehobelte und ungebildete Männer, die noch nie in ihrem Leben eine Weltkarte gesehen hatten und den Hohen Norden nur von fantastischen Märchen her kannten, wenn überhaupt. Kaum einer konnte lesen und schreiben. Für sie glich der Anblick dieser arktischen Landschaft einem Blick ins Paradies oder in den Abgrund der Hölle.

»Verdammt!«, stieß einer der Seeleute leise hervor. Er hatte sich von seinem Schrecken erholt und versuchte, seine Betroffenheit durch aufgesetzte Fröhlichkeit zu übertönen. »Mit dem Ding könnte ich ganz London abkühlen, was meint ihr? Mann, was für ein Brocken!«

Keiner lachte über den Scherz. Lediglich der junge Mann, der sichtlich beeindruckt neben ihm stand, verzog die Mundwinkel. »Ich hab einiges über Eisberge gehört«, sagte er, »aber dass sie so groß sind, hätte ich nicht gedacht.«

Captain Wyngate stieß sich von der Reling ab und wandte sich an Byron, der immer noch auf den Eisberg starrte. »Lieutenant!«

Byron straffte sich. »Sir?«

»Lassen Sie die Stangen mit den Eisenhaken aus dem Lagerraum holen. Reffen Sie einige Segel und postieren Sie einige Männer an der Reling. Sie sollen dafür sorgen, dass das Schiff nicht von den Eisbrocken getroffen wird.«

»Aye, Sir.«

Der Lieutenant gab den Befehl weiter, und die Männer beeilten sich, ihn auszuführen. Byron sprach ungewöhnlich laut, und Ella spürte, dass er wütend war. Wütend auf sich selbst, nahm sie an, weil er beim Anblick des Eisbergs die Sprache verloren und vielleicht sogar Angst bekommen hatte. Ein selbstgefälliger Mann wie er gestand sich ungern eine Schwäche ein.

An Bord setzte geschäftige Betriebsamkeit ein. Einige Männer öffneten die Luke zum Lagerraum und holten die langen Holzstangen nach oben. Sofort begannen sie damit, den Befehl des Captains auszuführen. Sie stellten sich wenig geschickt an, und es dauerte einige Zeit, bis sie die Lage im Griff hatten.

»Die Eisbrocken sind zehnmal so groß, wie sie aussehen«, warnte Wyngate. »Die bringen das Schiff zum Sinken, wenn wir nicht aufpassen, also passt gefälligst auf!«

Die Männer gehorchten nervös. Die ungewohnte Arbeit ging ihnen nur schwer von der Hand. Man merkte ihnen an, dass sie längst verfluchten, auf der *Discovery* angeheuert zu haben oder den Offizieren der Royal Society auf den Leim gegangen zu sein. Die Gesellschaft kannte keine Hemmungen, wenn es darum ging, unbescholtene Männer zum Dienst an Bord zu locken.

»Achten Sie darauf, dass die Männer keinen Eisbrocken übersehen«, sagte Wyngate zu Byron. Er wirkte ernst. »Zu diesem Zeitpunkt können wir uns keine Havarie leisten. Jetzt zählt jeder Tag. Ich baue auf Sie, Lieutenant.«

»Aye, Sir«, erwiderte Byron. Ella hatte das Gefühl, dass er die Befehle seines Captains nur widerwillig annahm. Er schien immer noch der Entscheidung der Admiralität nachzutrauern, ihn nicht zum Captain zu befördern.

Sie wandte sich ab, um nicht zufällig seinem Blick zu begegnen, und sah weiter aufs Meer hinaus. Sie konnte sich nicht von dem faszinierenden Anblick lösen. In dem leichten Nebel, der inzwischen über das Meer gezogen war, wirkte der Eisberg noch mächtiger und unheimlicher. Die Eisbrocken waren zahlreicher geworden. Sie hatten sich von dem Koloss gelöst und hingen scheinbar träge in der Strömung. Nicht alle waren gefährlich, nur die scharfkantigen Brocken konnten die *Discovery* ernsthaft gefährden.

Nur einmal während der nächsten Minuten erzitterten die Planken des Schiffes unter einem Aufprall. Einer der Seeleute hatte nicht aufgepasst und ein Eisbrocken war mit einer Welle gegen die Schiffswand geschleudert worden. »Pass gefälligst auf!«, fauchte der Lieutenant den nachlässigen Seemann an, dann war wieder Stille, und die *Discovery* lag ruhig in der Strömung.

»Faszinierend, nicht wahr?«, sagte der Captain. Er war neben Ella getreten und betrachtete sie mit der Zuneigung eines Vaters zu seiner Lieblingstochter.

»Wundervoll … und doch so Furcht einflößend«, erwiderte sie.

Er lächelte.

»Sie sind vielleicht die erste Engländerin, die jemals in

den Genuss dieses Anblicks gekommen ist. Haben Sie schon mal daran gedacht?«

»Nein, aber es ist ein gutes Gefühl«, sagte sie aufrichtig. »Ich war noch niemals so zufrieden und habe mich noch nie so ausgeglichen gefühlt wie hier oben im Norden.« Sie seufzte. »Und ich hatte noch nie so große Angst. Ich kann mir nicht vorstellen, dass in dieser Gegend jemand lebt.«

»Und doch gibt es Menschen, die hier zu Hause sind.«

»Das müssen ganz besondere Menschen sein.«

»Ich bin begierig darauf, sie kennenzulernen«, sagte er. »Bisher kenne ich sie nur aus den Beschreibungen einiger anderer Nordlandfahrer.« Er lächelte freundlich. »Möchten Sie eine Tasse Tee, Miss?«

»Gern, Captain«, erwiderte sie. »Ich komme gleich nach.«

Captain Wyngate kehrte in seine Kajüte zurück.

Ella wartete einen Augenblick und ließ die arktische Landschaft noch etwas länger auf sich wirken. Schließlich wandte sie sich ebenfalls zum Gehen. Kaum hatte sie die Reling losgelassen, spürte sie die Hand des Lieutenants auf ihrem Arm.

»Wie geht es dir, mein Kind?«, fragte Byron.

Sie betrachtete seine Hand. »Es geht mir gut, Lieutenant.«

»Das ist schön. Dein Name ist Ella, nicht wahr? Ella Morgan, wenn ich mich recht entsinne.«

Seine Freundlichkeit war aufgesetzt, und sein Lächeln wirkte so falsch und anzüglich, dass sie am liebsten angewidert davongelaufen wäre, aber seine Hand hatte sich um ihren Arm geschlossen und hielt sie fest. Sie versuchte sich zu lösen. »Lassen Sie mich bitte los, Lieutenant! Sie tun mir weh!«

Er dachte nicht daran und verstärkte den Druck sogar. »Wie wäre es, wenn du heute Abend an Deck kommst? Dann sind wir allein und können uns ungestört unterhalten. Ich glaube, wir haben uns einiges zu sagen, nicht wahr?«

»Das glaube ich kaum, Lieutenant.«

Sein Lächeln verschwand und er zeigte seinen Ärger und seine Arroganz.

»Seit wann so hochnäsig, Mädchen? Hast du vergessen, wo du herkommst? Ich weiß, wer du bist ... eine einfache Magd, die einen Laib Brot gestohlen hat und dem Kerker eines angesehenen Gentleman entflohen ist! An deiner Stelle wäre ich sehr vorsichtig, was ich einem Offizier antworte.«

»Ich bin unschuldig!«, wehrte sie sich.

Er lächelte wieder.

»Sind das nicht alle Verurteilten?«

»Ich habe nichts getan, und das wissen Sie genau! Ich stehe unter dem persönlichen Schutz des Captains und denke nicht daran, mich heimlich mit Ihnen zu treffen. Lassen Sie mich bitte zufrieden, Lieutenant, oder ich schreie.«

Er ließ sie los.

»Meinetwegen, du hochnäsiges Ding! Aber überlege dir genau, mit wem du dich einlässt, oder du könntest eine sehr bittere Überraschung erleben. Haben wir uns verstanden? Heute Abend um acht an Deck!«

»Nie im Leben!«, erwiderte sie und rannte so schnell sie konnte davon.

13

Ella dachte nicht daran, der drohenden Aufforderung des Lieutenants nachzukommen. Sie blieb in ihrem Quartier, hielt sich auf der Heckgalerie auf, wenn sie frische Luft schnappen wollte, und zog sich jedes Mal zurück, wenn der Lieutenant oder einer der Seeleute die Große Kajüte betraten. Sie erzählte Wyngate nichts von ihrer unliebsamen Begegnung mit Lieutenant Byron, denn sie wollte nicht unnötig Öl ins Feuer gießen. Sie tröstete sich damit, im Dunstkreis des Captains einigermaßen sicher zu sein.

Aber die Hudson Bay rückte immer näher. Dort musste sich entscheiden, ob die Seeleute ihrem Captain gehorchten, der im Norden der Bucht nach einer Durchfahrt suchen würde, oder zu Lieutenant Byron überliefen, der an Land gehen und nach dem Gold der Eingeborenen suchen wollte.

»Der Lieutenant ist ein gefährlicher Mann«, sagte Ella, als sie beim Tee in der Großen Kajüte saßen. »Ich habe große Angst vor ihm. Wenn es zur Meuterei kommt, nimmt er mich fest und sperrt mich in den Lagerraum.«

»So etwas dürfen Sie nicht denken«, erwiderte Wyngate. »Byron ist ein ehrgeiziger Mann. Er ist wütend, weil ihm die Royal Society kein eigenes Schiff gegeben hat, aber zu einer Meuterei lässt er sich bestimmt nicht hinreißen. Sie würde seine Karriere zerstören.« Er nippte an seinem Tee. »Außerdem habe ich keinen Grund zur Klage. Er hat meine Befehle immer befolgt.«

»Ich habe dennoch Angst vor ihm«, gestand Ella dem Captain. »Das brauchen Sie nicht, Miss Morgan. Und seien Sie versichert, dass ich die Aussprache mit ihm suche, bevor wir die Bucht erreichen. Wegen dieser angeblichen Goldschätze kommt es ganz sicher nicht zu einem Aufstand.«

»Dafür bete ich, Captain.«

Das Wetter wurde schlechter. Eines Nachmittags, als Ella auf der Heckgalerie stand und zu den grauen Felsen einer schmalen Insel hinüberblickte, zogen dunkle Wolken auf, und der auffrischende Wind trieb eiskalten Regen gegen die Schiffswand. Sie floh in ihre Kammer. Das Unwetter hielt beinahe eine Woche an und zwang sie, die ganze Zeit im Inneren des Schiffes zu verbringen. Viele Stunden verbrachte sie liegend in ihrer Koje, den Blick auf das Fenster und den stürmischen Regen gerichtet.

Wie hielt Martin es in einem so unwirtlichen Land aus? Oder war das Wetter im Süden der Hudson Bay milder? Sie glaubte nicht daran. Dauerte der Sommer in der Arktis wirklich nur drei oder vier Monate, und würden sie drei Viertel ihres Lebens in Eis und Schnee verbringen müssen, wenn sie im Norden blieben? Sie erinnerte sich daran, wie magisch und verführerisch das Land im Zwielicht ausgesehen hatte, und tröstete sich damit, dass ihr Leben an Martins Seite immer auf der sonnigen Seite stattfinden würde. Wenn sie es jemals schaffte, bis zum Stützpunkt der Hudson Bay Company vorzudringen …

An der zunehmend bitteren Miene des Captains erkannte sie, dass sich die Stimmung der Seeleute verschlechterte. Im Gegensatz zu ihr mussten sie bei jedem Wetter an Deck. Sie kletterten bei klirrender Kälte in den vereisten Wanten herum, hissten oder refften die steifen Segel oder lehnten über der Reling und drängten die Eisbrocken mit den Holzstangen vom Schiffsrumpf. Sie mochten sich an den Anblick großer Eisberge gewöhnt haben und die karge

Landschaft ertragen, aber ihre Abneigung gegen die Reise wuchs mit jedem Tag. Um das zu erkennen, brauchte man nur in ihre Gesichter zu blicken. Sie sahen keinen Sinn darin, in den Rachen der Hölle zu segeln, wie sich einer der Männer ausdrückte, ohne dass etwas Zählbares dabei heraussprang.

Mit der Nordwestpassage hatten sie nichts im Sinn. Einem ehemaligen Tagelöhner war es egal, ob sie eine Durchfahrt fanden, ihn interessierte nur der Profit, den er auf einer solchen Reise machen konnte, und das war wenig genug. Wasser auf die Mühlen für Lieutenant Robert Byron und seinen Plan, im Land der Eingeborenen nach dem angeblichen Goldschatz zu suchen. Das erkannte auch Wyngate, dem es nur noch mit Mühe gelang, die Männer bei der Stange zu halten. »Vielleicht hatten Sie doch recht«, sagte er zu Ella, der er jeden Nachmittag sein Leid klagte. »Wenn wir die Durchfahrt nicht bald finden, läuft mir das ganze Unternehmen aus dem Ruder. Ich glaube, es wird höchste Zeit, dass ich mich mit dem Lieutenant ausspreche.«

Ella ließ die Tür ihrer Kammer angelehnt, als Wyngate mit dem Lieutenant in die Große Kajüte kam. »Tee?«, fragte der Captain. Der Ofen brannte auf Sparflamme, aber im Vergleich zu der regennassen Kälte an Deck war es angenehm warm. Er wies seinen Adjutanten an, welchen zu bringen, und führte Byron vor den Kartentisch. Durch den Türspalt beobachtete Ella, wie der Adjutant den Tee brachte und beiden Männern einschenkte. Mit einem leichten Nicken, wie ein Butler in einem vornehmen englischen Haus, verschwand er.

»Wir kommen gut voran«, sagte Wyngate, nachdem er einen Schluck getrunken hatte. »Wir müssten jetzt ungefähr hier sein.« Er stellte die Tasse ab und deutete auf die Karte. »Dort haben wir den ersten Eisberg gesehen.« Er fuhr mit dem Zeigefinger nach links. »Und hier liegt die Bucht. Dort oben im Norden soll sich eine starke Strömung befinden, die eindeutig darauf hinweist, dass es dort eine Durchfahrt geben muss. Die müssen wir finden.«

»Und wenn wir es nicht schaffen?«, fragte der Lieutenant.

»Wenn das Meer zufriert, haben wir genug Vorräte, um zu überwintern«, antwortete Wyngate. »Und im Frühjahr segeln wir zum Fort der Hudson Bay Company und laden neue Vorräte. Ich weiß, die HBC ist nicht besonders gut auf uns zu sprechen und wird horrende Preise verlangen, aber den Ruhm, die Nordwestpassage gefunden zu haben, werden wir erlangen. Früher oder später werden wir die Durchfahrt finden.«

»Daran glaube ich nicht.«

»Ich weiß.« Wyngate gab sich nicht die Mühe, seinen Missmut zu verbergen. »Und die Männer noch weniger. Deshalb wollte ich mit Ihnen sprechen.«

»Um mir die Nordwestpassage schmackhaft zu machen? Um mir zu sagen, dass ich als großer Entdecker gefeiert werde, wenn wir die Durchfahrt finden?« Byron betrachtete die Karte, als wäre darauf die Formation einer feindlichen Flotte verzeichnet. »Das versuchen Sie schon seit ein paar Monaten.«

»Mit wenig Erfolg.« Ella bemerkte, wie angespannt der Captain war. »Von den Männern habe ich nichts anderes erwartet, die denken nur an ihre eigene Tasche. Aber einem Offizier hätte ich mehr zugetraut. Weitsicht, Intelligenz, Vaterlandsliebe.« Wyngate scheute sich nicht, den Lieutenant scharf anzublicken.

Byrons hagere Gestalt straffte sich und seine Hand fuhr unwillkürlich zum Säbel. Er war kurz davor, die Klinge zu entblößen. Der Captain schien einen seiner wunden Punkte getroffen zu haben. »Wollen Sie damit sagen, dass ich dumm bin? So dumm wie die dahergelaufenen Männer, die ich angeheuert habe? Sprechen Sie mir die Liebe zu meinem Vaterland ab?«

Wyngate schien gar nicht zu beachten, dass Byron seinen Säbel berührte. »Ich kritisiere Ihr Verhalten auf dieser Reise«, erwiderte er ruhig. »Was Sie sonst tun, interessiert mich nicht. Natürlich haben Sie sich um unser Land verdient gemacht, das bestreite ich gar nicht. Aber ich würde mir wünschen, dass Sie vor der Mannschaft mehr Begeisterung für unser Vorhaben zeigen. Sie wissen doch, wie wichtig eine richtige Motivation sein kann. Wir sind ausgezogen, die Nordwestpassage zu entdecken. Für unser Land und unseren König. Die Entdeckung würde der Nation viel Ruhm und Ehre, aber auch eine Menge Geld einbringen. Der Handel mit China würde aufblühen und unserem Land, also auch seinen Bürgern, neuen Wohlstand bringen.«

Byron nahm die Hand vom Säbel, veränderte aber seine drohende Haltung nicht. Seine angespannte Miene verriet, welche Mühe es ihn kostete, sich unter Kontrolle zu halten. Ella bemerkte, wie er die Hände zu Fäusten ballte.

»Sie aber denken nur an irgendwelche Schätze, die es in diesen Breiten gar nicht geben kann«, fuhr der Captain fort. »Das zeigt mir, dass Sie sich mit dem Hohen Norden kaum beschäftigt haben. Hier gibt es kein Gold und auch kein Silber, sonst hätten unsere Vorgänger diese Schätze längst gefunden.«

»Hudson hatte andere Sorgen«, widersprach der Lieutenant. »Und die anderen Seefahrer waren viel zu sehr beschäftigt, als dass sie an Gold und Silber gedacht hätten. Sie hatten Wissenschaftler an Bord und waren genauso in ihre Idee verrannt wie Sie. Und was hat ihnen dieser Starrsinn gebracht? Nichts! Nicht mal ein Lob des Königs. Sie haben die Nordwestpassage nicht gefunden, weil es diese Durchfahrt gar nicht geben kann.« Er schlug auf die Karte. »Glauben Sie denn wirklich, dieser Meeresarm führt auf die westliche Seite dieses Kontinents? Vielleicht sind wir nur in einem gewöhnlichen Fluss gelandet.«

Wyngate schüttelte den Kopf. »Wir haben die Strömung gefunden, von der Hudson gesprochen hat. Wenn wir die Bucht erreichen und die westliche Ausfahrt finden, die Middleton gesehen haben will, haben wir es geschafft.«

Der Lieutenant blickte geringschätzig auf die weißen Flecken der Weltkarte. »Strömungen gibt es hier überall. Dieses Gebiet ist viel zu unübersichtlich. Wer weiß schon, was in dieser Einöde auf uns wartet? Nein, Captain, ich verlasse mich lieber auf stichhaltige Beweise. Ich weiß, dass es hier Gold gibt. Ein Mann aus Hudsons Mannschaft hat es mir erzählt. Er hat einen Eingeborenen mit einem goldenen Armreif gesehen. Einen Wilden aus dem Hohen Norden, Captain! Er muss das Gold doch irgendwo gefunden haben. Ich will dieses Gold. Das Gold und alle anderen Schätze, die hier oben liegen. Auch damit erweise ich der Krone einen Dienst. Einen größeren vielleicht als Sie mit Ihrer vergeblichen Suche. Ich fülle die Schatzkammern des Königs, bekomme mein eigenes Schiff, vielleicht sogar meine eigene Flotte, und werde so reich entlohnt, dass ich mir allen nur erdenklichen Luxus leisten kann.«

Ella verzog spöttisch die Lippen. Niemals würde Lieutenant Byron alle Schätze dem König abliefern. Er würde die wertvollsten Stücke zur Seite schaffen oder gar nicht mehr nach Hause zurückkehren und als Pirat auf einer versteckten Insel leben. Hannahs Tochter hatte er doch nur geheiratet, um seinen respektablen Ruf zu begründen. Als reicher Mann würde sich ein selbstgefälliger Mensch wie er nicht mit einer Frau belasten.

Der Captain hatte sicher denselben Verdacht, sagte aber nichts. »Wo soll das Gold denn liegen?«, fragte er stattdessen. »Im Eis? In Schneehäusern?«

»Es muss irgendwo zwischen den Felsen sein«, sagte Byron ernst. Er deutete nach draußen, wo die felsige Küste einer kleinen Insel vorbeizog. »Sie haben es ausgegraben, da gehe ich jede Wette ein. Und da, wo es herkommt, liegt noch viel mehr. Warum holen wir uns den Schatz nicht, Captain?«

»Weil wir keine Piraten sind«, antwortete der Captain bestimmt. »Und weil Sie einem Hirngespinst nachjagen, das wesentlich unwahrscheinlicher als die Nordwestpassage ist. Ich darf Sie daran erinnern, dass mir der Befehl über dieses Schiff gegeben wurde. Ich bestimme, was an Bord geschieht. Und ich sage Ihnen, dass wir unseren Auftrag erfüllen. Haben Sie mich verstanden?«

»Das werden wir ja sehen«, sagte der Lieutenant.

»Ich verbitte mir diese Ausdrucksweise!«, polterte Wyngate. Er wollte nicht aufbrausen, aber die arrogante und eigennützige Art seines Ersten Offiziers ließ ihn die Beherrschung verlieren. »Ich bestehe darauf, dass Sie meine Befehle befolgen. Alles andere wäre Meuterei.« Er blickte in Ellas Richtung. Anscheinend wurde ihm bewusst, dass sie jedes Wort mitbekam. »Was haben Sie den Männern erzählt? Wissen die Männer von Ihren Hirngespinsten?«

»Nein«, erwiderte Byron, obwohl er den Zweiten Offizier in seine Pläne eingeweiht hatte. Auch ihm fiel anscheinend ein, dass Ella in der Nähe sein musste, und sein Blick wanderte nervös an den Türen und der Heckgalerie entlang. Seiner entschlossenen Miene entnahm sie, dass er keine Rücksicht darauf nehmen würde, dass sie eine Frau war. Wenn es wirklich zu einer Meuterei kam, hatte sie keine Gnade zu erwarten.

»Ich möchte, dass Sie meine Befehle befolgen, Lieutenant«, versuchte Wyngate es noch einmal im Guten. »Wir haben es bald geschafft. Wenn wir die Nordwestpassage finden, haben Sie ausgesorgt, auch ohne Gold und Edelsteine. Seien Sie vernünftig, Byron. Handeln Sie, wie es sich für einen Offizier geziemt, und sorgen Sie dafür, dass die Männer bei der Stange bleiben. Wir können uns keine Unruhe an Bord leisten, nicht in diesen nördlichen Breiten.«

»Ich will es versuchen«, sagte der Lieutenant.

»Ich kann mich auf Sie verlassen?«

»Natürlich, Sir.«

Ella bezweifelte, dass Byron es ehrlich meinte, und fand in den folgenden Nächten nur wenig Schlaf. Stundenlang lag sie wach und dachte über ihre scheinbar aussichtslose Lage nach. Ihr Gefühl sagte ihr, dass es in der Hudson Bay zur Meuterei kommen würde. Captain Wyngate hatte anscheinend denselben Verdacht. Seitdem er mit dem Lieutenant gesprochen hatte, band er sich jeden Morgen seinen Säbel um. Zu ihrer verzweifelten Lage passte es, dass sie Brennholz sparen mussten und der Blechofen in der Großen Kajüte nachts kalt blieb. Die nasskalte Witterung, die sie seit einigen Tagen begleitete, erfüllte das ganze Schiff und kroch bis unter ihre Decken. Oder war es nur die wachsende Unruhe, die sich wie ein Geschwür durch ihren Körper fraß und sie mit bösen Vorahnungen erfüllte? Oh, wäre Martin doch nur in ihrer Nähe!

Es war bereits nach Mitternacht, als sie aus dem Bett stieg, sich ihre Decken um den Körper wickelte und ans Fenster trat. Dank der nahen Uferfelsen lag die *Discovery* ruhig im Wasser. Sie schob ihr Gesicht dicht an die Glasscheibe und blickte angespannt in die frostige Nacht hinaus.

Was sie ans Fenster gelockt hatte, ob es nur ihre innere Unruhe oder ein verdächtiges Geräusch gewesen war, wusste sie nicht. Angestrengt blickte sie in den schwachen Lichtschein, den die Bordlampen auf das Wasser warfen. Vereinzelte Eisschollen schwammen in der Strömung. Jenseits der Ufer zu beiden Seiten des Meeresarms erhoben sich kahle, mit Schnee und Eis bedeckte Hügel, nur an wenigen Stellen waren Moos und Flechten zu sehen. Kein Baum, keine Sträucher, nur Felsen, die bis ins Wasser hinabreichten.

Weit draußen glaubte sie eine Bewegung zu erkennen. Im Schein des vollen Mondes, der blasses Licht über die Eisfelder in der Ferne goss, stapfte ein Lebewesen durch die Nacht. Sie drückte ihre Nase gegen das kalte Fensterglas und kniff ihre Augen gegen das blendende Weiß der Eisdecke zusammen. Ein Bär! Oder täuschte sie sich? Nein, das war ein Bär! Die gleiche Bestie, die sie auf dem Kupferstich und dem Gemälde im Haus des Earl of Shrewsbury gesehen hatte! Und wie damals überwältigte sie auch diesmal ein Gefühl, das ihr vollkommen fremd war. Ein warmer Schauer durchlief sie. Sie fühlte sich der fernen Bestie auf seltsame Weise verbunden, glaubte sogar zu sehen, wie sie plötzlich stehen blieb und neugierig in ihre Richtung blickte. Als wollte sie ihr eine Nachricht zukommen lassen. Wie war das möglich? Der Bär konnte sie doch gar nicht sehen! Oder hatten ihn die Bordlaternen aufgeschreckt? Nein, er blickte ihr gerade in die Augen, das konnte sie auch aus der Entfernung genau erkennen.

Sie schloss die Augen und öffnete sie wieder. Der Bär war immer noch da, aber jetzt bewegte er sich wieder und war nur noch schemenhaft zu erkennen. Die schmutzige Farbe seines Fells verschmolz mit dem Eis und dem Schnee, dann war er verschwunden. Doch das eigenartige Gefühl, das sein Anblick bei ihr ausgelöst hatte, blieb und ließ sie wie gebannt in die Ferne starren.

Wie lange sie am Fenster stand und zum Horizont blickte, wusste sie später nicht zu sagen. Aufkommende Windböen und das plötzliche Schaukeln des Schiffes rissen sie aus ihrer Benommenheit, dann die Trillerpfeife des Lieutenants, ein durchdringender Pfiff und seine aufgeregte Stimme: »Alle Mann an Deck! Das wird ein ausgewachsener Sturm! Beeilt euch, Männer! In die Wanten mit euch! Refft das Marssegel!« Seine Befehle waren deutlich zu verstehen, obwohl alle Fenster und Türen geschlossen waren.

Ella öffnete die Kammertür und spähte durch einen Spalt in die Große Kajüte. Im schwachen Licht, das von draußen hereinfiel, sah sie den Captain in voller Uniform zur Tür stürmen. Im Laufen setzte er seinen Dreispitz auf.

Als er die Tür aufriss und auf das Achterdeck lief, hörte sie einen Seemann rufen: »Die Bucht! Da vorn ist die Bucht! Die verdammte Hudson Bay!«

14

Von plötzlicher Angst getrieben und weil sie in dem aufkommenden Sturm sowieso nicht schlafen konnte, kleidete Ella sich an und kletterte den Niedergang zum Achterdeck hinauf. Im Schutz einiger Aufbauten blieb sie stehen.

Schon bei der ersten eisigen Windbö, die ihr entgegenschlug, bereute sie ihre Entscheidung, die sichere Kajüte verlassen zu haben, doch sie hielt es für besser, dem Wind und dem körnigen Schnee zu trotzen, als in der Koje zu liegen und nicht zu wissen, was die Männer gegen den Sturm unternahmen.

Sie klammerte sich mit beiden Händen an eines der Taue, die zum Kreuzmast hinaufführten, und kniff die Augen gegen den Wind zusammen. Gegen das Unwetter, das sie vor einigen Wochen aus ihrem Versteck getrieben hatte, kam dieser Nordsturm nicht an, dazu fehlten ihm Gewalt und Wucht, aber als sie sah, wie er gegen das Schiff drückte und an den Segeln zerrte, machte sich doch ein flaues Gefühl in ihrem Magen breit. Noch bestand keine Gefahr für die *Discovery,* aber wenn es den Männern nicht gelang, das Schiff in ruhigere Gewässer zu steuern, würden sie ernsthafte Schwierigkeiten bekommen.

»Gehen Sie nach unten, Miss!«, glaubte sie den Captain zu hören, der neben dem Lieutenant an der Backbordreling stand, doch sie blieb an Deck, tastete sich sogar ein paar Schritte nach vorn, um besser sehen zu können.

Die Bucht, die sich vor ihnen ausbreitete, konnte sie nur erahnen. Der Wind hatte dunkle Wolken vor den Mond getrieben, und auch die Sterne waren nicht mehr zu sehen.

Das schwarze Meer, das sich vor dem Bug der *Discovery* erstreckte, verschmolz schon nach wenigen Metern mit der Dunkelheit.

Umso entsetzter war sie, als sie ein mächtiges Eisfeld auf ihr Schiff zutreiben sah. Eine dichte Masse von Eisschollen, nur durch schmale Wasserstreifen voneinander getrennt, schob sich immer näher an sie heran. An den erschrockenen Blicken einiger Seeleute und den nervösen Bewegungen des Lieutenants erkannte sie, dass sie sich in einer großen Notlage befanden.

»Was jetzt?«, rief der Lieutenant in den Wind. Seiner panischen Miene sah man an, dass er es zum ersten Mal mit einem solchen Problem zu tun bekam.

»Fahren Sie in das Eisfeld!«

»Wie bitte?«

»Steuern Sie in das Eisfeld! Das ist ein alter Trick der Nordlandfahrer. Wenn wir von Eisschollen eingeschlossen sind, kann uns nichts passieren.«

»Das ist doch Wahnsinn!«

»Befolgen Sie meinen Rat!«

Der Lieutenant zögerte ungläubig, fluchte dann und setzte das Sprachrohr an. Er schrie seinen Befehl in den Wind hinaus und wiederholte ihn, als die Seeleute ihn fassungslos anstarrten. »Tut, was ich euch sage, verdammt!«

Mit geweiteten Augen beobachtete Ella, wie der Rudergänger nur wenige Schritte von ihr entfernt am doppelten Steuerrad drehte und die *Discovery* auf das Eisfeld zusteuerte. Sie verstand den Befehl ebenso wenig wie die Männer, konnte sich nicht vorstellen, dass sie unbeschadet durch das Eisfeld kommen würden. Unaufhörlich rückten die Eisschollen näher, massiv wie eine Anhäufung von Ziegelsteinen, die mit unvorstellbarer Gewalt gegen das Schiff schlagen und es zermalmen würden. Blass und bedrohlich leuchteten die Eisschollen im Licht des Mondes, der zögernd zwischen den Wolken auftauchte.

Ella schloss die Augen, und ihre Hände verkrampften sich um das nasse und eiskalte Tau, als die ersten Eisbrocken gegen den Schiffsrumpf krachten. »Etwas mehr nach Steuerbord!«, rief der Captain. »Benutzt die Haken!« Die Männer hingen längst über der Reling, versuchten angestrengt, größeren Schaden von der *Discovery* abzuwenden. Ächzend tauchte der Bug zwischen die schaukelnden Eisbrocken. Ein Zittern lief durch das Schiff und brachte die Planken zum Knarren. Unter Ellas Füßen schwankte das Deck, über ihr drehten sich der Mond und die Wolken. Das Licht der schaukelnden Laternen flackerte über das Eis. Die Brocken waren zum Greifen nahe, wenn sich das Schiff auf die Seite legte und wild schäumende Gischt über die Reling schwappte.

Schon nach wenigen Minuten war die *Discovery* vollkommen vom Eis eingeschlossen. Wie ein Gürtel legte sich die weiße Masse um das Schiff. Die Eismassen hinderten es daran, nach den Seiten auszubrechen, es lag wieder stabil im Wasser und stampfte geduldig durch die zähe Masse. Ella spürte, wie das Schlingern nachließ. Die Macht des Nordwinds verpuffte auf dem Eis und konnte dem Schiff kaum etwas anhaben. Das Manöver war gelungen.

»Kurs beibehalten!«, rief der Captain und gab den Befehl an Byron zurück. Selbst im Halbdunkel erkannte Ella die betretene Miene des Lieutenants, der sich wohl darüber ärgerte, im Angesicht der Gefahr beinahe versagt zu haben.

»Aye, Captain«, presste er mühsam hervor. Jetzt zerrte nur noch der Lärm an den Nerven der Männer. Die Eisschollen schlugen gegen den Rumpf, türmten sich übereinander, fielen krachend ins Wasser zurück. Das Eis lebte, ächzte unter dem Druck des Windes, zersprang mit ohrenbetäubendem Lärm. Wer ein solches Manöver zum ersten Mal mitmachte, sah das Ende der Welt auf sich zukommen. So hatte es auch im Logbuch von Henry Hudson gestanden. Der Lärm war kaum auszuhalten. Die meisten Männer hielten sich die Ohren zu oder versteckten sich unter Deck.

Ella war blass geworden und hielt sich fest, obwohl die *Discovery* so ruhig wie selten im Wasser lag und keine Gefahr mehr bestand. Nur allmählich lockerte sich ihr Griff um das eiskalte Tau und ihre Atemzüge wurden ruhiger. Sie lächelte sogar. Sie waren sicher, das spürte sie. Durch einen simplen Trick hatte Captain Wyngate die Gefahr abgewendet. Sie löste sich von dem Tau und trat an die Reling, blickte auf das blass schimmernde Eisfeld hinaus. Zufrieden registrierte sie, dass ihnen keine Gefahr mehr drohte, die Eisschollen dem Schiff mehr Stabilität verliehen und es praktisch durch das Wasser trugen.

Nach zwei Stunden war alles vorbei. Der Nordwind wurde schwächer und die *Discovery* steuerte aus dem Eisfeld hinaus. Ihr Bug durchpflügte wieder dunkles Wasser und die Eisschollen verschwanden aus ihrem Blickfeld. Der Lärm verebbte. Sie gingen auf nordwestlichen Kurs und entfernten sich vom östlichen Ufer der Bucht, die sich wie ein weites Meer vor ihnen erstreckte.

Ella kehrte unter Deck zurück und trat auf die Heckgalerie. Nur hier war sie mit ihren Gedanken allein. Sehnsüchtig wandte sie den Blick nach Süden. Weit hinter den Eisbergen, die matt im zunehmenden Mondlicht schimmerten, musste das Fort der Hudson Bay Company liegen, in der Martin seinen Dienst angetreten hatte. Sie erinnerte sich an den Kupferstich eines solchen Camps. Einige Blockhäuser am Ufer eines Flusses, riesige Fichten, ein Mann mit einem voll bepackten Hundeschlitten, der vor einem der Häuser einen anderen Mann begrüßte. Zwei Indianer, die mit einem Kanu, beladen mit Pelzen, anlegten. Wirbelnde Schneeflocken, Eiszapfen an den Dächern.

Eine unwirtliche Gegend, nach der sich wohl keine Frau in England sehnte. Eisig kalt und voller Gefahren. Doch sie erinnerte sich auch an das Licht, das in einem der Fenster geschimmert hatte. Ein Zeichen der Wärme und Behaglichkeit, auch dort, viele tausend Meilen von der Zivilisation entfernt. Sie würde sich wohlfühlen, trotz allem. An der Seite von Martin spielte es keine Rolle, wo sie sich befand. »Martin«, flüsterte sie. »Ich weiß nicht, wie lange es dauern wird, aber ich komme zu dir! Mich kann niemand aufhalten, nicht einmal dieser schreckliche Lieutenant Byron!«

Doch mit jedem Tag, der sie weiter nach Nordwesten trug, schwand ihre Zuversicht. Sie fuhren einem ungewissen Ziel entgegen, und obwohl sie sich kaum noch an Deck sehen ließ, spürte sie die bedrohliche Wolke, die sich über das Schiff legte. Sie befanden sich jetzt mitten in der Bucht und der schwelende Konflikt zwischen Captain Wyngate und dem Lieutenant würde bald zum Ausbruch kommen. Ella hätte gern etwas getan, um einen drohenden Kampf zu verhindern, aber sie war nur eine schwache Frau, und ihr waren die Hände gebunden. Sie konnte nur beten und hoffen, dass Captain Wyngate sich durchsetzen würde. Nur wenn er gewann, konnte sie damit rechnen, Martin bald wiederzusehen, auch wenn sie die Vorstellung, einen ganzen Winter an Bord dieses Schiffes verbringen zu müssen, erschreckte.

Wie weit mochte es bis zum Fort der Hudson Bay Company sein? Hundert Meilen? Tausend Meilen? Wie lange brauchte man mit dem Schiff? Ein paar Tage? Eine Woche? Konnte man die Blockhäuser über Land erreichen? Würde sie ein Eingeborener mit seinem Schlitten mitnehmen? Quälende Gedanken, die wie die Wellen eines Meeres über ihr zusammenschlugen und sie bis in ihre Träume verfolgten. Auch der Captain konnte ihr keinen Trost zusprechen. Er wurde selbst von düsteren Überlegungen geplagt, stand oft minutenlang vor einem der Heckfenster und blickte ähnlich besorgt wie sie in die Dunkelheit hinaus. Der Winter rückte näher. Es wurde kälter und unwirtlicher und selbst tagsüber herrschte trübes Halbdunkel.

Die Trillerpfeife des Lieutenants ertönte. Ella spürte, wie die *Discovery* beidrehte und abwartend auf der Stelle verharrte. Schritte polterten den Niedergang herunter und jemand klopfte heftig gegen die Tür der Großen Kajüte. »Captain!«, drang es bis auf die Heckgalerie. »Kommen Sie! Schnell!«

Wyngate band sich seinen Säbel um und folgte der Stimme an Deck.

Ella folgte ihm neugierig.

»Was gibt es, Lieutenant?«, rief der Captain.

Robert Byron stand an der Reling und deutete auf die felsige Küste einer nahen Insel. Zwischen den nächtlichen Nebelschwaden war ein Kajak zu sehen. In dem kleinen Boot saß eine Gestalt und paddelte mit heftigen Bewegungen, um gegen die Strömung anzukommen, auf das Schiff zu. Im fahlen Mondlicht schimmerten seine schmalen Augen und hohen Backenknochen.

»Ein Eingeborener«, rief Wyngate.

»Ein Wilder!«, stieß Byron hervor. »Wahrscheinlich vom selben Stamm wie damals bei Hudson. Jetzt werden wir ja sehen, ob es hier Gold gibt.«

Der Captain wandte sich an die Besatzung. Die meisten Männer hatten sich bewaffnet und hielten Messer oder Holzscheite aus dem Brennholzvorrat in den Händen. Byron und der Zweite Offizier hatten ihre Pistolen gezogen.

»Runter mit den Waffen!«, befahl Wyngate scharf.

»Aber, Captain ...«

»Weg mit den Waffen, aber schnell! Und Sie ...« Er blickte seine beiden Offiziere an: »Stecken Sie die Pistolen weg! Oder wollen Sie mit Kanonen auf Spatzen schießen? Dieser Eingeborene ist harmlos, das sehen Sie doch.«

»Woher wollen Sie das wissen?«, fragte Byron.

»Ich habe nie etwas anderes gelesen«, antwortete der Captain. »Ich habe alle Tagebücher der Nordlandfahrer studiert. Zu Auseinandersetzungen kam es nur, wenn jemand von uns zur Waffe griff. Ansonsten sind diese Wilden friedlich.«

»Und wenn der Bursche uns feindlich gesonnen ist?«

»Darauf lasse ich es ankommen«, erwiderte Wyngate. »Er müsste aber schön dumm sein. Wir sind immerhin in der Überzahl.« Ein Lächeln huschte über sein Gesicht. »Oder haben Sie Angst vor einem einzigen Eingeborenen?«

Ella beobachtete, wie Byron den Mund verzog und sich abwandte. Gespannt wie alle anderen wartete sie darauf, dass der Jäger sein Kajak näher an die *Discovery* heransteuerte. Er war ein kleiner Mann, das sah man schon jetzt, obwohl sein halber Körper von einer Schutzhaut bedeckt wurde. Er trug einen Überhang aus Tierhaut. Seine Haare waren tiefschwarz und reichten ihm bis über die Ohren. In seinem faltigen Gesicht leuchteten dunkle Augen.

Einige Bootslängen vor der *Discovery* legte er das Paddel quer und blickte lächelnd zur Reling empor. Er lächelte tatsächlich, und als Ella zum fernen Ufer blickte, sah sie einige schattenhafte Gestalten auf der Stelle hüpfen.

»Sieht so aus, als hätte der Bursche gerade eine Mutprobe bestanden«, sagte Wyngate mehr zu sich selbst. Laut befahl er: »Werft ihm das Fallreep runter und helft ihm an Bord! Macht schon! Und keine Gewalt, verstanden?«

Zwei Seeleute führten den Befehl aus. Sie hoben den Eingeborenen an Deck und traten schnell zur Seite, als hätte er eine ansteckende Krankheit. Dabei machte er einen freundlichen Eindruck. Er lachte über das ganze Gesicht und rief: »Gavlunaak!« Ella nahm an, dass er seinen Namen nannte.

Wyngate verbeugte sich und begrüßte den Eingeborenen freundlich, ein Vorgehen, das er Captain Cooks Logbüchern entnommen hatte. »Willkommen an Bord!«, sagte er. »Mein Name ist James T. Wyngate. Captain Wyngate.«

Der Eingeborene kicherte und trat näher an den Captain heran. »Gavlunaak«, sagte er wieder. »Gavlunaak.« Dann entdeckte er Ella und ging lächelnd auf sie zu. Verwundert berührte er ihre sanfte Haut. »Kabloona.«

Einige Seeleute lachten. »Seht euch diesen Zwerg an!«, rief jemand. »Und was der für komische Kleidung trägt! Lauter Felle, wie ein Tier!« Ein anderer Mann trat vor und rief: »Werft ihn ins Meer!«

»Ruhe!«, rief Wyngate. Dann wandte er sich rasch wieder an den Eingeborenen, der erschrocken zurückgewichen war. »Hab keine Angst!«, sagte er und sprach so lange beruhigend auf ihn ein, bis sich das faltige Gesicht des Mannes wieder zu einem Lachen verzog. »Wir wollen dir nichts tun.« Er überlegte. »Vielleicht kennt er die Durchfahrt.«

Der Lieutenant zuckte mit den Schultern. Man sah seiner gleichgültigen Miene an, dass er etwas ganz anderes von dem Eingeborenen erfahren wollte.

Ungeduldig schob er den Captain zur Seite. »Lassen Sie mich mal mit ihm reden!«, sagte er. Er packte den Eingeborenen am Umhang und zog ihn zu sich heran. »Wo ist das Gold?«, fragte er. »Wo ist das verdammte Gold?« Er zerrte an der Jacke und suchte verzweifelt nach einem Schmuckstück. Doch der Mann trug weder eine Kette, noch Armreifen und Ringe.

Wyngate zog den Lieutenant gewaltsam zurück. »Lassen Sie den Eingeborenen in Ruhe!«, befahl er scharf. »Haben Sie mich verstanden, Lieutenant?«

Byron ließ den Eingeborenen los und drehte sich wütend um. »Nichts!«, fluchte er. »Er muss das Zeug vorher abgenommen haben.«

»Hier gibt es kein Gold«, sagte der Captain. »Wie oft muss ich das denn noch wiederholen?« Er wandte sich an die Männer. »Wir sind hier, um die Nordwestpassage zu finden. Hier gibt es weder Gold noch Silber noch Edelsteine. Dieser Eingeborene ist der beste Beweis dafür. Der einzige Schatz, den wir finden können, ist die Durchfahrt nach Westen. Haltet durch, Männer! Auch euch wird der König belohnen, wenn wir die Durchfahrt finden.«

Ella spürte, dass der kritische Punkt der Reise erreicht war. Die Entscheidung, wie es weitergehen würde, stand unmittelbar bevor. In einem stillen Gebet bat sie Gott, auf ihrer und der Seite des Captains zu bleiben und eine Meuterei zu verhindern. Doch Gott ging manchmal seltsame und unergründliche Wege, und so war es auch diesmal. Noch während Ella überlegte, kletterte der Eingeborene über die Reling. Er stieg in sein Kajak und paddelte zur Küste zurück.

Lieutenant Byron bemerkte es zu spät und verlor die Beherrschung. »Holt ihn zurück!«, rief er aufgebracht. »Er muss uns zeigen, wo das Gold liegt!«

Als niemand reagierte, rannte er zu seinem Quartier und kehrte mit einer Muskete zurück. Er stürmte zur Reling und legte auf den Eingeborenen an.

Ella stand dem Lieutenant am nächsten und reagierte instinktiv. Sie rannte auf ihn zu und schlug den Lauf der Muskete zur Seite. Im selben Augenblick löste sich der Schuss. Die Kugel ging an dem Eingeborenen vorbei und klatschte wirkungslos ins Wasser.

Der Mann im Kajak vergaß vor Schreck, weiterzupaddeln. Er blickte in panischer Angst zum Segelschiff zurück und war zu keiner Bewegung fähig. Auch die Eingeborenen am Ufer verharrten regunglos. Das Echo des Schusses verhallte in der Stille, und sogar Byron erstarrte sekundenlang, dann zog er seine Pistole und feuerte, obwohl die Entfernung für einen Pistolenschuss viel zu weit war. Er warf die Waffe zu Boden. »Verdammt! Was sollte das?«

Der Captain trat mit ernstem Gesicht vor ihn. »Sie sind Ihres Postens enthoben, Lieutenant Byron! Lieutenant Stockwell, nehmen Sie den Mann fest!«

Stockwell tauschte einen raschen Blick mit Byron und rührte sich nicht.

»Sie sollen ihn festnehmen, haben Sie nicht gehört? Oder wollen Sie sich meinem Befehl widersetzen?« Er fuhr die Seeleute an: »Nehmt ihn fest!«

Keiner der Männer rührte sich.

Stattdessen wanderte eine andere Pistole durch die Reihen und landete bei Lieutenant Byron. »Sie werden keinem mehr Befehle erteilen«, sagte er grimmig. Er holte aus und schlug Wyngate den Pistolenlauf an die Schläfe.

Mit einem Aufschrei sank der Captain zu Boden.

»Nein! Das dürfen Sie nicht tun!«, flehte Ella. Sie stürzte sich auf den Lieutenant, aber der trat lediglich einen Schritt zur Seite und versetzte ihr eine schallende Ohrfeige. Sie stürzte neben Wyngate und blieb wimmernd liegen.

»Der Captain ist verrückt!«, rief Byron den Männern zu. »Er ist besessen von der Idee, eine Nordwestpassage zu finden, obwohl es diese Durchfahrt gar nicht gibt. Und dieses Weib ...« Er deutete auf Ella. »Sie ist eine gemeine Diebin. Sie ist vor dem Henker auf unser Schiff geflohen! Ich frage euch: Sollen wir uns mit diesem Abschaum belasten?« Er überließ die Entscheidung nur sich selbst. »Oder wollt ihr mir folgen, Lieutenant Robert Byron, dem neuen Kommandanten der *Discovery,* und das Gold dieser Wilden finden?«

Die Antwort fiel eindeutig aus. Johlend ließen die Seeleute den Mann hochleben, der ihnen unermesslichen Reichtum versprach. Abner Stockwell, der Zweite Offizier, salutierte unterwürfig vor ihm und sagte: »Die Mannschaft ist vollzählig angetreten Lieutenant. Wir warten auf Ihre Befehle.«

»Sperren Sie die Gefangenen in den Laderaum!«, hörte Ella den Lieutenant sagen. »Wir entscheiden morgen früh, was mit ihnen geschehen soll.«

15

Ella lag leise stöhnend im Lagerraum und starrte mit leeren Augen in die Dunkelheit. Welch eine Ironie des Schicksals: Sie lag auf denselben Teesäcken, auf denen sie als blinde Passagerin genächtigt hatte, nur dass sie diesmal an Händen und Füßen gefesselt war und ihr die Kälte noch stärker zusetzte.

Es war schlimmer gekommen, als sie befürchtet hatte. Der Lieutenant behandelte sie wie gemeine Verbrecher und war anscheinend fest entschlossen, sie hart zu bestrafen. Ihm war es egal, ob sie eine Frau war. Er hatte sie als »Diebin« und »Abschaum« bezeichnet und würde nicht einmal davor zurückschrecken, sie über Bord zu werfen. Die Mannschaft wusste er auf seiner Seite. Die Männer waren begierig auf das Gold und würden im wahrsten Sinne des Wortes über Leichen gehen, um an die vermeintlichen Schätze zu kommen. Der Captain und sie waren ein Hindernis, das aus dem Weg geräumt werden musste. Wenn Byron nach London zurückkehrte, würde er schon erklären können, wie Wyngate und sie gestorben waren.

»Sind Sie wach?«, fragte Ella leise.

Der Captain lag einige Schritte von ihr entfernt auf dem nackten Boden. Er drehte den Kopf in ihre Richtung. »Ja«, sagte er. Und gleich darauf: »Es tut mir leid, Miss, ich hätte Sie nicht in diese missliche Lage bringen dürfen.«

»Sie können doch nichts dafür, Captain. Ich bin selbst schuld. Ich hätte nicht auf dieses Schiff fliehen dürfen. Es war eine verrückte Idee, zu glauben, ich könnte auf diesem Wege meiner Strafe entrinnen und Martin finden.«

»Ich hätte sie nicht ausgeliefert. Sie sind unschuldig.«

Ella seufzte. »Was meinen Sie? Was hat Byron mit uns vor?«

»Ich fürchte, nichts Gutes«, erwiderte der Captain. »Wenn er der rücksichtslose Schurke ist, für den ich ihn halte, setzt er uns irgendwo in der Wildnis aus. Auf diese Weise halst er sich keinen Mord auf und sein Gewissen bleibt einigermaßen rein.« Er veränderte seine Stellung und ächzte leise. »Obwohl ich bezweifle, dass wir in dieser Einöde lange überleben würden.«

Oder er lässt uns beide hängen, überlegte Ella. Der Gedanke, auf gewaltsame Art zu enden, war vor einigen Monaten noch undenkbar gewesen und erschreckte sie. Sie fand keine Tränen, fühlte keinen Schmerz, nicht einmal Angst. Nur Leere, grenzenlose Leere, die wie ein tiefer Abgrund vor ihr lag. Sie war unfähig, irgendeinen Gedanken zu fassen. Früher hatte sie sich oft gefragt, wie sich wohl ein zum Tode Verurteilter vor seiner Hinrichtung fühlte. Jetzt wusste sie es. Er empfand gar nichts. Ihm versagten alle Sinne, als hätte man ihn betäubt, bevor man ihn zum Galgen führte.

Am frühen Morgen ließ Lieutenant Byron sie durch zwei Seeleute an Deck holen. Die Männer lösten ihnen die Fußfesseln und trieben sie durch den Niedergang nach oben. Ella blieb nicht einmal Zeit, ihre schmerzenden Fußgelenke zu massieren. Anscheinend hatte Byron es sehr eilig, sie zu bestrafen.

In den Segeln hingen dünne Nebelfetzen, als sie das Achterdeck erreichten. Trübes Zwielicht hing über der Hudson Bay. Zu beiden Seiten des Schiffes schwammen Eisbrocken im Wasser und in einiger Entfernung von der Steuerbordreling trieb eine größere Eisscholle in der schwachen Strömung.

Alle Männer außer dem Ausguck waren an Bord und der Lieutenant baute sich breitbeinig und mit einem arroganten Grinsen vor ihnen auf. Auf Ella wirkte er wie ein großer Junge, der für kurze Zeit das Kommando über ein großes Segelschiff übernehmen durfte. Der Säbel an seiner Seite und die Pistole hinter seinem Gürtel wirkten jedoch wenig jungenhaft. Neben ihm stand Abner Stockwell, der Zweite Offizier. Seine Miene war eher ernst.

»Männer«, genoss Byron seinen Auftritt in vollen Zügen, »es liegt mir fern, unseren ehemaligen Captain und diese junge Frau auszupeitschen oder mit dem Tod zu bestrafen, auch wenn uns Captain Wyngate durch seinen unverantwortlichen Starrsinn in große Gefahr gebracht hat und diese Frau eine vom Gesetz gesuchte und verurteilte Lügnerin und Diebin ist. Aber an unseren Händen soll kein Blut sein, wenn wir mit Gold beladen in die Heimat zurückkehren.«

Unter den Seeleuten wurden zustimmende Rufe laut. Bis auf Hump, den hinkenden Koch, der ebenfalls gefesselt auf dem Achterdeck stand. Anscheinend hatte er gegen die Meuterer aufbegehrt und wurde ebenfalls bestraft.

»Ich möchte Gott entscheiden lassen, wie er diese Gefangenen für ihre Taten bestrafen will«, fuhr der Lieutenant fort. »Ein Gottesurteil erscheint mir der fairste Weg, uns von ihnen zu trennen, ohne dass wir unsere Hände in Blut tauchen müssen. Seht ihr die Eisscholle?« Er deutete nach Steuerbord. Die Eisscholle war ungefähr dreißig Schritte lang und halb so breit und glänzte im Zwielicht. Mit einem triumphierenden Lächeln fuhr er fort: »Wir setzen die Gefangenen aus. Gott soll entscheiden, was mit ihnen geschieht.«

Hump fiel auf die Knie und rang die gefesselten Hände.

»Nein!«, flehte er. »Ich habe doch gar nichts getan! Bitte lasst mich hier. Ich gehorche Ihnen.«

»Zu spät«, erwiderte Byron kalt. »Du hast dich meinen Befehlen widersetzt! Du warst von derselben Idee besessen wie der Captain und sollst dieselbe Strafe erhalten.« Er lachte bitter. »Außerdem taugt dein Essen nichts!«

»Ich bin unschuldig, Lieutenant!«

»Schweig!«, fertigte Byron ihn ab. Er wandte sich an einige seiner Männer. »Werft das Fallreep über die Reling und lasst das Boot zu Wasser! Beeilt euch! Wir haben keine Zeit zu verlieren. Ich will endlich weiter!«

Ella bewunderte den Captain, der kaum eine Regung zeigte, als man ihn mit vorgehaltener Waffe zum Fallreep führte. Er war viel zu stolz, um vor diesen Männern zu kriechen. Sie hatte mehr Mühe, ihre Furcht zu unterdrücken, und konnte nicht verhindern, dass Tränen in ihre Augen traten. Sie senkte den Blick, um Byron nicht die Genugtuung zu geben, sie leiden zu sehen.

Nur Hump jammerte und tobte, als ihn zwei Seeleute packten und zum Fallreep schoben. Er konnte von Glück sagen, dass sie nicht die Geduld verloren und ihn ins eisige Wasser warfen. In der Schaluppe schluchzte er nur noch.

Ungerührt ruderten die Männer sie zur Eisscholle. Zwei Seeleute saßen an den Riemen, ein anderer war nur mitgekommen, um sie mit einer Pistole in Schach zu halten. Die Gefangenen saßen mit dem Rücken zum Schiff, sahen nur Wasser und Eis und die ausdruckslosen Gesichter der Seeleute, aber sie wussten natürlich, dass der Lieutenant und die Mannschaft an der Reling lehnten und ihnen neugierig nachblickten. Wie man einem Toten nachsieht, der in der Erde begraben wird, dachte Ella. Sie hob den Kopf, wollte keine Schwäche zeigen und entdeckte einen Funken von

Mitgefühl in den Augen eines Ruderers, als sich ihre Blicke trafen. Aber er verlosch gleich wieder.

Nach einer knappen halben Stunde hatten sie die Eisscholle erreicht. Einer der Seeleute stieg aus der Schaluppe und hielt sie fest, die anderen trieben die Gefangenen auf das Eis. Ella spürte, wie der Ruderer, der sie angeblickt hatte, nach seinem Messer griff und ihr mit einer blitzschnellen Bewegung die Fesseln durchtrennte. Er steckte ihr das Messer in die Manteltasche. Die anderen Männer bekamen es nicht mit, auch der Captain und der Koch nicht. Ella hielt die Hände so, dass man es nicht merkte. Niedergeschlagen, doch schon mit einem Funken Hoffnung beobachtete sie, wie die Männer zur *Discovery* zurückruderten. Ihre Ruderschläge verhallten langsam im eisigen Nebel.

Mit starrem Blick, als könnten sie es nicht fassen, verfolgten Ella und die beiden Männer, wie die Seeleute an Bord kletterten und die Schaluppe nach oben gezogen wurde. Die schneidenden Befehle des Lieutenants hallten vom Schiff herüber. Die Bordlaternen leuchteten schwach. In den Wanten waren Männer zu erkennen, dunkle Schatten im treibenden Nebel. Böiger Wind verfing sich in den Segeln. Die *Discovery* drehte behäbig nach Nordosten und nahm langsam Fahrt auf. Ihre Segel leuchteten wie Leichentücher, eine Vorstellung, die Ella einen Schauder über den Rücken trieb.

Dann war das Schiff verschwunden. Sie waren allein mit der eisigen Kälte und dem Wind, der böig über die Bucht strich, dem Schicksal hilflos ausgeliefert. Der Lieutenant hat recht, dachte Ella, dies ist ein Gottesurteil. Nur der Herr kann uns jetzt noch vor dem sicheren Tod retten. Sie trieben im eisigen Nordmeer, ohne Ziel und festen Kurs, und konnten von Glück sagen, dass sie Mäntel, Mützen und Handschuhe trugen. Diese Gunst hatte der Lieutenant ihnen bewilligt, vielleicht in einem Anflug von Großzügigkeit. Aber selbst durch die Wolle spürten sie die beißende Kälte, die auch von der Eisscholle ausging.

»Miss Morgan! Sind Sie in Ordnung?«, fragte der Captain. Seine Stimme klang fremd in der unheimlichen Stille, sie schien einem älteren Mann zu gehören. Er stemmte sich ächzend vom Boden hoch und ging langsam zu ihr.

»Alles in Ordnung«, bestätigte Ella.

»Was ist mit dir, Hump?«

»Ich … ich habe nichts getan«, war der Koch noch immer nicht über seinen Schmerz hinweg. »Ich wollte nur … ich weiß doch, was mit Männern passiert, die bei einer Meuterei mitmachen! Ich hab gesehen, wie man einen gehängt hat. Ich … ich wollte nicht hängen … ich hab immer meinen Dienst getan.«

»Schon gut, Hump.«

Die schrille Stimme des Kochs war zu einem Krächzen verkommen. »Hier halten wir es doch höchstens ein paar Stunden aus. Wir haben kein Trinkwasser, nichts zu essen … unsere Hände sind gefesselt. Wir müssen alle sterben!«

»Meine Hände sind frei«, eröffnete Ella den staunenden Männern. »Und ich habe ein Messer.« Sie zog die Waffe aus ihrer Manteltasche und lächelte flüchtig, obwohl sie sich nicht vorstellen konnte, wie die Klinge ihre Lage verbessern sollte. »Ich hatte Glück. Einer der Seeleute hatte Mitleid mit mir.«

Sie zertrennte die Fesseln der Männer und gab das Messer an den Captain weiter. »Hier … Sie können sicher besser damit umgehen als ich.«

Wyngate war viel zu überrascht, um etwas zu sagen. Er wog das Messer in seiner rechten Hand. »Damit sieht unsere Lage nicht mehr ganz so hoffnungslos aus. Hier gibt es Kaninchen und Füchse. Ich war immer ein guter Jäger.«

»Aber wir sind auf einer Eisscholle!«, krächzte der Koch. »Hier gibt es keine Tiere, und Fische können Sie damit nicht fangen ... he! Warten Sie!«

»Was ist?«

»Ich hab was zu essen«, erwiderte Hump. »Einen Zwieback. Den hab ich immer dabei.« Er griff in seine Manteltasche und zog zwei Teile eines zerbrochenen Zwiebacks heraus. »Damit kommen wir mindestens ... mindestens ...«

Ein kalter Windstoß fegte über das Meer. Vereinzelte Schneeflocken tanzten im Wind und sie spürten die Kälte in allen Knochen. Der Himmel wurde bereits wieder dunkler. Dichte Nebelschwaden zogen über das verlassene Meer und ließen den Horizont verschwimmen. Es war totenstill bis auf das leise Rauschen des Windes, das Plätschern der kalten Wellen und das gelegentliche Knacken des Eises. Am Himmel zogen dunkle Wolken auf.

Erst jetzt, als sie am Rande der Eisscholle stand und in die dunkle Einsamkeit blickte, die sie von allen Seiten umgab, merkte Ella, wie allein sie waren. Sie waren die letzten Menschen der Erde, gefangen auf einer Eisscholle, die wie eine winzige Insel in der endlosen Bucht trieb, eingekreist von knackenden Eisbrocken und eiskaltem Wasser und grenzenloser Einsamkeit.

»Wir müssen dicht zusammenrücken«, sagte der Captain. Er trug als Einziger keine Mütze und spürte den eisigen Wind. »Die Körperwärme ist unser bester Schutz!«

Sie umarmten sich wie Menschen, die Verwandte oder Freunde nach einer langen Trennung wiedersahen. In ihrem Blick war wieder Hoffnung, obwohl ihre Chance, in dieser Wildnis zu überleben, immer noch gleich Null war. Auch mit einem Messer und einem alten Zwieback kamen sie nicht weit. Der Winter war nicht mehr fern. Selbst wenn sie die Küste erreichten und etwas zu essen und zu trinken fanden, war ein Überleben beinahe unmöglich.

Ella blickte in das Schneetreiben, das immer stärker wurde, und erkannte dunkle Schatten in der Ferne. Schwaches Mondlicht schimmerte auf nackten Felsen. Sie hatte das Gefühl, dass sie darauf zutrieben, aber sie wartete noch etwas, um ganz sicher zu sein, bevor sie sagte: »Die Küste! Wir treiben darauf zu!«

Auch der Captain hatte es bemerkt und hielt sein Gesicht in den Wind. »Wenn der Wind so bleibt, haben wir es bis morgen früh geschafft.«

»Und dann?«, fragte Hump nervös.

Wyngate hätte ihm gern eine hoffnungsvolle Antwort gegeben. »Wir müssen auf Gott vertrauen«, sagte er stattdessen. »Wir müssen eine Hütte bauen und etwas zu essen und zu trinken finden. Es gibt sicher einen Fluss oder einen See.«

»In dieser Einöde?«

»Solange wir noch atmen, müssen wir versuchen, am Leben zu bleiben«, sagte Wyngate. Sein Atem gefror in der kalten Luft und hing zwischen ihren Gesichtern. »Wir dürfen die Hoffnung nicht aufgeben. Keiner von uns!«

Sie blieben dicht zusammen und klammerten sich wie Schiffbrüchige aneinander. Die Körperwärme tat gut. Sie gaukelte ihnen Geborgenheit vor und ließ sie die Nähe des Todes vergessen. Sie boten ein trostloses Bild, das wussten sie selbst, aber darum kümmerten sie sich nicht. Auch härtere Männer als der Captain hätten sich diesem Wetter beugen müssen.

Als sie müde wurden, legten sie sich aufs Eis. Die Kälte war unerträglich, und das Schneetreiben wurde immer dichter, doch sie waren zu erschöpft, um sich aufrecht zu halten, und schliefen schon bald ein. Nur Wyngate zwang sich, alle paar Minuten die Augen zu öffnen. Er wusste, dass längerer Schlaf bei dieser Witterung den Tod bedeuten konnte. Ella und der Koch schliefen eine Stunde durch. Als sie erwachten, kamen sie sich in der frostigen Luft und auf dem harten Eis wie in einer Folterkammer vor.

Der Wind hatte noch einmal zugenommen und der Frost wurde noch quälender. Obwohl es erst Anfang September war, kündigte sich der Winter an. Aber auch die Strömung war stärker geworden und trieb die Eisscholle immer näher an die Küste heran. Als der Captain es nicht länger auf dem harten Boden aushielt und wie ein gefangenes Raubtier auf dem Eis umherlief, waren die Felsen auf dem Festland bereits deutlich zu erkennen. »Noch ungefähr vier Stunden«, wusste er als erfahrener Seemann die Entfernung abzuschätzen.

Ella gesellte sich zu ihm und vergrub die Hände tief in den Taschen. Ihre Haut brannte vor Kälte. Voller Hoffnung blieb sie am Rand der leicht schwankenden Eisscholle stehen und blickte auf die näher rückende Küste. Ein Hoffnungsschimmer glomm in ihr, aber auch er konnte ihre Besorgnis nicht vertreiben. Ein Überleben in dieser Einöde war beinahe unmöglich. Auch wenn Captain Wyngate ihren Standort und die Richtung, die sie einschlugen, nach den Sternen berechnen konnte, würde es Wochen, vielleicht sogar Monate dauern, bis sie auf eine menschliche Siedlung stießen. Bald würde das Meer zufrieren und zu einer endlosen weißen Wüste erstarren.

Die Eisscholle, auf der sie sich befanden, stieß gegen eine andere. Ein leichtes Zittern lief durch das feste Eis. Ella behielt mühsam das Gleichgewicht und hielt sich am Captain fest, der jetzt wieder neben ihr stand. Das Eis knarrte und ächzte.

Hump blickte erschrocken auf. »Was ist passiert?«

»Nur eine andere Eisscholle. Wir haben es bald geschafft.«

Der Koch stemmte sich mühsam vom Boden hoch. Er war steif gefroren und kaum zu einer Bewegung fähig. Obwohl er Handschuhe trug, waren seine Hände wie abgestorben. Sein Rücken schmerzte. »Dann gibt es Hoffnung?«

»Vielleicht«, antwortete der Captain vorsichtig. Stumm beobachteten sie, wie die Felsen auf dem Festland größer wurden. Zugleich erkannten sie, dass es nicht so einfach sein würde, die felsige Uferböschung zu erklimmen. Sie würden von einer Eisscholle zur anderen springen müssen, um an Land zu kommen. In der schmalen Bucht, die sie ansteuerten, wimmelte es von kleinen Eisschollen, seltsamen Gebilden aus Eis, die riesigen Kristallen ähnelten und sich gegenseitig im dunklen Wasser behinderten.

Ihr Vorteil war, dass die Bucht windgeschützt lag. Das Meer wurde ruhiger und sie würden auch auf den kleinen und gefährlich schaukelnden Eisschollen nicht aus dem Gleichgewicht geraten. »Bleiben Sie dicht hinter mir!«, sagte Wyngate zu Ella. Und zu Hump: »Reiß dich zusammen, Mann!«

Ella folgte dem Captain, der sich rasch und sicher über den schwankenden Untergrund bewegte. Er suchte sich nur Eisschollen aus, die einigermaßen ruhig im Wasser lagen und kaum ein Hindernis darstellten. Erst in Ufernähe wurde es schwieriger. Jetzt mussten sie auch über kleinere Eisschollen laufen, und immer öfter bestand die Gefahr, ins Wasser zu fallen. »In dem kalten Wasser bleibt man höchstens drei Minuten am Leben«, hatte Ella gelesen.

»Gleich haben wir es geschafft!«, rief der Captain zuversichtlich.

16

Ein verzweifelter Schrei ließ Ella und den Captain entsetzt herumfahren. Hump war auf eine zu kleine Eisscholle getreten und hatte das Gleichgewicht verloren. Mit einem Aufschrei fiel er ins eisige Wasser. Er tauchte zwischen den Eisschollen unter, kam wieder hoch und ruderte verzweifelt mit den Armen, wurde von einem anderen Eisbrocken getroffen und verschwand erneut. »Hump!«, erschrak Wyngate.

Ella blieb stehen, wollte umkehren und geriet ebenfalls ins Straucheln. Nur der schnellen Reaktion des Captains verdankte sie, dass sie nicht fiel. Er packte sie am Arm und rief: »Nicht stehen bleiben! Laufen Sie weiter!«

»Aber …«, zögerte sie.

»Weiter! Zum Ufer!«

Sie löste sich von ihm und lief weiter, versuchte, nicht daran zu denken, was hinter ihr geschah. Von einer Eisscholle zur anderen hetzte sie, beide Arme ausgebreitet, um das Gleichgewicht zu halten. Den Blick hatte sie fest auf den Boden gerichtet, immer darauf bedacht, die großen und sicheren Eisbrocken zu erwischen. »Hump!«, hörte sie Wyngate rufen. »Verdammt, wo steckst du?«

Am Ufer blieb sie stehen. Sie blickte zurück und verfolgte bedrückt, wie der Captain über das Eis lief und verzweifelt nach dem Koch suchte. »Hump! Hump!«, rief er, immer wieder, aber der Koch blieb verschwunden, hatte irgendwo unter dem Eis das Bewusstsein verloren und ertrank im kalten Meer.

Niedergeschlagen folgte Wyngate ihr zum Ufer. Sie kletterten die Böschung hinauf und starrten auf das kalte Grab des armen Mannes. »Ich konnte ihn nicht finden«, sagte der Captain. »Gott sei seiner Seele gnädig!«

»Amen«, flüsterte sie.

»Er ist schnell gestorben.« Wyngate hielt den Blick unverwandt auf das Meer gerichtet. »Und er liegt in einem Grab, das uns Seeleuten nur zu vertraut ist. Er war ein tapferer Mann. Wenn er nicht gegen den Lieutenant aufbegehrt hätte, wäre ihm nichts passiert.« Es klang wie ein Nachruf. »Aber der Lieutenant bekommt seine Strafe, davon bin ich überzeugt«, fügte er grimmig hinzu.

»Und wir?«, fragte Ella

Er wandte sich vom Meer ab. »Wir haben festen Boden unter den Füßen. Das ist mehr, als wir uns auf der Eisscholle erhoffen konnten, nicht wahr?«

Ella seufzte. Ihr fiel ein, dass sie nicht einmal den Zwieback aus Humps Tasche hatten, und sie fing an zu lachen. Dann weinte sie. Der Captain nahm sie in den Arm und streichelte sie wie ein kleines Kind. »Es wird alles gut.«

Sie liefen nach Süden. Wyngate hatte erkannt, dass sie am westlichen Ufer der Bucht gestrandet waren, und mithilfe der Sterne ihren Kurs berechnet. »Ich weiß nicht, wie weit es bis zum Fort der Hudson Bay Company oder irgendeiner anderen weißen Siedlung ist, sicher einige hundert Meilen, aber das ist unsere einzige Chance, wenn wir die Zivilisation erreichen wollen.«

»Wir schaffen es«, sagte sie mit verweinten Augen.

Ja, wir schaffen es«, erwiderte er weniger zuversichtlich.

Ella lief neben dem Captain, hielt den Kopf gesenkt, um besser gegen den böig auffrischenden Wind und die wirbelnden Schneeflocken geschützt zu sein. Vor ihr lag die Tundra, ein weites, endloses und vor allem flaches Land, das nur von einigen Felsen durchbrochen wurde. Der Boden war bereits gefroren und die Moose und Flechten waren nur noch stellenweise unter dem Schnee und dem Eis zu sehen. Ein grau verschleierter Himmel wölbte sich über dem Land und ließ es noch abweisender erscheinen. Doch der Anblick hatte auch etwas Romantisches, hatten die Nordlandfahrer in ihren Büchern behauptet, und Ella musste ihnen recht geben, auch wenn sie die einfache Schönheit und andächtige Stille im Augenblick nicht zu würdigen wusste.

Denn in ihrer verzweifelten Lage fürchtete sie sich. Vor der menschenleeren Wildnis, der eisigen Kälte, den wilden Tieren, dem Hunger und ihrer Hilflosigkeit. Vor den schroffen Felsen, die sich dunkel und abweisend aus der Tundra erhoben, den weiten Tälern und den zugefrorenen Flüssen und Seen. Die Schneedecke war noch nicht besonders dick, aber der Boden war kalt, und die Temperatur lag weit unter dem Gefrierpunkt. Das Zwielicht spiegelte sich auf dem blanken Eis und dem Schnee; der arktische Tag war nur kurz.

»Es ist furchtbar einsam hier«, sagte Ella, als sie eine leichte Anhöhe erreichten und in ein weites Tal hinabblickten. Vereiste Felsbrocken lagen auf den Hängen. Es gab keine Pflanzen, keine Tiere, nicht einmal Spuren. Der böige Wind hatte nachgelassen und die Stille war noch deutlicher zu spüren.

Wyngate rieb fröstelnd die Hände gegeneinander. »Irgendwann werden wir Tiere finden, die wir erlegen können«, sagte er. »Wir können es schaffen.«

Ella dachte an Martin. »Dafür bete ich, Captain.«

Drei Stunden später wanderten sie am Ufer eines schmalen Flusses entlang. Auch hier war es kalt, aber nicht so kalt wie an der Küste. Die Beschaffenheit des Landes veränderte sich kaum. Wie konnte man in dieser Einöde überleben? Würden sie einen Unterschlupf oder Nahrung finden? Würden sie jemals wieder etwas anderes sehen als diese weite und trostlose Eiswüste?

»Die Eingeborenen werden uns helfen«, hoffte der Captain. »Vielleicht geben sie uns sogar ein Boot oder einen Schlitten. Wir müssen sie nur finden.«

»Wenn sie hier leben. Es ist lange her, dass wir dem Eingeborenen begegnet sind, und er ist sicher böse auf uns.« Ella ging die Einsamkeit wesentlich stärker an die Nieren als dem Captain, der schon seit einigen Jahrzehnten zur See fuhr und die endlose Weite des Meeres gewöhnt war. »Und Tiere gibt es hier auch nicht. Wovon sollen wir leben, Captain? Von Schnee?«

»Es gibt kleine Pelztiere«, erwiderte der Captain. »Das weiß ich von anderen Nordlandfahrern. Die können wir mit Schlingen fangen. Und wenn wir das Eis eines Flusses oder Sees aufhacken, erwischen wir vielleicht einen Fisch.«

Auch Ella hatte darüber gelesen und sogar Abbildungen

dieser Tiere gesehen, doch sie konnte sich nicht vorstellen, wie man ein solches Tier mit einer Lederschlinge oder einem Messer töten konnte. Ein Eingeborener vielleicht, der in dieser Wildnis aufgewachsen war, aber ein weißer Mann?

Am frühen Nachmittag wurde es dunkel. Millionen Sterne leuchteten auf und verbreiteten silbrigen Glanz. Grüne Nordlichter zuckten über den Himmel. Das Knirschen des Schnees war jetzt lauter und die Kälte kroch unter ihre Mäntel. Trotz der warmen Kleidung froren sie erbärmlich. Sie waren viel zu leicht angezogen für diese arktischen Temperaturen. Beide merkten, dass sie nicht lange durchhalten würden, aber keiner wagte etwas zu sagen.

Wyngate deutete auf einige Felsen, die sich wie stumme Wächter aus der Tundra erhoben. »Da drüben finden wir Schutz. Schaffen Sie es bis dorthin?«

Ja«, erwiderte Ella knapp.

Sie folgten dem Fluss, der bereits zugefroren war und dicht an den Felsen vorbeiführte. Es waren nur ein paar Hundert Schritte bis zu dem Unterschlupf. Sie gingen sehr rasch und blieben keuchend stehen, als sie es geschafft hatten. Die Kälte hatte sich auf ihre Lungen gelegt und das Atmen tat ihnen weh.

Zwischen den Felsen war eine Einbuchtung, die ihnen etwas Schutz bot. Sie krochen hinein und kauerten sich zwischen die kalten Felsbrocken. In dem Unterschlupf waren sie windgeschützt, aber die Kälte kam von allen Seiten und brannte sich tief in ihre Haut. Sie wärmten sich gegenseitig. Ella träumte von einem prasselnden Feuer und einem würzigen Lammbraten.

»Wenn wir wieder zu Hause sind, lade ich Sie in mein

Haus ein«, versprach der Captain. »Wir werden vor dem Kamin sitzen und heißen Tee trinken. Ich werde meine Pfeife stopfen, und Sie werden ein Stück von dem guten Kuchen bekommen, den meine Frau sonst nur an Feiertagen bäckt.«

Ellas Gesicht bekam einen verträumten Ausdruck. Sie stellte sich vor, wie das Feuer im Kamin prasselte, und vergaß für einen Augenblick die Kälte.

»Und zum Abendessen brät Martha uns saftige Rindersteaks, wie man sie nur in den Highlands bekommt, mit frischem Gemüse aus unserem Garten.«

»Und zum Nachtisch gibt es Pudding«, sagte Ella, obwohl sie nicht damit rechnete, die Heimat jemals wiederzusehen. Selbst wenn ein Wunder geschah und sie die Station der Hudson Bay Company erreichte, würden sie nicht nach England zurückkehren können. Dafür würde der Earl of Shrewsbury sorgen.

Wyngate nickte. »Schokoladenpudding mit Vanillesauce.« Ihr lief das Wasser im Mund zusammen. Die schmackhaften Speisen standen greifbar vor ihren Augen, und erst als sie danach griff, lösten sie sich in Nichts auf. Sie griff in den Schnee und seufzte leise. »Ich habe Hunger.«

»Essen Sie Schnee«, sagte er, »der hilft Ihnen über den größten Hunger hinweg. Schauen Sie mich an. Wenn ein alter Mann wie ich davon leben kann, dann können Sie das erst recht. Stellen Sie sich vor, es wäre Haferbrei.«

»Sie sind noch nicht alt, Captain.«

Wyngate lächelte. »Aber ich bin schon verdammt lange auf dieser Welt.«

»Aye, Captain«, gehorchte Ella. Sie stopfte sich eine Handvoll Schnee in den Mund und verzog das Gesicht. Mit Haferbrei hatte der Schnee keine Ähnlichkeit, da half auch die ausgeprägteste Fantasie wenig. Der Schnee lag wie ein eisiger Klumpen in ihrem Mund und sie musste würgen. »Es geht nicht.«

»Nehmen Sie nur ein bisschen.«

»Es geht nicht.«

»Versuchen Sie es!«

Sie kratzte etwas Schnee vom Boden und knabberte vorsichtig daran. Das klappte besser. Sie musste immer noch würgen, und ihr wurde übel, aber er linderte den Durst und füllte den Magen. »Das halten wir nicht lange durch«, resignierte sie. »Drei, vier Tage, dann sind wir tot. Wir schaffen es nicht.«

»Doch, wir schaffen es!«

»Wir schaffen es«, wiederholte sie.

Sie blickte in die arktische Nacht. Die weite Tundra lag einsam und verlassen vor ihr. Die Nacht ließ sie noch geheimnisvoller erscheinen. Nordlichter zuckten über dem Himmel, die Sterne waren hell und klar. Das Rauschen des Flusses, der unter einer immer dicker werdenden Eis- und Schneedecke dahinströmte, war deutlich zu hören. Eisige Kälte lag über dem Land, kroch in jeden Winkel der zerklüfteten Tundra und drohte alles Leben zu ersticken.

Die Stille war trügerisch, die Einsamkeit täuschte einen Frieden vor, den es nicht gab. Das zarte Flackern des Nordlichts wirkte verführerisch, brachte aber weder Wärme noch Geborgenheit. In der Arktis lauerte der Tod. Er trug das weiße Gewand eines Engels und umgarnte seine Opfer mit schönen Bildern und friedvoller Stimme. Nur er stellte die Bedingungen. Wer sich diesen Regeln nicht unterwarf, so merkte sie schon jetzt, war rettungslos verloren.

Sie wurde schläfrig. Verzweifelt kämpfte sie gegen die Müdigkeit an, aus Angst, sie könnte im Schlaf erfrieren, aber nach einiger Zeit fielen ihr die Augen zu. Fast drei Stunden lang döste sie dahin. Als sie hochschreckte, hatte sich nichts geändert. Das Land war immer noch dunkel und leer und es war unvermindert kalt. Sie richtete sich auf, massierte ihren durchfrorenen Körper und ging ein paar Schritte auf und ab. Seltsamerweise hatte ihr der unruhige Schlaf neue Kraft und neuen Mut gegeben. Sie fühlte sich plötzlich stark genug, den Kampf gegen die übermächtige Natur aufzunehmen. Gott durfte einfach nicht zulassen, dass ihre Liebe zu Martin ein so grausames Ende nahm.

Sie blickte auf den schlafenden Captain hinab. Bei ihm hatte die Rast eine umgekehrte Wirkung. Er wirkte schwächer und ausgezehrter als vorher und atmete so unruhig, dass sie schon den Verdacht hegte, er könnte krank geworden sein. »Captain!«, weckte sie ihn sanft. »Wachen Sie auf, Captain!«

Wyngate bewegte sich. Er blinzelte in die Dunkelheit, die immer noch über dem Land lag, und stöhnte leise. Seine Stimme war schwach geworden. »Miss … Miss Morgan …«, keuchte er. »Es … es geht … mir nicht gut …« Er blickte ungläubig an den Felsen empor und zitterte leicht. »Verdammt«, fluchte er mit einem gequälten Lächeln. »Mir tut alles weh … ich glaube, ich werde doch langsam alt … meine Beine … Helfen Sie mir aufzustehen … bitte!«

Sie zog ihn langsam vom Boden hoch und hielt ihn fest, bis er allein stehen konnte. Erleichtert beobachtete sie, wie er sich reckte und streckte und ein paar Schritte lief. »Wir müssen uns bewegen«, mahnte er. »Wir werden doch jetzt nicht schlappmachen? Sind … sind Sie noch bei Kräften, Miss?«

»Ich bin in Ordnung«, erwiderte sie. Nur widerwillig beschäftigte sie sich mit dem Gedanken, den ganzen Tag durch eine Eiswüste laufen zu müssen, die sich kaum veränderte. Sie schlug die Hände gegeneinander. »Ich habe nur etwas Hunger. Wenn wir was zu essen hätten, wenigstens den Zwieback!«

»Wir gehen zum Fluss«, sagte der Captain. In sein Gesicht war die Farbe zurückgekehrt und er wirkte wieder etwas zuversichtlicher. »Wir hacken das Eis auf und versuchen, einen Fisch zu fangen. Vielleicht haben wir ja Glück.«

Sie verließen die windgeschützten Felsen und stapften den leichten Abhang zum Fluss hinunter. Es hatte wieder zu schneien begonnen. Der Wind war stärker geworden und trieb den Schnee in dichten Flocken vor sich her. Es würde nicht mehr lange dauern, höchstens ein paar Stunden, bis der Schnee so hoch lag, dass sie kaum noch vorwärts kamen. Das wurde Ella sofort klar, als sie die Flocken im Gesicht spürte. Doch sie sprach das Problem nicht an, lief weiter und suchte nach einem Stein, um das Eis aufzubrechen.

Endlich machte sie einen Felsbrocken unter dem Schnee aus. Mit vereinter Kraft gruben sie ihn aus dem Eis und trugen ihn zum Ufer. Sie ließen ihn ein paar Mal auf das Eis fallen, bis es brach und sich ein Loch in der Eisdecke auftat. Sie legte sich auf den Bauch und blickte in das klare Wasser. »Da sind keine Fische.«

»Sie müssen Geduld haben«, sagte der Captain. Er ließ sich neben ihr nieder und starrte angestrengt in den Fluss. So lag er eine halbe Stunde, den Körper auf dem kalten

Eis, die behandschuhte Rechte dicht über dem Wasser, um sofort zupacken zu können. Erst dann ließ sich ein Fisch blicken. Mehrmals versuchte er vergeblich, den Fisch zu fangen, dann gelang es ihm endlich, und er schleuderte ihn in den Schnee. Erleichtert richtete er sich auf.

»Sie haben es geschafft! Sie haben es wirklich geschafft!«, sagte sie.

Dann verfinsterte sich ihr Blick. »Aber wie sollen wir ihn braten? Wir haben keine Streichhölzer und auch kein Holz oder Papier. Was machen wir?«

»Wir essen ihn roh.«

»Roh?«

»Denken Sie an das Essen, das Sie auf der *Discovery* bekommen haben. Den Zwieback, das Pökelfleisch, den Eintopf ...« Er lächelte. »Dagegen ist roher Fisch eine Delikatesse. Hump hätte uns ein Festmahl daraus gezaubert.«

»Der arme Hump.«

»Wer weiß? Vielleicht hat er das bessere Ende erwischt.«

»Sie meinen, er sieht uns zu und dankt Gott, dass er ihn so früh zu sich gerufen hat?« Der Gedanke ließ sie schmunzeln, doch im selben Augenblick musste sie an Martin denken. Wie er allein in einem Zimmer eines Blockhauses saß und darüber nachdachte, ob sie geflohen war oder sich immer noch im Kerker befand und eine jahrelange Strafe absaß. »Ich komme, Martin!«, flüsterte sie. Laut sagte sie: »Ich will leben, Captain. Ich will Martin wiedersehen.«

»Sie lieben ihn sehr, nicht wahr?«

»Sehr«, erwiderte sie.

Sie nahmen den Fisch aus, zerteilten ihn mit dem Messer und schoben sich die rohen Stücke in den Mund. jetzt musste auch der Captain würgen. Aber ihr Hunger war so groß, dass sie immer hastiger aßen und nur den Kopf und die Gräten übrig ließen. Sie säuberten ihre fettigen Handschuhe im Schnee.

»Schmeckt gar nicht mal übel«, sagte der Captain.

»Man kann sich dran gewöhnen«, stimmte sie zu.

Sie schöpften Wasser aus dem Fluss und tranken langsam, dann liefen sie weiter. Der rohe Fisch hatte sie gestärkt und ihnen neue Antriebskraft gegeben. jetzt glaubten beide wieder daran, dass sie es schaffen konnten. Solange sie am Flussufer blieben und noch Fische im Wasser schwammen, würden sie nicht verhungern. Die Kälte war auszuhalten, zumindest jetzt noch, man gewöhnte sich sogar daran, und irgendwann würden sie eine Höhle oder einen Unterschlupf finden, in dem sie vollkommen gegen den Wind und die Eiseskälte geschützt waren und neue Energie tanken konnten. Oder sie würden auf eine menschliche Siedlung stoßen, ein Dorf von den Eingeborenen, und sich dort von den Strapazen des anstrengenden Marsches durch die Eiswüste erholen.

Während sie durch den tiefen Schnee stapften, dachte Ella an diese Eingeborenen. Sie hatte viel über sie gelesen und bei der Lektüre niemals daran gedacht, je mit ihnen in Berührung zu kommen. In den Büchern und Schriften waren sie ein exotisches Volk gewesen, Bewohner einer fremden Welt, die jenseits des großen Meeres im eisigen Norden lag. So wie sie ausgefallene Tiere bewunderte, hatte sie auch diese Menschen betrachtet. Unzivilisierte Wilde, darüber waren sich alle Betrachter einig, aber auch unerschrockene Wesen, die es verstanden, in dieser mörderischen Eiswüste zu überleben. Sie besaßen die Behausungen und die Kleidung, um in dieser Kälte nicht zu erfrieren, und sie verfügten über die Waffen, um Beutetiere in dieser Einöde zu erlegen.

Ella musste lachen. Sie befand sich in einem unwirtlichen Gebiet, in das nur tollkühne Entdecker und Seefahrer vorstießen, und sehnte sich nach Eingeborenen, die von Menschen wie Robert Byron als Wilde beschimpft wurden. »Ist das nicht komisch, Captain?«, fragte sie, ohne ihm zu sagen, an was sie gedacht hatte, und dann lachte sie wieder, bis der Captain stehen blieb und sie neugierig fragte: »Was ist eigentlich mit Ihnen los, Miss Morgan?«

17

Der Sturm kam so plötzlich, dass ihnen keine Zeit mehr blieb, sich irgendwo zu verkriechen. Von einer Sekunde auf die andere wuchs der böige Wind zu einem orkanartigen Heulen an, und ein heftiger Blizzard fegte über die Tundra. Mit brachialer Gewalt stürzte er sich auf Ella und den Captain. Eine Woge aus feuchtem Schnee und harten Eiskristallen schwappte über sie hinweg und riss sie von den Beinen. Sie landeten auf dem festgefrorenen Boden und blieben benommen liegen, waren dem heftigen Sturm hilflos ausgeliefert.

»Captain!«, wollte Ella rufen, aber der heftige Wind riss ihr die Worte von den Lippen. »Captain! Wo sind Sie?« Sie suchte nach seiner Hand, griff in den Schnee und wurde von einer orkanartigen Böe erfasst, vom Boden gehoben und nach vorn geschleudert. Hilflos taumelte sie durch das weiße Meer, viel zu schwach, um sich gegen die aufgepeitschten Wellen zu stemmen. Sie wurde geschlagen und getreten, bekam kaum noch Luft, rang wie eine Ertrinkende um ihr Leben. Sie stürzte, kam mühsam wieder hoch und fiel erneut.

Der Sturm toste in ihren Ohren. Sie schwankte, schrie vor Angst und Verzweiflung, ohne die geringste Möglichkeit, sich gegen das Unwetter zu wehren. Aber sie gab nicht auf. Sie wehrte sich erbittert, krallte ihre Hände in den Schnee und den harten Boden und wurde immer wieder fortgerissen. »Captain!«, schrie sie. »Wo stecken Sie, Captain?« Aber es hörte sie niemand.

Sie war am Ende, das wurde ihr in dieser Sekunde klar. Sie hatte keine Chance mehr, alles Beten war umsonst gewesen. Der Sturm würde sie umbringen. Der Wind würde sie erdrücken und unter einer meterhohen Schneedecke begraben. Sie spürte, wie die letzte Kraft aus ihrem Körper wich. Der Schnee wirbelte, der Wind rauschte in ihren Ohren. Sie gab sich willenlos den feindlichen Kräften hin, trieb durch den Sturm, bis sie erneut stolperte, weinend durch den Schnee kroch und in einem tiefen Strudel versank.

Seltsamerweise verlor sie nur kurz das Bewusstsein. Oder bildete sie sich das nur ein? Denn als sie die Augen öffnete, war der Sturm vorüber, und es hatte aufgehört zu schneien. Der Himmel zeigte ein schmutziges Grau und blasses Mondlicht spiegelte sich auf der dichten Schneedecke. Sie lag in einer Schneewehe, spürte den verkrusteten Schnee mit ihren Händen und wurde auf einen weißen Bär aufmerksam, der in einiger Entfernung durch den Schnee lief und bei jedem Schritt weiße Schleier aufwirbelte. Sehr zu ihrem Erstaunen zeigte sie keine Angst. Sie schrie nicht und weinte nicht, und als er stehen blieb und in ihre Richtung blickte, empfand sie keine Panik, eher Freude, als wäre ein vertrauter Verwandter auf Besuch gekommen. Sie spürte den Blick seiner dunklen Augen und wollte etwas sagen, doch da verschwand er bereits wieder.

Verwundert schloss sie die Augen und öffnete sie wieder. Deutlicher als in einem Traum beobachtete sie, wie zwei einsame Gestalten mit einem Schlitten über die verschneite Tundra fuhren. Sonderbarerweise kannte sie auch ihre Namen. Nakasuk war ein mittelgroßer Mann mit einem dünnen, kaum sichtbaren Bärtchen über der Oberlippe. Seine dunklen Augen, zwei enge Schlitze in einem wettergegerbten Gesicht, lagen hinter einer schmalen Schutzbrille aus geschnitztem Walknochen verborgen. Er trug winterfeste Kleidung aus Karibufell und feuerte das fünfköpfige Hundegespann mit Schreien an.

»Sieh dir die Hunde an!«, sagte Kaluk, sein junger Begleiter. »Sie freuen sich, dass sie wieder laufen können.« Er saß seitlich auf dem Schlitten, ein kräftiger Mann mit fröhlichen Augen, und sah den Hunden zu, die voller Tatendrang über den Schnee und das Eis rannten. »Es ist ein guter Schlitten.«

Die beiden Inuit, ein Vater und sein Sohn, hatten ihre Robbenhautzelte in einer nahen Senke aufgeschlagen. Die Karibujagd im Sommer war gut gewesen, und sie hatten genug Fleisch für die kommenden Monate des Winters erbeutet. Beim ersten Anzeichen des nahenden Winters hatte Nakasuk einen neuen Schlitten gebaut, den sie jetzt im Schnee ausprobierten. Woher Ella das alles wusste, war ihr selbst nicht klar. Sie glaubte, dass sich die Erinnerung an die vielen Berichte, die sie in der Heimat gelesen hatte, mit der schemenhaften Wahrnehmung der Gegenwart vermischten. Erst sehr viel später sollte sie feststellen, wie viel Wahrheit in ihrer vagen Wahrnehmung gelegen hatte.

»Du hast recht, es ist ein guter Schlitten«, bestätigte Nakasuk zufrieden. Er fuhr mit den Händen über das weiche Karibufell, das auf dem Schlittengestell aus Karibugeweihen lag. Die Kufen bestanden aus gefrorenen Forellen, die sie der Länge nach in eine Zeltplane aus Robbenhaut gelegt und fest umwickelt hatten. Es gab kein Holz im Land der Robbenleute und Walknochen waren selten. Die Kufen waren festgefroren und an der Unterseite mit einer dünnen Schicht aus getrocknetem Moos und Flusswasser eingerieben worden.

Kaluk hielt sich an den Karibugeweihen fest, als der Boden holprig wurde. Aber die Sehnen, mit denen die einzelnen Teile des Schlittens zusammengebunden waren, federten auch die härtesten Schläge ab. »So könnte es immer weitergehen«, rief Kaluk. Er hatte neunzehn Winter gesehen und war voller Tatendrang. »Lass uns zu dem Großen Wasser fahren, von dem alle reden.«

Sein Vater lächelte. »Wir müssen zurück, mein Sohn. Utuytoq und die anderen warten auf uns. Es wird Zeit, dass wir die Zelte abbauen und die Schlitten beladen. Der Winter ist da. Wir müssen uns ein neues Lager suchen.«

»An der großen Bucht?«

»Dort haben wir viele Robben gefangen.«

Ella richtete sich auf und erkannte, wie geschickt Nakasuk den Schneewehen und Eisbrocken auswich, die der Sturm aufgetürmt hatte. Auf der dichten Schneedecke am Flussufer kamen sie rasch voran. Ihre Mienen waren fröhlich und entspannt, als fühlten sie sich in dieser unwirtlichen Gegend besonders wohl. Sie umwölkten sich erst, als Kaluk aufgeregt nach vorn deutete.

»Da vorn liegt was«, sagte Kaluk. Obwohl er den Dialekt der Robbenleute sprach, verstand Ella jedes Wort. Er blickte durch seine Schneebrille und deutete auf einige Eisbrocken, die wie kunstvolle Skulpturen aus dem Schnee ragten. »Siehst du die schwarzen Punkte? Das müssen Menschen sein.«

Auch Nakasuk hatte die Punkte gesehen. Er hatte an dunkles Eis geglaubt, aber jetzt erkannte er, dass es zwei Lebewesen waren. Sie trugen seltsame Kleidung und rührten sich nicht. Mit einem lauten Schrei trieb er die Hunde an.

Vor den beiden halb erfrorenen Gestalten hielt er an. Er rammte den Bremspflock in den Boden und nahm seine Schneebrille von den Augen.

Kaluk hatte ebenfalls die Brille abgenommen und folgte ihm. »Ein Mann und eine Frau«, sagte er leise. »Sieh nur, wie seltsam sie angezogen sind.«

Ella wollte sich bewegen und etwas sagen, war jedoch zu keiner Regung fähig. Sie wusste nicht einmal, ob sie sich in der Wirklichkeit oder in einem Traum befand. Vielleicht war sie längst gestorben und in einem Land jenseits aller Vorstellungskraft, denn wie erklärte sie sich sonst, dass sie die Gedanken dieser seltsamen Eingeborenen und ihre Sprache verstehen konnte? Und warum sahen diese beiden Männer nicht, dass sie bei Bewusstsein war?

Unfähig, sich ihnen gegenüber bemerkbar zu machen, beobachtete sie, wie Kaluk den bewusstlosen Captain auf den Rücken drehte und entsetzt zurückfuhr. »Ayii!«, erschrak er. »Das sind keine Menschen. Das sind wilde Tiere! Sieh nur, wie blass sie sind! Und dieser hier hat Haare im Gesicht!« Er lief nervös zu seinem Vater zurück. »Ihre Augen sind viel größer als unsere.«

»Helft uns!«, rief Ella, aber niemand hörte sie.

Nakasuk murmelte etwas, was sie nicht verstand. Er hatte Angst, dass Nunam-shua die seltsamen Wesen geschickt hatte, die fingerlose Hexe, die auf dem Meeresgrund lebte und großes Unglück über die Robbenleute schickte, wenn sie ihr nicht gehorchten und eines der zahlreichen Tabus missachteten.

Dann erinnerte er sich an die Worte einer alten Frau, die im letzten Winter einen seltsamen Traum gehabt hatte. Von einem großen Vogel mit knarrendem Gefieder hatte sie berichtet, und von bärtigen Männern, die großes Unglück über ihr Volk brachten. War dies einer der Männer, von denen sie gesprochen hatte? Er blickte in die erschöpften Gesichter der seltsamen Wesen. Nein, sie würden niemand etwas zuleide tun. Sie gehörten nicht zu den Männern, von denen die alte Frau gesprochen hatte. War eines dieser Wesen nicht eine Frau? Auch einen Vogel mit knarrendem Gefieder konnte er nicht sehen.

Ella hatte sich inzwischen damit abgefunden, dass sie sich bei den beiden Eingeborenen nicht bemerkbar machen konnte. Sie waren ihnen nicht feindlich gesonnen. Aus ihren Reaktionen schloss sie jedoch, dass sie noch niemals einen Weißen gesehen hatten, und dass sie auch keinen Kontakt zu dem Eingeborenen hatten, der sich der *Discovery* genähert hatte und von Lieutenant Byron beschossen worden war. Sonst wären sie nicht so freundlich gewesen.

Nakasuk beugte sich zum Captain hinab und untersuchte ihn. Dann kam er zu ihr und legte seine bloße Hand an ihren Hals. Sah er denn nicht, dass sie lebte? Er brauchte ihr doch bloß in die Augen zu blicken. »Der Sturm hat sie überrascht«, sagte er zu Kaluk. Er blickte sich um. Die riesigen Eisbrocken hatten den Wind abgewehrt und die beiden Fremden am Leben erhalten.

»Sind sie tot?«, fragte Kaluk.

»Nein«, antwortete sein Vater ernst, »die Geister waren ihnen wohlgesonnen. Aber sie werden sterben, wenn wir sie nicht ins Lager bringen. Ich werde Akrartok bitten, die bösen Geister aus ihren Körpern zu vertreiben.«

»Akrartok? Der Schamane?«

»Er ist der Einzige, der ihnen helfen kann«, bestätigte Nakasuk nüchtern. Er deutete auf die reglosen Wesen. »Hilf mir, sie auf den Schlitten zu legen.«

»Ich habe Angst.«

»Sie werden uns nichts tun.«

»Woher willst du das wissen?«

»Wir haben kein Tabu gebrochen, mein Sohn«, sagte Nakasuk. »Wir haben so gelebt, wie es die Geister von uns verlangen. Nein, sie tun uns nichts.«

Selbst ohne ihre seltsame Fähigkeit, die fremde Sprache der Eingeborenen verstehen zu können, hätte Ella erkannt, worum es bei dem Wortwechsel ging. Erleichtert beobachtete sie, wie Kaluk nach den Beinen des Captains griff. Seine Gedanken kreisten um Wyngates Kleider. Kein Karibu und keine Robbe hatte eine so feste Haut. Auch kein Bär. Der Mann, so dachte er, musste von weither kommen. »Ihre Kleider sind viel zu dünn für den Winter.«

Das war Nakasuk auch schon aufgefallen. Das Material der langen Jacke und der Hose war sehr leicht und an der Innenseite gab es keine Fellhaare. An der Jacke fehlte eine Kapuze. In dieser Kleidung überlebte man nicht lange in der Heimat der Robbenleute. Sie hievten den Captain auf den Schlitten.

Ella fühlte, wie die Männer sie vorsichtig anhoben und neben den Captain legten. Kaluk band sie mit Rohhautschnüren an den Schlitten, damit sie nicht herunterfielen, und setzte sich neben sie. »Aiih!«, rief er seinem Vater zu.

Nakasuk trieb die Hunde an. Er lenkte sie zurück zum Flussufer und folgte seinen eigenen Spuren zum Lager zurück. Die Hunde bellten vor Freude, endlich einmal wieder ihre Kraft beweisen zu können, und rannten so schnell sie konnten. Die Kufen glitten leicht und schnell über den Schnee. Der Mond, der wieder voll am Himmel stand, wies ihnen den Weg durch die lange Nacht.

Endlich tauchte das Lager vor ihnen auf. Die kegelförmigen Robbenhautzelte standen am Flussufer und hoben sich dunkel gegen das Eis und den hellen Schnee ab. Einige Jäger knieten auf dem Eis und reparierten Harpunen oder schärften Pfeilspitzen. Die Frauen waren damit beschäftigt, die Vorräte zusammenzupacken und die Habe ihrer Familien auf die Schlitten zu laden.

»Aiih!«, rief Nakasuk schon von Weitem. »Ruft Akrartok, den Schamanen! Wir haben zwei Kranke auf dem Schlitten. Sagt ihm, er soll sich beeilen!«

Die Jäger legten ihre Waffen beiseite und rannten dem Schlitten entgegen. Frauen und Kinder liefen zusammen. Irgendjemand rief nach dem Schamanen, der sich mit einigen Jägern unterhalten hatte und langsam näher kam.

Nakasuk lenkte den Schlitten zwischen die Robbenhautzelte und sprang von den Kufen. »Akrartok!«, rief er. »Diese Menschen brauchen Hilfe!«

»Was sind das für Wesen?«, erschrak jemand.

Der Schamane deutete auf den Captain. »Gehört er zu den Männern, von denen die alte Frau berichtet hat? Im letzten Winter, erinnert ihr euch?«

»Sie bringen Unglück über uns!«

»Dieser bärtige Mann bringt kein Unglück«, widersprach Nakasuk. »Oder hat jemand den großen Vogel mit den knarrenden Schwingen gesehen?«

»Er hat recht«, stimmte Utuytoq seinem Bruder zu. Er war ein kräftiger Mann mit großen Zähnen, die schneeweiß leuchteten, wenn er den Mund öffnete. »Wir haben keinen großen Vogel gesehen. Und er hat eine Frau dabei.«

»Du hast gut reden«, lästerte Anganuak. Der starke Jäger mit den muskulösen Oberarmen konnte die Brüder nicht leiden und hatte schon so manchen Faustkampf mit ihnen ausgefochten. Er war eifersüchtig auf die beiden, weil sie die besseren Jäger waren. »Die alte Frau ist letzten Sommer gestorben und kann uns nicht mehr sagen, ob dieser bärtige Mann unser Unglück will.«

»Lasst sie sterben!«, rief eine Frau. »Bringt sie aufs Eis zurück!«

Nakasuk beruhigte die aufgebrachten Leute mit einer Handbewegung. »Regt euch nicht auf! Lasst den Schamanen entscheiden. Er wird die beiden Fremden in seine Hütte nehmen und die bösen Geister aus ihren Körpern treiben. Nur er kann entscheiden, was diese beiden Fremden wirklich wollen.«

Der Schamane hatte keine andere Wahl. Wenn er sein Gesicht wahren wollte, musste er dem Vorschlag folgen. Das hatte Nakasuk sehr geschickt und mit voller Absicht so geplant. Er hatte sich die Gesichter der Fremden genau angesehen und etwas darin entdeckt, das ihn froh stimmte. Etwas Gutes, das nur von guten Geistern kommen konnte. Ella hatte seinen Blick bis tief in ihre Seele gespürt und verzweifelt versucht, ihm zu antworten, aber sie war noch immer unfähig, sich zu äußern. Oder doch nicht? Nakasuks sanftes Lächeln machte ihr zumindest Hoffnung, dass er sie verstanden haben könnte.

»Bringt die Fremden in mein Zelt!«, sagte Akrartok, der Schamane. Er wandte sich an eine stark tätowierte Frau. »Itiptaq! Du wirst Suppe kochen!«

Die Frau rannte davon.

»Folgt mir!«, sagte er zu Nakasuk und Kaluk, die wieder auf den Schlitten gestiegen waren. »Legt sie auf das große Karibufell und wartet vor dem Zelt!«

Obwohl sie flach auf dem Schlitten lag, konnte Ella sehen, wie ihre Retter sie in eines der Zelte brachten und auf ein weiches Tierfell legten. Neben ihr war Itiptaq damit beschäftigt, einen Behälter mit heißer Brühe über einem kleinen Feuer zu erhitzen. Das Feuer brannte in einem flachen Behälter, der aus weichem Speckstein geschnitzt und mit Tran gefüllt war. Mit geweiteten Augen beobachtete sie, wie der Schamane erschien und sich einen Kopfschmuck aus einem Karibugeweih und Robbenfellen über die Haare stülpte.

»Bleibt bei mir«, sagte er zu Nakasuk und Kaluk.

Die anderen Dorfbewohner hatten sich vor dem Zelt des Schamanen versammelt und warteten neugierig darauf, dass der Zauber begann. Durch den Zelteingang konnten sie beobachten, wie Akrartok sich in ein Karibufell hüllte und in die hinterste Ecke des Zeltes zurückzog. Die Specksteinlampe erlosch und das Zelt versank in geheimnisvollem Dunkel. Ella griff nach der Hand des Captains, der dicht neben ihr lag, aber Wyngate war noch bewusstlos.

»Aiih! Aiih!«, rief der Schamane in die plötzliche Stille. Einige Dorfbewohner fuhren erschrocken zurück. »Ich rufe dich, mein Schutzgeist! Hilf mir, die bösen Geister aus diesen Wesen zu verjagen! Aiee, komm zu mir!«

Ein stürmischer Wind kam auf. Ella schloss rasch die Augen und spürte, wie Schneeflocken in das Zelt wirbelten und sich auf ihre Haut legten. Ein seltsames Geräusch erfüllte das Zelt, ein Dröhnen und Pfeifen, das nichts Menschliches an sich hatte. Sie erstarrte vor Angst, öffnete zögernd die Augen und beobachtete, wie der Schamane sich in wilden Zuckungen wand. Er schlug mit beiden Händen auf das Karibufell und stieß heisere Worte hervor.

Mit dem Schutzgeist, der mit dem Schnee in das Robbenhautzelt drang, kehrte auch der Schmerz zu Ella zurück. Plötzlich spürte sie die Prellungen und blutigen Schrammen, die ihr der Sturm zugefügt hatte, und ihre Haut brannte von der Kälte, die bis in die letzte Faser ihres Körpers vorgedrungen war. Zu ihrer Verwunderung änderte sich die Stimme des Schamanen, wurde dunkler und unheilvoller. Durch ihn sprach jetzt Tunraq, sein Schutzgeist.

Seine Worte verstanden weder Ella noch die Dorfbewohner. Doch sie fühlte, wie irgendetwas aus ihrem Körper entwich und durch das Zelt schwirrte. Der Schamane, immer noch in Trance, zog ein Messer aus Bärenknochen unter seinem Karibufell hervor und wandte sich an Nakasuk: »Ruf die Geister!«

Nakasuk flüsterte nur: »Kommt zurück! Kommt zurück!«

Das Brausen des Windes wurde wieder stärker. Die Zeltplane bewegte sich und aus der Dunkelheit wirbelten Schneeflocken heran. Ein seltsames Summen erfüllte den Raum. Der Schamane wand sich wie in einem Rausch. »Ich töte euch! Ich töte euch!«, rief er und stach auf die unsichtbaren Geister ein. Die steinharte Klinge durchbohrte die Felle, die auf dem Boden lagen.

Plötzlich erstarb das Dröhnen und Pfeifen, und die Stille wurde so vollkommen, dass Ella erschrocken die Augen öffnete. Sie sah, wie Itiptaq eine Lampe anzündete und sich der Schamane über sie beugte. »Sie leben«, sagte er zufrieden. »Sie sind schwach, aber gesund. Die bösen Geister sind alle tot.« Er wandte sich an Itiptaq: »Gib ihnen Suppe, damit sie Kraft bekommen.«

18

Ella öffnete die Augen und blickte in ein fremdes Gesicht. Tiefbraune Augen, die nur zu Schlitzen geöffnet waren, lächelten sie an. Es war ein Frauengesicht. Die Lippen waren schmal, die Nase breit, das schwarze Haar länger als bei den Männern, die sie gerettet hatten. Ich habe nicht geträumt, erkannte sie, die Eingeborenen haben uns in ihr Dorf gebracht. Wir sind am Leben.

Sie hob den Kopf und blickte sich um. Der Captain lag auf einigen Fellen. Seine Augen waren geschlossen, aber sein Brustkorb hob und senkte sich. Sein Gesicht war gerötet, anscheinend hatte er Fieber. »Wie geht es ihm?«, fragte sie nervös.

Itiptaq antwortete etwas in ihrer Sprache, das sie nicht mehr verstand. Der beruhigende Klang ihrer Worte bedeutete ihr jedoch, dass Wyngate sich erholen würde und sie sich keine Sorgen zu machen brauchte. Erleichtert sank sie auf ihre Felle zurück. Sie schloss die Augen, um klarer denken zu können, und sah noch einmal die schrecklichen Ereignisse der letzten beiden Tage an sich vorbeiziehen. Die Verbannung vom Schiff, den grausamen Tod des

Kochs im eisigen Meer, ihren ermüdenden Marsch durch die verschneite Wildnis, den fürchterlichen Schneesturm. Und dann ihre wundersame Rettung durch die Männer, an deren Namen sie sich nicht mehr erinnern konnte.

Seltsamerweise verspürte sie kaum Schmerzen. Wie lange war es her, dass die Eingeborenen sie und den Captain gefunden und aus dem Schnee gegraben hatten? Und wie hatten die Männer es geschafft, zwei leblose Körper in dieser Wildnis zu finden? Sie mussten sehr gute Augen haben oder direkt über sie gestolpert sein. Oder hatte Gott ihnen den Weg gewiesen?

Nach einer Weile öffnete sie die Augen wieder. Sie lächelte die Eingeborene an, die immer noch über ihr kniete, und genoss die Freundlichkeit, die die Frau ausstrahlte. »Ich weiß, dass … dass du mich nicht verstehen kannst«, sagte sie, »aber ich möchte euch danken. Ihr … ihr habt uns das Leben gerettet.«

Itiptaq blickte sie verwundert an. Sie sagte etwas und hielt ihr ein Gefäß mit heißer Brühe hin. »Iss das, Fremde. Das macht dich gesund.«

Ella griff nach der Schale und trank von der heißen Suppe. Sie schmeckte wie Fleischbrühe, etwas würziger vielleicht, obwohl sie nicht gesalzen war. Wie sie später erfuhr, wurde sie mit Karibufleisch gemacht.

Sie leerte die Schale und reichte der Eingeborenenfrau das Gefäß zurück. Die warme Mahlzeit hatte ihr gutgetan und gab ihr neue Kraft. »Wer bist du?«, fragte sie. Itiptaq blickte sie verständnislos an.

»Ich bin Ella«, sagte sie, beide Silben betonend. Sie deutete mit dem Finger auf sich. »El-la.«

»El-la«, wiederholte Itiptaq.

»Und du?«, fragte Ella und deutete auf sie.

»Itiptaq«, antwortete sie.

»Itiptaq«, wiederholte Ella. Für eine Engländerin war es ein schwieriges Wort, und sie sprach es so seltsam und unbeholfen aus, dass sie lachen musste. Dann lachten sie beide, und Ella sagte noch einmal: »Itiptaq. Itiptaq.«

Neben ihr regte sich der Captain. Er öffnete die Augen und starrte sekundenlang zum Rauchabzug des kegelförmigen Zeltes empor. Leise seufzend drehte er den Kopf. Auf seiner Stirn glänzte Schweiß. Als er in das tätowierte Gesicht der Eingeborenenfrau blickte, erschrak er. »Wer bist du?«

»Captain!«, rief Ella erleichtert. »Gott sei Dank, Sie sind wieder wach!«

»Wer ist das?«, fragte er.

»Das ist Itiptaq«, antwortete Ella. »Sie sorgt für uns. Die Eingeborenen haben uns gerettet und in ihr Dorf gebracht. Zwei Männer mit einem Schlitten. Sie haben uns im Schnee gefunden, nach dem Sturm.« Sie betrachtete sorgenvoll sein schweißnasses Gesicht. »Wie geht es Ihnen, Captain?«

»Mir ist heiß. Ich glaube, ich habe Fieber.«

Itiptaq sagte etwas, füllte die leere Schale mit heißer Brühe und gab einige Kräuter aus einem Lederbeutel dazu. Sie verbreiteten einen angenehmen Duft. »Medizin«, erklärte sie. »Medizin hilft!«

Wyngate griff dankbar nach der Schale und trank. Er verzog leicht das Gesicht, als die heiße Suppe seinen Gaumen berührte. »Danke«, sagte er.

»Itiptaq«, sagte sie mehrmals.

Der Captain blickte sie fragend an.

»Sie will Ihren Namen wissen«, erklärte Ella lächelnd.

»Ich bin Captain Wyngate«, sagte er langsam.

»Kep-ten«, wiederholte sie kichernd. »Kep-ten.«

Wyngate reichte der Frau das leere Gefäß und ließ sich auf die Felle zurücksinken. Das Trinken hatte ihn mehr angestrengt, als er gedacht hatte. Er ruhte sich eine Weile aus und wartete, bis sein Herz nicht mehr so schnell schlug und sein Atem wieder regelmäßig ging. »Wie geht es Ihnen? Sind Sie gesund, Miss?«, fragte er.

»Ich glaube schon«, antwortete sie. »Einige Prellungen und ein paar blaue Flecken, so wie damals nach dem Sturm auf hoher See, sonst ist mir nichts passiert. Ich wundere mich selbst. Als der Blizzard kam, dachte ich, unsere letzte Stunde hätte geschlagen. Dass wir überlebt haben, ist ein großes Wunder.«

»Sie sind noch jung, Miss.«

»Und Sie sind ein erfahrener Seemann«, erwiderte sie. »Das Fieber kriegen Sie schnell weg. Anscheinend kennt sich Itiptaq mit Heilkräutern aus. Sie ist die Frau des Schamanen. Ich habe gelesen, dass manche Eingeborene mehr wissen als manche Ärzte. Oder beinahe so viel. Sie kennen Pflanzen und Kräuter, die bestimmte Krankheiten heilen, und brauen gesunde Tees.«

Obwohl er sich schwach fühlte, musste der Captain lächeln. »Für eine einfache Magd kennen Sie sich gut aus, Miss«, sagte er.

»Hannah … Mrs Galloway hat mir viel beigebracht.«

Itiptaq verschwand, ohne ein Wort zu sagen, aus dem Zelt und kehrte kurze Zeit später mit ihrem Mann, dem Schamanen, zurück. Akrartok nickte zufrieden, als er seinen Blick auf Ella richtete. »Die bösen Geister haben ihre Körper verlassen«, sagte er ruhig. Er hatte seinen Kopfschmuck abgelegt und sah wieder wie ein gewöhnlicher Jäger aus. Den Captain sah er sich etwas genauer an. Er legte eine Hand auf seine Stirn und sagte etwas zu seiner Frau.

Daraufhin verließ er das Zelt und schloss die Fellklappe. Itiptaq griff nach einem Fellstreifen und tupfte den Schweiß von der Stirn des Captains, dann setzte sie sich neben die Tranlampe und nähte an einem Karibufell. Sie arbeitete sehr konzentriert und schien Ella und den Captain nicht mehr zu beachten. Als sie den Kopf hob und die weißen Fremden wie hilflose Robben auf den Fellen liegen sah, huschte ein spöttisches Lächeln über ihr faltiges Gesicht.

Die Lampe brannte langsam herunter und Ella und der Captain schliefen ein. Erst spät am nächsten Morgen, als Itiptaq die Zeltklappe öffnete und kaltes Zwielicht in ihr Zelt fiel, öffneten sie wieder die Augen. Wyngate ging es wesentlich besser, sein Fieber war verschwunden, und es war kein Schweiß mehr auf seiner Stirn. Auch Ella fühlte sich wieder im Vollbesitz ihrer Kräfte. Die heiße Suppe und die angenehme Wärme, die von der flackernden Tranlampe und den weichen Karibufellen ausging, hatten Wunder bewirkt.

Von draußen waren aufgebrachte Stimmen und das aufgeregte Bellen von Hunden zu hören. Ein Baby weinte erbärmlich. Itiptaq streckte ihren Kopf aus dem Zelt und rief etwas. Wenig später kamen drei Männer herein: Akrartok, der Schamane. Nakasuk, der Jäger, der sie gefunden hatte. Und Anganuak, der kein Hehl daraus machte, dass er die Fremden am liebsten aus dem Lager verbannt hätte. Sie stritten sich laut. An ihren ausdrucksstarken Mienen und Gesten erkannten Ella und der Captain, worum es bei dem Streit ging.

»Ich habe sie gefunden«, sagte Nakasuk gestikulierend, »und ich sage euch, es sind gute Leute. Unser Schamane hat alle bösen Geister vertrieben.«

»Du redest falsch«, erwiderte Anganuak, der schon seit dem letzten Winter etwas gegen Nakasuk hatte. Erst recht, nachdem Nakasuk mehr Karibus als er erlegt hatte. »Das sind die bösen Wesen, von denen die alte Frau erzählt hat.«

»Wären sie dann wieder gesund geworden?«, widersprach Nakasuk. Er deutete auf den Schamanen. »Akrartok hat alle bösen Geister getötet. Hätte er sie so schnell heilen können, wenn Nunam-shua sie geschickt hätte?«

»Ich will sie nicht haben«, entschied Anganuak. »Sie sind blass und der Mann hat viele Haare im Gesicht. Sie sind nicht wie wir. Ich will, dass sie wieder gehen. Bring sie zu dem Ort zurück, an dem du sie gefunden hast!«

»Weil sie anders sind?«, fragte Nakasuk. »Du bist auch anders. Du hast längere Haare und deine Stimme klingt dunkler. Hasse ich dich deswegen?«

»Das ist was anderes«, widersprach Anganuak. »Du gehörst zu den Robbenleuten. Wie ich. Wir haben die gleichen Augen und die gleiche Haarfarbe. Wir tragen dieselbe Kleidung. Wir leben, wie die Geister es von uns verlangen. Auch wenn du anderer Meinung bist ... wir gehören zum selben Volk.«

Ella bemerkte, wie sich die Augen der beiden Eingeborenen auf sie richteten, und spürte die Feindseligkeit, die von Anganuak ausging. Keine offene Feindschaft wie bei Lieutenant Byron, eher eine widerwillige Abneigung, die von Angst geprägt war und von geheimnisvollen Mächten bestimmt wurde.

Es ging um ihr Schicksal, das hatte sie längst erkannt.

Nicht alle Eingeborenen waren ihnen so freundlich gesonnen wie Nakasuk, Kaluk und die Frau des Schamanen. Der kräftige Jäger mit den starken Muskeln wollte sie loswerden, das war offensichtlich. Wenn es nach ihm ginge, würden sie die nächste Nacht im Schnee verbringen. Was der Schamane dachte, ließ er sich nicht anmerken. Anscheinend war er noch zu keiner Entscheidung gekommen.

»Mir ist es egal, wie sie aussehen«, sagte Nakasuk. Seine Stimme klang sanfter als die seines Widersachers. »Ihre Seelen sind gut, das spüre ich.« Er ließ seinen Blick vom Captain zu Ella wandern und sagte: »Ich adoptiere sie.«

Anganuak lachte. »Was willst du mit ihnen anfangen? Sie gehören nicht zu uns. Sie wissen nicht, wie man sich anzieht. Sie wissen nicht, wie man jagt. Sie werden dir zur Last fallen und deine Vorräte wegessen. Du wirst deine Frau an mich ausleihen müssen, wenn du den nächsten Sommer erleben willst.«

»Du redest Unsinn.«

»Ich sage die Wahrheit.«

»Deine Vorräte reichen nicht aus«, beharrte Anganuak. »Ich sage dir, du wirst deine Frau in meinen Iglu schicken müssen, und wenn die Sonne verschwindet, wirst du angekrochen kommen und mich um Vorräte anflehen.«

»Ich werde sie adoptieren«, wiederholte Nakasuk.

»Das wirst du nicht!«, fuhr Anganuak ihn an. Er zog seinen Anorak aus und streifte sich auch das Hemd aus weichem Karibuleder über den Kopf. Sorgfältig legte er die beiden Kleidungsstücke auf den Boden. Er baute sich mit erhobenen Fäusten vor seinem Widersacher auf und sagte: »Kämpfe, Nakasuk!«

Nakasuk zuckte mit den Schultern und machte seinen

Oberkörper frei. Er war ein friedliebender Mann, aber er lief vor keiner Herausforderung davon. Kampfbereit und ebenfalls mit erhobenen Fäusten stellte er sich seinem Gegner.

»Sie wollen kämpfen«, erschrak Ella. Sie hatte sich aufgesetzt und starrte wie gebannt auf die beiden Männer. »Meinen Sie, das ist unseretwegen?«

»Sieht ganz so aus«, erwiderte Wyngate ruhig.

Erstaunt beobachteten Ella und der Captain, wie Anganuak die Fäuste sinken ließ und seelenruhig darauf wartete, dass Nakasuk zuschlug. Sie konnten nicht wissen, dass ein Faustkampf bei den Robbenleuten nach ganz bestimmten Regeln ablief: Der Herausforderer musste immer den ersten Schlag einstecken. Dann kam jeder abwechselnd dran. Es wurde nur auf die Schläfe und die Schultern gezielt und man durfte den Schlag nicht abwehren. Wer genug hatte, gab auf. Danach ging man ohne weitere Rituale zur Tagesordnung über.

Nakasuk holte aus und traf seinen Widersacher an der Schläfe. Es war ein wuchtiger Schlag, der Anganuak beinahe von den Beinen holte und aus dem Zelt trieb. Er blieb im Schnee stehen und hielt seinen schmerzenden Kopf. »Du schlägst kräftig zu«, sagte er anerkennend, »aber du triffst nicht genau.«

»Triffst du vielleicht besser?«, fragte Nakasuk. Er folgte seinem Widersacher nach draußen. Ella, Wyngate und der Schamane verfolgten durch den offenen Zelteingang, wie Anganuak seine starken Muskeln spielen ließ.

»Ganz bestimmt sogar«, versicherte er. Er schlug zu und erwischte Nakasuk an der rechten Schulter. Der Jäger taumelte zurück und prallte gegen einen Schaulustigen. Fast alle Dorfbewohner, ungefähr zwanzig Männer, Frauen und Kinder, eilten herbei, um den Kampf zu erleben. Es gab wenig Abwechslung in einem Dorf der Robbenleute und sie wollten den Kampf auf keinen Fall verpassen.

Nakasuk ließ sich den Schmerz nicht anmerken. Er zielte wieder auf die Schläfe und legte diesmal seine ganze Kraft in den Schlag. Sein Gegner wurde um die eigene Achse gewirbelt und in den Schnee geworfen. Ein Raunen ging durch die Reihen der Zuschauer. »Ein guter Schlag!«, riefen sie.

Anganuak blutete aus einer Platzwunde. Er berührte sie und sprang wütend auf, als er das Blut an seiner Hand sah. Zornentbrannt baute er sich erneut vor seinem Widersacher auf. »Du glaubst wohl, die Geister sind auf deiner Seite?« Er schnaubte wie ein wildes Tier. »Ich sage dir, du irrst dich. Mein nächster Schlag wird dir endgültig die Lust nehmen, die Fäuste gegen mich zu heben.«

Aber Anganuak schlug so überhastet zu, dass seine Faust die Schläfe seines Gegners nur streifte und er durch die Wucht seines eigenen Schlages in den Schnee geschleudert wurde. Er rappelte sich gereizt auf. »Diesmal wirst du mich nicht von den Beinen holen, ich stehe fest wie ein Küstenfelsen.«

Nakasuk traf die rechte Schulter. Es war kein besonders fester Schlag, aber er traf eine empfindliche Stelle, und Angasuak schrie vor Schmerz auf. Er torkelte nach hinten und wurde von einigen Schaulustigen aufgefangen.

Benommen rang er nach Luft. Er schüttelte die Schaulustigen ab und stapfte zum Kampfplatz zurück. Vor Nakasuk blieb er stehen. »Aiee«, sagte er, »ich habe genug. Du bist ein guter Kämpfer. Lass uns wieder Freunde sein.«

Nakasuk berührte die Brust seines Widersachers mit den flachen Händen. »So soll es sein, mein Freund. Wir werden zusammen jagen und im Iglu die Trommeln schlagen.« Er wandte sich an die Schaulustigen. »Es ist vorbei.«

So war das bei den Robbenleuten. Nach einer Schlägerei waren alle Zwistigkeiten vergessen und die Widersacher trennten sich als Freunde. Noch am selben Abend spielte man zusammen oder sang die alten Lieder am Feuer.

»Seltsam«, wunderte sich Ella. »Zuerst gehen sie mit den Fäusten aufeinander los und dann sind sie wieder die besten Freunde. So etwas gibt es bei uns nicht. In England wäre es zu einem Duell gekommen, nicht wahr?«

»Ganz sicher sogar«, erwiderte der Captain. »Diese Menschen erstaunen mich. Ich glaube, es gibt vieles bei ihnen, das wir nicht verstehen.«

»Sie sind ganz anders, als ich sie mir vorgestellt habe«, sagte sie.

Nakasuk kehrte in das Zelt des Schamanen zurück. Er zog sein Fellhemd und den Anorak an. Seine Miene änderte sich kaum, als er die verletzte Schulter bewegte. »Es war ein guter Kampf«, betonte er, als Kaluk im Eingang erschien. Er umarmte seinen Sohn und drückte ihn an sich. »Und er kam zur rechten Zeit. Anganuak hatte es den ganzen Sommer auf mich abgesehen, und ich bin froh, dass wir jetzt wieder Freunde sind.« Er deutete auf Ella und den Captain und fragte: »Willst du auch, dass die Fremden bei uns wohnen?«

»Ja«, antwortete Kaluk. »Ich glaube, es sind gute Menschen. Das konnte ich schon spüren, als sie im Schnee lagen. Sie sind Freunde, das sehe ich.«

Nakasuk nickte zufrieden. Er wandte sich an den Schamanen, der den Kampf schweigend verfolgt hatte und nicht zu wissen schien, ob er sich über den Ausgang ärgern oder freuen sollte. Seiner qualvollen Miene nach zu urteilen, schien er schon zu bereuen, die bösen Geister aus den Körpern der hellhäutigen Fremden vertrieben zu haben. »Ich adoptiere sie«, sagte Nakasuk. Dem Schamanen blieb nichts anderes übrig, als zustimmend zu nicken.

Nakasuk wandte sich an Ella und den Captain und berührte beide mit der flachen Hand. »Ihr seid willkommen«, sagte er. »Ihr gehört jetzt zu uns.«

Der Captain war aufgestanden und verbeugte sich vor den Eingeborenen. »Ich verstehe nicht, was du sagst, aber wir sind dir sehr dankbar«, sagte er. »Das ist Miss Morgan ... El-la ... und ich bin Captain Wyngate ... Kep-ten.«

»El-la ... Kep-ten ...«, wiederholte Nakasuk erstaunt. »Wir werden immer daran denken, dass ihr uns gerettet habt«, sagte Ella und deutete einen Knicks an. Sie war heilfroh, dass der Eingeborene, der ihnen wohlgesonnen war, den Kampf gewonnen hatte, aber tief in ihrem Inneren spürte sie auch Traurigkeit.

Sie hatten die Verbannung von der *Discovery* überlebt, aber würden sie auch den mörderischen Winter überstehen?

Und würde sie Martin jemals wiedersehen?

19

Während der nächsten drei Tage bereiteten sich die Robbenleute auf ihren Marsch ins Winterlager vor. Sie wickelten das gefrorene Karibufleisch, das sie im Sommer erbeutet hatten, in Robbenhaut und verstauten es zusammen mit dem Vorrat an Forellen auf den fünf Schlitten, die es in ihrem Zeltdorf gab. Die Hunde bellten aufgeregt und stritten sich um die Fleischbrocken, die man ihnen hingeworfen hatte. Sie spürten den nahenden Aufbruch und zerrten ungeduldig an den Leinen. Es war bitterkalt und ein düsterer Himmel wölbte sich über dem verschneiten Land. Nur während der Mittagszeit wurde es noch einige Stunden hell, dann erstrahlte die Arktis in geheimnisvollem Zwielicht.

Ella wärmte sich im Zelt ihrer Adoptivfamilie, während Wyngate den Männern beim Bereitstellen der Schlitten half. Sie saß auf einem Karibufell und hielt ihre Hände über das Feuer in der Specksteinlampe. Apitok, die Frau des Jägers und Kaluks Mutter, hatte ihr neue Kleider gegeben und verwundert zugesehen, als sie sich ausgezogen hatte. Vor allem die Schnürschuhe betrachtete sie neugierig. Beim Anblick des langen Unterrocks und der Unterwäsche hielt sie sich kichernd eine Hand vor den Mund und sagte etwas, das Ella sicher die Schamesröte ins Gesicht getrieben hätte. Nur zögernd und nach einem vorsichtigen Blick auf die Zeltklappe, den Apitok ebenfalls mit einem Kichern quittierte, befreite sie sich von den letzten Kleidungsstücken.

Mit beiden Händen ihre Scham bedeckend, kauerte sich Ella am Feuer nieder. Apatok berührte neugierig ihre weiße Haut und betrachtete anschließend ihre Fingerspitzen, als erwartete sie, weiße Farbe darauf zu finden. Sie war eine neugierige und sehr humorvolle Frau mit sanften Augen und einem energischen Kinn, das verriet, wie entschlossen sie manchmal sein konnte. Von ihrem Mann und ihrem Sohn ließ sie sich nichts gefallen, besonders wenn es um Dinge ging, die den Haushalt und die Zubereitung der Speisen betrafen. Eilas Kleider warf sie verächtlich in den Schnee hinaus.

Schon beim Anziehen ihrer neuen Kleidung erkannte sie, wie vorteilhaft die Kleidung der Eingeborenen im Hohen Norden war. Sie bestand aus einem inneren und einem äußeren Anzug, die beide aus Karibufell gefertigt und in vielen Stunden weichgekaut worden waren. Der innere Anzug, die Unterwäsche der Eskimos, stammte von einem jungen Karibu und war sehr weich und anschmiegsam. Die kurzen Fellhaare zeigten nach innen und wärmten den Körper. Beide Anzüge hatten eine große Kapuze und waren mit breiten Streifen aus weißem Hundefell verziert. Die Hosen reichten bis über die Knie. Die Strümpfe bestanden ebenfalls aus dem Fell eines sehr jungen Karibus und mündeten in schmale Schuhe und kniehohe Stiefel, die aus der Beinhaut eines Karibus gefertigt waren. In den Schuhen steckten Extrasohlen aus Leder.

Im Zelt trug Ella nur die innere Kleidung, aber selbst die schützte sie wesentlich besser gegen die Kälte als ein dicker Wintermantel. Zudem konnte sie sich in den Fellen besser bewegen als im bequemsten Kleid. Was wohl Hannah zu meinem Aufzug sagen würde?, überlegte sie lächelnd. Und was würde passieren, wenn ich in diesen Kleidern in London auf die Straße gehen würde? Man würde mich einsperren, gab sie sich selbst die Antwort. Aber hier gab es keine bessere Kleidung, sie schützte perfekt gegen Eis und Schnee.

Sie strich über das weiche Karibufell und lächelte Apitok an. »Danke, Apitok«, sagte sie. »Du bist sehr freundlich zu mir.« Sie verbeugte sich, wie sie es bei einigen Eingeborenen gesehen hatte. »Die Kleider passen hervorragend.«

Apitok nickte stumm. Sie sprach nicht viel, lächelte aber oft und kümmerte sich rührend um die weißen Neuankömmlinge. Zu den Essenszeiten brachte sie heiße Brühe, in der würzig schmeckende Fleischbrocken schwammen. Manchmal gab es rohen Fisch, an den sie sich allmählich gewöhnten. Die Eingeborenen aßen sehr fett, anscheinend schützte sie die fette Kost gegen die unerbittliche Kälte. Sie froren lange nicht so leicht wie Ella und der Captain, trugen selbst dann nicht ihre äußere Kleidung, wenn die Dunkelheit angebrochen war und sie spät noch einmal nach draußen mussten.

Die Suppe tat Ella und dem Captain gut und sie erholten sich immer besser von den Strapazen der letzten Tage. Ella spürte, wie sich ihr Körper kräftigte und immer widerstandsfähiger wurde. Sie fühlte sich bereits stark genug, Apitok bei ihrer Arbeit zu unterstützen, vor allem beim Kochen, denn dabei hatte sie auch auf Haskells Farm öfter helfen müssen. Wenn der Farmer ein großes Fest veranstaltete, am Erntedanktag zum Beispiel, hatten die beiden Köchinnen die Arbeit nicht mehr geschafft, und sie und einige andere Mägde hatten einspringen müssen. Meist hatte es Schweinebraten und Lammfleisch gegeben, dazu Kartoffeln und Rüben und Gewürze aus dem Küchengarten. Die Eingeborenen hatten nur gefrorenes Karibufleisch, das man über den Specksteinlampen in ebenfalls aus Speckstein geschnitzten Töpfen schmelzen musste, bevor man es verarbeiten konnte. Dazu gab es Beeren und manchmal auch den grünen Inhalt der Karibumägen. Anfangs ekelte es Ella davor, aber sie gewöhnte sich schnell daran. Doch als ihr Apitok irgendwie klarmachte, dass die Augen zu den Delikatessen gehörten und von den Kindern gleich nach der Jagd gegessen wurden, musste sie sich beinahe übergeben.

Kaluk, der nur ein paar Jahre jünger als Ella war, hielt sich gern in ihrer Nähe auf und machte ihr sogar ein wenig den Hof. Er versuchte, ihr jeden Wunsch von den Augen abzulesen, und schabte ihr abends, als sich die Familie die Knochen eines Karibus teilte, das Mark heraus. Er war es auch, der sie wichtige Wörter seiner Sprache lehrte. Er zeigte ihr das halbmondförmige Frauenmesser, zerkleinerte ein Stück Fleisch und sagte: »Ulo.« Ella wiederholte zögernd: »Ulo.« Er hielt ihr sein kleines Amulett aus Elfenbein hin und sagte: »Armgoaq.« Ella sprach ihm nach: »Armgoaq.« So ging es stundenlang. Ella konnte nicht genug bekommen, wollte die Sprache der Eingeborenen so schnell wie möglich erlernen. Sobald Kaluk sich zurückgezogen hatte, fragte sie Apitok nach Begriffen, hielt ihr verschiedene Gegenstände hin und erhielt immer eine Antwort von der fröhlichen Inuitfrau.

Am späten Morgen des vierten Tages konnte Ella sich mit ihren Gastgebern bereits in einem Kauderwelsch aus Eingeborenenwörtern und Zeichensprache unterhalten. Der Captain tat sich schwerer, obwohl auch er an dem Unterricht teilgenommen hatte. Aber er verstand, was Nakasuk meinte, als er sie weckte und sagte: »Wir müssen aufbrechen. Überall liegt Schnee und alle Flüsse sind zugefroren. Das Winterlager wartet auf uns. Kep-ten! Ella! Helft mir, das Zelt abzubauen und die Häute auf die Schlitten zu binden!«

Ella und der Captain zogen sich an und stülpten ihre Kapuzen über. Das Abbauen der Zelte und Beladen der Schlitten, bevor man den Lagerplatz wechselte, gehörte zu den Aufgaben, die Männer und Frauen gemeinsam erledigten, und sie machten gerne mit. Die Augen gegen das aufkommende Zwielicht zusammenkneifend, traten sie ins Freie. Es war kälter geworden und ein strenger Wind fegte über den harschen Schnee am Flussufer. Die Felsen, die sich aus dem Schnee erhoben, glänzten bleifarben. Wie ein riesiges weißes Laken überzog eine dichte Schneedecke das weite Land. Allein beim Anblick dieser trostlosen Landschaft überlief Ella ein Frösteln, obwohl sie in der praktischen Kleidung der Eingeborenen bestens gegen die winterlichen Temperaturen geschützt war.

Die Hunde bellten aufgeregt und zerrten ungeduldig an den Leinen. Sie hatten genug Kraft getankt und wollten endlich los. Drei Familien waren bereits mit ihren Schlitten aufgebrochen, eine vierte fuhr gerade los, als Ella aus dem Zelt trat. In einer dichten Schneewolke verschwanden sie in der Ferne.

Kaluk kümmerte sich um die Hunde, die nicht verstanden, dass die anderen Gespanne bereits unterwegs waren und sie immer noch angebunden waren. »Gleich geht es los, Ugak!«, sagte er zu dem Leithund. »Wir fahren zu der Bucht, in der es die vielen Robben gibt.«

Ugak bellte aufgeregt und leckte dem jungen Mann das Gesicht ab. »Vater!«, rief Kaluk fröhlich. »Wir müssen uns beeilen.«

Sie legten die Zeltplanen aus Robbenhaut und die Karibufelle zusammen und banden sie auf die Schlitten. Die Werkzeuge und Waffen waren bereits verstaut. Innerhalb kürzester Zeit lag die gesamte Habe der Familie auf dem Gerüst aus Karibugeweihen und wurde mit Sehnen verschnürt. Nakasuk legte die Leinen aus und spannte die Hunde an. Weil sie über offenes Land fuhren, ordnete er die Leinen fächerförmig an, um den Hunden mehr Raum zu geben. Ugak bellte erwartungsvoll, als Nakasuk die Zugleine mit dem Geschirr verband und ihm einen liebevollen Klaps versetzte. »Jetzt geht es los, Ugak!«

Schon am frühen Morgen hatte Nakasuk die Kufen mit

einer dünnen Schicht aus zerstampftem Moos und Wasser bestrichen. Er hatte den Brei mit einem Stück Fell auf den Kufen verrieben, damit sie besser über den Schnee glitten. Nachdem er den Schlitten ein letztes Mal überprüft hatte, griff er nach der Peitsche. »Aq! Aq!«, rief er und ließ die Peitsche knallen. Gleichzeitig schob er den Schlitten an und die Hunde begannen zu ziehen. Apitok durfte als Einzige auf dem Schlitten mitfahren. Alle anderen mussten laufen.

Ella und der Captain liefen im Windschatten hinter dem Schlitten. Sie hatten große Mühe, dem schnellen Gefährt zu folgen. Sie waren nicht so ausdauernd wie Kaluk, der sich während des Laufens sogar mit seinen Eltern unterhielt. Wenn sie zu weit zurückblieben, bremste Nakasuk den Schlitten ab und wartete, bis sie nachgekommen waren. Auf einer Ebene, die der Sturm in eine zerklüftete Wüste verwandelt hatte, half Kaluk ihnen über das aufgeworfene Eis hinweg und genoss es sichtlich, Ellas Körper zu berühren. Es war eine beschwerliche Art zu reisen, aber sie hatten nur diesen Schlitten, und das fahle Tageslicht würde sich nur zweimal zeigen, bis sie die Bucht erreicht hatten.

»Aq! Aq!«, feuerte Nakasuk die Hunde an. Die Ladung war schwer, und sie stemmten sich mit ihrer ganzen Kraft in die Geschirre. Der Schlitten glitt über den festen Schnee. Der eisige Wind machte den Hunden nichts aus. Sie waren froh, endlich wieder über den Schnee tollen zu dürfen. Die Peitsche hätte Nakasuk getrost am Fluss lassen dürfen. Die Hunde waren begierig darauf, das Winterlager an der Bucht zu erreichen. Ugak rannte leichtfüßig und zielstrebig durch die Nacht.

Als das Zwielicht schwand, lenkte Nakasuk den Schlitten zwischen meterhohe Eisbrocken, die wie die Türme eines verwunschenen Schlosses aus dem Schnee ragten. Die Hunde waren noch lange nicht müde, aber Ella und der Captain atmeten schwer und brauchten eine Verschnaufpause. Sie ließen sich auf den Schlitten fallen und ruhten sich aus. Die Hunde legten sich nur widerstrebend in den Schnee und gehorchten erst, als Nakasuk sie lautstark ermahnte.

Hinter dem Eisberg waren sie gegen den schneidenden Wind geschützt. Ella genoss die plötzliche Stille, die nur vom gelegentlichen Bellen der Hunde unterbrochen wurde. Nakasuk überprüfte die verschnürte Ladung und nickte zufrieden. Kaluk entwirrte die Leinen des Hundegespanns. Um sie herum war die endlose Weite der arktischen Eiswüste. Nur langsam kam Ella wieder zu Atem. Wie schnell hatte sich das Leben doch für sie verändert. Vor einer knappen Woche waren sie noch ziellos über das Eis geirrt, ohne ausreichende Kleidung, ohne Nahrung und ohne jegliche Hoffnung, in dieser unwirtlichen Natur zu überleben. Jetzt zogen sie mit den Eingeborenen über dasselbe Eis, gekleidet und ernährt wie sie, und schon sah die Welt ganz anders aus. Es gab wieder Hoffnung. Es gab wieder eine Zukunft. Sie würde Martin wiedersehen, da war sie ganz sicher. Ihr Leben würde nicht in dieser Wüste enden.

Nakasuk hatte die Schneebrille nach unten gezogen und bot ihr etwas Robbenhaut zum Kauen an. »Das tut gut«, sagte er lächelnd. »Sehr gesund!«

Ella griff nach dem Hautfetzen, an dem noch Eiskristalle hingen, und steckte ihn in den Mund. Er schmeckte süßlich. »Zu Hause würde ich so etwas nicht anrühren«, sagte sie zum Captain. Aber sie hatte längst erkannt, dass man in dieser Wildnis nur überlebte, wenn man sich wie die Eingeborenen kleidete und ernährte. Sie wussten, wie man in Eis und Schnee überlebte.

Kaluk kehrte von einem kurzen Erkundungsgang zurück und deutete in die Eiswüste hinaus. Es gab keine graue Stelle mehr, kein offenes Wasser, keinen moosbedeckten Buckel. Alles war weiß. »Ukiukdjuaq«, sagte er ehrfürchtig. »Großer Winter.« Die kalte Jahreszeit war endgültig zurückgekommen und hatte das Land wieder fest im Griff. Neun Monate, so erfuhr Ella von Nakasuk, dauerte seine strenge Herrschaft, dann behielt der Sommer für kurze drei Monate die Oberhand. Es war ein hartes Land, und sie hielt es für ein Wunder, das in dieser Wildnis überhaupt Menschen leben konnten. Einen Augenblick dachte sie an Robert Byron und die anderen Männer der Besatzung, die nur eine geringe Chance haben würden, wenn ihr Schiff im Wintereis festfror.

Sie erhob sich von den Fellen und näherte sich den Hunden. Seltsamerweise sprangen die Huskies sie nicht mehr an und schnappten auch nicht mehr nach ihr. Sie beugte sich zu Ugak hinunter und wagte es, ihn hinter den Ohren zu kraulen. Das schien ihm zu gefallen. Er warf sich auf den Rücken und knurrte genüsslich, als sie ihn am Bauch berührte. »Guter Hund«, sagte sie.

Kaluk stand in ihrer Nähe und beobachtete sie. Es schien ihn zu freuen, wie sie mit Ugak umging. Einer plötzlichen Eingebung folgend, so hatte es jedenfalls den Anschein, kam er auf sie zu und streifte seine Kette mit dem Amulett über den Kopf. »Für dich«, sagte er so stolz wie ein Verliebter, der seiner Angebeteten einen Ring überreicht. »Das Amulett macht dich stark.«

Sie betrachtete die elfenbeinerne Figur und spürte, wie

ein warmer Schauer ihren Körper durchlief. Die aus dem Elfenbein eines Walrosses geschnitzte Figur war ein Bär. In London hatte sie das Gemälde eines solchen Bären gesehen und ein ähnlich seltsames Gefühl verspürt. Und in der Meeresstraße, als der Bär in der Ferne aufgetaucht war, hatte sie sich eingebildet, auf irgendeine Weise mit ihm verbunden zu sein. Was hatte das zu bedeuten? Sie war nicht abergläubisch und hatte nie etwas von den absonderlichen Geschichten gehalten, die einige Frauen auf der Haskell-Farm erzählt hatten, von Hexen und Geistern und mächtigen Tieren, die Macht über die Menschen hatten.

War der Bär ein solches Tier? Nein, sagte sie sich schnell. In dieser Eiswüste gab es nicht besonders viele Tiere, und es war doch natürlich, dass die größte und gefährlichste Bestie auf Bildern und in Figuren und Amuletten auftauchte. Sicher verehrten die Eingeborenen den Bären als heiliges Tier.

»Nanuk«, erklärte Kaluk beruhigend, weil er ihren starren Blick als Angst missdeutete. »Der mächtige Bär soll dich gegen alle Gefahren schützen. Mein Großvater hat ihn aus dem Stoßzahn eines Walrosses geschnitzt.«

»Danke«, sagte Ella immer noch verwirrt. Sie hängte sich das Amulett um den Hals und entfernte sich rasch von Kaluk, um keine Verlegenheit zwischen ihnen aufkommen zu lassen. Sie wollte nicht, dass der junge Eingeborene sich in sie verliebte. Sie liebte nur Martin, selbst wenn er viele hundert Meilen von ihr entfernt war. Nichts konnte sie von ihm trennen, und selbst wenn das Schicksal gegen sie war und sie in dieser eisigen Wildnis ums Leben kam, würde ihr letzter Gedanke nur ihm gelten. Sie lächelte beim Gedanken an seine dunklen Augen und den Geschmack seiner Lippen. Sie war fest davon überzeugt, dass er genauso dachte wie sie.

Diesmal durfte Ella auf dem Schlitten mitfahren. Nakasuk bedeutete ihr mit einer Handbewegung, sich auf die rechte Kufe zu stellen und mit beiden Händen an einem der Karibugeweihe festzuhalten. »Sprich kein Wort, wenn wir fahren«, sagte er in der Mischung aus Eingeborenen- und Zeichensprache, die sie jetzt benutzten, »sonst halten die Hunde an und wollen hören, über was wir sprechen.« Er stellte sich auf die linke Kufe und ließ die Peitsche knallen.

Die Hunde sprangen auf und rannten bellend los. Die Kufen schwankten unter ihren Stiefeln, griffen auf dem körnigen Schnee und glitten immer schneller über den festen Boden. »Aq! Aq!«, feuerte Nakasuk die Hunde an. »Ugak! Lauf!« Sie genoss das herrliche Gefühl, durch die Wildnis zu sausen und den kalten Wind im Gesicht zu spüren. Kein Hindernis stellte sich ihnen in den Weg. Der Schnee war glatt, es gab keine Buckel und keine Risse.

»Alles hängt vom Leithund ab«, erklärte Nakasuk ihr später, »deshalb wird er auch so verwöhnt. Er zeigt den anderen Hunden, was sie tun müssen.«

Mit dem schwindenden Zwielicht des nächsten Tages holten sie die anderen Familien ein. Sie lagerten in einer windgeschützten Senke und hatten Iglus für die Nacht errichtet. In den Schneehäusern war es erstaunlich warm. Die Specksteinlampen brannten und jeder hing seinen Gedanken nach. Zum Geschichtenerzählen waren die Eingeborenen viel zu erschöpft. Die Hunde lagen vor den Iglus und bellten den Mond an, der zögernd zwischen den Wolken auftauchte und blasses Licht auf den Schnee und das Eis warf.

Utuytoq taute einige Forellen über der Flamme einer Specksteinlampe auf und verteilte den rohen Fisch an die Familien. »Ani«, begrüßte er Nakasuk, »mein Bruder, du bist da.« Ella und den Captain bedachte er mit einem verstohlenen Blick. Beinahe betrübt kehrte er zu seiner eigenen Familie zurück.

»Was hat er nur?«, fragte Apitok erstaunt.

»Ich weiß es nicht«, antwortete ihr Mann.

Ella war schon nach wenigen Minuten eingeschlafen. Dicht neben der Specksteinlampe und in ein Karibufell gerollt, träumte sie von einem mächtigen Bären, der sie durch die Wildnis zu ihrem geliebten Mann führte.

20

»Sarpoq! Sarpoq!«, rief Nakasuk, als sie die Bucht erreichten. »Wir sind zu Hause!« Er lenkte den Schlitten bis dicht an das Packeis heran und sprang von den Kufen. Mit ausgebreiteten Armen begrüßte er die endlose Eisfläche der zugefrorenen Bucht. »Dies ist der Platz, an dem wir überwintern werden.«

Ella lief die paar Schritte zum Ufer und blieb im verharrschten Schnee stehen. Ihr sehnsuchtsvoller Blick richtete sich nach Süden. Jenseits der Bucht, viele hundert Meilen von ihrem Ufer entfernt, lag das Fort der Hudson Bay Company. Dort würde Martin den Winter und vielleicht den Rest seines Lebens verbringen. Obwohl sie ihm nur zwei Tagesreisen näher gekommen war, hatte sie plötzlich das Gefühl, in seiner unmittelbaren Nähe zu sein. Nur die Hudson Bay trennte sie noch von der Zivilisation. Am südlichen Ufer, so hatte sie auf Bildern gesehen, gab es Häuser und Menschen und sogar Bäume, dort war die Landschaft lange nicht so trostlos wie hier im Hohen Norden.

Doch Martins neue Heimat hätte genauso gut auf dem Mond liegen können. Selbst im Sommer und mit einem Segelschiff war das Fort noch mehrere Tagesreisen entfernt. Und mit einem der kleinen Boote der Eingeborenen wäre sie wahrscheinlich mehrere Wochen unterwegs. Wie lange würde wohl die Fahrt mit dem Hundeschlitten dauern? Wäre einer der Eingeborenen bereit, sie nach Süden zu bringen? Sie verwarf den Gedanken sofort wieder. Ein Jäger wie Nakasuk war für das Wohlergehen seiner Familie verantwortlich und durfte es sich nicht erlauben, mehrere Wochen oder gar Monate vom Lager wegzubleiben. Selbst ein gastfreundlicher Mann wie Nakasuk würde niemals ein so großes Opfer auf sich nehmen.

Captain Wyngate war unbemerkt neben sie getreten und schien ihre Gedanken zu erraten: »Wir haben Glück gehabt«, sagte er. »Die Eingeborenen werden uns helfen, den harten Winter zu überstehen. Ich weiß, Sie träumen davon, sich bis zu Ihrem … Verlobten durchzuschlagen, aber das würden wir allein niemals schaffen, und die Eingeborenen haben Wichtigeres zu tun.«

»Ich weiß«, räumte sie ein.

»Wir müssen bis zum Frühjahr warten«, fuhr er fort. »Sobald das Eis aufbricht, werde ich Nakasuk bitten, uns eines der Boote zu geben. Mit einem Segel aus Tierhaut könnten wir es schaffen. Ich bin nicht gerade erpicht darauf, ausgerechnet die Hudson Bay Company um Hilfe zu bitten, aber andere Weiße gibt es hier nicht, und Ihrem Verlobten vertraue ich mich gerne an.«

»Martin wird Ihnen helfen, Captain.«

»Und Sie? Wollen Sie bei ihm im Fort bleiben?«

»Wir bleiben dort, wo niemand etwas gegen unsere Verbindung hat«, sagte sie entschlossen. »Und wenn wir dazu um die halbe Welt reisen müssen!«

»Ich hatte nichts anderes erwartet, Miss Morgan«, erwiderte er lächelnd.

Sie kehrten zu den Schlitten zurück und sahen, dass Nakasuk bereits einen Platz für sein Schneehaus ausgesucht hatte. Die Stelle lag keine fünfzig Schritte vom Ufer entfernt in einer Mulde. »Wir bauen einen Iglu«, sagte er.

Als Wyngate seine Hilfe anbot, zögerte er nur kurz: »Gut. Es soll ein großes und schönes Haus werden, und wir wollen fertig sein, wenn es hell wird.«

Der Jäger zog sein langes *pana* aus dem Gürtel und zeigte es dem Captain. »Dies ist ein Schneemesser. Damit schneiden wir Blöcke aus dem Schnee.« Er bedeutete ihm, mitzukommen, und führte ihn zu einer hohen Schneewehe, die vom Sturm aufgetürmt worden war. Er klopfte gegen den Schnee und nickte zufrieden. »Sehr gut.« Mit Worten und Gesten erklärte er, dass der Schnee aus einer Schicht bestehen musste, weil sonst die verschiedenen Lagen auseinanderbrachen. Er verwendete eines der ungefähr zwanzig Wörter, die sein Volk für Schnee kannte. Dieses bezeichnete festen, aber körnigen Schnee, der leicht zerteilt werden konnte. Er schob das *pana* in den Schnee und schnitt einen Block heraus, ungefähr einen Meter lang, einen halben Meter hoch und zwanzig Zentimeter dick. Er trennte ihn vom festen Schnee.

Ella war ebenfalls nicht untätig. Während der Captain und Kaluk einen Schneeblock nach dem anderen zum Bauplatz trugen, half sie Apitok, die Hunde zu versorgen und die Habe vom Schlitten zu laden. Nachdem die Arbeit getan war, beobachtete sie neugierig, wie das Schneehaus entstand.

Am Bauplatz hatte Nakasuks Bruder einen großen Kreis in den Schnee gezogen. »Immer im Kreis«, erklärte Utuytoq. Auch er hielt ein Schneemesser in den Händen und befreite jeden Schneeklotz von Kanten und Ecken.

Eine knappe Stunde später hatten sie einen Ring aus Schneeblöcken auf dem festen Untergrund errichtet. Den letzten Block schrägte Utuytoq mit dem Messer ab. Sie zogen die kuppelförmige Schneemauer sprialenförmig nach oben, bis eine geschlossene Kuppel entstand. Utuytoq stützte die Blöcke ab, die der Captain und Kaluk nach oben wuchteten. Sie hatten eine Treppe in den Schnee gebaut, um besser nach oben reichen zu können und nicht das Gleichgewicht zu verlieren. Als letzten Baustein brachte Nakasuk einen klaren Eisblock aus der Bucht und baute ihn als Fenster in die Kuppel ein.

Apitok und Ella verputzten die fertige Kuppel mit feuchtem Schnee. Sie schaufelte ihn mit ihrem poalrit, einer Art Schaufel, an den Iglu, und beide Frauen klopften ihn mit ihren flachen Händen fest. »Ein schönes Haus«, lobte Apitok, als sie fertig waren. Der Iglu hatte einen Durchmesser von knapp vier Metern und bot der Familie, Ella und den Captain eingeschlossen, bequem Platz. »Du wirst den Winter in unserem Dorf verbringen«, fügte sie hinzu.

Ella half der Eingeborenenfrau, die Habe in den Iglu bringen. Beim Einräumen stellte sie fest, wie praktisch das Schneehaus gebaut war und wie erfindungsreich die Eingeborenen die wenigen Vorteile ausnützten, die ihnen in dieser unwirtlichen Umgebung geboten wurden. Der

Eingang bestand aus einem überdachten Gang, der mit einem festen Schneeblock verschlossen wurde. Er neigte sich nach Osten, damit man in das schwache Zwielicht blickte, wenn man nach draußen kroch. Auch die Betten und der Küchentisch wurden aus Schnee gebaut. Amüsiert dachte Ella darüber nach, wie wohl die feinen Damen der Londoner Gesellschaft auf eine solche Behausung reagieren würden. Bei der Vorstellung, die korpulente Gattin des Earl of Shrewsbury in einem ihrer vornehmen Kleider in den Iglu kriechen zu sehen, kicherte sie sogar.

Vor dem Schneehaus bauten die Männer eine Schutzmauer für den Schlitten und die Hunde. Die Vorräte räumten Apitok und Ella in eine kleine Kammer aus Schnee. Es gab keinen Raum, der nicht geschickt genutzt wurde.

Neben dem Iglu von Nakasuk entstanden die Schneehäuser der anderen Familien. Geschäftiges Treiben erfüllte die Dunkelheit. Nicht einmal Ella merkte, dass die Temperatur noch weiter gesunken war und klirrende Kälte das Land überzog. Von neuer Hoffnung erfüllt stand sie nach getaner Arbeit vor dem Iglu und wartete, bis sich das erste Zwielicht über der Bucht zeigte. Die hellen Streifen am Horizont verliehen dem Eis einen geheimnisvollen Glanz. »Seltsam«, sagte sie zu Wyngate, der ebenfalls das Naturschauspiel betrachtete, »ich beginne dieses Land zu mögen. Ist das nicht komisch?«

Sie blickten beide auf die gefrorene Bucht hinaus. Der Hohe Norden hatte nichts von seiner Gefährlichkeit für sie verloren. Die Weite dieses unermesslichen Landes erschreckte sie immer noch und das grenzenlose Weiß brannte in ihren Augen. Sie wussten, dass unzählige Gefahren in dieser Eiswüste lauerten, eisige Stürme, klirrende Kälte, gefährliche Raubtiere, aber irgendwie hatten der

Captain und sie ihren Platz in dieser menschenfeindlichen Natur gefunden. Sie wussten jetzt, dass es einen Weg gab, auch hier zu überleben. Die Eingeborenen kannten ihn und hatten beschlossen, ihn ihren weißen Besuchern zu zeigen.

»Ein guter Platz für den Winter«, sagte Nakasuk, als alle Familien ihre Schneehäuser gebaut hatten. Fünf Iglus erhoben sich in einem Halbkreis aus dem Schnee. Die Hunde lagen hinter dem Windschutz und nagten an den Karibuknochen, die sie zur Feier des Tages bekommen hatten. Einige Kinder tollten übermütig im Schnee herum und zwei halbwüchsige Jungen holten Pfeil und Bogen von einem Schlitten und schossen auf einen Schneemann.

Ella bewunderte den Erfindungsreichtum der Eingeborenen und wunderte sich, wie warm es in dem Iglu wurde. Selbst in der leichten Unterwäsche fror sie nicht. Wenn alle schliefen, wurde es sehr eng, und wenn Nakasuk und Apitok sich liebten, fiel es Ella sehr schwer, sich schlafend zu stellen und die Fassung zu bewahren. In England, selbst in den Quartieren der Mägde, Knechte und Dienstboten, wurden Zärtlichkeiten hinter verschlossenen Türen ausgetauscht. Nakasuk und Apitok zeigten keine Scham und liebten sich vor allen anderen. Sie kicherten viel und machten sich über ihre Verlegenheit lustig, wenn sie doch einmal die Augen öffnete und sich ihre Blicke trafen.

Die Tage wurden immer kürzer, bis das Land in beinahe vollkommener Dunkelheit versank und sich der Horizont nur noch für eine knappe Stunde erhellte. Ella verbrachte viel Zeit im Iglu, unterhielt sich mit Apitok und den anderen Frauen und beherrschte die Sprache der Eingeborenen immer besser. Sie lernte schnell, das hatte sie schon beim Lesen der Bücher gemerkt, die Hannah ihr geliehen hatte. Die Sprache der Robbenleute klang fremd und schien sich grundlegend von ihrer eigenen zu unterscheiden, aber nachdem sie die Grundbegriffe kannte, fiel ihr das Lernen leichter. Nach einigen Tagen brauchte sie kaum noch ihre Hände, um sich verständlich zu machen. Der Captain tat sich schwerer und behalf sich mit gestenreicher Zeichensprache.

An einem der nächsten Tage brauste ein Sturm über die Bucht und die Familien zogen sich schon tagsüber in ihre Iglus zurück. Sie hockten auf den Karibufellen und wärmten sich am Feuer, das in den Specksteinlampen brannte. Die kleine Flamme, die sich an einem Docht aus fettgetränktem Moos emporzüngelte und mit Tran gefüttert wurde, verbreitete angenehme Wärme. Die Luft erwärmte sich, stieg nach oben und entschwand durch ein Loch in der Kuppel.

Während des Sturms erzählte Nakasuk viele Geschichten. Die meisten handelten von den übernatürlichen Wesen, an die alle Robbenleute glaubten. Besonders gefürchtet war Nunam-shua, die fingerlose Meerfrau, die auf dem Meeresgrund lebte und über alle jagdbaren Tiere herrschte. Nakasuk erzählte, wie es dazu gekommen war: »Es war an einem warmen Sommertag vor langer, langer Zeit. Unsere Leute wollten eine Bucht überqueren und banden ihre Kajaks zusammen. Nunam-shua, damals noch ein junges Mädchen, kletterte mit den anderen Kindern auf das Floß. Sie war ein Waisenkind und wurde von den anderen Robbenleuten vernachlässigt, weil sie die bösen Geister anzog.«

Der Jäger legte eine Pause ein, bis er sicher sein konnte, die ungeteilte Aufmerksamkeit seiner Zuhörer zu haben. Seine Augen nahmen einen seltsamen Ausdruck an, als er fortfuhr: »Deshalb kümmerte sich auch niemand um sie, als sie über Bord ging und ins Wasser fiel. Das Mädchen klammerte sich mit beiden Händen an ein Kajak, aber niemand zog es hinauf. Ein Jäger schnitt ihr die Finger ab, damit sie nicht in das rettende Boot klettern konnte.«

Ella erschrak. Sie hatte nicht geglaubt, dass die Eingeborenen so grausam sein konnten. Aber die Geschichte war vor unendlich langer Zeit passiert und damals hatten noch strengere Regeln im Land der Robbenleute geherrscht.

»Die abgeschnittenen Finger schwammen im Wasser«, fuhr Nakasuk fort, »und verwandelten sich in Robben. So entstanden diese Tiere. Das Mädchen sank auf den Meeresgrund und wuchs zu einer Frau heran. Sie wurde zur Herrscherin aller Meerestiere, weil aus ihren Fingern die Robben entstanden waren. Auch alle anderen jagdbaren Tiere gehorchten ihr. Sie zürnt unserem Volk immer noch, und wir müssen strenge Tabus beachten und sie immer wieder versöhnen, damit kein Unheil über unser Volk kommt.« Er blickte in die Runde und nickte ernst. »Nunam-shua lebt, im Meer und in der Bucht.«

In der folgenden Nacht träumte Ella von der Meerfrau. Sie war mit dem Captain unterwegs, in einem kleinen Boot der Eingeborenen, an dem er ein Segel befestigt hatte. Ein stetiger Wind trieb sie nach Süden, dem Fort der Hudson Bay Company entgegen. Sie konnte bereits die Umrisse der Handelsstation am Horizont ausmachen und glaubte, Martin am Ufer stehen zu sehen, als die Meerfrau aus dem Wasser tauchte und mit ihren fingerlosen Händen nach dem Boot griff und es zum Kentern brachte. Ella stürzte und schrie Martins Namen, bis die eiskalten Wellen der Bucht über ihr zusammenschlugen.

Sie schreckte aus dem Schlaf und blickte in das Halbdunkel, das den Iglu erfüllte. Die Flammen in der Specksteinlampe ließen düstere Schatten über die eisige Wand huschen. Nakasuk und der Captain schnarchten leise. Sie wartete, bis ihr Herz wieder ruhiger schlug, und versuchte weiterzuschlafen, doch der Traum hatte sie so aufgewühlt, dass nicht an Ruhe zu denken war.

Nachdem sie eine Weile reglos zum Kuppeldach emporgeblickt hatte, schälte sie sich kurz entschlossen aus ihrem Karibufell. Ohne die anderen zu stören, zog sie ihre äußere Kleidung und die Stiefel an, stülpte die Handschuhe über und zog sich die Kapuze über den Kopf. Auf allen Vieren kroch sie durch den schmalen Gang aus dem Iglu und schob den Schneeblock vor dem Eingang zur Seite. Draußen verschloss sie das Schneehaus. Die Hunde bellten, als sie am Windschutz vorbeikam und sich langsam aufrichtete. »Schon gut, Ugak«, beruhigte sie den Leithund, »ich vertrete mir nur die Beine.«

Sie ging zur Bucht hinunter und blieb an ihrem Lieblingsplatz am Ufer stehen. Auf der Böschung hatte sie jedes Mal das Gefühl, auf besonders innige Weise mit Martin verbunden zu sein, als würde er genau in diesem Augenblick am fernen südlichen Ufer stehen und ebenfalls nach ihr Ausschau halten. Ob er überhaupt noch an sie dachte? Oder hatte er sie längst abgeschrieben? Hatte er sich längst in das unvermeidlich erscheinende Schicksal gefügt? Sie glaubte nicht daran, obwohl es aus seiner Sicht so gut wie ausgeschlossen war, dass sie dem Kerker entkommen und ihm als blinde Passagierin auf einem Segelschiff in die Arktis gefolgt war. Woher sollte er auch wissen, dass sie bei den Eingeborenen am anderen Ufer der Hudson Bay lebte?

Von trüben Gedanken erfüllt, ließ sie ihren Blick über

das feste Eis der Bucht schweifen. Lebte Nunamshua, die fingerlose Meerfrau, wirklich auf dem Meeresgrund? Natürlich nicht, versuchte sie sich einzureden, diese Eingeborenen waren abergläubischer als die Zauberer und Gaukler in England, und mit Geschichten wie dieser hielten sie ihre Leute im Zaum und zwangen die Kinder zum Gehorchen. Im Schnee und Eis des Hohen Nordens überlebte man nur, wenn man sich den Gesetzen der Natur unterordnete, so viel hatte sie längst erkannt, und mit unheimlichen Geschichten und Legenden verlieh man ihnen den nötigen Nachdruck. Aber ganz sicher war sie nicht. Wer sagte ihr, dass Nunamshua nicht doch lebte? Hatte sie während der letzten Wochen und Monate nicht Dinge gesehen, die sie als Magd auf der Haskell-Farm niemals für möglich gehalten hätte?

Sie schüttelte sich und lief ein paar Schritte am Ufer entlang. Ohne es zu merken, entfernte sie sich immer weiter von den Iglus. Erst nach einer ganzen Weile blieb sie stehen. Ein Geräusch hatte sie erschreckt, ein leises Tapsen, das nicht in diese Umgebung passte. Beinahe im selben Augenblick begannen die Hunde zu bellen, und sie erkannte, wie weit sie vom Lager entfernt war.

Unwillkürlich griff sie nach dem Messer, das in einer Tasche ihres Anoraks steckte. Wenn die Hunde so laut bellten, musste Gefahr im Anzug sein. Sie blickte sich prüfend um und suchte nach dem Grund für die Aufregung. Was beunruhigte die Hunde? Sie kniff die Augen gegen das Eis zusammen, das selbst im blassen Mondlicht noch zu grell war. Leichte Nebelfetzen trieben von der Bucht herauf und erschwerten ihr die Sicht. Sie drehte sich langsam im Kreis, fürchtete schon, die geheimnisvolle Meerfrau durch das Eis steigen zu sehen, aber die Bucht blieb stumm und verlassen, nicht einmal das aufgeworfene Eis knackte in der Dunkelheit.

Langsam, unendlich langsam, um die unsichtbare Gefahr nicht herauszufordern, bewegte Ella sich zu den Iglus zurück. Sie war keine zwei Schritte gegangen, als sie einen dunklen Schatten in den Nebelfetzen ausmachte. Sie blieb stehen, umklammerte den Griff ihres Messers und beobachtete entsetzt, wie ein mächtiger Bär aus der Dunkelheit trottete. Obwohl sie einen Bären nicht vom anderen unterscheiden konnte, war sie sich beinahe sicher, dieselbe Bestie vor sich zu haben, die sie vom Schiff aus gesehen hatte. Oder ähnelte er dem Tier auf dem Gemälde? Der Bär hatte sie längst entdeckt und lief gemächlich auf sie zu. In respektvoller Entfernung blieb er vor ihr stehen.

Seltsamerweise fiel in diesem Augenblick alle Angst von ihr ab. Ihre Verkrampfung löste sich, und sie steckte verstohlen das Messer ein, aus Angst, sich lächerlich zu machen und den Bären zu brüskieren. Mit herunterhängenden Armen stand sie vor dem Bären, nur durch zwanzig Schritte von ihm getrennt, so nahe, dass sie seinen Atem zu spüren glaubte. Er wiegte langsam den Kopf und schien ihr wieder etwas mitteilen zu wollen, drehte sich dann plötzlich um und verschwand in der Dunkelheit und im Nebel. Nicht einmal Spuren ließ er im festen Schnee zurück, es war, als wäre er niemals in ihrer Nähe gewesen.

»Nanuk«, sagte sie.

Immer noch von der unerwarteten Begegnung elektrisiert, kehrte sie zum Dorf zurück. Als sie nur noch wenige Schritte von den Iglus entfernt war, sah sie den Schamanen vor einem der Schneehäuser stehen. Er hielt eine Waffe in der rechten Hand und bedachte sie mit bösen Blicken. Er stieß ein Wort hervor, dessen Bedeutung sie nicht verstand, und kroch in seinen Iglu zurück.

21

Weder Ella noch der Schamane verrieten den Robbenleuten, was in jener Nacht geschehen war. Ella hatte Angst, dass man ihr nicht glauben und sie auslachen würde. Sie zweifelte nach einigen Tagen selbst daran, dem weißen Bären begegnet zu sein. Sie vertraute sich nicht einmal dem Captain an, der wohl gemerkt hatte, dass eine Veränderung mit ihr vorgegangen war, sie aber nicht darauf ansprach. Ich habe schlecht geträumt, dachte sie, ich bilde mir das alles nur ein, doch als sie Akrartok begegnete, bedachte er sie mit so bösen Blicken, dass sie künftig seine Nähe mied und ihn nicht einmal ansah.

Warum der Schamane so wütend auf sie war, wusste sie nicht. Immerhin hatten sie ihm und seiner Frau ihr Leben zu verdanken. Es wäre ihm ein Leichtes gewesen, sie und den Captain sterben zu lassen oder sie der Natur auszuliefern, wie Robert Byron es getan hatte. Niemand hätte Verdacht geschöpft, wenn er die bösen Geister dafür verantwortlich gemacht hätte. Inzwischen wusste Ella, welche Furcht die Robbenleute vor übernatürlichen Mächten empfanden und wie sehr sie die Rache der *tunraqs* fürchteten, wenn sie ein Tabu verletzt hatten. Hatte sie ein solches Tabu gebrochen? Hatte sie während ihrer monatlichen Blutung den Iglu verlassen? Hatte sie das Fleisch eines Karibus über einem Feuer aus Treibholz gekocht? Apitok hatte ihr die wichtigsten Tabus erklärt und sie gewarnt, gegen diese Verbote zu verstoßen. Sie hatte sich streng daran gehalten.

Nach ein paar Tagen vergaß sie die bösen Blicke, doch dann geschah etwas, das nicht nur sie, sondern alle Dorfbewohner verwirrte. Akrartok begann zu tanzen. In dicke Felle gehüllt, einen Kopfschmuck aus Karibugeweihen und weißen Fuchsfellen auf dem Kopf, bewegte er sich zu seinem eigenen Singsang um ein imaginäres Feuer herum. Selbst in dem heftigen Schneetreiben, das eines Mittags einsetzte und zwei Tage anhielt, blieb er vor seinem Iglu und beschwor die Geister. Alle Robbenleute beobachteten ihn, hielten sich aber in respektvoller Entfernung, um ihn nicht in seiner Trance zu stören.

Niemand wusste, warum Akrartok sich so verausgabte. Es gab keine Anzeichen für einen Sturm oder eine Hungersnot und niemand im Dorf hatte ein Tabu verletzt. Erst als er am zweiten Tag seiner Beschwörung vor Nakasuks Iglu erschien und mit heiserer Stimme Ellas Namen rief, ahnten die Robbenleute, dass sich sein Zorn gegen die weiße Frau richtete. »El-la! El-la!«, kam es verächtlich über seine Lippen, und dann spuckte er in den Schnee, wie es jeder Schamane tat, wenn er sich gegen einen bestimmten Menschen wandte.

Ella kauerte ängstlich neben der Specksteinlampe und hütete sich, den Iglu zu verlassen. Doch sie konnte hören, wie der Schamane erneut ihren Namen rief und ärgerlich hervorstieß: »Du bringst großes Unglück über unser Volk! Du bist eine schlechte Frau! Du hast dich mit den bösen Geistern verbündet! Ich will, dass du unser Dorf verlässt!« Nach diesen Worten kehrte er in seinen Iglu zurück und ließ sich drei Tage und drei Nächte nicht mehr blicken.

»Ich bin nicht schlecht«, sagte Ella, als sie beim Abendessen saßen. Es kam ihr beinahe komisch vor, dass sie sich im Dorf der Eingeborenen gegen ähnliche Vorwürfe zur Wehr setzen musste wie in London. Die ganze Welt schien sich gegen sie verschworen zu haben. »Ich habe nichts Falsches getan. Wie kommt Akrartok darauf, dass ich mit den bösen Geistern im Bunde bin?«

Wyngate stand ihr bei: »Sie ist eine gute Frau. Sie hat nichts gegen euch.« Er berührte Nakasuk mit den flachen Händen, ein Zeichen des großen Respekts. »Das ist die Wahrheit, mein Freund. Wir sind euch sehr dankbar.«

»Ich glaube euch«, erwiderte der Jäger. »In euren Augen ist nichts Böses. Wenn es jemals böse Geister in euren Körpern gab, sind sie längst geflohen.« Er zeigte durch eine Handbewegung, dass die Angelegenheit für ihn erledigt war. Doch in seinen Augen stand die unausgesprochene Frage: Aber wo sind die bösen weißen Männer, von denen die alte Frau gesprochen hat? Wo ist der Vogel mit den knarrenden Schwingen, der im Wasser schwimmen soll?

Noch immer hütete sich Ella, von ihrer Begegnung mit dem Bären zu erzählen. Auch der Schamane schwieg. Aber sie hatte längst erkannt, dass seine seltsamen Anschuldigungen etwas mit dem geheimnisvollen Wesen zu tun hatten. Glaubte er, dass sie von bösen Geistern besessen war und die Bestie deshalb vertrieben hatte? Fürchtete er, dass sie größere Zauberkräfte als er besaß und ihm seine Stellung streitig machen wollte? Fast hatte es den Anschein. Dabei verstand sie selbst nicht, was den Bären davon abgehalten hatte, sie anzugreifen. Und was hatte die Begegnung in der Wasserstraße zu bedeuten? Das Gemälde im Haus des Earls? Das Amulett, das Kaluk ihr geschenkt hatte? Sie berührte es und spürte die Kraft, die von ihm ausging.

Natürlich sorgten die harschen Worte des Schamanen für Unruhe in den Iglus. Auch wenn niemand sich offen für ihre Verbannung aussprach, spürte Ella das Misstrauen, das ihr entgegenschlug. Sogar die Frauen wurden unruhig, und einige weigerten sich bereits, mit ihr zu kochen oder zu nähen.

Erst der Beginn der Winterjagd brachte die Robbenleute auf andere Gedanken. Utuytoq kam durch den schmalen Gang in den Iglu seines Bruders gekrochen und rief: »Es ist so weit! Die Zeit der Robbenjagd ist gekommen.«

»Aiiih!«, frohlockte Nakasuk.

Sie warteten, bis das Zwielicht am Horizont auftauchte und den Schnee erhellte. Nakasuk überprüfte die Waffen und Werkzeuge, die er zur Robbenjagd brauchte, und erklärte dem Captain ihren Gebrauch. Ella gesellte sich zu ihnen, obwohl die Männer auf der Jagd meist unter sich blieben. »Unang«, sagte Nakasuk und hielt die Harpune hoch. Sie bestand aus einem mannshohen Schaft aus Karibugeweih, der vorn in einen dünneren Schaft überging. Die scharfe, aus Bärenknochen geschnitzte Spitze hing an einer Leine aus geflochtenen Robbensehnen. »Wenn ich die Robbe getroffen habe, bleibt die Spitze stecken, und ich kann sie an der Leine aus dem Atemloch ziehen.«

Die kleinen Werkzeuge verstaute Nakasuk in seiner Umhängetasche aus Karibufell: eine Harpunenspitze, ein Schneemesser, ein Schwimmer aus Karibusehnen und Daunen und ein Stück Karibugeweih, auf dem die Harpune vor dem Atemloch abgelegt wurde. »Wir werden viele Robben erlegen«, verkündete Nakasuk zuversichtlich, als er sich von seiner Frau verabschiedete.

»Ich werde mitkommen«, sagte Ella aus einem Impuls heraus.

Nakasuk staunte. »Du bist eine Frau!«

»Gibt es denn irgendein Tabu, das mir verbietet, mitzukommen?«

»Nein«, erwiderte er. Nur Akrartok bedachte sie mit einem misstrauischen Blick, als sie sich zu den Jägern gesellte. Die anderen Männer musterten sie neugierig. »Sie ist eine gute Frau«, hielt Nakasuk es für nötig, noch einmal für Klarheit zu sorgen. »Ich habe sie adoptiert, sie gehört zu unserer Familie, und ich bürge für sie.« Wyngate, der ebenfalls mitfuhr, lächelte ihr aufmunternd zu.

Die Atemlöcher der Robben lagen ungefähr zwei Kilometer vom Dorf entfernt auf dem offenen Eis. Utuytoq hatte sie entdeckt, aber es hatte inzwischen geschneit, und eine dünne Schneeschicht lag auf dem Eis. Das war gut, sagte Nakasuk, weil Robben auf das leiseste Geräusch reagierten und der Schnee alle Geräusche dämpfte, aber es erschwerte auch die Suche nach den Löchern. »Ohoha«, rief Nakasuk. Er bremste den Schlitten vor einigen aufgeworfenen Eisschollen und stieg ab. Die anderen Jäger fuhren weiter und verteilten sich auf dem Eis, um einander nicht in die Quere zu kommen.

Ohne dass ihm sein Vater einen Befehl erteilen musste, sprang Kaluk vom Schlitten und spannte den Leithund aus. Er band ihm eine lange Leine aus geflochtenen Karibusehnen um den Hals und ließ ihm freien Lauf. Ugak trottete schnüffelnd davon und stieß alle paar Schritte seine Schnauze in den Schnee.

»Ugak riecht die Robben auf weite Entfernung«, sagte Nakasuk zu Ella. In seiner Stimme lag Stolz. »Er ist der beste Leithund, den ich jemals hatte.«

Der Hund brauchte keine halbe Stunde, um eines der Atemlöcher zu finden. Er kratzte mit den Pfoten im Schnee und heulte einmal kurz, als wüsste er, dass jedes Geräusch die Robben vertreiben konnte. Er atmete aufgeregt.

Ella blieb in angemessener Entfernung von dem Atemloch stehen, um die Jäger nicht zu stören, und beobachtete, mit welcher Geschicklichkeit sie vorgingen. Nachdem Kaluk den Hund zurückgebracht und eingespannt hatte, war sein Vater bereits mit den Vorbereitungen für die eigentliche Jagd beschäftigt. Er durchstieß den Schnee auf dem Atemloch und untersuchte den eisigen Tunnel mit dem Geweihstück, das er für diesen Zweck zurechtgeschnitzt hatte. Das Eis war ungefähr drei Meter dick, und Nakasuk musste wissen, welche Richtung der Tunnel nahm, um die Robbe genau treffen zu können. Dann legte er den Schwimmer aus Karibusehnen in den Schnee. Der Flaum lag genau über dem windgeschützten Loch und würde beim geringsten Atemzug zu zittern beginnen. Das war der Augenblick, in dem Nakasuk zustechen musste.

Nakasuk schob etwas Schnee über das Loch und setzte sich auf einen der Eisbrocken, die sich neben dem Atemloch erhoben. Kaluk kniete neben ihm. Ella ging in einiger Entfernung in die Hocke; sie wollte sich nicht nachsagen lassen, die Jäger gestört zu haben. Angespannte Stille lag über dem Eis. Ungefähr hundert Schritte weiter machte sie Utuytoq und den Captain aus, die Karibufelle in den Schnee gelegt hatten und darauf knieten. Die Umrisse des Schamanen, der mit dem starken Anganuak unterwegs war, erkannte sie nur schemenhaft. Das verhaltene Heulen des Windes war das einzige Geräusch. Keiner der Jäger wagte auch nur die geringste Bewegung. Robben, so hatte sie erfahren, waren sehr empfindliche Tiere, die eine drohende Gefahr zu spüren schienen.

Ella beobachtete den Schwimmer. Sie wusste, dass ein Jäger oft stundenlang auf das Erscheinen einer Robbe warten musste. Dennoch bereute sie nicht, mit den Männern auf das Eis gegangen zu sein. Die Kälte machte ihr inzwischen kaum noch etwas aus, und das Gefühl, in dieser beeindruckenden Landschaft unterwegs zu sein, erregte sie auf seltsame Weise. Die unendliche Weite, die kristallklare Luft, das gespenstische Zwielicht und die Spannung, jeden Augenblick ein Beutetier auftauchen zu sehen, weckten Instinkte in ihr, die sie bisher nicht gekannt hatte. Ihre Wangen brannten vor Aufregung.

Nicht einmal ein erfahrener Jäger konnte voraussagen, welches Atemloch eine Robbe benutzen würde. Nakasuk hatte ihr erklärt, dass die Tiere in verhältnismäßig kurzen Abständen auftauchen und nach Luft schnappen mussten, aber immer mehrere Atemlöcher benutzten und es deshalb schwer zu bestimmen war, wo und wann sie auftauchten. Wenn Nunam-shua den Robbenleuten zürnte, saß ein Jäger den ganzen Tag und die ganze Nacht an einem Atemloch. Ella hoffte, dass die Meerfrau ihnen günstig gesonnen war. Die Vorstellung, dass der Schamane sie auch für einen Misserfolg bei der Robbenjagd verantwortlich machen könnte, ängstigte sie. Auch wenn sie inzwischen gelernt hatte, sich in der Wildnis zu behaupten, glaubte sie nicht, allein in der Schneewüste bestehen zu können. Ohne die Eingeborenen war sie verloren.

Nach kurzer Zeit wurde es wieder dunkel. Der Himmel war ungewöhnlich klar und der Mond und die Sterne hoben sich deutlich ab. Flackernde Nordlichter in allen Farben leuchteten am Firmament. Ella blickte staunend zum Himmel empor. Sie hatte das Schauspiel, von dem alle Nordlandfahrer in ihren Büchern und Berichten schrieben, schon ein paarmal gesehen und war immer wieder erstaunt, mit welcher Pracht sich dieses Phänomen am Himmel zeigte. Die bunten Schleier schienen zu knistern und legten sich wie farbiger Nebel über das Eis. Die Robbenleute behaupteten, die Seelen der Verstorbenen würden sich in der anderen Welt treffen, wenn sich das Nordlicht zeigte.

Ungefähr sechs Stunden waren vergangen, als das Nordlicht verschwand. Es wurde so still, dass Ella ihren eigenen Atem hören konnte. Ihre Muskeln schmerzten vom langen Sitzen und Knien. Dann ging alles sehr schnell. Der Flaum über dem Atemloch erzitterte und Nakasuk stand auf und hob die Hand mit der Harpune. Mit der Kraft seines ganzen Körpers stieß er sie in das Atemloch. Ein rotes Blubbern im Wasser zeigte ihm, dass er getroffen hatte. Er warf den Schaft in den Schnee und zog die tote Robbe an der geflochtenen Leine aus dem Wasser. Er wuchtete sie in den Schnee und entfernte die Harpunenspitze aus dem blutigen Fleisch. Mit einem Stück Elfenbein, das er in seiner Jagdtasche verwahrt hatte, verstopfte er die Wunde. »Du musst sterben, damit wir leben können«, entschuldigte er sich bei dem toten Tier. »Verzeih mir!«

Nakasuk zog sein Messer, trennte die weiche Bauchhaut auf und schnitt die Leber und etwas Fett aus dem Körper. Er reichte Kaluk und Ella ein Stück von der rohen Leber, die von den Eingeborenen als Delikatesse angesehen wurde und immer an der Stelle verspeist wurde, an der ein Jäger eine Robbe erlegt hatte. Ella griff nur zögernd danach, überwand sich aber und staunte über den zarten und süßlichen Geschmack. Sie kaute das Fett und wischte sich den Mund mit ihrer behandschuhten Rechten trocken. Interessiert beobachtete sie, wie Nakasuk die Robbe wieder zunähte. Zusammen mit Kaluk zog er die Robbe zum Schlitten. Sie wickelten das tote Tier in ein Karibufell und banden es mit Karibusehnen am Schlitten fest. »Dies war ein guter Tag«, freute sich Nakasuk. »Heute Abend werden wir die Trommeln schlagen und viele Lieder singen. Aiih! Lasst uns zu den Iglus zurückfahren.«

Ella ließ sich von seiner Begeisterung anstecken und lief hinter dem Schlitten her. Als sie über die Uferböschung stolperte und zu Boden fiel, war Kaluk sofort bei ihr und half ihr hoch. Sie bemerkte das Leuchten in seinen Augen und fragte sich zum wiederholten Male, ob er in sie verliebt war. Sie wusste nicht, ob es einer Eingeborenen gestattet war, sich dem Werben eines Mannes zu widersetzen, und hatte Angst vor den Folgen. Verbittert dachte sie daran, welche rauen Sitten in ihrer eigenen Gesellschaft herrschten. In England würde eine Frau niemals wagen, sich einer geplanten Heirat zu widersetzen, und wenn sie den heiligen Bund der Ehe eingegangen war, befahl ihr sogar das Gesetz, ihrem Mann zu gehorchen und ihm überallhin zu folgen. Sie hatte am eigenen Leib verspürt, welche unangenehmen Folgen es haben konnte, wenn sich zwei Menschen unterschiedlicher Herkunft ineinander verliebten.

Während des reichhaltigen Essens, das aus einem schmackhaften Eintopf aus gekochtem Robbenfleisch bestand, spürte Ella, wie sehr sie und der Captain sich schon an das Leben im Hohen Norden gewöhnt hatten. Sie lebte gerne bei den Robbenleuten, und empfand ihr Leben längst nicht mehr so exotisch wie zu Beginn. Sie verstand es, sich gegen die Kälte zu schützen. Sie aß rohen Fisch und rohe

Robbenleber. Sie schlief in einem Haus aus Schnee und fand sogar Gefallen an der einsamen Arktis. Sie genoss die unbeschwerte Stimmung, die sogar den Schamanen umgestimmt zu haben schien, und lauschte den fröhlichen Geschichten, die Nakasuk nach dem Essen erzählte.

Doch sie machte sich nichts vor. Das Leben der Robbenleute war einfach und eintönig, und die Stimmung in den Iglus war nur ausgelassen, solange es genug Vorräte gab. Aus den Erzählungen der Jäger wusste sie, dass es nicht immer so war. Manchmal blieben die Karibus aus, oder Nunam-shua zürnte ihren Kindern und befahl den Robben, in einen anderen Teil des Meeres oder der Bucht zu ziehen. Dann regierte der Hunger in den Dörfern der Robbenleute, und sie mussten sogar neugeborene Kinder töten, weil sie ein paar Tage später sowieso verhungert wären. Ella betete, dass ein solches Unglück nicht eintrat und sie rechtzeitig nach Süden aufbrechen und Martin treffen konnte.

»Hört diese Geschichte«, sagte Nakasuk, nachdem er von dem tollpatschigen Jäger berichtet hatte, der aus dem Umiak gefallen und von einem Wal durch die Luft geschleudert worden war. »Sie handelt von Nanuk, einem mächtigen Bär, der seit vielen Jahren durch unser Land streift. Als meine Großeltern lebten, war Nanuk ein Mensch, der tapferste Jäger eines Dorfes, das am Westufer der großen Bucht gestanden haben soll. Alle mochten Nanuk. Er war ein kräftiger Mann, der besser mit der Harpune umzugehen verstand als jeder andere Jäger, im Sommer die meisten Karibus und im Winter die meisten Robben erlegte und sich auf den Rücken eines Wals geschwungen haben soll, als dieser drohte, das Umiak umzuwerfen. Er verletzte niemals ein Tabu, und doch waren ihm die

Geister böse gesonnen, denn sie nahmen ihm das schönste Mädchen, das jemals unter der Sonne geboren wurde.«

Ella mochte die Geschichten der Eingeborenen und wusste, dass jetzt die Pointe kommen würde. Normalerweise war ihr Herz von Vorfreude erfüllt, doch diesmal beschlich sie ein ungutes Gefühl. Sie beobachtete Nakasuk und spürte, wie er seinen Blick auf sie richtete und nur sie anzusprechen schien.

»Wenige Tage vor der Hochzeit überraschte ein heftiger Sturm die Bewohner des Dorfes und verschluckte das schöne Mädchen wie ein gieriges Raubtier. Von einem Augenblick zum anderen war sie verschwunden und tauchte nie mehr auf. Nanuk war verzweifelt. In seinem Schmerz lief er nur mit einer Harpune bewaffnet über das Eis der Bucht und schrie seinen Schmerz in den Wind. Ein mächtiger Bär hörte ihn und griff ihn an. Doch Schmerz und Wut verliehen Nanuk übernatürliche Kräfte und halfen ihm, die Bestie zu besiegen.« Er legte eine Pause ein, um seine nächsten Worte stärker wirken zu lassen. »Doch dann geschah etwas Seltsames. Nanuk warf seine Harpune in den Schnee und verwandelte sich in den Bären, den er getötet hatte. Seitdem, so erzählt man sich, durchstreift er rastlos das Land, auf der Suche nach dem Mädchen, das ihm die bösen Geister genommen hatten.« Er lächelte. »Und noch etwas erzählt man sich: Er hilft unglücklichen Liebenden, ihre Liebsten wiederzufinden. Niemand weiß, wie dieser Bär aussieht, aber man sagt, dass er niemals einen Menschen angreift. Das war meine Geschichte.«

22

Wie fast jeden Morgen stand Ella am Ufer der Bucht und blickte sehnsuchtsvoll nach Süden, als der Captain erschien und seine Augen mit der flachen Hand beschattete. An einem klaren Wintertag wie diesem, wenn der Mond und die Sterne sichtbar am Himmel standen und das flackernde Nordlicht für zusätzliche Helligkeit sorgte, blendete die weite Eisfläche der Hudson Bay.

»Wenn ich England jemals wiedersehen sollte«, sagte sie, »werde ich den Leuten erzählen, dass diese Wilden, wie manche sie nennen, gute Menschen sind.« Sie blickte den Captain an. »Nakasuk ist mir lieber als Robert Byron.«

Wyngate stimmte ihr zu. »Dazu gehört allerdings nicht viel. Ich habe selten einen so skrupellosen Mann wie Byron kennengelernt.« Er blickte auf die Bucht hinaus und schlug die behandschuhten Hände gegeneinander. »Ich frage mich, was aus ihm und den anderen Männern geworden ist. Ich kann mir nicht vorstellen, dass sie den Winter unbeschadet überstehen. Sie haben keine Ahnung, wie man auf einem Schiff überwintert. Und wenn sie nach dem angeblichen Gold suchen, haben sie erst recht keine Chance. Nun, ich habe sie gewarnt.«

»Vielleicht helfen ihnen die Eingeborenen?«

»So, wie Byron mit ihnen umgeht? Das glaube ich kaum.«

Sie blickten eine Weile schweigend auf die Bucht hinaus. Das Nordlicht färbte ihre Gesichter in allen Regenbogenfarben und nahm der rauen und abweisenden Natur etwas von ihrer Schärfe. In weiter Ferne waren die dunklen Umrisse einer riesigen Eisscholle zu erkennen, die keilförmig aus der Bucht ragte und in dem diffusen Licht wie ein untergehendes Segelschiff aussah.

»Im Frühjahr segeln wir zum Fort der Hudson Bay Company«, sagte er zuversichtlich. »Sie treffen Martin, und ich warte auf ein Schiff, das mich nach England zurückbringt. Mag sein, dass ich mich in London vor einem Gericht verantworten muss, aber darauf bin ich vorbereitet. Es gibt sicher Männer, die bezeugen können, dass Robert Byron kein Interesse an der nordwestlichen Durchfahrt hatte und nur an Gold und Silber interessiert war.«

»Vielleicht weiß Nakasuk, ob es eine Nordwestpassage gibt«, sagte Ella.

Wyngate löste einen Eisklumpen aus seinem Bart. »Ich habe ihn schon gefragt. Er weiß nichts von einem Wasserweg nach Westen. Er kennt nur das Große Wasser und in seinem Kajak hat er noch keine großen Reisen unternommen. Die anderen auch nicht. Ich befürchte, wir sind die ganze Zeit einem Hirngespinst nachgesegelt. Am Ende gibt es gar keine Durchfahrt.«

»Wenn es eine gibt, werden Sie sie finden, Captain.«

Die nächsten Tage waren mit Arbeit ausgefüllt. Die Männer gingen auf Robbenjagd und die Frauen verarbeiteten die Beute. Zwischen den Iglus herrschte ein geschäftiges Treiben, nur unterbrochen vom Schreien der Kinder und dem Bellen der Hunde, die im Lager geblieben waren. Die ständige Dunkelheit und die klirrende Kälte schienen niemandem etwas auszumachen.

Ella half Apitok, die Tiere auszunehmen. Sie warf die Eingeweide den Hunden vor, zerteilte das Fleisch und brachte es in den Eisbunker. Als Magd, die viele Jahre auf einer großen Farm gearbeitet und beim Schlachten von Schweinen und Lämmern geholfen hatte, war ihr die Arbeit nicht fremd. Dort war die Arbeit blutiger gewesen. Hier musste sie sich lediglich an den süßlichen Geruch des Robbenfleisches gewöhnen. Sie unterstützte Apitok beim Reinigen des Robbenfells, indem sie das restliche Fleisch mit einem Knochenschaber abkratzte, die Haut gründlich mit Wasser und Schnee reinigte und an einigen Pfählen dicht über dem Boden aufspannte. Sobald sie getrocknet war, würden sie die wasserdichte Haut zu Kleidungsstücken verarbeiten.

Sie war so in ihre Arbeit vertieft, dass sie die bösen Blicke des Schamanen erst bemerkte, als Apitok sie darauf aufmerksam machte. Wenn er von der Jagd zurückkehrte, stand er oft minutenlang vor seinem Iglu und starrte sie an. Sein hasserfüllter Blick schien sie durchbohren zu wollen, als würde er versuchen, sie durch bloße Willenskraft aus dem Lager zu treiben. Den Mut, sie gewaltsam davonzujagen, hatte er bisher nicht aufgebracht. Auch ein Schamane ging ein großes Risiko ein, wenn er sich gegen einen erfahrenen Jäger und Anführer wie Nakasuk stellte. Und er wusste sicher am besten, dass Ella weder mit den bösen Geistern im Bunde war noch etwas Böses plante.

Blanke Eifersucht trieb ihn zu seinem Hass. Und die Furcht, eine weiße Frau könnte ihm den Rang ablaufen. Eine geheimnisvolle Fremde, die es schaffte, in einem Land zu überleben, das sie vorher nicht gekannt hatte, und die einem Geist-Bären begegnet war und mit ihm gesprochen hatte. Jeden anderen hätte die Bestie angegriffen, aber die weiße Frau hatte er verschont. Sie musste über magische Kräfte verfügen, die stärker als das geheime Wissen waren, das ihn zum Schamanen seines Volkes gemacht hatte. So glaubte Ella zu wissen, nachdem sie einige Tage über sein seltsames Verhalten nachgedacht hatte. Er musste sie loswerden, wenn er freie Bahn haben wollte, und er überlegte sicherlich ständig, wie er sich von ihr befreien konnte.

Den Plan, zu ihm zu gehen und ihm zu versichern, dass sie nicht die Absicht hatte, ihm Konkurrenz zu machen, gab sie noch am selben Tag wieder auf. Sie hatte keine zwei Schritte in seine Richtung gemacht, als sie seinen Hass wie einen heftigen Windstoß spürte und gleich darauf wieder umkehrte.

»Akrartok will, dass ich das Dorf verlasse«, sagte sie abends.

»Ich weiß«, erwiderte Nakasuk nachdenklich. »Er denkt, du verfügst über magische Kräfte, weil du wie eine Frau unseres Volkes denken, sprechen und handeln kannst. Aber ich lasse nicht zu, dass er dich vertreibt. Du würdest dich niemals mit den bösen Geistern verbünden. Du nicht und Kep-ten nicht.«

»Ich danke dir, Nakasuk«, sagte sie.

Doch die Macht des Schamanen war groß, und einige Tage später geschah etwas, das selbst Nakasuk und Apitok zum Umdenken zwang. Es begann damit, dass Kaluk und der Captain gemeinsam auf Robbenjagd gingen. Wyngate hatte selbst darum gebeten. Er hatte bemerkt, welche Stellung sich Ella bei den Frauen erarbeitet hatte, und war entschlossen, sich den Respekt der Männer zu verdienen. Als Robbenjäger, der mit einem jungen Mann auf die Jagd ging und mit Beute zurückkehrte, würde er in der Rangordnung aufsteigen.

Die ersten beiden Tage machte sich niemand Sorgen. Manchmal dauerte es lange, bis eine Robbe am Atemloch auftauchte. Doch als Kaluk und der Captain nach drei Tagen noch nicht zurückgekehrt waren, trat Nakasuk ans Ufer der Bucht und blickte besorgt aufs Eis hinaus. »Ich habe Angst«, sagte er, als er in den Iglu zurückkehrte. »Sie müssten längst zurück sein.«

»Du musst nach ihnen suchen«, erwiderte Apitok.

»Sobald es hell wird, breche ich auf.«

In dieser Nacht schliefen die Robbenleute sehr unruhig, besonders Ella, die den nervtötenden Singsang und das Getrommel des Schamanen bis in den Iglu hörte. Obwohl sie seine Beschwörungsformeln nicht verstand, ahnte sie, dass jedes Wort gegen sie gerichtet war. Er wollte sie loswerden. Wenn er es schaffte, die Dorfbewohner davon zu überzeugen, dass sie am Verschwinden der Jäger schuld war, würde sie selbst Nakasuk nicht mehr halten können.

Ella sprach ein stummes Gebet. Sie beschwor den Herrn, seine schützende Hand über den Captain und Kaluk zu halten und sie unbeschadet ins Dorf der Robbenleute zurückkehren zu lassen. Und als der Singsang und das Getrommel des Schamanen immer lauter wurde: »Gib mir die Kraft, gegen die Abneigung des Schamanen zu bestehen! Ich habe nichts gegen den Mann. Ich will doch nur … ich will zu Martin und ein glückliches Leben führen.« Sie dachte einen Augenblick daran, den geheimnisvollen Bären zu erwähnen, ließ es aber doch und schloss mit den Worten: »Darum bitte ich dich, Herr.«

Noch bevor sich die ersten hellen Streifen am Himmel zeigten, spannte Nakasuk den Schlitten an. Auch Utuytoq, sein Bruder, und Anganuak bereiteten sich darauf vor, auf der vereisten Bucht nach den Vermissten zu suchen. Die Hunde bellten aufgeregt, als sie die Leinen mit ihren Geschirren verbanden. Sie spürten, dass es diesmal auch auf ihr Durchhaltevermögen ankam.

Zusammen mit Apitok belud Ella den Schlitten mit Vorräten. Während der Suche durfte es Nakasuk an nichts mangeln. Seine ganze Konzentration musste darauf gerichtet sein, Kaluk und den Captain zu finden. Ein beinahe unmögliches Unterfangen, erkannte sie, denn es hatte während der Nacht geschneit, und die Spuren ihres Schlittens waren längst unter einer dünnen Schneedecke verborgen. Und die Bucht war so groß, dass er den ganzen Winter darauf herumfahren konnte, ohne einer Menschenseele zu begegnen.

»Ich fahre mit dir«, sagte sie kurz entschlossen. Ohne seine Reaktion abzuwarten, ging sie in den Iglu und zog ihren Anorak an. Mit einem weiteren Vorratsbeutel kehrte sie zurück. »Der Schamane glaubt, dass ich schuld bin.«

»Aber das stimmt nicht«, erwiderte Nakasuk.

»Ich komme mit«, wiederholte sie.

Ihr Tonfall duldete keinen Widerspruch, und Nakasuk wechselte lediglich einen raschen Blick mit seiner Frau, bevor er nach der Peitsche griff. »Setz dich auf den Schlitten«, sagte er zu Ella. »Aq, aq!«, feuerte er die Hunde an.

Die Hunde rannten los. Bellend zogen sie den Schlitten auf die Bucht hinaus. Die Kufen schossen durch den frischen Schnee und knarrten auf dem harten Eis. Zaghaftes Zwielicht glänzte am Himmel und spiegelte sich auf der erstarrten Bucht. Hier draußen war der Wind böiger, und feuchte Schleier hingen in der Luft, die mit den Nebelschwaden über dem Eis verschmolzen. Das Hecheln des fächerförmig ausgerichteten Gespanns erfüllte die eisige Luft, als wüssten die Hunde, wo sich die Vermissten befanden. So schnell wie selten rannten sie in die Richtung, in der Nakasuk seinen Sohn und den Captain vermutete.

Der Schlitten seines Bruders war ungefähr eine Meile hinter ihnen.

Ella hockte auf einigen Karibufellen und hielt sich mit beiden Händen an dem Gestell aus Karibugeweihen fest. Sie saß mit dem Gesicht nach vorn, ließ ihren Blick unablässig über das Eis schweifen, suchte nach dem kleinsten Anhaltspunkt, der auf die Anwesenheit der Vermissten hindeuten konnte. »Weit können sie nicht sein«, rief sie so laut, dass Nakasuk sie hören konnte.

»Kaluk ist zu ehrgeizig«, rief Nakasuk in den Fahrtwind. »Und Kep-ten war noch nie allein auf der Jagd. Wir hätten sie nicht fahren lassen dürfen.«

»Wir werden sie finden, Nakasuk!«

Der Jäger nahm weder Rücksicht auf sie noch auf die Hunde und trieb das Gespann unbarmherzig an. Immer weiter entfernten sie sich vom Dorf, so weit wie noch nie, seit Ella bei den Robbenleuten war. Doch das Bild, das ihnen die einsame Landschaft bot, blieb immer gleich. Die endlose Eisfläche der Bucht, vom Wind an manchen Stellen zu riesigen Formationen aufgeworfen, und ein Horizont, der in unschätzbarer Ferne mit dem Himmel verschwamm. Die lange arktische Nacht verdrängte die schüchterne Helligkeit und senkte sich mit tiefer Dunkelheit auf die Bucht. Nur das blasse Licht des halben Mondes und das helle Eis wiesen ihnen jetzt noch den Weg.

Ein scharfer Knall zerriss die Stille, hing sekundenlang in der Luft.

»Was war das?«, erschrak Ella.

»Klang wie ein Peitschenschlag«, antwortete Nakasuk. Selbst die Hunde waren erschrocken, brachen für einen Augenblick zur Seite aus und ließen sich nur durch gezielte Peitschenhiebe in die Spur zurücktreiben. Ugak, der Leithund, drehte sich erstaunt nach dem Jäger um.

Oder wie ein Schuss, überlegte Ella, ohne ihren Verdacht auszusprechen. Mit klopfendem Herzen dachte sie an Robert Byron und seine Männer, die irgendwo mit der *Discovery* gestrandet sein mussten. Hatten sie sich wie einige andere Nordlandfahrer im Eis einfrieren lassen? Wusste der Lieutenant, wie man es schaffte, den arktischen Winter zu überstehen? Hatten sie genug Vorräte? Konnte es sein, dass die Besatzung des Schiffes noch am Leben war?

»Wir sehen nach«, sagte Nakasuk.

Der Knall war aus Westen gekommen, und dorthin trieb Nakasuk das Hundegespann. Der Nebel war dichter geworden und sie nahmen ihre Umgebung nur noch schemenhaft wahr. Eisiger Wind wehte ihnen ins Gesicht. Sie hatten ihre Schneebrillen aus Walknochen übergezogen, aber das grenzenlose Weiß blendete immer noch, zumindest Ella, die nervös auf dem Schlitten hockte.

Als ihnen aufgeworfene Eisschollen im Weg standen und Nakasuk langsamer fahren musste, wandte Ella den Kopf und sagte: »Ich muss dir etwas gestehen, Nakasuk. Du hast von der alten Frau erzählt, die einen großen Vogel mit knarrenden Schwingen und böse weiße Männer in ihren Träumen gesehen haben will.« Sie bemerkte, wie er erblasste, und sprach schnell weiter: »Das große Kajak, von dem Kep-ten und ich kommen, sieht wie ein solcher Vogel aus. Und es gibt böse weiße Männer dort. Es kann sein, dass sie noch am Leben sind und dass der Knall von ihnen kommt. Sie haben Waffen, die Feuer spucken.« Sie begegnete seinem Blick. »Sie sind auch unsere Feinde, Nakasuk.«

»Warum hast du mir das nicht früher gesagt?«

»Ich hatte Angst«, erwiderte sie. »Ich wollte nicht, dass du glaubst, ich wäre mit den bösen Geistern im Bunde. Ich bin deine Freundin, Nakasuk. Die bärtigen Männer haben Kep-ten und mich auf einer Eisscholle ausgesetzt. Sie wollten, dass wir sterben. Sie sind von den bösen Geistern besessen.« Sie blickte den Jäger flehentlich an. »Du darfst mir nicht böse sein, Nakasuk!«

Nakasuk lenkte den Schlitten um eine Eisscholle herum und schien dabei angestrengt nachzudenken. »Ich glaube dir«, sagte er, bevor er den Hunden wieder die Peitsche gab. »In deinen Augen ist nichts Böses. Aber wenn ... wenn die bärtigen Männer meinem Sohn etwas angetan haben, werde ich dich nicht mehr gegen den Schamanen verteidigen. Dann bist du wieder allein.«

»Ich weiß, Nakasuk. Ich weiß.«

Ella wusste selbst, dass sie den Zorn der Robbenleute zu spüren bekommen würde, wenn der Knall ein Unglück bedeutete. Akrartok würde alles Unglück auf sie und den Captain schieben. Wenn auf der *Discovery* noch jemand lebte und auf einen Eingeborenen geschossen hatte, würde man sie töten oder aus dem Dorf jagen. So verlangte es das Gesetz der Robbenleute.

Sie fuhren jetzt über blankes Eis. Der böige Wind hatte den meisten Schnee vertrieben und seltsame Formen aus dem aufgeworfenen Eis gebildet. Wie die Zacken einer riesigen Krone erhoben sich einige Brocken aus dem erstarrten Meer. Blasses Mondlicht spiegelte sich auf dem Eis. Kalter Nebel waberte in Kniehöhe und legte sich auf den Atem der Menschen und Hunde.

Ella deutete wortlos auf eine dunkle Gestalt, die seltsam verrenkt zwischen den Eiszacken lag. Ihre Angst war so groß, dass sie zu keinem Laut fähig war.

Nakasuk hielt den Schlitten an und rannte zu der leblosen Gestalt. Sie lag im Windschatten eines großen Eisbrockens, die Arme ausgestreckt, die Beine von einer Schneewehe vergraben.

»Kaluk!«, rief er so laut, dass Ella das Blut in den Adern gefror. Er reckte eine Faust. »Aiee, was habt ihr ihm angetan?«

Zögernd näherte sich Ella dem verzweifelten Jäger. Nakasuk hielt seinen Sohn in den Armen und blickte sie mit leeren Augen an.

»Er lebt«, sagte er, aber in seiner Stimme waren keine Wärme und keine Freundlichkeit mehr. »Sie haben ihn an der Schulter verletzt. Akrartok pflegt ihn wieder gesund.«

»Kaluk«, sagte sie mitfühlend. Sie wollte den verletzten Eingeborenen berühren, hielt aber mitten in der Bewegung inne, als sie Nakasuks strafenden Blick auf sich gerichtet spürte. »Ich kann nichts dafür«, machte sie den mühsamen Versuch, sich zu entschuldigen. »Ich bin deine Freundin. Kep-ten ist dein Freund. Wir haben keine bösen Geister in eure Iglus geholt. Hast du nicht selbst gesagt, dass nichts Böses in meinen Augen ist? Nakasuk ... bitte!«

Der Jäger hatte sich von seinem Schrecken erholt und trug seinen verletzten Sohn zum Schlitten zurück. Er bettete ihn auf die Karibufelle und schnallte ihn mit einigen Rohhautschnüren fest. Seine Wunde versorgte er notdürftig und verband sie mit einem Lederstreifen. Als er Anstalten machte, ins Dorf zurückzufahren, griff Ella nach seinem Arm. »Nakasuk! Du darfst mich nicht allein lassen! Die weißen Männer, die auf deinen Sohn geschossen haben, müssen irgendwo in der Nähe sein. Du musst mir helfen, Kep-ten zu finden!«

Nakasuk zögerte eine Weile.

Er blickte auf Kaluk, der nicht besonders schwer verletzt war und noch eine Weile durchhalten würde, und auf die blutigen Spuren auf dem Eis. »Du hast recht, er ist vor den Männern geflohen.«

»Und die weißen Männer haben Kep-ten ... und den Schlitten!«

Ella würde niemals erfahren, ob es nur der fehlende Schlitten war, der Nakasuk letztlich zur Weiterfahrt zwang.

»Steig auf, wir fahren weiter«, befahl er.

23

Wie das Skelett eines hölzernen Monstrums ragten die Reste der einst so stolzen *Discovery* aus dem Eis. Das Schiff war von den mächtigen Eismassen zerdrückt worden und es waren nur noch Bruchstücke zwischen den aufgeworfenen Eisschollen zu sehen. Wie das Banner einer in die Enge getriebenen Armee ragte der Hauptmast aus den Trümmern. Die englische Flagge flatterte im böigen Wind, als würde ein Leben davon abhängen, dass sie noch wehte.

»Das kann nicht sein«, sagte Ella. Sie sagte es immer wieder, weil sie einfach nicht glauben konnte, dass auch nur ein Mann der Besatzung überlebt hatte. Ohne ausreichende Kleidung, ohne genügende Nahrung, ohne das Wissen der Eingeborenen konnte niemand in dieser tödlichen Eiswüste überlebt haben.

Aber irgendjemand musste den Schuss abgefeuert haben. Zumindest einer der Männer hatte überlebt. Nakasuk bremste den Schlitten gerade noch rechtzeitig. Kaum hatte er angehalten, bellte ein zweiter Schuss auf, und der Jäger ging unwillkürlich in die Knie. Doch die Kugel hatte nicht ihm gegolten. Er trieb die Hunde noch einmal an und lenkte sie hinter eine Eisscholle, die wie ein mächtiger Keil aus dem Boden ragte. Er griff nach seiner Harpune und sprang von den Kufen.

Ella folgte ihm hinter das Eis. Ihre Hand fuhr zu dem Messer, das unter ihrem Anorak steckte, ließ es aber sofort wieder los. Der Mann, der geschossen hatte, war mit einer Muskete bewaffnet. Mit einem Messer hatte sie keine Chance gegen ihn, selbst wenn er durch Kälte und Hunger geschwächt war.

»Verdammt! Wo sind Sie?«, drang die Stimme des Lieutenants durch die Nebelschwaden. Sie war noch heiserer geworden und klang fast unwirklich in der einsamen Weite. »Haben Sie sich mit den Wilden zusammengetan, Wyngate?« Ein Augenblick der Stille, dann: »He, sind Sie noch am Leben, Wyngate? Ich hab Sie erwischt, was? Diesmal hab ich Sie erwischt!« Seinen Worten folgte ein schadenfrohes Kichern. »Ich hoffe, Sie verrecken, Wyngate!«

Ella drehte sich erschrocken zu Nakasuk um. »Der böse Mann ist am Leben«, flüsterte sie entsetzt. »Er hat auf Kep-ten geschossen. Ich muss zu ihm!«

»Das ist zu gefährlich«, warnte sie der Jäger.

Doch Ella war bereits unterwegs. Die Sorge um den Captain ließ sie alle Vorsicht vergessen. Geduckt lief sie durch den Nebel. Sie schlug einen großen Bogen, um die Deckung einiger Eisbrocken ausnützen zu können und von der anderen Seite an das Wrack heranzukommen. Sie zog das Messer aus ihrem Anorak, um wenigstens das Gefühl zu haben, sich gegen einen Angriff des Lieutenants verteidigen zu können. Beseelt von der Angst, er könnte Wyngate tödlich getroffen haben, schlich sie an das Wrack heran.

»Verdammt!«, drang die krächzende Stimme des Lieutenants zwischen den Wrackteilen und dem Eis hervor. »Das war mein letzter Schuss. Sind Sie auch wirklich tot, Captain?« Er lachte heiser. »Ist doch komisch, dass wir jetzt beide in dieser verdammten Eiswüste sterben müssen. Wir sind die Letzten, Captain, die Männer sind alle tot.« Seine Stimme wurde lauter und vorwurfsvoller. »Habt ihr das gehört, ihr Hunde? Ich werde genauso verrecken wie ihr alle! Ich werde in dieser Kälte verrecken und das Gold niemals sehen!«

Ella ließ sich nicht täuschen. Auch wenn Byron nicht wusste, dass Nakasuk und sie in der Nähe lauerten, war er noch gefährlich. Und dass ihm die Munition für die Muskete ausgegangen war, bedeutete noch lange nicht, dass sie leichtes Spiel mit ihm haben würden. Nervös verharrte sie hinter einer Eisscholle. Bis zu dem Wrack waren es nur noch ein paar Schritte, und sie hatte keine Ahnung, wo der Lieutenant sich versteckte. Seine Stimme war von rechts gekommen, aber das hieß in dieser endlosen Weite nichts. Manchmal wusste sie nicht einmal zu sagen, in welche Richtung sie selbst lief, weil das grenzenlose Weiß des Eises selbst nachts die Augen verwirrte.

Ohne weiter zu überlegen, huschte sie zu einem Teil des Schiffsrumpfes, der wie ein Grabstein zwischen dem aufgeworfenen Eis nach oben ragte. Nur mühsam unterdrückte sie einen Schrei. Die Leiche eines erfrorenen Seemanns war zwischen den Eisbrocken eingeklemmt. Eine dicke Eiskruste überzog seinen Körper. Sein Gesicht war kaum noch zu erkennen. Seine Augen standen offen und sein Mund war wie zu einem letzten Hilfeschrei geöffnet.

Rechts von ihr stöhnte jemand. Sie verließ ihre Deckung und stieg zwischen den Eisbrocken hindurch. Der Wind war böiger geworden, vielleicht kam es ihr auch nur so vor, er rieb an den Eisflächen und brachte die Wrackteile zum Knarren. Die englische Flagge flatterte trotzig, als weigerte sie sich, vor der Natur zu kapitulieren. Sie blieb gebückt neben dem Mast stehen. Auf dem Eis waren Blutspuren zu erkennen. Eine düstere Vorahnung trieb sie weiter, bis sie wenige Schritte entfernt eine Gestalt auf dem Eis liegen sah.

»Captain!«, rief sie, alle Vorsicht außer acht lassend. Sie rannte zu ihm und erkannte bereits auf den ersten Blick, dass ihm nicht mehr zu helfen war. Eine Kugel hatte eine große Wunde in seiner Brust gerissen. Unter ihm breitete sich eine Blutlache aus und wurde immer größer. Sein Gesicht war kalkweiß, von der Gewissheit, dem Tode geweiht zu sein, und von dem großen Blutverlust. Als er Ella erkannte, streckte er Hilfe suchend eine Hand nach ihr aus.

»Ella!« Ihr fiel nicht auf, dass er sie zum ersten Mal beim Vornamen nannte. »Byron ... er hat auf Kaluk geschossen! Ich ... ich konnte ihn nicht ... nicht retten. Der ... der verdammte Kerl ... jetzt hat er mich doch ... doch erwischt!«

Sie griff weinend nach seiner rechten Hand und drückte sie liebevoll. »Das dürfen Sie nicht sagen. Captain! Nakasuk ist bei mir! Wir bringen Sie ins Dorf. Der Schamane macht Sie wieder gesund. Das hat er schon einmal geschafft. Erinnern Sie sich? Vor ein paar Wochen, nach dem Schneesturm. Damals dachte auch jeder, wir würden sterben. Sie schaffen es, Captain!«

Er schüttelte langsam den Kopf. Ein sanftes Lächeln huschte über sein Gesicht. »Diesmal ... diesmal nicht ... Ella. Ich ... ich muss sterben ... ich muss ...« Ein heftiger Hustenanfall schüttelte seinen Körper und er spuckte helles Blut.

»Captain!«, erschrak sie. Sie glaubte schon, er wäre gestorben, aber Wyngate öffnete noch einmal die Augen. Mit letzter Kraft bewegte er die Lippen. Sie musste sich dicht über ihn beugen, um ihn zu verstehen.

»Jetzt ... jetzt werde ich niemals ... erfahren, ob ... ob es eine Nordwestpassage gibt«, sagte er. Eine lange Pause entstand, dann fuhr er fort: »Sie ... werden es schaffen, Ella ... Sie werden Martin ... wiedersehen ...«

Seine Worte versiegten und sein Atem erstarb. Sie hob den Kopf und sah, dass er tot war.

»Gott sei Ihrer Seele gnädig«, flüsterte sie. Sie schloss ihm die Augen und sprach ein leises Gebet, weinte hemmungslos, bis keine Tränen mehr kamen.

Als sie die Kraft fand, um wieder aufzustehen und sich umzudrehen, erstarrte sie mitten in der Bewegung. Auf dem Achterdeck, das fast vollkommen erhalten und nur zur Hälfte von Eis bedeckt war, stand der Lieutenant.

»Byron!«, stieß sie entsetzt hervor.

Im düsteren Mondlicht wirkte der Lieutenant wie ein Gespenst. Er bestand nur noch aus Haut und Knochen und in seinen Augen glühte der Wahnsinn. Sein zerschlissener Mantel flatterte im Wind, die Mütze hing tief über seinem eingefallenen Gesicht. Seine Nasenspitze war erfroren und abgefallen, die Haut über seinen Wangenknochen glänzte schwarz. Mit seinem Säbel, den er mit der rechten Hand umklammert hielt, ähnelte er den lebenden Leichen aus den Gruselgeschichten, die einer der Knechte erzählt hatte, schrecklich aussehenden Monstern, die aus dem Jenseits zurückkehrten, um sich zu rächen.

Wie von einem inneren Zwang getrieben, ging Ella auf ihn zu. Sie spürte den Griff ihres Messers in der rechten Hand. Erst als sie nur noch wenige Schritte von ihm entfernt war, entdeckte sie die Toten zu seinen Füßen. Obwohl sie von einer dicken Eischicht bedeckt waren, sah sie die blutigen Wunden in ihrem Körper. Sie waren nicht erfroren. Byron hatte sie erschossen, um an ihre Vorräte und ihre Kleidung zu kommen. »Sie sind ein Mörder!«, sagte sie.

Er starrte in ihre Richtung, hielt sie in ihrer Kleidung für einen Eingeborenen. Er begann zu lachen, zuerst leise, dann immer lauter. »Ihr habt mich gefunden!«, rief er. »Ihr verdammten Wilden habt mich gefunden! Ihr werdet mich töten und ich werde genauso jämmerlich sterben wie die Männer hier. Ich habe sie erschossen, hört ihr? Ich habe sie umgelegt! Ich wollte leben, und ich wollte euer verdammtes Gold, und jetzt kommt ihr und bringt mich einfach um.« Sein Lachen klang irre. »Verratet mir wenigstens, wo ihr das Gold versteckt habt? Wo liegt es, verdammt? Sagt es mir!«

»Ich bin es ... Ella Morgan«, sagte sie in die plötzliche Stille. Sie war dicht vor den Lieutenant getreten und hatte Mühe, ihren Ekel herunterzuwürgen, als sie sein von Frostbeulen zerfressenes Gesicht aus der Nähe sah. »Die Frau, die Ihr vom Schiff verbannt und auf einer Eisscholle ausgesetzt habt.«

Byron blickte sie mit großen Augen an, brauchte eine

Weile, um die Bedeutung ihrer Worte zu erkennen. »Ella Morgan? Das verdammte Weibsbild? Aber du bist tot! Wir haben dich und den Captain …« Er schien sie für eine Rachegöttin aus dem Jenseits zu halten und wich ängstlich vor ihr zurück.

»Ich bin nicht tot, Lieutenant«, erwiderte sie. Sie hatte längst erkannt, dass sie ihr Messer nicht benutzen konnte, und wollte ihn wenigstens mit Worten verletzen. »Die Eingeborenen haben den Captain und mich adoptiert. Wir leben bei den Robbenleuten, so heißen die Eingeborenen, es geht uns gut.«

»Und das Gold?« Der Lieutenant war immer noch besessen von dem Gedanken an das gelbe Metall, obwohl er längst vom Tode gezeichnet war.

»Es gibt kein Gold«, antwortete Ella. Sie wirkte sehr ruhig und wunderte sich selbst darüber, dass sie dem Lieutenant so gefasst gegenüberstehen konnte. Aber Byron hatte seine Strafe längst bekommen. Er hatte in der winterlichen Eiswüste den Verstand verloren und würde keine zwei Tage mehr leben.

Er lachte meckernd. »Du lügst!«, rief er. »Du lügst, weil du das Gold selbst behalten willst! Und mich lässt du hier verrecken, du verdammtes Luder!« Die Stimme versagte ihm.

Doch plötzlich veränderte sich seine Miene und ein verzweifelter Ausdruck trat in seine Augen. Viel zu spät erkannte Ella, wie er seine letzten Kräfte mobilisierte und die Hand mit dem Säbel erhob. »Aber wenn ich schon zur Hölle fahre, nehme ich dich mit! Hast du gehört? Ich werde dich töten …«

Im selben Augenblick warf Nakasuk die Harpune. Er hatte sich unbemerkt an das Wrack herangeschlichen und die Gefahr erkannt, in der Ella schwebte. Die Waffe schoss durch den Nebel und bohrte sich in die Brust des Lieutenants. Byron verharrte mitten in der Bewegung. Er kicherte ein letztes Mal, wankte nach vorn und fiel mit einem heiseren Schrei auf das Deck.

Ella drehte sich um und sah Nakasuk aus dem Nebel kommen. »Ilaga«, sagte sie erleichtert, »mein Freund! Du hast mir das Leben gerettet! Danke!«

Nakasuk blickte auf den Lieutenant und die anderen toten Männer. »Das sind die Weißen, von denen die alte Frau gesprochen hat.« Er blickte auf das Wrack und die zerfetzten Segel. »Und das war der hölzerne Vogel mit den knarrenden Schwingen. Nunam-shua hat ihn mit eisigen Händen erwürgt.«

»Ich habe nie zu diesen Männern gehört«, sagte Ella.

Sie ließen den toten Lieutenant auf dem Eis liegen und hoben nicht einmal die Muskete auf, die einige Schritte weiter auf dem Achterdeck lag. Ohne Munition war sie sowieso nutzlos. »An diesem Ort wohnen die bösen Geister«, sagte Nakasuk bedrückt. »Lass uns schnell von hier verschwinden!«

»Warte«, erwiderte Ella. Da sie den toten Captain in dieser Eiswüste nicht begraben konnte, bedeckte sie ihn mit Eisbrocken und Wrackteilen und sprach ein letztes Gebet. »Wenn das Frühjahr kommt«, endete sie, »schmilzt das Eis, und er bekommt das Grab, das einem tapferen Seemann zusteht.«

Sie stiegen auf den Schlitten und fuhren zum Dorf zurück. Unterwegs sprachen sie kaum ein Wort. Meist kümmerte sich Nakasuk um seinen verletzten Sohn. Er wechselte den Lederstreifen über seiner Wunde und sprach ihm Mut zu, indem er ihm versicherte, dass er nur leicht verletzt war. Wenn Ella ihm helfen wollte, lehnte er die Hilfe freundlich, aber bestimmt ab. Es war nicht mehr so wie früher zwischen ihnen.

Vor den Iglus wurden sie von den aufgeregten Dorfbewohnern empfangen. Sie umringten den Schlitten und redeten wild durcheinander. Apitok stieß die neugierigen Robbenleute aufgeregt zur Seite und beugte sich über ihren verletzten Sohn. »Was ist passiert?«, fragte sie ängstlich. »Wer hat das getan?«

»Ein Bär«, log Nakasuk ungerührt, »ich glaube, es war ein Bär. Sie lagen auf dem Eis, in einer Bucht auf der anderen Seite. Dort, wo ich meinen letzten Bären geschossen habe, erinnert ihr euch?« Er wandte sich an die Umstehenden. »Aber es nicht schlimm. Akrartok macht ihn wieder gesund.«

Ella wechselte einen raschen Blick mit Nakasuk, bedankte sich wortlos dafür, dass er den Lieutenant und den hölzernen Vogel verschwieg. Obwohl einiges zwischen ihnen anders war, wollte er wohl nicht, dass der Schamane seinen ganzen Zorn über ihr ablud und sie aus dem Dorf verbannte. Denn genau das würde geschehen, wenn herauskam, was auf dem Eis wirklich geschehen war.

»Wo ist Kep-ten?«, wollte Apitok wissen.

»Tot«, antwortete der Jäger.

»Der Bär hat ihn getötet?«, fragte Akrartok.

»Ich nehme es an«, sagte Nakasuk.

Ella bemerkte das Misstrauen in den Augen des Schamanen und senkte rasch den Blick, als er in ihre Richtung sah. Dennoch spürte sie, wie er sie ausgiebig musterte, als machte er sie für das Unglück verantwortlich. »Die weiße Frau bringt Unglück über unser Dorf«, hörte sie ihn sagen. »Ihr werdet es sehen. Und die dunkle Seele des toten weißen Mannes wird zurückkehren und ihr helfen, unsere Gemeinschaft zu zerstören. Schick sie weg, Nakasuk!«

»Sie ist unschuldig«, sagte der Jäger. »Wie kann sie Unglück über unser Dorf bringen, wenn sie es war, die meinen verwundeten Sohn gefunden hat?«

»Ihr habt keinen hölzernen Vogel gesehen?«

»Nein.«

»Und keine anderen weißen Männer?«

»Nein.« Nakasuk funkelte den Schamanen wütend an. »Willst du meinen Sohn endlich verarzten oder muss ich ihn zu einem anderen Volk bringen?«

»Bringt ihn in meinen Iglu!«, erwiderte Akrartok.

Ella war nicht dabei, als der Schamane die bösen Geister aus Kaluks Körper vertrieb, und hatte auch gar nicht das Verlangen, sein Schneehaus zu betreten. Aber sie blieb in der Nähe und betete stumm, als der monotone Singsang einsetzte. Auch wenn die Verletzung des jungen Eingeborenen nicht besonders schwer war, konnte es nicht schaden, ein wenig Beistand von ihrem Gott zu erbitten, damit Kaluk schneller gesund wurde. Denn obwohl der Lieutenant ihn verletzt hatte, fühlte sie sich schuldig. Immerhin war es ein Angehöriger ihres Volkes gewesen, der seine Muskete auf ihn abgefeuert hatte.

Die Heilung des jungen Mannes dauerte ungewöhnlich lange. Zwei Tage und zwei Nächte vergingen, ohne dass der Singsang und das Getrommel des Schamanen verstummten. Zwischendurch erklangen spitze Schreie und heisere Rufe, ein deutliches Zeichen dafür, in welche Ekstase sich Akrartok gesteigert hatte. War Kaluks Verletzung schlimmer, als sie gedacht hatten? Oder trieb Akrartok seinen Zauber nur, um seine Stellung zu festigen? Sie fragte

Apitok und bekam zur Antwort: »Akrartok tut das, was getan werden muss.«

Am Morgen des dritten Tages trat der Schamane aus seinem Iglu. Er war vollkommen erschöpft und konnte sich kaum auf den Beinen halten. Sein Gesicht war schweißüberströmt. »Die bösen Geister haben seinen Körper verlassen«, sagte er zu den Dorfbewohnern, die bis auf eine alte Frau vollzählig vor seinem Iglu erschienen waren. »Kaluk ist gesund. Aber diese Frau ...« Er deutete auf Ella, und plötzlich straffte sich sein Körper, und ungeahnte Kraft erfüllte ihn. »... sie ist von ihnen besessen! Kaluk hat gesprochen, als er krank war. Er hat die Überreste des hölzernen Vogels und einige der weißen Männer im Eis gesehen. Sie sind tot, aber ihre bösen Seelen leben und haben geschworen, unser Volk zu vernichten.« Er hielt eine blutige Musketenkugel hoch. »Hätten die bösen Geister ihnen sonst die Kraft gegeben, dieses tödliche Geschoss auf Kaluk abzufeuern? Es hätte ihn beinahe umgebracht!«

Diesmal verteidigte sich Ella selbst: »Es stimmt, auch Nakasuk und ich haben die weißen Männer gesehen. Sie sind auch meine Feinde. Der Mann, der Kep-ten getötet und auf Kaluk geschossen hat, lebte noch und wollte auch mich töten, aber Nakasuk hat ihn mit seiner Harpune zum Schweigen gebracht. Er war zu bescheiden, um euch die Wahrheit zu erzählen. Glaubt Akrartok nicht! Ich weiß nicht, warum er mich bekämpft, denn ich verehre ihn und will ihm seine Stellung nicht streitig machen. Ich bin eure Freundin!«

Tatsächlich schaffte es Ella noch einmal, einen Aufschub für sich herauszuholen. Doch eine knappe Woche später, als mehrere Jäger ohne Beute von der Robbenjagd zurückkehrten, war ihr Glück aufgebraucht. Jeder im Dorf glaubte, dass sie für das Pech der Jäger verantwortlich war. Sogar Nakasuk wurde unsicher und blickten sie zweifelnd an.

Sie erkannte, dass ihre Zeit gekommen war. »Ich werde gehen«, entschied sie. »Ich werde euch verlassen.«

24

Am frühen Morgen des nächsten Tages brach Ella auf. Nakasuk überließ ihr einen Schlitten und vier Hunde und Apitok packte genug Vorräte für eine zweiwöchige Fahrt durch die menschenleere Wildnis zusammen. Kaluk berührte das Amulett an ihrem Hals und reichte ihr seine Harpune, obwohl sie eine solche Waffe noch niemals benutzt hatte. In seinen Augen standen Tränen.

Ella bedankte sich bei jedem Einzelnen ihrer Familie. »Ihr werdet immer meine Freunde bleiben«, sagte sie mit erstickter Stimme. »Ich werde euer Andenken in meinem Herzen bewahren, auch wenn mir keine andere Wahl bleibt, als euch zu verlassen. Ich verstehe, dass ihr mir nicht mehr helfen könnt. Und ich danke euch dafür, dass ihr mir erneut das Leben rettet. Ohne den Schlitten und die Vorräte würde ich nicht weit kommen.« Sie umarmte Nakasuk und Apitok und legte beide Hände auf Kaluks Schultern. Der junge Mann schämte sich seiner Tränen nicht. »Lebt wohl, meine Freunde.«

Ohne sich nach ihren neuen Verwandten umzudrehen, fuhr Ella davon. »Heya! Heya!«, feuerte sie die Hunde wütend an. Jetzt zahlte sich aus, dass Nakasuk ihr gezeigt hatte, wie man einen Schlitten lenkte und mit einem

Hundegespann umging. Sie wusste, wie sie ihr Gewicht verlagern musste, wenn sie in eine Kurve ging, und wann sie von den Kufen springen und den Schlitten anschieben musste. Natürlich fehlte ihr die Sicherheit eines Jägers, der neun Monate des Jahres mit einem solchen Schlitten unterwegs war, aber sie hatte einige Male einen Schlitten gelenkt und dabei zumindest ein Gefühl für diese Art der Fortbewegung entwickelt. Da sie auf der vereisten Hudson Bay fast ständig geradeaus fahren konnte und sich ihr außer aufgeworfenen Eisschollen kaum Hindernisse in den Weg stellten, fühlte sie sich schon nach einigen Meilen relativ sicher. Wie hatte Nakasuk auf einem ihrer Ausflüge gesagt: »Du bist eine von uns. Du weißt, wie man einen Schlitten steuert.«

Ugak, der Leithund, half ihr dabei. Erst auf der Bucht hatte sie bemerkt, dass Nakasuk ihr seinen besten Husky mit gegeben hatte. Ein Zeichen dafür, wie sehr der Jäger sie schätzte. Während ihrer Zeit bei den Robbenleuten hatte sie gelernt, welch großen Wert ein guter Leithund bei den Eingeborenen besaß, zu welchen außergewöhnlichen Leistungen er fähig war und wie viel Nakasuk gerade dieser Hund bedeutet hatte. Es war beinahe so, als hätte er ihr eines seiner Kinder geschenkt, vielleicht weil er wusste, wie wichtig ein intelligenter Leithund für ihre lange und gefahrenvolle Reise sein konnte.

Die ersten Stunden kam sie schnell voran. Das Eis war glatt, und die Spuren der Jäger, die auf Robbenjagd gewesen waren, wiesen ihr den Weg. Sie kam an dem Atemloch vorbei, aus dem Nakasuk die erste Robbe dieses Winters gezogen hatte, und erinnerte sich daran, wie glücklich sie während ihres Festmahls im Iglu gewesen waren. Noch einmal sah sie die leuchtenden Augen von Nakasuk, Apitok und Kaluk, hörte sie ihr unbekümmertes Schmatzen und das leise, zufriedene Brummen, als sie sich ihre fettigen Lippen abwischten.

Hinter den Atemlöchern verschwanden die Spuren und sie war allein mit der Nacht und der Natur. Der Mond hatte abgenommen und stand nur als dünne Sichel am Himmel. Die wenigen Sterne, die zwischen den Wolken zu sehen waren, verbreiteten trüben Glanz.

Sie blieb dicht am Ufer, um nicht die Orientierung zu verlieren. Das Fort der Hudson Bay Company lag am südlichen Ende der Bucht. Sie konnte es gar nicht verpassen, wenn sie die Uferböschung im Auge behielt. Von den Robbenleuten hatte es noch niemand zu Gesicht bekommen. »Im Süden leben Waldleute«, hatte Nakasuk ihr erklärt. Später fand sie heraus, dass damit Indianer gemeint waren. »Sie wollen nicht, dass wir in ihren Wäldern jagen. Vor einigen Wintern fuhren einige unserer Männer nach Süden und wurden von ihnen mit Lanzen und Pfeilen aus den Jagdgründen verjagt. Wir bleiben hier. Wir wollen keinen Krieg. Die Robbenleute sind friedliche Menschen.«

Bis zum Fort, hatte der Captain geschätzt, waren es mehrere hundert Meilen. Sie würde zwei, drei, vielleicht sogar vier oder fünf Wochen für die lange Fahrt brauchen – wenn das Wetter mitspielte und sich ihr keine unerwarteten Gefahren in den Weg stellten. Wenn die Hunde gesund blieben. Wenn ihr nichts passierte. Wenn sie es schaffte, sparsam mit ihren Vorräten umzugehen. Zu viele »Wenns« für ein so gewagtes Unternehmen, wie sie fand, aber ihr blieb keine andere Wahl. Auch ohne Martin hätte sie versuchen müssen, den Stützpunkt der Hudson Bay Company zu erreichen. Mit dem Schlitten und den Vorräten hatte sie wenigstens eine kleine Chance. Und wenn ihr der Proviant ausging, so dachte sie beinahe amüsiert, konnte sie immer noch versuchen, eine Robbe mit der Harpune zu erlegen. Doch darauf wollte sie es nicht ankommen lassen. Sie hatte noch nie eine Harpune geworfen, hatte lediglich zugesehen, wie Nakasuk eine Robbe fing, und wusste genau, wie gering ihre Chance war, ebenso erfolgreich zu sein.

Am späten Vormittag zwang sie eine Barriere aufgeworfener Eisschollen zu einem Umweg. Mühsam bahnte sie sich einen Weg durch das verwirrende Labyrinth. Sie rief den Hunden laute Kommandos zu, verließ sich auf Ugaks Instinkt, wenn sie nicht weiterwusste, und verlagerte in den Kurven geschickt ihr Gewicht. Zwischen den mächtigen Eisformationen gab es kaum Licht, lediglich die schwachen Reflexionen des Eises zeigten ihr den Weg. Bedrohliche Schatten hüllten sie ein und das ständige Knacken und Knirschen der Eisschollen zerrte an ihren Nerven. Doch die Hunde wurden kaum langsamer, schienen einem vorgezeichneten Weg zu folgen und zerrten so heftig an den Leinen, als wüssten sie, wie sehr Ella sich danach sehnte, das Fort zu erreichen.

Um die Mittagszeit erreichte sie das Ende des Eisfeldes. Vor ihr breitete sich eine endlos erscheinende Eisfläche aus und ließ die Bucht noch größer und gewaltiger erscheinen. Der Wind frischte wieder auf, kam aber von hinten und verlieh ihr zusätzlichen Schwung. Dünne Nebelschwaden krochen über das Eis. Am Himmel zogen pinkfarbene Streifen auf, die das Land in ein eigenartiges Licht tauchten, das ihm viel von seiner Härte und Kälte nahm. Gerade in diesen Augenblicken wurde ihr schmerzlich bewusst, wie einsam und allein sie in dieser Bucht war, ein winziger Fleck in einem gewaltigen Kosmos, wie man es nirgendwo in Europa erleben konnte, nicht einmal in den kalten Gewässern nördlich von Schottland. Hier gab es keine Zivilisation, und wer überleben wollte, konnte sich nur auf seine eigene Stärke verlassen.

Nachdem sie mehr als sechs Stunden ohne Unterbrechung gefahren war, zwang sie sich zu einer Pause. In ihrem Eifer, so schnell wie möglich das Fort zu erreichen, hatte sie vergessen, was Nakasuk ihr mit auf den Weg gegeben hatte: »Hetze die Hunde nur im Augenblick größter Gefahr, sonst sterben sie, und du bist allein. Ohne Hunde bist du dem Tod geweiht!« Sie hielt den Schlitten an und stieg von den Kufen. Erst jetzt spürte sie, wie sehr ihr die holprige Fahrt an die Knochen und Gelenke gegangen war. Sie musste einige Schritte gehen, um sich wieder frei bewegen zu können. Die Kälte spürte sie kaum. Während der langen Zeit bei den Robbenleuten hatte sie sich an die arktischen Temperaturen gewöhnt, obwohl es dreißig Grad unter null sein musste. Ihr Körper hatte sich darauf eingestellt, anders als in England, wo sie schon bei wesentlich höheren Temperaturen gezittert hatte, und sie trug die passende Kleidung. Die innere Kleidung sorgte für Wärme, und die Robbenhaut von Anorak, Hose und Stiefeln hielt die Nässe ab. In der Kleidung der Weißen hätte sie keine drei Tage in dieser eisigen Kälte überlebt. Sie war sich bewusst, wie lächerlich sie in der ungewohnten Kleidung aussehen musste, hätte sie aber für kein Geld der Welt gegen einen Wintermantel eingetauscht.

Sie ging zu den Hunden und gab ihnen von dem Wasser zu trinken, das sie in einem Behälter mitgenommen und unter einigen Karibufellen warm gehalten hatte. Dann nahm sie selbst einen Schluck. Sie brachte den Behälter zurück und ließ ihren Blick zum fernen Horizont schweifen. Ohne das Scharren der Schlittenkufen wirkte die Stille noch vollkommener. Das Gefühl von Einsamkeit verstärkte sich so sehr, dass sie Angst bekam. Sie ging zu den Hunden und kraulte Ugak hinter den Ohren. »Du kennst nichts anderes«, sagte sie lächelnd, »aber ich möchte dich mal in London sehen. Da hättest du es nicht leicht, glaube mir, und auf dem Land würdest du es auch nicht aushalten. Da gibt es Farmen und Wege und Zäune, und selbst in der einsamsten Gegend kommt dir alle paar Minuten ein Mensch oder ein Tier entgegen.«

Am späten Nachmittag begann es zu schneien. Der Wind ließ die Flocken wirbeln und wehte feuchte Schleier über das Eis. Sie zog die Schneebrille über die Augen. Das Ufer war nur noch schemenhaft zu erkennen, und sie musste aufpassen, es nicht aus den Augen zu verlieren. Ohne die Böschung, die ihr den Weg nach Süden wies, würde sie die Richtung, in der sie fuhr, niemals bestimmen können. Nur ein Mann wie der Captain, der das Navigieren gelernt hatte und sich auch auf dem Ozean zurechtfand, konnte seinen Weg nach dem Mond und den Sternen ausrichten. Sie wäre ohne die Uferböschung in ihrem Blickfeld rettungslos verloren, in einem solchen Notfall konnte sie sich in nur auf den Instinkt der Hunde verlassen. »Lass mich jetzt nicht im Stich, Ugak!«, rief sie dem Leithund zu. »Bleib dicht am Ufer!«

Irgendwann in dunkler Nacht, es mussten mehr als fünfzehn Stunden seit ihrer Abfahrt vergangen sein, spürte Ella, wie ihre Kräfte nachließen. Müdigkeit und Erschöpfung überkamen sie. Alle paar Meter fielen ihr die Augen zu und ihre Hände verkrampften sich um die Haltegriffe. Aus Angst, vom Schlitten zu fallen und allein auf dem Eis zurückzubleiben, fuhr sie dicht ans Ufer heran. Nach einigem Suchen fand sie eine windgeschützte Stelle unter einem überhängenden Felsen und schlug ihr Lager auf. Sie verankerte den Schlitten, gab den Hunden zu fressen und zu trinken und baute sich ein Nachtlager aus Karibufellen. Schon nach wenigen Augenblicken war sie eingeschlafen.

Sie schlief sehr unruhig und träumte stark. Bilder aus ihrer englischen Heimat vermischten sich mit dem Anblick der trostlosen, aber faszinierenden Arktis und führten ihr vor Augen, wie unterschiedlich das Leben von Menschen sein konnte. Ein Nachmittag bei Tee und Kuchen musste einem Eingeborenen genauso fremd und seltsam vorkommen, wie ihr ein Abendessen mit Robbenfleisch und rohem Fisch in einem Iglu. Doch in beiden Welten gab es Gefahren: in England den Earl of Shrewsbury und den Farmer Haskell, die Angst, für den Rest des Lebens in einen Kerker geworfen zu werden oder am Galgen zu enden. Im Hohen Norden die unerbittliche Natur, den Wind, das Eis und die Schneestürme, die einen Menschen in ernsthafte Gefahr bringen konnten. Die Angst, keine Beute zu machen und zu verhungern.

Ein ungewöhnliches Geräusch ließ sie hochschrecken. Sie schlug die Felle zurück und verließ ihren Unterschlupf, um nach den Hunden zu sehen, doch sie schliefen friedlich im leichten Schneegestöber. Aufmerksam ließ sie ihren Blick über das Eis wandern. Irgendwo in der Ferne glaubte sie den Schatten eines mächtigen Tieres zu erkennen, das immer in ihrer Nähe blieb und wie ein stummer Wächter durch die Dunkelheit wanderte, doch dieser Anblick konnte auch ihrer Einbildung entsprungen sein. Der Mond und die Sterne waren zwischen den Wolken kaum zu sehen, und die Dunkelheit war zu vollkommen, um etwas

Genaues zu erkennen. Sie traute dem Frieden nicht, blieb eine Weile stehen, bis ihre Augen vor Müdigkeit brannten, und kehrte in ihr Versteck zurück. Solange die Hunde nicht bellten, hatte sie kaum etwas zu befürchten.

Sie versank erneut in tiefen Schlaf und träumte von dem weißen Bär aus der Geschichte, die Nakasuk erzählt hatte, dem unglücklichen Krieger, der sich in einen Bären verwandelt hatte und verzweifelt nach seiner Geliebten suchte. Sie lächelte, als sie ihn kommen sah, und wunderte sich auch nicht, als er zu sprechen begann. »Hab keine Angst«, sagte er, »ich bin gekommen, um dich auf deinem Weg nach Süden zu beschützen. Ich werde dir die Richtung angeben, wenn du dich verirrt hast, und ich werde dich gegen jeden verteidigen, der dir etwas Böses will. Vertrau mir, Schwester! Ich will, dass du den Mann, den du liebst, so bald wie möglich in die Arme schließt.«

Ella lächelte zufrieden, als der Bär sie mit seiner feuchten Schnauze berührte, und fuhr im nächsten Augenblick aus ihren Fellen, doch sie sah nur noch einen dunklen Schatten über das Eis verschwinden. »Nanuk!«, rief sie. »Nanuk, bist du das?« Sie stand auf und schüttelte ungläubig den Kopf. »Ach was«, schimpfte sie, »jetzt sehe ich schon Gespenster!« Sie verstaute die Decken auf dem Schlitten, versorgte die Hunde und aß von dem gekochten Robbenfleisch, das ihr Apitok eingepackt hatte. Gestärkt fuhr sie weiter. »Heya!«, feuerte sie die Hunde an. »Ugak! Was ist los mit dir? Hast du keine Lust mehr zu laufen?«

Es schneite immer noch und dauerte eine Weile, bis die Hunde in dem Neuschnee ihren Rhythmus gefunden hatten. Erst als die Kufen wieder frei über das Eis glitten, entspannte sich Ella. Ihr Körper wurde locker, und sie verstand es immer besser, sich den Bewegungen des Schlittens anzupassen. Sie versuchte, nicht daran zu denken, wie viele Tage noch vor ihr lagen und welche Gefahren sie in dieser Eiswüste bedrohten, sondern konzentrierte sich nur auf ihre Aufgabe, den Schlitten so sicher wie möglich über die Bucht zu steuern.

Manchmal ertappte sie sich dabei, nach dem Bären Ausschau zu halten, der ihr im Traum begegnet war, und einige Male glaubte sie sogar, seinen Schatten in der Ferne zu sehen, aber das arktische Zwielicht und das düstere Halbdunkel gaukelten einem viele Bilder vor, und man tat gut daran, sich nicht von diesen Spiegelungen narren zu lassen. Nakasuk hatte von einem Jäger erzählt, der allein über das Eis gefahren war und seine Schneebrille verloren hatte. In dem endlosen Weiß, das ihn von allen Seiten umgeben hatte, war er erblindet, und man erzählte sich, dass er mehrere Tage orientierungslos über das Eis gezogen war und den Verstand verloren hatte.

Die Hoffnung, Martin schon bald wieder umarmen zu können, hielt Ella am Leben und hinderte sie daran, ein ähnliches Schicksal wie dieser Jäger zu erleiden. Wie die Hunde fand sie ihren Rhythmus. Tag für Tag und Nacht für Nacht zogen sie über das Eis, nur unterbrochen von unruhigen Nächten unter der Uferböschung. Sie war sparsam mit ihren Vorräten und dem Wasser und achtete darauf, sich nicht zu weit vom Ufer zu entfernen und bei Kräften zu bleiben. Bei jedem Halt untersuchte sie die Pfoten ihrer Hunde, so wie sie es bei Nakasuk und den anderen Jägern gesehen hatte, um sicherzugehen, dass sich keines der Tiere eine Entzündung eingefangen hatte. Einem der Hunde, der besonders empfindlich war, bastelte sie kleine Strümpfe aus Karibuhaut, die ihn gegen das raue Eis schützen sollten. »Du brauchst so was nicht, Ugak«, sagte sie zu dem Leithund. »Du bist ein erfahrender Bursche, nicht wahr?«

Während der ersten Woche spielte das Wetter mit, und sie hatte das Gefühl, gut voranzukommen. Doch sie machte sich nichts vor. Das Wetter im Hohen Norden war unberechenbar und konnte jeden Augenblick umschlagen. Einer quälenden Windstille, die alles erstarren ließ, folgte oft ein turbulenter Sturm, der wie ein Ungeheuer wütete und alles unter sich begrub. So ein Unwetter überraschte sie eines Mittags, als sie gerade im Begriff war, den Schlitten an einigen Eisschollen vorbeizulenken.

Aus dem Schnee, der schon den ganzen Morgen über die Bucht gewirbelt war, wurde ein stürmischer Blizzard, der sie in einem Meer dichter Flocken versinken ließ und ihr jegliche Sicht nahm.

Tosender Wind kam von Norden und fuhr ihr eiskalt in den Rücken.

Heftige Böen rüttelten an dem Schlitten und trieben die Hunde vom Weg ab. Das Ufer war nicht mehr zu sehen, nichts war mehr zu erkennen, nicht einmal der Himmel, und sie war inmitten des Flockenwirbels gefangen. Der Wind zerrte an ihren Kleidern, ließ den Anorak und die Hose flattern. Sie schloss die Augen und hielt sich mit aller Kraft an den Haltegriffen fest. Verzweifelt klammerte sie sich an die Karibugeweihe, blieb mit beiden Füßen fest auf den Kufen stehen, um nicht das Gleichgewicht zu verlieren. »Zum Ufer, Ugak!«, rief sie verzweifelt, doch niemand hörte sie in dem Lärmen und Tosen.

Sie öffnete die Augen, sah nicht einmal mehr die Hunde, und spürte zu ihrem Schrecken, wie der Sturm immer mehr an Kraft gewann und fest entschlossen schien, sie von dem Schlitten zu werfen. Mit eisigen Klauen griff er nach ihr.

Ella war zu schwach, um dem Sturm auf Dauer standzuhalten. Ihre Kräfte erlahmten zusehends und die Klauen des Blizzard schlossen sich immer fester um sie. Sie begann zu schreien, beschwor die Hunde, zum Ufer zu laufen, aber auch Ugak hatte die Orientierung verloren und vermochte nichts gegen die übermächtige Gefahr auszurichten.

Nach einer Weile gab Ella entkräftet auf. Der Sturm riss sie von den Kufen und schleuderte sie zu Boden. Sie fiel hart auf das Eis, doch niemand hörte ihr Stöhnen und Weinen.

»Ugak! Bleib stehen! Lauf nicht weg!«, rief sie verzweifelt, doch die Hunde waren schon längst verschwunden und rasten mit dem Schlitten in die eisigen Weiten des unwirtlichen Hohen Nordens davon.

25

Stöhnend vor Schmerz kroch Ella über die vereiste Bucht. Sie kam mühsam vom Boden hoch, stemmte sich mit aller Macht gegen den stürmischen Wind und konnte doch nicht verhindern, dass sie wieder auf das Eis geworfen wurde. Ächzend kroch sie weiter. Die wirbelnden Flocken hüllten sie von allen Seiten ein und nahmen ihr jegliche Sicht. Es hat keinen Zweck, erkannte sie, wohin ich auch krieche, warten kaltes Eis und der tosende Sturm. Jede Anstrengung ist umsonst. Doch sie gab nicht auf. Mit dem Überlebenswillen eines in die Enge getriebenen Tieres kämpfte sie gegen den drohenden Tod an.

Sie hob den Kopf und blinzelte durch die Schlitze ihrer

Schneebrille. Für einen Augenblick sah sie einen dunklen Schatten in dem Flockenmeer, nur für einen Augenblick, dann war er wieder verschwunden. Nanuk, schoss es ihr durch den Kopf. Nanuk will mir helfen. Er zeigt mir den Weg. Sie kroch in die Richtung, in der sie den Schatten gesehen hatte, kämpfte sich schrittweise durch den Blizzard und dachte: Du bist verrückt! Es gibt keinen Geisterbär! Das bildest du dir alles ein. Niemand kann dir helfen. Du bist ganz allein auf dich gestellt und wirst in dieser weißen Hölle zugrunde gehen.

Dann sah sie den Schatten wieder und verdoppelte ihre Anstrengungen. Meter um Meter kämpfte sie sich vorwärts. Die vage Hoffnung, dass der geheimnisvolle Schatten eine Bedeutung haben könnte, war der einzige Anker, an den sie sich klammern konnte. Und der Gedanke an Martin, die Hoffnung, ihn doch noch wiederzusehen. Die Strapazen der langen Schiffsreise und die Monate in Eis und Schnee durften nicht umsonst gewesen sein. Sie wollte nicht sterben, nicht jetzt und nicht in diesem Sturm.

Der Schatten bewegte sich nach rechts und sie folgte ihm. jetzt schaffte sie es sogar, sich vom Boden hochzustemmen und geduckt durch das Unwetter zu wanken. Die Schatten einiger Eisschollen, die fast senkrecht aus der Bucht ragten, schälten sich aus der Dunkelheit. Von neuer Hoffnung beseelt, kämpfte sie sich zu den Schatten vor. Sie wurde erneut zu Boden gestoßen, kam wieder hoch, stolperte einige Schritte nach vorn und prallte gegen eine Eisscholle. Ächzend rutschte sie daran nach unten. Mit letzter Kraft schleppte sie sich hinter die eisige Wand, die den Wind abhielt und einen natürlichen Schutz gegen den Sturm bot. Vollkommen erschöpft blieb sie liegen. Hier gab es keinen Sturm und kaum Schnee, und es war so still wie im Auge eines Orkans, wie es sie im Norden ihrer alten Heimat geben sollte.

Vor Dankbarkeit und Erleichterung begann sie zu weinen. Tränen rannen aus ihren Augen und gefroren auf ihren Wangen. Sie kauerte sich wie ein Baby zusammen. Um sie herum tobte der Blizzard, röhrte und lärmte der Sturm, wirbelten die Flocken wie die Gischt eines aufgewühlten Ozeans. Sie war zu müde, um über ihre Lage nachzudenken, dachte nicht einmal daran, dass die Hunde mit dem Schlitten durchgegangen waren und sie rettungslos verloren war, wenn sie ihn nicht wiederfand. Erschöpft schloss sie die Augen. Sie schlief ein und wachte erst wieder auf, als sich der Sturm beruhigt hatte. Verstört blinzelte sie in das schwache Licht und sah zu den Wolken empor.

Sie konnte sich nicht daran erinnern, was geschehen war. Sie wusste nicht einmal, wo sie sich befand. Doch wenig später überfiel sie die Erkenntnis, in einer beinahe aussichtslosen Lage zu sein, mit solcher Wucht, dass sie es minutenlang nicht schaffte, einen klaren Gedanken zu fassen. Sie stemmte sich vom Boden hoch und klopfte sich den Schnee aus den Kleidern. Jede Bewegung tat ihr weh, und sie war sicher, am ganzen Körper mit blauen Flecken übersät zu sein. Sie lief einige Schritte und blickte über die Bucht. Der Wind war verstummt und es hatte aufgehört zu schneien. Unheimliche Stille lag über dem Eis. Außer dem leisen Knacken einiger Eisbrocken war kein Laut zu hören. Der Himmel war wieder klar, die dünne Sichel des Mondes zeigte sich, und Millionen von Sternen leuchteten glitzernd und hell.

Keine Spur von ihrem Schlitten, nur Eis und Schnee und

feine Nebelschwaden. Sie hielt sich an einer nach oben ragenden Eisscholle fest. »Wenn du deinen Schlitten verlierst, bist du dem Tode geweiht«, hieß ein Sprichwort, das sie bei den Robbenleuten gehört hatte. »Wenn die Hunde in Panik geraten«, hatte ihr Nakasuk erklärt, »bleiben sie nicht stehen. Dann rennen sie so lange, bis ihnen der Atem ausgeht. Dann findest du sie nie mehr.«

Selbst wenn sie die Strecke zu Fuß schaffen würde, wäre ihr Schicksal besiegelt. Ohne die Vorräte vom Schlitten war sie verloren. Sie musste ihn wiederfinden oder hier in der Wildnis sterben.

Hatte der Bär sie umsonst gerettet?

Sie nahm einen Schatten wahr und sah den Bären in ihr Blickfeld treten. Sein helles Fell glänzte im zaghaften Zwielicht. Leise schnaubend stand er neben den Eisschollen, als würde er auf sie warten. Seinen Kopf hielt er nach oben, ein sicheres Zeichen dafür, dass er nicht daran dachte, sie anzugreifen.

Der Bär!

»Nanuk«, flüsterte sie.

Sie wusste nicht, ob sie sich in der Wirklichkeit befand oder träumte, ob es diesen Geisterbär wirklich gab, oder ob er nur in ihrer Einbildung existierte. Doch als er sich langsam in Bewegung setzte, folgte sie ihm, zuerst zögernd, dann immer schneller, bis sie nur noch wenige Schritte hinter ihm war. Nanuk war ihre einzige Hoffnung. Nur er konnte wissen, wo sich die Hunde mit dem Schlitten aufhielten. So bestimmt, wie er sich bewegte, wusste er ganz sicher, wo sie waren. Er blickte sich nur um, wenn er feststellen wollte, ob sie noch Schritt mit ihm hielt. Folge mir, Schwester, schien er zu sagen, ich habe dir versprochen, dir den Weg zu weisen und dir zu helfen, wenn du in Schwierigkeiten bist. Folge mir, und du wirst deinen Verlobten wiedersehen.

Später wusste sie nicht mehr zu sagen, wie lange sie gegangen war. Doch immer würde sie sich an den denkwürdigen Augenblick erinnern, als sie das Ufer erreichten und sie den Schlitten unterhalb der Böschung stehen sah. Die Hunde bellten erfreut bei ihrem Anblick und zerrten ungeduldig an den Leinen, in der Gewissheit, dass sie gleich etwas zu fressen bekommen würden. »Ugak!«, rief Ella dankbar. Sie ging in die Knie und umarmte ihren Leithund, liebkoste alle anderen Hunde und drehte sich dankbar nach Nanuk um, aber der Bär war längst verschwunden, und nur noch Dunkelheit und leichter Nebel umgaben sie. Mit Freudentränen in den Augen versorgte sie die Hunde und sich selbst. »Wir schaffen es«, sagte sie. »Jetzt schaffen wir es.« Doch der Weg war noch weit, und vor ihr lauerten Gefahren, an die sie bisher nicht einmal gedacht hatte. Denn nicht einmal die Nähe des Ufers verlieh ihr die Sicherheit, die sie brauchte, um das Fort der Hudson Bay Company zu erreichen.

Es geschah weit im Süden, in einer Gegend, in der bereits Bäume wuchsen und die Vegetation darauf hinwies, dass sie die Tundra des Hohen Nordens hinter sich gelassen hatte. An einer Flussmündung, die sie irrtümlich für eine Bucht hielt, bog sie nach Westen ab, trieb das Hundegespann, ohne es zu wissen, den Fluss hinauf. Das andere Ufer erkannte sie erst, als sich das mittägliche Zwielicht am Horizont zeigte und schüchterne Helligkeit die Baumspitzen berührte. Entsetzt hielt sie den Schlitten an. Sie untersuchte das Eis, erkannte, dass es aus Süßwasser bestand, und fluchte leise.

Über vier Stunden war sie den Fluss hinaufgefahren.

Wenn man den Rückweg dazurechnete, verlor sie beinahe einen ganzen Tag. Enttäuscht lehnte sie sich über die Karibugeweihe, die ihr als Haltegriffe dienten. Erst als die Hunde unruhig bellten und an den Leinen zogen, schob sie den Schlitten an und wendete. Als sie in die andere Richtung blickte, sah sie zu ihrem Schrecken, dass ihr einige mit Pfeil und Bogen bewaffnete Männer den Weg versperrten.

Das mussten die Eingeborenen sein, von denen Nakasuk gesprochen hatte, die Waldleute, die sie überfallen und Krieg gegen sie geführt hatten. Auch die Männer, die mit gespannten Bogen näher kamen, verhielten sich abweisend und kriegerisch, als warteten sie nur darauf, sie mit Pfeilen zu beschießen. Erst als sie nur noch wenige Schritte von ihr entfernt waren, ließen sie die Waffen sinken und deuteten verwundert mit Fingern auf sie. Einer der Männer sagte etwas, das sie nicht verstand, und seine Begleiter nickten heftig.

Ihr fiel ein, dass sie die Kleidung der Robbenleute trug und dass die Jäger sie sicher für einen Feind gehalten hatten. Aus der Nähe erkannten sie ihre weiße Haut. Langsam schob sie ihre Kapuze vom Kopf. Ihre blonden Haare lösten erstaunte Rufe unter den Eingeborenen aus. Es waren vier Männer, nicht besonders groß gewachsen und von brauner Hautfarbe, mit schulterlangen schwarzen Haaren, die von Stirnbändern zusammengehalten wurden.

Einer der Männer rief etwas und vom Ufer kam ein weiterer Mann über das Eis. Er trug einen Umhang aus Pelzen und einen mit weißen Hermelinpelzen und Adlerfedern besetzten Umhang. Zu ihrer Überraschung sprach er ein gebrochenes, aber verständliches Englisch. »Du bist eine weiße Frau«, sagte er.

»Ich bin Ella Morgan«, erwiderte sie so langsam, dass er sie verstand. »Ich will zum Fort der Hudson Bay Company. Bin ich auf dem richtigen Weg?«

»Ingles, Ingles«, rief einer der anderen Männer.

»Ich weiß, wo es liegt«, erwiderte der Anführer. »Du kannst es nicht verfehlen.« Es schien ihn nicht zu interessieren, woher sie kam und was eine weiße Frau in der Kleidung der Robbenleute auf ihrem Fluss zu suchen hatte. »Es gibt eine Abkürzung durch den Wald. Du brauchst zwei Tage … vielleicht drei.« Er musterte sie neugierig. »Du hast Hunger, Frau. Komm mit!«

Ella hatte keine Angst vor den Eingeborenen. Nach den Erlebnissen der letzten Monate konnte sie kaum noch etwas erschüttern. Außerdem war sie erschöpft und für eine Ruhepause dankbar. Willig folgte sie den Männern die Uferböschung hinauf und über einen schmalen Pfad zu ihrem Dorf. Sie verankerte den Schlitten im tiefen Schnee und warf den Hunden einige Vorräte vor.

Das Lager bestand aus einigen Strauchhütten, die mit Baumrinde und Fellen abgedichtet waren. In der Mitte brannte ein Feuer. Aus allen Hütten liefen dunkelhäutige, in Felle gekleidete Gestalten herbei, um die weiße Frau mit den blonden Haaren anzusehen. Nachdem beinahe jeder sie angefasst und sich die erste Neugier gelegt hatte, führte der Anführer sie in seine Hütte und bot ihr den Ehrenplatz neben dem Feuer an. Seine Frau brachte gebratenes Elchfleisch auf einem Blechteller herein. »Du viel essen«, sagte sie. Ihr Englisch war wesentlich schlechter, aber sie war freundlich und schien sie zu mögen.

Ella machte sich heißhungrig über das erste warme Essen seit einigen Wochen her. Das Fleisch war deftig gewürzt und schmeckte herrlich. Dazu gab es einen Becher mit einem Getränk, das sie an englischen Tee erinnerte.

Nach dem Essen zündete sich der Anführer bedächtig eine Pfeife an und sagte: »Wir handeln mit den weißen Männern der Hudson Bay Company. Wir gehören zu dem Volk, das ihr ›Indianer‹ nennt. Wir sind eure Freunde.« Er paffte einige Züge, erst dann fragte er: »Wer bist du? Wo kommst du her?«

Sie sah ein, dass sie ihm eine Erklärung schuldig war, und erzählte ihm die halbe Wahrheit, dass sie mit der Besatzung eines Schiffes im Norden der Bucht gestrandet wäre und bei den Robbenleuten den Winter verbracht hätte.

»Du bist eine tapfere Frau. Du hast einen Mann?«

»Martin Owen«, erwiderte sie. »Er wartet im Fort auf mich.«

»Martin Owen«, wiederholte er nickend. »Ich kenne ihn. Jeder kennt ihn. Er ist sehr unglücklich, weil die Frau, die er heiraten will, in England ist.«

»Jetzt bin ich hier«, stellte sie richtig.

»Du bist ihm gefolgt. Er bekommt eine starke Frau.«

»Zeigst du mir den Weg zum Fort?«

»Morgen früh«, sagte er, denn er und seine Frau bestanden darauf, dass sie die Nacht bei ihnen verbrachte. Sie willigte ein, nutzte die Zeit, um sich in einer Schwitzhütte und mit heißem Wasser zu reinigen, und bekam neue Kleider von der Frau des Anführers. Ein Kleid aus weichem Wildleder, mit bunten Perlen verziert, eine Pelzjacke und eine Wollmütze, die aus den Beständen der Hudson Bay Company stammen musste, und pelzbesetzte Stiefel, die ebenfalls so aussahen, als wären sie von Weißen hergestellt worden. »Wir haben die Stiefel und die Mütze gegen Felle getauscht«, sagte die Indianerfrau.

In den neuen Kleidern fühlte Ella sich erheblich wohler. Sie verbrachte den Abend am großen Feuer, lauschte den Geschichten und Legenden, die der Anführer zu erzählen wusste, und revanchierte sich mit einigen Märchen, an die sie sich aus ihrer Kindheit erinnerte. Zwischen den Erzählungen gab es lange Pausen, für die sich niemand schämte, und das Knistern des Feuers und das Knurren einiger Hunde, die sich um Fleischbrocken stritten, waren die einzigen Geräusche in der Dunkelheit. Während sie in die Flammen starrte, dachte sie an Nanuk, den geheimnisvollen Bären, dem sie ihre wunderbare Rettung zu verdanken hatte. Ihm und den Robbenleuten – und diesen Indianern.

Früh am nächsten Morgen brach sie auf. Alle Indianer waren auf den Beinen, als ihr der Anführer den ausgefahrenen Schlittentrail zeigte, der durch den dichten Fichtenwald zum Fort der Hudson Bay Company führte. Seine Frau reichte ihr einen Beutel mit Vorräten für die letzten beiden Tage ihrer Reise. »Vielen Dank«, sagte sie, »und seid versichert, dass euch die Robbenleute nichts Böses wollen. Wir kämpfen alle ums Überleben, nicht wahr?«

Es war wärmer in diesen Breiten, und die Tage dauerten länger. Wesentlich früher als in der Heimat der Robbenleute krochen helle Streifen am Horizont empor. Die Bäume glänzten im rosafarbenen Licht. Im Wald war es beinahe windstill und sie kam wesentlich besser voran als auf dem rauen Eis. Der weiche Schnee federte den Schlitten ab und ließ ihn sanfter in die Kurven gleiten. Sie brauchte kaum ihr Gewicht zu verlagern. Die Hunde freuten sich über die willkommene Abwechslung, warfen alle Müdigkeit ab und schienen die Anstrengung der letzten Wochen nicht mehr in den Knochen zu spüren.

Sie verbrachte die Nacht in einem warmen Lager aus Fichtenzweigen und Karibufellen. Das Fleisch, das ihr die Indianerfrau mitgegeben hatte, war noch warm und schmeckte beinahe so gut wie am vergangenen Abend. Sie trank von dem Tee und sah nach Ugak, bevor sie schlafen ging. »Wir haben es fast geschafft«, sagte sie, ohne wirklich begreifen zu können, dass sie nur noch eine Tagesreise vom Fort entfernt war. »Was sagst du jetzt? Wir haben es tatsächlich geschafft.«

Nachts wurde sie durch das Heulen einiger Wölfe geweckt, aber es klang weit entfernt, und sie machte sich keine Sorgen. Der Rest der Nacht verlief ohne Zwischenfall. Ausgeruht begrüßte sie den jungen Morgen. Nach einem kurzen Frühstück, das aus kaltem Tee und einem Bissen Fleisch bestand, stieg sie auf den Schlitten und ging das letzte Teilstück ihrer Reise an. »Heya!«, feuerte sie die Hunde an. »Lauft, meine Lieben! Wir haben nicht mehr weit!«

Sie erreichte das Fort der Hudson Bay Company am späten Nachmittag. Die Blockhäuser erhoben sich nur wenige Meter vom Ufer der Bucht am Waldrand und machten einen behaglichen Eindruck. Aus dem Schornstein des Hauptgebäudes stieg Rauch. »Hudson Bay Company« stand in großen Buchstaben über der Tür. Neben dem Eingang lagen Schneeschuhe. Einige Hunde balgten sich um einen Knochen und hoben neugierig die Köpfe, als sie ihren Schlitten vor das Blockhaus lenkte und den Anker in den Schnee stieß.

Von stummer Vorfreude ergriffen öffnete sie die Tür. Sofort erstarb jede Unterhaltung in dem überheizten und von dichtem Rauch erfüllten Raum. Der Händler, der hinter dem langen Tresen stand und gerade mit einem Indianer gesprochen hatte, blickte sie mit offenem Mund an, und die beiden Fallensteller, die Pfeife rauchend an einem der wenigen Tische saßen und sich einen Krug mit Whisky teilten, waren ehrlich erschrocken, als sie ihre Kapuze zurückschob und ihre langen blonden Haare sichtbar wurden.

Von den Deckenbalken hingen eiserne Fallen, Felle und Kleider, die Regale waren mit Waren aller Art gefüllt, und neben dem Tresen stand ein großes Fass mit Gurken. »Guten Tag, Gentlemen«, begrüßte Ella die sprachlosen Männer. »Sie sind sicher neugierig, wer ich bin und woher ich komme, und ich bin gern bereit, später darüber zu berichten, aber zuerst möchte ich Martin Owen sehen.«

Der Händler, ein untersetzter Mann mit Schürze, fand als Erster die Sprache wieder. »Ma-Martin Owen?«, stammelte er. »Der ist an sei-seinem Lieblingsplatz. Unten am Bootssteg. Da-da steht er jeden Tag und hä-hält nach seiner Liebsten Ausschau. He-he, wollen Sie etwa sagen, dass Sie …«

»Vielen Dank, mein Herr«, sagte Ella.

Sie verließ das Blockhaus und folgte einem schmalen Pfad zum Bootssteg. Martin stand am Ufer, hatte ihr den Rücken zugewandt und blickte auf die vereiste Bucht hinaus. Als er ihre Schritte hörte und sich umdrehte, weiteten sich seine Augen, und auf seinem Gesicht breitete sich ein ungläubiges Lächeln aus.

»Ella«, flüsterte er ergriffen. »Wie kommst du hierher?«

»Das ist eine lange Geschichte«, sagte sie.

Sie fielen sich in die Arme und küssten sich, bis sie keine Luft mehr bekamen, hielten sich eng umklammert, in der festen Absicht, einander nicht mehr loszulassen. Lachend und weinend zugleich blickten sie einander an.

»Jetzt kann uns nichts mehr trennen«, sagte sie. Sie schlang erneut die Arme um seinen Hals und legte ihren Kopf an seine Wange. Während sie liebevoll seinen Nacken küsste, glaubte sie weit draußen auf der Bucht einen dunklen Schatten wahrzunehmen.

Christopher Ross

Die Fährte des Bären

Roman

Weltbild

1

Molly Gibson blickte nervös auf ihre Armbanduhr. Sie arbeitete im *Roadside Cafe*, dem einzigen Lokal an der Hauptstraße, das nach der Eröffnung eines Steakhauses am nahen Highway noch geöffnet hatte, und wartete auf ihren Mann. Ihre Schicht war seit fünf Minuten vorbei, und Steve ließ immer noch auf sich warten. Sie stand neben der Kasse und blickte in die Nacht hinaus. Es regnete in Strömen. Die roten Neonbuchstaben im Fenster warfen bunte Muster auf den nassen Asphalt und den Pick-up Truck, der vor dem *Roadside Cafe* parkte. »Ich möchte wissen, wo Steve bleibt«, sagte sie. »Hoffentlich ist ihm nichts passiert!«

»Soll ich dich nach Hause fahren?«, fragte Oscar, der dicke Besitzer des Cafes. Er stand am Tresen und rauchte eine Zigarette; die Asche schnippte er achtlos auf den Boden. Seine Kochmütze hing schief auf den schwarzen Locken. Er behauptete, mit seinen Eltern aus Sizilien gekommen zu sein, in Wirklichkeit war er aber in Brooklyn geboren und hatte die italienische Heimat seiner Großeltern nie gesehen. »Vor mir brauchst du keine Angst zu haben. Ich bin längst aus dem Alter raus, in dem man einer schönen Frau gefährlich werden kann!« Er war vor zwei Monaten sechzig geworden und kokettierte gern mit seinem Alter. »Wie ich Steve kenne, ist er vor dem Fernseher eingeschlafen. Seitdem er in der Werkstatt arbeitet, hat er ordentlich zu tun! Die Angelsaison hat begonnen.«

»Sieht ganz so aus«, erwiderte Molly, ohne den Blick von der Straße zu nehmen. Sie war von jener natürlichen Schönheit, wie man sie oft in den Rocky Mountains fand, das Blau ihrer Augen war tief und klar, und ihre honigblonden Haare reichten bis auf die Schultern und glänzten verführerisch, wenn Licht auf sie fiel. »Bella signora«, schwärmte Oscar, wenn er die Leute von seinem italienischen Charme überzeugen wollte. Im Neonlicht des Lokals wirkte sie ungewöhnlich blass und die Sommersprossen auf ihren Wangen und ihrer Nase waren deutlich zu sehen. »Gib ihm noch fünf Minuten, Oscar. Wie ich ihn kenne, kommt er gleich.«

Doch in Gedanken sah sie ihn bereits auf dem Bett in ihrem Schlafzimmer liegen, die Flasche in der Hand, die Augen starr und glasig wie bei einem Boxer, der nach einem schweren Schlag zu Boden gegangen war und laut ausgezählt wurde. Steve war kein Gewohnheitstrinker. Er griff nur zur Flasche, wenn er eine Niederlage eingesteckt hatte, und das war in den letzten Jahren häufig passiert. Den Job in Coeur d'Alene, im *Walmart* außerhalb der Stadt, hatte er schon nach wenigen Wochen aufgeben müssen, weil er mit dem Filialleiter nicht ausgekommen war, und die Stelle in der Werkstatt am Seeufer hatte er nur bekommen, weil der Besitzer jeden Mittag im *Roadside Cafe* aß und Molly ihn überredet hatte. Steve verstand etwas von Booten. Seine Eltern hatten einen Bootsverleih geführt, bevor sie kurz nacheinander innerhalb weniger Monate gestorben waren. »Steve macht sich wirklich gut«, hatte der Besitzer noch vor einigen Wochen geschwärmt.

»Es wird ihm schon nichts passiert sein«, meinte Oscar beruhigend. Er hatte inzwischen seine Kochmütze mit einer dunklen Wollmütze vertauscht, wie er sie bei den

Weinbauern in einem italienischen Film gesehen hatte, der vor einem Jahr im Kabelfernsehen gelaufen war. Die halb gerauchte Zigarette hing ihm qualmend im Mundwinkel. »Ich sag' dir, der ist bloß im Sessel eingeschlafen. Komm schon, ich fahr' dich nach Hause!«

Molly zog wortlos ihren Mantel an. Sie wollte gerade nach ihrer Handtasche greifen, als der Geländewagen des Sheriffs vor der Tür hielt. Die roten und blauen Warnlichter auf dem Dach drehten sich stumm. Sheriff Conolly stieg aus, den langen Regenmantel bis zum Hals zugeknöpft, und ging geduckt auf die Tür zu. Oscar öffnete ihn. »Elendes Sauwetter!«, schnaufte der Sheriff und nahm seinen nassen Hut ab. Er war ein untersetzter Mann mit wettergegerbtem Gesicht und einem Schnauzbart, wie ihn die Gesetzeshüter im Wilden Westen getragen hatten. Molly ahnte, dass er wegen Steve gekommen war, und sah nervös zu ihm hinüber.

»Wir haben leider keinen Kaffee mehr, Sheriff«, entschuldigte sich Oscar. »Wir wollten gerade schließen.« Er drückte seine Zigarette im Aschenbecher aus. »Ist irgendwas nicht in Ordnung?«

Sheriff Conolly wandte sich an Molly. »Es ist wegen Steve«, sagte er, und man sah ihm an, wie schwer es ihm fiel, die Nachricht zu überbringen. Er kam jeden Morgen ins *Roadside Cafe* und mochte Molly, weil sie ihn stets mit einem freundlichen Lächeln empfing. »Er hatte einen Unfall! Nichts Schlimmes, nur ein paar Kratzer und eine leichte Gehirnerschütterung. Aber die Ärzte wollen ihn über Nacht im Krankenhaus behalten. In Coeur d'Alene.«

»Ein Unfall? Wie ist das passiert?«, bestürmte Molly ihn mit Fragen. »Ist jemand zu Schaden gekommen? Was ist mit dem Wagen? Er war doch nüchtern? So reden Sie doch, Sheriff!«

Der Sheriff warf einen Blick auf Oscar und entschied: »Das besprechen wir am besten im Wagen. Ich bringe Sie nach Hause.« Er hielt ihr die Tür auf und winkte Oscar zu. »Wiedersehen. Kann sein, dass sie morgen nach Coeur d'Alene muss, okay?« In seiner Miene stand zu lesen, dass die Sache wesentlich ernster war, als Oscar und Molly vermuteten. »Ich komme morgen früh vorbei und sag' Ihnen Bescheid.« Er führte Molly zu seinem Wagen und half ihr auf den Beifahrersitz. Klitschnass setzte er sich hinters Lenkrad. Er drehte die Heizung auf und suchte nach Worten.

»Er hat wieder getrunken, nicht wahr?«, sagte Molly leise. »Er war betrunken, als der Unfall passiert ist! Ich seh's Ihnen doch an, Sheriff! Sie werden ihn einsperren, wenn er aus dem Krankenhaus kommt!«

Sheriff Conolly legte beide Hände auf das Lenkrad und nickte müde. »Er war betrunken, das stimmt«, bestätigte er ihre Befürchtungen. »Aber er war nicht mit dem Wagen unterwegs.« Er seufzte leise. »Ich sag's Ihnen ungern, Molly. Er hat sich ein Boot aus der Werkstatt genommen und ist auf den See rausgefahren. Zwei Meilen nördlich von hier hat er das Boot auf die Böschung gesetzt. Er flog raus und landete zwischen den Bäumen. Ein Angler hat ihn gefunden! Ein Wunder, dass ihm nicht mehr passiert ist!« Er bemerkte ihren ungläubigen Gesichtsausdruck und beruhigte sie: »Ich nehme an, dass Russ ihm die Reparatur berechnet.« Russ Brisco war der Besitzer der Marina. »Aber wenn der Besitzer keine Anklage erhebt, kommt er ohne Strafe davon!«

Eine Zeit lang waren nur das Prasseln des Regens und

das Brummen der Heizung zu hören, dann sagte Molly: »Warum hat er das getan? Warum hat er getrunken?« Sie blickte den Sheriff forschend an. »Sie verheimlichen mir doch was, Sheriff! Hat Mr Brisco ihm gekündigt? Er hat ihn rausgeworfen, nicht wahr?«

Der Sheriff nickte, ohne ihren Blick zu erwidern. »Heute Abend, kurz vor Feierabend. Ich hab' vorhin mit Russ gesprochen. Er sagt, dass Steve sich mit einem Kunden angelegt hat, einem reichen Burschen aus Seattle. Steve hat den Auftrag verschlampt und ihm gesagt, er solle sich zum Teufel scheren. Wäre nicht das erste Mal, dass so was vorgefallen ist, sagt Russ. Tut mir leid.«

»Damit muss man bei Steve immer rechnen«, sagte Molly heiser. Ihre Augen brannten. »Warum versagt er immer wieder, Sheriff? Warum kann er sich in keinem Job halten? Warum enttäuscht er mich so? Er weiß doch, dass wir das Geld brauchen. Manchmal glaube ich, die Arbeit, die ihm gefällt, muss erst noch erfunden werden!«

»Das ist noch nicht alles.« Der Sheriff schien ihre letzten Worte gar nicht gehört zu haben. Er räusperte sich nervös und suchte verzweifelt nach einer Möglichkeit, ihr die Nachricht schonend beizubringen. »Er hatte eine Frau dabei, Molly!«

»Wie bitte?«

»Er hatte ein Mädchen aus dem Club dabei. Sie wissen schon, der Nachtclub an der Hauptstraße. Ich dachte, ich sag's Ihnen lieber, bevor Sie's aus der Zeitung erfahren. Der Angler hat mit einem Reporter gesprochen.« Er schwieg eine Weile. »Ich glaube nicht, dass die beiden was miteinander hatten, Molly. Ich bin mir sogar sicher! Dazu war Steve viel zu betrunken! Das Mädchen hat sich ihm bestimmt aufgedrängt. Er bereut es sicher längst.«

»Steve bereut sein ganzes Leben!«, erwiderte Molly. »Alle paar Wochen bereut er, dass er auf der Welt ist und mich unglücklich macht!« Sie brach in Tränen aus und spürte, wie sie ihr heiß und salzig die Wangen herunterliefen. Ihre Kehle war wie zugeschnürt.

Als sie sich ein wenig erholt hatte, sagte sie: »Ich hätte auf meine Mutter hören sollen! Mom hat mir schon vor drei Jahren gesagt, dass er nichts taugt. Aus dem wird nie was, hat sie gesagt, der kann nichts richtig, aber ich hab' nicht auf sie gehört. Ich hab' immer geglaubt, dass er sich endlich zusammenreißt.« Sie wischte sich die Tränen aus dem Gesicht. »Ich hätte ihn niemals heiraten dürfen, Sheriff! Er ist ein Verlierer, jawohl, er ist ein Verlierer, und ich mache das nicht länger mit!« Sie bemerkte die verlegene Miene des Sheriffs und schniefte leise. »Entschuldigen Sie, Sheriff! Aber es ist einfach zu viel für mich! Fahren Sie mich nach Hause!«

Sheriff Conolly ließ den Motor an und fuhr in nördlicher Richtung aus der Innenstadt. Bis zum Haus der Gibsons, einem kleinen Blockhaus außerhalb von Harrison, das sie von einem Verwalter gemietet hatten, waren es nur wenige Minuten. »Schlafen Sie sich erst mal aus, Molly!«, tröstete sie der Sheriff. »Morgen sieht die Sache schon wieder anders aus. Er findet bestimmt wieder einen Job. In Coeur d'Alene suchen sie immer Leute.« Er stieg aus und öffnete ihr die Tür. »Mein Deputy hat Ihren Wagen neben dem Haus geparkt. Der Schlüssel liegt im Briefkasten.«

Molly dankte ihm mit einem Kopfnicken und ging ins Haus. Sie ließ ihre Tasche fallen und lehnte sich erschöpft an die Wand. So stand sie minutenlang, die Augen geschlossen, die Lippen fest aufeinandergepresst und von wirren Gedanken geplagt, die sich in ihrem müden Kopf überschlugen. Erst dann schaltete sie das Licht ein. Achtlos warf sie ihren nassen Mantel über einen Stuhl, ging ins Bad und trocknete Gesicht und Haare mit einem Handtuch, wobei sie es vermied, in den Spiegel zu blicken, weil sie ahnte, was sie dort zu sehen bekommen würde. Während heißes Wasser in die Wanne lief, holte sie sich einen Joghurt aus der Küche und löffelte ihn aus. Erschöpft ließ sie sich in einen Sessel fallen und griff nach der Fernbedienung. Sie schaltete auf einen Musikkanal und starrte auf das Bild, ohne etwas zu sehen, bis ihr das Wasser einfiel und sie eilig ins Badezimmer lief. Sie drehte den Hahn zu, zog sich aus und stieg ins Wasser.

Sie blieb in der Wanne liegen, bis das Wasser kalt war, dann trocknete sie sich ab und schlüpfte in ihren Schlafanzug. Nach einem heißen Tee ging es ihr besser. Sie schaltete auf einen anderen Kanal, sah die Enterprise durch das Weltall fliegen und wünschte sich, auf diese Weise dem Alltag entfliehen zu können. In den Werbepausen blätterte sie in einer alten Zeitschrift. Natürlich dachte sie daran, sich anzuziehen und nach Coeur d'Alene zu fahren, um Steve zur Rede zu stellen, aber er schlief sicher schon, und die Schwester würde ihr bestimmt nicht erlauben, ihn zu wecken. Gleich am nächsten Morgen würde sie zu ihm gehen. Was sie sagen würde, wusste sie noch nicht. Würde sie ihn anschreien und ihm ihren Ehering vor die Füße werfen? Würde sie ihm verzeihen und ihm seine Beteuerungen glauben, nie wieder Alkohol zu trinken, nicht einmal Bier?

Sie schlief vor dem Fernseher ein und wachte irgendwann in der Nacht von dem Geflimmer auf. Sie schaltete den Apparat ab und wankte schlaftrunken ins Bett. Im Schlaf erschien ihr ein Bär, ein mächtiger Bursche mit brennenden Augen, der seine Schnauze an ihrem Oberschenkel rieb. Benommen schreckte sie auf und stellte erleichtert fest, dass der Bär nur in ihrem Traum existiert hatte. Sie stellte sich unter die Dusche und zog sich an, goss frischen Tee auf und schlug zwei Eier in die Pfanne. Im Gegensatz zu ihrem Mann trank sie nur selten Kaffee. Sie holte die Zeitung herein, warf sie ungelesen auf den Couchtisch und frühstückte an der Küchentheke. Der Versuchung, ihre Freundin anzurufen, um sich bei ihr auszuweinen, hatte sie schon am vergangenen Abend widerstanden. Sie hätte sich nur vor ihr geniert. Pamela war mit einem Cowboy verheiratet, der auf einer nahen Guest Ranch als Wrangler arbeitete.

Obwohl es nicht mehr regnete und über den Bergen sogar die Sonne schien, griff sie nach ihrem Regenmantel. Sie stieg in den Wagen, einen zehn Jahre alten Kombi, den sie vor einem Jahr in Coeur d'Alene gekauft hatten, und fuhr in die Stadt zurück. Ohne nachzudenken, bog sie zum See ab und parkte vor der *Lake Coeur d'Alene Marina*. Die Morgensonne spiegelte sich auf den weißen Booten im Jachthafen. In ein paar Wochen begann die Urlaubssaison und man würde an einem schönen Tag wie diesem den See vor lauter Segeln kaum sehen. Der Lake Coeur d'Alene war ein beliebtes Urlaubsziel, und in Coeur d'Alene gab es ein luxuriöses Ferienhotel und einen Golfplatz, dessen vierzehntes Loch auf einer Insel lag. Harrison profitierte von den Urlaubern, die um den See fuhren oder sich auf der Guest Ranch in den Bergen einquartierten. Sogar Europäer waren schon im *Roadside Cafe* gewesen und hatten Coke ohne Eis bestellt.

Russ Brisco's Boat Yard lag direkt am Wasser und bestand aus einem großen Bootshaus, einem Werkstattgebäude aus ungeschälten Stämmen und einem Büro, das in einem flachen Gebäude aus Fertigteilen untergebracht war. Molly ordnete ihre Haare, bevor sie aus dem Wagen stieg und ärgerte sich, dass sie kaum Make-up aufgetragen hatte. Sie glaubte wohl selbst nicht mehr daran, dass der Werkstattbesitzer seine Meinung ändern würde. Nach einigem Zögern öffnete sie die Tür.

Russ Brisco war ein drahtiger Mann in den Vierzigern. Seine Haut war sonnengebräunt, selbst im Winter, weil er jedes Wochenende nach Coeur d'Alene ins Solarium fuhr, und sein Körper war vom regelmäßigen Fitness-Training gestählt. Er trug weiße Leinenhosen, ein grünes Polo-Shirt mit dem Logo seiner Firma und weiße Laufschuhe und versuchte verzweifelt, auf gleicher Höhe mit den jungen Urlaubern zu bleiben, die in den Ferien zum Jet-Ski-Fahren an den Lake Coeur d'Alene kamen. »Mrs Gibson«, meinte er mit einem falschen Lächeln, als hätte er sie nicht gleich erkannt. »Kommen Sie, wir gehen in mein Büro!«

Sie folgte ihm unter den neugierigen Blicken einer jungen Sekretärin und eines Mechanikers, der gerade einen neuen Auftrag abgeholt hatte, und setzte sich auf einen freien Drehstuhl. »Nein, danke«, lehnte sie den Kaffee ab, den Brisco ihr anbot. Sie wartete, bis er hinter seinem Schreibtisch saß, und kam gleich zur Sache: »Sie können sich ja denken, warum ich hier bin. Es ist wegen Steve. Ich habe gehört, was er getan hat. Ich wollte Sie bitten, keine Anzeige zu erstatten und ... nun ja, vielleicht überlegen Sie sich das mit der Kündigung noch mal.« Sie kam sich wie eine besorgte Mutter vor, die beim Direktor der High School um Nachsicht bat, und bereute bereits, in die Werkstatt gekommen zu sein. »Steve ist nicht immer so, wissen

Sie? Wenn ich mit ihm rede, reißt er sich zusammen, und dann ändert er sich, ganz bestimmt!« Sie begann zu weinen und kramte nach einem Papiertaschentuch. »Tut mir leid, Mr Brisco, ich wollte doch nur …«

»Ich weiß, was Sie wollen«, erwiderte der Werkstattbesitzer, »und es ehrt Sie, dass Sie sich so für Ihren Mann einsetzen. Aber ich kann leider wenig für Sie tun. Ich bin bereit, auf eine Anzeige zu verzichten, und konnte auch den Besitzer des Bootes überreden, von einer Anzeige abzusehen. Doch Ihren Mann, den will ich hier nicht mehr sehen, und die Kosten für die Reparatur muss ich Ihnen leider in Rechnung stellen. Ich berechne Ihnen nur die Materialkosten. Tut mir leid, aber ich bin kein Wohltätigkeitsunternehmen. Sie können von Glück sagen, dass ich Sie gut leiden kann, sonst würde Ihr Mann nicht so glimpflich davonkommen. Er hat mich eine ganze Stange Geld gekostet, wissen Sie?« Er stand auf und hielt ihr die Tür auf. »Auf Wiedersehen, Mrs Gibson.«

Molly verließ das Gebäude und flüchtete in ihren Wagen. Sie hatte keine andere Reaktion erwartet und war froh, dass Russ Brisco und der Besitzer des Bootes keine Anzeige erstatteten. Den Gedanken, Ihren Mann vor Gericht zu sehen, hätte sie nicht ertragen. Sie startete den Motor und fuhr auf die Hauptstraße zurück. Sie war wütend auf Steve, auf seinen labilen Charakter und sein verantwortungsloses Benehmen, auf die Leichtigkeit, mit der er ernsthafte Probleme abtat, und die Unverfrorenheit, mit einer dieser »Damen« aus dem Nachtclub auf den See hinauszufahren. Auch wenn er zu diesem Zeitpunkt schon betrunken gewesen war und nicht mehr gewusst hatte, was er tat. »Jede andere Frau würde dich zum Teufel wünschen und ihre Sachen packen«, rief sie. Doch tief in ihrem Herzen wusste sie, dass sie ihn trotz allem liebte und ihm wieder einmal verzeihen würde.

Vor dem *Roadside Cafe* hielt sie an. Sie ging ins Lokal, begrüßte ihre junge Kollegin von der Morgenschicht und sagte Oscar, dass sie pünktlich ihre Schicht antreten würde. »Ich krieg' das wieder hin«, sagte sie, als die Küchentür geschlossen war. Und in dem Bewusstsein, dass sich längst herumgesprochen hatte, was am vergangenen Abend passiert war: »Es ist nicht so schlimm, wie ich gedacht habe, Oscar. Es gibt keine Anzeige, und mit der Frau, da war nichts. Du wirst sehen, sobald Steve einen neuen Job hat, renkt sich alles wieder ein. Er ist ein guter Mann!«

»Er ist ein Idiot!«, widersprach Oscar. »Sonst würde er dich anders behandeln! Und du bist ein dummes Mädchen, das auf seinen verdammten Charme hereinfällt! Sag ihm ordentlich die Meinung, hörst du? Und bleib den Nachmittag in Coeur d'Alene. Erhol dich ein bisschen! Ich komme hier schon allein zurecht.«

»Ich bin pünktlich zurück, Oscar. Bis später.« Sie verließ das Lokal, stieg in ihren Wagen und fuhr in nördlicher Richtung aus der Stadt. Sheriff Conolly, der gerade aus seinem Büro getreten war, um frische Luft zu schnappen, blickte ihr neugierig nach.

2

Seit Molly als junges Mädchen im *Kootenai Medical Center* gewesen war, fürchtete sie sich davor, ein Krankenhaus zu betreten. Damals war sie von einem Lastwagen gestreift und mit schweren Prellungen eingeliefert worden. Sie hatte sich rasch von ihren Verletzungen erholt, doch die erste Nacht in der Intensivstation, zusammen mit einem herzkranken Mann, der lautstark darum flehte, von seinen Schmerzen erlöst zu werden, und einem Kind, das leise wimmerte, hatte sie niemals losgelassen.

Auch diesmal betrat sie das Krankenhaus nur zögernd. Der Anblick der Ärzte und Schwestern und der hektische Betrieb riefen längst vergangene Bilder hervor und ließen sie erschaudern, bevor sie an der Rezeption nach der Zimmernummer ihres Mannes fragte. Mit einem flauen Gefühl im Magen betrat sie den Fahrstuhl. Sie wusste nicht, wie sie ihrem Mann begegnen sollte, hatte nicht einmal Blumen gekauft und wollte schon umkehren, als eine Schwester aus dem Büro kam und nüchtern bemerkte: »Sie sind bestimmt Mrs Gibson. Ihr Mann wartet auf Sie.« Ihr strenger Gesichtsausdruck verriet, dass sie erfahren hatte, wie es zu dem Unfall gekommen war. »Er ist wieder nüchtern!«

Molly bedankte sich und ging ins Krankenzimmer. Steve lag im Bett und lächelte gequält, als er seine Frau erkannte. »Molly! Da bist du ja!« Trotz seiner Schmerzen schien er nur darauf gewartet zu haben, ihr sein Herz auszuschütten. »Es war alles ganz anders, als du denkst! Ich hatte nichts mit Rose! Sie rückte mir auf die Pelle, als ich an der Bar saß! Erzählte was von ihrem Mann, der sie im Stich gelassen hätte, na ja, und dann stieg sie zu mir in den Wagen und sagte, sie würde gern mal was Verrücktes tun, und plötzlich saßen wir in diesem Boot und fuhren …« Er hielt sich den schmerzenden Kopf und verzog das Gesicht. »Ich weiß auch nicht, wie's dazu gekommen ist, Molly! Ich weiß es wirklich nicht!«

»Rose, sie hieß also Rose«, erwiderte Molly, als wäre der Name von größter Wichtigkeit. »Heißen sie nicht alle so?

Rose? Kitty? Jacqueline? Was hattest du überhaupt in dem Club zu suchen? Bin ich dir nicht mehr gut genug? Wirfst du das wenige Geld, das du verdienst, jetzt für irgendwelche Schlampen zum Fenster raus?«

Steve schien sich unter den Worten seiner Frau zu ducken. »Ich wollte nichts von ihr. Ich war nur auf ein Bier da drin und dann stand sie plötzlich neben mir und quatschte mir die Hucke voll.« Er wollte sich aufsetzen und sank mit schmerzverzerrtem Gesicht in die Kissen zurück. »Ich wollte sie loswerden, Molly! Ich dachte, wenn ich diese blöde Spritztour mit ihr mache, lässt sie mich endlich in Ruhe! Wenn sie mir nicht ins Steuer gegriffen hätte, wäre gar nichts passiert. Ich hätte das Boot zurückgebracht, ohne dass jemand was gemerkt hätte. So wie wir es in der Autowerkstatt gemacht haben, letztes Jahr in Spokane. Da sind wir immer auf den Interstate gefahren, wenn jemand eine Corvette oder einen anderen Renner brachte, da ist doch nichts dabei! Wir müssen die Dinger Probe fahren!«

»So eine dumme Ausrede habe ich schon lange nicht mehr gehört«, erwiderte Molly ärgerlich. Sie schien kein Mitleid mit ihm zu haben. »Du warst betrunken, Steve! Du hast wieder mal deinen Job verloren und deinen Kummer im Alkohol ertränkt!« Sie verlor die Fassung und begann zu weinen. »Warum machst du das, Steve? Warum reißt du dich nicht zusammen? Warum verlierst du einen Job nach dem anderen? Wer weiß, ob dich jetzt noch jemand nimmt!« Sie wischte sich die Tränen vom Gesicht. »Ich hatte so gehofft, dass es diesmal klappt. So einen guten Job wie bei Russ Brisco bekommst du nie mehr! Warum, Steve? Warum?«

Ein junger Arzt kam herein und nickte Molly freundlich zu. Er überprüfte die Infusion und verstellte die Dosierung. Nachdem er das Krankenblatt studiert hatte, fragte er: »Sind Sie die Ehefrau?« Und als sie bejahte: »Wir behalten Ihren Mann noch eine Nacht hier, Mrs Gibson. Mit einer Gehirnerschütterung ist nicht zu spaßen. Außerdem will ich mir noch einmal die Blutwerte ansehen.« Er wandte sich an Steve. »Sie sollten die Trinkerei lassen, Mr Gibson. Ich weiß, dass es manchmal Probleme gibt, die einem über den Kopf wachsen, aber die sind mit Alkohol nicht zu lösen. Ihre Leberwerte sind nicht besonders gut. Haben Sie schon mal daran gedacht, professionelle Hilfe in Anspruch zu nehmen?«

»Darf man keinen mehr über den Durst trinken?«, fragte Steve vorwurfsvoll. »Ich komme allein zurecht, Doktor. Fragen Sie meine Frau, die letzten Monate habe ich keinen Tropfen getrunken!«

Der Arzt hängte das Krankenblatt zurück und verzog keine Miene. »Es ist meine Pflicht, Sie darauf aufmerksam zu machen, Mr Gibson. Ich lasse Ihnen eine Broschüre bringen, da stehen alle notwendigen Informationen drin. Morgen werden Sie entlassen.«

»Du solltest auf ihn hören, Steve«, sagte Molly, nachdem der junge Arzt gegangen war. »Sonst wirst du wirklich noch zum Alkoholiker. So kann es doch nicht weitergehen! Ich will, dass du dir einen anständigen Job suchst und dich so benimmst wie jeder andere vernünftige Ehemann! Was meinst du, wie sich die Leute in Harrison jetzt das Maul über uns zerreißen! Der versoffene Kerl, der seinen Job schmeißt und seine Frau mit leichten Mädchen betrügt. Die blöde Gans, die sich das alles gefallen lässt und ihm sogar nach Coeur d'Alene hinterherfährt. So reden die Leute über uns, Steve! Ich weiß nicht, wie lange ich das noch aushalte.«

Er spürte ein leichtes Dröhnen in seinem Kopf und schloss für einen Augenblick die Augen. Dann streckte er eine Hand nach seiner Frau aus. Sie griff zögernd danach und ließ sich von ihm auf den Bettrand ziehen. »Ich ändere mich«, beteuerte er feierlich. »Ich schwöre es beim Andenken meiner Eltern. Ich suche mir einen neuen Job und rühre nie mehr einen Tropfen Alkohol an!«

»Das hast du schon so oft gesagt, Steve!« Sie senkte den Kopf und beobachtete, wie die Flüssigkeit durch die Kanüle an seiner linken Hand lief. »Und du hast mich immer wieder enttäuscht!«

»Diesmal halte ich mein Versprechen«, versicherte er. »Ich will nicht, dass du meinetwegen weinst! Ich liebe dich, Molly! Ich liebe dich von ganzem Herzen!« Er zog sie näher zu sich heran und sie ließ es geschehen. Er küsste sie auf die Stirn. »Verzeihst du mir noch mal, Molly? Ich tu's nicht mehr wieder, okay? Nie mehr!«

Sie löste sich von ihm und blickte tief in seine dunklen Augen. Auf ihrem Gesicht erschien ein sanftes Lächeln. »Aber nur, weil du so schöne braune Augen hast.« Sie küsste ihn zärtlich auf die Lippen. »Ich liebe dich auch, Steve. Ich liebe dich wirklich. Sonst würde ich dir diesmal nicht verzeihen. Enttäusch mich bitte nicht! Ich möchte doch nur, dass wir zusammen glücklich werden.«

»Ich versprech's dir, Molly! Ehrlich!« Er drückte ihre Hand und blickte sie zuversichtlich an. »Der Job in der Werkstatt war sowieso nichts für mich. Die Typen waren doch nur darauf aus, mir eins auszuwischen! Die konnten mich nicht leiden. Würde mich nicht wundern, wenn sie mir diese Rose auf den Hals gehetzt hätten! Die waren eifersüchtig auf mich! Vielleicht sollte ich ein eigenes Geschäft aufmachen – eine Autowerkstatt oder so was. Ich versteh' schließlich was von Motoren. Was meinst du, in ein paar Wochen hätten wir mehr Kunden, als wir verkraften können! Ich besuche alle Ranches der Gegend und zieh' Aufträge an Land. Die kommen aus Spokane und Coeur d'Alene zu mir!«

»Darüber reden wir morgen«, bremste sie seine Begeisterung. »Ich komme ungefähr um die gleiche Zeit, okay?« Sie griff nach ihrer Tasche, die auf den Boden gefallen war, und küsste ihn auf die Wange. Lächelnd verließ sie das Zimmer. Tief in ihrem Inneren ahnte sie, dass er sein Versprechen nicht halten würde, aber sie verdrängte den Gedanken und wollte sich nur zu gern erleichtert fühlen; schließlich hätte es schlimmer ausgehen können. Er würde sich ändern, ganz bestimmt, und dann würde alles wieder gut werden. Was war denn schon passiert? Er hatte ein paar Aufträge verschusselt und war im Suff mit einem Motorboot über den See geschippert. Es war kaum beschädigt, das hatte der Sheriff selber gesagt. Und Rose? Die hatte er in seinem umnebelten Zustand doch kaum wahrgenommen, da war sie ziemlich sicher.

Voller Hoffnung fuhr sie nach Harrison zurück. Auf der Hauptstraße sah sie den Sheriff neben seinem Geländewagen stehen und winkte ihm freundlich zu. Ihre Laune hatte sich erheblich gebessert. Sie parkte vor dem *Roadside Cafe* und stieg aus. Den neugierigen Blick eines jungen Farmers beachtete sie nicht.

»Na, hat er dich wieder rumgekriegt?«, empfing Oscar sie in dem kleinen Raum neben der Küche. »Was muss er denn noch alles anstellen, damit du ihn endlich zum Teufel jagst? Eine Bank ausrauben? Die Tankstelle in die Luft jagen? Ja, ja, ich weiß, das war das letzte Mal, dass er so was getan hat, und er hat dir hoch und heilig geschworen, nie mehr einen Tropfen Alkohol anzurühren! Wann wachst du endlich auf, Molly? Ich würd' mich am meisten freuen, wenn er endlich vernünftig würde, aber ich glaube nicht dran. Tut mir leid, dass ich das sagen muss, aber Steve …«

»Sag's nicht«, schnitt sie ihm das Wort ab. »Diesmal meint er es wirklich ernst! Du wirst sehen, er sucht sich einen Job und wird ein stinknormaler Ehemann. Und das ist doch nicht das Schlechteste, oder? Ich liebe ihn, Oscar. Und er liebt mich. Das ist mehr, als die meisten Leute von sich sagen können. Du wirst dich wundern, was er alles auf die Beine stellt! Er ist ein erstklassiger Mechaniker, das hat sogar Russ zugegeben. Irgendwann macht er seine eigene Werkstatt auf, und dann werde ich nur noch samstags bei dir bedienen, zum Zeitvertreib, weil wir zu viel Geld haben.«

Oscar lachte. »Untersteh dich! Ohne dich wär mein Schuppen doch längst verwaist!« Er deutete auf die Speisekarte, die neben der Küchentür an der Wand hing. »Unser Special ist Cheeseburger mit Pommes frites und die Tagessuppe ist Broccoli Cream.«

»Mal was Neues«, lästerte sie fröhlich.

In dieser Nacht schlief sie besser, und als sie am nächsten Morgen zum Krankenhaus fuhr, war sie guter Dinge und glaubte fest daran, dass Steve die Kraft besaß, endlich einen dauerhaften Job zu finden. Doch als sie sein Zimmer betrat, war er verschwunden, und in seinem Bett lag bereits ein anderer Patient. Sie entschuldigte sich und hielt eine Schwester auf. »Ich suche meinen Mann«, sagte sie. »Er ist nicht mehr in seinem Zimmer.«

»Steve Gibson? Der ist schon gegangen«, erwiderte sie.

»Aber er wusste, dass ich ihn abhole!«, meinte Molly ungläubig. »Ist er wirklich schon weg? Schauen Sie bitte noch mal nach! Er muss doch sicher irgendwelche Papiere unterzeichnen.« Sie blickte sich in dem langen Flur um. »Ist der junge Arzt nicht da?«

»Dr. Grisham? Der ist bei einem Patienten.«

»Und die junge Schwester, die neulich bei ihm war?«

»Schwester Heather ist im OP. Hören Sie«, meinte die Schwester ungeduldig. »Ihr Mann ist gegangen. Ich hab' selber gesehen, wie er zum Aufzug gerollt wurde. Ich bin sicher, er wartet unten auf Sie.«

»Dann hätte ich ihn doch gesehen.« Molly bedankte sich bei der Schwester und ging in die Eingangshalle. Sie suchte im Aufenthaltsraum und im kleinen Restaurant nach Steve und setzte sich zwanzig Minuten in den Warteraum, ohne dass sie ihn zu Gesicht bekam. Auch die Dame an der Rezeption konnte sich nicht an ihn erinnern.

Enttäuscht und mit bösen Vorahnungen verließ sie das Krankenhaus. Für einen Augenblick hoffte sie, ihn auf dem Parkplatz zu sehen, wie er vor ihrem Wagen stand und rief: »He, Baby! Hier bin ich! Ich konnte es nicht mehr erwarten und bin schon mal vorgegangen!« Doch der Parkplatz war leer, und auf dem Bürgersteig war außer einem Arzt und einer Ärztin, die sich gestenreich unterhielten, niemand zu sehen. Sie ging zur Straße hinunter und blickte nach links und rechts, ging sogar bis zur nächsten Kreuzung weiter, aber auch dort wartete ihr Mann nicht.

»Oh, Steve! Warum tust du mir das an?«, murmelte sie enttäuscht. Sie bog um die Ecke, wollte noch in eine schmale Seitenstraße sehen, bevor sie zum Auto zurückkehrte, und erschrak vor der flackernden Bierreklame einer Bar. »Open« stand in leuchtenden Buchstaben an der Tür und sie trat zögernd ein. In dem düsteren Raum blieb sie stehen, bis sich ihre Augen an das Halbdunkel gewöhnt hatten. Hinter dem Tresen stand ein glatzköpfiger Mann mit silbernen Ohrringen. Er unterhielt sich mit einer Kellnerin, die gelangweilt in einer offenen Tür lehnte, und konnte sich ein spöttisches Lächeln nicht verkneifen, als er Molly entdeckte. Ein Mann in Anzug und Krawatte, anscheinend ein Vertreter auf der Durchreise, und ein junger Kerl mit tätowierten Oberarmen waren die einzigen Gäste. »So früh schon unterwegs?«, fragte der Barkeeper. »Was darf's denn sein, Ma'am?«

Molly trat widerwillig an den Tresen. »Ich suche meinen Mann. Er heißt Steve Gibson. Ungefähr einen Kopf größer als ich, sehr kräftig gebaut, dunkle Haare und braune Augen. War er hier?«

»Hier war niemand, der so aussieht«, antwortete der Barkeeper. »Morgens ist hier kaum was los, wissen Sie? Ich hab' mir echt schon überlegt, ob ich erst mittags aufmachen soll.« Er wandte sich an die Kellnerin, die sich in aller Ruhe eine Zigarette ansteckte und ihm den Rauch ins Gesicht blies. »Hast du ihn gesehen, Lou?«

»Wie denn?«, meinte sie schnippisch. »Ich bin doch erst seit 'ner Stunde hier! Außerdem wär mir so 'n Typ bestimmt aufgefallen!« Sie blickte Molly an. »Hast ihm wohl den Laufpass gegeben, Schätzchen, und jetzt heulst du Rotz und Wasser und willst ihn wieder zurück, was?

»Also, wenn der Typ wirklich so knackig aussieht, wie du sagst, dann würd' ich ihn festhalten, kapiert?«

Der Kerl mit den tätowierten Oberarmen blickte Molly mit glasigen Augen an. »Vergiss den Typ«, lallte er. »Wenn er so ’ne Superbraut wie dich stehen lässt, soll er sich zum Teufel scheren! Komm lieber zu mir! Setz dich auf meinen Schoß, dann zeig ich dir was!« Er lachte dreckig und trank einen Schluck. »Na, wie wär’s? Wenn du willst, geh’n wir in meinen Trailer, ist nur zehn Minuten von hier, beim Interstate. Wir nehmen uns ’n Sixpack mit und lassen es ordentlich krachen. Was meinst du, Schätzchen?«

»Halt die Klappe, Jimmy!«, wies ihn der Barkeeper zurecht. »Du siehst doch, dass sie ’ne Dame ist!« Sein spöttisches Grinsen verstärkte sich. »Entschuldigen Sie, Ma’am! Der Junge hat keine Kinderstube.« Er bedachte die Kellnerin mit einem abschätzigen Blick, atmete den Rauch ihrer Zigarette ein und verzog angewidert das Gesicht. »Darf ich Ihnen einen Cocktail ausgeben?«, fragte er Molly. »Einen Mai Tai vielleicht? Eine Piña Colada?«

»Nein, danke. Ich trinke keinen Alkohol.«

»Einen Kaffee vielleicht?«

»Nein, danke. Vielen Dank.« Sie verließ das Lokal und blieb erleichtert in der schwachen Morgensonne stehen. Nachdem sie ein paar Mal tief durchgeatmet hatte, ging es ihr besser. Der schale Gestank nach abgestandenem Bier und der Zigarettenqualm in der dunklen Bar waren kaum zu ertragen gewesen.

Sie kehrte zum Krankenhaus zurück und sah ihren Mann auf dem Parkplatz stehen. Er blickte sich suchend nach ihr um und kam ihr entgegen, als er sie erblickte. »Steve!«, rief sie erfreut. »Steve! Wo hast du denn gesteckt? Ich hab’ dich überall gesucht!«

Er umarmte sie und küsste sie übermütig auf den Mund. »Ich hab’ eine Überraschung für dich! Du wirst es nicht glauben! Komm, lass uns nach Hause fahren. Ich erzähl’s dir unterwegs!«

Sie stiegen in den Wagen und fuhren am Seeufer entlang nach Harrison zurück. Die Morgensonne spiegelte sich auf dem Wasser, das dalag wie ein Spiegel. Steve saß fröhlich auf dem Beifahrersitz, als hätte es seine Kündigung und den Unfall nie gegeben, und überraschte sie mit der Nachricht: »Ich hab' einen neuen Job, Molly!«

Sie blickte ihn ungläubig an.

»Ja, da staunst du, was? Ich hab' die Anzeige in der Morgenzeitung gelesen und bin gleich hingegangen. Der Truckstop an der Interstate-Abfahrt. Nur ein paar Minuten von hier. Eine große Sache! Wenn jetzt alles so läuft, wie ich mir das vorstelle – und das wird es, Baby –, dann übernehme ich in einem halben Jahr dort den ganzen Truckstop mit Tankstelle, Werkstatt, Shop, Restaurant, alles! Dem jetzigen Chef gefällt es nicht in Coeur d'Alene, weißt du, sieht so aus, als würde er bald die Koffer packen. Er kommt aus Kalifornien, der will wieder an die Küste. Na ja, und bis er geht, braucht er einen Mann mit Durchblick, einen erfahrenen Mitarbeiter, der sich auch in einer Werkstatt auskennt. Stell dir vor, wenn es so weit ist, stell ich dich als Restaurant-Chefin ein!«

Molly wusste aus Erfahrung, dass ihr Mann gerne übertrieb, und hakte nach: »Was hat der Chef gesagt, Steve? Hat er dir versprochen, dass du seinen Job bekommst? Als was hat er dich eingestellt? Wollte er wissen, wo du bis jetzt gearbeitet hast?«

»Na ja«, wurde Steve kleinlauter, »ich soll erstmal in der Werkstatt arbeiten. Damit er mich besser kennenlernt. Aber als ich ihm gesagt habe, dass ich fast mein ganzes Leben in einer Werkstatt gearbeitet habe und auch was vom Management verstehe, hat er mir ziemlich Hoffnung gemacht. Sie können es bei uns weit bringen, hat er versprochen. Von Russ Brisco hab' ich ihm nichts gesagt, aber das wär' ihm wohl auch egal. Ich beurteile einen Menschen erst, wenn er ein paar Wochen bei mir gearbeitet hat, hat er gesagt, und Sie sehen ganz so aus, als könnten Sie es schaffen.«

Sie versuchte, ihre Enttäuschung nicht zu zeigen. Immerhin: Steve hatte einen Job als Mechaniker bekommen, und wenn er großes Glück hätte, würde er nach einem halben Jahr befördert. Das war mehr, als sie noch an diesem Morgen gehofft hatte. Auch wenn er, wie sie bald herausfand, nur einen Niedriglohn bekam.

»Ist das nicht riesig?«, strahlte er. »In ein paar Monaten sind wir ganz oben! Du wirst sehen, wir kommen groß raus! Die Leute werden ganz schön Augen machen. Vielleicht reicht es für ein Häuschen am Seeufer und im Winter fahren wir für eine Woche auf die Bahamas! Ich schaffe es, Molly, diesmal schaffe ich es!«

Sie legte eine Hand auf seinen Arm und lächelte schwach. »Ich freu' mich für dich, Steve. Jetzt wird alles wieder gut, nicht wahr?«

3

Diesmal hielt Steve sein Versprechen. Er arbeitete so gut, dass er schon nach wenigen Wochen eine Lohnerhöhung bekam. Seine Laune besserte sich so, dass ihn die Leute in Harrison wieder freundlich grüßten, wenn er Molly abholte oder im Supermarkt einkaufte, und in der ganzen Zeit rührte er keinen Tropfen Alkohol an. Drei Monate später musste sogar Oscar zugeben: »Sieht ganz so aus, als hätte dein Mann diesmal die Kurve gekriegt. Zu gönnen wär's dir, Molly. Sogar Russ hat gesagt, er würde es noch mal mit ihm versuchen, wenn er so weitermacht. Anscheinend gefällt es ihm auf dem Truckstop.«

Molly strahlte. »Einen besseren Job hätte er nicht finden können. Stell dir vor, sein Chef will ihn befördern! Zum stellvertretenden Werkstattleiter! Dann verdient er fast hundert Dollar mehr!«

»Dann brauche ich dir ja keine Lohnerhöhung zu geben«, erwiderte Oscar lachend. »Ich hab sowieso kaum was in der Kasse, seitdem die Leute alle nach Coeur d'Alene oder Spokane fahren. Stell dir vor, in Spokane wollen sie ein Friday's aufmachen! Fehlt nur noch, dass sie uns einen McDonald's vor die Nase setzen!«

»Deine Hamburger sind drei Mal so gut«, beruhigte Molly ihn, »und an deine Pommes frites kommen sie sowieso nicht ran. Und wegen der blöden McNuggets fährt bestimmt niemand hin!«

»Ich nehm immer McNuggets, wenn ich zu McDonald's geh«, flüsterte er ihr ins Ohr. »Aber erzähl's niemandem weiter, okay?«

Pamela, ihre beste Freundin, war erleichtert und lud die beiden zu einem Barbecue auf der Guest Ranch ein. Als Cliff, ihr Mann, und Steve im Corral bei den Pferden waren, sagte sie: »Steve ist wie verwandelt. Früher war er immer so nervös, wenn er trocken war. Wie hat er das bloß gemacht? Hast du ein Zaubermittel?«

»Keine Ahnung«, erwiderte Molly. »Ich glaube, er hat endlich eine Arbeit gefunden, die ihm Spaß macht. Auf dem Truckstop bekommt er die Anerkennung, die er sich immer gewünscht hat. Steve ist ein sensibler Bursche, Pam. Wenn irgendwas nicht klappte, griff er sofort zur Flasche.

Das ist vorbei. Jetzt ist er selbstbewusst genug, um auch einen Tiefschlag zu verdauen.«

»Ich hoffe, dass es so bleibt.« Pamela war eine elegante Frau mit langen dunklen Haaren und ausdrucksvollen Augen, die auch die Männer in Los Angeles oder New York verzaubert hätten, und Molly an Catherine Zeta-Jones erinnerten. Sie erledigte die PR-Arbeit der Ranch und war seit einigen Jahren mit Cliff verheiratet. Cliff war ein Naturbursche, der geborene Cowboy, der sich ein Leben außerhalb des Sattels nicht vorstellen konnte. Beide verband die Liebe zur Natur und eine Leidenschaft, die sogar zu spüren war, wenn sie belanglose Worte wechselten. »Und ich wollte schon anfangen, dich zu überreden, dass du dich scheiden lässt!«

»So schnell lassen wir uns nicht unterkriegen«, sagte Molly. Sie deutete auf Cliff und Steve, die aus dem Corral kamen und sich angeregt unterhielten. »Da kommen unsere Männer. Wollen doch mal sehen, ob sie bessere Steaks als Oscar hinkriegen!«

Steve rief: »He, Molly! Cliff will mich die schwarze Stute reiten lassen! Die Wilde mit den weißen Flecken. Meinst du, diesmal bleibe ich oben? Ich hab' lange nicht mehr im Sattel gesessen.«

Steve blieb oben, und um die Steaks hätte Oscar sie beneidet. »Ich glaube, ich hab' das große Los gezogen, Mama!«, sagte Molly später am Telefon zu ihrer Mutter. »Zur Zeit klappt wirklich alles! Fehlt nur noch, dass Oscar mir eine Lohnerhöhung gibt!« Sie lachte.

An dem Tag, der ihr Leben so gründlich verändern sollte, dass sie ihn niemals vergessen würde, hatte sie die Frühschicht. Steve ließ sie vor dem *Roadside Cafe* aussteigen und fragte: »Was dagegen, wenn ich den Wagen nehme?

Ich hab' noch was in der Stadt zu erledigen. Frag Oscar, ob er dich nach Hause fährt, oder nimm den Bus, okay? Ich bin spätestens um acht zu Hause.«

Doch Steve war bereits um sieben zurück und strahlte über das ganze Gesicht, als er mit dem Wagen vor das Blockhaus fuhr und Molly lachend zuwinkte. So strahlender Laune hatte sie ihn selten gesehen. »Steve! Was soll denn der Anhänger?«, fragte sie ihn verwundert. »Sag bloß, du hast den Kühlschrank gekauft!« Sie waren am vergangenen Wochenende in der Mall gewesen und Molly hatte sehnsüchtig auf einen großen Kühlschrank mit mehreren Gefrierfächern und Ice Crusher gedeutet.

»Viel besser«, antwortete er fröhlich. »Damit gehen wir auf große Fahrt! Ich hab' das große Los gezogen, Molly! Ich hab' ein schönes Sümmchen von meiner Großmutter geerbt! Von der kanadischen, die vor ein paar Wochen gestorben ist. Ich hätte nie gedacht, dass sie sich an mich erinnert. Kein Vermögen, aber für einen Urlaub an der Küste reicht's allemal.« Er schlug mit der flachen Hand auf den Anhänger. »Ich dachte, wir nehmen ein paar Sachen mit. Ich hab' ein Ferienhaus in Kalifornien gemietet. Für drei Wochen. Morgen fahren wir los!« Er umarmte sie und drückte ihr einen dicken Kuss auf den Mund. »Ich hol' dich morgen nach der Schicht ab.« Er blickte sie prüfend an. »Ja, freust du dich denn gar nicht, Molly? Wir haben geerbt! Wir fahren in Urlaub!«

Verwirrt folgte sie ihm ins Haus und wusste nicht, wie sie sich verhalten sollte. »Das kommt alles ein bisschen plötzlich, Steve! Ich weiß nicht, was Oscar sagt, wenn ich ihn damit überrasche, dass ich drei Wochen wegbleibe! Er hat doch gar keinen Ersatz!«

»Der findet schon jemand«, winkte er ab. Er nahm eine

Dose Cola aus dem Kühlschrank, riss sie auf und nahm einen Schluck. »Willst du denn nicht wissen, wie viel ich geerbt habe?«

»Wie viel?«, fragte sie.

»Das verrate ich dir unterwegs«, freute er sich spitzbübisch. »Auf jeden Fall genug für einen schönen Urlaub! Und ein bisschen was für den neuen Kühlschrank bleibt auch noch übrig! Na, was sagst du jetzt?« Er zog sie näher zu sich heran und küsste sie.

»Das ist … ich weiß nicht, was ich sagen soll«, meinte sie. Ihre Freude war nicht so ungetrübt wie die ihres Mannes. »Aber können wir die Reise denn nicht verschieben? Wenigstens ein oder zwei Wochen. Dann hätte Oscar mehr Zeit, um sich eine Vertretung zu suchen, und ich könnte noch zum Friseur gehen und einige Einkäufe erledigen. Es kommt alles so plötzlich, Steve.«

»Kommt gar nicht infrage!«, ließ er sich die Laune nicht verderben. »Wir fahren morgen! Ich hab' das Ferienhaus schon gebucht, und mein Chef weiß auch Bescheid. Zur Not kann Oscar selber bedienen, in seinem Laden ist sowieso nicht mehr viel los.«

Molly blieb keine andere Wahl, als sich auf sein Spiel einzulassen. Wenn sie darauf bestand, die Reise zu verschieben, bestand die Gefahr, dass er in ein Stimmungstief fiel und erneut zur Flasche griff. Er war immer noch labil. Seit dem Unfall war alles glattgelaufen, auf dem Truckstop und in ihrer Beziehung, und sie wollte eine erste ernsthafte Belastungsprobe so weit wie möglich hinausschieben. Wer wusste denn, wie er reagierte, wenn wieder etwas schiefl ief? Wenn sein Chef ihn bei einer Beförderung überging oder ihn irgendjemand links liegen ließ? Steve war kein klassischer Alkoholiker, der ohne Schnaps und Bier nicht auskam. Er brauchte nicht einmal die Anonymen Alkoholiker. Er griff nur zur Flasche, wenn sein Leben in Unordnung geriet und er sich betäuben und den Alltag vergessen wollte.

Sie munterte ihn mit einem Lächeln auf. »Wo fahren wir denn hin? Oregon? Kalifornien?« Sie hatte immer davon geträumt, einmal am Strand von Malibu zu liegen und dem Rauschen der Wellen zuzuhören. »Hast du wirklich ein Ferienhaus gemietet?«

»Es soll eine Überraschung sein«, erwiderte er strahlend. »Ich hol' dich morgen gleich nach der Arbeit ab, okay?« Er warf die leere Cola-Dose in den Mülleimer. »So, und jetzt lass uns packen!«

In den Anhänger, den Steve gemietet hatte, passte eine Menge hinein. Eigentlich war ihr Wagen groß genug, und zwei Koffer hätten selbst für einen langen Urlaub genügt, aber Steve wollte anscheinend alles mitnehmen, was ihm lieb und teuer war. »Man könnte glatt meinen, wir ziehen um!«, sagte sie, als er den Fernsehapparat zum Anhänger trug. »Ich will, dass du es gemütlich hast«, erwiderte er fröhlich. Er griff nach dem Album mit den Familienfotos und einem Sportbuch mit den Autogrammen einiger Football-Stars und legte sie auf die Rückbank. Immer wieder fand er etwas, auf das er im Urlaub nicht verzichten wollte.

Während Steve den Anhänger abschloss und den Wagen überprüfte, rief sie Pamela an. Ihre Freundin kam gerade von einem Ausritt zurück und war erst einmal sprachlos, als Molly ihr von der Erbschaft und dem überstürzten Urlaub erzählte. »Molly! Das ist ja wunderbar!«, rief sie zuerst, und nachdem sie sich eine Weile unterhalten hatten: »Ich will dir die Freude nicht verderben, Molly, aber pass auf! Du weißt, wie sprunghaft Steve immer war. Ich weiß, er hat sich geändert, und ich freue mich darüber. Ich bitte dich nur, vorsichtig zu sein. Das Geld könnte ihn dazu verleiten, einen seiner verrückte Träume durchzusetzen. Bleib auf dem Teppich, hörst du? Und sorg dafür, dass Steve nicht durchdreht!« Sie lachte leise. »Ich hör' mich schon wie deine Mutter an, was? Ich wünsche dir einen schönen Urlaub, Molly! Und komm bald wieder nach Hause! Wir brauchen dich, okay?«

Oscar verhielt sich ähnlich. Er beklagte sich lautstark darüber, dass er so schnell keinen Ersatz für sie finden könnte, und wurde dennoch fündig: Nächste Woche, wenn die Sommerferien begonnen hatten, würde seine Nichte den Job übernehmen. Sie ging aufs College in Spokane und würde für drei Wochen nach Harrison kommen und Molly vertreten. »Auf so was Verrücktes kann nur Steve kommen«, zog Oscar sie auf. »Mitten in der Hochsaison fährt der Verrückte mit dir ans Meer! Es gibt doch Wichtigeres, als den ganzen Tag in der Sonne zu faulenzen!« Er zwinkerte ihr mit einem Auge zu. »Aber du hast dir's verdient, Molly! Und sobald du zurück bist, kannst du wieder anfangen.« Er warf seine Zigarette auf den Boden und drückte sie aus. »Aber pass auf, dass er nicht abhebt! Versprichst du mir das? Wer weiß, was passiert, wenn Steve die Taschen voller Dollar hat?«

Am frühen Nachmittag parkte Steve vor dem *Roadside Cafe* und Molly stieg winkend ein. Das Lokal blieb im Rückspiegel zurück. Sie fuhren nach Coeur d'Alene und bogen auf den Interstate nach Westen. Nach einer halben Stunde passierten sie schon Spokane im Staat Washington. Weiter westlich war Molly nie gewesen. Sie kam sich plötzlich wie eine Entdeckerin vor, die in unbekanntes

Terrain vorstieß und am Morgen nicht wusste, wo sie die Nacht verbringen würde. Die Schilder kündeten von der malerischen Oregon Coast und dem weißen Sand von Kalifornien. Sie war so aufgeregt, dass sie Steves nervöse Miene gar nicht bemerkte. Ihr Blick war nach vorn gerichtet, versuchte die endlosen Wälder zu durchdringen und das Meer zu erreichen.

In einem Motel abseits des Interstate, ungefähr siebzig Meilen von Seattle entfernt, buchten sie ein Zimmer für die Nacht. Sie aßen Hamburger bei *Wendy's* und Molly freute sich auf die Berührungen ihres Mannes. Liebe in einem Motel hatte etwas leicht Verruchtes an sich. Doch er küsste sie nur flüchtig und bat sie, sich zu ihm auf den Bettrand zu setzen. »Ich muss dir was sagen, Molly«, begann er unsicher. Sein Lächeln wirkte künstlich. »Die Überraschung ist nämlich noch viel größer, als du denkst! Aber lass mich erst zu Ende reden, bevor du was sagst, okay?« Er griff nach ihren Händen und vermied es, sie anzusehen. »Ich war schon seit drei Tagen nicht auf dem Truckstop. Nein, nein, sie haben mich nicht rausgeworfen! Vorgestern war ich noch mal bei meinem Anwalt, da gab's noch einigen Papierkram zu erledigen, und gestern früh hab' ich einen Kaufvertrag unterschrieben.« Er sah, wie Molly aufbegehren wollte, und hob abwehrend beide Hände. »Lass mich erst ausreden! Die Erbschaft ist nämlich größer, als du denkst, und hat für die größte Überraschung gereicht, die du dir vorstellen kannst! Ich habe eine Ranch gekauft! Oben in Kanada! Von meinem Anwalt! Er hat sie vor einem Jahr geerbt und hat sie mir zum absoluten Tiefstpreis gegeben!« Jetzt wirkte er wieder fröhlich und unbeschwert. »Na, ist das eine tolle Überraschung? Eine Ranch in Kanada ...«

Molly starrte ihn an. Sie fühlte sich, als hätte man ihr eine heftige Ohrfeige verpasst. »Eine Ranch?«, fragte sie, als das Rattern der Klimaanlage unerträglich wurde. »Du hast eine Ranch in Kanada gekauft? Ohne mich zu fragen? Soll das heißen, dass wir gar nicht ans Meer fahren? Wir machen keinen Urlaub?«

»Natürlich fahren wir in Urlaub, vielleicht schon im Winter«, beruhigte er sie. »Aber zuerst müssen wir die Ranch auf Vordermann bringen. Keine Angst, es gibt dort einen alten Cowboy, der hütet die Rinder, und seine Frau kümmert sich um das Haus. Aber wir müssen uns erstmal wohnlich einrichten, bevor wir an Urlaub denken können. Ich hab' noch ein paar tausend Dollar auf dem Konto. Ein schöneres Zuhause kannst du dir nicht vorstellen, Molly! Ich hab' Bilder von der Ranch gesehen – ein Juwel!«

»Du hast eine Ranch gekauft, ohne dort gewesen zu sein?« Sie geriet langsam in Panik. »Aber das ist Wahnsinn! Wir können doch nicht einfach alles zurücklassen! Pamela und Cliff, der Job im *Roadside Cafe*, dein neuer Job auf dem Truckstop! Du bist wahnsinnig, Steve! Ich will nicht nach Kanada! Ich will in Idaho bleiben! Wer sagt dir denn, dass die Ranch ihr Geld wert ist?«

»Meinem Anwalt kann ich vertrauen, Molly! Ein Kollege hat ihn mir empfohlen. Der ist eine große Nummer, der legt mich nicht rein. Der hätte die Ranch selber behalten, wenn er nicht gerade einen großen Betrag in irgendwelche Aktien investiert hätte. Immobilien sind eine sichere Sache, sagt er. Eine bessere Geldanlage findet man nicht!« Als er sah, dass seine Worte wenig Eindruck bei ihr machten, fügte er hinzu: »Es sagt ja niemand, dass wir ewig dort bleiben. Vielleicht verkaufen wir in zwei oder drei Jahren und gehen als reiche Leute nach Harrison zurück!«

»Zwei, drei Jahre? So lange soll ich irgendwo in der Wildnis versauern? Da kenne ich doch niemand, Steve! Ich will nach Hause! Pamela und Cliff haben keine Ahnung, dass ich nicht wiederkomme, und bei Oscar hab' ich nicht einmal gekündigt! Ich bestehe darauf, dass wir umkehren und nach Hause fahren!«

»Deine Freundin ist doch nicht aus der Welt«, versuchte Steve es noch einmal, »und Oscar findet bestimmt eine andere Bedienung. Der freut sich für dich, da bin ich ganz sicher! Sobald wir uns eingelebt haben, laden wir alle nach Kanada ein, okay?«

»Ich will nach Hause!«, erwiderte sie trotzig. »Und wenn du nicht mitfährst, fahre ich eben per Anhalter!« Sie sprang vom Bett, griff nach ihrem Regenmantel und ihrer Handtasche und stapfte wütend nach draußen. Hinter ihr knallte die Zimmertür ins Schloss.

Ohne sich umzusehen, rannte sie zur nahen Interstate-Auffahrt. Es hatte am Nachmittag geregnet und die türkisfarbenen und weißen Neonlichter des Motels spiegelten sich in den Wasserlachen. Ihre Absätze klapperten über den Asphalt. Die Besitzerin des Motels, eine ältere Frau mit bläulich gefärbten Haaren, stand am Bürofenster und blickte ihr gelangweilt nach. In ihrem Motel kam es jeden Abend zu einem Ehekrach und sie war fluchende Männer und weinende Frauen gewöhnt.

»Schon wieder eine«, sagte sie zu ihrem Mann, der erschöpft vor dem Fernseher saß.

Molly schlüpfte in ihren Regenmantel und blieb schnaufend stehen. Ihre Tränen vermischten sich mit dem leichten Nieselregen, der vom Himmel fiel. Ein Ford Bronco mit drei Jugendlichen fuhr hupend vorbei. Ein schwerer Truck erfasste sie mit seinen Scheinwerfern, und sie dachte für einen winzigen Augenblick daran, wie es wohl wäre, wenn sie sich vor seine Räder warf. Der Fahrer bremste und beugte sich aus dem Seitenfenster. »Kann ich Ihnen helfen, Ma'am?« Und als sie langsam den Kopf schüttelte: »Ist 'ne ziemlich ungesunde Ecke für 'ne Lady, Ma'am! Wenn ich Sie wäre, würde ich hier schleunigst verschwinden!«

In das Motorengeräusch des anfahrenden Trucks mischten sich die hastigen Schritte ihres Mannes. »Molly! Warte doch!«, rief er. »Ich wollte dich nicht erschrecken!« Er rannte über die Straße und fasste sie am Arm. »Komm zurück! Wir reden über alles.«

Sie hielt sich weinend die Hände vors Gesicht. »Und ich dachte, wir fahren nach Kalifornien, wie ich's mir immer gewünscht habe! Warum hast du das getan? Warum hast du das ganze schöne Geld für eine blöde Ranch ausgegeben? Du hättest die Tankstelle vom alten Moses kaufen können oder die Werkstatt von den Randall-Brüdern! Die wollen schon seit ein paar Monaten verkaufen! Wir hätten uns ein schönes Leben in Harrison machen können.«

»Das tun wir doch, Molly! Was meinst du, für wen ich die Ranch gekauft habe? Für dich, für dich allein! Du wirst sehen, wenn wir erstmal da sind, willst du gar nicht mehr weg!« Er zog sie zu sich heran und sie gab widerwillig nach. »Und wenn dir die Ranch wirklich nicht gefällt, können wir sie immer noch verkaufen. Ich zwinge dich zu nichts, Molly, das weißt du doch. Ich liebe dich!«

Sie schniefte. »Warum hast du mir nichts gesagt, Steve? Dann hätte ich mich wenigstens verabschieden können! Wie stehe ich denn jetzt da? Ich traue mich gar nicht, bei Pamela anzurufen.«

»Sag ihr, dass wir uns erstmal umsehen. So ist es ja auch.

Wir sehen uns die Ranch an, und dann entscheiden wir uns, okay?«

»Wirklich, Steve?«

»Natürlich«, versicherte er ihr mit ernster Miene. »Wäre gar kein Problem, die Ranch zu verkaufen, wenn sie uns nicht gefällt. Einverstanden? Und jetzt lass uns ins Zimmer gehen! Ich hab' die Heizung angestellt. Komm, Molly!« Er legte ihr einen Arm um die Schultern und sie kehrten langsam zu ihrem Zimmer zurück.

4

Auf der Fahrt nach Norden sprach Molly kaum ein Wort. Sie hatte wenig geschlafen in der vergangenen Nacht und konnte sich nur langsam an den Gedanken gewöhnen, die Heimat zu verlassen, um in der Wildnis Kanadas ein neues Leben zu beginnen. Drei Wochen am Strand hätten ihr gefallen, irgendwo zwischen San Francisco und Los Angeles. Sie hatte sich bereits in Disneyland und in den aufregenden Shopping Malls von Kalifornien gesehen. Den Alltag vergessen, für ein paar Wochen raus aus dem Trott und dann wieder zurück nach Harrison, denn das war schließlich ihre Heimat. Im nördlichen Idaho hatte sie den größten Teil ihres Lebens verbracht. Ihre Eltern stammten aus Boise, lebten seit einigen Jahren weiter südlich und bewirtschafteten einen Trailer Park. Sie war niemals aus Idaho herausgekommen, hatte auch gar nicht das Bedürfnis gespürt, nach Denver oder Chicago zu ziehen. Sie fühlte sich wohl in ihrer kleinen Welt. Sie liebte die heimischen Wälder, die Berge und die Seen und war schon zufrieden, wenn sie einmal im Monat nach Coeur d'Alene fahren konnte. Mit Pamela in der Mall einkaufen, die Männer im Steakhouse treffen, abends ins Kino und dann zurück nach Harrison.

Sie würde ihre Heimat vermissen, mehr als Steve, der aus Nebraska stammte und ständig unterwegs gewesen war, bevor er sie kennen gelernt hatte. Ein rastloser Mann, immer auf der Suche und neuen Träumen auf der Spur. In Harrison hatte er Wurzeln geschlagen, und sie hätte niemals geglaubt, dass er auf den Gedanken kommen könnte, in einen anderen Staat oder in ein anderes Land zu ziehen. Wenn sie ihn verstohlen anblickte, lächelte er. In der Gewissheit, endlich sein Paradies gefunden zu haben, kam er gar nicht auf den Gedanken, dass er sie mit seiner Entscheidung unglücklich machen könnte. Ihm fiel nicht einmal ihr Schweigen auf, und wenn sich ihre Blicke trafen, waren seine Augen voller Begeisterung, und sie wagte nicht, ihre Bedenken zu äußern. Stattdessen lächelte sie, ein hoffnungsvolles Lächeln, denn irgendwie klammerte sie sich an sein Versprechen, die Ranch zu verkaufen und nach Idaho zurückzukehren, falls sie nicht ihren Erwartungen entsprach. Insgeheim hoffte sie sogar, dass sie ihm auch nicht gefiel und er noch vor ihr auf die Idee kam, den Kauf der Ranch rückgängig zu machen.

In Vancouver kamen sie ans Meer. Molly saß in der English Bay in einem Strandlokal und sah den Wellen zu, während Steve einige Behördengänge erledigte und zur Bank am Robson Square ging. Sie trank einen Café Latte und empfand das Rauschen der nahen Brandung wie ein beruhigendes Flüstern. Am Strand sonnten sich Urlauber. Ein paar Mädchen spielten Volleyball. Sie dachte an Pamela und raffte sich endlich auf und ging zum Telefon hinter dem Lokal. Solange Steve bei ihr gewesen war, hatte sie sich nicht getraut, ihre Freundin anzurufen. Auch jetzt war sie nicht scharf darauf, ihr »Ich hab's doch gewusst!« zu hören. Sie benutzte ihre Kreditkarte und wurde sofort mit ihr verbunden. »Hi, Pam! Ich bin's, Molly. Wie geht's dir?«

»Molly!«, rief Pamela erfreut. »Bist du schon in Kalifornien? Sag bloß, du liegst am Strand und lässt dich von der Sonne bräunen? Mein Gott, wie ich dich beneide! Wie ist das Ferienhaus?«

»Ich bin in Vancouver. Vancouver, Kanada.«

Einen Augenblick herrschte Stille, und man hörte nur, wie Pamela die Luft einsog. »Molly!«, erwiderte sie. »Sag mir nicht, dass Steve dich belogen hat! Dass sie ihm wieder gekündigt haben ...«

»Sie haben ihn nicht rausgeworfen, Pam! Er hat selber gekündigt. Wir haben etwas Geld von seiner Großmutter geerbt, weißt du, und er hat eine kleine Ranch in Kanada gekauft. Irgendwo in British Columbia. Es ist nicht so, wie du denkst, Pam. Er will endlich was Eigenes auf die Beine stellen. Auf der Ranch gibt es einen Cowboy, der lebt dort schon seit einigen Jahren und wird uns helfen. Seine Frau ist auch da. Wir wollen uns die Ranch erstmal anschauen, Pam. Wenn sie uns nicht gefällt, will Steve sie gleich wieder verkaufen. Das hat er mir fest versprochen!«

Pamela brauchte eine Weile, bis sie die Nachricht verdaut hatte. »Heißt das, dass du nicht mehr zurückkommst? Ihr wollt nach Kanada auswandern und verabschiedet euch nicht mal von euren Freunden? Gerade jetzt, wo wieder alles in Ordnung war?«

»Ich weiß, Pam, es kommt alles ein bisschen plötzlich. Mir ging's genauso, ich weiß es auch erst seit gestern. Glaub mir, ich wollte gleich wieder umkehren. Ich war schon am Highway und wollte einen Truck anhalten, aber dann dachte ich mir, du musst ihm eine Chance geben. Wenn du ihn jetzt zwingst, den Kauf rückgängig zu machen, bricht sein ganzer Traum zusammen.« Sie drehte sich vom Meer weg und starrte die Hauswand an. »Aber wenn's mir nicht gefällt, kehren wir sofort um. Ehrlich!«

»Du bist verrückt, Molly! Du kannst doch nicht einfach alles im Stich lassen! Deine Heimat, deine Freunde, deine Arbeit! Sag mir, dass ich träume! Das ist doch alles nur ein schlechter Scherz! Du bist in Malibu und liegst in der Sonne, stimmt's?«

»Ich bin in Vancouver«, sagte Molly. »Steve ist auf der Bank und erledigt den letzten Papierkram. Wir treffen uns in einer Stunde am Robson Square. Die Ranch liegt im High Country, nur ein paar Stunden von hier. Wenn es dort ein Telefon gibt, rufe ich dich sofort an. Sei mir nicht böse, Pam! Ich bin ja nicht aus der Welt. In zwei Tagen bist du auf der Ranch, sagt Steve.« Sie seufzte leise. »Ich hab's einfach nicht übers Herz gebracht, ihm davonzulaufen. Sagst du Oscar Bescheid, dass ich die nächste Zeit nicht kommen kann? Ich traue mich nicht, ihn anzurufen.«

»Weil er dir sagen würde, dass du im Begriff bist, eine große Dummheit zu begehen«, erwiderte Pamela ernst. »Eine sehr große Dummheit! Du weißt, wie Steve ist. Du weißt doch selber, dass er ständig Flausen im Kopf hat. Wollte er vor zwei Jahren nicht eine eigene Werkstatt gründen? Hat er dir nicht gesagt, dass er bald die Leitung des Truckstops übernehmen würde? Steve ist ein Träumer, Molly! Und er hat sie nicht mehr alle, wenn er ernsthaft glaubt, eine Ranch in Kanada führen zu können. Entschuldige, wenn ich das sage, aber ich habe Angst um dich. Du gehst kaputt, wenn du ständig auf ihn Rücksicht nimmst.

Wie kann man eine Ranch kaufen, ohne sie gesehen zu haben? Hat er überhaupt eine Vorstellung davon, was es bedeutet, eine Ranch zu führen? Du warst doch oft genug hier draußen. Mit dem bisschen Reiten ist es nicht getan. Auf einer Ranch wartet schwere Arbeit!«

»Ich weiß, Pam«, sagte Molly geduldig, »ich weiß das alles. Deshalb hab' ich ihm ja gesagt, dass wir sofort wieder verkaufen, wenn uns irgendwas nicht in den Kram passt. Wenn ich sehe, dass die Ranch eine Nummer zu groß für uns ist, sorge ich dafür, dass wir einen Tag später wieder nach Harrison fahren.« Sie spürte, wie ihr die Tränen kamen, und hoffte, dass sie nicht die Fassung verlor. »Ich rufe dich an, sobald wir dort sind, Pam. Sei mir nicht böse! Und grüß Cliff von mir!«

Sie legte den Hörer auf und blieb eine Weile stehen. Verstört kehrte sie ins Lokal zurück und bestellte noch einen Cafe Latte. Sie starrte über die Bucht, ohne das Rauschen der Brandung wahrzunehmen. Stattdessen hörte sie Pamelas Stimme: »Du kannst doch nicht einfach alles im Stich lassen! Deine Heimat, deine Freunde, deine Arbeit!« Und: »Du gehst kaputt, wenn du ständig auf ihn Rücksicht nimmst.« Wütend trank sie ihren Kaffee und dachte: Verdammt, das weiß ich selber! Ich wäre jetzt auch lieber in Kalifornien und würde in drei Wochen nach Harrison zurückfahren. Jede vernünftige Frau würde ihn allein fahren lassen und sagen: Wenn du genau weißt, wie die Ranch aussieht und ob es sich lohnt, dafür alles aufzugeben, komme ich vielleicht nach. Vielleicht! Aber ich bin nicht vernünftig. Ich liebe meinen Mann und will nicht, dass er wieder zu trinken anfängt.

Steve war pünktlich und drängte darauf, die Stadt zu verlassen. Er wollte so schnell wie möglich auf die Ranch.

Sie fuhren über den Yellowhead Highway nach Norden und waren schon bald von dunklen Wäldern und schroffen Felsen umgeben. Hier unterschied sich das Land kaum von Idaho, nur schien alles viel mächtiger zu sein, und es gab nicht so viele Reklametafeln wie in den USA. Wenn sie wirklich blieben, würde sie sich daran gewöhnen müssen, dass die Entfernungen in Kilometer angegeben wurden und der kanadische Dollar weniger wert war. Kanada war ein anderes Land, daran änderten auch McDonald's und amerikanische Supermärkte wenig. Selbst das Englisch der Kanadier war anders, sehr viel britischer und hochgestochener als der Dialekt, den sie in Idaho sprachen, beinahe wie das lustige Englisch dieses Schauspielers aus London, dieses Hugh Grant.

Im Radio, das Steve leise laufen ließ, spielten sie einige Country Songs, die sie noch nie gehört hatte. Sie verstärkten das Gefühl, weg von der Heimat und irgendwo in weiter Ferne auf einem anderen Erdteil zu sein, und dies Gefühl ließ sie frösteln. Der leichte Nieselregen, der hinter Vancouver begonnen hatte, lag wie ein grauer Schleier über dem Land und verlieh den Bäumen bedrohliche Schatten. Das Geräusch der Scheibenwischer zerrte an ihren Nerven. Steve ließ sich nicht stören und war längst wieder guter Laune, nachdem er minutenlang auf die kanadischen Behörden und die übertriebene Bürokratie der Bank geschimpft hatte. Er fuhr viel zu schnell, zählte die Kilometer bis Kamloops und sprach ständig von der rosigen Zukunft, die sie im weiter nördlich gelegenen High Country erwartete.

An einer Tankstelle kaufte er eine Straßenkarte von British Columbia und markierte die Lage der Ranch mit einem Kreuz. Molly studierte die Karte während der Fahrt und wurde immer blasser, als sie feststellte, dass die Ranch abseits einer unbefestigten Straße und meilenweit von der nächsten Stadt entfernt lag. Bis nach Clearwater, einem winzigen Punkt weiter südlich, waren es ungefähr fünfzig und bis nach Kamloops über hundert Kilometer. »Ziemlich abgelegen, die Ranch«, meinte sie vorsichtig. Steve winkte lachend ab. »Da oben ist Kanada am schönsten, haben sie in der Bank gesagt. Du wirst sehen, nach ein paar Stunden kannst du dir gar nicht mehr vorstellen, woanders zu wohnen.«

Sie faltete die Karte zusammen und verstaute sie im Handschuhfach. Der Regen war heftiger geworden und trommelte gegen die Windschutzscheibe. Gegen Abend, einige Kilometer südlich von Kamloops, übernachteten sie in einem Motel, und Steve liebte sie so zärtlich und liebevoll, dass sie an ihre erste gemeinsame Nacht wenige Wochen vor ihrer Hochzeit erinnert wurde. Damals hatten sie sich auf einem Campingplatz am Lake Coeur d'Alene geliebt, in seinem altersschwachen Wohnanhänger, der bei jeder Bewegung wie ein Segelschiff geschaukelt hatte, und doch war es die schönste Nacht ihres Lebens gewesen. »Ich liebe dich, Molly!«, flüsterte er, und sie legte ihren Kopf an seine Schulter und schwor sich, ihm jede Chance zu geben, die er für ein glückliches und erfülltes Leben brauchte. Wenn Steve zufrieden war, klappte es auch in ihrer Ehe, und jede Liebesnacht würde wie diese leidenschaftliche Nacht im Motel sein.

Am nächsten Morgen regnete es immer noch, aber ihre Stimmung hatte sich gebessert und sie sah voller Optimismus in die Zukunft. Sie fuhren durch Kamloops, eine eher unscheinbare Stadt am Thompson River, und zufrieden stellte sie fest, dass es dort dieselben Kaufhäuser und Läden wie in Coeur d'Alene gab. Zur Ranch waren es höchstens drei Stunden. Enttäuscht war sie erst in Clearwater, das lediglich aus ein paar Häusern und einer langweiligen Hauptstraße bestand, die selbst am späten Morgen wie die verlassene Main Street einer Geisterstadt im Wilden Westen wirkte. Harrison war eine lebhafte Kleinstadt gegen dieses Dorf, und daran änderten auch das *Kentucky Fried Chicken* und das InfoCentre des Fremdenverkehrsamtes wenig. Sie kehrten in einem Lokal ein und bestellten Barbeque-Sandwiches und gesüßten Eistee und hörten dem Regen zu, der lautstark gegen die trüben Fenster schlug.

Sie waren die einzigen Gäste, und die Bedienung, eine ältere Dame mit toupierten Haaren und einem Goldzahn, der im gelben Licht der Neonlampe funkelte, nahm sich die Zeit, sie in ein Gespräch zu verwickeln, als sie den Eistee brachte. Dieselben Fragen, die Molly im *Roadside Cafe* gelernt hatte: Wo kommen Sie her? Sind Sie im Urlaub? Wo soll's denn hingehen? Und Steve beeilte sich, von ihrer Ranch abseits der Wells Gray Park Road zu erzählen. Stolz berichtete er von ihrer Absicht, in diesem Teil von Kanada heimisch zu werden. »Die Clearwater River Ranch, ungefähr dreißig Meilen von hier, schon mal von gehört?« Er rechnete immer noch in Meilen, und wenn er bezahlte, machte er keinen Unterschied zwischen kanadischen und US-Dollar.

»Die Clearwater River Ranch?« In die Augen der Bedienung trat ein unruhiges Glitzern, das sie sekundenlang zögern ließ. »Ich dachte, der junge Randy Henderson hätte längst aufgegeben. Der wollte gleich nach Toronto, als sein Vater starb. Angeblich hat er die Ranch einem Anwalt angedreht, einem dieser reichen Typen aus Kalifornien. Möchte wissen, was er damit will. Der junge Henderson sagte immer, ich mache drei Kreuze, wenn ich die Ranch endlich los bin! Ziemlich einsame Gegend da oben! Stellen Sie sich vorletztes Jahr soll sich ein Grizzly auf der Ranch rumgetrieben haben! Kein Schwarzbär und auch kein Braunbär, ein ausgewachsener Grizzly! Vielleicht ist Randy deshalb so schnell nach Toronto zurückgekehrt!« Sie stellte lachend den Eistee auf den Tisch. »Aber der war sowieso nicht für den Busch geschaffen. Der blieb schon bei zehn Grad minus hinter dem Ofen sitzen und ließ seinen Vater die ganze Arbeit machen.«

Steve hörte nur, was er hören wollte. »Idaho«, sagte er, »der Anwalt kommt aus Idaho, und wir haben die Ranch von ihm gekauft. Er soll ein paar tausend Dollar investiert haben.« Er trank von seinem Eistee. »Wie ist die Straße bei diesem Wetter? Die Ranch liegt zwei Meilen von der Hauptstraße weg, nicht wahr?«

»Zwei Kilometer«, verbesserte die Bedienung, »und den Feldweg, der von der Hauptstraße zur Ranch führt, kann man wohl kaum als Straße bezeichnen. Ein Acker ist nichts dagegen! Haben Sie einen Geländewagen? Da oben brauchen Sie unbedingt einen Jeep oder so was!« Sie blickte ihn seltsam an. »Sie haben die Clearwater River Ranch gekauft? Und waren nie draußen?«

»Der Anwalt ist ein Freund von mir. Keiner von diesen Lackaffen, wie man sie im Fernsehen sieht. Auf den kann man sich verlassen.« Aber seine Stimme klang nicht mehr so sicher wie vorher, und sein Lachen wirkte gekünstelt. »Ist Eddy Norman auf der Ranch? Er hat doch sicher einen Geländewagen. Wir haben nur unseren Kombi dabei, wissen Sie, und einen Anhänger mit dem Nötigsten.« Er deutete auf das Münztelefon an der Wand und kramte in seiner Hosentasche. »Ich hab' den Zettel mit der Nummer doch eingesteckt. Vielleicht ist er noch im Wagen ...«

Die Frau winkte ab. »Vergessen Sie's, Mister! Nach dem Gewitter letzte Woche erreichen Sie da oben sowieso niemand! Es dauert Tage, bis die Leitung wieder in Ordnung ist.« Sie machte keine Anstalten, hinter die Theke zurückzukehren. Auf ihrer Stirn erschienen Falten. »Ich wusste gar nicht, dass Eddy noch auf der Ranch ist. Seine Frau bestimmt nicht, die ist im Herbst an Lungenentzündung gestorben. Seitdem ist Eddy nicht mehr der Alte. Kam jeden Samstag nach Clearwater und soff sich die Hucke voll! Die letzten zwei Wochen war er überhaupt nicht mehr hier. Jerry Brannigan, der mit der Tankstelle am Highway, der sagt, dass Eddy zurück nach Saskatchewan ist. Er kommt aus Regina, wissen Sie? Wollen Sie wirklich die Ranch übernehmen?«

Steve ließ sich nicht entmutigen, ganz im Gegensatz zu Molly, die immer kleiner zu werden schien und am liebsten aufgesprungen und nach draußen gerannt wäre. »Keine Angst, wir kriegen den Laden schon wieder in Gang«, meinte er zuversichtlich. »Wir haben schon ganz andere Sachen geschafft! Wir kommen aus einem kleinen Nest in Idaho, da wurde uns auch nicht alles in den Schoß gelegt. Wir spüren Eddy auf, und dann geht es ordentlich ran! Gibt's in Clearwater ein Geschäft für Farmgeräte?«

Die Bedienung zuckte die Achseln. »Robson's an der Hauptstraße, aber der muss die meisten Sachen bestellen. Außer ein paar Rasenmähern und Wasserschläuchen hat der nichts vorrätig. Am besten, Sie fahren nach Kamloops. Wenn ich was Spezielles brauche, fahre ich immer nach Kamloops.« Sie sah den Koch winken, schlenderte in die Küche und kehrte mit den Sandwiches zurück. »Ich wünsche Ihnen auf jeden Fall viel Glück«, sagte sie. »Die Zeiten sind schlecht, da geht's uns nicht anders als den

Amerikanern, und mit dem Rindergeschäft lässt sich kaum noch Geld machen. Fragen Sie die Miller-Brüder, oben an der Parkgrenze, und fragen Sie meinen Vater, der hat eine Ranch in den Chilcotins und sagt mir jedes Mal, wenn ich ihn anrufe, dass er sie verkaufen und nach Kalifornien ziehen will.«

»Wir sind zäh«, erwiderte Steve mit vollem Mund. Er strahlte siegessicher. »Wir schaffen es, darauf können Sie sich verlassen!«

Molly wartete, bis die Bedienung in der Küche verschwunden war, und wollte ihren Mann gerade bitten, den Kaufvertrag rückgängig zu machen und nach Idaho zurückzukehren, als er einen Arm um sie legte und ihre feuchten Haare küsste. »Wir kriegen das hin, Molly! Zusammen sind wir stark, sagen sie in der Armee. Wenn wir zusammenhalten, kann uns nichts passieren!«

5

Sie fuhren über die Clearwater Valley Road nach Norden. Die schmale Straße führte durch ein waldreiches Gebiet mit weiten Schluchten und Tälern und spektakulären Wasserfällen, die selbst bei erfahrenen Kanada-Touristen als Geheimtipp galten, und endete am Clearwater Lake im Wells Gray Provincial Park. Solange die Straße asphaltiert war, kamen sie rasch voran. In dem strömenden Regen begegnete ihnen kein einziger Wagen, und Molly wurde ganz übel bei dem Gedanken an den Feldweg, der von der Hauptstraße zur Ranch führte. Sie wagte nicht, ihren Mann darauf anzusprechen, und sah sich bereits im knietiefen

Schlamm stehen, meilenweit von der nächsten Werkstatt entfernt und ohne die geringste Chance, den Kombi wieder flottzubekommen. Steve war nachdenklicher geworden, sagte aber nichts, und Molly hatte das Gefühl, sie tat gut daran, seine Gedanken nicht zu stören.

Insgeheim hoffte sie, dass ihr Mann von allein aufgab, wenn er die Ranch erblickte. Wenn nur die Hälfte von dem stimmte, was die Bedienung in Clearwater gesagt hatte, hatten sie keine Chance. Die Ranch schien verwahrlost zu sein, der angebliche Cowboy war ein verzweifelter Mann, der wahrscheinlich längst aufgegeben hatte, und sie würden so viel Geld brauchen, um das Anwesen wieder in Gang zu bekommen, dass selbst ihr Sparkonto mit dem Rest des Erbes nicht ausreichte. Der Anwalt hatte Steve übers Ohr gehauen, daran gab es keinen Zweifel. Er hatte einen Dummen gefunden, der ihm die nutzlose Immobilie für einen überhöhten Preis abnahm und sich noch darüber freute. Beim nächsten Streit würde sie ihrem Mann jeden dieser Gedanken wie einen nassen Waschlappen um die Ohren hauen, das wusste sie schon jetzt und hatte eine Heidenangst davor.

Sie blickte besorgt in den Regen hinaus. Die Scheinwerfer ließen ihn wie dichten Nebel erscheinen und spiegelten sich in den zahlreichen Schlaglöchern. »Eddy hat bestimmt einen Geländewagen«, sagte er noch einmal. »Und wenn's sein muss, laufe ich zu Fuß zur Ranch, und wir laden den Kram an der Hauptstraße um.« Er deutete nach hinten zum Anhänger. Als Molly nur mit einem Kopfnicken auf seine Bemerkung einging, fügte er rasch hinzu: »Du wirst sehen, es ist alles nicht so schlimm! Die Kellnerin in Clearwater wollte uns nur ein bisschen Angst machen.«

Molly hatte eher den Eindruck, sie hätte untertrieben,

sagte aber nichts und hielt den Blick starr nach draußen gerichtet. Der Waldrand wich zurück, und sie fuhren durch ein weites Tal mit einer kleinen Rinderherde, die unter einem Baum versammelt war und sich durch den vorbeifahrenden Wagen kaum stören ließ. Heftiger Wind trieb loses Gestrüpp über die Weide. Steve nahm kaum Notiz von den Rindern. Er hatte alle Hände voll damit zu tun, den Wagen auf der Straße zu halten. Er war froh, als sie wieder durch den Wald fuhren und gegen den Wind geschützt waren. Viel zu spät erkannte er den großen Schatten, der bedrohlich vor dem Kombi auftauchte und die Scheibe verdunkelte.

»Steve!«, rief Molly in panischer Angst. Sie sah, wie ihr Mann fieberhaft das Lenkrad nach links drehte, hielt sich mit beiden Händen am Türgriff fest und schloss schreiend die Augen, als der Wagen ins Schleudern geriet, sich zweimal um die eigene Achse drehte und in den Graben rutschte. Der Anhänger löste sich schon während der ersten Drehung von der Kupplung und prallte mit voller Wucht gegen einen Baum. Seltsamerweise sprang die Klappe nicht auf. »Ein Bär«, hörte Molly ihren Mann sagen. »Das war ein verdammter Grizzly!« Sie öffnete die Augen und sah den Schatten zwischen den Bäumen verschwinden.

»Bist du okay?«, hörte sie ihren Mann fragen. »Dir ist doch nichts passiert, oder?« Sie nahm ihre Hände vom Türgriff und betastete ihren schmerzenden Nacken. »Ist nicht so schlimm«, antwortete sie leise, nachdem sie ihre Brust berührt und sich bewegt hatte. Sie atmete erleichtert durch und vertrieb die Panik aus ihren Gedanken. Der Schock schwand, und das Prasseln des Regens und das Geräusch der Scheibenwischer, die sich immer noch bewegten, holten sie in die Wirklichkeit zurück. Sie griff nach ihrem

Mantel, schlüpfte hinein und kletterte aus dem Wagen. Steve war bereits draußen und betrachtete den Kombi.

»Halb so wild«, meinte er. »Der linke Scheinwerfer ist hin und ein paar Dellen.« Er trat gegen das linke Vorderrad und nickte zufrieden. »Ich glaub' nicht, dass es die Achse verzogen hat.« Er ging zu dem Anhänger, der auf der anderen Straßenseite zwischen zwei Bäumen hing. »Den Hänger können wir allerdings vergessen.«

Molly hörte kaum hin. Mit den Augen suchte sie nach dem Schatten, der im Wald verschwunden war. »Bist du sicher, dass es ein Grizzly war?«, fragte sie ihren Mann. Den Regen schien sie nicht zu spüren. »Und ich dachte, die machen einen Bogen um die Menschen?«

»Der war genauso überrascht wie wir«, meinte Steve. Er blutete aus einer harmlosen Wunde an der Stirn und hinkte leicht. »Weißt du noch, wie wir dem Bären am Swan Peak begegnet sind? Der Bursche war schneller weg, als er gekommen war!«

Molly wischte sich den Regen vom Gesicht. »Ja, aber das war ein Schwarzbär. Grizzlys sind viel gefährlicher. Cliff hat von einem Grizzly erzählt, der ist sogar auf die Pferde los! Vor ein paar Jahren, als es so viele Unwetter gab.« Sie erschauderte, als sie daran dachte, dass der Grizzly zurückkommen und sie angreifen könnte. »Eine schöne Gegend haben wir uns da ausgesucht!«

»Das hätte auch in Idaho passieren können«, erwiderte Steve. Er verlor für einen Augenblick die Beherrschung und schlug mit einer Faust auf den Anhänger. »Ausgerechnet jetzt muss der verdammte Grizzly aus dem Wald kommen! Ich wette, so was passiert nur alle zehn Jahre mal! Die Leute werden sich totlachen!«

»Was machen wir jetzt?«, fragte Molly, nachdem sie

eine Weile geschwiegen hatten. »Hier kommt doch kaum jemand vorbei.« Sie blickte verzweifelt die Straße hinauf. »Wir brauchen unbedingt ein Handy, wenn wir länger hier draußen bleiben wollen!«

»Das hätten wir schon in Idaho kaufen sollen«, stimmte Steve ihr zu. Er trat wieder gegen den Wagen und schien wütend auf sich selbst zu sein. »Ein Grizzly, ein verdammter Grizzly!«, rief er und schüttelte drohend eine Faust. »Komm her, du verdammtes Biest! Dann zieh ich dir eins mit dem Schraubenschlüssel über!«

Molly ging zu ihm und legte eine Hand auf seinen Oberarm. Mit der anderen wischte sie das Blut von seiner Stirn. »Es ist ja nichts passiert. Wir warten einfach, bis jemand vorbeikommt.«

Wie lange das dauern würde, wussten sie beide nicht, und Molly hütete sich, darüber mit Steve zu sprechen. »Wir können genauso gut im Wagen warten, da ist es wenigstens trocken«, sagte sie nach einiger Zeit. Ohne seine Antwort abzuwarten, stieg sie in den Kombi. Steve folgte ihr. »Verdammter Regen«, fluchte er.

Eine halbe Stunde später tauchten Scheinwerfer aus dem Regen auf und sie kletterten rasch aus dem Wagen. Ein großer Geländewagen kam die Straße herunter und blieb stehen, als Molly und Steve sich ihm in den Weg stellten. Ein junger Mann stieg aus, ein Indianer mit dunklen Augen und einem kaum sichtbaren Flaum über der Oberlippe. Sein energisches Kinn passte nicht zu seinen eher weichen Gesichtzügen. Seine schwarzen Haare waren kurz geschoren. Er trug einen dunklen Ölmantel, der bis zu den Knöcheln reichte, und eine schmutzige Baseballmütze. Als er den Kombi im Straßengraben sah, blickte er Steve fragend an.

»Ein Grizzly«, antwortete Steve auf die unausgesprochene Frage. »Der verdammte Kerl kam plötzlich aus dem Wald. Ich konnte gerade noch bremsen.« Er schien sich für dieses Geständnis zu schämen und blickte den jungen Indianer nicht an. Beinahe schüchtern fragte er: »Helfen Sie mir, den Wagen rauszuziehen?«

»Sind Sie auf Urlaub hier?«, fragte der Indianer. Seine Miene hatte sich nicht verändert. »Ich hab' Sie noch nie hier gesehen.«

Steve verriet ihm, was sie in diesen Teil von Kanada führte. Erst jetzt löste sich der starre Gesichtsausdruck des Indianers und ein spöttisches Lächeln huschte über sein Gesicht. »Die Clearwater River Ranch?«, fragte er. »Wissen Sie, wie's da oben aussieht? Als ich das letzte Mal dort war, gab's noch ungefähr hundert Rinder, ein paar Schweine und einen Hund, und der Schuppen sah aus, als würde er jeden Augenblick zusammenbrechen. Eddy sagt, der Anwalt, dem die Ranch gehört, will verkaufen, und er wird den Teufel tun, bei den neuen Besitzern zu bleiben.« Sein Lächeln wurde stärker. »Haben Sie die Ranch wirklich gekauft? Da oben werden Sie nicht viel ernten, Mister! Wenn Sie schlau sind, kehren Sie gleich wieder um!«

In Molly weckten die Worte des Indianers einen Hoffnungsschimmer. Sie sah sich bereits umkehren und nach Idaho zurückfahren. Im Regen hörte sie die Stimmen von Pamela und Cliff und das mürrische »Hab' ich doch gleich gesagt!« von Oscar. Aber Steve ließ sich nicht entmutigen und sagte: »Wir kriegen die Ranch wieder in Schwung, darauf können Sie sich verlassen!« Jetzt lachte er. »Was ist? Wollen Sie mir nun helfen oder nicht?«

Der Indianer ließ das Stahlseil von der Winde seines Geländewagens und befestigte es am Abschlepphaken des

Kombis. Im Rückwärtsgang zog er den Wagen aus dem Graben. Erst jetzt bemerkte Molly, dass eine Frau neben dem Indianer saß, eine alte Indianerin mit zerfurchtem Gesicht und langen weißen Haaren. Sie bewegte sich nicht von der Stelle und sprach kein Wort, verzog keine Miene, als Molly ihr schüchtern zuwinkte. Durch die Windschutzscheibe waren ihre ausdrucksvollen Augen zu sehen. Der junge Indianer stieg aus und zog auch den zerbeulten, vollkommen unbrauchbaren Anhänger auf die Straße.

»Sieht schlecht aus«, sagte der Indianer. Er stützte die Hände in die Hüften. »Wenn Sie mich fragen, wären Sie damit sowieso nicht bis zur Ranch gekommen. Und mit dem Kombi auch nicht!« Er überlegte eine Weile. »Wenn Sie wollen, bring ich Sie mit dem Bronco zur Ranch rauf. Vielleicht haben Sie Glück und der alte Pick-up steht noch vor der Tür. Damit können Sie den Anhänger holen.« Er wechselte einen raschen Blick mit der alten Frau im Geländewagen. »Das kostet Sie zwanzig Dollar! Meine Urgroßmutter mag es nicht, wenn ich was umsonst tue. Wir sind Amerikaner, sagt sie. Sie ist eine Sioux aus South Dakota, behauptet, sie wäre mit Sitting Bull nach Kanada gekommen. Verrückt, nicht wahr?«

Steve kramte einen Zwanzig-Dollar-Schein aus seiner Anoraktasche und reichte ihn dem Indianer. »Meinetwegen. Fahren Sie uns zu unserem Wagen zurück, falls Eddy verschwunden ist?«

»Das kostet dann noch mal zwanzig Dollar«, antwortete der Indianer lachend. »Wir brauchen jeden Penny, sagt meine Urgroßmutter.«

»Halsabschneider!«, brummte Steve, sah aber ein, dass ihm keine andere Wahl blieb. Er stellte das Warndreieck hinter den Kombi und den Anhänger und kletterte auf den

Rücksitz des Geländewagens. Molly folgte ihm in dem hoffnungsvollen Gefühl, bald wieder nach Idaho zurückkehren zu können. Im Bronco stellte sie fest, dass die alte Indianerin auf dem Stiel einer verwitterten Maiskolbenpfeife kaute, und verzog heimlich das Gesicht. Obwohl die Pfeife nicht brannte, stank es nach Tabak.

Der Indianer startete den Bronco und drehte sich strahlend um. So viel Geld in so kurzer Zeit hatte er schon lange nicht mehr verdient. »Ich heiße John Running Deer«, sagte er. »Ihr könnt mich John nennen. Meinen vollen Namen benutze ich nur beim Pow-wow, da klingt er einfach besser. Den Namen meiner Urgroßmutter kann ich nicht aussprechen. Nennt sie Mary, das tun fast alle in unserer Familie. Wir sind sehr katholisch, wisst ihr?«

»Mary«, wiederholte Molly leise. Die greise Indianerin erinnerte sie an eine Sioux-Frau aus »Der mit dem Wolf tanzt«, und sie hätte zu gerne gewusst, ob Mary in dem Film mitgespielt hatte. Aber die Urgroßmutter des Jungen sah nicht so aus, als würde sie diese oder irgendeine Frage beantworten. Ihr mürrischer Gesichtsausdruck ließ eher vermuten, dass sie die Anwesenheit der Weißen nur wegen des Geldes duldete, das John Running Deer ihr zusteckte. Sie verstaute den Schein in ihrer Schürze.

Die Laune ihres Urenkels hatte sich schlagartig gebessert, seit er das Geld kassiert hatte. »Wir wohnen in der Stadt, unten in Kamloops«, berichtete er, während sie durch den Regen fuhren. »Ich arbeite in einem Sägewerk im Industrial Park.« Sehr viel später erfuhr Molly, dass der Mount Paul Industrial Park, ein riesiges Gewerbegebiet, zum Reservat der Shuswap-Indianer gehörte. »Wenn sie gut zahlen, reite ich mit Touristen in die Berge.« Er fuhr um einige abgerissene Äste herum und stellte den

Scheibenwischer eine Stufe höher. »Mary wohnt in einem Blockhaus am Blue River. Ziemlich einsam da drüben.« Er deutete nach Westen. »Alle paar Wochen nehme ich sie in die Stadt mit, dann gehen wir ins Shopping Centre und ins Kino. Mary steht auf ›Godzilla‹ und solche Sachen, könnt ihr euch das vorstellen?«

Im Gesicht der alten Indianerin war die Andeutung eines Lächelns zu sehen, dann wirkte es wieder ernst und wie versteinert. Die Pfeife hing zwischen ihren Zähnen. Molly studierte ihr Gesicht im Rückspiegel und wurde von John Running Deer dabei ertappt. Verlegen blickte sie aus dem Seitenfenster. Der Asphalt war Schotter und festgestampfter Erde gewichen und unter den Rädern spritzte feuchte Erde nach oben. Der Waldrand flog wie eine dunkle Schattenwand an ihnen vorbei. John schaltete das Radio ein und laute Rockmusik erfüllte den Wagen. Unter den hämmernden Klängen von AC/DC bogen sie auf den Feldweg ab, der zur Ranch führte. Das Schild lag im feuchten Dreck.

»Da habt ihr's!«, übertönte John die Musik. Seine Urgroßmutter schien schwerhörig zu sein und regte sich kaum. »Mit eurem Kombi wärt ihr keine zwei Meter weit gekommen!« Der Trail war kaum befestigt und mit losen Felsbrocken übersät. In dem zähen Schlamm kamen sie selbst mit Allradantrieb kaum voran. John schien es zu genießen, den Bronco über den gewundenen Trail zu fahren. Schlingernd lenkte er den Wagen um die scharfen Kurven. Nasse Fichtenzweige schlugen gegen die Fensterscheiben. »Hier bleibe ich keine Minute!«, sagte Molly entschlossen, als sich die dunklen Umrisse des Ranchhauses abzeichneten. Doch niemand hörte sie in dem Lärm. Erst als John das Tor aus ungeschälten Baumstämmen erreicht hatte, schaltete er die Musik ab. Er hielt vor dem Haus, und sie stiegen aus. »Da wären wir.«

Molly ging ein paar Schritte und hielt den Kragen ihres Mantels zu. Entgeistert starrte sie auf das zweistöckige Blockhaus, das sich hinter dem Zaun aus dem Gras erhob. Auf der Veranda, die sich über die ganze Frontseite zog, wucherte Unkraut. Die Tür hing lose in den Angeln. Die Fenster starrten vor Schmutz. Weiter unten auf dem abschüssigen Hof waren ein großer Schuppen und zwei Ställe zu erkennen. Das Dach des Schuppens war eingefallen, vor der halb geöffneten Tür standen einige Geräte. Ein Stall stand offen und aus dem anderen drang aufgeregtes Grunzen.

John deutete auf den rostigen Pickup Truck, der wie ein Symbol des Niedergangs auf dem Hof stand. »Sieht ganz so aus, als wär der alte Eddy noch im Lande.« Er ging zum Pferdestall, untersuchte die Spuren im Schlamm und kehrte zurück. »Ihr habt Glück. Er ist hier. Ich nehme an, er treibt sich draußen auf der Weide rum. Die Spuren sind keine zwei Stunden alt.« Er öffnete die Wagentür und winkte Steve und Molly zu. »Viel Glück!«, meinte er grinsend. »Aber wenn ihr mich fragt, ich würde das Geld in den Wind schreiben und schleunigst von hier verschwinden. Sagt Eddy, dass er sich bei uns blicken lassen soll, bevor er geht.«

Molly sah dem Geländewagen nach und ging wortlos an ihrem Mann vorbei. Sie stieg auf die Veranda und sah, dass der Zaun beschädigt war und einige Bretter fehlten. Widerwillig öffnete sie das Fliegengitter und die Haustür. Sie betätigte den Lichtschalter und seufzte, als nichts geschah. Auf einem runden Tisch vor dem Fenster sah sie eine Petroleumlampe stehen, wie in den alten Westernfilmen, die im Kabelfernsehen gezeigt wurden. Daneben lag eine Schachtel mit Streichhölzern. Sie zündete die Lampe an und drehte den Docht höher.

Der Lichtschein erhellte ein rustikal eingerichtetes Wohnzimmer mit einem großen Esstisch für zwölf Personen und einem Regal, in dem zahlreiche Bücher und Zeitschriften lagen. Auf einer Kommode stand eine Whiskeyflasche. Sie versteckte die Flasche in einem Schrank und ging in den langen Flur, von dem ein weiteres Zimmer und die Küche abgingen. In dem Zimmer standen ein Schreibtisch, ein Büroschrank und mehrere Regale mit Ordnern und Kontobüchern. Der Schreibtisch war mit Papieren übersät. In der Küche herrschte noch mehr Unordnung. In der großen Spüle stapelte sich schmutziges Geschirr und auf der Arbeitsfläche gegenüber fand sie trockenes Brot und zwei verschimmelte Käsescheiben. Sie öffnete den großen Kühlschrank und erkannte auf den ersten Blick, dass die Milch sauer und die meisten Lebensmittel verdorben waren. Angewidert schloss sie die Kühlschranktür. Sie verließ das Haus durch die Hintertür, ließ sie hinter sich ins Schloss fallen und kehrte zögernd auf den Hof zurück.

Steve stand immer noch am selben Fleck, den Blick auf das verwahrloste Haus gerichtet, und war den Tränen nahe. Seine Miene war wie versteinert. Er sah seinen Traum vergehen, noch bevor er begonnen hatte, und er wusste nicht, was er sagen sollte.

Molly blieb wortlos vor ihm stehen und blickte ihm in die Augen. »Lass uns nach Hause fahren, Steve! Es ist noch nicht zu spät! Wir nehmen unsere alte Arbeit wieder auf, und alles wird gut. Steve ...«

»Ich kann nicht«, erwiderte er. »Ich hab' dem Chef gesagt, dass er sich den Job sonstwo hinstecken soll. Ich kann nicht zurück!«

»Steve«, seufzte sie verzweifelt. »Warum hast du das getan?«

»Ich weiß es nicht, Molly. Ich weiß es wirklich nicht.«

Und du kriegst das nicht mehr in Ordnung?«

»Niemals! In Coeur d'Alene brauche ich mich nicht mehr blicken zu lassen. Wir müssen diese Ranch auf Vordermann bringen, koste es, was es wolle. Das ist unsere einzige Chance.«

6

Eddy Norman lag am Koppelzaun, nur ein paar hundert Meter vom Pferdestall entfernt. Sein rotes Hemd leuchtete im Gras, das in der Senke hinter den Ställen und dem Schuppen wuchs und sogar auf den Hängen der windigen Nordseite wucherte. Sein Pferd stand mit herunterhängenden Zügeln daneben und schnaubte leise, als Molly durch das offene Gatter rannte und sich besorgt über den bewusstlosen Cowboy beugte. Er roch nach billigem Whisky. »Auch das noch«, stöhnte sie leise. Sie drehte sich zu ihrem Mann um. »Er ist betrunken, Steve! Wir müssen ihn ins Haus schaffen! Ich glaube nicht, dass er verletzt ist!«

Sie wuchteten den Mann in den Sattel und führten das Pferd über den Hang zum Ranchhaus zurück. Eddy Norman stöhnte bei jedem Huftritt. Er war jünger, als Molly vermutet hatte, vielleicht Anfang sechzig, aber der Alkohol und der Schmerz über seine verstorbene Frau hatten sich tief in sein Gesicht gegraben. Seine Haare waren grau.

Er war sehr hager, trug ausgeblichene Jeans, ein Hemd mit etwas zu kurzen Ärmeln, ein dunkelblaues Halstuch, das er seitlich wie ein Hollywood-Cowboy geknotet hatte, und abgewetzte Stiefel. Am Sattelhorn hing sein zerbeulter Hut.

Mit vereinten Kräften trugen sie den Cowboy ins Haus. Sie legten ihn auf die Couch im Wohnzimmer und deckten ihn mit einer Wolldecke zu. Steve suchte in den Hosentaschen des Mannes nach dem Autoschlüssel und nickte zufrieden, als er ihn fand. »Ich hol' den Anhänger«, sagte er zu seiner Frau. »Es kann Stunden dauern, bis der seinen Rausch ausgeschlafen hat!« Steve war nicht anzumerken, wie sehr ihn der Alkoholgeruch aus der Ruhe gebracht hatte. Er ging zur Tür und drehte sich nicht um, als er sagte: »Lass ihn schlafen! Sonst macht er nur Ärger!«

Molly reagierte nicht. Tränen standen in ihren Augen, und sie hatte Angst, dass ihre Stimme brach, wenn sie etwas sagte. Stumm wartete sie, bis der Motor des Pickups aufheulte und Steve vom Hof fuhr. Erst dann ließ sie ihren Tränen freien Lauf. Der ganze Kummer, der sich während der Fahrt nach Norden angesammelt hatte, brach aus ihr heraus und schüttelte sie wie eine Fieberkranke. Sie wollte ihre Heimat nicht verlassen! Sie wollte ihre Freunde nicht verlieren! Sie wollte nach Harrison zurück, in ihre kleine Welt am Lake Coeur d'Alene, sie wollte ihren Job im *Roadside Cafe* wiederhaben. Sie taugte nicht für ein Leben in dieser abgelegenen Wildnis! Sie schlug beide Hände vors Gesicht und weinte, bis sie keine Tränen mehr hatte. Nach einer Weile kam sie wieder zu Atem und beruhigte sich. Mit einem Ärmel ihres Mantels wischte sie sich das Gesicht ab.

Der betrunkene Cowboy stöhnte leise und bewegte

die Arme. Anscheinend träumte er. Das kannte Molly von ihrem Mann, der schreckliche Alpträume durchlebt hatte, wenn er volltrunken auf sein Bett gefallen war. Er hatte nie darüber gesprochen, aber sie hatte an seinem verzerrten Gesicht gesehen, wie sehr er darunter gelitten hatte. Sie kramte ein Taschentuch aus ihrer Manteltasche und schnäuzte sich. Benommen lief sie in die Küche und spritzte sich kaltes Wasser ins Gesicht. Das Wasser war gelb, wurde erst klar, nachdem sie es einige Zeit laufen gelassen hatte. Danach ging es ihr besser. »Verdammt!«, fluchte sie leise.

Angewidert betrachtete sie das Chaos in der Küche und begann aufzuräumen. Die Stichflamme in dem altmodischen Boiler über dem Spülstein brannte, und das Wasser kam wenigstens lauwarm aus dem Hahn. Spülmittel gab es nicht. Sie reinigte die Töpfe und das Geschirr mit einer harten Bürste und schabte die verkrusteten Essensreste vom Besteck. Den Abfall verstaute sie in zwei großen Papiertüten aus einem Supermarkt. Sie benutzte ein nasses Geschirrtuch als Lappen und wischte die Arbeitsplatte und den Spülstein sauber. Nachdem sie den Boden gefegt hatte, trug sie den Abfall zu dem großen Müllcontainer, den sie hinter dem Haus entdeckt hatte. Zufrieden schloss sie die schwere Klappe. Die Arbeit tat ihr gut und lenkte sie ab. Sie atmete tief ein und hielt ihr Gesicht in den leichten Nieselregen.

Auf dem Rückweg begegnete sie einem abgemagerten Hund. Er beschnüffelte sie neugierig und knurrte leise. Zum Bellen war er zu schwach. Er reichte ihr bis an die Knie und schien sich nicht an ihrer Anwesenheit zu stören, sondern gab bereitwillig den Weg frei, als sie weiterging. Zu welcher Rasse er gehörte, wusste sie nicht. Später erfuhr sie, dass er Dusty hieß und von einem der vielen Mischlingshunde abstammte, die im Reservat der Shuswap-Indianer lebten. In der Küche suchte sie vergeblich nach Hundefutter. »Morgen gehen wir einkaufen«, versprach sie ihm, als sie ihn auf der Veranda sitzen sah, »dann bekommst du was, okay? Ein Jammer, dich so hungern zu lassen!« Der Hund schien sie zu verstehen und verkroch sich in eine trockene Ecke.

Seufzend blickte sie ihm nach. Sie war selbst hungrig und sehnte sich nach einem Sandwich oder einem Schokoriegel, aber die wenigen Lebensmittel im Kühlschrank hatte sie alle in den Abfall werfen müssen. In der Vorratskammer fand sie eine Dose mit Spaghetti. Sie mochte keine Nudeln, schon gar nicht aus der Dose, und stellte sie ins Regal zurück. In ihrer Handtasche, die Steve hoffentlich aus dem Kombi holte, waren noch einige Kekse, und bis er zurückkam, hielt sie bestimmt durch. Sie blickte aus dem Fenster. Wo blieb er nur? Er war mindestens schon eine Stunde weg. Es konnte doch nicht so lange dauern, den Kombi leer zu räumen und den Anhänger an den Pickup zu koppeln!

Molly griff nach einem Glas, das offen neben dem Wasserkocher stand, und verzog das Gesicht. Instant Coffee! Sie zuckte mit den Schultern, gab einen Löffel von dem Pulver in einen Becher und goss heißes Wasser darüber. In einem Schrank fand sie Zuckerwürfel. »Ein Wunder, dass es hier draußen Strom und fließend Wasser gibt«, sagte sie zu dem Hund, der gelangweilt unter dem Küchenfenster lag und sie gar nicht hörte. Sie nippte an dem Kaffee. Er schmeckte furchtbar und sie hätte ihn am liebsten in den Spülstein gekippt. Aber es tat gut, bei diesem Wetter etwas Heißes in den Magen zu bekommen, und er vertrieb den schlechten Geschmack aus ihrem Mund und weckte ihre

Lebensgeister. Mit dem dampfenden Becher kehrte sie ins Wohnzimmer zurück. Der Cowboy schnarchte leise vor sich hin.

Sie drehte den Docht der Petroleumlampe herunter und blickte nach draußen. Durch das trübe Fenster wirkte der Regen noch trostloser. Auf den bewaldeten Berghängen lastete dichter Nebel. Es gab keine Anzeichen für eine weitere menschliche Behausung, nicht einmal eine Rauchfahne. Sie kam sich wie eine Schiffbrüchige vor, die auf einer unbewohnten Insel gestrandet war. Die Ranch der Miller-Brüder, von der die Bedienung in Clearwater gesprochen hatte, musste meilenweit entfernt sein, und auch zu den wenigen Anwesen, die sie an der Clearwater Valley Road gesehen hatten, brauchte man über eine halbe Stunde. Sie schüttelte den Kopf. Sie konnte hier nicht leben, in dieser Einsamkeit würde sie es keine zwei Wochen aushalten!

Aus reiner Neugier und weil der Motor des Pickups noch immer nicht zu hören war, stieg sie in den zweiten Stock hinauf. Das Schlafzimmer und die drei Gästezimmer wirkten unbenutzt. Die Betten waren nicht bezogen, und auf den Tischen und Kommoden lag eine dicke Staubschicht. Die Fenster waren geschlossen, und es roch muffig. Eddy Norman bewohnte anscheinend eine eigene Hütte. Sie öffnete die Flügeltüren im Schlafzimmer und trat auf den Balkon hinaus, atmete die frische Luft, die vom nahen Wald herüberwehte. Wenigstens das Wetter war ähnlich wie in Idaho, nur ein bisschen frischer und kühler.

Sie blickte in die Richtung, aus der sie gekommen waren, konnte die Straße aber nicht entdecken. Nachdenklich kehrte sie ins Erdgeschoss zurück. Außer dem leisen Schnarchen des Cowboys und dem flüsternden Regen war kein Laut zu hören. Sie war den Trubel und den Lärm im

Roadside Cafe gewöhnt und hatte zu Hause immer das Radio oder den Fernseher laufen gehabt. Hier gab es weder das eine noch das andere. »Das moderne Zeug brauche ich nicht«, hatte Old Man Henderson gesagt, wenn man ihn darauf angesprochen hatte, und sein Sohn war viel zu träge gewesen, um einen Apparat zu kaufen. Er hatte die meiste Zeit bei einer Freundin in Kamloops verbracht und sich die Soap Operas dort angesehen. Jetzt war Molly froh, dass ihr Mann den Fernseher und den Radiowecker eingepackt hatte. Wenn sie schon gezwungen war, eine Weile in dieser Abgeschiedenheit zu leben, wollte sie wenigstens ein bisschen Abwechslung haben. Jede Soap Opera war besser als diese unheimliche Stille, die wie ein Fluch über dem Ranchhaus lag.

Das Schnarchen verstummte und Molly hörte ein unterdrücktes Stöhnen. Sie ging ins Wohnzimmer und sah, wie der Cowboy aus seiner Bewusstlosigkeit erwachte. Er öffnete die Augen, richtete sich auf und sank stöhnend auf die Armlehne zurück. »Au, verdammt!«, presste er zwischen den Zähnen hervor. Er wartete, bis die bunten Schatten vor seinen Augen verschwanden, und blickte in das flackernde Licht der Petroleumlampe. Es wurde heller und heller, bis er das Gesicht einer jungen Frau erkannte. »Wer sind Sie denn?«, fragte er. »Wie komme ich hier rein? Ich hab' wieder einen über den Durst getrunken, was? Ich hab' Ihnen doch keine Schwierigkeiten gemacht, Ma'am, oder?«

»Wie man's nimmt«, erwiderte Molly. Die blauen Augen des Cowboys gefielen ihr. Wenn er nüchtern war, schien er gar kein so übler Bursche zu sein. »Wir haben Sie bei der Koppel gefunden und mussten Sie hertragen. Sie sind vom Pferd gefallen!«

Ein gequältes Grinsen spielte um seinen Mund. »Ziemlich übel für einen Mann, der sein Brot im Sattel verdient, was?« Er stützte sich auf einen Ellbogen und schloss für einen Augenblick die Augen. Sobald das Brummen in seinem Schädel nachließ, öffnete er sie wieder und sah sie an. »Das nächste Mal lassen Sie mich liegen«, sagte er. »Lange mach' ich's sowieso nicht mehr.«

»Unsinn«, widersprach sie. »Ich mach' Ihnen einen Kaffee, der bringt Sie wieder auf die Beine!« Sie ging in die Küche und schaltete den Wassertopf ein. »Ich bin Molly Gibson«, rief sie dem Cowboy zu. »Mein Mann hat die Ranch gekauft. Er hat sich Ihren Pickup ausgeliehen und holt den Anhänger mit unseren Sachen.« Sie goss den Kaffee auf und kehrte mit dem vollen Becher ins Wohnzimmer zurück. Der Cowboy hatte die Decke zurückgeschlagen und sich aufgesetzt. »Unser Kombi ist im Schlamm stecken geblieben. Ein junger Indianer hat uns hergefahren.«

»John Running Deer. Wie viel hat er verlangt?«

»Zwanzig Dollar.«

»Alter Halsabschneider!« Er griff nach dem Becher und trank vorsichtig von dem heißen Kaffee. »Ich bin Eddy Norman«, sagte er nach einer Weile. »Annie ... Meine Frau und ich, wir haben für den alten Henderson gearbeitet. Annie ist vor einem Jahr gestorben ...« Seine Miene umwölkte sich. »Verdammter Fluss! Sie ist ins kalte Wasser gefallen und zwei Tage später mit einer Lungenentzündung ins Krankenhaus gekommen ...« Er schüttelte den Kopf. »Ich hätte besser auf sie aufpassen sollen!« Er blickte in den Kaffeebecher, schien nach etwas zu suchen und brauchte eine Weile, bis er wieder sprechen konnte. »Ich hätte sie nicht allein zum Blue River reiten lassen sollen, aber sie wollte ja unbedingt ...« Er blickte durch Molly hindurch. »Aber wenn Annie sich etwas in den Kopf gesetzt hatte ...

sie wollte zu der alten Mary und irgendein Zaubermittel für meine Rückenschmerzen holen, und dann muss sie der Gaul abgeworfen haben.« Er seufzte unterdrückt, und Molly sah, wie sich seine Augen mit Tränen füllten.

»Sie können nichts dafür«, tröstete sie den Cowboy. Sie wusste nicht, was sie sonst sagen sollte. »Es war ein tragischer Unfall.« Sie musste daran denken, was der Alkohol ihrem Mann angetan hatte, und schüttelte beinahe wütend den Kopf. »Der Whiskey bringt Ihre Frau nicht zurück, Eddy! Lassen Sie die Flasche stehen und fangen Sie ein neues Leben an! Wenn Sie das nächste Mal vom Pferd fallen, brechen Sie sich vielleicht das Genick!«

Eddy Norman schien sie nicht zu hören. »Sie war eine gute Reiterin. Verdammt, sie konnte besser reiten als ich! Wär' ich doch bloß ein paar Stunden früher ...« Er trank wieder von dem Kaffee und starrte ins Leere. »Eigentlich wollte ich längst weg sein«, sagte er nach einer Weile. »Ich komme aus Regina, drüben in Saskatchewan. Wenn meine Annie nicht in Clearwater auf dem Friedhof läge ...« Er trank den Becher leer und blickte Molly neugierig an. »Wer sind Sie? Was tun Sie hier?«, fragte er heiser.

»Molly Gibson«, wiederholte sie. »Molly Gibson aus Harrison, Idaho. Mein Mann muss gleich hier sein. Er hat die Ranch gekauft.« Sie deutete auf seinen leeren Becher. »Noch Kaffee?«

Er schüttelte ungläubig den Kopf. »Sie haben die Ranch gekauft? Ohne jemals hier draußen gewesen zu sein? Wenn Sie aus New York oder Chicago kämen, hätte ich ja nichts gesagt, aber wie einer von diesen Stadtfräcken sehen Sie nicht aus! Nicht mal der alte Henderson hätte es hier einen Tag länger ausgehalten! Weißt du was, sagte er zu mir, als er im Sterben lag, ich bin froh, dass jetzt alles vorbei ist! Und seinen Sohn hab' ich seitdem nie mehr hier draußen gesehen! Annie und ich … wir wollten nach Regina zurück, als der alte Henderson starb, aber Annie meinte immer, so können wir die Ranch nicht zurücklassen, Eddy, der alte Henderson hat sein Leben lang dafür gearbeitet, und da sind wir halt geblieben. Erst als dieser verdammte Anwalt ins Spiel kam, wollte ich gehen.« Er blickte Molly ungläubig und ein wenig mitleidig an. »Sie haben sie wirklich gekauft?«

Sie lachte trocken. »Steve wollte mich mit der Ranch überraschen«, erwiderte sie. »Wie man sieht, ist ihm das prächtig gelungen!« Sie verschluckte eine abfällige Bemerkung. »Wenn's nach mir ginge, würde ich lieber heute als morgen nach Hause fahren! Länger als ein paar Tage halte ich es hier nicht aus.«

»Und was haben Sie mit der Ranch vor? In dieser Gegend kauft sie Ihnen bestimmt niemand ab! Nicht mal die Miller-Brüder, und die haben genug Geld, das können Sie mir glauben!« Er griff sich an den Kopf und schloss für einen Augenblick die Augen. »Von der Rinderzucht können Sie in B. C. nicht mehr leben!« Das Kürzel stand für British Columbia, die Provinz im Westen Kanadas.

Molly erinnerte sich daran, wie die Rancher in Idaho über das schlechte Geschäft geklagt hatten. Die Preise für Rindfleisch waren im Keller und der Aufwand, um eine große Herde durchzubringen, viel zu hoch. In der Umgebung von Harrison hatten allein im letzten Jahr zwei Rancher aufgeben müssen. Die meisten Rancher hielten sich mit anderen Geschäften über Wasser.

»Ist es so schlimm?«, fragte sie besorgt.

Eddy deutete aus dem Fenster. »Mit den hundert Tieren kommen Sie nicht weit. Die bringen gerade so viel, dass

Sie nicht verhungern! Wenn aus dieser Ranch was werden soll, müssen Sie investieren! Wissen Sie, was hier alles gemacht werden muss? Wir brauchen neue Zäune und neue Schindeldächer, und der Pferdestall muss erweitert werden! Seitdem die braune Stute ihr Fohlen bekommen hat, ist er viel zu klein! Und wer soll die Rinder hüten und das Heu einbringen? Hat Ihr Mann schon mal als Cowboy gearbeitet? Oder Sie?« Er schüttelte den Kopf. »Ich geb' Ihnen einen guten Rat, Ma'am! Fahren Sie nach Hause! Verkaufen Sie die Ranch an einen von diesen Anwälten oder ein Greenhorn aus New York oder Chicago! Nehmen Sie, was Sie kriegen können, und verschwinden Sie! Hier ist nichts zu holen!«

»Was ist mit Ihnen?«, fragte sie. »Wollen Sie die Ranch einfach im Stich lassen? Sie waren jahrelang hier zu Hause.« Sie wunderte sich über ihre eigenen Worte. »Steve und ich könnten ein paar Wochen bleiben und die Ranch gemeinsam in Schwung bringen, was halten Sie davon? In diesem Zustand kauft sie doch niemand. Wir bessern die Zäune und die Dächer aus und erweitern den Pferdestall und dann suchen wir uns einen dummen Anwalt.« Sie lachte. »Und Sie bekommen einen Anteil!« Er stellte den leeren Becher auf den Couchtisch und schüttelte langsam den Kopf. Mit ernstem Gesicht antwortete er: »Was könnten Sie mit einem alten Herumtreiber wie mir schon anfangen? Sie haben doch selbst gesehen, was mit mir los ist. Ich bin ein verdammter Säufer! Seit Annie tot ist, komm' ich nicht mehr auf die Beine. Nein, ich fahr' nach Regina zurück, und meine Annie lass ich nachholen. Ich bin schon viel zu lange hier draußen.«

»Sie haben Angst, Eddy!«, widersprach Molly. »Lassen Sie die Flasche stehen und steigen Sie wieder in den Sattel! Ein paar Wochen, und wir haben die Ranch wieder in Schuss. Was würde wohl Old Man Henderson sagen, wenn wir sie so zurücklassen? Er würde sich im Grabe umdrehen, das wissen Sie ganz genau!«

Der Cowboy musste grinsen. »Sie ändern Ihre Meinung ziemlich schnell, Ma'am! Vor ein paar Minuten wollten Sie noch so schnell wie möglich nach Idaho! Haben Sie es sich plötzlich anders überlegt? Sie wollen doch nicht auf der Ranch bleiben?«

»Natürlich nicht!«, erwiderte sie ein bisschen zu heftig. »Aber in diesem Zustand können wir die Ranch nicht verkaufen! So nimmt sie nicht mal ein Anwalt.« Sie schüttelte unwirsch den Kopf. »Außerdem tun mir die armen Tiere leid. Irgendeiner muss sich doch um sie kümmern!« Sie trug den leeren Becher in die Küche zurück. »Vergessen Sie den Whiskey, zumindest für eine Weile, und helfen Sie uns! Auf die paar Tage kommt es doch nicht an, oder? Sie sind der Einzige, der sich hier auskennt.«

Eddy Norman grinste still in sich hinein. »Wissen Sie was?«, meinte er nach einer Weile spöttisch. »Irgendwie erinnern Sie mich an den alten Henderson! Zugegeben, Sie sind wesentlich jünger und hübscher, aber Sie haben denselben Dickkopf!« Er machte eine falsche Bewegung und griff sich stöhnend an den Kopf. »Ich glaube, jetzt brauche ich doch noch einen Kaffee ...«

Sie ging in die Küche und goss frischen Kaffee auf. In Gedanken schrieb sie »Filterkaffee« auf ihre Einkaufsliste. »Ich heiße Molly«, sagte sie, als sie ihm den Becher reichte. Sie schenkte ihm ihr schönstes Lächeln und fügte hinzu: »Sie müssen wenigstens so lange bleiben, bis wir alles repariert und einen Käufer für die Ranch gefunden haben. Versprechen Sie mir das?«

Er verbrannte sich die Lippen an dem heißen Kaffee und ließ beinahe den Becher fallen. »Meinetwegen«, meinte er amüsiert.

7

Molly stand auf der Veranda und stützte sich mit beiden Armen auf das morsche Geländer, als ihr Mann auf den Hof fuhr. Der Anhänger schlingerte hinter dem Pickup und neigte sich bedrohlich auf eine Seite. Der Reifen auf der beschädigten Seite war geplatzt. Selbst aus der Entfernung war zu erkennen, dass sich der Rahmen verzogen hatte und der Wagen wohl nicht mehr zu gebrauchen war. Hoffentlich hatte Steve ihn gut versichert.

Sie öffnete die Tür und ging ihm entgegen. Er wirkte wie ein schuldbewusster Junge, der eine Beule in den Wagen seiner Eltern gefahren hatte und verzweifelt nach einer Entschuldigung suchte. »Hör zu, Schatz!«, empfing er sie, als sie in ihrem langen Mantel vor ihm stand. »Ich weiß, dass ich Mist gebaut habe! Der verdammte Anwalt hat mich reingelegt, und wie ich ihn kenne, steht im Kleingedruckten, dass wir die Bruchbude auf jeden Fall bezahlen müssen. Ich mach' das wieder gut! Diesmal greif' ich nicht zur Flasche! Das hab' ich dir versprochen! Ich bring' die Ranch wieder hoch und verkaufe sie für den doppelten Preis! Gib mir drei, vier Wochen, und ich hab' das Geld wieder drin!«

»Dasselbe hab' ich Eddy auch gerade gesagt«, erwiderte sie mit einer Zuversicht, die sie selbst erschreckte. »Er will uns helfen! Nüchtern ist er gar nicht so übel, wie ich dachte!« Sie umarmte ihren Mann und küsste ihn auf den Mund. »Von einem Winkeladvokaten lassen wir uns nicht kleinkriegen! Ich schicke ihm eine Kopie von dem Kaufvertrag, wenn wir die Ranch losgebracht haben. Und dann fahren wir nach Harrison zurück und pachten die kleine Werkstatt am Stadtrand, einverstanden?« Sie löste sich von ihm. »Und komm mir bloß nicht mit einer anderen Idee!«

Steve konnte seine Frau kaum wieder erkennen und war viel zu verblüfft, um ihr zu antworten. Unterwegs war er beinahe schon so weit gewesen, das Geld in den Wind zu schreiben und auf der Stelle nach Idaho zurückzukehren. Einen kurzen Augenblick hatte er sogar daran gedacht, nach Clearwater zu fahren und sich einen Doppelten zu gönnen. Kein großes Gelage, nur so viel, um seine Enttäuschung und Scham nicht zu spüren. »Wenn ich diesen Scheißanwalt jemals erwische, bringe ich ihn um!«, hatte er geschrien und heftig gegen den Wagen getreten.

Molly half ihm, die klemmenden Türen des Anhängers zu öffnen und die ersten Koffer und Taschen herauszuziehen. »Wie viel Geld haben wir noch?«, fragte sie, während sie das Gepäck ins Haus trugen. Sie deutete zum Dach hinauf. »Hier gibt es einiges zu tun! Eddy können wir auch nicht umsonst arbeiten lassen.«

»Viertausend Dollar«, antwortete er. »Ein paar Hunderter mehr, wenn der Chef des Truckstops meinen Lohn überwiesen hat. Mit deinem letzten Lohn … so um die Fünftausend, würde ich sagen.«

Sie nickte zufrieden. So viel Geld hatten sie noch nie besessen. »Das reicht, um die Ranch wieder in Schuss zu bringen. Für einen neuen Wagen zahlen wir höchstens einen Tausender, wenn wir den Kombi verkaufen. Wir brauchen einen Pickup oder einen Geländewagen. Lass uns gleich mit der Bestandsaufnahme beginnen und eine Liste mit den nötigsten Dingen zusammenstellen! Eddy kann uns dabei helfen. Und morgen fahren wir nach Kamloops und kaufen ein. Was hältst du davon?«

»Lass uns erst was essen«, meinte Steve zögernd. Er hatte Angst davor, was bei der Inventur herauskommen würde, und wollte das Ergebnis so lange wie möglich hinausschieben. »Wir haben noch Sandwiches und ein paar Äpfel und Bananen übrig.«

»Gute Idee«, stimmte sie ihm zu.

Sie wuchteten das Gepäck ins Wohnzimmer und stellten es neben die Couch. Der Cowboy schüttelte Steve die Hand und brummte eine Entschuldigung: »Tut mir leid, Steve! Hatte heute nicht meinen besten Tag! Nüchtern bin ich noch nie aus dem Sattel gefallen!« Er verschwieg ihnen, wie oft er während der vergangenen Wochen betrunken gewesen war und wie häufig er im Vollrausch auf dem Boden gelegen hatte. »Aber die verdammten Viecher hab' ich immer versorgt!«, würde er später mal zu seiner Verteidigung sagen. Er half ihnen, die restlichen Sachen ins Haus zu holen, und freute sich, als Molly und Steve ihre Sandwiches mit ihm teilten. Dazu gab es Pulverkaffee und heißen Tee für Molly, die einen Beutel in der Provianttasche gefunden hatte. Leider hatte sie keine Milch und keinen Süßstoff mitgenommen.

»Ich hoffe, ihr habt ein paar Dollar auf der hohen Kante!«, sagte Eddy, als er den letzten Bissen im Mund hatte. Er spülte ihn mit heißem Kaffee herunter. »Wenn ihr die Ranch wirklich aufbauen wollt, müssen wir 'ne Menge Zeug einkaufen. Salzblöcke für das Vieh, Zaunpfosten und Stacheldraht, einen Haufen Bretter, Scharniere, Schrauben,

Nägel und so'n Kram, Schindeln für die Dächer, na ja, und ein paar neue Werkzeuge brauchen wir auch. Die Motorsäge tut es schon seit einem Monat nicht mehr. Wir brauchen einen neuen Traktor. Der alte verrostet am Fluss, und wir brauchen einen Mäher und einen Wagen, um im Frühjahr die Kälber zu verladen. McGregor in Kamloops nimmt sie bestimmt!«

Molly war blass geworden. »Dann verkaufen wir einige Rinder. Bekommen wir genug Geld für sie, um einen neuen Traktor und einen Mäher zu bezahlen? Und einen Wagen?«, fragte sie.

Eddy schüttelte den Kopf. Er hatte sich einen Priem in den Mund gesteckt und kaute darauf herum. »Der Viehpreis ist im Keller. Das Geld reicht gerade mal für das Nötigste. Und ob die Bank in Kamloops euch einen Kredit gibt, wage ich zu bezweifeln. Ich schätze, den hätte nicht mal Old Man Henderson bekommen!«

»Uns wird schon was einfallen«, erwiderte Molly, ohne ihren Mann anzublicken. Seitdem er den verwahrlosten Zustand der Ranch erkannt hatte, waren ihre Rollen vertauscht – er neigte dazu, aufzugeben und sich fallen zu lassen, und sie sprühte plötzlich vor Tatkraft, wollte das Unmögliche schaffen und die Ranch gewinnbringend verkaufen. Nur wenn sie die Ranch verkauften, konnten sie nach Idaho zurückkehren. Wenn sie auf das Geld verzichteten und wie geprügelte Hunde nach Harrison zurückfuhren, verlor Steve den Rest seines Selbstbewusstseins, und niemand würde ihm einen Job geben. Er würde dem Alkohol verfallen und irgendwann würden sie sich scheiden lassen.

Molly dachte daran, was wohl der Anwalt ihres Mannes sagen würde, wenn sie die Ranch für den doppelten Preis an einen Kollegen verkauften. Allein die Vorstellung seines dummen Gesichts war Motivation genug. Sie mussten es einfach schaffen! Ein paar Wochen anstrengender Arbeit, vielleicht auch zwei oder drei Monate, dann ging es in die Heimat zurück. Sobald sie ein Telefon in die Hand bekam, würde sie Pamela anrufen und ihr von dem Plan berichten. Nicht in allen Einzelheiten natürlich. Niemand in Harrison durfte erfahren, wie sie dem Anwalt auf den Leim gegangen waren. Sonst würde man sie ewig auslachen.

»Dann leihen wir uns eben einen Traktor«, sagte sie. »Einen Pritschenwagen bekommen wir für ein paar hundert Dollar. Den kaufen wir von irgendeinem Farmer.« Sie blickte den Cowboy prüfend an. »Was meinst du, Eddy? Können wir es schaffen?«

»Ich weiß nicht«, meinte der Cowboy. »Besonders gut sieht es nicht aus. Eine heruntergekommene Ranch, ein Ehepaar, das noch nie mit Rindern gearbeitet hat, ein alter Säufer, der während der Arbeit vom Pferd fällt ...« Er kicherte leise in sich hinein. »Also, meine Ersparnisse würde ich nicht auf uns setzen ...«

»Wir sind keine Stadtfräcke«, widersprach Molly, »wir sind beide schon geritten. Und Vieh haben wir auch schon getrieben. Meine Freundin arbeitet auf einer Guest Ranch.« Sie sah, dass die Antwort keinen besonderen Eindruck auf den Cowboy machte. »Wenn du uns die Feinheiten zeigst, kommen wir zurecht.«

Eddy musste grinsen. »Old Man Henderson«, meinte er. »Gerade hattest du dasselbe Blitzen in den Augen wie Old Man Henderson! Der Alte konnte stur wie ein Bulle sein, weißt du?« Er ging zum Fenster und spuckte seinen Priem nach draußen. »Nun ja, die meiste Zeit sind wir sowieso nicht im Sattel. Aber wenn wir es wirklich schaffen wollen, müssen wir auf einiges gefasst sein! Und ich muss die Finger von der verdammten Flasche lassen! Hier gibt es Arbeit in Hülle und Fülle! Den Corralzaun ausbessern, den Stall vergrößern, Futter schleppen, Stall ausmisten, von der Arbeit im Haus ganz zu schweigen! Wollt ihr das?«

»Natürlich wollen wir«, antwortete Molly entschlossen, »und du willst auch! Steve zahlt dir einen angemessenen Lohn, einverstanden? Nenn uns einen fairen Preis, und du bekommst ihn!« Sie lächelte die beiden Männer an und stand auf. »Worauf warten wir noch? Ich räume das Haus auf und stelle eine Liste mit den Lebensmitteln zusammen, die wir brauchen, und ihr kümmert euch um die Werkzeuge und den ganzen Kram. Okay?«

Eddy salutierte lachend. »Aye, Molly. Und vergiss nicht, frischen Filterkaffee aufzuschreiben. Der hier schmeckt, als wäre er aus zerstampften Indianerläusen gemacht! Nichts für ungut, Molly!«

Sie arbeiteten bis in den Abend hinein. Beinahe verbissen kämpfte Molly sich durch das Haus, von der Küche ins Wohnzimmer und durch die Zimmer im ersten Stock. In einer Abstellkammer hatte sie einen Plastikeimer, eine Flasche mit verkrustetem Putzmittel und einen Schrubber gefunden. Zwei große Müllsäcke, die ebenfalls in der Abstellkammer gelegen hatten, füllte sie mit Abfall. Sie schrubbte die Böden, putzte die Fenster und bezog das große Bett im Schlafzimmer mit frischen Laken.

Erst als es dunkel wurde, merkte sie, wie hart sie gearbeitet hatte. Sie leerte den Eimer, räumte das Putzzeug weg und wusch sich die Hände. Erschöpft ließ sie sich auf einen Stuhl fallen und erholte sich bei dem Rest aus der Wasserflasche, die sie unterwegs gekauft hatte. Draußen regnete es immer noch. Der Nieselregen hing wie Nebel vor den Fenstern und gab den nahen Bäumen ein geheimnisvolles Aussehen. Ihr Optimismus geriet ins Wanken. »Ich hab' den Mund ziemlich voll genommen, was?«, sagte sie zu Dusty, der vor dem Regen ins Haus geflohen war und es sich neben der Treppe bequem gemacht hatte. »Normalerweise würde ich es keine Stunde in dem Haus aushalten! Was meinst du? Kriegen wir die Ranch jemals in Schwung?«

Dusty hob nicht mal den Kopf. Sein Schnarchen klang nervös, als würde er von einem großen Knochen oder einem anderen Festmahl träumen. »Hundefutter«, schrieb Molly auf ihren Einkaufszettel. Sie lehnte sich mit dem Kopf gegen die Lehne und schloss die Augen. Sie wäre wohl eingeschlafen, wenn in diesem Augenblick nicht die Tür aufgegangen wäre. Steve und Eddy kamen herein. Auch sie machten einen erschöpften Eindruck. Sie blieben in ihren schmutzigen Regenmänteln vor ihr stehen und Steve stöhnte: »Es ist schlimmer, als ich dachte, Molly! Den Traktor kannst du vergessen und ein paar der anderen Maschinen sind auch nicht mehr zu gebrauchen. Ganz zu schweigen vom Zaun. Um den zu reparieren, brauchen wir mindestens eine Woche. Ohne fremde Hilfe schaffen wir es nicht!«

Eddy wischte seine schmutzigen Hände an den Jeans ab und zuckte mit den Schultern. »Niemand hat gesagt, dass die Arbeit ein Zuckerschlecken wird! Nur wenn wir Tag und Nacht ranklotzen, können wir es schaffen.« Er griff dankbar nach der Wasserflasche, die Molly ihm reichte, und nahm einen Schluck. »Weiß der Teufel, warum ich das mitmache! Ich hätte nach Regina zurückfahren sollen! Mich in einen Schaukelstuhl setzen und den Vögeln beim Fliegen zuschauen, das wär das Richtige für mich!«

»Das hättest du keinen Tag durchgehalten«, sagte Molly,

ohne eine Miene zu verziehen. »Sonst wärst du nicht allein hier draußen geblieben! Dies ist ein guter Ort, um deinen Kummer und deine Sorgen zu vergessen. Und wenn du von morgens bis abends arbeitest, brauchst du nicht mal Whiskey dazu!« Sie blickte ihn fragend an. »Wie sieht's mit fremder Hilfe aus? Gibt's junge Leute in Clearwater, die uns helfen? Was ist mit den Indianern?«

Eddy reichte ihr die Flasche zurück und winkte ab. »Die kannst du vergessen! Die arbeiten nur, wenn es unbedingt sein muss, und dann verlangen sie so viel Geld, dass wir sie nicht bezahlen können. Die meisten hängen sowieso an der Flasche! Oder an der Nadel! Dagegen bin ich ein Klosterschüler! Nee, auf die würde ich mich nicht verlassen.« Er rieb sich mit dem Handrücken über die Lippen. »Und die jungen Kerle in Clearwater oder Kamloops kannst du auch abschreiben. Die arbeiten lieber bei McDonald's, da verdienen sie immer noch mehr als hier!«

»Schöne Aussichten«, sagte Steve, dessen Augen längst das unternehmungslustige Flackern verloren hatten. Er blickte Eddy hoffnungsvoll an. »Und so kriegen wir die Ranch nicht los? Es muss doch irgendjemand geben, der damit was anfangen kann? Was ist mit den Miller-Brüdern? Brauchen die kein Land?«

»Wer kauft schon eine heruntergekommene Ranch? Wenn sie das Land wirklich brauchen, warten sie, bis es versteigert wird.«

Von draußen klang das Brummen eines Motors herein. Ein schwarzer Pickup hielt vor dem Haus. »Frag sie selber«, meinte der Cowboy. »Da kommt einer von ihnen! Aber ich kann dir gleich sagen, was er antworten wird: Vergiss es! Eher geh' ich ins Casino und setze mein Geld auf Rot! Da hab' ich mehr Chancen!«

Sie traten auf die Veranda und sahen, dass der Fahrer des Pickups keine Anstalten machte, aus seinem Wagen zu steigen. Ein untersetzter Mann, ungefähr Mitte vierzig, mit kräftigen Oberarmen und einem kantigen Gesicht. Ein humorloser Bursche, erkannte Molly auf den ersten Blick. Ihr gefielen weder seine grauen Augen, die keinerlei Gefühl verrieten, noch sein falsches Lächeln, als er das Fenster herunterließ. »Ich hab' schon gehört, dass zwei verrückte Städter aus den Staaten hier sind. Steve und Molly Gibson, stimmt's? Im Busch spricht sich so was schnell rum.« Er kicherte. »Was soll das heißen, Eddy? Sag bloß, ihr wollt diese jämmerliche Ranch auf Vordermann bringen?«

»Wir wollen es versuchen!«, erwiderte Molly, bevor einer der Männer etwas sagen konnte. »Und wir werden es schaffen!« Sie hätte den Rancher am liebsten aus seinem Pickup gezogen und ihm Manieren beigebracht. Er hatte sich nicht einmal vorgestellt. »Und wenn Sie das nächste Mal Ihre Buschtrommel anwerfen, Mr Miller, oder wie immer Sie heißen mögen, dann verbreiten Sie keine Lügen! Wir kommen vom Lande, aus Idaho, und die größte Stadt, die ich jemals gesehen habe, steht nicht mal auf allen Landkarten! Auch bei uns gibt es gute Cowboys! Und Cowgirls!« Sie trat einen Schritt nach vorn und funkelte den Rancher wütend an. »Und jetzt verschwinden Sie! Normalerweise hätte ich Ihnen einen Kaffee angeboten, wie es unter Nachbarn üblich ist, aber wenn Sie nur gekommen sind, um uns zu beschimpfen, dann fahren Sie lieber auf Ihre Ranch zurück! Auf Wiedersehen!«

Der Rancher war so verblüfft, dass er sekundenlang schwieg. Dann begann er schallend zu lachen und sagte: »Sie gefallen mir, Molly! Und nichts für ungut, ich wollte Sie nicht beleidigen! Ich bin Brad Miller. Meinem Bruder

Roger und mir gehört die große Ranch auf der anderen Seite des Highways.« Aber er blieb in seinem Pickup sitzen und bedachte Eddy mit einem abschätzenden Blick. »Ich kann mir nur nicht vorstellen, dass sie mit diesem alten Säufer über die Runden kommen! Wann sind Sie zum letzten Mal vom Pferd gefallen, Eddy? Gestern? Vorgestern?« Er lachte wieder, legte einen Gang ein und brauste vom Hof.

»Dem hast du's ganz schön gegeben«, meinte Steve. »Ich wusste gar nicht, dass du Haare auf den Zähnen hast! Hast du gehört, Eddy? Sie hat diesen Miller wie einen Schuljungen zusammengestaucht! Der überlegt sich, ob er noch mal kommt.«

»Mir wär's lieber, ich hätte meinen Ärger runtergeschluckt und ihn gefragt, ob er uns die Ranch abkauft«, sagte Molly. »Wer weiß, was er und sein Bruder uns für Steine in den Weg legen können!« Sie ärgerte sich über ihre Unbeherrschtheit und legte dem Cowboy eine Hand auf die Schulter. »Mach dir nichts draus, Eddy! Du wirst diesem Schwachkopf schon zeigen, was für ein Kerl du bist. Lass dich nicht unterkriegen! Und rühr bloß keinen Alkohol mehr an!« Sie gingen ins Haus und blieben unschlüssig stehen.

»Ist der immer so unfreundlich?«, fragte Steve, während Molly in die Küche ging und noch mal Kaffee und Tee aufbrühte. »Mir haben sie erzählt, dass die Kanadier nichts gegen uns haben ...«

Eddy ließ nicht erkennen, wie sehr ihn die Worte des Ranchers getroffen hatten. »Den meisten Kanadiern ist es egal, woher jemand kommt. Vor allem hier draußen im Busch. Hier ist es ähnlich wie im Wilden Westen. Hier zählt nur, was ein Mann tut.«

»Und eine Frau«, ergänzte Molly, als sie mit dem Kaffee und dem Tee zurückkam. Sie nahm einen Schluck und fragte den Cowboy: »Hast du eine alte Rechnung mit Miller zu begleichen?«

»Ich? Wieso?«

»Ich weiß nicht. Irgendwie kam's mir so vor.« Sie wärmte ihre Hände an dem heißen Becher. »Ihr mögt euch nicht besonders.«

»Niemand mag die Miller-Brüder, schon gar nicht Brad!«, wich Eddy aus. »Er ist ein falscher Hund! Frag Dan Burke vom Gemischtwarenladen ein paar Meilen die Straße runter! Oder die Leute von der *Helmcken Falls Lodge,* so heißt die kleine Ferienranch an der Parkgrenze. Brad Miller legt sich mit jedem an! Und er geht auf alles los, was einen Rock anhat! Also sieh dich vor!«

»Ich hab' nicht vor, mich weiter mit dem Kerl zu beschäftigen! Viel zu schmierig, der Bursche! Außerdem könnte er mein Vater sein!« Sie bemerkte Steves ärgerlichen Blick und kniff ihm spielerisch in die Wange. »Ich hab' schon mit einem Mann genug!«

Steve ließ sich von ihrer Fröhlichkeit anstecken. »Du wolltest wohl sagen, du musst jetzt Kindermädchen für zwei Männer spielen und hast gar keine Zeit, an so etwas zu denken, oder?«

Sie lachte. »So kann man's natürlich auch sehen.«

Eddy stellte den leeren Becher auf den Tisch und verabschiedete sich von Molly und Steve. »Wird höchste Zeit, dass ich mich aufs Ohr haue, sonst komm' ich morgen nicht raus. Um sieben?«

»Sieben Uhr«, bestätigte Steve.

»Gute Nacht«, wünschte Molly. »Und vergiss nicht ...«

»Kein Alkohol«, ergänzte Eddy grinsend. Er stieg in

seinen Pickup und fuhr quer über den Ranchhof zu seinem Blockhaus.

8

Ein ungewöhnliches Geräusch weckte Molly noch vor dem Morgengrauen. Sie stützte sich gähnend auf einen Ellbogen und blinzelte ängstlich in die Dunkelheit. Ein leises Scharren, als würde jemand eine Decke über die Veranda schleifen, dann ein dumpfes Poltern direkt unter ihrem Fenster. Dusty, kam es ihr in den Sinn, der Hund treibt sich vor dem Haus rum und spielt mit einem Holzscheit. Doch das Scharren wurde lauter, und als Dusty vor der Schlafzimmertür zu winseln begann, erkannte sie, dass ein größeres Tier in der Nähe sein musste. Der Grizzly, dem sie unterwegs begegnet waren? Auch in Idaho hatte es wilde Tiere gegeben, aber einem Grizzly war sie nie begegnet. Nicht einmal die hungrigen Wölfe, die im letzten Winter durch die nahen Wälder gezogen waren, hatte sie zu Gesicht bekommen.

Sie stieg leise aus dem Bett und schlich auf Zehenspitzen zum Fenster. Vorsichtig spähte sie auf die Veranda hinunter. Der Mond und die Sterne lagen hinter einer dichten Wolkendecke und es war kaum etwas zu sehen. Hatte sie das Geräusch nur in ihrem Traum gehört? Von Unruhe getrieben und barfuß, um ihren Mann nicht zu wecken, stieg sie die Treppe hinunter. Dusty stand in der offenen Wohnzimmertür und empfing sie mit einem ängstlichen Winseln. Sie tätschelte ihm den Nacken und bemerkte sein Zittern. Wenn ein Hund solche Angst hatte, musste ein

Bär oder ein anderes Raubtier in der Nähe sein. Gab es denn kein Gewehr im Haus? Oder einen Revolver? Selbst in Idaho hatten die meisten Menschen eine Waffe besessen. Abseits der großen Städte musste man immer damit rechnen, einem wilden Tier zu begegnen. Irgendwo musste das Gewehr doch sein. Warum hatten sie nicht nach der Waffe gesucht? Sie ärgerte sich über ihre Nachlässigkeit und flüsterte beruhigend auf den Hund ein. Dusty zog sich winselnd unter die Treppe zurück.

Neben dem Fenster blieb sie stehen. Sie spähte nach draußen und sah die dunklen Schatten der Fichten, die neben dem Eingangstor in den Himmel ragten. In dem dämmrigen Licht, das sich am fernen Horizont zeigte, erkannte sie die Umrisse des Anhängers, den Steve neben dem Schweinestall abgestellt hatte. Das Geräusch war nicht mehr zu hören. Sie wartete minutenlang, bis sie sicher sein konnte, dass niemand auf der Veranda war, und öffnete vorsichtig die Haustür. Durch einen Spalt sah sie den Plastikeimer und eine zerrissene Decke auf dem Holzboden liegen. Sie wagte noch nicht, das Haus zu verlassen, und verschloss die Tür wieder. Also doch, dachte sie, ein Tier war auf der Veranda gewesen und hatte mit dem Plastikeimer gespielt.

Sie tastete nach den Streichhölzern und zündete die Petroleumlampe an. Im Schein der flackernden Flamme erkannte sie, dass es zehn nach vier war. Sie verspürte Hunger und fand noch einen Apfel in ihrer Proviantüte. Das Licht in der Küche funktionierte, aber sie knipste es nicht an. Das Telefon, das neben den Schränken an der Wand hing, war tot. Sobald sie es repariert hatten, würde sie sich wohler fühlen. Dann konnte sie mit Pamela oder ihrer Mutter telefonieren. In dieser Einsamkeit brauchte man einen Draht zur Außenwelt. Was würden sie wohl sagen, wenn sie erfuhren, wohin es sie verschlagen hatte? Du musst selber wissen, was du tust, würde ihre Mutter erwidern, das wusste sie jetzt schon. So hatte sie schon reagiert, als sie Steve geheiratet hatte. Pamela würde auf Steve schimpfen und sie drängen, so schnell wie möglich nach Hause zu kommen.

»Na, was meinst du?«, fragte sie den Hund, der ihr gefolgt war und neugierig den Kopf zur Seite neigte. »Haben wir alles richtig gemacht? Meinst du, es lohnt sich, hierzubleiben und alles zu reparieren?«

Natürlich kannte sie die Antwort. Es gab nur diese Möglichkeit, wenn Steve sein Selbstbewusstsein nicht verlieren wollte. Sie mussten versuchen, die Ranch auf Vordermann zu bringen. Erst wenn man sie gewinnbringend oder zumindest für das gleiche Geld verkaufen konnte, würde er mit ihr nach Idaho zurückkehren. Er durfte sein Gesicht nicht verlieren. Wenn er wieder zur Flasche griff, war er verloren, und nichts konnte ihre Ehe mehr retten. Noch einmal würde er sich nicht aufraffen. »Da hab' ich mir einen schönen Mann ausgesucht, was?«, sagte sie.

Sie liebte ihren Mann, sie liebte ihn wirklich, sonst wäre sie schon längst wieder zu Hause. Auf dieser einsamen Ranch würde sie sich niemals wohlfühlen. Hier gab es nur endlose Wälder und grenzenlose Einsamkeit. Auch in Harrison hatten sie abseits der großen Städte gelebt, aber dort gab es Menschen und Geschäfte, und im *Roadside Cafe* war sie niemals allein gewesen. Bis nach Coeur d'Alene war es eine knappe Stunde.

Im Flur ging das Licht an. Ihr Mann kam die Treppe herunter und blinzelte sie aus verschlafenen Augen an. »Was ist denn los?«, fragte er neugierig. »Kannst du nicht schlafen?« Er blickte seufzend auf seine Armbanduhr. »Weißt du, wie spät es ist?«

»Kurz nach vier«, antwortete sie. »Ich bin durch dieses komische Geräusch aufgewacht. Ich glaube, da war ein Bär auf der Veranda.« Sie füllte den Wassertopf und schaltete ihn ein. »Jetzt kann ich sowieso nicht mehr schlafen. Willst du einen Kaffee?«

»Einen starken«, sagte er. Er ging ins Wohnzimmer und ließ sich in einen Sessel fallen. Sein starrer Blick und seine Haltung verrieten, dass sein Optimismus stark gelitten hatte. »Wir schaffen es!«, meinte er dennoch. »Du wirst sehen, Molly, in ein paar Wochen ist es hier so schön, dass du gar nicht mehr weg willst!«

»Eins nach dem anderen«, schränkte sie ein. »Ich wäre schon froh, wenn das Licht im Wohnzimmer brennen würde.« Sie brachte ihm den Kaffee und setzte sich auf die Couch. »Ganz zu schweigen vom Telefon! Ohne Telefon sind wir hier draußen aufgeschmissen! Ich hab' keine Ahnung, ob ein Handy funktioniert.«

»Warum denn nicht? Harrison lag genauso hinter dem Mond wie Clearwater, und da ist es auch gegangen! Wir kaufen eins, okay? Wir sind in Kanada, Schatz, nicht irgendwo in der Arktis!«

Da kann es auch nicht einsamer sein, dachte sie und hütete sich, den Gedanken auszusprechen. Steve machte einen nervösen Eindruck, wahrscheinlich war er unzufrieden, weil der Anwalt ihn reingelegt hatte, und sie wollte ihn nicht unnötig reizen. Sobald sie eingekauft hatten, würde ihn die Arbeit ablenken. Dann hatte er eine Aufgabe. Allein der Gedanke, er könnte versagen, würde ihn zum Alkohol zurücktreiben. Sie liebte ihn. Sie wünschte sich nichts sehnlicher, als mit ihm alt zu werden. Er war ein guter Mann. Ein Träumer, der das Pech gehabt hatte, mehrmals gescheitert zu sein, ein Versager und ein Schwächling, wenn man Oscar und Pamela und einigen anderen Leuten glauben wollte, aber er hatte nie etwas Böses gewollt und griff immer wieder nach den Sternen.

Eddy Norman erschien pünktlich um sieben Uhr und kaute unternehmungslustig auf seinem Priem, als Molly und Steve in den Pickup stiegen. »Alles okay?«, begrüßte er sie nervös. Er roch nach frischer Seife, und die Stirnlocke, die unter seinem Cowboyhut hervorragte, glänzte feucht. »Heute Nacht hat sich ein Bär in der Gegend rumgetrieben. Habt ihr irgendwas gehört?«

Molly stützte sich am Armaturenbrett ab, als er vom Ranchhof und über den buckligen Feldweg zur Hauptstraße fuhr. »Ich glaube, er war auf unserer Veranda«, sagte sie, ohne ihn anzublicken, »hat mit dem Eimer und einer Decke gespielt.« Eddy fuhr über einen Felsbrocken, der mit der Spitze aus dem schlammigen Erdreich ragte, und der Wagen wurde kräftig durchgeschüttelt. »Gibt's keine Waffe auf der Ranch? Oder müssen wir die auch kaufen?«

»Ein Gewehr«, antwortete er lächelnd. »Eine Vanguard Stainless mit 24-Zoll-Lauf. Old Man Henderson hat sie ein Jahr vor seinem Tod gekauft. Mit den 300er-Patronen verjagst du sogar einen Grizzly. Sie muss im Büro liegen, auf dem großen Aktenschrank.«

»Brauchen wir Patronen?«, fragte sie.

Eddy schüttelte den Kopf. »Im Schrank liegen zwei Schachteln.« Er blickte sie amüsiert an. »Oder wollt ihr in den Krieg ziehen? Die Patronen, die wir haben, reichen für die Elchjagd.« Er wich einem Felsbrocken aus. »Vor zwei Jahren hab' ich einen kapitalen Burschen erwischt, der hat uns durch den ganzen Winter gebracht.«

»Du musst mir zeigen, wie man mit dem Ding schießt«, meldete Steve sich von der Rückbank. »Wär' doch gelacht, wenn ich uns nicht einen Braten schießen würde!« Er schien sich darauf zu freuen. »Setz uns am Kombi ab, okay? Wir fahren dir nach. Und halt bei der nächsten Tankstelle, ich brauch' dringend Sprit.«

Sie rutschten die letzten Meter durch dicken Schlamm, und Eddy brauchte mehrere Anläufe, um den Wagen auf die Hauptstraße zu steuern. Der Schotter war glitschig, aber nicht so tief wie auf dem Feldweg. Er hielt neben dem Kombi, der einsam am Straßenrand stand. »Meinst du, wir kriegen die Kiste los?«, fragte Steve. Der Wagen strotzte vor Schmutz. »Wir brauchen einen Pickup oder einen Geländewagen, sonst bleiben wir stecken!«

Eddy war zuversichtlich. »Ich kenn' einen Händler in Kamloops, der zahlt euch einen fairen Preis. Wenn du vorher durch die Waschanlage fährst, kriegst du mindestens zweitausend. Vielleicht sogar drei. Und einen Four-Wheel hat er da, das weiß ich.«

»Okay. Bis später, Eddy!«

Molly und Steve stiegen in ihren Wagen um und folgten dem Cowboy die leicht abschüssige Straße hinab. Der Kombi hatte nichts abbekommen, als sie dem Schatten ausgewichen waren, und brummte leise vor sich hin. Der Regen hatte aufgehört, doch Steve musste alle paar Meter die Scheibenwischer anschalten, um die Schlammspritzer von der Scheibe zu putzen. Das Licht der Scheinwerfer huschte über die nahen Bäume und leuchtete auf einem Verkehrsschild, das vor kreuzenden Elchen warnte.

Steve wirkte wesentlich selbstbewusster als auf der Ranch und hatte schon wieder dieses Glitzern in den Augen, das ihn auf jeder seiner Traumreisen begleitete. »Wir schaffen es, Molly, wir schaffen es!«, sagte er unvermittelt. »Die werden sich noch alle wundern!«

Molly fragte sich, wen er damit meinte. Eddy Norman? Die Miller-Brüder? Die Leute, die sich in Harrison über ihn lustig gemacht hatten? Sie war weniger zuversichtlich, hütete sich aber, ihre Bedenken zu äußern. Sie mussten diese Aufgabe mit voller Kraft und viel Optimismus angehen, wenn sie gewinnen wollten. Auf keinen Fall werde ich hier bleiben, dachte Molly, sobald wir alles repariert haben, verkaufen wir die Ranch wieder!

Im nebligen Dunst, der über die Wiesen und die Schotterstraße zog, tauchte der Gemischtwarenladen von Dan Burke auf. Ein schäbiges Blockhaus aus ungeschälten Baumstämmen mit einem Laden und zwei windschiefen Zapfsäulen vor der Tür. »Zehn Cent teurer als in Vancouver«, schimpfte Steve, als er den Zapfhahn in den Tank stieß und Eddy vom Pickup herüberkam.

»Hier ist alles teurer«, meinte der Cowboy. Er spuckte seinen Priem in den Sand und wischte sich mit dem Ärmel über den Mund. Er deutete auf den Store. »Ich hol' mir neuen Kautabak.«

Auch Molly war ausgestiegen. Es tat gut, wenigstens einen Anflug von Zivilisation zu spüren. Sie sagte ihrem Mann, dass sie eine Coke und ein paar Kekse kaufen würde, und versprach ihm, ein Ginger Ale mitzubringen. Während sie auf das Blockhaus zuging, sah sie ein junges Mädchen herauskommen, ungefähr achtzehn, strohblond und schlanker, als sie es jemals gewesen war. Sie ging mit energischen Schritten auf einen Ford Escort zu.

»Und komm' gleich wieder!«, drang die Stimme eines Mannes aus dem Laden. »Ich hab' keine Lust, die Arbeit allein zu machen! Treib dich bloß nicht mit diesem Johnny rum! Du weißt, wie ich über die verdammten Indianer denke! Die machen nur Ärger!«

»Ich hab' gestern Überstunden gemacht!«, rief das Mädchen, ohne sich umzudrehen oder ihre Schritte zu verlangsamen. »Ich schau bei einer Freundin vorbei und geh' mit ihr zu KFC, dann komm' ich wieder!« Sie riss wütend die Tür ihres Escorts auf.

»Freundin ... Freundin ... das kenn ich! Du willst dich mit diesem Indianer treffen! Mir kannst du nichts vormachen! Dass du mir keinen Ärger machst, verstanden? Wo diese verdammten Indianer sind, ist die Polizei nicht weit! Du hast einen Ruf zu verlieren!«

»Schon gut, Daddy! Schon gut!«, winkte das Mädchen ab und stieg in ihren Wagen. Mit quietschenden Reifen fuhr sie davon.

»Weiber!«, schimpfte Dan Burke, als Molly den Laden betrat. Der Ladenbesitzer war gerade dabei, Eddy sein Wechselgeld rauszugeben. Sonst stand niemand an der Kasse. »Das hat sie von Janet, die machte auch, was sie wollte! Gott hab' sie selig!«

Dan Burke war ein untersetzter Mann mit groben Gesichtszügen und einer klobigen Nase. Seine Haut war leicht gerötet und seine Augen flackerten unruhig. Er litt schon seit einigen Jahren unter hohem Blutdruck und verlor regelmäßig die Beherrschung, wenn ihm etwas nicht in den Kram passte.

Seine Tochter beobachtete er mit Argusaugen. Vor einigen Jahren war seine Frau an Krebs gestorben, und er hatte große Angst, dass Tess auf die schiefe Bahn geriet. Er trug schlecht sitzende Jeans, ein kariertes Hemd und eine Baseballmütze. »Ich hab' ihr tausend Mal gesagt, sie soll sich nicht mit den verdammten Indianern einlassen!«, schimpfte er, während er die Kasse schloss. »Du weißt, wie sie sind. Die werden sich nie an die Weißen gewöhnen!«

Molly holte die Cola und das Ginger Ale aus dem Kühlregal und legte einen Beutel mit Chocolate Chip Cookies dazu, die weichen mit den großen Schokoladenstücken. Ihre Lieblingskekse. Dan Burke schimpfte immer noch, als er sie bediente.

»Ich bin Molly Gibson«, sagte sie, während er die Preise in die Kasse tippte. Sie deutete auf ihren Mann, der gerade zur Tür hereinkam. »Und das ist mein Mann Steve. Wir haben die Clearwater River Ranch gekauft. Ich nehme an, wir werden uns jetzt öfter sehen.« Am liebsten hätte sie hinzugefügt: Aber wir bleiben nicht lange! Sobald wir einen Käufer haben, verschwinden wir!

Der Ladenbesitzer musterte sie und rang sich ein mürrisches Lächeln ab. In Gedanken schien er immer noch bei seiner Tochter zu sein. »Dan Burke«, brummte er. Und mit einem misstrauischen Blick auf Steve: »Sie sehen aber nicht wie 'n Anwalt aus.«

»Wir haben ihm die Ranch abgekauft«, erwiderte Steve. Er war wieder voller Optimismus und Tatkraft. »Eddy hilft uns dabei, die Ranch auf Vordermann zu bringen. Wir wollen nach Kamloops, ein paar Sachen einkaufen, dann geht's los!« Er deutete mit dem Daumen nach draußen. »Rechnen Sie das Benzin gleich dazu.«

Dan Burke nannte den Betrag und stopfte den Fünfziger, den Steve ihm gab, in die Kasse. Während er das Wechselgeld herausgab, sagte er: »Ziemlich mutig, sich da oben niederzulassen, Mister! Randy hat die Ranch ganz schön verkommen lassen.« Er blickte den Cowboy an und schüttelte zweifelnd den Kopf. »Ich dachte, du wolltest nach Regina zurück! Es ging dir nicht besonders gut in letzter

Zeit. Du brauchst 'ne Luftveränderung, Eddy, das hab' ich dir schon vor 'n paar Wochen gesagt!«

»Sag ruhig, dass ich ein verfluchter Säufer bin!«, meinte Eddy. Er bezahlte seinen Kautabak und biss genüsslich einen Priem ab. »Aber damit ist Schluss! Wir bringen die Ranch wieder hoch!«

»Ihr wollt da oben tatsächlich Rinder halten? So wie früher, als der alte Henderson noch lebte?« Er schloss geräuschvoll die Kasse. »Da habt ihr euch ja einiges vorgenommen. Die Zeiten sind nicht die besten, das weißt du selber. Sogar die Miller-Brüder haben Schwierigkeiten! Von den paar Kälbern könnt ihr nicht leben.« Er griff nach der offenen Cola-Dose, die er neben der Kasse stehen hatte, und trank einen Schluck. »Also, mich würden keine zehn Pferde nach Clearwater River bringen! Wer weiß, wie lange ich den Laden noch hab'? In der Zeitung steht, dass nächsten Sommer doppelt so viele Touristen kommen, aber da glaub' ich nicht dran. Viel zu abgelegen, unser Park. Und wegen der paar Wasserfälle macht keiner einen Umweg. Außerdem spukt's hier.«

»Es spukt?«, fragte Molly erschrocken.

Der Ladenbesitzer nickte. »Ein alter Grizzly. Er soll sich schon seit zehn Jahren in dieser Gegend rumtreiben! Ein verzauberter Krieger, der von seinem Stamm verbannt wurde und nach einer Frau sucht, die ihn von seinem Zauber befreit, sagen die Indianer. Das ist natürlich Blödsinn! Ich weiß nicht mal, ob es diesen Kuraluk wirklich gibt. So nennen ihn die Indianer. Ich hab' ihn noch nie gesehen.« Er trank von seinem Cola und wischte sich über die Lippen. »Manchmal glaub' ich fast, die Miller-Brüder haben ihn erfunden, um sich andere Siedler vom Hals zu halten.«

»Wir haben ihn gesehen!«, widersprach Molly ihm ernst. »Gestern Mittag, als wir ankamen. Ich glaube jedenfalls, dass es ein Grizzly war. Er kam aus dem Regen, wie ein Ungeheuer stand er plötzlich vor uns! Vor lauter Schreck sind wir in den Graben gefahren!«

»Das war sicher ein Schwarzbär«, winkte Dan Burke ab. »Die gibt's hier an jeder Straßenecke. Ein Grizzly ist viel größer! Wenn der Ihren Wagen rammt, ist er hin, darauf können Sie wetten!«

»Wir haben ihn nicht genau gesehen«, sagte Molly, »aber der Schatten war riesengroß! Wenn es ein Bär war, dann ein Grizzly! Ich weiß, wie groß die werden.« Sie überlegte eine Weile. »Heute Nacht hab' ich ihn auch gehört! Ich bin sicher, da war ein Bär auf unserer Veranda!« Sie wandte sich an den Cowboy. »Warum hast du uns nichts davon gesagt, Eddy? Ich glaube nicht an Gespenster, aber wenn's den Grizzly wirklich gibt, müssen wir was tun!«

Eddy winkte ab. »Wenn du mich fragst, gibt's diesen Kuraluk gar nicht. Den letzten Grizzly hab' ich vor zwei Jahren gesehen, und der rannte gleich davon, als ich ihm eine Kugel auf den Pelz brannte! Dein Ungeheuer war ein Elch, da bin ich ziemlich sicher, und heute Nacht, das war ein Schwarzbär ... oder Dusty ...«

»Hoffentlich«, erwiderte Molly. Sie hatte keine Angst vor Bären, dazu hatte sie zu lange in den Rocky Mountains gelebt, aber sie musste ständig daran denken, wie schwierig es sein würde, die Ranch zu verkaufen, wenn sich diese Legende herumsprach.

»Es wird Zeit, dass wir weiterkommen«, mahnte Eddy zur Eile, »sonst kommen wir nie nach Kamloops!« Er verabschiedete sich von dem Ladenbesitzer und ging mit Molly und Steve nach draußen. »Glaubt nicht alles, was ihr hier oben hört«, sagte er, als die Tür hinter ihnen zugefallen war. »Dan hat jedes Mal, wenn ich komme, 'ne andere Horrorgeschichte auf Lager. Alles Blödsinn!«

Molly reagierte nicht. Aber sie wirkte nervös, als sie zu Steve in den Kombi stieg und ihm das Ginger Ale reichte. »Kuraluk«, meinte sie nachdenklich. »Komischer Name für einen Grizzly!«

9

Der Chevy Blazer, den sie in Kamloops kauften, war zehn Jahre alt und hatte einem Zahnarzt aus Vancouver gehört, der damit kaum im Gelände gewesen war und ihn alle sechs Monate zur Inspektion gebracht hatte. Das behauptete zumindest der Händler, ein junger Mann im dunkelblauen Anzug, dessen Begeisterung kein Ende nahm. Er betonte ständig, dass er noch nie einen Wagen verkauft habe, der so wenig gefahren und so sorgfältig gewartet worden war. »Ein Schnäppchen«, schwärmte er, »ein absolutes Schnäppchen!« Was Steve dazu brachte, sich den Wagen genauer anzusehen und etliche Mängel festzustellen. Er konnte den Preis auf eine erträgliche Summe drücken und den Verkäufer dazu bringen, auch beim Ankauf des Kombi ein Auge zuzudrücken. »Weil Sie es sind«, ließ sich der Händler darauf ein, »und weil ich mit Eddy befreundet bin.«

Nachdem sie die Papiere unterschrieben hatten, trennten sie sich. Steve und Eddy fuhren mit dem Pick-up zum großen Farm Supply Store vor die Stadt und wollten auf dem Rückweg bei McGregor vorbeischauen und ihm sagen, dass sie die Farm übernommen hätten und ihm auch im nächsten Frühjahr wieder Kälber anbieten würden. »McGregor kennt bestimmt jemand, der uns einen Traktor und einen Mäher leihen kann«, meinte er zuversichtlich, »und Wagen hat er genug rumstehen.« Molly würde zum Supermarkt fahren und für die nächsten Wochen einkaufen. Sie beschlossen, sich um vierzehn Uhr auf dem Parkplatz des Supermarkts zu treffen. »Macht keinen Unsinn!«, rief Molly den beiden Männern nach. Noch lieber hätte sie gesagt: »Ich hab' keine Lust, euch betrunken aus einer Bar rauszuziehen!«, aber sie war klug genug, sie nicht auf ihre Schwäche anzusprechen.

Mit dem neuen *Blazer* fuhr Molly zum Supermarkt. Der Wagen war einfacher zu lenken als ihr alter Kombi und sie fuhr entspannt über die breite Hauptstraße. Es tat gut, für ein paar Stunden allein zu sein. Sie gehörte nicht zu den Frauen, die nur an den Rockschößen ihres Mannes existieren können, und hatte schon in Harrison darauf geachtet, ihre Freiräume zu behalten. Die Arbeit im Drugstore hatte ihr gefallen, und sie wäre wohl auch dort geblieben, wenn sie eine Million in der Lotterie gewonnen hätte. Nun ja, vielleicht hätte ich den Laden gekauft, dachte sie amüsiert. Oscars Gesicht hätte ich sehen mögen!

Sie fuhr zu dem großen *Safeway*, den sie bereits auf der Herfahrt entdeckt hatte, und parkte neben einem Wohnmobil. Ihre Gedanken waren bei ihren Freunden in Idaho, als sie ausstieg und an der langen Reihe von Pickups und Geländewagen vorbei zum Eingang ging. Neben dem Cola-Automat hing ein Telefon. Sie ging hin und wählte kurz entschlossen Pamelas Nummer. Ihre Freundin war sofort am Apparat. »Hi, Pam. Ich bin's, Molly!«

»Molly! Ich hatte schon Angst, dir wäre was passiert!«,

schallte es aus dem Hörer. »Wo steckst du? Was ist das für ein Lärm?«

»Ich bin auf einem Parkplatz«, erwiderte sie betont fröhlich, »vor dem *Safeway* in Kamloops. Ein paar Sachen einkaufen. Steve und Eddy sind im Farm Supply Store. Die Ranch ist gar nicht so übel, Pam, ich wette, dir würde sie sogar gefallen.« Ein alter Pickup knatterte vorbei und zwang sie, den Hörer fester ans Ohr zu drücken. Pamela sagte nichts. »Wir kommen wieder nach Hause, Pam! In ein paar Wochen, spätestens in zwei, drei Monaten. Sobald wir alles repariert haben, verkaufen wir die Ranch. Steve hat selber eingesehen, dass er nicht zum Cowboy geboren ist!«

»Gott sei Dank!«, reagierte Pamela erleichert. »Ich hatte schon Angst, wir würden uns nie mehr sehen!« Ihre Freude war offensichtlich und wurde erst getrübt, als sie darüber nachdachte, was Molly gesagt hatte. »Was wollt ihr denn reparieren? Warum die ganze Arbeit, wenn ihr sowieso verkaufen wollt? »Erst jetzt dämmerte ihr die Wahrheit, und Molly glaubte, durch den Hörer zu sehen, wie ihr Lächeln gefror. »Sag bloß, der Anwalt hat euch eine Bruchbude angedreht! Ihr müsst alles reparieren, weil die Ranch sonst keiner nimmt, stimmt's? Man hat euch reingelegt!«

Molly geriet ins Schwitzen. »So schlimm ist es nicht, Pam! Aber Eddy ... so heißt der Cowboy, der uns hilft, er meint, dass wir einen ordentlichen Gewinn rausschlagen können, wenn wir ... wenn wir einen neuen Stall bauen und die Zäune ausbessern. Sobald wir damit fertig sind, fahren wir nach Hause, okay? Ich glaube, Steve ist sogar froh, dass er sich so entschieden hat.«

»Ihr habt eine Bruchbude gekauft, gib es ruhig zu!«,

meinte Pamela ohne Häme. »Und ihr könnt froh sein, wenn ihr die Kosten einigermaßen wieder reinbekommt, stimmt's? Mir machst du nichts vor!« Für einen Augenblick war nur ihr Atem zu hören. »Meinst du wirklich, dass ihr die Ranch wieder in Schuss bringt? Ohne ein paar Leute, die euch helfen, ist das nicht zu schaffen. Was ist dieser Eddy für ein Typ? Ein guter Mann? Er muss doch genug Leute kennen.«

»Eddy ist ein erfahrener Cowboy«, erwiderte Molly, »der arbeitet schon seit ein paar Jahren auf der Ranch. Ohne ihn wären wir gar nicht geblieben.« Sie blickte auf die Ankündigung eines Flohmarktes, die neben dem Telefon an der Wand klebte. »Wir schaffen es, Pam! Und sobald wir einen Käufer gefunden haben, fahren wir zurück. Mit dem Geld können wir die Werkstatt anzahlen, von der Steve immer geträumt hat, und ich gehe wieder zu Oscar. Sag ihm, dass ich wieder komme, okay? Er soll bloß meinen Job nicht hergeben!«

»Mach' ich«, sagte Pamela zu. »Und lass dich nicht unterkriegen, hörst du? Komm bloß nicht auf die Idee, in den Wäldern zu bleiben, wenn ihr alles repariert habt! Mit der Rinderzucht kann man heute nicht mehr reich werden. Versprichst du mir das, Molly?«

»Ich versprech's dir. Ich ruf' wieder an, okay?«

»Okay. Bis bald«, verabschiedete sich Pamela.

Molly legte den Hörer auf und blieb eine Weile nachdenklich stehen. Als der rostige Pickup zurückkehrte und vor dem Eingang hielt, verzog sie das Gesicht. Eine junge Frau mit einer gefüllten Einkaufstüte stieg ein und der Wagen ratterte davon.

Mit einem Einkaufswagen betrat Molly den Laden. Die Stimme ihrer Freundin hatte Heimweh in ihr ausgelöst und sie wäre am liebsten sofort nach Hause gefahren. Einfach alles stehen und liegen lassen, das Geld in den Wind schreiben und nach Hause fahren. »Ohne ein paar Leute ist das nicht zu schaffen«, hörte sie ihre Freundin sagen. Woher sollte sie diese Leute nehmen? Eddy hatte selbst gesagt, wie schwierig es war, geeignete Männer zu finden. Vielleicht fielen McGregor ein paar Namen ein. Der Viehaufkäufer kannte das Rindergeschäft wie kein anderer.

Sie kramte ihren Einkaufszettel aus den Jeans und lud die Waren ein. Kartoffeln, Nudeln, Mehl, Salz, Zucker, Butter, Toastbrot ... die Liste schien endlos zu sein. Gemüse, Obst. Wenn sie länger geblieben wären, hätte sie ein kleines Gewächshaus gebaut und Kartoffeln, Zwiebeln, Tomaten und Salat angepflanzt, vielleicht sogar Avocados. Sie mochte Avocados für ihr Leben gern.

Am Fleischstand lud sie einige Steaks und drei große Packungen mit Hackfleisch in den Einkaufswagen. Zwei Salamis, eine Packung Hühnerschenkel, etwas Aufschnitt für die ersten paar Tage. Auch wenn sie bei dem Chevy kaum draufgezahlt hatten und genügend Geld auf dem Konto lag, mussten sie sparsam sein. Die Reparaturen würden viel Geld verschlingen.

Molly blickte sich um. Sie verspürte ein seltsames Kribbeln im Nacken, so wie in der vergangenen Nacht, als sie das Geräusch auf der Terrasse vernommen hatte. Als würde sie jemand beobachten. Vor dem Regal mit den Obstkonserven erblickte sie zwei junge Indianerinnen, die leise kichernd zu ihr herüberblickten. Als sie merkten, dass Molly sie entdeckt hatte, gingen sie rasch weiter. »Alberne Gänse!«, lästerte Molly leise vor sich hin.

Zwei Regale weiter starrte ein älterer Mann herüber. Wieder ein Indianer. Sie ging weiter, ohne ihn zu beachten, und entdeckte vor den Süßigkeiten zwei Indianerjungen. Plötzlich hatte sie das Gefühl, von allen Indianern im Supermarkt beobachtet zu werden. Der *Safeway* lag in der Nähe des Reservats und es kamen viele Indianer in den Laden. Jetzt leide ich schon unter Verfolgungswahn, dachte sie, die Leute kennen mich doch gar nicht! Nach außen hin unbeeindruckt ging sie zur Kasse und ließ sich die Waren einpacken. Sie bezahlte bei einer Indianerfrau, die keine Miene verzog und sie nicht einmal anblickte, als sie den Betrag nannte, und schob den Wagen zu ihrem neuen Blazer.

Vor einem Ford Bronco, der ihr seltsam bekannt vorkam, standen einige Jugendliche, zwei Indianerjungen und zwei weiße Mädchen. Einer der Jungen war John Running Deer, und das weiße Mädchen, dem er besitzergreifend einen Arm umgelegt hatte, war Tess, die Tochter des Ladenbesitzers an der Clearwater Valley Road. Das andere Pärchen hatte Molly noch nie gesehen. Sie schienen sich über sie lustig zu machen, lachten kurz, als hätte sie ihre Jeans verloren oder sich sonstwie blamiert.

Molly reichte es. Sie schlug die Klappe des Blazers zu und schob den leeren Einkaufswagen mit wütenden Schritten auf die Jugendlichen zu. »Was soll der Blödsinn?«, fuhr sie die Indianer an. »Habt ihr noch nie eine Weiße gesehen? Hab' ich irgendwas verbrochen? Hängt ein Steckbrief von mir am Sheriff's Office?«

John schob seine Baseballmütze in den Nacken. Er trug sein Hemd über den Jeans, hatte beide Daumen hinter den Gürtel gehakt und gab sich betont lässig. »Tut mir leid«, entschuldigte er sich mit einem leicht spöttischen Unterton, »ich hab' meinen Freunden nur erzählt, dass Sie die Clearwater River Ranch gekauft haben. Die Leute im Reservat wissen es auch schon. Meine Urgroßmutter hat gestern Nacht von Kuraluk geträumt, wissen Sie? Der Grizzly, der nach einer Frau sucht, die ihn von seinem Zauber befreit. Könnte ja sein, dass Sie diese Frau sind.«

»Unsinn«, erwiderte sie, »das ist eine indianische Legende. Warum sollte er ausgerechnet nach einer Weißen suchen? Glaubt ihr, dass er mich fressen will? Oder wie soll ihn die Frau von seinem Bann befreien? Soll ich ihn erschießen?« Sie dachte an das seltsame Geräusch, das sie in der vergangenen Nacht vor dem Haus gehört hatte, und gab sich Mühe, sich ihre Angst nicht anmerken zu lassen. »Lasst mich gefälligst in Ruhe!«

»Die Leute wollen sie nicht verspotten, Ma'am! Sie haben großen Respekt vor Ihnen, Ma'am, auch wenn es nicht so aussieht. Wer die Clearwater River Ranch übernimmt und sich mit einem Grizzly wie Kuraluk einlässt, ist entweder mutig oder verrückt!«

»Und ihr haltet mich für verrückt?«

»Das wissen wir noch nicht, Ma'am.«

Jetzt musste sogar Molly lachen. Sie schüttelte den Kopf, als John ihr eine Zigarette anbot, und beobachtete Tess, die ihre rechte Hand hinten in die Hosentasche seiner Jeans geschoben hatte und kichernd an seinem Ohrläppchen knabberte. Ihr Blick war schnippisch und herausfordernd. Sie schien nur darauf zu warten, dass Molly sie ermahnte, ihrem Vater zu gehorchen und nach Hause zu fahren. Doch Molly dachte nicht daran. Tess war alt genug, um selbst zu entscheiden, was sie für richtig hielt. Ob sie mit einem Weißen oder einem Indianer rumhing, wäre ihr selbst als Tess' Mutter egal gewesen. Es gab auch Weiße, die sich daneben benahmen.

»Ich denke, du arbeitest im Sägewerk«, sagte Molly.

»Kurzarbeit«, erwiderte John.

»Wie wär's mit einem Zusatzjob?«, hielt Molly die Gelegenheit für günstig. Sie blickte auch den anderen Jungen an. »Wir brauchen Hilfe auf der Ranch. Warum kommt ihr nicht hoch und geht uns ein bisschen zur Hand? Wir zahlen besser als McDonald's!«

John lachte. »Und wenn Sie dreimal so viel bezahlen, Ma'am! Auf der Ranch will bestimmt keiner arbeiten. Nicht nur wegen des Grizzlys. Es zahlt sich nicht aus! Selbst wenn wir Tag und Nacht arbeiten, bringen wir den Laden nicht in Schwung! Und wenn wir es doch schaffen, will ihn niemand kaufen! Kein Indianer, und auch kein Weißer. Nicht mal die Miller-Brüder! Mit einer Ranch wie der Clearwater River will niemand was zu tun haben!«

»Fürchtet ihr euch etwa vor einer Legende?«, provozierte Molly den Indianer. »Vor einem Grizzly, den es nur im Märchen gibt? Oder glaubt ihr, dass es diesen Bären wirklich gibt? Dass er nur darauf wartet, einen von uns aufzufressen? Ich habe keine Angst!«

»Der Traum meiner Urgroßmutter war sehr deutlich«, berichtete John ernst. Der Spott war aus seinen Augen verschwunden. »Sie wollte nicht verraten, welche Bilder sie gesehen hat. Alles, was sie sagte, war: Ich habe Kuraluk gesehen, ich habe ihn gesehen! Die weiße Frau ist sehr mutig, wenn sie gegen ihn kämpft!«

»Das hat sie gesagt?«, erschrak Molly.

Der Junge nickte. »Also rechnen Sie lieber nicht damit, dass Ihnen jemand hilft! Eddy weiß es nicht besser, der hat sich seine Birne mit Whiskey zugeknallt, aber von uns macht da niemand mit!«

»Feiglinge!«, erwiderte Molly wütend. Sie ließ die Indianer stehen und brachte den Einkaufswagen zurück. Als sie zu ihrem Blazer zurückkehrte, waren John und seine Freunde verschwunden. Sie lehnte sich gegen ihren Wagen und blickte in den trüben Dunst, der über Kamloops lag. Die Luft roch nach Regen.

Natürlich hatte John Running Deer ihr mit seiner Geschichte Angst eingejagt. Sie hatte einen Grizzly gesehen, das glaubte sie jedenfalls, und sie hatte gehört, wie ein Bär über ihre Veranda gegangen war. Ein Grizzly war nichts Besonderes in dieser Gegend. Selbst am Trans-Canada-Highway konnte man einem solchen Bären begegnen. Der Grizzly, den sie gesehen hatten, war nicht Kuraluk! Das war irgendein Bär, der die Abfälle der Ranch gerochen und im Müll nach ihnen gesucht hatte. Die Legende von Kuraluk war eine unterhaltsame Gruselgeschichte, mehr nicht. Doch sie ging ihr nicht mehr aus dem Kopf, und sie dachte immer wieder darüber nach, wie die Frau aus der Legende den Bären von seinem Zauber befreien sollte.

Durch ihren Tod? Indem sie Kuraluk ein Opfer brachte? Energisch verwarf sie den Gedanken und stieg in ihren Blazer. Sie hatte noch eine knappe Stunde Zeit und beschloss, das Handy zu kaufen, das am Ende ihrer Einkaufsliste stand. In einem kleinen Einkaufszentrum an der Hauptstraße wurde sie fündig.

Auf der Rückfahrt zum Supermarkt probierte sie es aus. Der Akku war aufgeladen und sie bekam sofort eine Verbindung. Ihre Mutter. Sie war gerade mit einem Kunden beschäftigt und hatte wenig Zeit. Molly sagte ihr, dass sie einige Zeit in Kanada bleiben würden und sie sich bald wieder melden würde. Sie legte den Apparat in die Seitenablage und bog auf den Parkplatz.

Sie parkte auf der leeren Seite, wo Steve und Eddy sie gleich sehen konnten, und blickte auf ihre Armbanduhr.

Noch zehn Minuten. Sie griff nach einem Prospekt, den sie im Supermarkt bekommen hatte, und erfuhr, dass Waschpulver und Zahnpasta in diesen Wochen besonders preiswert waren. Um fünf vor zwei stellte sie das Radio ein. Classic Country. Zahlreiche Songs, die sie aus den Staaten kannte, und kanadische Hits. An die kanadische Country Music würde sie sich erst gewöhnen müssen.

Um zehn nach zwei stieg sie nervös aus dem Wagen. Von Steve und Eddy war nichts zu sehen. Kein Grund, die Nerven zu verlieren, sagte sie sich, sie haben eine Menge zu erledigen und sind noch nicht mit ihren Einkäufen fertig. Oder McGregor, der Viehaufkäufer, hat sie aufgehalten. Kommt auf einen Kaffee rein, Jungs, oder so ähnlich. Um zwanzig nach zwei setzte sie sich hinters Steuer und ließ den Motor an. Sie fuhr vom Parkplatz und in westlicher Richtung zum Farm Supply Store am Stadtrand.

Der Pickup des alten Cowboys war nicht zu sehen. Sie fuhr einmal an den parkenden Autos vorbei und wollte schon zurückfahren, als sie ihren Mann neben dem Eingang stehen sah. Steve lehnte unter dem Vorbaudach und blickte nervös auf seine Armbanduhr. Sie hielt am Bordstein und ließ das Fenster herunter. »Steve!«, rief sie laut. »Wo bleibt ihr denn? Wo ist Eddy?«

Steve stieg zu ihr in den Wagen und atmete auf. »Molly! Gott sei Dank, dass du kommst!« Seine Miene wurde ernst. »Ich hab' keine Ahnung, wo Eddy ist! Er wollte bei einem Freund vorbeischauen! Eigentlich wollte er um kurz vor zwei wieder hier sein!«

»Er wird sich verquatscht haben«, erwiderte Molly, während sie den Wagen durch eine Parkreihe steuerte. Sie wagte gar nicht daran zu denken, was passieren würde, wenn Eddy sein Versprechen gebrochen hatte und in irgendeiner Bar hockte. Ohne einen erfahrenen Cowboy wie Eddy konnten sie gleich aufgeben. Allein würden sie es niemals schaffen, die Ranch wieder in Gang zu bringen. »Mein Gott, Steve, warum musstest du diese verdammte Ranch kaufen?«, hätte sie ihren Mann am liebsten angebrüllt. »Ohne deine verrückten Ideen säßen wir jetzt nicht im Schlamassel!« Aber sie presste die Lippen aufeinander und schwieg. Vielleicht war Eddy wirklich bei einem Freund und ihre Sorge war vollkommen unbegründet. »Was machen wir jetzt?«

»Ich hab' gesehen, wie er da hochgefahren ist«, sagte Steve. Er deutete auf eine schmale Straße, die von der Hauptstraße abzweigte und zwischen einigen Bäumen verschwand. »Fahr mal rauf, vielleicht sehen wir den Pickup. Weit kann er nicht sein.«

Molly nickte wortlos und lenkte den Blazer über die Hauptstraße. Mit röhrendem Motor fuhr sie die schmale Seitenstraße hinauf. Der Blazer zog wesentlich besser als ihr alter Kombi. Sie kam an eine Kreuzung, bog instinktiv nach rechts ab und sah den Pickup des Cowboys vor einer verkommenen Bar stehen.

10

Molly parkte hinter dem Pickup und lehnte sich mit beiden Unterarmen auf das Lenkrad. Die Enttäuschung war ihr ins Gesicht geschrieben. Ihr Blick war stumpf, aus ihren Wangen war das Blut gewichen. Obwohl sie damit gerechnet hatte, den alten Cowboy in einer Bar zu finden, traf sie die Erkenntnis wie ein Schlag. Noch wollte sie nicht daran glauben, hoffte sie, im nächsten Augenblick aus einem bösen Traum zu erwachen, denn ohne Eddy wäre alles sinnlos, würden sie es auf keinen Fall schaffen, die Ranch zu reparieren und gewinnbringend zu verkaufen. »Ich hole ihn«, sagte sie zu ihrem Mann. »Warte hier!«

Sie stieg aus und ging zu der Bar. Die Neonreklame einer kanadischen Brauerei flackerte nervös im Fenster. Sie öffnete die Tür, rümpfte in dem Biergestank und dem Zigarettenrauch die Nase und blieb vor der Theke stehen. Sie musste an Sharon Stone denken. In dem Western, der vor einiger Zeit im Fernsehen gelaufen war, war sie wie ein Racheengel in einem Saloon aufgetaucht, den Staubmantel offen, eine Hand über dem Colt.

Molly hatte keinen Colt, aber ihr Blick war nicht minder entschlossen. Sie sah den Cowboy an einem der runden Tische sitzen, eine Flasche in beiden Händen, ging mit festen Schritten auf ihn zu und rüttelte ihn an der Schulter. »Warum tust du das?«, schrie sie ihn an. »Du hast mir versprochen, nicht mehr zu trinken! Warum greifst du bei der ersten Gelegenheit zur Flasche?«

Eddy wartete geduldig, bis ihr erster Zorn verraucht war, und sah sie aus verweinten Augen an. »Ich hab' nichts getrunken«, sagte er so leise, dass sie es kaum verstand. »Siehst du?« Er drehte die Flasche um und ließ den Inhalt auf den Boden laufen.

»He, was soll das?«, rief die Frau hinter der Bar, eine stämmige Mittvierzigerin mit bunten Tattoos auf beiden Oberarmen. Vielleicht trug sie deshalb ein ärmelloses Trikothemd zu ihrem kurzen Rock. »Willst du mir das ganze Lokal versauen? Lass den Scheiß, oder ich ruf die Polizei, dann kannst du im Knast versauern!« Sie steckte sich eine Zigarette an und zog kräftig daran.

»Ich wisch das wieder auf«, beruhigte Molly die wütende Wirtin.

»Das will ich hoffen, Schätzchen! Der alte Knabe macht mir schon genug Kummer die letzten Monate! Taucht alle paar Wochen hier auf und säuft sich die Hucke voll, und ich kann die Sauerei dann vom Boden aufwischen! Nee, ich hab' endgültig die Nase voll! Ein Bier, hab' ich gesagt, und dann verschwindet er! Nochmal mach' ich den Scheiß nicht mit!« Sie griff unter die Theke und warf Molly einen Lumpen zu. »Hier, wisch das Bier weg!«

Molly beobachtete verwirrt, wie der Cowboy die leere Flasche auf den Tisch stellte. »Bring mir einen Kaffee, Ruth!«, rief er krächzend. »Einen starken, hast du gehört? Und spar dir die Volksreden! Ich rühr' nie mehr eine Flasche an, das hab' ich dieser Lady versprochen! Heute siehst du mich zum letzten Mal!«

»Schön wär's«, erwiderte die Wirtin ungerührt. Sie griff nach der Kaffeekanne, die Zigarette im Mundwinkel, schenkte einen Becher voll und brachte ihn zum Tisch des Cowboys. Ihr spöttischer Blick verriet, dass sie seinen Entschluss für eine bloße Laune hielt. Angewidert blickte sie auf die Bierpfütze. »Und vergiss nicht, den Boden aufzuwischen!«, sagte sie zu Molly. »Dies ist ein anständiger Laden, und ich dulde solche Sauereien nicht, okay?«

Molly wollte jeden Streit vermeiden und wischte den Boden sauber. Den nassen Lappen warf sie in den Eimer neben der Tür. Zögernd setzte sie sich zu Eddy. Sie hätte die Bar am liebsten sofort verlassen, spürte jedoch, dass der Cowboy sich aussprechen wollte, bevor er nach draußen ging. »Okay, okay, ich wollte mir einen ansaufen«, gestand er nach einer Weile. Er trank von seinem Kaffee und blickte an Molly vorbei. »Ich wollte mir einen ansaufen, so wie ich's die letzten Male immer getan habe, wenn ich nach Kamloops kam. Aber … aber ich konnte nicht …«

Sie sah die Tränen in seinen Augen und legte eine Hand auf seinen rechten Arm. Ohne auf die Wirtin zu achten, die den nassen Lappen aus dem Eimer nahm und schimpfend in der Küche verschwand, sagte sie: »Du hast sie sehr geliebt, nicht wahr?«

»Sie war das Beste, was mir in meinem verdammten Leben passiert ist«, antwortete er heiser. »Eine Frau, wie sie sich jeder Mann wünscht. Du hättest das Leuchten in ihren Augen sehen sollen, wenn ich ihr was aus der Stadt mitgebracht habe!« Er schloss für einen Augenblick die Augen und wischte sich die Tränen von den Wangen. »Wir haben uns auf der High School kennengelernt, hab' ich das erzählt? Der Junge von der Farm und das City Girl! Der Captain des Eishockeyteams wollte sie mir ausspannen, aber sie ist bei mir geblieben, und fünf Jahre später hat sie mich geheiratet.« Jetzt musste er lächeln. »Ihre Eltern hatten einen Laden in der Innenstadt. Farmbedarf und so was. Sie kannte sich besser auf einer Farm aus als ich, und als ich sie zum ersten Mal im Sattel sah, dachte ich, das darf doch nicht wahr sein! Sie ritt wie der Teufel, wie ein verdammtes Cowgirl! Sie hätte beim Rodeo mitmachen können, so gut war sie!« Er blickte in seinen Kaffee und seufzte leise. »Ich rede zu viel, was? Ich hab' sie geliebt, verdammt, ich habe sie geliebt!«

»Schon gut, Eddy, ich mach' dir keinen Vorwurf«, sagte sie schnell. »Es ist doch nichts Böses, wenn man seine Frau so liebt. Ich weiß auch nicht, wie ich reagieren würde, wenn Steve nicht mehr da wäre. Es ist schwer für dich, aber du wirst es schaffen! Wir brauchen dich, Eddy, das weißt du doch! Ohne dich brauchen wir gar nicht anzufangen.« Sie drückte aufmunternd seinen Arm. »Deine Frau hätte auch gewollt, dass du uns hilfst!«

»Das hätte sie, weiß Gott! Sie hätte mir in den Hintern getreten und gesagt: Lass den verdammten Alkohol stehen und beweg deinen müden Arsch! Annie konnte fluchen wie ein Mann, wenn es darauf ankam!« Er trank seinen Kaffee aus und legte zwei Dollar auf den Tisch. »Worauf warten wir noch, Molly?«, meinte er. »Wenn wir nicht bald rausgehen, glaubt Steve noch, du brennst mit einem alten Cowboy durch!« Er kicherte. »Wie wär's mit was zu essen? Ich hab' ein neues Steakhaus am Highway entdeckt.«

Steve saß gelangweilt in seinem Blazer und stellte keine Fragen, als sie auf den Beifahrersitz kletterte. Sie berichtete in ein paar Sätzen, was geschehen war, und bemerkte, wie er die Augen zusammenkniff, als sie erwähnte, wie Eddy das Bier ausgeschüttet hatte. Sie gab ihm keine Zeit zum Überlegen. »Eddy kennt ein neues Steakhaus, unten am Highway. Wird Zeit, dass wir was in den Magen bekommen! Ich hab' einen Riesenhunger!«

Sie folgten dem Pick-up zur Hauptstraße und parkten auf dem Parkplatz hinter dem Lokal. Es war in einem großen Blockhaus untergebracht und pries die größten Steaks in ganz Kanada an. Sie bestellten T-Bones mit gebackenen Kartoffeln und Salat und tranken gesüßten Eistee. Wer Eddy beim Essen zusah und nichts von seinem Rückfall wusste, wäre niemals darauf gekommen, dass er noch vor wenigen Minuten weinend in einer Bar gesessen hatte. Beide erwähnten den Vorfall mit keinem Wort.

»Wir bekommen den Traktor«, sagte der Cowboy nach den ersten Bissen. »McGregor hat einen Kunden in Clearwater, der leiht uns einen. Und einen Wagen hat er auch. Dafür bekommen wir etwas weniger Geld für die Kälber.«

Er seufzte. »Als der alte Henderson noch lebte, gab's beinahe ein Drittel mehr. Wenn das so weitergeht, können die meisten kleinen Ranches in dieser Gegend zumachen!« Er schüttelte den Kopf und blickte Molly und Steve prüfend an. »Seid ihr sicher, dass ihr bleiben wollt?«

»Ganz sicher«, ließ Molly sich ihre Zweifel nicht anmerken. »So wie die Ranch jetzt aussieht, nimmt sie uns niemand ab. Wenn sie einigermaßen in Schuss ist, können wir vielleicht an eine der großen Ranches verkaufen.« Sie blickte den alten Cowboy über ihre Gabel an. »Habt ihr mit McGregor darüber gesprochen?«

»Er sagt dasselbe«, meinte Steve. »So, wie sie jetzt aussieht, ist sie keinen Cent wert. Wenn sie jemand kaufen soll, muss sie einigermaßen in Schuss sein und was abwerfen.« Er stocherte in seiner gebackenen Kartoffel herum. »Da hab' ich ganz schönen Mist gebaut, was? Woher sollte ich auch wissen, dass dieser Anwalt ein Betrüger ist? Der ist mit allen Wassern gewaschen!«

Eddy grinste breit. »Ihr habt mich aus der Gosse geholt, sieh's von der Seite! Ohne euch läge ich noch im Corral und ein verdammter Grizzly hätte mich irgendwann in den Wald geschleift!«

»Der hätte dich nach dem ersten Bissen wieder ausgespuckt«, erwiderte Molly lachend. Sie war froh, dass Eddy seine Krise überstanden hatte und auch Steve nicht mehr so mürrisch wie nach der Ankunft war. Sie hatte ihm keine Vorwürfe gemacht, nicht einmal nachts, als er ohne ein zärtliches Wort und ohne eine Berührung neben ihr eingeschlafen war. Noch vor ein paar Wochen hätte sie ihn aus der Bar herausholen müssen. Sie konnte nur erahnen, welche Willenskraft er aufbringen musste, um der Versuchung zu widerstehen. Es war so leicht, seinen

Kummer im Alkohol zu ersäufen. Die Erkenntnis, dass die Ranch kaum etwas wert war, hatte sein Selbstwertgefühl verletzt, mehr noch als die Kündigungen der vergangenen Jahre. Doch diesmal hielt er durch. Er würde alles tun, um die Ranch in Schwung zu bringen und gewinnbringend zu verkaufen, und dann würden sie nach Idaho zurückkehren.

Es liegt an Eddy, dachte sie, er will sich vor dem Cowboy nicht blamieren. Wenn der alte Mann durchhält, schaffe ich das auch! Sie lächelte, als ihr bewusst wurde, dass sie mit zwei Alkoholikern an einem Tisch saß. Wenn die Männer zu schwach sind, müssen wir Frauen ran, würde Pam sagen. Ihre Freundin war weniger zimperlich, wenn es darum ging, den Männern eins auszuwischen. Sie machte einen Job, um den sie viele Männer beneideten, und konnte besser reiten als die meisten Cowboys.

»Wie wär's, wenn wir bei dem Outfitter am Stadtrand anhalten«, schlug Eddy vor, als sie das Lokal verließen. Er deutete auf Mollys Regenmantel. »Die Stiefel sind okay, aber ihr braucht Anoraks und anständige Stiefel, sonst lachen euch die Rinder aus!« Er blieb vor seinem Pick-up stehen. »Ich krieg' Rabatt in dem Laden.«

Molly blickte ihren Mann fragend an. »Haben wir noch Geld?«

»Dafür reicht's«, brummte Steve. »Neue Gummistiefel und neue Socken wären auch nicht schlecht.« Er öffnete die Tür des Blazers und drehte sich erstaunt um. »He, da ist dieser Indianer!«

John Running Deer hatte sie noch nicht bemerkt. Er stand ein paar Reihen weiter gegen seinen Bronco gelehnt und hielt die junge Tess im Arm. Das andere Pärchen war verschwunden. Die beiden küssten sich ungeniert und hörten auch nicht auf, als zwei ältere Damen kopfschüttelnd an ihnen vorbeigingen. Ein Angestellter des Lokals, der gerade einige Schachteln zerriss und in den Abfallcontainer warf, empfahl ihnen, sich »in ihrem verdammten Reservat« zu vergnügen und nicht die Gäste zu vergraulen, und John antwortete, dies sei ein freies Land und die Zeit der Indianerkriege sei längst vorbei. »Ihr seid auf einem Privatgrundstück!«, stellte der Mann richtig. »Verschwindet endlich!«

»Die beiden hab' ich schon im Supermarkt getroffen«, sagte Molly. »Die scheinen es darauf angelegt zu haben, sich unbeliebt zu machen. Wenn sie so weitermachen, bekommen sie Ärger.«

Eddy saß bereits in seinem Pickup und hatte das Fenster heruntergekurbelt. »Johnny und Tess? Eigentlich ein netter Bursche, dieser Johnny. Hält sich für einen großen Häuptling und will für jeden Handschlag einen Dollar, aber sonst ist er okay. Und Tess, die wusste schon als kleines Mädchen, was sie wollte. Die hat ihren eigenen Kopf. Leider ist ihr Vater ein genauso großer Dickkopf.«

Die beiden ließen sich nicht stören und bemerkten gar nicht, dass die Augen zahlreicher Leute auf sie gerichtet waren. Oder sie wussten es und machten sich einen Spaß daraus, ihre Zuschauer zu provozieren. Johnny ließ seine rechte Hand über das Gesäß des Mädchens wandern und unter ihrem Anorak verschwinden, und sie drängte sich so fest an ihn, als wären sie allein in irgendeinem Motelzimmer. »Ich geh' nicht mehr nach Hause«, sagte sie zwischen zwei Küssen und so laut, dass es alle hören konnten. »Ich such' mir Arbeit im Büro oder als Bedienung und bleibe hier! Zusammen verdienen wir genug Geld.«

Johnny antwortete nicht, schien es nur darauf abgesehen zu haben, sie so schnell wie möglich zu verführen. »Komm, wir fahren!«, sagte er zu Tess, als hätte er die neugierigen Blicke erst jetzt bemerkt. »Die sollen sich einen Porno ausleihen, wenn sie was sehen wollen!« Er blickte herausfordernd in die Runde, erkannte Steve, Eddy und Molly noch immer nicht. »Geht nach Hause und schaut euch einen Porno an! Wir hauen ab, verstanden?«

Molly schüttelte den Kopf. »Was sie damit wohl erreichen wollen?«

»Nicht unser Bier«, meinte Steve, »wir haben schon genug Ärger am Hals. Die sollen sich den ganzen Tag küssen, wenn sie Spaß daran haben!« Er grinste. »Die Kleine sieht nicht übel aus.«

»Sieh dich vor!«, warnte Molly und hob scherzhaft den Finger.

Sie fuhren zu dem Outfitter's Store am Stadtrand und hatten den Vorfall schon vergessen, als sie den Laden betraten. Molly und Steve kauften rote Anoraks mit schwarzen Schulterstücken, neue Cowboystiefel, Gummistiefel und Arbeitshandschuhe. Eddy fand ein neues Hemd und betrachtete sich ausgiebig im Spiegel, bevor er zur Kasse ging. Es regnete leicht, als sie den Laden verließen und zu den Wagen gingen.

Bevor sie fuhren, küsste Steve seine Frau auf den Mund. »Was dieser Indianer kann, kann ich schon lange«, prahlte er grinsend. Er legte eine Hand auf ihren Oberschenkel. »Sorg dafür, dass Eddy gleich in seiner Hütte verschwindet, wenn wir ankommen! Ich hab' schon vergessen, wie du aussiehst!« Er küsste sie noch einmal, diesmal länger und intensiver. »Wie lange fahren wir?«

»Drei Stunden, das weißt du doch«, antwortete sie lachend. »Und mindestens eine Stunde brauchen wir zum

Abladen! Hältst du's so lange aus, oder sollen wir in einem Motel absteigen?«

»Keine schlechte Idee«, meinte er beschwingt.

Sie fuhren über den Highway 5 nach Norden und blieben dicht hinter dem weißen Pickup, auch um die Ladung im Auge zu behalten. Steve und Eddy hatten sie mit einigen Riemen gesichert, aber bei den vielen Schlaglöchern wusste man nie. Der Scheibenwischer hinterließ schmutzige Spuren auf der Windschutzscheibe. Sie hatten den Countrysender eingeschaltet und summten bei einigen Liedern leise mit. Molly war optimistisch. Eddy hatte seine Krise überwunden und auch Steve schien nicht mehr auf Alkohol angewiesen zu sein. So hoffnungsvoll und selbstsicher hatte sie ihn lange nicht erlebt. Er glaubte fest daran, dass sie es schaffen. Auch ihre Zweifel waren fast verflogen, zumindest in diesem Augenblick, und war es nicht egal, ob sie die Ranch auf Vordermann brachten, wenn sie sich so liebten wie jetzt und nichts sie auseinanderbringen konnte? Pam wird sich wundern, wenn wir nach Idaho zurückkommen, dachte sie.

Die Bremslichter des Pickups leuchteten auf. Eddy fuhr an den Straßenrand und gab ihnen ein Zeichen, ebenfalls anzuhalten. »Was ist denn jetzt los?«, wunderte sich Steve. »Hat er einen Platten?« Er hielt an und stieg aus. Nach einer Weile kehrte er zurück und sagte: »Tess! Sie sitzt in ihrem Wagen und weint!«

Molly stieg aus und lief zu dem Ford Escort, der auf dem sandigen Seitenstreifen stand und in der Dunkelheit kaum auffiel. Durch die Seitenfenster sah sie das Mädchen, das verheulte Gesicht zur Seite geneigt und beide Hände um das Lenkrad geklammert. Es war kein Blut zu sehen.

»Tess!«, sagte Molly, obwohl das Mädchen sie nicht

hören konnte. Sie bedeutete Steve und Eddy mit einer Handbewegung, in ihren Wagen zu bleiben, und öffnete die Beifahrertür. »Darf ich reinkommen?«, fragte sie. »Es ist ziemlich nass hier draußen!«

Tess rührte sich nicht. Ihre Augen waren rot vom vielen Weinen und die Tränen auf ihren Wangen glänzten im fahlen Licht der Innenbeleuchtung. Sie schluchzte leise und ließ sich mit keiner Regung anmerken, ob sie Mollys Anwesenheit wahrgenommen hatte. Über dem Innenspiegel hing ein kleiner Teddy, wie man sie auf Jahrmärkten gewann.

Molly setzte sich auf den Beifahrersitz und schlug die Tür zu. Mit einem Kleenex wischte sie die Tränen vom Gesicht des Mädchens. Sie reagierte nicht. »Scheußliches Wetter«, regte Molly sich scheinbar über das Wetter auf. »Also, ich würde so schnell wie möglich nach Hause fahren und mich vor den Ofen setzen.«

Tess sagte nichts. Das Trommeln des Regens auf der Windschutzscheibe und das Rauschen eines Trucks, der in einer Gischtwolke an ihnen vorbeibrauste, waren die einzigen Geräusche. Die Erschütterung brachte den kleinen Teddy zum Zittern.

»Erkennst du mich, Tess?«, fragte Molly. »Ich bin deine neue Nachbarin. Mein Mann und ich haben die Clearwater River Ranch gekauft. Wir haben uns heute Morgen vor eurem Laden und vor ein paar Stunden im Supermarkt gesehen. Was ist passiert? Hattest du einen Unfall? Dir ist doch nichts passiert?«

Das Mädchen reagierte nicht, hielt das Lenkrad so fest umklammert, als hinge sie über einem Abgrund, und starrte mit leeren Augen in das Halbdunkel. Draußen dämmerte es bereits.

»Ist es wegen John? Hat er dir was angetan?«

Jetzt weinte sie wieder, und plötzlich ließ sie das Lenkrad los und jammerte: »Er kann nichts dafür! Johnny kann nichts dafür! Ich wollte, dass es passiert, sonst wär ich doch gar nicht mit ihm gegangen!« Ihre Stimme klang verzweifelt. »Wir haben uns geliebt, mitten auf der Straße in seinem Wagen, wie eine billige Nutte hab' ich mich ihm hingegeben, und jetzt denkt er bestimmt ...« Ihr Schluchzen wurde stärker. »Ich nehm' nicht mal die Pille! Verdammt, wenn ich ein Kind kriege, schlägt Dad mich tot!«

Molly nahm das weinende Mädchen in den Arm und drückte es fest an sich. Sie wusste nicht, was sie sagen sollte. Jedes Wort wäre verkehrt gewesen. Erst nach einer ganzen Weile, als das Schluchzen leiser geworden und die Tränen getrocknet waren, meinte sie: »Es ist nichts geschehen, wofür du dich schämen müsstest! Es wird alles wieder gut, glaub mir, es wird alles gut!«

11

Noch nie in ihrem Leben hatte Molly so schwer gearbeitet wie während der folgenden Wochen. Der Tag begann mit dem Morgengrauen, wenn sie nach draußen ging und sich um die Tiere kümmerte, und endete spätabends, wenn sie gemeinsam mit Steve und Eddy im Wohnzimmer saß, heißen Kräutertee trank und den nächsten Tag besprach. Diese abendliche Runde ließen sie sich auch nach einem anstrengenden Tag nicht nehmen. Es gab viel zu besprechen, und die Arbeit musste so eingeteilt werden, dass sie wenigstens eine Chance hatten, die Ranch vor dem Wintereinbruch in Schuss zu bringen. Obwohl Eddy noch einmal nach Clearwater gefahren und auch in der Nachbarschaft gefragt hatte, war niemand bereit gewesen, für sie zu arbeiten. John Running Deer hatte recht gehabt. Die Indianer hatten Angst vor dem Grizzly und den Weißen war der Lohn zu niedrig. Aber mehr als fünf oder sechs Dollar konnten sie nicht bezahlen.

Während Steve und Eddy die Zäune reparierten und den Stall vergrößerten, blieb Molly im Haus. Noch bevor sie die Papiere auf dem Schreibtisch ordnete und sich um die Büroarbeit kümmerte, überprüfte sie das Gewehr. Sie lud neue Patronen in die Kammer und hielt die Vanguard schussbereit an die Wange. Sie war schwerer, als sie angenommen hatte. Vor ein paar Monaten hatte sie mit einer Winchester auf leere Bierdosen geschossen, auf einer Party, die Pamela und Cliff auf der Guest Ranch gegeben hatten, aber ein schweres Jagdgewehr wie dieses hatte sie nie in der Hand gehabt. Der Rückschlag musste gewaltig sein. Der Gedanke, damit auf einen Grizzly zu zielen, machte ihr Angst.

Die Arbeit im Büro ermüdete sie. Es fehlte ihr an Erfahrung. Seit der Highschool hatte sie fast ausschließlich als Bedienung gearbeitet. Sie musste die Rechnungen und Briefe sortieren und in Ordnern ablegen und die gesamten Akten durchsehen, um einen ungefähren Eindruck von der geschäftlichen Situation zu bekommen. Noch ermüdender war die Arbeit am Computer, einem veralteten Modell, das mehrmals abstürzte, bevor sie es in den Griff bekam. Sie hatte selten an einem PC gearbeitet, und auch Steve und Eddy kannten sich kaum damit aus. Sie studierte das Handbuch, das sie unter den Papierbergen auf dem Schreibtisch gefunden hatte, und probierte so lange herum, bis sie die wichtigsten Anwendungen bedienen konnte. In einer neu angelegten Datei notierte sie die Ausgaben ihres Einkaufs in Kamloops. Auf ihrem Konto waren noch über zweitausend Dollar, ein beruhigender Gedanke, wenn sie daran dachte, welche Ausgaben in den nächsten Wochen auf sie zukommen konnten.

Wenn sie nicht am Schreibtisch saß, war sie damit beschäftigt, das Haus aufzuräumen und Essen zu kochen. Zwei Tage verbrachte sie damit, die vielen Fenster zu putzen. Der Sohn des alten Henderson hatte nur ein paar Tage hier gewohnt, bevor er verkauft und das Weite gesucht hatte. Das Haus war vollkommen verwahrlost, überall war Dreck, und in manchen Ecken hingen sogar Spinnweben. Molly nahm an, dass Randy Henderson die Konten geleert, alle Wertsachen mitgenommen und die Ranch zu einem Spottpreis an den Anwalt verkauft hatte. Und der hatte das Drei- oder Vierfache von Steve verlangt. Die Zornesröte stieg ihr ins Gesicht.

Sie würden es diesem Anwalt zeigen! Sie würden die Ranch mit Gewinn verkaufen und dafür sorgen, dass er es erfuhr. Der gemeine Betrug durfte nicht ungestraft bleiben.

Zwei Wochen nach ihrer Einkaufstour war sie mit der Büroarbeit durch, zumindest so weit, dass sie sich nicht jeden Tag an den Schreibtisch setzen musste. Die körperliche Arbeit lag ihr mehr. Wenn sie den ganzen Tag gekocht und geputzt hatte und erschöpft auf die Couch sank, fühlte sie dieselbe Zufriedenheit wie nach einer anstrengenden Nacht im *Roadside Cafe*. Die zufriedenen Mienen der Gäste waren ihre Belohnung gewesen. Jetzt waren es die aufmunternden Worte, die sie von Steve und von Eddy zu hören bekam: »He, so sauber hab' ich die verdammte

Bude noch nie gesehen!«, staunte der Cowboy. Und ihr Mann meinte anerkennend: »Du schaffst ganz schön was weg!«

Die Männer frühstückten deftig, gebratene Eier mit Speck, reichlich Toast und Marmelade. Und wenn sie besonders hungrig waren, aßen sie auch Pfannkuchen und Sirup. Molly beließ es meist bei einer Scheibe Toast und einem Joghurt. Mittags verwöhnte sie die Männer mit dick belegten Sandwiches. Und dennoch betrat Steve jeden Abend mit den Worten »Ist das Essen schon fertig? Ich hab' einen Bärenhunger!« das Haus. Sie war eine gute Köchin, hatte sich viel bei Oscar abgeschaut und überraschte die Männer auch mit ausgefallenen Gerichten wie Spinatravioli. Das Wort »Alkohol« hatten alle aus ihrem Sprachschatz gestrichen. Weder Steve noch Eddy wurde rückfällig, und selbst als der Cowboy zu Dan Burke fuhr und sich Kautabak besorgte, kehrte er nüchtern zurück. »Bei der vielen Arbeit hast du gar keine Zeit, auf dumme Gedanken zu kommen«, beantwortete er ihre unausgesprochene Frage. »Hast du 'ne Coke im Kühlschrank?«

Molly hatte große Angst, dass einer »ihrer« Männer wieder zu trinken begann, ließ sich aber nichts anmerken. Auch sie konzentrierte sich ganz auf ihre Arbeit. In den wenigen Augenblicken der Muße stand sie auf der Veranda, ein Glas mit gesüßtem Eistee in beiden Händen, und blickte über ihr Land. Ihr Land! Hatten sich so die ersten Siedler gefühlt, als sie mit ihren Planwagen nach Westen gefahren und die erste Parzelle ihres Landes urbar gemacht hatten? Sie sah auf die Wälder und Wiesen, die nach dem langen Regen tiefgrün waren, und stellte zufrieden fest, dass die Zäune der Corrals jetzt viel stabiler wirkten, und

Steve und Eddy bereits damit beschäftigt waren, den Stall zu vergrößern. Sie hatten billiges Holz von einem Sägewerk an der Hauptstraße gekauft und schwitzten in der Sonne, die vor einigen Tagen den Regen abgelöst hatte. Im Sonnenlicht sah die Ranch gleich viel freundlicher aus. Die Wiesen leuchteten, das frische Holz des vergrößerten Stalles glänzte hell, und die Blumen auf der Veranda waren bunte Farbtupfer vor den Fenstern. Sie würde neue Vorhänge nähen müssen, nicht sofort, aber irgendwann, dann würde das Haus noch wohnlicher aussehen.

Sie tätschelte Dusty, der um ihre Beine streifte und zufrieden brummte, als sie ihn hinter den Ohren kraulte, und blinzelte in die Sonne. Am Waldrand jenseits des Baches, der durch ihr Land floss, hatte sie etwas blinken gesehen. Als würde sie jemand durch ein Fernglas beobachten. Sie schalt sich eine Närrin. Wer sollte ein Interesse daran haben, drei Verrückte auf einer heruntergekommenen Ranch zu beobachten? »Ich glaub', ich arbeite zu viel«, sagte sie zu Dusty, »jetzt seh' ich schon Gespenster!« Aber das Gefühl, beobachtet zu werden, hielt an und war auch am nächsten Tag da, als sie die Blumen auf der Veranda goss und den Waldrand hinter den Corrals beobachtete. Wieder musste sie an die ersten Siedler denken. Sie hatten es mit feindlichen Indianern zu tun, die verzweifelt um ihr Land kämpften und hinter jedem Hügel lauern konnten.

Steve und Eddy lachten, als sie von ihrem Verdacht erzählte. »Wer sollte uns schon beobachten?«, fragte ihr Mann. »Wir kennen doch kaum jemand in dieser Gegend.« Der Cowboy kaute auf einem Priem. »Es sei denn, Sitting Bull ist von den Toten auferstanden, und die Rothäute sind wieder auf dem Kriegspfad!«

»Was ist mit den Miller-Brüdern?«, überlegte Molly.

»Vielleicht will Brad uns eins auswischen! Wütend genug ist er bestimmt!«

»Ach was«, wiegelte Eddy ab, »der ist viel zu beschäftigt, um seine Zeit mit so einem Blödsinn zu vergeuden! Den Miller-Brüdern ist es egal, was wir machen.« Er schob seinen Priem in die andere Backenhälfte. »Wenn jemand durch ein Fernglas geblickt hat, war's ein harmloser Wanderer, der irgendwelche Vögel beobachtet hat. Du glaubst ja nicht, was es für Leute gibt!«

»Wahrscheinlich hast du recht«, erwiderte sie.

Doch das Gefühl verließ sie nicht, und sogar Dusty blieb davon nicht verschont. Mehrmals am Tag blieb er stehen und spitzte die Ohren. Als spürte auch er eine ungewisse Bedrohung. Einmal stand er auf der Veranda, den Blick durch die Streben des Zaunes gerichtet, und knurrte nervös, als wäre ein wildes Tier in der Nähe. »Kuraluk!«, flüsterte Molly. Sie lief ins Haus und holte das Gewehr, hielt es mit beiden Händen, als sie auf die Veranda zurückkehrte und dem Blick des Hundes folgte. Ein Eichhörnchen sprang im Zickzack über den Hof, kletterte am Stamm einer starken Fichte empor und verschwand im Dickicht der Zweige.

Sie ließ erleichtert den Gewehrlauf sinken. »Bleib hier, Dusty!«, warnte sie den Hund, der bereits von der Veranda gesprungen war und dem Eichhörnchen folgte. Wütend bellte er den Baum an und kehrte mit wedelndem Schwanz zurück. »Na, wie hab' ich das gemacht?«, schien er ihr sagen zu wollen. »Auf mich kannst du dich verlassen, Molly! Ich halte dir alle Störenfriede vom Hals!«

Molly brachte das Gewehr ins Büro zurück und erholte sich bei einem Glas kalter Milch. »Ich darf mich nicht verrückt machen lassen!«, seufzte sie. Auf der Ranch hatte sie sich angewöhnt, mit sich selbst oder mit Dusty zu sprechen. »Wird Zeit, dass ich endlich ins Freie komme. Hier drinnen versauere ich langsam.«

Sie belegte ein paar Sandwiches und verstaute sie mit einigen Flaschen Wasser und Cola in einer Kühltasche. Mit dem Blazer brachte sie den Proviant auf die Weide hinaus. Steve und Eddy waren mit den Pferden draußen und suchten nach versprengten Rindern. Als sie Molly heranfahren hörten, ritten sie ihr entgegen.

»Wie fühlt man sich als Cowboy?«, fragte sie ihren Mann.

»Mir tut alles weh!«, stöhnte Steve.

»Er hält sich wacker«, meinte Eddy amüsiert. Er beugte sich aus dem Sattel und nahm die Kühltasche entgegen. »Man könnte meinen, er hätte nie was anderes getan!« Er holte ein Sandwich und eine Flasche aus der Tasche und reichte sie an Steve weiter. »Wann steigst du in den Sattel, Molly? Die Stute, die das Fohlen bekommen hat, müsste dringend bewegt werden.«

»Ab morgen bin ich dabei«, versprach sie. »Heute Nachmittag möchte ich nochmal zum Laden runterfahren. Vielleicht kennt Dan Burke ja doch jemand, der uns helfen kann. Wenn ihr so weiter arbeitet, fallt ihr irgendwann um!« Sie biss sich auf die Unterlippe. »Außerdem möchte ich wissen, wie es Tess geht.«

»Und ich dachte, mit uns hast du genug zu tun«, sagte Eddy.

Molly wendete den Blazer und fuhr auf den Ranchhof zurück. »Ich komm gleich wieder!«, rief sie Dusty zu. In einer großen Staubwolke lenkte sie den Geländewagen den Feldweg hinunter und auf die Clearwater Valley Road. Mit Schrecken dachte sie daran, wie diese Straßen wohl im

Winter aussehen würden. Ob Steve und sie immer noch hier waren, wenn der erste Schnee fiel? Wie lange würde es dauern, bis sie die Ranch verkaufen und nach Idaho zurückkehren konnten? Ein Gedanke, der sie in den letzten Tagen kaum noch beschäftigt hatte. Bei der Arbeit, die immer noch vor ihnen lag, musste sie an ganz andere Sachen denken, wenn sie keinen Schiffbruch erleiden wollten.

Sie schaltete das Radio ein. Ein Country-Song vom vergangenen Jahr, irgendeine Schnulze mit George Strait. Er handelte von einem Cowboy, der sich in einem harten Winter um seine Rinder kümmern musste und seine Freundin so vernachlässigte, dass sie ihm davonlief. Eine absurde Vorstellung. Steve und sie hatte die Arbeit bisher nur enger zusammengeschweißt. Er war kein Versager mehr, und sie fühlte sich bei ihm geborgen und genoss das Liebesspiel mit ihm, das sie wegen der harten Arbeit auf den frühen Morgen verlegt hatten. Abends waren sie viel zu müde.

Wenn sie die Ranch verkauft hatten, würde es aufwärts gehen. Dann würde er nie mehr trinken, das glaubte sie beinahe sicher zu wissen. Die Arbeit auf der Ranch war die reinste Therapie für ihn und steigerte sein Selbstwertgefühl mit jedem Tag. Ähnlich verhielt es sich mit Eddy. Zwei Männer, die beinahe ganz am Boden gewesen waren und eine Aufgabe gefunden hatten, an der sie sich aufrichten konnten. Molly drehte das Radio leiser. »Ausgerechnet ich muss an diese beiden Kerle geraten«, sagte sie. »Möchte wissen, welcher Teufel mich geritten hat, bei diesem verrückten Spiel mitzumachen!« Der Gedanke, dass sie es nicht schaffen konnten, war ihr während der letzten Tage nur einmal gekommen, in einem Traum, der sie mitten in der Nacht geweckt hatte. Sie war eine Stunde durch das dunkle Haus gewandert, bis sie wieder schlafen konnte. »Wir schaffen es!«, schwor sie sich.

Sie wich einem parkenden Geländewagen aus und sah, dass es sich um den Bronco von John Running Deer handelte. Sie hielt an und fuhr rückwärts zurück. Der Wagen war leer. Warum parkte der Indianer mitten im Wald? War er der geheimnisvolle Fremde gewesen, der sie durch ein Fernglas beobachtet hatte? »Unsinn!«, schalt sie sich. »Er trifft sich heimlich mit Tess. Er will ihrem Vater aus dem Weg gehen.« Sie fuhr weiter und erreichte drei Meilen weiter den Laden. Der Escort des Mädchens war nirgendwo zu sehen. Hoffentlich kriegt sie kein Kind von ihm, dachte sie. Ihr Vater würde sie erschlagen und den Indianer dazu!

Im Laden waren keine Kunden. Dan Burke lehnte gelangweilt über der Theke und blätterte in *Sports Illstrated.* Er blickte auf und erkannte Molly. »Hallo, Mrs Gibson«, begrüßte er sie auf seine raue Art. Er hatte einen Kaugummi im Mund. »Wie ich sehe, hat Kuraluk Sie nicht erwischt! Sie wollen wirklich bleiben, was?«

»So schnell geben wir nicht auf«, meinte Molly, »und vor Ihrem komischen Grizzly haben wir schon gar keine Angst!« Sie nahm eine Tüte mit Chocolate Chip Cookies aus dem Regal und legte Kautabak für Eddy und einen Schokoriegel für ihren Mann dazu. »Sie kennen nicht zufällig ein paar Männer, die Arbeit suchen?«

»Und kaum was kosten? Das haben Sie mich schon mal gefragt, Ma'am.« Er schüttelte den Kopf. »Ich kenn' keinen, der sich das antun will. Nicht mal die Indianer wollen für Sie arbeiten. Tut mir leid, Ma'am, aber so ist die Lage nun mal.« Er scannte die Waren, die sie gekauft hatte, und blickte auf. »Viel Arbeit, was?«

»Genug für eine ganze Mannschaft«, sagte sie. Sie legte den abgezählten Betrag auf die Theke und fügte scheinbar beiläufig hinzu: »Wie geht es Tess? So heißt Ihre Tochter, nicht wahr?«

»Ja, Tess.« Er sah aus dem Fenster. »Treibt sich irgendwo in der Gegend rum, was weiß ich? Wahrscheinlich mit diesem verdammten Indianer! Sorry, aber ich muss mich allein um sie kümmern, seit Janet tot ist. Haben Sie Kinder, Mrs Gibson?«

»Nein.«

»Dann wissen Sie auch nicht, was ich hier durchmache. Diese Indianer hängen den ganzen Tag nur rum und saufen sich die Hucke voll. Soll ich sie vielleicht mit so einem davonziehen lassen? Meine Frau würde mich umbringen, wenn sie das wüsste!«

»Es gibt auch anständige Indianer, Mr Burke.«

»Zeigen Sie mir einen, dann reden wir weiter.«

Molly wusste nicht, was sie sonst noch sagen sollte, und verabschiedete sich mit ein paar Floskeln. Sie wollte sich nicht vorstellen, was passieren würde, wenn Tess tatsächlich ein Kind von John Running Deer bekam. Im Schritttempo fuhr sie am leeren Geländewagen des Indianers vorbei. Weder der Junge noch das Mädchen waren zu sehen. »Eigentlich geht es mich auch nichts an«, seufzte sie. »Als ob wir nicht genug Sorgen hätten!«

Sie kam an der Stelle vorbei, an der sie den Grizzly gesehen hatten, und bog auf den Feldweg ab. Selbst bei geschlossenen Fenstern spürte sie den Staub, der zu beiden Seiten des Wagens emporwallte. Sie fuhr auf den Hof und wartete geduldig, bis sich der Staub gelegt hatte. Schon beim Aussteigen merkte sie, dass etwas nicht stimmte. Ihr Mann wartete auf sie. »Gut, dass du kommst!«, begrüßte er sie nervös. Er stand neben seinem Braunen und hielt ihn an den Zügeln. »Dusty ist verschwunden!«

»Wie ist das passiert?«, fragte sie.

»Zuerst dachten wir, ein Bär hätte ihn erwischt, so laut hat er gejault. Wir dachten, ein Grizzly hätte ihn ins Unterholz gezogen. Aber es gibt keine Blutspuren. Wenigstens etwas! Wir sind gleich zum Haus hoch und haben nach ihm gesucht. Ich konnte ihn nirgendwo finden. Eddy sucht im Wald nach ihm. Weiß der Teufel, was in den Hund gefahren ist! Weit kann er nicht sein.«

»Also doch«, meinte sie mehr zu sich selbst. Sie blieb stehen und blickte zu der Stelle hinauf, wo sie den Mann mit dem Fernglas gesehen hatte. Oder bildete sie sich diesen Mann nur ein?

»Wie meinst du das? Also doch?«

»Keine Ahnung«, antwortete sie verwirrt, »aber ich hab' den ganzen Tag schon so ein komisches Gefühl! Als hätte ich gewusst, dass irgendwas Außergewöhnliches passieren würde! Warum hat Dusty so laut gejault, wenn kein Bär in der Nähe war? Hast du genau nachgesehen? Gibt es wirklich kein Blut im Haus?«

»Kein Tropfen«, erwiderte er, »auch keine Spuren. Eddy hat sich genau umgesehen.« Er drehte nervös die Zügel in seinen Händen. »Du glaubst doch nicht, dass es hier spukt? Ich meine, diese verrückte Geschichte mit dem Grizzly, die ist doch nicht wahr? Manchmal ist was dran an diesen Indianermärchen, weißt du? Wenn's diesen Grizzly wirklich gibt, sollten wir verschwinden!«

Sie schüttelte den Kopf. »Es gibt keine Geisterbären. Der Grizzly, den wir gesehen haben, war ein ganz normaler Bär, weiter nichts.« Sie dachte an das nächtliche Scharren auf der Veranda und spürte einen kalten Schauer im Nacken. »Aber ich hab' den Wagen von John Running Deer gesehen. Vielleicht will er uns einen Streich spielen. Indianer haben einen seltsamen Humor.«

Bevor Steve darauf antworten konnte, erschien Eddy. Er lenkte sein Pferd aus dem Wald und zügelte es vor dem Blazer. »Kein Grund zur Unruhe!«, beruhigte er Molly und Steve. »Dusty ist schon öfter verschwunden, der hat seinen eigenen Kopf. Der hat eine Spur gefunden, weiter nichts, der kommt morgen wieder!«

Molly öffnete die Tüte und hielt sie den Männern hin. »Wie wär's mit frischem Kautabak und einem Schokoriegel?«, fragte sie.

12

Dusty kehrte am nächsten Morgen zurück. In seinem Fell war getrocknetes Blut, und sein linkes Ohr war eingerissen, aber es war nichts gebrochen und er schien keine inneren Verletzungen davongetragen zu haben. Mit eingezogenem Schwanz zog er sich auf seinen Lieblingsplatz unter dem Verandadach zurück. Er winselte leise, als Molly sein Fell mit einem Lappen säuberte und ihm einen Napf mit Wasser hinstellte. »Ich möchte mal wissen, wo du dich rumgetrieben hast«, meinte sie kopfschüttelnd. »Sag bloß, du hast dich wirklich mit einem Grizzlybär angelegt!«

Eddy spuckte einen Priem über das Geländer. »Dann wäre wohl nichts mehr von ihm übrig! Sieht eher nach einem Wolf oder einem Kojoten aus! Oder einem anderen Hund! Vor ein paar Monaten hat er sich mit den Kötern der Miller-Brüder angelegt.«

»Hauptsache, er ist wieder da.« Molly stand auf und warf den Lappen in den Eimer. Sie grinste den Cowboy an. »Heute ist mein großer Tag, was? Mal sehen, ob ich zum Cowgirl tauge. Pam sagt, dass ich eine gute Reiterin bin. Aber sie hat mir immer die zahmsten Pferde gegeben, da wäre sogar ein City Slicker im Sattel geblieben!« So nannte man die Stadtleute, die als Cowboy oder Cowgirl auf einer Ferienranch arbeiten wollten und gerade mal wussten, wo bei einem Pferd hinten und vorne war.

Natürlich untertrieb sie. Sie konnte wesentlich besser reiten als ihr Mann und verstand es sogar, einem Pferd den Sattel und das Zaumzeug anzulegen. Sie klopfte der braunen Stute mit den weißen Fesseln freundschaftlich auf den Hals und sprach mit ihr, bevor sie in den Sattel stieg und beide Hände auf das Sattelhorn legte. »Was liegt an, Vormann?«, fragte sie im Texas-Slang.

Eddy ritt in den Stall und kehrte mit einem zerbeulten Cowboyhut zurück. Er drückte ihr den weißen Stetson auf die Haare, die sie zu einem Pferdeschwanz gebunden hatte, und meinte: »Warum hast du mir nicht gleich gesagt, dass du ein Cowgirl bist? Jetzt fehlt nur noch, dass du mit dem Lasso umgehen kannst!«

»Wenn die Kuh stehen bleibt«, erwiderte sie fröhlich. Sie ließ die nervöse Stute im Kreis tänzeln und blickte den Cowboy herausfordernd an. »Wer zuerst bei Steve auf der Weide ist, okay?«

Die Stute war viel zu lange nicht geritten worden und freute sich, endlich mal wieder zeigen zu können, was in ihr steckte. Mit gestrecktem Hals und beinahe mühelos ließ sie den Cowboy auf seinem Wallach hinter sich. Molly saß fest im Sattel, die Stiefel in den ledernen Steigbügeln, und war überrascht, wie einfach sich die Stute reiten ließ.

Als hätte sie ihr Leben lang auf einer Ranch und nicht in einem Imbisslokal gearbeitet, ritt Molly an den Corrals vorbei und am Waldrand entlang zur Weide hinaus. Vor ihrem Mann stieg die Stute auf der Hinterhand hoch, und sie hatte Mühe, im Sattel zu bleiben. »Ho, meine Liebe! Ho!«

Die Arbeit auf der Weide stellte sich als langweilig heraus. Dabei hatte Molly auf ein wenig Abwechslung gehofft. Während die Männer die Zäune abritten und an einigen Stellen reparierten, war es ihre Aufgabe, die Rinder zu beaufsichtigen und verirrte Kälber aus dem Gestrüpp zu treiben. Doch die Herde blieb ruhig und es gab kaum Ausreißer. Molly saß die meiste Zeit im Sattel, beide Hände auf das Sattelhorn gestützt, und sah den Tieren beim Weiden zu. Ihre Herde bestand aus stämmigen Herefords, die sich in der kanadischen Wildnis am besten bewährt hatten. »Die langhörnigen Biester aus Texas, die du in den Western siehst, die würden hier im Busch keine zwei Tage durchhalten«, erklärte Eddy beim Abendessen, das Molly in Windeseile auf den Tisch gebracht hatte. Den Hackbraten hatte sie bereits am frühen Morgen zubereitet und abends lediglich noch einmal in den Backofen geschoben. Eddy nahm einen großen Schluck von seiner Cola. »Langsam glaube ich, dass wir eine Chance haben!«

Auch den nächsten Tag verbrachte Molly auf der Weide. Diesmal waren die Rinder nervöser, obwohl das Wetter unverändert schön war und es keinen Grund zur Unruhe gab. Sie ritt in einem weiten Kreis um die Herde und sang ein Cowboylied, das sie von Cliff und Pam gelernt hatte. Down in the valley, the valley below. Eine sanfte Ballade, die schon die Cowboys im Wilden Westen gesungen hatten, um die Rinder zu beruhigen. Sie ritt zwei Kälbern nach, die von der Herde wegliefen und zwischen einigen Felsen verschwanden, und trieb sie mit dem Lasso zurück. »Lauft zu eurer Mutter«, rief sie aufmunternd, »macht schon!«

Molly lenkte ihre Stute unter eine ausladende Fichte und fragte sich, was die Rinder so unruhig machte. Am Wetter konnte es nicht liegen. Waren Wölfe in der Nähe? Oder ein Bär? Der geheimnisvolle Grizzly, der ausgerechnet auf ihrer Ranch sein Unwesen treiben sollte? Sie hatten nicht mehr über Kuraluk gesprochen, aber sie dachte oft an ihn, besonders nachts, wenn sie durch irgendein Geräusch geweckt wurde. Sie kramte ein Sandwich aus ihren Satteltaschen und biss hinein. Tunfisch mit viel Mayonnaise. Ihr Blick wanderte über die Herde hinweg und blieb an den Berghängen oberhalb der Ranch hängen. Hatte sich dort oben nicht etwas bewegt? Der Mann mit dem Fernglas? Sie schüttelte den Kopf. Jetzt sehe ich schon Gespenster, dachte sie. Sie spülte den letzten Bissen mit Wasser aus ihrer Feldflasche hinunter und wischte sich die Hände an ihren Jeans ab.

Den Männern erzählte sie nichts von ihrem Verdacht. Steve und Eddy hatten jetzt andere Sorgen. Das Heu musste eingebracht werden, solange die Sonne schien. Sie holten den Traktor mit dem Mäher in Clearwater ab, fuhren ihn im Schneckentempo über die Sandstraße nach Norden und über einen Umweg auf die Ranch. Über den Feldweg wären sie niemals gekommen. Molly brachte gerade ihre Stute in den Stall und umarmte das Fohlen, das sie Red getauft hatte. In diesem Moment hörte sie den Motor des Traktors. Sie rannte aufgeregt nach draußen und begutachtete das Gestell mit den Messern, das wie eine aufgerichtete Lanze an den Traktor geschraubt war »Und damit kann man Gras mähen?«

Steve und Eddy arbeiteten vom frühen Morgen bis in den Abend hinein. Molly kümmerte sich um die Mahlzeiten, packte ihnen Sandwiches für den ganzen Tag in die Satteltaschen und hielt spätabends einen warmen Imbiss für sie bereit. Tagsüber kümmerte sie sich um die Ranch. Sie fütterte die Schweine, sammelte die Eier ein, bewegte die Pferde und erledigte den Bürokram, der sich während der letzten Tage angesammelt hatte. Die Arbeit wollte kein Ende nehmen. Alle paar Stunden gönnte sie sich einen Augenblick Ruhe, in der Küche oder auf der Veranda, kraulte Dusty und fragte sich zum wiederholten Male, was sie in dieser gottverlassenen Wildnis verloren hatte. Ihr fiel ein, dass sie schon lange nicht mehr mit Pam oder ihrer Mutter gesprochen hatte, und sie beschloss, dies nachzuholen, sobald die Heuernte eingebracht war. Nachdem Steve und Eddy den Traktor zurückgebracht hatten, half Molly ihnen dabei, das geschnittene Gras zu wenden, damit es besser trocknen konnte. Noch zwei oder drei Tage, und sie hatten es geschafft. Wenn nur das Wetter mitspielte! Jeden Morgen blickte sie besorgt zum Himmel, suchte nach einer dunklen Wolke, die ihre Ernte noch verzögern konnte. Doch ihre Gebete wurden erhört, und das trockene Wetter hielt an. Erleichtert luden sie das Heu auf den Wagen und lagerten es auf dem Speicher der Scheune.

An diesem Abend feierten sie. Molly zauberte einen Apple Pie mit viel Zimt und Rosinen und holte die Packung mit dem teuren Vanilleeis aus der Kühltruhe. Dazu gab es Kaffee und schwarzen Tee mit Vanille-Geschmack. »Das ist besser als eine ganze Kiste Champagner!«, schwärmte Eddy nach dem ersten Bissen. Nach dem Essen tanzte Molly mit beiden Männern, zuerst einen Two-Step, wie sie ihn aus den Country-Kneipen in Idaho gewohnt war, und dann Rock 'n' Roll zu der CD mit Elvis-Songs, die Steve von seinem Vater geerbt hatte. Dusty sprang zwischen ihren Beinen herum, und als Eddy stolperte und der Länge nach auf die Couch fiel, lachten alle, und der Hund sprang auf den Cowboy und leckte ihm begeistert die Kuchenreste vom Mund.

Einige Tage später, an einem ungewöhnlich schwülen Samstag, wich die Freude dem Schrecken. Über dem Monarch Mountain hingen schwarze Wolken und ein böiger Wind wirbelte Staub und Gestrüpp über den Ranchhof. »Das gibt ein Gewitter!«, sagte Eddy nach dem Abendessen, als sie zu dritt auf der Veranda standen und in die Dämmerung blickten. Der Cowboy spuckte seinen Priem ins Gras und schüttelte sorgenvoll den Kopf. »Das sieht gar nicht gut aus, Leute! Besser, wir stellen heute Nacht eine Wache auf, sonst gehen uns die Rinder durch oder ein verdammter Blitzschlag trifft das Haus oder den Stall!«

Sie beschlossen, sich alle zwei Stunden abzuwechseln. Obwohl die Männer dafür waren, Molly schlafen zu lassen, bestand sie darauf, geweckt zu werden. Sie wollte die letzte Wache um vier Uhr früh übernehmen und dann gleich die Schweine füttern. Die Männer losten und Steve zog das kürzere Holz und übernahm die erste Wache. Molly schlief unruhig. Alle paar Minuten wälzte sie sich von einer Seite auf die andere. Sie träumte von Dusty, sah ihn im hellen Mondlicht über die Weide laufen und einen dunklen Schatten anbellen. Sie stöhnte laut auf, als sich der Schatten in einen mächtigen Grizzly verwandelte. Als er sich zu seiner ganzen Größe aufrichtete, verschwand selbst der Mond vom Himmel, und seine riesige Pranke fiel wie das Schwert eines Scharfrichters auf den armen Hund hinab. Dusty flog jaulend durch die Luft und blieb mit zerschmetterter Schnauze liegen.

Erschrocken richtete sie sich auf. Sie wischte sich den kalten Schweiß von der Stirn und blickte angespannt in die Dunkelheit. Draußen regnete es. Schwere Tropfen prasselten auf das Dach und gegen die Scheiben. Als ein greller Blitz das Schlafzimmer erhellte, sah sie Steve neben sich liegen. Ihm schien das Gewitter nichts auszumachen. Selbst der grollende Donner, der plötzlich über die Berge rollte und das Haus erzittern ließ, brachte ihn nicht dazu, die Augen zu öffnen. Was hatte sie geweckt? Nur der Traum? Sie verspürte das beklemmende Gefühl einer nahenden Gefahr, wie ein Tier, das instinktiv ein Unheil wittert. So wie vor ein paar Tagen, als sie das Blinken am Waldrand gesehen hatte. Oder als der Bär auf der Veranda gewesen war. Schlich ein wildes Tier um das Haus? Kuraluk, der Grizzly?

Sie blickte auf den Radiowecker. Drei Uhr zwanzig. Zu spät, um sich noch mal hinzulegen. Sie stand auf und trat ans Fenster. Wieder schoss ein Blitz vom Himmel, wie ein glühender Pfeil, dessen unheimliches Licht die Ställe und den Schuppen wie geduckte Ungeheuer aussehen ließ. Sie hörte die Rinder brüllen und das aufgeregte Wiehern der Pferde. Durch den Regen glaubte sie die dunkle Gestalt des Cowboys zu sehen, wie er in seinem langen Regenmantel zum Corral rannte und beruhigend auf die Rinder einsprach. Auf der Treppe hörte sie Dusty bellen. »Steve!«, weckte sie ihren Mann. »Steh auf! Da ist irgendwas im Busch! Beeil dich! Ich glaube, gleich gehen die Rinder durch!«

Steve wachte stöhnend auf und rieb sich den Schlaf aus

den Augen. »Was ist denn?«, nörgelte er. »Ich bin müde, verdammt!«

»Die Rinder spielen verrückt, Steve! Steh auf!«

»Eddy hat Wache. Er macht das schon.«

»Das schafft er nicht allein!« Molly zog bereits ihre Jeans an und schlüpfte in ihre Cowboystiefel. Sie zog sich ein Sweatshirt über. »Komm endlich! Wenn die Rinder durchgehen, brauchen wir Tage, um sie wieder einzufangen! Beeil dich, ich geh' schon vor!«

Sie rannte nach unten und holte das Gewehr aus dem Büro. Im Laufen griff sie nach ihrem Regenmantel und dem Cowboyhut und rannte nach draußen. Noch unter dem Verandadach zog sie sich den Mantel über. Dusty folgte ihr und bellte nervös. Sie achtete nicht auf ihn und rannte in den Regen, spürte die heftigen Tropfen auf ihrem Hut und dem Mantel. Der Boden war schlammig, und es fiel ihr schwer, das Gleichgewicht zu halten. Aus den Ställen drang das ängstliche Grunzen der Schweine und das unruhige Wiehern der Pferde. Für die Arbeit mit Rindern gab es nichts Schlimmeres als ein Gewitter, hatte sie von Cliff gelernt, besonders auf einem Rindertrieb, wenn die Tiere in eine wilde Stampede verfielen und panisch in alle Richtungen davonrannten.

Wütender Donner ließ das Land erzittern. Der Himmel riss auf und ein ungewöhnlich greller und leuchtender Blitz bohrte sich durch die Wolken. Sekundenlang war die Ranch in gleißendes Licht getaucht, wie unter den Scheinwerfern eines Polizei-Hubschraubers, dann bebte die Erde erneut, und Molly lief wie gegen eine unsichtbare Wand. Entsetzt beobachtete sie, wie gierige Flammenzungen aus dem Schuppen mit dem Heu leckten und selbst in dem strömenden Regen nicht erloschen. Gespenstische Schatten huschten über den Hof und erweckten den Eindruck, als hätten unsichtbare Geister die Ranch überfallen.

Molly warf sich die Vanguard über den Rücken und rannte in den Feuerschein hinein. »Eddy!«, rief sie in panischer Angst. »Eddy!« Sie erreichte den alten Cowboy, der wie versteinert am Corralzaun stand und mit starren Augen auf den Schuppen blickte.

Als er Molly erblickte, löste er sich aus seiner Erstarrung. Er rannte zum Pferdstall. »Lass die Schweine frei!«, rief er heiser. »Den Schuppen können wir vergessen! Wir können von Glück sagen, wenn das Feuer nicht auf die Ställe übergreift!« Er riss die Stalltür auf. »Und dann sattle die Stute! Gleich gehen die Rinder durch! Wenn wir nicht aufpassen, verlieren wir die auch noch!«

Molly rannte zum Schweinestall und trieb die Schweine nach draußen. Sie folgten den Hühnern, die bereits ängstlich das Weite gesucht hatten. »Verschwindet! Bringt euch in Sicherheit!«

Über den Hof kam Steve gerannt. Im Schein der nervös zuckenden Flammen wirkte sein Gesicht verzerrt. »Auf die Pferde!«, rief sie ihm zu. »Gleich brechen die Rinder aus dem Corral!«

Wenige Minuten später saßen sie im Sattel. Zusammen mit dem Fohlen, das dicht bei seiner Mutter blieb, sprengten sie aus dem Stall und folgten Eddy, der sein aufgerolltes Lasso in einer Hand hielt und wild gestikulierte. »Die Rinder gehen durch!«, rief er in das laute Prasseln des Feuers hinein. »Wir müssen versuchen, sie in einen Kreis zu treiben! Dann laufen sie sich müde!«

Die ersten Tiere hatten bereits den Zaun niedergetrampelt. In dem Funkenregen, der vom Schuppen herüberwehte und im Regen erlosch, stürzten sie ins Freie. Immer mehr Balken fielen unter ihren stampfenden Hufen. Sie kletterten brüllend übereinander, stolperten und rafften sich wieder auf, waren in ihrer Panik nur noch darauf aus, den Corral und das tobende Feuer so schnell wie möglich zu verlassen. »Haltet sie zusammen!«, rief Eddy nervös. »Und fallt nicht aus dem Sattel! Die rennen alles über den Haufen, was sich ihnen in den Weg stellt! Beeilt euch!«

Molly drückte ihrer Stute die Absätze in die Seite und ritt um den Corral herum auf die andere Seite. Im wilden Galopp blieb sie neben der Herde, das aufgerollte Lasso in der rechten Hand und immer in der Gefahr, aus dem Sattel zu stürzen und unter die Hufe der durchgehenden Rinder zu geraten. Sie fühlte sich seltsam beschwingt, schien gar nicht wahrzunehmen, dass ihre Heuvorräte verbrannten und sie dabei waren, die Ranch zu verlieren. Sie genoss den wilden Ritt wie ein tollkühner Cowboy vor mehr als hundert Jahren, der ohne die Gefahr nicht leben konnte und im Angesicht des drohenden Todes am meisten Spaß hatte. »Heya! Heya!«, rief sie in den Regen. »Wollt ihr wohl vernünftig sein, ihr verdammten Biester! Hier tut euch das Feuer nichts!«

Mit hämmernden Hufen stoben die Rinder am Waldrand entlang und auf die Weide, die sie von den vergangenen Tagen gewohnt waren. Jenseits der weiten Wiesen erhoben sich einige Felsen und dahinter zerfiel das Land in zahlreiche Schluchten und zerklüftete Täler. Wenn sie die Herde dort verloren, würden sie die Rinder vielleicht niemals wiederfinden. »Treibt sie in einen Kreis!«, rief Eddy. Seine Stimme wurde vom Trommeln der Hufe übertönt. »Bringt die verdammten Biester zur Vernunft!«

Molly verstand ihn dennoch und erkannte schon nach wenigen hundert Metern, dass es ihnen zu dritt niemals gelingen würde, die Rinder aufzuhalten. Doch sie ritt weiter, entschlossen, erst aufzugeben, wenn es nicht mehr die geringste Chance gab. Zu ihrer Überraschung sah sie in diesem Augenblick drei dunkle Gestalten aus dem Wald reiten: drei Männer in langen Regenmänteln. Zwei trugen Cowboyhüte, einer eine Baseballmütze. John Running Deer! Molly wusste es lange, bevor es ihnen gemeinsam gelang, die Rinder in eine kreisförmige Bahn zu lenken und zur Ruhe zu bringen. Die Tiere liefen sich müde und blieben nach wenigen Minuten müde stehen. »Ho! Ho!«, beruhigte Molly ihre nervöse Stute. »Wir haben es geschafft! Mein Gott, die ganze Herde!«

Sie ritt zu den Männern und umarmte Steve und Eddy. »Verdammt! Das war knapp!«, prustete der Cowboy erleichtert. Von seinem breitrandigen Hut lief das Wasser. »Wenn Johnny und seine beiden Freunde nicht gekommen wären ... oh, verdammt!«

Molly schüttelte John Running Deer die Hand. In diesem Augenblick wurde ihr klar, dass er es gewesen war, der sie während der vergangenen Wochen beobachtet hatte. Sie sah es in seinen Augen, und er gab sich keine Mühe, es zu verbergen. »Das warst du neulich, nicht wahr? Die dunkle Gestalt am Waldrand! Warum hast du uns nachspioniert? Ich hab' dein Fernglas blinken sehen! Wolltest du wissen, ob die blöden Bleichgesichter stark genug sind, es mit dem Grizzly aufzunehmen?«

»So ungefähr«, meinte der Indianer grinsend. »Sie haben sich besser gehalten, als ich dachte!« In seinem Blick lag Anerkennung. »Ich hätte nicht gedacht, dass Sie so gut reiten können!«

»Ich auch nicht«, sagte sie. »Warum habt ihr uns geholfen?«

»Wir waren in der Nähe.«

Sie deutete auf seine beiden Begleiter, die stumm im Hintergrund blieben und keine Miene verzogen. Der heftige Regen schien ihnen nichts auszumachen. »Sind das deine Freunde?«

»Harry und Chip. Aus Clearwater.«

»Sucht ihr einen Job?«

»Kann schon sein.« Jetzt lachte er beinahe. »Wir wären gerne dabei, wenn Sie es den verdammten Bleichgesichtern zeigen.«

»Sechs Dollar. Mehr können wir nicht bezahlen.«

»Okay«, erwiderte John Running Deer, ohne seine Begleiter anzublicken. Er wendete sein Pferd und ritt den Rindern entgegen.

13

Ohne die Indianer hätte Molly wahrscheinlich aufgegeben. Sie weinte hemmungslos, als sie die Ranch erreichten und die verkohlten Überreste der Scheune im Schlamm liegen sahen. Von dem Heu war nichts mehr übrig, selbst die Stiele der Heugabeln waren verbrannt. Die Hitze, die von den Trümmern ausging, war stark genug, um ihre Tränen zu trocknen. Zum Glück hatte der Regen das Feuer rechtzeitig gelöscht und verhindert, dass die Flammen auf die Ställe übergriffen. Jetzt regnete es kaum noch und nur das Rauschen des Windes und das nervöse Schnauben der Pferde war zu hören. Vor dem Stall wühlten die Schweine im Dreck. Vor dem Haupthaus, das unversehrt in die Dunkelheit ragte, waren einige Hühner zu sehen. »Das Heu können wir uns abschminken«, sagte Eddy, als sie die Rinder in den Corral trieben. »Das wird ein teurer Winter, kann ich euch sagen.«

Sie brachten die Pferde in den Stall, nahmen ihnen die Sättel und das Zaumzeug ab und rieben sie trocken. Das Fohlen war die ganze Zeit bei ihnen gewesen und froh, wieder im heimischen Stall zu sein. »In einer Stunde wird es hell«, sagte Molly ernst. Das Sprechen fiel ihr schwer. »Bringt eure Sachen in die Weidehütte, ein paar hundert Meter von hier. Lauft nach Westen, dann findet ihr sie. Da gibt's eine Quelle und Feuerholz liegt neben der Tür. Seid um sieben wieder hier, dann gibt's Frühstück.« Johnny ging lachend zur Tür. »Sie erinnern mich an meinen Urgroßvater«, meinte er spöttisch, »der ließ sich auch nicht unterkriegen! Muss an dem Sioux-Blut liegen, dass er in seinen Adern hatte. Der hätte auch nicht aufgegeben! Wenn Mary ihm nicht die Winchester weggenommen hätte, wäre er noch im letzten Sommer auf dem Kriegspfad gewesen. So starb er an den Masern.«

Molly glaubte nicht, dass die Geschichte stimmte, aber sie klang gut und passte zu dem Jungen. Allmählich gewöhnte sie sich an seinen Humor. »Danke, dass ihr uns geholfen habt!«

»Mit Rindern kennen wir uns aus«, erwiderte er. Er nickte seinen Freunden zu und sie verließen den Stall. Draußen meinte er leise: »He, ich glaube, die nimmt es auch mit einem Grizzly auf!«

Eddy wartete, bis sie gegangen waren, und schüttelte ungläubig den Kopf. »Werde einer aus denen schlau. Vor ein paar Wochen verlangt er noch zwanzig Dollar dafür, dass er euch von der Hauptstraße zur Ranch fährt, und heute spielt er den Samariter!«

»Es gibt schlechtere Cowboys«, bemerkte Molly trocken. »Habt ihr gesehen, wie der reiten kann?« Sie mochte den Indianer und hielt seine forsche und manchmal arrogante Art für eine Maske, die er nur Weißen zeigte. Wenn man sich erstmal auf seinen seltsamen Humor eingelassen hatte, kam man gut mit ihm aus.

»Ich trau' ihnen trotzdem nicht bis zur Tür«, sagte der Cowboy. »Ich hab' nichts gegen Indianer, im Gegenteil, von der Wildnis verstehen sie mehr als jeder Weiße, aber mit der Arbeit haben sie's nicht so. Selbst auf den Kriegspfad gingen sie nur, wenn sie Lust dazu hatten. Zeig mir einen Indianer, der seine Arbeit ernst nimmt, und ich zeig dir einen Cowboy, der ein gutes Pferd für eine Frau stehen lässt, sagte mein früherer Boss immer.« Er nahm seinen Stetson ab und fuhr sich durch die Haare. »Ich zieh' mir frische Klamotten an, dann komm' ich zum Frühstück, okay?«

»Bis gleich«, erwiderte Molly. Sie ging mit Steve über den Hof, begrüßte Dusty, der ihr bellend entgegensprang, und betrat das Haus. Noch im Regenmantel umarmte sie ihren Mann. »Wir dürfen nicht aufgeben!«, sagte sie entschlossen. »Wir können es immer noch schaffen! Das Heu kaufen wir bei einem Nachbarn und den Stall haben wir in ein paar Tagen wieder aufgebaut! Wir haben Pech gehabt, das kann passieren, aber das heißt nicht, dass es immer so sein muss! Wir gehen hier nicht weg, bevor die Ranch in Schuss ist und wir einen Käufer haben!«

Steve stand immer noch unter Schock. Er hielt seine Frau fest in den Armen und blickte über ihre Schultern hinweg ins Halbdunkel. In seinen Augen standen Tränen. »Als ich das Feuer sah, dachte ich, es geht uns an den Kragen!«, meinte er mit belegter Stimme. »Ohne die Indianer hätten wir es niemals geschafft!«

»Dann wäre die Welt auch nicht untergegangen«, munterte Molly ihn auf. Sie war dabei, die ereignisreiche Nacht zu verdauen, und dachte bereits an die nächsten Tage. »Noch zwei oder drei Wochen, und hier funktioniert wieder alles! Vielleicht finden wir noch vor Weihnachten einen Käufer, und wenn alle Stricke reißen, warten wir halt bis zum Frühjahr! Wir schaffen es, du wirst sehen! Mit den Indianern kann uns gar nichts passieren.«

Als sie wenige Augenblicke später in ihrer Unterwäsche auf dem Bettrand saß und darauf wartete, dass Steve aus der Dusche kam, musste sie beinahe über ihre Worte lachen. Vor ein paar Wochen hatte sie noch geschworen, nach ein paar Tagen wieder abzureisen, und Steve hatte sie bekniet, sich die Ranch doch wenigstens einmal anzuschauen. Und jetzt lief sie wie ein Cowgirl herum, brachte durchgehende Rinder zur Vernunft und überredete ihren Mann, die Ranch wieder aufzubauen. Was, zum Teufel, war mit ihr passiert? Warum packten sie nicht ihre Sachen und verschwanden? Warum wollte sie unbedingt bleiben?

Die heiße Dusche vertrieb ihre quälenden Gedanken. Wenn sie eine Chance haben wollten, waren Zweifel verboten. Sie hatte beschlossen, die schwere Arbeit anzugehen und die Ranch gewinnbringend zu verkaufen, und genau das würde sie tun, und weder ein verrückter Grizzly noch ein Gewitter konnte sie aufhalten. »Sobald ihr die Überreste des alten Schuppens weggeräumt habt, könnt ihr damit anfangen, einen neuen aufzubauen«, sagte sie beim Frühstück. Zur Feier des Tages gab es gebratene Eier mit viel Speck, Pfannkuchen mit Ahornsirup und leicht gebräunten Toast mit Marmelade. Der Kaffee war etwas stärker als sonst, und auch ihren Teebeutel hatte Molly länger im Becher gelassen. Sie merkte gar nicht, dass sie das Kommando übernommen hatte, und wandte sich an Eddy. »Wo bekommen wir das Holz her?«

»Ich kenn' da einen Farmer in der Nähe von Clearwater«, antwortete der Cowboy, »der hat immer ein paar Bretter übrig. Zur Not müssen wir beim Sägewerk nachfassen, aber das ist teuer!«

Steve schenkte sich Kaffee nach. »Ein paar Monate halten wir noch durch, aber mehr als eine Katastrophe können wir nicht verkraften. Spätestens im Frühjahr müssen wir Geld machen!«

»Im Frühjahr gehört die Ranch einem anderen«, erwiderte Molly entschlossen, als wären der Verkauf und ihre Rückkehr nach Idaho längst beschlossene Sache. »Was ist mit dem Heu, Eddy?«

Der Cowboy wischte seinen Teller mit etwas Toastbrot sauber und biss genüsslich hinein. »Das wird schwierig. Die meisten Farmer haben selbst kaum genug. Am meisten Heu haben die Miller-Brüder in der Scheune, aber die können wir nicht fragen.«

»Warum nicht? Weil ich einen von ihnen dumm angeredet habe?« Molly lächelte. »Das waren sie nicht gewöhnt, was? Sobald ich die Schweine gefüttert habe, fahre ich rüber und bringe die Sache wieder ins Reine. Ich bin sicher, sie geben uns das Heu.«

»Du verlierst keine Zeit, was?«, amüsierte sich Eddy.

»Ich will nach Hause«, antwortete sie.

Molly ging mit den Männern nach draußen und fütterte die Schweine, bevor sie ins Haus zurückkehrte, den Tisch abräumte und den Abwasch erledigte. Die Arbeit ging ihr flott von der Hand und erinnerte sie an die langen Schichten im *Roadside Cafe*, wenn die Männer ihren Lohn bekommen hatten und mit der ganzen Familie zum Lunch oder Dinner kamen. Sie verwöhnte Dusty mit den Resten, stellte ihm Wasser hin und kraulte ihm freundschaftlich den Rücken. »Mach mir keinen Kummer«, sagte sie zu ihm. »Neulich hast du uns einen großen Schrecken eingejagt, weißt du das? Wo hast du dir bloß die blutige Schnauze geholt?«

Sie zog ihren Anorak an und fuhr im Blazer zur Hauptstraße hinunter. Nach dem schweren Gewitter war der Feldweg eine einzige Schlammwüste und der Geländewagen blieb nicht mal mit Allradantrieb in der Spur. Sie kam gehörig ins Schwitzen. Auf der Clearwater Valley Road war es besser. Sie fuhr ein paar Meilen nach Norden und folgte dem Wegweiser zur Miller Ranch.

Das Ranchhaus lag keine hundert Meter von der Hauptstraße entfernt und bestand aus einem riesigen Blockhaus aus verwitterten Stämmen und einem modernen Anbau. Die riesige Scheune und die Ställe lagen weiter abseits und grenzten an einen Corral mit einem stabilen Zaun. Die Pferde wieherten aufgeregt, als sie den Blazer über die kiesbedeckte Auffahrt kommen sahen. Die Rinder waren anscheinend auf der Weide. Das Unwetter schien die Ranch kaum berührt zu haben; nicht mal die Dächer waren beschädigt. Zwei Cowboys standen rauchend unter dem Verandadach und blickten neugierig zu ihr herüber.

Sie hielt vor dem Haus und stieg aus. »Hi«, grüßte sie die rauchenden Cowboys freundlich. »Sind die Miller-Brüder zu Hause?«

Einer zeigte mit dem Daumen hinter sich. »Brad ist da drin.« Er warf die Zigarette auf den Boden. »He, Boss! Besuch für dich! Die Lady von der Clearwater!« Anscheinend kannte man sie schon.

Die Tür ging auf und Brad Miller empfing sie mit einem

fröhlichen Lachen. »Sieh an, die aufgebrachte Lady von der Clearwater River Ranch! Sie halten sich besser, als ich dachte, Lady!«

»Darf ich reinkommen?«

Der Rancher bat sie mit einer übertriebenen Handbewegung ins Haus und führte sie in die geräumige Wohnküche. Der mächtige Herd stammte aus dem 19. Jahrhundert, aber es gab auch einen Kühlschrank mit Ice Crusher, wie Molly ihn sich immer gewünscht hatte, und einen Mikrowellenherd. Eine schlanke Frau in den Vierzigern, die dunklen Haare teilweise von einem bunten Kopftuch verdeckt, stellte sich als Elaine Miller vor und begrüßte Molly lächelnd. »Ich hab' gerade Kaffee aufgesetzt«, sagte sie, »und von dem Apple Pie, den ich gestern gebacken habe, ist auch noch was übrig.« Ohne eine Antwort abzuwarten, legte sie ein Stück auf einen Teller. »War das nicht ein fürchterliches Unwetter gestern? Ich hab' schon zu Brad gesagt, so ein schlimmes Gewitter hatten wir seit vielen Monaten nicht mehr!« Sie zögerte. »Sie haben die Clearwater River Ranch gekauft?«

»Molly Gibson«, stellte Molly sich vor. Sie setzte sich auf einen Stuhl und nahm dankend den Kaffee und den Apple Pie an. Es wäre unhöflich gewesen, ihr Angebot abzulehnen, das war in dieser Gegend ähnlich wie im amerikanischen Westen. »Ja, wir haben sie gekauft.« Sie aß von dem Apple Pie und musste zugeben, dass er besser war als ihr eigener. »Der schmeckt sehr gut, Mrs Miller! Sie können wirklich backen!« Sie stellte den Teller ab und trank von dem Kaffee. Zu Brad Miller sagte sie: »Ich möchte mich entschuldigen, Mr Miller. Ich war neulich wohl etwas ungestüm. Ich wollte Sie keinesfalls beleidigen. Aber ich kann's nicht leiden, wenn man unsere Ranch beleidigt und uns wie zwei Stadtfräcke aus New York City oder Chicago behandelt!«

»Sie haben Haare auf den Zähnen, das hab' ich schon gemerkt«, meinte er fröhlich. »Ich hatte wohl einen schlechten Tag erwischt. Obwohl ich noch immer nicht verstehe, wie man sich eine so heruntergekommene Ranch kaufen kann!« Er schenkte sich einen Kaffee ein und blieb neben dem Herd stehen. Sein Lächeln verschwand. »Dieser Saufkopf ist schuld! Eddy Norman! Jedesmal, wenn ich den Kerl sehe, kommt mir die Galle hoch!«

Molly spürte, wie ihr das Blut ins Gesicht schoss. »Eddy hat seine Frau verloren, Mr Miller! Da werden ganz andere Menschen zum Säufer! Er hat keinen Tropfen mehr getrunken, seit wir hier sind! Er ist einer der besten Cowboys, die ich kenne.«

»Er ist ein Dreckskerl!«, reagierte der Rancher ungewöhnlich scharf. Aber er sah nicht Molly, sondern seine Frau an. Sie zuckte unter seinem Blick wie unter einem Hieb zusammen. »Tut mir leid, dass ich so deutlich werde, aber das ist er wirklich! Sie kennen ihn nicht! Fragen Sie meine Frau, die kennt ihn genau!«

»Brad! Bitte!«, erwiderte Elaine Miller weinerlich. »Die Sache liegt doch Jahre zurück!« Sie stellte einen Teller in die Spülmaschine und wischte ihre Hände an der Schürze ab. »Möchten Sie noch ein Stück Apple Pie, Mrs Gibson? Einen Becher Kaffee?«

Molly ahnte, dass mehr hinter der scharfen Reaktion des Ranchers lag, als sie angenommen hatte, und wechselte schnell das Thema. »Würden Sie uns etwas Heu verkaufen, Mr Miller? Gestern hat der Blitz in unsere Scheune eingeschlagen. Unsere ganze Ernte ist verbrannt.« Sie wagte nicht, dem Rancher ins Gesicht zu sehen, kam sich auch ohne seinen Spott wie eine Bittstellerin vor. Schon bereute sie, ihn aufgesucht zu haben. »Machen Sie uns einen guten Preis, und wir sind im Geschäft!«

Brad Miller grinste tatsächlich, kostete den Augenblick seiner Überlegenheit aus. »Hab' ich's nicht gesagt?«, kehrte er den Besserwisser heraus. »Ich wette, der alte Cowboy lag besoffen im Bett, als es passierte! Allein schaffen Sie's nicht, Mrs Gibson! Warum geben Sie nicht auf? Warum fahren Sie nicht zurück?«

»Weil ich mich nicht unterkriegen lasse!«, wurde Molly wütend. »Und weil ich mich weder von einem Grizzly aus dem Märchenbuch noch von einem Besserwisser vertreiben lasse!« Ihr spöttischer Blick ließ keinen Zweifel daran, wen sie mit »Besserwisser« meinte. »Ich bin nicht allein. Mein Mann ist bei mir, und Eddy ist ein besserer Cowboy, als Sie denken! Und ich habe drei junge Männer, die mir gestern Nacht geholfen haben, die Herde zu retten! Ich bleibe so lange, bis die Ranch wieder in Schuss ist!«

»Sie sind sturer als der alte Henderson!«, sagte Miller. »Und wenn Sie wirklich drei Verrückte gefunden haben, die bereit sind, für Sie zu arbeiten, dann könnten Sie es tatsächlich schaffen!« In seiner Stimme war auch Bewunderung. »Aber ohne Heu kommen Sie nicht weit! haben Sie denn noch Geld auf dem Konto?«

Molly sprang auf. »Wenn Sie mir das Heu nicht geben wollen, gehe ich eben woanders hin, Mr Miller! In Kamloops gibt es genug Rancher, die einer Frau wie mir Heu verkaufen wollen!«

»Schon gut, schon gut«, wiegelte der Rancher ab. »Ich verkaufe Ihnen das Heu ja! Wenn Sie mir einen guten Preis bezahlen, lasse ich das Zeug heute noch rüberschaffen!«

Sie verhandelten einige Minuten über den Preis und wurden schließlich einig.

»Also abgemacht«, sagte Molly zufrieden. Sie schüttelte dem Rancher die Hand und lächelte seiner Frau zu. »Auf Wiedersehen, Mrs Miller. Vielen Dank für den Kaffee und den Apple Pie!«

Sie verließ das Haus, stieg in ihren Wagen und fuhr auf die Hauptstraße zurück. Das betretene Gesicht der Ranchersfrau, als ihr Mann auf Eddy Norman geschimpft hatte, ging ihr nicht aus dem Kopf. Irgendwas musste zwischen Eddy und der Frau gewesen sein, sonst wäre Brad Miller nicht so wütend gewesen. »Das liegt doch Jahre zurück«, hatte sie gesagt. Hatten Eddy Norman und Elaine Miller ein Verhältnis gehabt? Kaum vorstellbar, wenn sie daran dachte, wie der Cowboy um seine tote Annie trauerte. Er war nicht der Typ, der sich mit der Frau eines anderen einließ. Aber wer konnte so etwas schon mit Bestimmtheit sagen?

Auf der Ranch schmierte Molly einige Sandwiches und brachte sie den Männern im Hof. Mit ihren verrußten Gesichtern sahen sie wie Gespenster aus. »Alles okay«, beantwortete sie ihre fragenden Blicke, »die Millers geben uns das Heu! Ich habe mit Brad gesprochen.« Sie blickte Eddy an, glaubte ein nervöses Flackern in seinen Augen zu sehen und hütete sich, ihren Verdacht auszusprechen. Die Sache ging sie nichts an. Sie suchte nach John Running Deer. »Wo ist Johnny?«, fragte sie neugierig.

»Im Corral«, antwortete Steve. »Irgendwas mit dem Fohlen!«

Sie lief zum Corral und sah den Indianer bei dem Fohlen knien. Die Stute stand dabei und wieherte nervös. »Später«, sagte Johnny, als sie ihm das Sandwich reichen wollte.

Er kniete mit seinem Regenmantel im Schlamm und streichelte den linken Vorderlauf des jungen Tieres. »Sie hat sich das Bein verstaucht«, sagte er, ohne aufzublicken, »gebrochen ist es nicht. Ich glaube, sie hat nur Angst. Wie ein Kind, das gestürzt ist und nicht mehr laufen will. Pferde haben keinen Schmerzlaut, die schreien nicht, wenn ihnen was wehtut. Aber schauen Sie sich ihre Augen an!«

Molly kniete neben dem Indianer und glaubte die Unruhe in den Augen des Fohlens zu sehen. »Was machen wir mit ihm? Soll ich den Tierarzt rufen? Vielleicht braucht er nur eine Spritze ...«

»Hast du das gehört?«, sagte Johnny zu dem Fohlen. »Die weiße Frau will, dass man dir eine Spritze gibt!« Seine Stimme klang unwahrscheinlich sanft, schien einem anderen Menschen als dem arroganten Flegel zu gehören, der sie im Supermarkt ausgelacht hatte. Er beugte sich noch tiefer über das kranke Pferd. »Du brauchst keine Spritze, nicht wahr? Du brauchst nur etwas Mut! Steh auf, meine Kleine! Schau, deine Mutter wartet schon!«

Die Stute schien den Indianer zu verstehen, gab ihm mit einem leisen Schnauben ihre Zustimmung. »Komm, meine Kleine! Steh auf! Ich weiß, dass du es schaffst! Ja, so ist es richtig!« Das Fohlen richtete sich langsam auf, blieb unsicher auf den gespreizten Beinen stehen und ging ein paar Schritte. »Weiter so! Siehst du deine Mutter? Geh zu ihr, Kleines! Siehst du? Du bist nicht krank, hörst du? Du hast dir nur ein bisschen wehgetan!«

Das Fohlen ging zu seiner Mutter und Johnny erhob sich zufrieden. »Jetzt können Sie mir das Sandwich geben«, sagte er.

14

An einem Montag im Spätherbst sprach Eddy aus, was Molly schon seit einigen Wochen vermutet hatte: »Im Winter kriegen wir die Ranch nicht los! Die Leute wollen sehen, was sie kriegen! Wie die Weiden aussehen und wie viele Kälber eure Rinder bekommen haben. Schätze, ihr müsst bis zum Frühjahr bleiben!«

Molly und Steve standen mit dem Cowboy vor dem Haus und waren dabei, einige Abfallsäcke auf den Pickup zu stapeln, um sie zur Hauptstraße hinunterzufahren. Dort würde der Müllwagen sie abholen. »Ich weiß«, sagte Molly. Ihre Miene ließ nicht erkennen, ob sie sich darüber ärgerte oder froh war, noch vier oder fünf Monate bleiben zu können. Sie wusste es selbst nicht, dachte nur daran, was Pamela sagen würde. Sie vermisste die Freundin, hatte nur zweimal während der letzten vier Wochen mit ihr gesprochen. »Aber wenn wir es schaffen, bekommen wir einen guten Preis. Und das Geld für die Kälber können wir auch noch mitnehmen.«

»Schon mal daran gedacht, für immer zu bleiben?«, fragte Eddy. Er wuchtete einen Plastiksack auf die Ladefläche und rieb seine Hände an den Jeans sauber. »Vor ein paar Monaten hätte ich euch noch für verrückt erklärt, aber jetzt sieht es nicht übel aus. Die Indianer sind zuverlässiger, als ich dachte. Wenn wir ohne Katastrophen durch den Winter kommen, hätten wir gute Chancen, Profit zu machen. Nicht viel, aber genug, um zu überleben.«

Steve war weniger optimistisch. »Und was ist mit dem Grizzly?«, fragte er. »Wenn's diesen Kuraluk wirklich gibt, bringt er uns Unglück! Dann glauben die Leute, hier spukt's, und wir kriegen die Ranch nicht los! Du hast doch gehört, was Burke gesagt hat.«

»Indianermärchen!«, winkte Eddy ab. »Oder hast du in letzter Zeit einen Grizzly gesehen? Wenn wir Profit machen, ist es den Leuten sowieso egal, welches Gespenst hier sein Unwesen treibt.« Er schob sich einen frischen Priem in die Backe und kaute angestrengt. »Nicht mal Johnny hat Angst vor dem Bär! Der verdammte Indianer scheint richtig wild darauf zu sein, uns zu helfen! Muss an Molly liegen. Deine Frau ist eine Zauberin, Steve, hast du das gewusst? Die bringt einen alten Säufer wie mich dazu, keinen Schnaps mehr anzurühren, und zwingt sogar einen Brad Miller in die Knie, den miesesten Burschen der ganzen Gegend. Und wenn sie was sagt, tanzt selbst ein arroganter Bursche wie Johnny nach ihrer Pfeife!« Er wandte sich lachend an Molly. »Ich wette, du hättest auch den alten Henderson geschafft!«

»Ich weiß nicht.« Steve hatte gar nicht hingehört. »Ich hab' keine Angst vor dem verdammten Grizzly, aber wenn er wieder auftaucht, laufen uns die Indianer weg, und wir können den ganzen Profit in den Wind schreiben.« Steve verriet dem Cowboy nicht, dass er schon ein paarmal von Kuraluk geträumt hatte. Er hätte niemals zugegeben, dass er Angst vor dem Bären hatte. »Grizzlys können verdammt hinterlistig sein, wenn sie Hunger haben.«

»Wir haben Dusty, der merkt sofort, wenn ein Bär in der Nähe ist«, sagte Molly. »Und wir haben ein Gewehr.« Sie schob den letzten Abfallsack auf die Ladefläche und schloss die Heckklappe. »Die paar Monate schaffen wir auch noch. Manche Leute träumen davon, Weihnachten in der kanadischen Wildnis zu feiern!«

Eddy öffnete lachend die Fahrertür. »Ich sag's ja. Wie

der alte Henderson! Lässt sich nicht unterkriegen, nicht mal von einem ausgewachsenen Grizzly!« Er ließ den Motor an und fuhr davon.

Noch am selben Abend telefonierte Molly mit ihrer Freundin. Pam war hocherfreut, von ihr zu hören, und versorgte sie mit dem neusten Klatsch aus Harrison. Cliff hatte den zweiten Platz beim Rodeo belegt und sie waren beide in der Parade mitgeritten. »Ich durfte die Fahne tragen, stell dir vor!« Auf der Guest Ranch wäre es beinahe zu einem Skandal gekommen, als sich herausstellte, dass ein männlicher Gast, »ein Typ um die Fünfzig, graue Schläfen und das ganze Drum und Dran«, seine hübsche Sekretärin als Ehefrau ausgegeben hatte. Die echte Gattin hatte Wind davon bekommen, war wie eine Furie auf der Ranch erschienen und hatte ihren Mann vom Pferd gezerrt. Oscar hatte eine neue Bedienung eingestellt und jammerte hinter ihrem Rücken. »Der will dich unbedingt wieder einstellen«, betonte Pam. »Ich wette, er gibt dir sogar eine Lohnerhöhung!« Einen Augenblick war Stille, dann fragte sie: »Wann kommt ihr wieder?«

Molly wusste nicht, wie sie es ihrer Freundin beibringen sollte. »Es wird noch etwas dauern, Pam. Wir hatten ein starkes Unwetter gestern Nacht und in unsere Scheune hat der Blitz eingeschlagen! Es gab ein großes Feuer! Wir können von Glück sagen, dass die Flammen nicht auf das Ranchhaus übergegriffen haben! Uns ist nichts passiert, außer dass wir hundemüde sind. Unsere Rinder sind durchgegangen. Wenn diese Indianer nicht gewesen wären, hätten wir sie wohl nie aufgehalten. Shuswap-Indianer, drei junge Burschen, sie arbeiten jetzt für uns.« Sie wartete darauf, dass ihre Freundin etwas sagte, aber Pamela blieb stumm. »Wir müssen ein paar Wochen dranhängen,

Pam, uns bleibt gar nichts anderes übrig, sonst war die ganze Arbeit umsonst. Kann gut sein, dass wir noch bis zum Frühjahr bleiben. Aber dann kommen wir zurück, das verspreche ich dir!«

Keine Antwort. Außer dem Atem ihrer Freundin und dem Rauschen in der Leitung war nichts zu hören. Auch ohne ihr Gesicht zu sehen, wusste Molly, wie sehr ihre Worte die Freundin beunruhigten. »Pam? Bist du noch dran? Sag doch was!«, drängte sie.

»Du bist verrückt«, sagte Pam nach einer Zeit, die Molly wie eine Ewigkeit vorkam. »Du bist komplett verrückt! Wenn ich's nicht besser wüsste, würde ich sagen, du musst dir unbedingt was beweisen! Warum tust du dir das an? Du hattest einen guten Job in Harrison. Einen Job, um den dich viele Frauen beneidet haben. Warum willst du plötzlich alle Brücken hinter dir abbrechen?« Sie zögerte. »Und sag mir jetzt nicht, dass du nur Steve zuliebe bleibst. Wenn der verrückte Kerl unbedingt unter Bären und Elchen leben muss, um vom Alkohol loszukommen, kann er auch in Idaho bleiben. Auf unserer Ranch ist genug Platz. Ich besorge ihm einen Job als Cowboy, wenn er will. Was ist plötzlich in dich gefahren, dass du unbedingt nach Kanada willst? Weißt du, wie kalt es dort im Winter wird? Kälter als in Montana oder North Dakota! Cliff war mal oben, vor zwei Jahren im Dezember, und hat beinahe seine Zehen verloren. Warum tust du dir das an? Ihr bringt die Rinder niemals durch den Winter!«

»Wir müssen es versuchen, Pam! Ich weiß selber, dass es nicht einfach wird. Und du hast ja recht, ich hab' wahrscheinlich den Verstand verloren, sonst würde ich noch heute meine Koffer packen und nach Harrison zurückfahren. Aber Steve braucht mich! Er muss diese verdammte

Ranch auf Vordermann bringen, wenn er wieder in den Spiegel schauen will! Ich darf ihn jetzt nicht hängen lassen, Pam! Eddy ist ein erfahrener Cowboy und die Indianerjungen können reiten wie der Teufel! Du wirst sehen, es wird halb so schlimm, und spätestens im Frühjahr haben wir die Ranch so weit, dass wir sie verkaufen können.«

Pam spürte, dass Molly fest entschlossen war, in Kanada zu bleiben, und bohrte nicht weiter. »Du bist wie ein störrisches Maultier!«, sagte sie. »Immer mit dem Kopf durch die Wand!« Sie seufzte leise. »Cliff würde ja hochkommen und euch helfen, aber wir haben jetzt auch im Winter offen, und er wird hier dringend gebraucht! »Versprich mir wenigstens, dass du keine unüberlegten Sachen anstellst! Bring dich nicht in Gefahr, hörst du?«

»Keine Angst, ich überlasse Eddy das Kommando. Der ist in der Wildnis aufgewachsen und kennt sich aus.« Sie schwieg eine Weile und musste plötzlich lachen. »Doch erzähl mal, der Kerl mit den grauen Schläfen hatte tatsächlich seine Freundin dabei? Was hat die Ehefrau mit ihr gemacht? Hat sie ihn in Stücke geteilt und den Wölfen vorgeworfen? Ich wette, der Typ war aus New York.«

»Miami, Florida«, verbesserte Pam. »Hielt sich für einen Zwillingsbruder von Julio Iglesias, aber so toll scheint er nicht gewesen zu sein. Seine Freundin wehrte sich nicht mal, als die Ehefrau ihn aus dem Sattel warf. Die zuckte nur mit den Schultern.«

Molly war froh, dass ihr Gespräch so fröhlich endete und keine Bitterkeit zwischen ihnen aufkam. Sie versprach, sobald wie möglich wieder anzurufen, und bat sie, einen Gruß an Oscar auszurichten. »Wenn wir zurückkommen, fange ich wieder bei ihm an. Sag ihm das, okay?« Sie wollte nicht, dass der Besitzer des *Roadside Cafe* schlecht über sie dachte. Er hatte sie immer fair behandelt und ihr sogar ein Weihnachtsgeld bezahlt. Sie legte den Hörer auf und wischte sich ein paar Tränen aus den Augen. Sie weinte immer noch, wenn sie an die »alte Heimat« dachte. So nannte sie Harrison inzwischen. Doch wenn sie morgens aufstand und überlegte, welche Aufgaben an diesem Tag auf sie warteten, zählte nur die Ranch. Die Arbeit machte ihr Spaß, gestand sie sich ein, und selbst ein Tiefschlag wie das Feuer hatte sie nicht in die Knie gezwungen. Die Indianer arbeiteten genauso hart wie Steve und Eddie und hatten die Scheune schon nach wenigen Tagen wieder aufgebaut. Eddy fuhr nach Clearwater und besorgte neue Stiele für die Werkzeuge, von denen nur die Metallteile übrig geblieben waren. Die beiden Cowboys, denen sie auf der Ranch der Miller-Brüder begegnet war, kamen mit dem Heu und halfen sogar, es in die Scheune zu bringen.

Die Tage wurden kürzer und morgens lag bereits ein eisiger Frosthauch über dem Land. Die kalte Jahreszeit rückte immer näher. Erst wenn sie unbeschadet durch den Winter gekommen waren, hatten sie es geschafft, mahnte Eddie, wenn sie zu fröhlich waren und die Arbeit zur Routine zu werden drohte. Am Ausdruck seiner Augen und den tiefen Falten auf seiner Stirn erkannte Molly, wie ernst der Cowboy es meinte. »Ich will euch keine Angst machen, aber die Winter in dieser Gegend können verdammt hart sein!«, sagte er beim Frühstück. »Ich war noch nie in Idaho, aber ich hab' mal einen Winter in Montana gearbeitet, und da war es lange nicht so kalt wie hier!« Als er die betretenen Mienen seiner Freunde sah, lachte er. »Kein Grund, sich in die Hosen zu machen, Leute! Wir haben genug Heu für die Rinder, und wenn wir rechtzeitig unsere Vorratskammern füllen, kann gar nichts passieren!

Mal sehen, ob ich einen Elch erwische. Am Montag beginnt die Saison. Wenn wir einen Elch in der Gefriertruhe haben, haben wir genug zu essen. Der reicht für uns alle.«

Die Aussicht, einen kapitalen Elch aufzuspüren und zu erlegen, weckte auch in Steve das Jagdfieber. Die ganze Woche sprach er über nichts anderes, und Eddy blieb gar nichts anderes übrig, als ihn auf die Jagd mitzunehmen, obwohl Steve keine Lizenz besaß. Gleich am Montag wollten sie aufbrechen, in aller Herrgottsfrühe, wenn die Elche am Flussufer oder im Morast der Seeufer standen und an den Blättern der verfärbten Bäume zupften. »Ich kenne da eine Stelle, da tauchen sie todsicher auf«, versprach Eddy, während er sein Gewehr reinigte, eine altmodische Remington, die ihn noch nie im Stich gelassen hatte, wie er behauptete. »Mit der schieße ich jedem Grizzly die Augen aus!«

Molly bereitete den Männern ein herzhaftes Frühstück, bevor sie zur Jagd aufbrachen, und packte ausreichend Proviant in ihre Rucksäcke. »Es kann einige Tage dauern«, sagte Eddy. »Wir fahren mit dem Pick-up in die Flatlands rüber, da kriegen wir sie am ehesten, da kommt keiner dieser Sonntagsjäger hin.« Steve umarmte sie mit leuchtenden Augen und versprach ihr, nicht ohne einen kapitalen Elch nach Hause zu kommen. »Mach schon mal Platz in der Gefriertruhe, damit der Bursche reinpasst!« Er küsste sie zum Abschied, und sie genoss das seltene Gefühl, alles richtig gemacht zu haben. Steve war seit einigen Tagen wie ausgewechselt, nicht nur wegen der Jagd, er schien alle Probleme in der »alten Heimat« gelassen zu haben. »Siehst du, Pam«, sagte Molly, als sie nach dem Aufbruch der Männer miteinander telefonierten, »es war doch richtig, nach Kanada zu gehen. Du wirst sehen, Steve ist ein anderer Mensch, wenn wir nach Harrison zurückkommen. Wir kaufen die kleine Werkstatt am Highway, und ich arbeite nur noch die halbe Schicht bei Oscar, weil wir in der Werkstatt so viel zu tun haben.«

Während die Indianer sich um die Rinder und die Pferde kümmerten und die meiste Zeit auf der Weide waren, traf Molly die ersten Vorbereitungen für den bevorstehenden Winter. Sie überprüfte die Gefriertruhen und Vorratskammern und stellte die Einkaufsliste für ihre nächste Fahrt nach Kamloops zusammen. Sie untersuchte das Haus nach undichten Stellen und schrieb eine Reparaturliste für Steve und Eddy. Auch das Brennholzschlagen und das Checken des Generators würden die Männer übernehmen. »Im Busch lebst du nach einer anderen Uhr«, hatte Eddy beim Frühstück philosophiert, »wenn du von der Elchjagd zurückkehrst, wird es Zeit, sich auf den Winter einzustellen.« Nach dem Abendessen, die Indianer waren in ihre Hütte zurückgekehrt, spülte Molly das Geschirr und räumte die Küche auf. Ihre Gedanken waren bei Eddy und ihrem Mann, als sie den Hund fütterte und mit einem Becher heißem Tee auf die Veranda trat. Die Luft war klar und kalt, und am sternenübersäten Himmel glaubte sie die ersten zarten Schleier eines Nordlichts zu sehen. Sie hatte von dem Phänomen gehört und erinnerte sich an einen Dokumentarfilm im Fernsehen, der Bilder aus irgendeinem Dorf in Alaska gezeigt hatte. Weiße, grüne und violette Farbmuster, die wie glänzendes Konfetti am Himmel funkelten und das Land mit einem farbigen Schleier überzogen. Hier war das Nordlicht lange nicht so intensiv, bestand nur aus sanften grünen Streifen, die wie Nebel über den Bergen hingen, und doch fühlte sie den Zauber, der von diesem Licht ausging.

John Running Deer hatte ihr erzählt, die Indianer glaubten, im Nordlicht die Seelen der verstorbenen Verwandten zu sehen. In dem Wochenblatt, das sie bei Dan Burke gekauft hatte, war zu lesen gewesen, die *Aurora Borealis* habe etwas mit elektrischen Teilchen zu tun, die von der Sonne in den Weltraum geschleudert wurden. »Oder so ähnlich«, sagte sie zu Dusty, der satt und zufrieden nach draußen kam, um sich von ihr kraulen zu lassen. Sie tätschelte ihn, ohne ihn anzusehen, und konnte nicht genug von dem leuchtenden Zauber am Himmel bekommen. Das Licht schien direkt in ihren Körper zu fließen und ihr die Kraft zu geben, den langen und kalten Winter im kanadischen Busch durchzustehen.

Molly löste sich von dem magischen Anblick und merkte erst jetzt, wie kalt es geworden war. Sie stellte den Becher aufs Geländer und schlang fröstelnd die Arme um ihren Körper. »Ich glaube, wir setzen uns besser vor den Kamin«, schlug sie vor. Sie griff nach dem Becher und wollte sich gerade umdrehen, als ein Schatten am Waldrand auftauchte. Jenseits des Zaunes bewegte sich etwas. Dusty stellte die Ohren auf und knurrte leise. Er ging einige Schritte nach vorn, blickte zwischen den Holzstreben des Geländers hindurch und zog sich winselnd wieder zurück. »Kuraluk!«, flüsterte Molly. Diesmal erkannte sie ganz deutlich, dass es sich um einen Grizzly handelte. Das helle Fell, das im Nordlicht wie Silber glitzerte, der Höcker hinter dem Nacken, der mächtige Körper, als er sich aufstellte und deutlich gegen den leuchtenden Himmel abzeichnete. Die scharfen Zähne in seinem Rachen, wenn er das Maul öffnete und ein dumpfes Brummen hören ließ, beinahe ein Grollen wie von einem fernen Donner, der als vielfaches Echo von den Bergen widerhallte.

Sie war viel zu gebannt von dem Anblick des mächtigen Tieres, um ins Haus zu laufen und ihr Gewehr zu holen. Solange der Bär in sicherer Entfernung blieb, bestand auch kein Grund dazu. Selbst als der Grizzly in ihre Richtung blickte, auf alle vier Beine zurückfiel und langsam näher kam, rührte sie sich nicht vom Fleck. Eine Stimme, die aus dem flackernden Licht am Himmel zu kommen schien, sagte ihr, dass keine Gefahr von der Bestie ausging. Eine seltsame Ruhe erfüllte plötzlich ihren Körper. Wie eine Statue stand sie am Geländer, den kalten Wind im Gesicht und das helle Nordlicht in den Augen. Sie geriet nicht in Panik, bemerkte nicht einmal, wie Dusty in wilder Angst im Haus verschwand und sich unter der Treppe versteckte. Beinahe gelassen und ohne eine hastige Bewegung verfolgte sie, wie der Bär auf den Ranchhof trottete und vor der Veranda stehen blieb.

Wieder öffnete er sein gewaltiges Maul, doch diesmal blieb er stumm, und Molly glaubte, die Stimme eines jungen Mannes zu hören, der ihr zurief: »Ich bin dein Freund! Du brauchst keine Angst vor mir zu haben! Ich bin gekommen, um dich in eine bessere Zukunft zu führen!« Die Augen des Bären funkelten seltsam, schienen fast ein Lächeln anzudeuten. »Kuraluk!«, flüsterte Molly ehrfürchtig. Der Grizzly antwortete etwas, das sie nicht verstand, dann war plötzlich wieder sein tiefes Brummen zu hören, und sie wachte erschrocken auf, merkte erst jetzt, dass sie ins Haus gegangen und auf der Couch eingeschlafen war. Sie rieb sich ungläubig die Augen. Vor ihr stand Dusty, die Ohren aufgestellt und begierig darauf, sein Futter zu bekommen. »Ein Albtraum«, stöhnte sie immer noch benommen. Sie konnte es kaum glauben. Ihre Begegnung mit dem Bären war so echt gewesen, so wirklich, das konnte doch kein Traum gewesen sein! Sie schüttelte den Kopf, zog sich aus und ging ins Bad. Eine heiße Dusche holte sie in die Wirklichkeit zurück. Sie trocknete sich gründlich ab und setzte Teewasser auf.

Nachdem sie sich wieder angezogen hatte, trat sie mit dem dampfenden Becher auf die Veranda. Die aufgehende Sonne leuchtete hinter dunklen Wolken und über den Bergen und Tälern hing orangefarbenes Zwielicht. Sie blickte zu der Stelle hinüber, an der sie den Bär gesehen hatte, und entdeckte zwei Rehe, die sie zu wittern schienen und im Wald verschwanden. Sie trank von ihrem Tee und streichelte Dusty, der ihr nach draußen gefolgt war und sich an ihren Beinen wärmte. »Ein sprechender Bär«, sagte sie ungläubig. »Stell dir vor, ich hab' von einem sprechenden Grizzly geträumt! Hast du schon mal so was Dummes gehört?«

Erst gegen Mittag, als sie den Hof überquerte, um den Hühnerstall zu säubern, entdeckte sie die frischen Bärenspuren. »Ein Grizzly«, meinte John Running Deer nachdenklich. »Der stand direkt vor der Veranda!« Molly nickte verstört und ging langsam weiter. Vor dem Hühnerstall blieb sie stehen und begann zu weinen.

15

Am nächsten Morgen wartete Molly vergeblich auf die Indianer. Sie frühstückte allein und blickte missgelaunt in den strömenden Regen hinaus, der von einem böigen Wind über den Ranchhof getrieben wurde. Die dunklen Wolken, die am Morgen zuvor noch weit im Westen gestanden hatten, hingen schwer über dem Clearwater River Valley und würden auch die nächsten Tage nicht verschwinden. Molly hatte die Morgennachrichten gesehen, und die blonde Wetterfee hatte mit einem breiten Zahnpastalächeln von einem atlantischen Tief gesprochen, das erst gegen Ende der Woche nach Süden abwandern würde.

Der Regen passte zu ihrer Stimmung. Sie hatte kaum geschlafen, war immer wieder aufgewacht und hatte geglaubt, die mächtige Gestalt des Bären in der Dunkelheit zu sehen. »Ich bin dein Freund«, hatte der Grizzly zu ihr gesagt. Wie konnte eine Bestie, die sogar einem ausgewachsenen Elch gefährlich werden konnte, ihr Freund sein? Hatte Kuraluk zu ihr gesprochen? War der Bär aus dem Indianermärchen auf ihre Ranch gekommen, um sie in eine bessere Zukunft zu führen? »Ein Traum, alles nur ein verrückter Traum«, sagte sie zu Dusty. »Oder hast du schon mal einen Bären getroffen, der sprechen kann?« Sie lachte kurz, als der Hund den Kopf hob und sie fragend anblickte.

Nachdem sie ihr Geschirr abgespült und in den Küchenschrank gestellt hatte, ging sie ins Büro und nahm die Vanguard von der Wand. Sie überprüfte, ob das Gewehr geladen war, und nickte zufrieden, als sie hörte, wie sich eine Patrone in den Lauf schob. Sie schlüpfte in den langen Ölmantel, zog die Gummistiefel an, setzte den Cowboyhut auf und ging mit der schussbereiten Waffe nach draußen. Vor der Veranda blieb sie stehen und blickte aufmerksam in die Runde, ohne etwas Verdächtiges zu bemerken. Erleichtert hängte sie sich das Gewehr über die Schultern. »Hier draußen kannst du nicht vorsichtig genug sein«, sagte Eddy immer, auch wenn ein Traum wenig zu bedeuten hatte. Zumindest für eine Weiße. Die Indianer dachten anders und hatten sich vor lauter Angst aus dem Staub gemacht, davon war Molly überzeugt. Sie ließ sich nicht beirren, fütterte die Schweine, sammelte die Eier von den Hühnern ein und brachte sie ins Haus.

»So ein Sauwetter hatten wir schon lange nicht mehr«, sagte sie zu Dusty. Der Hund lag an seinem Lieblingsplatz unter der Treppe. Molly füllte frisches Wasser in seinen Napf und kehrte in den Regen zurück. Sie sattelte die braune Stute und ritt mit gebeugtem Kopf auf den schmalen Pfad, der zu den Hütten des Cowboys und der Indianer führte. Der Regen raschelte im dichten Unterholz und tropfte von den Bäumen. Sie zog ihren Hut tief in die Stirn, kniff die Augen gegen den kalten Wind zusammen und lachte bei dem Gedanken, was Pam wohl sagen würde, wenn sie ihr in diesem Augenblick begegnen würde. »Du bist verrückt, Molly! Was machst du in dieser Wildnis? Warum setzt du dich nicht in deinen Wagen und fährst nach Idaho zurück?«

Wahrscheinlich würde ihre Reaktion noch stärker ausfallen, wenn sie ihr verriet, dass ein Grizzly zu ihr gesprochen hatte. Ein Bär! Aber diesen Traum würde Molly für sich behalten. Denn dass es ein Traum gewesen war, davon war sie fest überzeugt. Es gab keine sprechenden Bären, und ein Grizzly wie Kuraluk existierte nur in der Legende. Natürlich war ein Bär auf dem Ranchhof gewesen, ein sehr großer Bär sogar, aber es waren schon öfter Bären auf der Ranch gewesen, und keiner von ihnen hatte auch nur ein Wort gesprochen. »Beruhige dich«, sprach Molly wieder einmal mit sich selbst. »Wenn du in dieser Wildnis nicht die Nerven behältst, gehst du den Bach runter!« Sie dachte an das Nordlicht, das wie ein warmer Hauch in ihren Körper geflossen war und ihr neue Kraft gegeben hatte. Wenn sie sich von diesem Geister-Bären verrückt machen ließ, war alles umsonst.

Sie duckte sich unter einem nassen Ast hindurch und hielt sich mit beiden Händen am Sattelhorn fest, als ihr Pferd über einen entwurzelten Baumstamm stieg. Die Stute kannte den Weg und stapfte geduldig durch den tiefen Schlamm. Vor der Hütte der Indianer stieg Molly aus dem Sattel. Sie rief: »John Running Deer! Harry! Chip! Seid ihr zu Hause?« Sie erhielt keine Antwort, versuchte es noch einmal und erwartete nicht wirklich, die Stimme eines der jungen Männer zu hören. Schon am furchtsamen Ausdruck ihrer Augen, als sie die Spuren des Grizzlys gesehen hatten, hatte sie ablesen können, dass die Indianer die Ranch verlassen würden. Ihre überlegene, arrogante Art war wie weggeblasen gewesen. Sie hatten Angst vor Kuraluk, große Angst sogar.

»Feiglinge!«, schimpfte Molly wütend, als sie durch die leere Hütte ging und feststellen musste, dass die Indianer ihre gesamte Habe mitgenommen hatten und anscheinend nicht die Absicht hatten, auf die Ranch zurückzukehren. »Und mir erzählen sie, dass sie keine Angst vor den Legenden ihrer Großeltern hätten!« Sie kehrte nach draußen zurück und schlug die Tür hinter sich zu. Mit der Wut kehrte ihr Lebensmut zurück, gepaart mit einer wilden Entschlossenheit, sich auch durch das Verschwinden der Indianer nicht von ihrem Weg abbringen zu lassen. Sie würde nicht aufgeben. Sie hatten das Feuer überstanden und sie würden auch ohne die Indianer durch den Winter kommen!

Sie wischte sich den Regen aus dem Gesicht und stieg in den Sattel. Ihr Pferd schnaubte unwillig, als Molly es auf den schmalen Pfad zurücklenkte und über den umgestürzten Baumstamm steigen ließ. Auch die Stute verspürte keine große Lust, durch den prasselnden Regen zu gehen. Nur mit kurzen Zügeln war sie zu bewegen, den schützenden Wald zu verlassen und über die offene Weide zu traben. Erst als sie merkte, dass es in den heimatlichen Stall ging, lief sie williger und schneller. »Braves Tier!«, lobte Molly die Stute und tätschelte ihren nassen Hals.

Auf einem Hügelkamm oberhalb der Ranch verharrte Molly für ein paar Minuten. Sie ignorierte den plätschernden Regen, der unablässig aus den dunklen Wolken rauschte, und atmete die frische und würzige Luft ein. »Eigentlich dürfen wir uns nicht beschweren«, sagte sie zu der Stute. »Hier ist es schöner als in Idaho, selbst im Regen, und die Luft ist besser als im *Roadside Café.«* Sie trieb ihr Pferd mit einem Schenkeldruck an. »Obwohl ich im Augenblick nichts gegen einen warmen Platz an der Theke und einen heißen Tee einzuwenden hätte! Hast du gewusst, dass Oscar richtig guten Tee kocht? Ein Italiener, stell dir vor, die trinken sonst den ganzen Tag nur Kaffee und Cappuccino. Oscar benutzt keine Teebeutel, der nimmt richtigen Tee aus der Tüte!«

Vor dem Stall stieg Molly vom Pferd. Sie führte die Stute in den halbdunklen Raum, wartete geduldig, bis sie ihr Fohlen begrüßt hatte, nahm ihr den Sattel ab und rieb sie gründlich trocken. Sie beugte sich zu dem Fohlen hinunter, sagte: »Na, Red? Ich glaube, heute bleiben wir im warmen Stall!« und rechte frisches Heu in die Holzboxen. Die Pferde schnaubten zufrieden. Das Prasseln des Regens auf den Holzschindeln machte ihnen nichts aus, solange es keinen Donner und keine Blitze gab. Molly setzte ihren Cowboyhut ab und fuhr sich mit gespreizten Fingern durch das nasse Haar. Sharon Stone sah besser aus, als sie in der Westernstadt ankam, dachte sie neidisch. Sie nahm die Vanguard von der Schulter, setzte den Hut wieder auf und ging zum Haus.

Auf halbem Weg hörte sie das Brummen des Pick-ups. Steve und Eddy kehrten von der Jagd zurück. Bereits am lauten Hupen erkannte sie, dass der Ausflug erfolgreich gelaufen war. »Steve! Eddy!«, rief sie erfreut, als die Männer vor dem Haus parkten und aus dem Wagen stiegen. Sie rannte den beiden entgegen und küsste ihren Mann, bis ihnen beiden die Luft ausging. »He, he«, lästerte Eddy spaßeshalber, »ihr habt es aber mächtig nötig!«

Auf der Ladefläche des Kleinlasters lag das Fleisch eines stattlichen Elchbullen. Die Männer hatten ihn in den Flatlands erwischt, am Ufer eines schmalen Baches, nur wenige hundert Meter von der Stelle entfernt, an der Eddy seinen letzten Elch geschossen hatte. »Steve hat ihn zuerst gesehen«, lobte Eddy ihren Mann. »Ich glaube, meine Augen lassen langsam nach!« Er schien sich darüber zu amüsieren. »Eddy hat ihn mit der ersten Kugel erwischt!«, gab Steve das Kompliment zurück. Sie hatten den Elch am Bachufer ausgenommen und das Fleisch in Plastikwannen gepackt. »Zum Glück haben wir zwei Gefriertruhen«, sagte Steve, »sonst würden wir das Zeug niemals unterbringen!«

Während die Männer das Fleisch ins Haus brachten, bereitete Molly ein kräftiges Frühstück zu. Steve und Eddy begnügten sich mit einer raschen Katzenwäsche und machten sich heißhungrig darüber her. Molly wartete, bis sie gegessen hatten, und sagte erst dann: »Die Indianer haben uns verlassen. Letzte Nacht hat sich ein Grizzly auf der Ranch rumgetrieben. Ich nehme an, sie haben mehr Angst vor ihren Legenden, als sie zugeben wollen.«

Die Männer brauchten eine Weile, um die schlechte Nachricht zu verdauen, besonders Steve. Eddy fand seinen Humor als Erster wieder: »Hab' ich nicht gesagt, dass die verdammten Indianer keinen Job halten können? Immerhin sind sie länger geblieben, als ich gedacht habe. Ich glaube, wir kommen auch ohne sie durch den Winter. Ich bin sogar sicher!« Er schob sich einen Priem in den Mund und kaute entschlossen darauf herum.

»Ein Grizzly?« Steve war immer noch erschrocken und seine gute Laune war wie weggeblasen. »Hast du ihn gesehen? Er hat dich doch nicht angegriffen? Die Tiere sind doch okay, oder?«

»Es ist nichts passiert«, beruhigte Molly ihren Mann. »Er ist frühmorgens über den Hof marschiert und wieder verschwunden.« Sie hütete sich, von ihrem seltsamen Traum zu erzählen.

»Kuraluk? Der Bär, der unseren Anhänger demoliert hat?«

»Keine Ahnung«, erwiderte sie, »die Indianer glauben es jedenfalls. Ich war in der Hütte draußen. Sie haben ihre ganzen Sachen mitgenommen! Die kommen bestimmt nicht mehr zurück!«

Eddy hatte keine Angst. »Wenn er das nächste Mal auftaucht, jage ich ihm eine Kugel zwischen die Rippen, dann ist ein für allemal Schluss mit dieser verdammten Legende! Kuraluk! Der Grizzly, der nach einer Frau sucht! Wenn ich das schon höre!«

»Mir hat er nichts getan«, sagte Molly nüchtern. Sie räumte die schmutzigen Teller ab und rief Eddy einen Abschiedsgruß zu, als der Cowboy das Haus verließ, um sich in seiner Hütte zu waschen und umzuziehen. Auch Steve verzog sich unter die Dusche. »Hast du mein kariertes

Hemd gewaschen?«, rief er aus dem Badezimmer. »Und ein Kaffee wäre auch nicht schlecht!«

Doch eigentlich wollte er etwas ganz anderes. Als Molly ihm das Hemd brachte, legte er es achtlos zur Seite und schloss sie in seine kräftigen Arme. Er küsste sie stürmisch und immer fordernder, und bevor sie sich versahen, landeten sie im Schlafzimmer und liebten sich. Steve war kein fantasievoller Liebhaber, liebkoste sie nicht wie Brad Pitt die schöne Blonde in dem Film, der vor ein paar Tagen im Fernsehen gelaufen war. Seine Liebe war ehrlich und bodenständig und sehr direkt. Er nahm sie heftig, beinahe wütend, und erst dann streichelte er zärtlich ihre Wangen und sagte ihr, dass er sie liebte und immer lieben würde. »Ich liebe dich auch, Steve!«, sagte sie mit feuchten Augen.

Eddy vermutete wohl, dass sie und Steve einige Zeit brauchten, und kehrte erst nach anderthalb Stunden zurück. »Ich hab' nach den Rindern gesehen«, entschuldigte er sich augenzwinkernd. »Werd' sie wohl alleine auf die Weide treiben müssen.« Er wandte sich an Steve. »Du hast mehr Ahnung von Maschinen. Wir müssen den Generator überprüfen, sonst erleben wir im Winter eine unliebsame Überraschung. Den Strom aus der Stadt kannst du vergessen, die Leitung bricht ständig zusammen, wenn Schnee fällt. Und sieh nach, ob das Haus dicht ist. Was repariert werden muss, erledigen wir lieber gleich.« Er grinste. »Ich hoffe, heute gibt es leckeren Elchbraten«, sagte er zu Molly.

»Den besten Braten, den du jemals gegessen hast«, versprach sie. »Und was repariert werden muss, hab' ich schon aufgeschrieben. Ich hab' die Liste in der Küche. Komm nicht zu spät!«

»Aye, Mom!«, salutierte Eddy fröhlich.

Selten während der letzten Monate war Molly so beschwingt gewesen. Der stürmische Liebesakt hatte sie an ihre Nacht in dem kanadischen Motel erinnert, und das Leuchten in den Augen ihres Mannes hatte sie für viele schlaflose Nächte in Harrison entschädigt. Steve hatte sich gefangen. Er hatte sein Selbstvertrauen zurückgewonnen und war zu einem Mann geworden, an den man sich anlehnen konnte. Nicht immer, aber meistens. Solange es Hoffnung gab, die Ranch in Schwung zu bringen, und solange sie ihm ihre Albträume und seltsamen Begegnungen wie mit dem Bären verschwieg oder herunterspielte, war ihre Ehe nicht in Gefahr. Wenn sie nach Idaho zurückkehrten, würden ihn die Leute nicht wiedererkennen, da war sie ganz sicher.

Der Elchbraten schmeckte so gut, wie Molly angekündigt hatte, und als sie auch noch einen frischen Apple Pie mit Vanilleeis auf den Tisch zauberte, freuten sich die Männer wie kleine Kinder. An diesem Abend kehrte Eddy erst spät in seine Hütte zurück. Sie tranken heißen Tee und Kaffee und spielten Karten, bis Eddy sich den Bauch hielt und seufzte: »Ich kann nicht mehr! So einen schönen Abend hab' ich lange nicht mehr erlebt! Danke, Molly!«

Steve begleitete den Cowboy nach draußen und winkte ihm zum Abschied zu. Molly räumte das Geschirr weg, wischte ihre schmutzigen Hände an den Jeans ab und wollte gerade nach Steve sehen, als sie ihn mit gedämpfter Stimme rufen hörte: »Molly! Komm raus! Da ist irgendwas! Bring das Gewehr mit!«

Molly holte die Vanguard und trat auf die Veranda. Es war kälter als am vergangenen Abend. »Der Grizzly?«, fragte sie flüsternd.

»Keine Ahnung. Da drüben hinter dem Gebüsch!«

Ihr Blick folgte seinem ausgestreckten Arm und entdeckte eine leichte Bewegung im Gestrüpp. Ein Fuchs, der es auf unsere Hühner abgesehen hatte, war ihr erster Gedanke. Aber der Schatten, der plötzlich im hellen Mondlicht auftauchte, war größer. Nicht schon wieder, dachte sie verzweifelt. Bei der Vorstellung, dass Kuraluk aus dem Gestrüpp treten und zu ihr sprechen könnte, wurde sie ganz blass. Im Mondlicht war ihr die Blässe kaum anzusehen. Sie entsicherte die Vanguard und wartete unruhig.

Der Schatten bewegte sich, und eine Gestalt erhob sich mit ausgestreckten Händen. Ein junges Mädchen mit leuchtend blonden Haaren, die unter der Kapuze ihres Anoraks hervorragten. »Nicht schießen, Mrs Gibson!«, rief sie. »Ich bin's … Tess!«

»Mein Gott, Tess!«, erwiderte Molly erstaunt. Sie sicherte das Gewehr und reichte es ihrem Mann. »Wo kommst du denn her?«

Sie verließ die Veranda und lief zu dem Mädchen. Tess zitterte am ganzen Körper und machte den Eindruck eines verwundeten Rehs, das Jäger in die Enge getrieben hatten. Sie nahm das verängstigte Mädchen in die Arme und drückte es an sich. »Tess! Du zitterst ja! Komm erstmal rein und wärm dich auf! Komm!«

Sie führte Tess ins Haus und drückte sie auf die Couch. »Der Tee müsste noch heiß sein«, sagte sie zu ihrem Mann. »Bring mir einen Becher, ja?« Sie setzte sich neben Tess und legte ihr einen Arm um die Schultern. Schon bevor sie die Frage aussprach, ahnte sie, wie die Antwort aussehen würde. »Was ist passiert, Tess? Sag's mir! Mir kannst du alles sagen, okay?«

»Ich … ich bin schwanger!«, platzte sie mit der Wahrheit heraus. »Mein Vater hat's gemerkt, weil mir dauernd schlecht wurde, da hab' ich ihm alles erzählt. Er hat mich rausgeschmissen, Mrs Gibson! In meinem Haus hast du nichts mehr verloren, du Indianerschlampe, hat er gesagt!« Sie begann zu weinen, wurde von einem heftigen Krampf geschüttelt und presste ihr Gesicht an Mollys Schulter.

»Ich will nicht mehr leben!«, rief sie schluchzend.

»Sag Molly zu mir, hörst du?«, redete Molly auf das Mädchen ein und drückte sie freundschaftlich. »Und rede nicht solchen Unsinn! Dein Vater hat es bestimmt nicht so gemeint! Er beruhigt sich schon wieder! Du wirst sehen, in ein paar Tagen sieht alles anders aus!« Molly half ihr aus dem Anorak und griff nach dem Becher, den Steve auf den Tisch gestellt hatte. »Hier! Trink erstmal was! Du zitterst ja wie Espenlaub!« Sie half Tess, den Becher zu halten, und wartete geduldig, bis sie getrunken hatte. »Wie wär's?«, meinte sie. »Du nimmst ein heißes Bad, und ich beziehe inzwischen ein Bett in einem unserer Gästezimmer! Du schläfst dich aus, bekommst von mir ein leckeres Frühstück mit allem Drum und Dran, und danach gehen wir gemeinsam zu deinem Vater und sprechen mit ihm! Na, ist das ein Vorschlag?«

Das Schluchzen ließ nach und Tess lächelte sogar ein wenig. »Sie sind sehr nett zu mir, Molly! Aber mein Vater lässt nicht mit sich reden. Sie hätten ihn sehen sollen! So wütend hab'ich ihn noch nie gesehen! Er denkt, alle Indianer sind Verbrecher, und Johnny kann er überhaupt nicht leiden! Ich glaube, er würde ihn erschießen, wenn ich ihn mitbringen würde!« Wieder brach sie in Tränen aus und klammerte sich wie eine Ertrinkende an Molly, bis der Weinkrampf nachließ.

Molly ließ sie gewähren. »Weiß Johnny, dass er Vater wird?«

Tess schüttelte den Kopf. »Ich hab' gedacht, er ist hier!«

»Er ist seit gestern verschwunden«, sagte Molly. »Ich nehme an, er ist nach Kamloops zurückgefahren.« Sie reichte Tess den Becher, und das Mädchen trank zögernd. Mit ihrem verweinten Gesicht sah sie sehr verletzlich aus. »Hat er sich nicht gemeldet?«

»Wie denn?«, erwiderte Tess. »Anrufen konnte er mich nicht, und wenn er in den Laden gekommen wäre, hätte mein Vater ihn umgebracht. Wir haben uns jeden zweiten Abend auf dem Highway getroffen, aber gestern ist er nicht gekommen, da dachte ich, er wäre draußen auf der Weide oder so.« Sie hielt den Teebecher dicht vor ihr Gesicht. »Vorher hab' ich mich nicht getraut, es ihm zu sagen. Ich hab' Angst, dass er das Kind nicht will.«

»Willst du es denn?«, fragte Molly vorsichtig.

Tess nickte schwach. »Ich würde es auch kriegen, wenn Johnny mich nicht heiraten würde!« Es klang trotzig. »Und es ist mir egal, was mein Vater dazu sagt! Ich kriege das Kind, jawohl!«

Molly nahm ihr den Becher ab und stellte ihn auf den Tisch. »Darüber reden wir morgen«, sagte sie sanft. »Jetzt geht es erstmal in die heiße Badewanne! Und einen Schlafanzug hab' ich auch für dich. Morgen scheint wieder die Sonne, wetten?«

»Hoffentlich«, erwiderte Tess leise.

16

Noch bevor Tess zum Frühstück herunterkam, klingelte das Telefon. Es rief selten jemand auf der Ranch an und schon gar nicht am frühen Morgen. Mit gemischten Gefühlen griff Molly nach dem Hörer. »Sind Sie das, Mrs Gibson?«, rief jemand aufgeregt. Sie erkannte die Stimme eines der beiden Indianer, die mit John Running Deer auf ihrer Ranch gearbeitet hatten. »Harry? Was ist denn passiert, Harry? Warum seid ihr so plötzlich gegangen?«

Der Indianer ging nicht auf ihre Frage ein. »John sitzt im Gefängnis, Mrs Gibson!«, sagte er. »Ich war dabei, als sie ihn verhaftet haben. Er hat gesagt, ich soll Sie anrufen. Es ist wegen Tess, wissen Sie? Das Mädchen, mit dem John zusammen war. Sie ist ... na ja, sie ist schwanger, und jetzt behauptet der Vater des Mädchens, dass John sie vergewaltigt hat! Er hat bei der RCMP angerufen und irgendwelche Lügen erzählt! Aber John hat sie nicht vergewaltigt, Mrs Gibson, das weiß ich ganz bestimmt!«

»John Running Deer sitzt im Gefängnis?«, wiederholte Molly. Sie schüttelte ungläubig den Kopf und warf Steve, der gerade die Treppe herunterkam, einen bedeutungsvollen Blick zu. »Wo?«

»In Clearwater, in der Polizeistation am Highway. Wir waren gerade nach Hause unterwegs, als die Bullen kamen. Der Streifenwagen, meine ich. Sie haben uns wie Schwerverbrecher behandelt, Mrs Gibson, und wir mussten alle möglichen Fragen beantworten, und dann haben sie John in eine Zelle gesperrt!«

»War Mr Burke auch da?«, fragte Molly. »Woher weißt

du, dass er Lügen erzählt hat? Vielleicht hat jemand anders angerufen.«

»Nein, es war Mr Burke. Das hat der Constable ja selber gesagt. Er hat gesagt, dass Mr Burke gesehen hat, wie John seine Tochter vergewaltigt hat, mitten auf dem Highway, hat er gesagt, und dass Tess vor lauter Scham in den Wald geflüchtet sei. ›Ich bring den verdammten Indianer um, wenn meiner Tochter was passiert!‹, soll er behauptet haben. Sagt der Constable. Er will John im Knast behalten, bis er mit dem Hauptquartier gesprochen hat, dann würde er nach Kamloops ins richtige Gefängnis kommen! Wir müssen was tun, Mrs Gibson, wir müssen ihn da rausholen! Er hat das Mädchen nicht vergewaltigt, so was würde er niemals tun! Er liebt sie! Chip und mir hat er verraten, dass er sie heiraten will, egal, was ihr verdammter Vater dazu sagt!«

»Tess ist hier«, beruhigte Molly den Indianer. »Und ins Gefängnis nach Kamloops kommt John nur, wenn er rechtskräftig verurteilt wurde. Ich weiß, dass er unschuldig ist! Tess hat es mir selber erzählt. Keine Bange, Harry, wir holen ihn da raus! Ich fahre mit Tess zur Polizei. Dort kann sie bezeugen, dass John sie nicht vergewaltigt hat! Und mit ihrem Vater spreche ich auch.«

»Das ist gut, Mrs Gibson.« Er zögerte etwas und fügte leise hinzu: »Tut mir leid, dass wir einfach abgehauen sind, aber der …«

»Ich weiß, Harry!«, ersparte Molly ihm eine peinliche Entschuldigung. »Im Winter kommen wir allein zurecht. Kommt irgendwann vorbei und holt euch den Lohn ab, okay? Und macht keine Dummheiten! Die Sache mit John kriegen wir wieder hin.«

»Vielen Dank, Mrs Gibson! Auf Wiedersehen!«

Molly legte den Hörer auf und blickte Steve an. Mit wenigen Worten erklärte sie ihm, was geschehen war. »Ich fahr' gleich los«, sagte sie dann. Sie deutete auf den gedeckten Frühstückstisch. »Sag Eddy Bescheid, und räum das Geschirr weg, ja? Bis heute Abend bin ich wieder zurück.« Sie küsste ihn flüchtig und stieg die Treppe hinauf, um Tess zu wecken. Das Mädchen stand benommen vor ihrem Zimmer. An ihrem verzweifelten Gesichtsausdruck erkannte Molly, dass sie das Gespräch mitbekommen hatte. »Zieh dich an«, sagte sie, »wir fahren gleich los!«

»Johnny ... Johnny hat mich nicht vergewaltigt!«, stammelte Tess, ohne sich vom Fleck zu rühren. »Ich hab' ... ich hab' es doch auch gewollt ... Ich liebe ihn, Molly ... ich ... ich liebe ihn wirklich!«

»Das weiß ich doch, Tess. Und es wird alles wieder gut, das verspreche ich dir! Du brauchst dem Constable nur die Wahrheit zu erzählen, dann muss er Johnny freilassen. Und dein Vater wird auch zur Vernunft kommen. Ich spreche mit ihm, bestimmt!«

»Wie kann er so etwas tun?«, konnte Tess es noch immer nicht fassen. »Wie kann er behaupten, dass Johnny mich vergewaltigt hat? Johnny ist unschuldig! Er würde niemals Gewalt anwenden! Er hat mich nie geschlagen und nicht mal in meiner Gegenwart geflucht. Er ist ein Gentleman, Molly, jawohl, ein Gentleman!«

Als Gentleman hätte Molly den Jungen nicht unbedingt bezeichnet, aber das verriet sie Tess nicht. »Zieh dich an«, forderte sie das Mädchen auf. »Ich mach' uns inzwischen zwei Sandwiches und pack' eine Thermoskanne mit heißem Tee ein. Einverstanden?«

Tess nickte stumm und ging ins Badezimmer. Mit ihren offenen blonden Haaren und dem langen Nachthemd sah sie wie ein Engel aus, unschuldig und viel zu naiv, um die Schlechtigkeit der Welt zu erkennen. Molly nickte zufrieden und kehrte in die Küche zurück. Sie schmierte die Sandwiches, packte sie in eine Tüte und legte sie zusammen mit der Thermoskanne auf die Rückbank des Blazers. Der Regen hatte aufgehört, und aus den Wiesen stieg trüber Dunst, der wie Watte zwischen den Sträuchern hing. Sie blickte nervös zum Waldrand hinüber. Es war keine Bewegung auszumachen, aber sie hatte das unbestimmte Gefühl, dass Kuraluk noch immer in der Nähe war und sie beobachtete. Sie ging ins Haus. »Ruf die RCMP in Clearwater an«, bat sie ihren Mann. »Sag dem Constable, dass ich mit dem Mädchen komme und dass sie John mit ihrer Aussage entlasten wird.« Sie blickte nach oben. »Tess! Bist du fertig? Wir können fahren!«

Tess kam die Treppe herunter. Sie trug ihren Anorak offen und hatte ihre Haare zu einem Pferdeschwanz gebunden. In ihren Augen stand tiefe Besorgnis. Ohne sich von Steve zu verabschieden, trat sie auf die Veranda hinaus. »Bis heute Abend, Steve«, sagte Molly. »Ich hab' das Handy dabei, falls irgendwas ist.«

Sie stiegen in den Blazer und fuhren davon. Die Straße war glitschig vom vielen Regen, und sie musste das Lenkrad mit beiden Händen halten, um nicht von der Fahrbahn abzukommen. Sie fuhr etwas zu rasant, weil sie so schnell wie möglich die Polzeistation erreichen wollte, um John Running Deer aus dem Gefängnis zu holen. Der Junge war sicher verzweifelt und vielleicht so wütend, dass er die Polizisten beleidigte oder sogar handgreiflich wurde. Als sie an Dan Burkes Laden vorbeifuhr, war sie versucht, anzuhalten und dem Vater des Mädchens ordentlich die Meinung zu sagen, aber die Vernunft riet ihr, an dem Laden vorbeizufahren. Tess blickte dennoch aus dem Fenster. Ihre Miene drückte eher stille Trauer und Bedauern als den wilden Zorn aus, den sie in dem Augenblick verspürt hatte, als ihr Vater sie aus dem Haus gejagt hatte. »Ich rede später mit ihm«, sagte Molly, »hab' keine Angst!«

Sie erreichten Clearwater am späten Vormittag. Über der Ansammlung von Häusern hing ein grauer Himmel. Die wenigen Straßenlampen brannten und einige Trucks kamen mit aufgeblendeten Scheinwerfern aus dem Dunst. Molly lenkte den Blazer auf den Highway und parkte vor der kleinen Polizeistation am Ortseingang. Das Blockhaus stand abseits der Straße neben einem Parkplatz, durch das Fenster war Licht zu sehen. »Keine Bange!«, sagte Molly zu dem zitternden Mädchen. »Das kriegen wir schon hin! John will dich heiraten, hast du das gewusst?«

Tess blickte sie verwundert an und folgte ihr in die Station. Der Constable hatte sie anscheinend schon bemerkt und wartete im Flur auf sie. »Mrs Gibson?«, fragte er, und als sie nickte: »Und das ist sicher Miss Burke. Ihr Mann hat angerufen, Mrs Gibson.«

»Dann wissen Sie ja, um was es geht«, erwiderte Molly etwas schärfer als beabsichtigt. »John Running Deer sitzt unschuldig in Ihrem Gefängnis. Er hat das Mädchen nicht vergewaltigt. Das kann Tess Ihnen gerne schriftlich geben. John ist unschuldig!«

Tess nickte heftig. »Das stimmt, Constable!«

»So einfach ist die Sachlage leider nicht, Ma'am«, meinte der Constable. Seine Uniform saß wie angegossen und passte zu seinem kantigen Gesicht mit den stechenden Augen. Er wirkte wie aus Stein gemeißelt. »Aber kommen Sie doch bitte in mein Büro. Übrigens, ich bin Constable

Perry.« Er wandte sich an die junge Frau am Empfang. »Jenny, bringen Sie uns bitte Kaffee?«

Molly und Tess folgten dem Polizisten widerwillig in sein Büro, das eher einer Kammer glich, in der sie kaum Platz fanden. Er setzte sich hinter seinen Computer und wartete, bis Jenny den Kaffee gebracht hatte. Er versuchte ein Lächeln. »Was ich sagen wollte, Ma'am ... auch wenn Miss Burke bezeugt, dass sie nicht von dem jungen Mann vergewaltigt wurde, steht immer noch Aussage gegen Aussage, und Sie können sich ja vorstellen, wem man glauben wird, wenn der Vater gegen die Tochter aussagt.« Er zuckte hilflos mit den Schultern. »Tut mir leid, Ma'am, aber so ist es nun mal. Ich muss mich an die Gesetze halten, und es spielt auch keine Rolle, wem ich persönlich glaube.« Er räusperte sich. »Zugegeben, Mr Burke war sehr aufgebracht, und es ist gut möglich, dass er in seinem Zorn etwas gesagt hat, das ihm jetzt leid tut, aber dann müsste er mich schon selber anrufen oder vorbeikommen und seine Aussage widerrufen. So sind mir leider die Hände gebunden.« Er wandte sich an das Mädchen. »Ich habe nichts gegen Indianer, Miss, ganz im Gegenteil, mein Bruder ist mit einer Haida von den Queen Charlottes verheiratet ...«

»John hat mich nicht vergewaltigt!«, rief Tess verzweifelt. »Ich wollte es genauso sehr wie er. Wir wollen heiraten, Constable!«

Der Constable fühlte sich sichtlich unwohl in seiner Rolle. »Ich bin Polizist, meine Damen, und kein Familienberater. Sprechen Sie mit Ihrem Vater, wenn Sie glauben, dass er die Unwahrheit sagt! Bringen Sie ihn dazu, seine Aussage zu widerrufen, und ich lasse den jungen Mann sofort frei.« Er trank einen Schluck.

»Und warum rufen Sie ihn nicht selber an?«, herrschte

Molly den Polizisten an. »Ich sehe Ihnen doch an, dass Sie selber an seiner Aussage zweifeln. Rufen Sie ihn an, und sagen Sie ihm, dass Tess vor Ihnen sitzt und das Gegenteil bezeugt hat!« Sie hielt ihm den Telefonhörer hin. »Worauf warten Sie noch, Constable? Geben Sie Ihrem Herzen einen Ruck! Wenn Sie ihn anrufen, rückt er bestimmt eher mit der Wahrheit heraus.« Sie zwang sich zu einem sanften Lächeln. »Nun machen Sie schon!«

Der Polizist griff nach dem Hörer. Er wählte die Nummer, die Tess ihm sagte, und bekam Dan Burke an den Apparat. »Mr Burke? Constable Perry von der RCMP Station in Clearwater. Ich rufe wegen Ihrer Aussage an. Sie haben doch nichts dagegen, dass ich auf Lautsprecher schalte, oder? Ihre Tochter ist hier.«

»Tess?«, schallte es aus dem Telefon. »Was sucht die denn bei Ihnen? Erzählt Sie Ihnen einen Haufen Lügen über diesen Indianer? Glauben Sie ihr kein Wort, Constable! Sie hat sich von dieser verdammten Rothaut flachlegen … sorry … ich meine, sie hat einiges mitgemacht und weiß bestimmt nicht, was sie sagt …«

»Ich weiß sehr wohl, was ich sage!«, rief Tess aufgebracht. »Du hast die Polizei belogen! Du hast ihnen erzählt, dass ich vergewaltigt worden bin, dabei weißt du genau, dass es nicht so gewesen ist! Du willst doch nur, dass John ins Gefängnis kommt!«

»Natürlich will ich das«, kam die ruppige Antwort. »Wenn's nach mir ginge, würde man ihm seinen verdammten …« Er bremste sich gerade noch rechtzeitig. »Er hat es nicht anders verdient!«

»Ihre Tochter behauptet, dass der junge Mann sie nicht vergewaltigt hat«, mischte sich der Constable ein. »Sie ist sogar bereit, einen Eid auf ihre Aussage zu leisten. Was sagen Sie dazu, Mr Burke? Wären Sie bereit, vor Gericht unter Eid auszusagen?«

»Unter Eid?«, fragte Dan Burke sichtlich verstört. »Was soll das heißen? Reicht es nicht, wenn ich Ihr Papier unterschreibe?«

»Wenn Sie Ihre Aussage aufrecht erhalten, kommt es bestimmt zu einer Verhandlung, Mr Burke, und dann wird man Sie vereidigen. Ich brauche Ihnen sicher nicht zu erzählen, was auf Meineid steht, haben Sie wirklich gesehen, wie John Running Deer Ihre Tochter vergewaltigt hat? Sie haben ausgesagt, dass Sie die beiden im Wagen des Indianers erwischt haben und der junge Mann mit dem Auto geflüchtet sei, als Sie Ihre Tochter aus dem Wagen zogen. Das ist drei Monate her, Mr Burke! Warum sind Sie nicht früher zu uns gekommen, wenn es wirklich so war?«

»Weil ich damals noch nicht wusste, dass Tess schwanger war und ich ihr die Blamage ersparen wollte«, erwiderte der Ladenbesitzer. Er war sichtlich genervt. »Was sollen die vielen Fragen, Constable? Sie wissen doch, wie die Indianer sind. Die nehmen sich, was sie so nicht kriegen können. Was meinen Sie, wie oft ich diese verdammten Rothäute beim Stehlen erwische ...«

»Das steht jetzt nicht zur Debatte, Mr Burke! Hier geht es nur um Ihre Aussage. Haben Sie gesehen, wie der Indianer Ihre Tochter vergewaltigt hat? Oder hat Ihre Tochter recht? Überlegen Sie genau, was Sie sagen, Mr Burke! Wie war es wirklich?«

Dan Burke bekam es mit der Angst zu tun. Anscheinend bereute er schon, eine Falschaussage gemacht zu haben. Aber er war nicht der Typ, der so etwas freimütig zugab. »Nun ja«, meinte er räuspernd, »direkt gesehen hab' ich's nicht. Aber ich konnte mir einfach nicht vorstellen, dass sie sich mit diesem Mistkerl freiwillig einlässt.« Seine Stimme wurde lauter. »Gib es zu, Tess! Die verdammte Rothaut hat dich verführt, stimmt's?«

»Wir haben es beide gewollt, Dad!«, rief Tess zurück.

»Hat er sie vergewaltigt, Mr Burke?«

»Nein, verdammt«, rückte der Ladenbesitzer mit der Wahrheit heraus. »Aber freiwillig hat sie sich bestimmt nicht hingegeben!«

»Hat er sie vergewaltigt?«

»Nein.«

»Und Sie sind bereit, diese Aussage zu unterschreiben?«

»Ja, verdammt!«

»Mehr wollte ich nicht wissen, Mr Burke. Kommen Sie doch bitte bis heute Nachmittag vorbei, dann können wir den Fall abschließen. Und Ihre erste Aussage will ich nicht gehört haben.«

»In Ordnung.«

Der Constable legte auf und seufzte leise. »Sie wissen hoffentlich, dass ich mich gerade strafbar gemacht habe«, erklärte er mit einem verhaltenen Lächeln. »Der Dienstweg war das nicht.«

»Ich bin Ihnen sehr dankbar, Constable«, sagte Molly.

»Darf ich ihn sehen?«, bestürmte Tess den Polizisten.

Wieder huschte ein Lächeln über das harte Gesicht des Constables. Er zog einen Schlüsselbund aus einer Schublade und führte Tess in den Gefängnisraum. Molly hörte ihren freudigen Schrei, als sie den Indianerjungen in die Arme schloss.

»Und ich dachte immer, Mounties sind harte Burschen, denen kaum ein Lächeln über die Lippen kommt«, sagte Molly amüsiert. Sie bedankte sich bei dem Constable und wartete vor dem Haus, bis Tess und John Running Deer nach draußen kamen.

»Ich bin Ihnen sehr dankbar, Ma'am«, sagte der Indianer.

»Und ich finde es verdammt unfair, dass du dich so klammheimlich aus dem Staub gemacht hast«, erwiderte Molly. »Du hättest wenigstens Bescheid sagen können. Oder hattest du Angst, der Grizzly könnte dir einen Fetzen aus der Hose reißen?«

John blieb ernst. »Sie sind eine Weiße, Ma'am! Sie wissen nicht, welche Macht diese Geistertiere haben! Ich hab' keine Angst vor Grizzlies, aber dieser Kuraluk ist ein besonderer Bär! Wenn Sie wüssten, was meine Großmutter über ihn erzählt ...«

»Ich habe mit ihm gesprochen«, sagte Molly.

»Wie bitte?«

»Ich habe mit Kuraluk gesprochen. Er hat mir gesagt, dass er mein Freund ist und mich in eine bessere Zukunft führen will.«

»Sie machen Witze!«

»Vielleicht hab' ich's nur geträumt«, sagte Molly, »aber wenn ich mich recht erinnere, betrachten die Indianer einen Traum als zweite Wahrheit. Ich hab' keine Angst mehr vor dem Bären, John.«

»Sie haben ihn wirklich gesehen?«

»Er stand vor unserem Haus. Steve und Eddy hab' ich nichts davon erzählt, und ich will hoffen, dass ihr auch nichts sagt.« Sie wusste selbst nicht, warum sie dem Indianer das alles erzählte. »Die beiden würden mich nur auslachen.« Sie ging zum Blazer und blieb neben der Fahrertür stehen. »Hol deinen Wagen, John, und kommt mit mir auf die Ranch«, forderte sie die beiden auf.

»Aber ich gehe nicht zu meinem Vater zurück!«, wehrte sich Tess.

»Ihr werdet auf der Ranch wohnen«, entschied Molly. »Vorläufig jedenfalls. John macht da weiter, wo er aufgehört hat, und du kannst mir im Haushalt helfen. Sechs Dollar die Stunde. Wir übernehmen die Kosten für die Geburt und helfen euch, wenn es Probleme gibt. Damit muss auch dein Vater einverstanden sein.«

»Ich weiß nicht«, zögerte Tess.

»Ich rede auf dem Rückweg mit ihm«, versprach sie. »Ich kriege ihn schon weich. Ich glaube, es tut ihm sowieso schon leid, dass er eine Falschaussage gemacht hat. Wir sehen uns dann auf der Ranch. Falls ich Steve nicht erreichen kann, erzählt ihm, was wir ausgemacht haben.«

»Mein Vater ist bestimmt nicht damit einverstanden.«

»Er wird, verlass dich drauf«, sagte Molly. Sie wusste nicht, woher sie ihre Zuversicht nahm und warum sie sich in die Familienangelegenheiten des jungen Paares einmischte, aber sie konnte nicht anders. »Wie sieht's aus, John? Gilt unser Deal?«

»Aye, Ma'am«, erwiderte der Indianer und fügte grinsend hinzu: »Wissen Sie was? Sie könnten glatt auch als Indianerin durchgehen!«

17

Mit gemischten Gefühlen hielt Molly vor dem Laden am Clearwater Valley Highway. John und Tess waren vorausgefahren, während sie noch einige Einkäufe in dem Grocery Store an der Kreuzung erledigt hatte, und sie fürchtete beinahe, den Wagen der beiden an der Tankstelle zu sehen. Aber sie hatten nicht angehalten, und Molly war allein, als sie aus dem Blazer stieg und den Laden betrat. Dan Burke war gerade dabei, ein Regal mit Kartoffelchips und anderen Leckereien zu füllen. Beim Läuten der Türglocke drehte er sich um. »Hallo, Mrs Gibson«, grüßte er mürrisch. »Ich hab' gehört, bei Ihnen hat's gebrannt. Haben Sie noch nicht genug? Ich dachte, Sie sind längst über alle Berge!«

Er weiß nicht, dass Tess mich um Hilfe gebeten hat, erkannte Molly. Und er hat keine Ahnung, dass ich den Constable gebeten habe, bei ihm anzurufen. Sie griff nach einer Schachtel mit Chocolate Chip Cookies, nur um etwas zu kaufen, und legte sie auf die Theke. »Ihre Tochter ist bei uns auf der Ranch«, sprach sie das Problem direkt an. »Ich hab' ihr einen Job angeboten und sie hat ihn angenommen. Sie hat mir erzählt, was passiert ist.« Einen Augenblick herrschte betretene Stille, dann fügte sie hinzu: »John Running Deer ist bei ihr. Ich war mit Tess bei der RCMP und hab' ihn rausgeholt. Es liegt mir wirklich fern, mich in Ihre Familienangelegenheiten einzumischen, aber ich wollte nicht zusehen, wie Sie einen unschuldigen Menschen hinter Gitter bringen.«

Wäre Molly ein Mann gewesen, hätte Dan Burke wohl heftiger reagiert. So schnaufte er tief, und man sah nur an seinem roten Gesicht, wie sehr er sich aufregte. »Sie stecken also hinter der ganzen Sache!«, schnaubte er. »Wusste ich doch, dass Tess nicht selber auf die Idee gekommen ist!« Er griff wütend nach den Dollarscheinen, die Molly auf die Theke gelegt hatte, und gab ihr heraus. »Wie kommen Sie dazu, sich mit dem verdammten Indianer zu verbünden? Hab' ich Ihnen was getan? Hab'ich Sie übers

Ohr gehauen? Tess ist meine Tochter, und ich denke gar nicht daran, sie mit einer Rothaut zu verheiraten!«

Molly unterdrückte mühsam ihren Zorn und flüchtete sich in bitteren Sarkasmus: »Ich dachte, der Wilde Westen liegt hinter uns! Wir leben nicht mehr im Krieg mit den Indianern, Mr Burke, und ich habe John Running Deer als anständigen jungen Mann und fleißigen Arbeiter kennengelernt. Er ist kein Herumtreiber, und er meint es wirklich ernst mit Ihrer Tochter. Glauben Sie mir!«

»Sie kommen aus den Staaten«, erwiderte der Ladenbesitzer bitter. »Sie haben keine Ahnung, was in unserer Gegend passiert! Die Shuswap sind keine Sioux oder Navajo! Na klar, einige von ihnen arbeiten in Fabriken oder Kaufhäusern, aber die meisten hängen nur rum und saufen sich die Hucke voll! Vor allem die Jungen! Soll ich Ihnen sagen, wie viele Dollar ich jeden Monat durch die Mistkerle verliere? Sie würden mir nicht glauben, Mrs Gibson! Wenn ich den Sprit nicht gegen Vorauskasse hergeben würde, wäre ich in ein paar Monaten pleite! Nee, ich hab' keine Lust, mir einen von den Schmarotzern ins Haus zu holen!«

»Ich glaube kaum, dass John unter einem Dach mit Ihnen wohnen möchte. Er weiß, wie Sie über Indianer denken. Und er ahnt wohl, dass es zu einem großen Krach kommen würde.«

»Darauf können Sie wetten!«, fauchte Dan Burke. »Ich würde meine Schrotflinte holen und ihm den Hintern wegblasen!« Er schob wütend die Kasse zurück. »Was geht Sie das eigentlich alles an, Mrs Gibson? Wer sind Sie, dass Sie glauben, mir Vorschriften machen zu können? Gehören Sie zu diesen Besserwissern, die uns weismachen wollen, wie schlecht wir die Indianer und die Eskimos behandeln?

Sind Sie vom Roten Kreuz? Sie haben doch genug auf Ihrer Ranch zu tun! Tess ist meine Tochter. Niemand kann mir vorschreiben, wie ich sie erziehe.«

»Tess ist erwachsen«, konterte Molly, »und kann ihren Arbeitsplatz frei wählen. Ich habe sie aufgenommen, weil sie gestern Morgen vollkommen durchnässt auf unserem Ranchhof stand und mir erzählt hat, dass Sie sie rausgeschmissen haben. Was hätten Sie getan? Sie ist schwanger, Mr Burke! Mag sein, dass ich als Mutter auch wütend wäre, wenn meine neunzehnjährige Tochter mit einem Kind nach Hause käme, aber sollte ich sie vielleicht in den Wald zurückschicken? Soll sie bei den Indianern im Reservat leben? Ich hab' ihr einen Job gegeben, Mr Burke. Mehr wollte ich Ihnen eigentlich gar nicht sagen. Sie wohnt auf unserer Ranch und hat ihr Auskommen. Und sie hat eine Frau, mit der sie reden kann. Ich kümmere mich um sie, Mr Burke. Ich weiß, dass Sie Ihre Frau verloren haben, und ich kann mir vorstellen, was Sie durchmachen. Geben Sie Ihrem Herzen einen Ruck! Kommen Sie uns besuchen und reden Sie mit Ihrer Tochter!«

Molly sah, wie die Wut des Ladenbesitzers verrauchte und er verlegen zu Boden blickte. »Mal sehen«, brummte er. »Aber den verdammten Indianer will ich nicht sehen! Und mit dem Balg will ich auch nichts zu tun haben! Was meinen Sie, wie die Leute sich das Maul über uns zerreißen! Die ganze Gegend weiß, dass sich meine Tochter mit einem Indianer eingelassen hat!«

»Sie sind immer willkommen auf unserer Ranch«, betonte Molly. Sie hatte das Gefühl, einen kleinen Sieg erreicht zu haben, und lächelte. »Am Sonntag gibt es Elchbraten mit Kartoffeln und Gemüse! Sie sind herzlich eingeladen! Tess würde sich freuen.«

»Mit dem Indianer setz' ich mich nicht an einen Tisch!«, wurde Dan Burke erneut wütend. »Das kann man nicht von mir verlangen! Außerdem kann ich meinen Laden nicht im Stich lassen.«

»Denken Sie darüber nach, Mr Burke!«

»Auf Wiedersehen«, sagte der Ladenbesitzer bestimmt. Molly verließ den Laden und fuhr zur Ranch. Sie kämpfte mit ihren Gefühlen. »Als ob ich nicht genug eigene Probleme hätte«, sagte sie zu dem Gesicht im Rückspiegel. »Der Mann hat recht! Ich bin eine Fremde! Wie komme ich dazu, einen Einheimischen wie Dan Burke zu belehren?« Doch tief in ihrem Inneren war sie überzeugt davon, dass Richtige getan zu haben. Sie hatte dem verdammten Dickkopf ihre Meinung gesagt und ihn zumindest teilweise in die Knie gezwungen. Tess würde bei ihnen wohnen, und wenn der erste Zorn verraucht war, kam er vielleicht sogar vorbei und schloss sie in die Arme. »Ich habe offensichtlich zu viele Kitschfilme gesehen«, warf sie ihrem Spiegelbild grinsend vor.

Auf der Ranch hatte Tess sich inzwischen häuslich eingerichtet. Steve hatte ihr eines der Gästezimmer im ersten Stock gegeben und sie hatte bereits das Bett bezogen. Natürlich würde sie die meiste Zeit bei John in der Blockhütte wohnen, aber Molly und Steve wollten ihren Vater nicht unnötig reizen. Er würde niemals zulassen, dass seine Tochter mit dem Indianer zusammenzog. Wenn er wirklich mal zu Besuch kam, sollte es wenigstens so aussehen, als würde man die Moral aufrechterhalten. Die meisten Menschen im Clearwater Valley waren erzkonservativ, und es würde zu einem handfesten Skandal kommen, wenn man erfuhr, dass die »Amerikaner« eine »verdammte Rothaut« und ein junges »Flittchen« unter demselben Dach wohnen ließen. Es war schon schlimm genug, dass Tess ein Kind von John erwartete.

Tess lebte sich gut auf der Ranch ein. Während der nächsten Tage blühte sie regelrecht auf, und Molly konnte nicht umhin, sie um ihre jugendliche Schönheit und Frische zu beneiden. Selbst wenn sie ihre blonden Haare hochsteckte und auf Lippenstift und Eyeliner verzichtete, wirkte sie wie eine anmutige Fee. Molly wurde beinahe eifersüchtig, als sie die bewundernden Blicke von Steve und Eddy bemerkte. Wenn sie in den Spiegel blickte, glaubte sie, bereits die ersten Falten unter ihren Augen zu erkennen. »Ich muss verrückt sein, mir auf dieser verdammten Ranch die Hände schmutzig zu machen«, sagte sie zu Dusty. Sie streckte ihre Hände aus. »Schau dir die Hände an! Die sind schon ganz schwielig von der vielen Arbeit!« Der Hund legte den Kopf zur Seite und blickte sie verständnislos an. »Du hast ja recht«, lachte sie. »Ich bin freiwillig hier. Und soll ich dir was sagen? Mir gefällt es gut hier, und daran können weder Dan Burke noch dieser Grizzly was ändern! Du hast wohl Hunger, Dusty?«

Der Hund wedelte mit dem Schwanz und machte sich heißhungrig über die Essensreste her, die Molly aus dem Kühlschrank holte. »Du bist ein guter Kerl«, sagte sie. »Wenn alle Menschen so wären wie du, gäb's keinen Ärger auf der Welt.«

Wie sich schon bald herausstellte, war Tess eine ausgezeichnete Köchin. Sie verstand es, selbst aus wenigen Zutaten ein schmackhaftes Gericht zu zaubern. »Das hab' ich von Ma gelernt«, gestand sie den Männern beim Abendessen. »Sie hat in einem Restaurant gearbeitet, bevor sie Daddy heiratete.« Ihre Augen wurden trüb, aber nur für einen Augenblick, dann heiterte John sie mit einer witzigen

Bemerkung auf, und sie konnte wieder lachen. »Morgen gibt's Elchburger mit viel Zwiebeln«, versprach sie, »und meinen ganz speziellen Apfelkuchen, wenn ich darf.«

Molly war froh, das Mädchen eingestellt zu haben. Sie war eine große Hilfe, auch im Haushalt, und sie bewies sogar ihr handwerkliches Talent, als sie eine Schranktür reparierte und neue Regalbretter in der Vorratskammer anbrachte. Molly nützte die gewonnene Zeit für ihre Büroarbeit und war mehr an der frischen Luft, bewegte ihre Stute und sorgte dafür, dass Red genügend Auslauf bekam. Er war zu einem stattlichen Junghengst herangewachsen und zeigte bei ihren Ausritten, was für ein guter Sprinter er war. »Das wird ein Guter«, sagte Eddy, der mehr von Pferden verstand. »Der könnte auch beim Derby mitmachen.«

»Vielleicht sollten wir Rennpferde züchten«, erwiderte Molly. »Damit könnten wir ein Vermögen verdienen! Was meinst du?«

»Ich dachte, du willst die Ranch im Frühjahr verkaufen«, meinte Eddy grinsend. »Oder hast du dir's inzwischen anders überlegt?«

»Ich weiß nicht. Mir gefällt's hier. Ich weiß selber nicht, warum. Die Arbeit macht mir Spaß, und man sieht, was man geschaffen hat.« Sie schob ihren Cowboyhut in den Nacken, musste wieder an Sharon Stone in diesem Western denken. Sie lachte. »Ich hätte nie gedacht, dass ich mal als Cowgirl über die Weide reite.«

Der Cowboy schob seinen Priem von einer Backenhälfte in die andere und kaute genüsslich. »Wenn du mich fragst, bist du nie Bedienung gewesen. Du bist auf 'ner Ranch geboren, sonst könntest du nicht so gut mit Pferden umgehen.« Er feixte. »Hat dir schon mal jemand gesagt, dass du aussiehst wie Jane Fonda?«

»Die Frau von diesem Fernsehmillionär?«

»Die junge Jane Fonda«, sagte Eddy, »die Schauspielerin. Ich hab' mal einen Western mit ihr gesehen, da hat sie eine Ranchersfrau gespielt, die sich mit einem Ölmillionär anlegt. In dem Film sah sie genauso aus wie du ... und sie war noch sturer als du!« Er kicherte vergnügt. »Die hätte niemals klein beigegeben!«

Molly schüttelte den Kopf. »Wir haben uns viele Western auf Video ausgeliehen, aber den hab' ich nie gesehen.« Insgeheim freute sie sich darüber, dass Eddy sie mit einer Ranchersfrau aus dem Wilden Westen verglich. »War sie hübsch?«, fragte sie.

»Jane Fonda? Für die hätten manche Männer ihren rechten Arm gegeben! Und ein Millionär wie Turner sein halbes Vermögen.« Er spuckte seinen Priem auf den Boden und wischte sich mit dem Handrücken über den Mund. »Es wird kälter«, meinte er nach einer Weile. »Jetzt dauert's nicht mehr lange bis zum ersten Schnee! Wird Zeit, dass wir das Brennholz ins Haus schaffen!«

Die letzten Wintervorbereitungen waren schnell getroffen. Steve und Eddy stapelten die letzten Scheite in dem kleinen Anbau hinter dem Ranchhaus, und John reparierte den Koppelzaun, der während des Gewitters gelitten hatte. Molly und Tess überprüften noch einmal alle Vorräte und legten Kerzen, Streichhölzer und eine Taschenlampe in eine Schublade in der Küche, um bei einem Stromausfall gegen die Dunkelheit gewappnet zu sein. Auch das Handy bekam einen festen Platz. »Wenn mal Not am Mann ist, brauchst du nicht lange zu suchen«, erklärte Eddy und fügte lachend hinzu: »Obwohl das Ding sowieso nie funktioniert.«

Die ersten Schneeflocken fielen am Sonntagmorgen.

Molly war früh aufgestanden und stand am Küchenfenster, einen Becher mit heißem Tee in der linken Hand. Sie wischte den Tau von den Scheiben und blickte andächtig in das wirbelnde Weiß. Das Land war bereits mit einer dünnen Schneeschicht überzogen und machte einen beinahe jungfräulichen Eindruck. Als hätte noch nie ein Mensch seinen Fuß auf diesen Boden gesetzt. Der Wind trieb dünne Schleier über den Hügelkamm jenseits des Zaunes und verfing sich in dem Gestrüpp neben den Ställen. Selbst durch das Fenster war die eisige Kälte zu spüren.

Molly dämpfte unwillkürlich ihre Stimme, als sie mit Dusty sprach, als hätte sie Angst, die feierliche Stille zu stören. »Siehst du den vielen Schnee?«, fragte sie. »Ich glaube, bald müssen wir eifrig schippen, sonst kommen wir nicht mehr zur Straße runter!«

Der Hund winselte leise; er merkte instinktiv, dass sich außerhalb des Hauses etwas veränderte. Er lief in den Flur, kehrte in die Küche zurück und drängte sich gegen ihre Beine. »Schon gut, schon gut«, kraulte sie ihn lachend, »jetzt sieht es wenigstens mal so richtig sauber auf unserem Ranchhof aus! Und vor dem Grizzly brauchst du auch keine Angst mehr zu haben, der verkriecht sich jetzt in seiner Höhle und hält seinen Winterschlaf.«

Nur flüchtig kam ihr der Gedanke, dass ein magisches Wesen wie Kuraluk vielleicht gar keinen Winterschlaf brauchte. »Unsinn!«, schalt sie sich. »Du siehst schon Gespenster!« Sie griff nach ihrem Anorak, band sich einen warmen Schal um den Hals und ging nach draußen, um die Schweine zu füttern. Auf der Veranda blieb sie kurz stehen und schlüpfte in ihre Handschuhe. Dusty folgte ihr zögernd, bis er sich daran erinnerte, welch großen Spaß es machte, im Schnee herumzutollen, und bellend in einem

Gestrüpp verschwand. Unter seinen Pfoten wirbelte der Schnee hoch. Molly zog ihren Schal bis zur Nase hoch und rieb die Hände gegeneinander. Die Luft war eisig kalt und brannte auf ihren Wangen und ihrer Stirn. Im Stall war es etwas wärmer, weil sie gegen den frischen Wind geschützt war und Steve und Eddy die Fugen zwischen den Brettern abgedichtet hatten. »Na, dann wollen wir mal!«, sagte sie zu den grunzenden Schweinen.

Auf dem Rückweg begegnete sie Eddy und John, die sich auf heißen Kaffee und ein ausgiebiges Frühstück freuten. Eddy hatte einen Schal um seinen Kopf gebunden, als hätte er Zahnweh, und seine Hände steckten in dicken Fellhandschuhen. »Hab' ich von einem Eskimo bekommen« erklärte er. »Die wissen, wie man sich gegen diese verdammte Kälte schützt! Brennt der Kamin?«

»Den hab' ich schon um fünf angezündet«, antwortete Molly. »Ich bin heute früh raus. Hab' ich schon gesagt, dass es heute Abend Elchbraten gibt? Saftige Steaks mit Kartoffeln und Mohrrüben!«

»Klingt gut«, freute sich der Cowboy.

Molly erzählte ihm nicht, dass sie Dan Burke eingeladen hatte, und glaubte auch nicht daran, dass der Ladenbesitzer kam. Es würde wohl noch einige Wochen dauern, bis er bereit war, über seinen Schatten zu springen. Bevor er sich mit einem Indianer an einen Tisch setzte, musste noch einiges passieren. Molly verstand nicht, wie ein Mensch eine solche Abneigung gegen Indianer haben konnte. Sicher, auch in Idaho waren die Leute nicht besonders gut auf Indianer oder Schwarze zu sprechen, sogar Besucher von der Ostküste hielt man in manchen Dörfern für Menschen von einem anderen Stern und behandelte sie von oben herab. Aber sie hatte noch niemals einen Menschen getroffen, der seinem Hass so lauthals Luft machte. Lag es nur daran, dass ihn so viele Indianer bestahlen? Oder war der Tod seiner Frau daran schuld, und er wollte einfach nicht, dass seine Tochter mit einem jungen Habenichts davonrannte? Wenn er länger mit John Running Deer zusammen wäre, würde er vielleicht anders reden, glaubte sie, dann würde er vielleicht erkennen, dass nicht alle Indianer mittellose Säufer und Diebe waren.

Sie ließ Eddy und John den Vortritt, als sie das Haus erreichten, und blieb noch einen Augenblick stehen, um nach Dusty zu sehen. Er tollte immer noch zwischen den Sträuchern herum, hatte ein Eichhörnchen entdeckt und jagte es in wilden Zickzacksprüngen auf den nächsten Baum. »Dusty!«, mahnte Molly ihn.

Sie stieg auf die Veranda und wurde durch eine Bewegung bei der Scheune abgelenkt. Zuerst glaubte sie, ein Tier zu sehen, eines der Rinder, das sich aus der Koppel befreit hatte, oder Red, der übermütig geworden und aus dem Stall gekommen war. Dann erkannte sie, dass es sich um einen Menschen handelte. Eine alte Indianerin in einem Mantel aus Karibufell, mit fellbesetzten Stiefeln, gefütterten Handschuhen und einer dicken Wollmütze auf dem Kopf. Um den Hals trug sie einen dunklen Schal. Über ihrem Rücken hingen ein leichtes Gewehr und ein Paar Schneeschuhe. »Mary!«, erkannte Molly flüsternd.

18

»Ich bin gekommen, um dir von Kuraluk zu berichten«, sagte die alte Indianerin, als sie die Stufen zur Veranda hinaufstieg. Ihr Atem gefror, während sie sprach, und hing wie Nebel vor ihrem Mund. »Ich will dir von dem mächtigen Tier erzählen, dass ich Der-im-Wald-lebt nenne, weil ich zu großen Respekt vor ihm habe, um den Namen auszusprechen, den die Weißen ihm gegeben haben.« Sie sprach durch den Wollschal, und von ihrem Gesicht waren nur die Augen zu sehen, dunkle, beinahe schwarze Augen, die durch den treibenden Schnee zu brennen schienen. »Ich will dir von Der-im-Wald-lebt erzählen, denn er wird es sein, der dein Leben verändert und dich in eine neue Zukunft führt.«

Molly wusste nicht, was sie mit den geheimnisvollen Worten der Indianerin anfangen sollte, und erwiderte: »Komm ins Haus und frühstücke mit uns! Du bist uns immer willkommen! Dein Enkel ist auch hier, und seine weiße Freundin, sie heißt Tess.«

»Ich weiß«, antwortete Mary, »auch deshalb bin ich gekommen. Sie ist schwanger, und ich habe lange zu Wakan tanka gebetet, damit er seine schützenden Hände über sie hält. Sie wird große Schmerzen haben, und nur ein Tee aus seltenen Kräutern kann ihr helfen, die Schmerzen zu lindern. Ich habe die Kräuter mitgebracht.« Sie klopfte mit der behandschuhten Hand auf einen Lederbeutel in ihrer Manteltasche. »Ich trinke meinen Kaffee mit viel Zucker.«

Molly unterdrückte ein Lachen und führte die Indianerin ins Haus. Sie hatte keine Ahnung, woher Mary wusste, dass Tess schwanger war, und noch weniger verstand sie, warum sie meilenweit durch die Wildnis gelaufen war, um mit ihr über einen Bären zu sprechen, den es nur in einer Legende gab. Seit John Running Deer wieder auf der Ranch arbeitete, hatte er seine Großmutter nicht besucht. War sie eine Seherin? Eine Geisterfrau, wie man sie aus den Geschichten kannte, die ein alter Schoschone auf der Guest Ranch ihrer Freundin Pam erzählte?

John schien nicht überrascht zu sein, seine Großmutter zu sehen. Er grüßte sie ehrfurchtsvoll und steckte ihr vor allen anderen einen Zehn-Dollar-Schein in die Manteltasche. Mary verzog keine Miene; sie ließ sich von ihrem Enkel aus dem Mantel helfen und setzte sich auf einen freien Stuhl. Tess war bereits in die Küche unterwegs, um einen Teller und Besteck zu holen. »Sie will mit mir reden«, erklärte Molly, ohne den anderen zu verraten, worum sich das Gespräch drehen würde. »Und sie will einen Kräutertee für Tess brauen, damit es keine Komplikationen bei der Geburt gibt. Sie wusste, dass du schwanger bist, Tess.«

»Großmutter ist eine große Heilerin«, sagte John stolz, »und sie kennt mehr Geheimnisse als jede andere Frau. Bei ihrem Volk wird sie als Schamanin verehrt, so wie der große Sitting Bull.«

»Tatanka yotanka«, nannte sie den indianischen Namen des großen Sioux-Führers, der vor mehr als hundert Jahren nach Kanada geflohen war und erst in ein Reservat in den Vereinigten Staaten gegangen war, als die ersten Kinder verhungerten.

Auch Mary hatte einen indianischen Namen, doch den konnte nicht mal ihr Enkel richtig aussprechen. »Willst du mit mir ins Kino nach Kamloops fahren?«, fragte er. Und als sie nickte: »Dann müssen wir bald fahren, solange der Schnee noch nicht zu hoch liegt. Die Räumfahrzeuge kommen bestimmt erst morgen.« Er wandte sich an Molly. »Du hast doch nichts dagegen, wenn ich fahre? Meine Großmutter ist sehr einsam und freut sich immer, wenn ich mit ihr ins Kino gehe. Das stimmt doch, Großmutter?«

Die alte Frau hatte den Mund voller Rührei und nickte stumm. Als sie geschluckt hatte, sagte sie: »Und ich will Radio hören, wenn wir nach Kamloops fahren. Den Hardrock-Sender.« Sie griff nach einer Toastscheibe und beschmierte sie dick mit Marmelade. Für eine alte Frau zeigte sie einen erstaunlichen Appetit.

»Ist sie den ganzen Weg allein gegangen?«, fragte Tess erstaunt. Anscheinend wusste sie, wo die alte Indianerin wohnte.

»Großmutter kennt sich in der Wildnis aus«, antwortete John. »Sie braucht keine Angst zu haben, denn sie spricht die Sprache der Bären, Wölfe und Elche. Sie ist zäher als alle Weißen, die ich kenne. Stimmt's, Großmutter? Du bist eine starke Frau.«

»Sehr stark«, sagte sie zwischen zwei Bissen.

Nachdem Steve und Eddy nach draußen gegangen waren, um sich um die Rinder zu kümmern, trank Mary den dritten Becher Kaffee und wischte sich mit dem Ärmel ihres gemusterten Pullovers den Mund ab. »Bevor ich rede, will ich rauchen«, sagte sie mit blitzenden Augen. Sie zog ihre Maiskolbenpfeife aus der Hosentasche, stopfte einen fruchtig riechenden Tabak aus einem kleinen Lederbeutel hinein und steckte ihn mit einer Kerze an. Sie schmauchte ein paarmal und blies den Rauch nach oben.

»Ich sehe mal nach, ob mein Auto anspringt«, sagte John. Er hatte seinen Wagen neben dem Haus geparkt und seit seiner Rückkehr nicht mehr gefahren. »Sag mir Bescheid, wenn wir fahren können, Großmutter! Wir haben es sehr eilig, das weißt du!«

Mary wusste es, und dennoch nahm sie sich viel Zeit. Sie rauchte in aller Ruhe ihre Pfeife zu Ende, schlug den Kolben über ihrem schmutzigen Teller aus und schob sie in ihre Hosentasche zurück. Dann zog sie einen kleinen Lederbeutel hinter dem Gürtel hervor. Sie reichte ihn Tess. »Brau dir einen Tee von diesen Kräutern, wenn du Schmerzen hast«, sagte sie ruhig. »Tatanka Yotanka hatte drei Frauen, als ich ihn kennenlernte, und keine von ihnen hätte ihr Kind behalten, wenn sie diese Kräuter nicht gehabt hätte. Ich sage dir nicht, um welche Kräuter es sich handelt, denn du würdest die Namen sowieso nicht kennen. Du musst mir vertrauen. Trage diesen Beutel immer bei dir! Ich will, dass du John heiratest und ihn glücklich machst!«

»Das will ich auch, Großmutter«, erwiderte Tess, die von John gelernt hatte, dass »Großmutter« auch eine Bezeichnung der Ehrerbietung war.

»Dann tu, was ich dir sage. Weiche nicht mehr von seiner Seite, wenn ich ihn dir zurückgebracht habe. Wir sind morgen Mittag wieder hier. John ist ein guter Fahrer, und wie er schon sagt: Ich kenne mich in der Wildnis aus. Uns kann gar nichts passieren.«

»Ich werde hier sein, wenn ihr kommt«, sagte Tess.

Mary stand auf und griff nach ihrem Mantel, den John über einen Stuhl gehängt hatte. »Zieh dich an, ich will dir etwas zeigen«, forderte sie Molly auf. Sie band sich den Schal um den Hals und stülpte sich die Fellmütze über die Ohren. Die Handschuhe baumelten an einer Lederschnur um ihren Hals. Sie wartete geduldig, bis Molly ihre Wintersachen angezogen hatte, und ging zur Tür.

Dusty lag auf der Veranda und wich jaulend ein paar Schritte zurück, als die alte Indianerin nach draußen kam. Molly lächelte ihm aufmunternd zu und folgte Mary über den Ranchhof.

»Wo gehst du hin, Großmutter?«, rief John Running Deer. Er stand vor seinem Wagen und kratzte Eis von der Windschutzscheibe. »Wir müssen bis Mittag los, sonst kommen wir zu spät!«

Mary ließ sich nicht beirren. »Ich muss der Frau, bei der du arbeitest, etwas zeigen. Wir brauchen eine Stunde, vielleicht zwei, aber nicht mehr. Es ist wichtig. Was ich ihr zeigen will, entscheidet über ihre Zukunft. Es entscheidet über die Zukunft von euch allen. Warte hier, bis wir zurück sind. Hab' Geduld, mein Sohn!«

John wusste, dass seine Großmutter eine wunderliche und manchmal auch schrullige Frau war, und widersprach nicht. Er hatte großen Respekt vor der alten Indianerin. Er kannte ihre Gabe, in die Seele anderer Menschen zu blicken, und glaubte sogar, dass sie in die Zukunft blicken konnte. Sie war eine Schamanin, die mit den Geistern sprach, daran gab es keinen Zweifel, auch wenn viele Weiße darüber lachten. John lachte nie. Er war in beiden Welten aufgewachsen, bei den Indianern und den Weißen, und er hatte gelernt, dass es immer mehrere Antworten gab. Für die meisten Weißen war die Sonne ein Himmelskörper aus explodierenden Gasen. Für viele Indianer war sie das geheimnisvolle Feuer einer übergeordneten Kraft. Für die Weißen war ein Traum ein Traum und ein Bär ein Bär, für die Indianer war jeder Traum eine zweite Wahrheit, und ein Bär konnte Der-im-Wald-lebt sein, der Bote des Großen Geheimnisses. Molly folgte der Indianerin auf den Hügelkamm, wo sie den Bären gesehen hatte. Sie stapften durch den nassen Schnee, ohne dass Mary ein Zeichen der Ermüdung zeigte, und blieben am Waldrand stehen. Mary wartete, bis Molly nachgekommen war, und deutete auf einen beinahe unsichtbaren Pfad. »Hier entlang! Hab' keine Angst! Ich bin diesen Weg schon früher gegangen.«

Sie folgten dem Pfad in den dunklen Wald hinein. Hier lag noch kein Schnee, nur vereinzelt wirbelten Flocken zwischen den dicht stehenden Ästen nach unten. Unheimliche Stille lag über dem Unterholz wie unsichtbarer Nebel, der jeden Laut erstickte und sich als zähe Masse auf alles Leben legte. In den Baumkronen waren vereinzelte Flecken des grauen Himmels zu sehen.

Nach ungefähr zwanzig Minuten erreichten sie eine Lichtung. In den klobigen Felsen, die wie ein Fantasieschloss aus dem kalten Boden ragten, klaffte der dunkle Eingang einer Höhle. Molly war schon ein paarmal im Wald gewesen, hatte im Spätsommer dort Beeren gesucht, auch Steve und Eddy hatten regelmäßig ihre Runden gedreht und die Gegend erkundet, aber niemand von ihnen hatte diese Höhle jemals entdeckt. Noch bevor Mary sprach, wusste Molly, was sie zu hören bekommen würde: »Hier wohnt Kuraluk! Hier wohnt das große Tier, das dein Leben bestimmt!«

»Ein Schutzgeist?«, fragte Molly ehrfürchtig.

Mary lächelte hintergründig .»Du hast mit ihm gesprochen, nicht wahr? Du weißt, dass er dein Freund ist. Er ist der Freund aller Menschen, die ein Leben verlassen, um ein neues zu beginnen. Er hat lange auf dich gewartet, meine Schwester. Er gibt dir die Kraft, die du brauchst, um den Sturm des Lebens zu überleben.«

»Ich verstehe dich nicht, Großmutter«, benutzte Molly

die ehrerbietige Anrede, die auch Tess gewählt hatte. »Was willst du mir sagen? Was soll ich tun? Ich bin weiß. Wie soll ich einen Schutzgeist haben, wenn ich aus der Welt der Weißen komme?«

Wieder lächelte die Indianerin. »Es kommt nicht auf die Hautfarbe eines Menschen an, das weißt du am besten. Erinnere dich an die Worte, die du an den Vater des Mädchens gerichtet hast. Ich habe sie in einem Traum gehört. Erinnere dich daran, was Der-im-Wald-lebt zu dir gesagt hat. Würde er zu dir sprechen, wenn er dich vernichten wollte? Ich will dir etwas sagen, meine Schwester. Wir sind alle mit dem Wesen verwandt, das wir Der-im-Wald-lebt nennen. Wenn es keine Haare hätte, sähe es beinahe wie wir aus, ist es nicht so? Können wir nicht genauso neugierig und wild und aufbrausend wie diese Tiere sein? Fordern wir nicht Respekt, indem wir unsere Stärke zeigen? Ich will dir von einem Jungen erzählen, der von einem dieser Wesen aufgezogen wurde. Es war vor vielen Wintern, als es noch keine Weißen in unserem Land gab. Ein Junge verirrte sich im Wald und wurde von einem der haarigen Wesen aufgenommen. Sein leiblicher Vater schwor Rache und wollte den Jungen zurückgewinnen. Er jagte das Wesen. Es war keine gewöhnliche Jagd. Der Vater hatte keine Waffen, und Der-im-Wald-lebt gebrauchte seine Pranken und seine Reißzähne nicht. Sie sangen ihre Lieder, eines nach dem anderen, um herauszufinden, welche Medizin stärker war. Der leibliche Vater gewann. Er tötete den Bären, hatte aber so großen Respekt vor ihm, dass er eine seiner Pranken abschnitt und dem Jungen zum Geschenk machte. Viele Winter später kehrte der Junge wieder in die Wälder zurück.«

»Das ist eine schöne Geschichte. Aber was hat sie mit

dem Bären zu tun, der in dieser Höhle wohnt? Willst du mir sagen, dass in jedem Wesen zwei Seelen wohnen? Die eines Bären und die eines Menschen? Muss ich stark wie ein Bär sein, wenn ich in dieser Wildnis überleben will? Brauche ich einen Freund?«

»Nur wenige Weiße sind auserwählt, in eine andere Welt zu gehen und das Große Geheimnis zu sehen«, sagte die Indianerin. »Und noch weniger Weiße besitzen den Mut, das mächtige Tier in dieser Höhle zu berühren, um seine Kraft zu erlangen. Du brauchst diese Kraft. Du brauchst sie, um unbeschadet über den kurvenreichen Pfad zu gehen, der dich in ein neues Leben führt.«

Molly erschrak. »Soll das heißen, dass ich in diese Höhle gehen und den Bären berühren soll?« Sie blickte die greise Indianerin an und lächelte ungläubig. »Du willst mich auf die Probe stellen, nicht wahr? Dies ist ein Traum, und wenn ich tatsächlich in die Höhle gehe, wache ich auf, und alles ist so wie vorher.«

Die Indianerin sagte nichts. An ihrer versteinerten Miene war nicht abzulesen, was sie dachte. »Hab' keine Angst«, sagte sie nur.

Molly sah ein, dass ihr keine Wahl blieb. Mit klopfendem Herzen betrat sie die Höhle. Vorsichtig einen Fuß vor den anderen setzend, lief sie immer tiefer in die Dunkelheit hinein. Vor ihr war alles schwarz. Sie besaß keine Taschenlampe und keine Fackel und folgte dem leichten Luftzug, der wie ein Hauch des vergangenen Frühlings in der Luft hing. Es war warm in der Höhle, viel zu warm für diese Jahreszeit, und sie hätte am liebsten ihren Anorak ausgezogen, aber sie hatte Angst, den Bären zu wecken.

Hinter einer Biegung wurde es plötzlich heller. Durch

irgendeinen Spalt in den Felsen drang düsteres Zwielicht in die Höhle. Es brach sich an den glatten Wänden und fiel in einem hellen Trichter auf Kuraluk, der ausgestreckt auf dem warmen Boden schlief. Wie ein gewaltiges Wesen aus grauer Vorzeit lag er auf den Felsen.

Molly blieb stehen und starrte mit großen Augen auf den Bären. Er schien viel größer zu sein als an dem Tag, da er vor ihrem Haus zu ihr gesprochen hatte. Sein Maul war leicht geöffnet und entblößte die blitzenden Reißzähne. Sein übel riechender Atem zog durch den schmalen Gang und verlor sich in der Dunkelheit.

»Kuraluk!«, flüsterte Molly. Sie nahm all ihren Mut zusammen und ging langsam auf den schlafenden Bären zu. Mit ausgestreckten Händen berührte sie sein dichtes Fell. Sie spürte, wie die gespeicherte Wärme des Tieres ihren Körper erhitzte und auch den letzten Rest von Kälte und Angst vertrieb. Stolz und zufrieden kehrte sie ins Freie zurück. »Ich habe es getan«, sagte sie zu Mary, bevor sie über einen Stein stolperte und ins Gras fiel.

John Running Deer half ihr vom Boden hoch. »Mrs Gibson!«, hörte sie seine Stimme wie aus weiter Ferne. »Hören Sie mich?«

Sie öffnete die Augen und nahm alles verschwommen wahr. Erst nach einer ganzen Weile sah sie wieder klar. »Mrs Gibson!«, hörte sie den jungen Indianer rufen. »Ist alles in Ordnung?«

»Ich … ich glaube schon«, antwortete Molly verwirrt. Sie blickte sich suchend um. »Wo ist deine Großmutter? Eben … war sie …«

»Sie wartet im Wagen auf mich. Wir wollen nach Kamloops fahren! Meine Großmutter will ins Kino!« Einen Augenblick war Stille, dann vernahm sie erneut die Stimme des Indianers. »Sind Sie okay, Mrs Gibson? Sollen wir Sie zum Arzt mitnehmen? In Kamloops gibt es einen guten Arzt, der verschreibt Ihnen eine Medizin.«

Molly ging auf schwankenden Beinen zur Veranda und hielt sich am Geländer fest. Ihr Blick wurde zunehmend klarer. »Nein, nein«, erwiderte sie, »mir geht es schon viel besser.« Sie hielt sich den Kopf und schloss für einen Moment die Augen. Am Hinterkopf spürte sie eine große Beule, aber sie hatte keine Gehirnerschütterung, da war sie ziemlich sicher. »Ich leg mich auf die Couch, dann bin ich in einer Stunde wieder auf dem Damm.«

»Wir können später fahren, Mrs Gibson. Wenn Sie nicht wollen, dass wir ins Kino gehen, fahren wir später. Heute Nachmittag ...«

»Fahrt nur!«, forderte Molly den Jungen auf. Sie blickte durch die wirbelnden Schneeflocken auf seine Großmutter, die auf dem Beifahrersitz seines Wagens saß und keine Miene zu verziehen schien. Nur als sie wegfuhren und Mary ihre Maiskolbenpfeife aus dem Mund nahm und aus dem Seitenfenster blickte, glaubte Molly, ein spöttisches Lächeln in ihren Augen zu sehen.

Sie rieb sich den Kopf und ging ins Haus. Dusty empfing sie mit einem leisen Jaulen und wedelndem Schwanz. Sie legte sich auf die Couch und griff dankbar nach dem Kissen, das Tess ihr reichte. Ihr war immer noch ein bisschen schwindlig. »Sie sehen blass aus«, meinte das Mädchen besorgt. »Soll ich Ihren Mann holen? Er ist draußen bei den Rindern ... mit Eddy.«

»Nicht nötig«, erwiderte Molly. »Ich hab' mir nur eine Beule geholt. Nichts Ernstes.« Sie blickte das Mädchen fragend an. »Was ist eigentlich passiert? War ich mit der alten Indianerin weg?«

»Wissen Sie das nicht mehr? Sie haben Johns Großmutter zum Wagen gebracht. Auf dem Rückweg sind Sie gefallen.«

»Wie ein ungeschicktes Fohlen.«

Tess musste schmunzeln. »So ungefähr.« Seltsamerweise erkannte Molly gerade jetzt, dass sie kleine Grübchen neben den Mundwinkeln hatte. Wie Michelle Pfeiffer in der Komödie, die sie sich letztes Jahr auf Video ausgeliehen hatten. »Aber Sie waren nicht lange bewusstlos. Zehn Sekunden vielleicht, mehr nicht.«

»Ich war nicht mit der Indianerin im Wald?«

»Wie kommen Sie denn darauf? Nein, Sie haben sie nur zum Wagen gebracht. Aber sie hat einige Zeit mit Ihnen gesprochen.«

Molly tätschelte den Hund, der es sich neben der Couch bequem gemacht hatte. »Sie hat mir eine alte Legende erzählt. Von einem Jungen, der von einem Bären aufgezogen wurde. Sein leiblicher Vater hat mit dem Bären gekämpft, aber nicht mit Pfeil und Bogen oder Gewehr. Er hat die heiligen Lieder seines Volkes gesungen, bis der Bär tot umfiel. Der Junge wurde zum besten Jäger seines Stammes, aber als erwachsener Mann kehrte er in den Wald zurück und lebte wieder bei den Bären.«

»Ich habe eine andere Geschichte gehört. Von einem jungen Krieger, der seinen Mut bewies, indem er in eine dunkle Höhle ging und das Fell eines schlafenden Bären berührte. So gewann er die Kraft des Bären, um gegen seine Feinde zu gewinnen.«

Molly war verwirrt. »Wer hat dir die Geschichte erzählt?«

»John. Er mag die alten Legenden.«

»Ich glaube, die hab' ich auch schon mal gehört. Muss

eine ziemlich bekannte Geschichte sein.« Sie setzte sich langsam auf und hielt sich den Kopf, bis der Schmerz nachließ. »Bringst du mir ein Aspirin?«, bat sie. »Ich hab' eine ziemlich fette Beule.«

»Klar«, erwiderte Tess fröhlich. Sie verschwand in der Küche, und Molly hörte, wie sie Wasser in ein Glas laufen ließ. »Bring mir besser zwei Tabletten!«, rief sie, als sie an Kuraluk dachte.

19

Gegen Mittag kehrten Steve und Eddy von der Weide zurück. Das Schneetreiben war zu stark geworden und sie hatten die meisten Rinder in die Koppel getrieben. Ungefähr zwanzig Tiere hatten sich in dem Schneetreiben verirrt, und sie wollten nach ihnen suchen, sobald sie heiße Suppe gegessen und sich ein paar Minuten am Kamin aufgewärmt hatten. »Ich reite mit dir«, sagte Molly zu dem Cowboy. Sie hatte den Männern ihren Unfall verschwiegen, um sie nicht unnötig zu beunruhigen. Bis auf ein leichtes Pochen im Hinterkopf spürte sie nichts mehr, kaum der Rede wert, wie sie Tess versicherte. »Steve brauchen wir als Handwerker. Der Generator verliert Öl und wir müssen die Schneeketten aufziehen. Tess ist schwanger, wir müssen sofort losfahren können, wenn irgendetwas sein sollte.«

Das Mädchen lachte. »Ich bin doch erst im vierten Monat. Ich hab' noch den ganzen Winter, bis das Baby kommt.« Sie fasste sich an den leicht gewölbten Bauch. »Da drinnen ist alles okay.«

»Trotzdem«, meinte Molly ernst, »wir dürfen kein unnötiges Risiko eingehen. Ich hab' deinem Vater versprochen, dass wir auf dich aufpassen. Hier draußen sind wir ziemlich abgeschnitten.«

»Wir haben doch Telefon. Zur Not kommt ein Hubschrauber.«

»Als wir hier ankamen, funktionierte das Telefon auch nicht. Frag Eddy, der sagt, dass die Leitung jedes Mal zusammenbricht, wenn Schnee fällt. Und das Handy funktioniert auch nicht.«

»Du machst dir unnötig Sorgen, Molly!«

»Egal«, beharrte Molly, »ich möchte, dass immer jemand in deiner Nähe ist, und Steve hat sicher nichts dagegen, die Ketten aufzuziehen.« Sie lächelte. »Wenn ich ehrlich bin, hab' ich auch nach einer Ausrede gesucht, um mitreiten zu können. Ich wollte mir mal wieder den frischen Wind um die Nase wehen lassen.«

Sie verloren keine Zeit. Sobald Eddy seinen Kaffee getrunken hatte, ritten sie an der Koppel vorbei auf die Weide hinaus. Der Schnee lag bereits einige Zentimeter tief und staubte unter den Hufen ihrer Pferde. Mit ihren Schals, die sie über Mund und Nase gebunden hatten, sahen sie wie Banditen aus dem Wilden Westen aus. Eddy hatte seine Remington griffbereit im Sattelschuh stecken, Molly trug die Vanguard über dem Rücken. Auch im Winter, wenn die Bären in ihren Höhlen lagen, war ein Ritt durch den Busch nicht ungefährlich. Vor allem Elche, die beim Anblick der Eindringlinge nervös wurden, konnten gefährlich werden und hatten schon erfahrene Fallensteller und Cowboys mit ihren Hufen getötet. »Ein Berglöwe wagt sich auch nicht ohne seine Krallen in die Rocky Mountains«, lachte Eddy.

»Was ist mit Wölfen?«, fragte Molly. »Gibt's hier keine Wölfe?«

Eddy nickte. »Aber die gehen den Menschen aus dem Weg. Mögen unseren Geruch nicht, hab' ich mir sagen lassen. Nur wenn die Winter besonders streng sind und sie nichts mehr zu fressen haben, greifen sie Menschen an. Ich hab' in dieser Gegend erst zweimal Wölfe gesehen. Vor einigen Jahren trieb sich ein Rudel am Blue River rum, und letztes Jahr lief mir ein Einzelgänger über den Weg, als ich die Rinder über die Weide trieb.«

»Und sie haben dir nichts getan?«

»Die waren selber erschrocken. Rannten gleich davon, als sie mich witterten.« Er lächelte verschmitzt. »An so 'nem zähen Burschen wie mir hätten sie sich sowieso die Zähne ausgebissen!«

Sie erreichten die Weide und wandten sich nach Nordosten. Der Wind hatte aufgefrischt und trieb den Schnee in dichten Flocken über das gewellte Land. Es waren kaum noch Spuren zu sehen. Nur dort, wo sich die Rinder gegen den kalten Wind zusammengedrängt hatten, war der Boden noch aufgewühlt. »Ich hab' gesehen, wie ein paar Tiere da drüben zwischen den Felsen verschwunden sind«, sagte Eddy. Er deutete auf einige Felsklötze, die wie das Spielzeug eines Riesen im Schnee lagen und nur von den dunklen Fichten überragt wurden, die sich hundert Meter weiter nordöstlich erhoben. »Die sind bestimmt an den Stevens Lakes. Da hatten sie sich letztes Jahr auch versteckt.«

Molly kniff die Augen gegen den treibenden Schnee zusammen und folgte dem Cowboy, der sich durch das immer stärker werdende Schneetreiben nicht entmutigen ließ und seinen Braunen mit einem kräftigen Schenkeldruck antrieb. Er saß locker im Sattel, wie ein Cowboy eben, der sich im Sattel eines Pferdes wohler als auf seinen eigenen Beinen fühlte. Er drehte sich nach Molly um und beobachtete zufrieden, wie sie Schritt mit ihm hielt.

»Wir müssen die Rinder finden, bevor der Schnee zu hoch liegt«, erklärte er seine Eile, »sonst erfrieren sie! Es waren mehr als zwanzig Rinder! Wenn wir die verlieren, sind wir arm dran!«

Molly antwortete nicht. Sie dachte eher daran, was passieren würde, wenn sie selber nicht mehr durch den Schnee kamen, und bereute schon, ihre Schneeschuhe nicht mitgenommen zu haben. Eddy spürte ihre Bedenken und rief: »Die sind an den Stevens Lakes, da gehe ich jede Wette ein! Wir brauchen höchstens eine Stunde!« Er zog seinen Schal vom Mund, ohne die Zügel aus der Hand zu nehmen, und spuckte seinen Priem in den Wind. »Da oben gibt's 'ne Hütte, da können wir uns aufwärmen.«

Sie ritten zwischen die Felsen und verharrten einige Augenblicke in ihrem Windschatten, um neuen Atem zu schöpfen. »Das ist noch gar nichts«, meinte Eddy grinsend. »Warte mal, bis der Winter richtig losgeht! Wenn die Blizzards aus dem Norden kommen, geht's hier erst richtig los! Hier wird's kälter als in Alaska!«

Molly tätschelte den Hals ihrer Stute. »In Idaho war's auch nicht besser«, erwiderte sie. »Einmal hatten wir einen Schneesturm, der legte ganz Harrison lahm! Nicht mal die Straßenlampen brannten! Du hättest den Sheriff sehen sollen, der drehte fast durch, und als dann noch unsere einzige Ampel auf die Main Street fiel, rückte sogar die Polizei aus Coeur d'Alene an!« Natürlich übertrieb sie ein bisschen, das hatte sie von dem Cowboy gelernt. »Nur Oscar ließ sich nicht aus der Ruhe bringen. Der trank seelenruhig seinen Kaffee und rauchte eine Zigarette nach der anderen. »Was meinst du, was in Sizilien los war, sagte er.«

»Der Bursche gefällt mir«, meinte Eddy, während er sich einen neuen Priem in den Mund schob. »Den könnten wir hier oben gut gebrauchen.« Er schob sich den Schal vor den Mund. »Wir müssen weiter! Bleib dicht hinter mir, sonst verlieren wir uns noch!«

Sie verließen die Felsen und ritten über das offene Land zu den Bäumen. Am Waldrand kamen sie leichter voran. Hier lag kaum Schnee und die Baumkronen schützten sie vor den wirbelnden Flocken. Am Ende des Waldes stieg das Land steil nach Norden an, und sie mussten im Zickzack reiten, um den Hügelkamm erklimmen zu können. Sie gönnten den Pferden eine kurze Verschnaufpause und stellten erleichtert fest, dass der Wind allmählich nachließ und auch nicht mehr so viele Flocken fielen. Selbst auf dem weiten Plateau, das sich vor ihnen erstreckte, kamen sie jetzt flott voran. In einem leichten Trab, wie Cowboys am liebsten ritten, trieben sie die Pferde rasch weiter.

Am Rand des Plateaus bogen sie nach Westen ab und ritten am Ufer eines schmalen Baches bis zu den Stevens Lakes, die sich als dunkle Flecken gegen den Schnee abhoben und beinahe unbeweglich unter dem verwaschenen Himmel lagen. In dem nebligen Dunst, der von den Ufern aufstieg, waren die Bäume auf der anderen Seite nur schemenhaft zu erkennen. Die Berge in der Ferne waren dunkle Schatten. Sie zügelten die Pferde und suchten angestrengt nach den versprengten Rindern. Es gab keine Spuren, und das Land lag so still und jungfräulich vor ihnen, als wären sie die ersten Lebewesen an diesen Seeufern.

»Sieht so aus, als hätten sie sich diesmal ein anderes Versteck gesucht«, meinte Eddy enttäuscht. Er hatte den

Schal vom Gesicht gezogen und rieb sich einige Schneeflocken von der Nase. »Vielleicht am Blue River, eine knappe Stunde nach Osten. Wenn wir uns ranhalten, können wir es schaffen. Oder willst du umkehren? Wenn die Rinder dort nicht sind, müssen wir sie sowieso abschreiben, dann verenden sie irgendwo im Schnee.«

»Wir reiten weiter«, entschied Molly. »Einen so großen Verlust können wir uns nicht erlauben. Wir müssen sie finden! Solange die Rinder durch den Schnee kommen, geben wir nicht auf!«

»Ganz wie der alte Henderson!«, amüsierte sich der Cowboy.

Sie ritten am südlichen Ufer der Seen entlang und wandten sich nach Osten. Es fielen nur noch vereinzelte Flocken und der Wind wehte nur noch auf den offenen Ebenen. Sie trieben die Pferde zu einer schnelleren Gangart an und nützten die trockenen Waldränder, um noch schneller voranzukommen. Der Himmel war heller geworden und ließ den Schnee glitzern. Um nicht geblendet zu werden, zogen sie die Hüte weit in die Stirn.

Am Rand eines weiten Tales, das sich zwischen zwei Waldstücken erstreckte, hörten sie das dunkle Brummen eines Snowmobiles. Überrascht zügelten sie ihre Pferde. Aus westlicher Richtung näherte sich ein dunkler Punkt, der immer größer wurde und den Cowboy dazu brachte, so ungehobelt zu fluchen, dass Molly ihn entsetzt anblickte. »Tut mir leid«, entschuldigte er sich, »aber der hat uns gerade noch gefehlt! Weißt du, wer das ist? Das ist Brad Miller, der verdammte Halsabschneider!«

Jetzt fluchte auch Molly. Sie rutschte nervös im Sattel herum und versuchte, eine gleichgültige Miene zu zeigen, als der Rancher den Motor seines Snowmobiles drosselte und seine Schutzbrille von den Augen nahm. Er grinste frech. »Morgen, Ma'am! Morgen, Eddy! Ich dachte, ihr hättet längst aufgegeben!«

Molly presste die Lippen aufeinander. So hatte sie auch Dan Burke empfangen. »Vor dem bisschen Schnee laufen wir nicht davon, Mr Miller! Da muss schon was anderes passieren, dass wir die Segel streichen!« Sie blickte den Rancher abschätzend an, sah das moderne Gewehr auf seinem Rücken. »Was tun Sie hier draußen? Die Elchsaison ist seit ein paar Wochen vorbei.«

Brad Miller lachte ungeniert. »Sag 'ich doch! Sie haben Haare auf den Zähnen! Wie der alte Henderson!« Er vertrieb einige Schneeflocken wie lästige Fliegen. »Dasselbe könnte ich Sie fragen, Ma'am. Kommt der alte Säufer nicht mehr allein zurecht? Müssen Sie ihm schon Händchen halten, wenn er in den Sattel steigt?« Er blickte den Cowboy an. »Du solltest öfter mal einen zur Brust nehmen, Eddy! Der Whiskey gibt dir 'ne ruhige Hand!«

Molly hatte Angst, dass Eddy die Nerven verlor und sich auf den Rancher stürzte, aber er beherrschte sich. Noch bevor er etwas erwidern konnte, sagte Molly scharf: »Da, wo ich zu Hause bin, wirft man Flegel wie Sie in die Gosse, Mr Miller! Eddy ist kein Säufer, und es steht Ihnen nicht zu, ihn auf diese ungehobelte Weise zu beschimpfen! Machen Sie, dass Sie wegkommen!«

Der Rancher fuhr lachend davon und Molly legte dem Cowboy beruhigend eine Hand auf den Arm. »Was ist zwischen euch?«, fragte sie. »Da muss doch irgendwas vorgefallen sein! Seine Frau sagte neulich was von einer Sache, die lange zurückläge …«

»Du erfährst es ja doch irgendwann«, rückte Eddy endlich mit der Wahrheit heraus. »Elaine hat recht, es liegt schon eine Weile zurück, fünf Jahre, um genau zu sein. Ich hatte kein Verhältnis mit ihr, wenn du das meinst. Dazu hatte ich meine Annie viel zu gern! Ich hab' sie nie betrogen, nicht mal in Gedanken! Selbst diese ... Wie heißt sie noch? Selbst diese Julia Roberts hätte mich nicht rumgekriegt! Annie war die schönste und beste Frau, die es jemals gegeben hat, so eine betrügt man nicht.« Er räusperte sich, schien sich in der Vergangenheit zu verlieren. »Nein, ich hab' sie nicht betrogen. Sie war sogar dabei, als ich mit Elaine nach Hause kam. Es war Zufall. Elaine Miller kam aus den Büschen am Straßenrand, so wie neulich Tess, und rannte beinahe in meinen Pick-up. Ich konnte gerade noch bremsen.«

Sie ritten langsam weiter, durchquerten das Tal und tasteten sich am Waldrand entlang nach Osten. »Sie war ihrem Mann davongelaufen. Der verdammte Kerl hatte sie geschlagen, warum, weiß ich nicht, und er muss ziemlich fest zugeschlagen haben, denn ihr Gesicht war ganz blau, und sie hatte eine blutige Schramme über dem rechten Ohr! Eigentlich hätte sie ihn anzeigen müssen, aber du weißt ja, wie das ist. Nachdem sie einige Tage bei uns wahr, ist sie reumütig zu ihm zurückgekehrt. Natürlich hat Brad überall behauptet, dass ich versucht hätte, etwas mit seiner Frau anzufangen, und nach ein paar Monaten hat sie es selber geglaubt, aber ich schwöre tausend Eide, dass ich sie nur einmal in den Arm genommen habe, gleich am Anfang, als sie in meinen Pick-up stieg und sich weinend an meinen Hals warf. Aber danach hab' ich sie nie mehr berührt. Ich hatte Mitleid mit ihr, das war alles, und ich war wütend, weil jeder Brad Miller für einen Ehrenmann hält und er mich wahrscheinlich umgebracht hätte, wenn ich die Wahrheit behauptet hätte. Ich nehme an, ich bin ein feiger Waschlappen! Ich hätte dem Mistkerl die Stirn bieten sollen, aber dann starb meine Annie, und ich fing an zu saufen, und mir hätte sowieso keiner mehr geglaubt.« Er seufzte bedrückt. »Seitdem macht er mich überall zum Deppen!«

Molly dachte an den Unfall ihres Mannes, als er mit dem Barmädchen unterwegs war und das Boot aufs Ufer gefahren hatte. »Lass die Leute denken, was sie wollen«, sagte sie. »Die Hauptsache ist doch, dass du weißt, wie es war. Brad Miller ist ein ungehobelter Aufschneider, weiter nichts, der ist nur wütend auf dich, weil du weißt, wie er wirklich ist. Und seine Frau lässt sich von ihm einschüchtern, die macht alles, was er sagt, und findet es vielleicht sogar normal, dass ein Mann seine Frau schlägt. Solche Frauen gibt es öfter, als man denkt! Ich hab' mal einen Bericht im Fernsehen gesehen, von einem Frauenhaus in Spokane, da war jede zweite Frau von ihrem Mann geschlagen worden, und mehr als die Hälfte gingen wieder zu ihren Männern zurück! Also, ich würde meinen Koffer packen und verschwinden!«

»Du hast einen guten Mann«, beruhigte Eddy sie. »Steve ist okay. Er hat mir erzählt, dass er früher oft Mist gebaut hat, aber das ist jetzt vorbei. Der lebt hier richtig auf, das kann ich dir sagen. Wenn er so weitermacht, wird er ein besserer Cowboy als ich, und das will was heißen!« Eddy hatte seinen Humor wiedergefunden und kicherte fröhlich. Er wischte einige Eiskristalle aus seinem Schnurrbart. »Und jetzt treib endlich die müde Stute an!«

Sie trieben die Pferde in einen ausdauernden Trab und lenkten sie quer durch einen lichten Fichtenwald. Zwischen den jungen Bäumen gab es kaum Unterholz und der Boden war nur mit einer dünnen Schneeschicht bedeckt. Der Boden warf die Hufschläge ihrer Pferde als dumpfes Echo zurück. Eddy schien jeden Quadratzentimeter dieses Waldes zu kennen und führte Molly sicher durch das Halbdunkel. Ein Eichhörnchen sprang von einem Fichtenzweig, huschte vor ihren Pferden über den weißen Waldboden und kletterte in Windeseile an einem Stamm empor.

Ein unheilvolles Geräusch ließ sie erschrocken in die Zügel greifen. »Zur Seite!«, warnte Eddy. »Schnell!« Sie trieben die Pferde neben einen entwurzelten Baum und beobachteten erstaunt, wie ein mächtiger Elchbulle zwischen den Bäumen hervorbrach und keine zehn Meter vor ihnen stehen blieb. Er hob den Kopf mit dem mächtigen Geweih und blickte sich schnaubend um. Seine Gliedmaßen zitterten. Auf seinem Rücken klebte getrocknetes Blut. Als er sie witterte, trabte er in panischer Angst davon, den Kopf gesenkt, als würde er von einem hungrigen Wolf gejagt.

»Jetzt wissen wir, warum Brad Miller mit dem Snowmobil unterwegs war«, erkannte Eddy. »Der Dreckskerl wollte einen Elch schießen! Den Burschen muss er vor einigen Stunden erwischt haben, sonst hätten wir den Schuss gehört. Hast du das Blut gesehen? Wenn ihn die Aufseher erwischen, bekommt er eine saftige Strafe aufgebrummt! Die Jagdsaison ist längst vorüber.«

»Willst du ihn anzeigen?«

Der Cowboy schüttelte den Kopf. »Ich hab' was Besseres zu tun. Irgendwann gräbt er sich selber sein Grab, da bin ich ganz sicher. Ewig kommt er mit seiner Masche nicht durch. Irgendwann erwischt ihn ein Ranger und sperrt ihn ein, oder er gerät an einen Stärkeren, der ihn zu Brei schlägt. Manchmal träum' ich davon, ihm einen Baseballschläger ins Gesicht zu dreschen.«

»Das würdest du nicht tun«, widersprach Molly.

»Wahrscheinlich nicht«, stimmte er lachend zu.

Sie hatten das Ende des Waldes erreicht und lenkten die Pferde ins Freie, ließen sie seitwärts einen Hang hinunterrutschen und erreichten den harten Boden eines Tales, das nirgendwo zu beginnen und nirgendwo zu enden schien. Unter dem grauen Himmel, der wieder etwas dunkler geworden war, glitzerte das schmale Band des Blue Rivers, der sich in zahlreichen Windungen durch ein Buschdickicht schlängelte. Über dem Fluss kreiste ein Habicht, zog ungehindert seine Kreise und schien bereit, sich jeden Augenblick auf eine unsichtbare Beute zu stürzen.

»Der Blue River«, sagte Eddy leise, und sein trauriger Blick sagte mehr, als es tausend Worte vermocht hätten. Hier war seine Frau gestorben. Im eisigen Wasser dieses Flusses war sie vom Pferd gestürzt und erfroren. Er zügelte sein Pferd und blickte eine Weile andächtig und mit Tränen in den Augen auf den Fluss hinab. »Hier ist Annie gestorben, weißt du«, sagte er nach einer ganzen Weile zu Molly. »Da unten, an der Biegung!«

»Ich weiß«, erwiderte sie leise. Sie ließ ihn mit seinem Schmerz allein und wartete geduldig, bis er sich erholt hatte. Inzwischen hatte sie die Rinder am anderen Ufer entdeckt. »Da drüben sind sie!«, meinte sie erleichtert. »Und ich dachte schon, wir würden sie niemals finden!« Sie nahm ihr Lasso vom Sattel und ritt los.

20

Sie erreichten die Ranch am frühen Abend. Das Schneetreiben hatte aufgehört und die Rinder ließen sich willig treiben. Sie kannten den Weg, und Molly und Eddy brauchten nicht einmal ihre Lassos aufzurollen, um ihnen die Richtung anzugeben. Sie begnügten sich mit Zurufen und vereinzelten Lassohieben und waren mit ihren Pferden dauernd in Bewegung. Molly hatte während der letzten Wochen viel gelernt und verstand es, mit der Stute umzugehen. Sie saß locker im Sattel und reagierte schnell genug, wenn eines der Tiere aus der Herde ausbrechen wollte.

Eddy sprach kaum ein Wort. Selbst wenn die Rinder ruhig waren, und sie auf einem Hügelkamm verharrten und sich von der anstrengenden Arbeit erholten, sagte er nichts. Er trauerte um seine Frau. Am Blue River, auf dem steilen Uferhang, hatte er sie gesehen. Wie ihr Pferd gestolpert war, wie sie aus dem Sattel gefallen und bewusstlos in dem kalten Fluss liegen geblieben war. Er hatte ihren leblosen Puls gefühlt, noch einmal erlebt, wie der Arzt aus dem Hubschrauber gesprungen war und sie untersucht hatte. »Tut mir leid, Mr Norman«, hatte er gesagt, »da kann ich leider nichts mehr machen.« Und er war noch einmal in die Knie gegangen und hatte geweint und »Annie! Annie!« geflüstert.

Molly störte ihn nicht in seinen Gedanken. Sie spürte, was er durchmachte, und gab ihm lediglich durch Gesten und leichte Berührungen zu verstehen, wie sehr sie mit ihm litt. Es tat ihr weh, den eben noch so fröhlichen und tatkräftigen Cowboy so verzweifelt zu sehen. Aus seinen Augen war der Lebensmut verschwunden, und sie wusste ganze genau, dass er in diesem Augenblick wieder zur Flasche gegriffen hätte, wenn Alkohol in seinen Satteltaschen gewesen wäre. »Vorwärts!«, feuerte Molly die Rinder wütend an. »Macht, dass ihr nach Hause kommt!«

Sie trieben die Rinder in die Koppel und gaben ihnen

frisches Heu und Wasser. »Es tut mir leid«, sagte Molly leise, als sie ihre Pferde versorgten. »Ich wollte, wir hätten die Rinder woanders gefunden.« Sie nahm ihrer Stute den Sattel ab und legte ihn auf das Geländer. »Lass deinen Braunen einfach stehen, Eddy! Ich kümmere mich um ihn. Geh in deine Hütte, und schlaf dich aus!«

Eddy nickte dankbar. Er blieb mit feuchten Augen vor ihr stehen und schien etwas sagen zu wollen, dann zuckte er hilflos mit den Schultern und ging davon. Seine gebückte Gestalt verschmolz mit der Dämmerung, die langsam über die Hügel kroch. Molly blickte ihm traurig nach, hatte selbst Tränen in den Augen. »Halt durch, Eddy!«, flüsterte sie. »Denk an deine Annie, die würde auch nicht wollen, dass du ihretwegen dein Kissen nass heulst!«

Steve wartete bereits ungeduldig und schloss sie erleichtert in die Arme, als sie das Haus betrat. Dusty sprang aufgeregt um sie herum. »Alles in Ordnung, Tess?«, rief sie in die Küche und bekam zur Antwort, dass ein leckeres Abendessen auf sie wartete. Während Molly ihren Eintopf löffelte, berichtete sie von ihrem Ritt und der Begegnung mit Brad Miller. »Ich glaube, er wildert«, sagte sie, und Tess stimmte ihr zu. »Ich hab' auch schon mal gesehen, wie er außerhalb der Saison mit einem Elch über die Weiden fuhr.« Molly wärmte ihre Hände an ihrem heißen Teebecher. »Hauptsache, wir haben die Rinder wieder! Alle zwanzig!«

Im Bett war sie zu müde und zu nervös, um auf die verlangenden Küsse ihres Mannes einzugehen. Er ließ widerstrebend von ihr ab. »Morgen früh, mein Schatz!«, versprach sie ihm. »Ich war den ganzen Tag im Sattel. Sei mir nicht böse!« Sie griff nach seiner Hand und drückte sie. Eine Weile lagen sie schweigend nebeneinander, dann sagte sie: »Du glaubst nicht, wie kalt dieser verdammte Wind ist! Und das war erst der Anfang, sagt Eddy, im Winter wird es hier richtig ungemütlich!« Sie kuschelte sich in seine Arme und legte ihren Kopf auf seine Brust. Er versuchte es noch einmal, bedeckte ihren ganzen Körper mit Küssen, und sie gab ihm zögernd nach, zitterte unter seiner heftigen Begierde. Sie sagte ihm nicht, wie wenig sie an diesem Abend empfand. »Ich liebe dich«, sagte sie tonlos und war mit ihren Gedanken längst wieder woanders, sah den alten Cowboy schnarchend in seiner Hütte liegen, eine Whiskeyflasche in den Händen und die Augen voller Tränen. »Ich muss noch mal raus!«, entschied sie.

»Was ist denn los?«, fragte Steve verschlafen. Er wälzte sich unruhig von einer Seite auf die andere. »Wo willst du denn hin?«

»Ich mach' mir Sorgen um Eddy«, antwortete sie. »Ich hab'Angst, dass er zu trinken anfängt! Hat er eine Flasche in seiner Hütte?«

Steve seufzte müde.»Keine Ahnung. Ich hab' ihn immer nur Cola trinken sehen. Komm, leg dich wieder hin! Eddy ist trocken!«

»Du hast sein Gesicht nicht gesehen, als wir zum Blue River kamen! So traurig hab' ich noch nie einen Menschen erlebt! Er war richtig fertig! Als wäre seine Frau erst gestern gestorben!«

Sie stieg aus dem Bett und zog sich im Dunkeln an. »Mag sein, dass mir der lange Ritt auf die Nerven gegangen ist. Aber mir ist wohler, wenn ich noch mal nach ihm sehe. Ich würde mir mein Leben lang Vorwürfe machen, wenn ihm was passiert.« Sie stieg in ihre Stiefel und hauchte ihrem Mann einen flüchtigen Kuss auf die Stirn. »Ich bin gleich wieder da! Ich lauf' nur schnell rüber!«

Er brummte verschlafen und sie verließ rasch das Zimmer. Im Flur zog sie sich den Anorak über. Sie ließ den Cowboyhut hängen und griff nach ihrer Wollmütze, band sich den Schal vors Gesicht und schlüpfte in die Handschuhe. »Keine Bange, ich komme gleich wieder!«, flüsterte sie Dusty zu, der von seiner Decke gesprungen war und sie erwartungsvoll anblickte. Sie nahm das Gewehr von der Wand, ergriff die Taschenlampe und knipste sie an. Vor dem Haus blieb sie einen Augenblick stehen, bis sich ihre Augen an die eisige Kälte gewöhnt hatten. Zum Glück war es beinahe windstill. Sie ließ den Lichtkegel der Taschenlampe über den verschneiten Boden wandern und ging über den Hof.

Unter ihren Stiefeln knirschte der Schnee. Aus den Ställen drang das unruhige Grunzen der Schweine und das nervöse Gackern einiger Hühner. In der Koppel drängten sich die Rinder. Als wüssten selbst die Tiere, in welcher Gefahr der alte Cowboy schwebte. »Ich hätte ihn nicht alleine lassen sollen!«, sagte Molly und ahnte bereits, dass sie zu spät kommen würde. Wenn Eddy eine Flasche in seiner Hütte versteckt hatte, würde er danach greifen. Der Ritt zum Blue River hatte seine Wunde, die gerade notdürftig verheilt war, wieder aufgerissen und zum Bluten gebracht. Er würde verbluten, wenn sich niemand um ihn kümmerte. »Halte durch, Eddy!«, flüsterte sie wieder. »Wir brauchen dich!«

Mit dem Gewehr in der rechten Hand betrat sie den schmalen Pfad, der zur Hütte führte. Es hätte zu lange gedauert, die Stute zu satteln und die zwei Kilometer zu reiten. Im Dunkeln kam sie zu Fuß viel besser zurecht. Sie folgte dem Lichtkegel ihrer Taschenlampe durch die Dunkelheit und blickte enttäuscht zum Himmel, der sich unter einer dichten Wolkendecke verbarg. Es gab keinen Mond und keine Sterne und kein flackerndes Nordlicht, nur den schwachen Schein der Lampe, der geheimnisvoll über den Boden und die verschneiten Büsche am Wegesrand wanderte. Sie war längst wieder hellwach. Die klirrende Kälte, die selbst unter ihren gefütterten Anorak kroch, hatte die letzte Müdigkeit vertrieben und trieb sie immer schneller über den Pfad.

Für einen Augenblick nur, als ein Fuchs im Lichtkegel ihrer Taschenlampe erstarrte und dann blitzschnell im Unterholz verschwand, dachte sie an Kuraluk. Gab es den Bären wirklich? Lag seine Höhle in der Nähe ihrer Ranch? Oder war alles nur ein Traum gewesen? Sie hätte nicht beschwören können, den Grizzly wirklich gesehen zu haben. Es gab keine handfesten Beweise, und die Spuren, die sie im Sand gesehen hatte, waren längst verwischt. Auch die konnte sie sich eingebildet haben. Einen Augenblick hielt sie inne und leuchtete nach allen Seiten in den Wald hinein. »Wenn das so weitergeht, verliere ich noch den Verstand«, sagte sie zu sich selbst. Sie ging weiter, sah die Umrisse der Blockhütte im Licht der Taschenlampe auftauchen.

Schon von Weitem erkannte sie, dass die Tür offen stand. Der flackernde Schein der Kerosinlampe warf gespenstische Schatten vor die Hütte. Sie schaltete ihre Lampe aus und betrat die Hütte. »Eddy! Bist du zu Hause?«, rief sie und wusste doch längst, dass sie niemanden dort antreffen würde. Die Hütte war leer. Sie sah das glühende Holz im Kamin und legte zwei Scheite nach, sorgte mit dem Feuerhaken dafür, dass die Flammen wieder nach oben züngelten. Als sie sich umdrehte, entdeckte sie die halb leere Whiskeyflasche auf dem Bett. »Ich hab' es gewusst!«, seufzte sie.

Sie nahm die Whiskeyflasche und warf sie fluchend in den Schnee hinaus. »Eddy! Wo bist du?«, rief sie verzweifelt. Sie lief nach draußen, schaltete ihre Taschenlampe wieder ein und suchte in panischer Angst die Umgebung ab. »Eddy! Um Himmels willen! Wo steckst du?« Sie bekam keine Antwort, doch sie ließ sich nicht beirren und setzte ihre Suche nach dem Cowboy fort. Weit konnte er nicht sein, nicht in seinem Zustand. Sie brach durch das Unterholz, stapfte durch ein Rinnsal eiskalten Wassers und stocherte im Gestrüpp herum. »Eddy! Verdammt! Sag doch was!«

Sie fand ihn neben einem umgestürzten Baumstamm. Er war gestürzt und lag benommen im verkrusteten Schnee. Sein Atem roch nach dem billigen Fusel aus der Flasche. Er hatte sich in den Schnee erbrochen und blutete aus einer leichten Schramme an der linken Schläfe. »Eddy! Mein Gott!« Molly hastete zu dem betrunkenen Cowboy und stellte erleichtert fest, dass er nicht ernsthaft verletzt war. »Wie kriege ich dich hier weg, verdammt?«

Sie verstaute die Taschenlampe in ihrem Anorak und packte den Cowboy unter beiden Armen. Keuchend zerrte sie ihn über den Schnee. Er war schwerer, als sie erwartet hatte, und sie stieß im Dunkeln immer wieder gegen einen Baumstamm oder stolperte über einen Felsbrocken. Alle paar Meter blieb sie stehen und leuchtete mit der Taschenlampe. Nach einer Zeit, die ihr wie eine halbe Stunde vorgekommen war, aber nur einige Minuten gedauert hatte, erreichte sie die Hütte. Sie zog den Betrunkenen hinein und legte ihn mit einer letzten Kraftanstrengung aufs Bett. Sie rollte ihn auf die Seite, damit er nicht erstickte, wenn er sich noch einmal erbrach, und blieb erschöpft stehen.

»Du bist ein verdammter Idiot, Eddy Norman!«,

schimpfte sie, aber es klang nicht wütend, eher traurig. Sie klopfte den Schnee von ihrer Kleidung, legte einen weiteren Holzscheit ins Feuer und ließ sich auf einen der beiden Stühle fallen. Sie blieb stumm sitzen, starrte abwechselnd ins Feuer und auf den schnarchenden Cowboy und überlegte, was sie als Nächstes tun sollte. Sie dachte daran, die Stute zu satteln und den Cowboy zur Ranch zu bringen, verwarf den Gedanken aber gleich wieder. In diesem Zustand war es egal, wo er lag. Sie beschloss, ihn in der Hütte liegen zu lassen und früh am Morgen, sobald sie die Schweine gefüttert hatte, wieder nach ihm zu sehen. Sie stand auf und deckte den alten Mann mit einer Wolldecke zu. »Wir kriegen das schon wieder hin!«, versprach sie dem Cowboy. »Drei Becher Kaffee, und du bist wieder auf dem Damm! Bis morgen!«

Sie blies die Kerosinlampe aus und verließ die Hütte. Nachdenklich kehrte sie zum Haus zurück. Steve schlief tief und fest und merkte gar nicht, wie sie unter die Decken kroch. Sie lag noch einige Zeit wach und hatte vor Augen, wie Eddy sich in seiner Hütte erbrach, dann schlief sie ein und erwachte erst, als ihr Radiowecker ansprang und sie daran erinnerte, die Schweine zu füttern. Sonst wachte sie immer von selber auf. Sie schlich aus dem Zimmer, wusch sich in Windeseile und zog sich im Dunkeln an. Steve schlief noch und sie wollte ihn nicht wecken. Auf der Treppe in den Flur wehte ihr bereits frischer Kaffeeduft entgegen. Tess stand im Morgenmantel in der Küche und fütterte Dusty.

»Ich glaube, heute brauche ich auch einen Kaffee«, sagte sie und griff dankbar nach dem Becher, den Tess ihr reichte. Sie goss viel Milch dazu und trank in vorsichtigen Schlucken. Den halb vollen Becher ließ sie auf dem Frühstückstisch stehen. Gähnend zog sie ihren Anorak an. »Bis gleich«, verabschiedete sie sich von dem Mädchen. Mit der Taschenlampe ging sie zum Schweinestall. Während sie die Tiere fütterte, befiel sie eine seltsame Unruhe. Sie lief in den Pferdestall und stellte fest, dass der Braune des Cowboys fehlte. Auch sein Sattel war weg.

Sie rannte nach draußen und entdeckte die frischen Hufabdrücke im Schnee. John Running Deer hätte ihr sagen können, wie alt die Spuren waren, aber er war noch nicht zurück. »Verdammt! Verdammt!«, fluchte sie. »Warum hab'ich ihn nur allein gelassen?« Sie rannte zum Haus zurück und rief Tess zu: »Eddy ist weggeritten! Er hat wieder getrunken! Sag Steve, dass ich ihm nachgeritten bin! Er soll sich keine Sorgen machen, ich bin so bald wie möglich wieder zurück!« Sie schnappte sich das Gewehr, hängte es über die Schulter und rannte auf den Ranchhof.

Wenige Minuten später war sie auf ihrer Stute unterwegs. Am Himmel zeigten sich die ersten hellen Streifen und die Helligkeit des jungen Tages spiegelte sich auf dem Schnee. Es hatte während der Nacht etwas geschneit und die Spuren des Braunen waren in dem frischen Schnee leicht zu erkennen. »Wieso bist du wieder nüchtern?«, rief sie ungläubig. »Du warst sternhagelvoll, als ich dich gefunden habe. Wie, zum Teufel, bist du so schnell wieder nüchtern geworden?« Sie erinnerte sich daran, dass auch Steve eine ganze Ladung Alkohol gebraucht hatte, um länger betrunken zu sein, und schüttelte wütend den Kopf. Sie hätte länger bei dem Cowboy bleiben sollen. Die ganze Nacht hätte sie in seiner Hütte verbringen müssen, und wenn es noch so unbequem gewesen wäre. Jetzt war er verschwunden, und der Teufel wusste, ob er warm genug angezogen war oder im Hemd durch die Kälte ritt. »Fall bloß nicht wieder aus dem Sattel!«, rief sie in den nebligen Dunst, der über der Weide hing. »Hast du gehört? Leg dich bei dieser Kälte bloß nicht in den Schnee!«

Schon nach wenigen hundert Metern erkannte Molly, dass Eddy zum Blue River unterwegs war. Er ritt denselben Weg, den sie mit den Rindern gekommen waren. Sie hatte keine Ahnung, wie er nach wenigen Stunden schon wieder so nüchtern sein konnte, dass er sich im Dunkeln in dieser Wildnis zurechtfand. Wie hatte er es fertig gebracht, sein Pferd zu satteln? Er musste aufgewacht und wie in Trance zur Ranch getorkelt sein. Ein Wunder, dass er es bis auf sein Pferd geschafft hatte! Sie musste an die Betrunkenen denken, die aus den Bars in Coeur d'Alene oder Spokane aus den Bars torkelten und in ihren Autos nach Hause fuhren, und musste lachen. Sie lachte so laut, dass ihr das eigene Echo wie die Stimme eines unsichtbaren Ungeheuers vorkam. Dann zügelte sie ihr Pferd und weinte. Sie blieb einen Augenblick stehen und ritt leise schluchzend weiter, immer darauf gefasst, den betrunkenen Cowboy im Schnee liegen zu sehen.

Östlich vom Battle Mountain, unterhalb eines schroffen Hügelkamms, glaubte sie den Cowboy gefunden zu haben, aber es waren nur die Überreste eines Elches. Sie stieg aus dem Sattel und erkannte, dass der Bulle noch nicht lange dort liegen konnte. Irgendjemand hatte ihn erschossen, die besten Fleischstücke mitgenommen und den Kopf mit dem Geweih, die Haut und die Eingeweide im Schnee liegen lassen, und sie glaubte auch zu wissen, wer dieser geheimnisvolle Jäger war. »Brad Miller!«, schimpfte sie leise. »Du bist ein Mistkerl!« Sie stieg in den Sattel zurück und lenkte ihr scheuendes Pferd von dem Kadaver weg.

Es begann zu schneien. Die Flocken waren dicker als

am vergangenen Tag, hingen schwer in der Luft und lagen wie seltsame Insekten auf ihrer Nase, bevor sie schmolzen. Sie band den Schal vors Gesicht und zog ihren Hut tiefer in die Stirn. Die Stute schnaubte unwillig. Zum Glück war sie nicht mehr auf die Spuren angewiesen, die innerhalb weniger Minuten unter dem Neuschnee verschwanden. Es gab keinen Zweifel mehr daran, dass Eddy zum Blue River ritt. Die Stelle, an der seine Frau erfroren war, schien ihn auf magische Weise anzuziehen. »Mach keinen Unsinn!«, rief sie dem Cowboy zu. »Mach bloß keinen Unsinn!«

Sie wischte sich den Schnee von der Stirn und den Augenlidern und lenkte die Stute durch den lichten Wald, der sie noch vom Blue River Valley trennte. Er hat es tatsächlich bis zum Fluss geschafft, ahnte sie. »Du bist ein verrückter Bursche, Eddy!« Sie ritt aus dem Wald und in das weite Tal des Blue River hinab, zog den Hut gegen die dichten Flocken nach unten und sah den Cowboy im Schnee liegen, nur wenige Meter vom Flussufer entfernt. Der Braune stand mit hängenden Zügeln neben ihm wie das Pferd eines gefallenen Soldaten. »Eddy!«, rief sie entsetzt. »Eddy! Nicht schon wieder!« Sie trieb die Stute im wilden Galopp zum Fluss, sprang aus dem Sattel und kniete neben dem gestürzten Cowboy in den Schnee. »Eddy! Eddy! Dir ist doch nichts passiert, oder?« Sie drehte ihn auf den Rücken und fühlte seinen Puls, stellte erleichtert fest, dass er noch lebte. Mit der rechten Hand wischte sie den Schnee von seinem Gesicht.

Behutsam schob sie einen Arm unter den bewusstlosen Cowboy. Er trug seine Winterkleidung, den Anorak, den Schal und die gefütterten Fellhandschuhe, und schien keine ernsthafte Verletzung davongetragen zu haben. Aber die Gefahr einer Lungenentzündung bestand immer, und sie wusste nicht, ob Eddy stark genug war, um eine solche schwere Krankheit zu überleben. Sein Atem stank immer noch nach Alkohol. »Komm, ich bringe dich nach Hause!«, sagte sie zu ihm. Sie versuchte, seinen schmächtigen Körper auf den Braunen zu heben, verlor aber das Gleichgewicht und fiel in den Schnee zurück. »So geht es nicht«, stöhnte sie wütend. Sie fand neue Kraft, packte ihn unter den Armen und versuchte es noch einmal. Wieder vergeblich. Erschöpft blieb sie auf dem Boden sitzen und begann zu weinen.

21

Unter Aufbietung aller Kräfte gelang es ihr, den bewusstlosen Cowboy auf sein Pferd zu heben. Wie ein Toter hing er über dem Sattel, die Arme und Beine leblos nach unten hängend. Sie blieb stehen, rang nach Atem und blinzelte in das Schneetreiben. Wenn der Schnee noch dichter fiel, würde sie sich verirren, sie war keine Indianerin, die mit dem Land verwachsen war und stets den richtigen Weg erahnte. Sie griff nach den Zügeln des Braunen, zog sich in den Sattel ihres Pferdes und trieb es mit einem Schenkeldruck an. Mit gesenktem Kopf ritt sie den Hang hinauf. Das Cowgirl bringt den erschossenen Vormann auf die Ranch zurück, dachte sie bitter. Eine Szene, die in jedem zweiten Westernfilm vorkommt.

Mit dem Braunen im Schlepptau kam sie langsamer voran. Er scheute öfter und wehrte sich gegen die ungewohnte Last, war es gewöhnt, dass sein Reiter aufrecht im Sattel saß und ihm durch einen Schenkeldruck oder einen Zügelschlag zu verstehen gab, was er zu tun hatte. Auch ihre Stute ging nicht mehr so sicher wie am vergangenen Tag. Sie war müde und ausgebrannt und hatte sich nach dem anstrengenden Ritt kaum erholt. Ihr unwilliges Schnauben sollte ihrer Reiterin sagen, dass sie dringend eine Rast brauchte, doch Molly kannte kein Mitleid und trieb sie unablässig vorwärts. Eddy brauchte ein warmes Bett und mütterliche Pflege, wenn er gesund bleiben wollte. Vielleicht sogar Medizin. Er konnte von Glück sagen, wenn er keine Lungenentzündung bekam. Eine dicke Erkältung war das Mindeste, was ihn erwartete.

Das Schneetreiben wurde immer stärker. Die Spuren ihres Pferdes waren kaum noch zu erkennen, als sie den Hügelkamm oberhalb des Tales erklomm. Der bewusstlose Cowboy war bereits mit einer weißen Schneeschicht bedeckt. Sie war froh, dass er seinen Anorak angezogen hatte, und ärgerte sich, keine Wolldecke mitgenommen zu haben. Sie hätte ihn noch besser geschützt. Sie hatte keine Ahnung, wie lange er in der Kälte gelegen hatte, und hatte Angst, dass die Wärme aus seinem Körper entwich. Gegen die eisige Kälte war auch seine zähe Natur machtlos. Warum besaßen sie kein Snowmobil und keinen Schlitten? Damit wäre sie in einer halben Stunde auf der Ranch gewesen.

Ein heftiger Windstoß fegte ihr ins Gesicht. Sie hatte nicht damit gerechnet und stürzte beinahe aus dem Sattel. Ihre Stute wieherte nervös. Der Braune des Cowboys scheute und zerrte an den Zügeln. Heulend trieb der Wind den Schnee über den Hügel. Aus dem Flockenregen wurde ein weißer Wirbelsturm, der ihr die Sicht nahm und sie verzweifelt nach dem Waldrand suchen ließ. Sie war orientierungslos und wusste nicht mehr, wohin sie sich wenden sollte. Hilflos trieb sie die Stute nach vorn. Sie musste sich auf den Instinkt der Pferde verlassen, wenn sie aus dem plötzlichen Unwetter herauskommen wollte. Sie hielt sich mit beiden Händen am Sattelhorn fest, um nicht vom Pferd geworfen zu werden, und schrie verzweifelt auf, als der Wind sie so heftig attackierte, dass die Pferde nicht mehr dagegen ankamen.

Ihr eiserner Wille hielt sie im Sattel. Sie durfte jetzt nicht aufgeben. Sobald sie den Wald erreicht hatte, war sie gegen den Sturm geschützt. Dort konnte sie den verletzten Cowboy mit Fichtenzweigen zudecken und abwarten, bis der Wind nachließ. Aber der Wald war verschwunden, schimmerte nicht einmal als dunkle Wand durch den Schnee. Man hatte sie vor den harten Wintern im Clearwater Valley gewarnt. Erst vor ein paar Tagen hatte John Running Deer von einem eisigen Winter berichtet, in dem zahlreiche Schwache und Kranke gestorben waren. »Die Indianer glauben, dass der Wintergeist in dieser Gegend seine Launen austobt«, berichtete er. Man sah seiner Miene nicht an, was er von der Legende hielt. Tatsache war, dass das Wetter von einer Sekunde auf die andere umschlagen konnte. Aus Sonne wurde Regen und aus einem Schneetreiben ein Schneesturm.

Sie schien auf der Stelle zu reiten. Der Schnee war überall, und sie wusste nicht mehr, in welche Richtung sie ritt. Der Braune riss immer heftiger an den Zügeln, war vollkommen verstört. Anscheinend spürte er, dass es um Eddy Norman nicht zum Besten stand. Molly wusste nicht, wie lange sie die Zügel noch festhalten konnte. Sie hatte genug mit ihrem eigenen Pferd zu tun. Ausgerechnet jetzt muss dieser verdammte Sturm losbrechen, dachte sie wütend. Die Wut gab ihr neue Kraft, entlockte ihr einen wilden

Schrei, der ihre Stute zu einem wilden Sprung nach vorn veranlasste. Für einen Augenblick sah sie den dunklen Waldrand, dann war er wieder verschwunden. Sie schrie noch einmal, stieß ihrem Pferd mit voller Wucht die Absätze in die Seite und zerrte den Braunen mit aller Macht hinter sich her.

Sie entkamen dem weißen Sog und waren plötzlich zwischen den Bäumen. Der heftige Wind ließ nach und war nur noch als dumpfes Rauschen zu hören. Die wirbelnden Flocken blieben zurück. Sie lenkte die Stute ein paar Meter in den Wald hinein, seufzte erleichtert und rutschte aus dem Sattel. Erschöpft sank sie auf den harten Waldboden. Sie schloss die Augen, dankte dem lieben Gott, der sie in Sicherheit gebracht hatte, und wäre am liebsten sofort eingeschlafen. Die Versuchung, die Anstrengung zu vergessen und in einen schönen Traum zu flüchten, war beinahe übermächtig. Nur der Anblick des Cowboys, der mit geschlossenen Augen über seinem Braunen hing, hielt sie wach.

Stöhnend kam sie vom Boden hoch. Sie torkelte mit dem Rücken gegen einen Baumstamm und schloss die Augen, bis sie ihr Gleichgewicht wieder gefunden hatte. Als sie zu ihrer Stute ging und wieder in den Sattel steigen wollte, entdeckte sie eine Gestalt zwischen den Bäumen. Sie glaubte an eine Sinnestäuschung, griff nach dem Sattelhorn und zögerte erneut. Die Gestalt bewegte sich und kam langsam näher. Sie hob sich als dunkler Schatten gegen die hellen Flecken am Ende des Waldes ab. Ihr dicker Mantel war aus Karibufell geschneidert, Mütze, Stiefel und Handschuhe bestanden aus Fell. Sie hatte ein Gewehr über dem Rücken hängen und hielt ihre Schneeschuhe in der linken Hand. »Ich wusste, dass ihr hier seid«, sagte Mary ruhig. Sie kam näher und warf einen raschen Blick auf den verletzten Cowboy. »Kommt in meine Hütte, dort wird er gesund!«

Molly stieg in den Sattel und überließ es der alten Indianerin, den Braunen an den Zügeln zu führen. Als sie den Waldrand erreichten, hatte der Schneesturm nachgelassen. Molly warf einen verstohlenen Blick auf Mary und fragte sich, ob sie wieder in einen Traum geraten war und sich den Sturm nur eingebildet hatte. Aber die Kälte, die sie außerhalb des Waldes empfing, fühlte sich echt an, und die hohen Schneewehen zeigten ihr, dass tatsächlich ein Sturm auf dem Hügelkamm gewütet hatte. »Woher wusstest du, dass wir in der Nähe sind?«, fragte Molly neugierig.

Mary schien sich ein Lächeln zu verkneifen. »Ich habe in einem Traum gesehen, wie der alte Mann vom Pferd stürzte. Ich wusste, dass sein Herz voller Schmerz ist und er nicht von dem Ort lassen kann, an dem seine Frau gestorben ist. Und ich wusste, dass du in seiner Spur reiten würdest. Du hast das mächtige Tier berührt, das ich Der-im-Wald-lebt nenne, aber die Zeit deiner Prüfungen ist noch nicht vorbei. Du bist erst stark genug, wenn das Wesen erwacht und wieder durch den Wald streift.«

Zu Hause in Idaho hätte Molly über die geheimnisvollen Worte der Indianerin gelacht oder sie als Wichtigtuerei abgetan. Sie glaubte nicht an Hexerei und Hellseherei, und ein Bär war für sie ein Bär und kein Geistwesen aus einer anderen Welt. Doch auf der Ranch hatten sich auch ihre Träume geändert, und es waren so viele seltsame Dinge passiert, dass sie anfing, an die Macht von Wakan Tanka zu glauben. So nannte die Indianerin den Großen Geist oder das Große Geheimnis, die allmächtige Kraft, die allen Lebewesen eine Seele geschenkt und selbst scheinbar tote

Dinge wie Steine oder Sand mit Leben erfüllt hatte. Wakan Tanka war kein allmächtiger Gott, wie ihn das Christentum kannte, sondern ein nachsichtiger Schöpfer, der sich in den Naturgewalten und in fantasievollen Träumen und Bildern erklärte.

Mary schnallte ihre Schneeschuhe an und führte sie in das Tal hinab. Nur noch vereinzelte Flocken wirbelten ihnen entgegen. Am Himmel glänzten weiße Flecken, die sich wie Wolken im Wasser des Flusses spiegelten. Der sanfte Wind wirbelte den Schnee an manchen Stellen wie Staub auf. Sie folgten dem Lauf des Blue River bis zur nächsten Biegung und sahen die Hütte der Indianerin zwischen den Felsen liegen. Wie riesige ungeschliffene Diamanten wuchsen die Steinmonumente aus dem Boden. Das Blockhaus der Indianerin wirkte fast winzig dagegen und schien sich vor den übermächtigen Felsen zu ducken. Aus dem Schornstein stieg heller Rauch, hinter den Fenstern flackerte gelbes Licht.

Mit vereinten Kräften trugen sie den immer noch bewusstlosen Cowboy zum Nachtlager der Indianerin. Es bestand aus einem altmodischen Eisenbett hinter einem Vorhang in einer Ecke des Hauses. In der Küchenecke stand ein gusseiserner Herd, der mit Holz beheizt wurde, ein Wandschrank und ein wackeliger Tisch mit zwei Stühlen. Die Mittes des Raumes nahmen ein mehrfach geflicktes Plüschsofa und ein Sessel ein. Auf einem runden Tischchen entdeckte Molly einen batteriebetriebenen CD-Player, daneben lagen Hardrock-CDs von AC/DC und Motorhead.

Beim Anblick der CDs musste sie schmunzeln. Im Haus einer alten Indianerin, die sich an Sitting Bull erinnern konnte, vermutete man weder einen CD-Player noch Hardrock-CDs. Aber wie hatte John immer gesagt? »Meine Großmutter ist etwas ganz Besonderes! Manchmal glaube ich, sie ist eine Geistfrau!« Die alte Frau verzog keine Miene, als sie den bewusstlosen Cowboy wie eine erfahrene Ärztin abtastete. Sie fühlte eine Schürfwunde an der linken Kopfseite und sagte: »Er ist nicht wie ein Indianer gefallen. Er ist am Kopf verletzt und wird heute Nacht böse Träume haben. Ich werde beten und singen und ihm von meinem Kräutertee zu trinken geben. Du kannst auf dem Sofa schlafen.« Ihre Stimme ließ keinen Widerspruch zu, und Molly war auch zu müde, um etwas anderes zu wollen. Sie zog ihre Winterkleidung aus, ging noch einmal zu Eddy und berührte ihn vorsichtig an der Schläfe. Ihr Lächeln galt Mary, die zum Wandschrank gegangen war und ihr etwas Brot und eine Dose Cola reichte. »Er wird wieder gesund. Schlaf jetzt, meine Schwester!«

Molly legte sich auf das Plüschsofa und war wenige Minuten später eingeschlafen. Im Traum sah sie die alte Indianerin in der Kleidung ihrer Vorfahren, den zerbrechlichen Körper von einem perlenverzierten Lederkleid und Leggins verhüllt. Ihre grauen Haare waren mit Büffelfett eingeschmiert und zu zwei kunstvollen Zöpfen gebunden, über ihren Schultern hing ein Bärenfell. Sie hielt einen Fächer aus Adlerfedern und eine Rassel und bewegte sich zum rhythmischen Singsang eines heiligen Liedes vor dem Bett des Cowboys. »Wakan Tanka! Wakan Tanka!«, rief sie mit heiserer Stimme. »Gib diesem weißen Mann neue Kraft!«

Von dem beschwörenden Singsang und dem Klang der Rasseln ging eine eigenartige Wirkung aus, die selbst Molly im Schlaf beeinflusste. Die Bilder ihres Traumes verschwammen zu einem sanften Braunton, wie auf den alten

Familienfotos, die Oscar in seinem *Roadside Cafe* an der Wand hängen hatte, und Mary verwandelte sich in einen Bären, der sich zu seiner vollen Größe aufrichtete und mit brennenden Augen auf den kranken Cowboy und sie herabsah. Dann verschwand der Traum, und sie fiel in einen tiefen Schlaf, der ihren Geist und ihre Muskeln stärkte und sie schon früh am Morgen weckte. Sie blinzelte verwirrt in das aufkommende Morgengrauen, das die Fensterscheiben über der Couch erleuchtete, und setzte sich gähnend auf.

Langsam gewöhnte sie sich an das Licht der brennenden Kerosinlampe und spürte die angenehme Wärme, die von dem beheizten Herd ausging. Mary saß in einem der Sessel und wärmte ihre Hände an einem dampfenden Kaffeebecher. »Ich freue mich, dich wiederzusehen«, begrüßte die alte Indianerin sie zufrieden. »Du hast tief und fest geschlafen, und ich habe gespürt, wie dich meine Gebete berührt haben.« Sie deutete zur Küchenecke. »Ich habe dir eine Schüssel mit heißem Wasser auf den Tisch gestellt. Ich habe keine Seife. Nur Shampoo. Es riecht nach frischen Pfirsichen! John hat es mir in Kamloops gekauft. Ich mag Pfirsiche.«

»Wie geht es Eddy?«, fragte sie. »Ist er wieder gesund?«

»Er schläft. Er ist gesund« sagte Mary ohne den geringsten Anflug von Stolz. »Er wird gleich aufwachen, also beeil dich!« Jetzt huschte ein Lächeln über ihr Gesicht. »Ich mache inzwischen Frühstück. Ihr müsst viel Hunger haben! Ich habe Büffelfleisch.« Büffelfleisch? Molly stand auf und ging zum Küchentisch. Sie wusch ihr Gesicht und ihren Oberkörper mit dem Shampoo und genoss den süßen Pfirsichduft. Ihr T-Shirt, das sie unter der Bluse und dem Pullover getragen hatte, war von Mary gewaschen worden und über dem Herd getrocknet. Es war etwas steif und duftete ebenfalls nach Pfirsich. Sie zog sich lächelnd an, kämmte mit den Fingern ihre Haare durch und band sie zu einem Pferdeschwanz.

Mary hatte inzwischen das Frühstück zubereitet: knusprige Spiegeleier und Hamburger aus gehacktem Büffelfleisch, dazu gab es aufgewärmte Biskuits und Orangensaft. »Die frischen Sachen hat John in Kamloops für mich gekauft«, berichtete sie. »Ich habe keinen Kühlschrank, aber im Winter ist es kalt, da kann ich sie in der Vorratskammer aufheben. Möchtest du Ketchup? Ich esse meine Buffalo Burger mit viel Ketchup. Und mit Senf.«

Molly tat es ihr nach und griff nach dem Kräutertee, den Mary für sie aufgegossen hatte. Sie erinnerte sich nicht daran, der Indianerin gesagt zu haben, dass sie lieber Tee trank. Sie biss in den Hamburger und war überrascht, wie gut das Fleisch selbst am frühen Morgen schmeckte. »Wo hast du das Büffelfleisch gekauft?«, fragte sie neugierig. »Im Supermarkt? Es schmeckt gut!«

»John kennt einen Rancher, der Büffel züchtet«, antwortete die Indianerin, »auf dem Weg nach Kamloops. Ein weißer Mann.«

Der Geruch des üppigen Frühstücks lockte auch den alten Cowboy von seinem Nachtlager hoch. Er torkelte angezogen zu der Waschschüssel, die Mary mit frischem Wasser gefüllt und auf den Herd gestellt hatte, und wusch sich das Gesicht. Mit dem Handtuch in beiden Händen drehte er sich zu den Frauen um. »Ich bin wieder mal vom Pferd gefallen, was?«, fragte er. Seine Stimme klang wesentlich besser und zuversichtlicher als vor zwei Tagen. »Komisch. Und ich dachte, ich wär längst in der Hölle!

Irgendjemand hat getrommelt, und dann hab'ich einen Grizzly am Feuer tanzen sehen.« Er griff sich an die Schläfe. »Ich hab' 'ne Beule, verdammt! Ich hab' mich blöd angestellt, was?«

»Du warst beinahe tot, du verrückter Kuhtreiber!«, schimpfte Molly. Sie war erleichtert, dass der Cowboy seinen Humor wiedergefunden hatte. »Wenn ich nicht gewusst hätte, dass du zum Blue River reitest, wärst du jetzt tatsächlich in der Hölle! Du kannst dich bei Mary bedanken, dass du wieder gesund bist!«

Eddy trocknete sich das Gesicht ab und legte das Handtuch auf den Brennholzstapel. »Danke, Mary«, sagte er zu der Indianerin. Er blickte Molly an und grinste verlegen. »Ich war wohl ziemlich von der Rolle, was? Du hättest mich liegen lassen sollen, dann hättest du dir 'ne Menge Kummer erspart. Irgendwie hab'ich das Gefühl, dass meine Annie im Himmel auf mich wartet.«

»Unsinn!«, sagte Molly zu ihm. »Deine Frau hätte dir ordentlich den Hintern versohlt, wenn du ihr auf diese Weise gefolgt wärst! Außerdem brauchen wir dich auf der Ranch! Also reiß dich gefälligst zusammen, und lauf nicht davon wie ein kleiner Junge!«

»Aye, Ma'am!« Eddy war froh, dass sie den Alkohol nicht erwähnte und auf eine längere Standpauke verzichtete. »Ich schätze, ich muss mich noch einmal in aller Form bei den Ladys bedanken«, meinte er übertrieben höflich. Er tippte sich an den Hut, den er auch zum Frühstück aufgesetzt hatte. »Muchas gracias, wie wir in Mexiko sagen, und es wird nicht wieder vorkommen!«

Damit war die Sache erledigt, und auch Molly hütete sich, noch ein Wort darüber zu verlieren. Sie war heilfroh, dass der Cowboy wieder nüchtern war und keine ernsthaften Verletzungen davongetragen hatte. Er hatte viel Glück gehabt. Sie hoffte, dass er nach diesem Rückfall gefestigt genug war, um ohne Schnaps durch den Winter zu kommen, und lächelte ihm aufmunternd zu. »Büffelfleisch«, sagte sie. »Das bringt dich wieder in Schwung!«

Nach dem Frühstück spülte Molly das Geschirr ab, während Eddy auf einem Priem kaute und Mary an ihrer Maiskolbenpfeife schmauchte. In dem schmutzigen Spiegel, der neben dem Herd an der Wand hing, beobachtete sie den alten Cowboy. Das verschmitzte Lächeln war in sein Gesicht zurückgekehrt und außer der Beule erinnerte nichts mehr an seinen Rückfall und seinen Sturz.

»Auf Wiedersehen, Mary«, verabschiedete sich Molly. »Du bist jederzeit willkommen auf unserer Ranch, das weißt du hoffentlich! Komm zu uns, wenn es dir hier draußen zu einsam wird!«

»Ich bin nicht allein«, erwiderte die Indianerin geheimnisvoll. »Und du brauchst mich nicht mehr. Dein Schutzgeist wird bei dir sein, wenn Wakan Tanka eine neue Prüfung für dich bereithält.«

Sie stiegen auf die Pferde und ritten stetig nach Westen. Eddy sagte kein Wort, als sie den Fluss überquerten und die Stelle erreichten, an der seine Frau erfroren war. Ohne sich umzublicken, erklommen sie den Hügel und erreichten den Waldrand. Der Blue River blieb hinter ihnen im trüben Sonnenlicht zurück.

22

In den nächsten Tagen schneite es stark und sie waren zwei Tage damit beschäftigt, den Feldweg zur Hauptstraße freizuschaufeln. »Sobald wir Geld haben, kaufen wir einen Schneeräumer«, meinte Steve erschöpft. Er warf die Schaufel auf den Pick-up und schlug die Hände gegeneinander. Sein Blick ging prüfend zum Himmel. Die dunklen Wolken waren nach Süden gezogen und am Horizont waren helle Streifen zu erkennen. »Sieht ganz so aus, als hätten wir erstmal Ruhe!« Er blickte Molly an. »Jetzt wäre heißer Kaffee recht. Hast du noch Apple Pie im Gefrierfach? Den könntest du doch im Backofen aufwärmen …«

Molly stützte sich auf ihre Schaufel. Ihr Gesicht war von der Kälte gerötet und ihre Augen tränten leicht. »Ich will sehen, was sich machen lässt. Aber viel Zeit hab' ich nicht. Wird höchste Zeit, dass ich wieder mal die Stute reite. Red könnte auch etwas Bewegung vertragen. Ich reite zur Hauptstraße runter, da ist bestimmt schon geräumt.« Sie blickte von einem zum anderen. »Hat jemand Lust, mitzukommen? Wie sieht's aus, Steve? Eddy?«

Beide Männer erklärten sich einverstanden. John hatte bereits angekündigt, sich um die Rinder zu kümmern und den Schweinestall auszumisten, um möglichst nahe bei Tess bleiben zu können. Man sah ihr bereits an, dass sie schwanger war, und er wurde immer nervöser. Seit Molly ihm angeboten hatte, bei Tess im Haus zu schlafen, entfernte er sich kaum noch von der Ranch. Ihr ging es gut, und alles verlief nach Plan, doch er war aufgeregt wie ein Junge vor Weihnachten und betonte alle paar Tage, dass er Tess sobald wie möglich heiraten würde. Sie wartete ungeduldig darauf, dass ihr Vater nachgab und auf der Ranch auftauchte, und schob die Hochzeit immer weiter hinaus.

Als Molly, Steve und Eddy die Hauptstraße erreichten, war der Schneepflug gerade durchgekommen. Zu beiden Seiten der Clearwater Valley Road türmte sich ein hoher Schneewall. So weit im Norden begegnete man nur alle paar Stunden einem Fahrzeug und sie ritten ungehindert über den festen Schnee. Red blieb dicht bei seiner Mutter und benahm sich wie ein junges Fohlen, obwohl er längst groß war. Die Sonnenstrahlen, die zaghaft zwischen den Wolken hindurchschienen, brachten sein seidiges Fell und die buschige Mähne zum Leuchten. »Für den bekommen wir viel Geld«, überlegte Eddy.

»Ich weiß nicht, ob ich ihn verkaufen möchte«, erwiderte Molly. »Der Kleine ist mir ans Herz gewachsen!« Sie hatte in letzter Zeit nicht mehr darüber gesprochen, die Ranch im Frühjahr zu verkaufen, und benahm sich wie eine Frau, die in der kanadischen Wildnis eine neue Heimat gefunden hatte. Schon seit einigen Wochen hatte sie nicht mehr mit Pam oder ihrer Mutter telefoniert. Die Telefonleitung war intakt, und auch das Handy funktionierte, wenn sie auf den nahen Hügelkamm stieg. Es lag wohl mehr an ihrer Angst vor einer Entscheidung.

Sie hatte sich in dieses Land verliebt. Der Anblick der urwüchsigen Natur abseits der Highways, die Berge, Täler und Seen, die schneebedeckten Gipfel der Trophy Mountains, die rauschenden Wasserfälle und der würzige Duft der endlosen Wälder beschleunigten ihren Herzschlag. Ihre neuen Weggefährten waren zu treuen Freunden geworden, die sie nicht mehr missen wollte. Eddy Norman, der alternde Cowboy, der seine geliebte Annie nicht vergessen konnte, John Running Deer, der zuverlässigste Indianer nördlich von Kamloops, und die plötzlich so sanfte und verletzliche Tess. Ihr Mann Steve, der in der Wildnis zu einem anderen und besseren Menschen geworden war. Sie mochte die Arbeit an der frischen Luft, die Rinder, die Schweine, den verzweifelten Kampf um ihre neue Existenz, so anstrengend und nervenaufreibend das damit verbundene Leben auch war. Sie war stärker geworden.

Scheinbar unbewusst hielt Molly auf die Tankstelle und den Laden von Dan Burke zu. Erst als sie ihn erreichten, wurde ihr klar, dass sie mit der Absicht losgeritten war, ihm einen Besuch abzustatten. Sie stieg aus dem Sattel und reichte ihrem Mann die Zügel. »Ich bin gleich zurück, Steve. Dauert nur ein paar Minuten.«

Dan Burke hatte sie bereits durch das Fenster erkannt. »Hallo, Mrs Gibson«, grüßte er verlegen. Er saß neben der Heizung und las in einer Zeitschrift. »Die Chocolate Chip Cookies sind aus.«

»Deswegen bin ich nicht hier«, erwiderte Molly streng. »Ich wollte Sie an Ihr Versprechen erinnern, uns einen Besuch abzustatten! Tess ist im vierten Monat und wartet verzweifelt darauf, dass Sie dem Kind Ihren Segen geben! Oder ist es Ihnen egal, was mit Ihrer Tochter passiert?« Als sie sah, dass er sich verstecken wollte, nahm sie ihm die Zeitschrift aus der Hand und warf sie auf die Theke. »Wir erwarten Sie am Freitag um neunzehn Uhr zum Dinner! Wenn Sie nicht kommen, lasse ich Sie holen!«

Ohne einen Gruß verließ sie den Laden und stieg in den Sattel. »Wird Zeit, dass wir uns auf den Rückweg machen«, sagte sie zu Steve und Eddy. Sie nahm die Zügel und lenkte ihre Stute herum.

»Dan Burke kommt am Freitag zum Dinner«, sagte sie, als sie die fragenden Gesichter der Männer sah. »Das hoffe ich jedenfalls. Kein Wort zu Tess, verstanden? Sie würde es nie verwinden, wenn sie erfährt, dass ihr Vater sie versetzt hat! Auch John darf es nicht wissen! Ich will nicht, dass es unnötig Ärger gibt!«

»Aye, Ma'am!«, erwiderte Eddy, der längst gemerkt hatte, dass Molly das Kommando auf der Ranch übernommen hatte, und sich köstlich darüber amüsierte. Auch Steve hatte nichts dagegen. »Der alte Henderson hätte es genauso gemacht, Ma'am!«

Molly drehte sich im Sattel um und musste lachen. Der Cowboy hatte die Hand zum militärischen Gruß erhoben. »Jane Fonda?«, fragte sie.

»Clint Eastwood«, antwortete er grinsend.

Die Woche verging schnell, und die Sonne ließ sich immer öfter blicken, was Molly als gutes Zeichen verstand. Am Freitag war sie sehr nervös und überließ es Tess, den Elchbraten zu würzen und in den Backofen zu schieben. Dazu gab es Kartoffeln und Tiefkühlgemüse. Der Bratenduft zog verführerisch durch das Haus und weckte sogar Dusty, der in letzter Zeit sehr müde war und stundenlang unter der Treppe faulenzte. »Keine Angst! Du kriegst was ab!«, beruhigte Molly ihn. »Aber zuerst wird gelaufen! Du warst seit Tagen nicht mehr draußen!«

Sie scheuchte den Hund ins Freie, jagte ihn den Hügel hinauf und stürzte lachend in den Tiefschnee, als sie ihm folgen wollte. Dusty kam zurück, überzeugte sich schnüffelnd davon, dass ihr nichts passiert war, und rannte wieder davon. Ein Eichhörnchen weckte seinen Jagdinstinkt und lockte ihn in den Wald. Molly blieb lachend liegen und freute sich an dem Schnee und dem strahlenden Sonnenschein, der an diesem Tag über der Ranch lag. Prustend stand sie auf. Sie klopfte sich den Schnee aus den Kleidern, blickte zur Ranch hinunter und rief übermütig: »Habt ihr was gemerkt, Leute? Die Sonne scheint! Jetzt kann uns nichts mehr passieren! Wir schaffen es! Wir bringen die verdammte Ranch in Schwung! So schlimm kann der Winter gar nicht sein!«

Um kurz vor sieben stand sie am Fenster und blickte nervös auf den Ranchhof hinaus. »Was hast du denn?«, fragte Tess neugierig. »Suchst du Dusty? Der liegt wieder unter der Treppe!«

»Ich weiß«, antwortete sie. »Ich wollte nur mal nach dem Wetter sehen. Ist immer verdächtig, wenn so lange die Sonne scheint.«

Tess trat lachend neben sie. »Aber es ist kein Wölkchen am Himmel! So schön war es den ganzen Sommer nicht! Im Radio sagen sie, dass es das ganze Wochenende so sonnig bleibt!«

Kaum war Tess in die Küche zurückgekehrt, kam der Pick-up des Ladenbesitzers durch das Ranchtor. Mollys Herz machte einen Sprung, als sie den Wagen sah. Der Griesgram war also endlich über seinen Schatten gesprungen! Sie drehte sich um und rief: »Tess! Machst du bitte die Tür auf? Wir kriegen Besuch!«

Molly blieb am Fenster stehen und beobachtete, wie Dan Burke den Pick-up parkte und zögernd ausstieg. Im selben Augenblick ging die Haustür auf und seine Tochter trat auf die Veranda. Die beiden blickten einander lange an und suchten nach Worten.

»Daddy!«, begann Tess. »Du bist endlich gekommen, Daddy!«

»Tess!«, erwiderte ihr Vater verlegen. Sein Blick ging zu ihrem leicht gewölbten Bauch, und er fügte hinzu: »Man sieht ja gar nichts!«

Sie legte eine Hand auf ihren Bauch. »Ein bisschen schon.«

Er räusperte sich. »Mrs Gibson hat mich zum Essen eingeladen. Gibt es Elchbraten? Riecht ziemlich verlockend da drinnen!«

»Kommen Sie doch rein, Mr Burke!«, empfing Molly ihren Gast. Sie war hinter Tess aufgetaucht und öffnete die Tür. »Ich wollte dir nichts sagen«, flüsterte sie ihr zu, »ich wusste ja nicht, ob er kommt.« Ihre Stimme wurde wieder lauter. »Ich freue mich, dass Sie gekommen sind! Es gibt Elchbraten, den mögen Sie doch …«

»Und ob!«, sagte der Ladenbesitzer. Er kam langsam näher, blieb vor der Tür stehen, als hätte er immer noch Hemmungen, und legte seiner Tochter eine Hand auf die linke Schulter. »Tess! Ich weiß, ich hätte schon früher kommen sollen! Ach, verdammt!«

Sie umarmte ihn weinend und sagte: »Ist doch egal, Daddy! Ich war auch ein ziemliches Ekel! Komm rein und setz dich! Den Elchbraten hab' ich gemacht! Willst du eine Coke? Ich glaube, wir haben noch ein paar Dosen im Kühlschrank! Komm endlich!«

Molly war froh, dass Eddy und John noch bei den Rindern waren und es nicht gleich zur Begegnung zwischen Dan Burke und dem Indianer kam. Nur Steve war schon da und schüttelte seinem Besucher die Hand. »Ich mach das schon, Tess«, sagte er, »nimm du lieber den Elchbraten aus der Röhre!«

Er holte zwei Dosen Cola aus dem Eisschrank und reichte dem Mann eine.

»Gibt's in diesem Haus kein Bier?«, fragte Dan Burke, nur um etwas zu sagen und seine eigene Verlegenheit zu überspielen.

Molly erschrak und warf einen nervösen Seitenblick auf Steve, der sich nichts anmerken ließ. Er lachte wie ein kleiner Junge und erwiderte: »Alkohol hat die Chefin verboten! Stimmt's, Molly?«

»Ich hab' keine Lizenz bekommen« meinte sie grinsend.

Tess zog den Elchbraten aus der Röhre und überließ es Molly, ihn in Scheiben zu schneiden und auf einer Platte anzurichten. Steve ging unter einem Vorwand ins Büro, damit Tess und ihr Vater ungestört miteinander reden konnten. Aber sie waren beide immer noch zu verlegen, um die richtigen Worte zu finden.

Als Molly den Braten auf den Tisch stellte, kam Eddy zur Tür herein. Sie hielt erschrocken den Atem an, weil sie vermutete, dass John hinter ihm erschien, doch der Cowboy sagte: »John kommt etwas später. Eines der Rinder hat sich das Bein verstaucht.« Molly sah das Blitzen in seinen Augen und vermutete, dass Eddy den Ladenbesitzer hatte kommen sehen und John absichtlich gebeten hatte, etwas später zu kommen. Wenn der Indianer gleich kam, verlor Dan Burke vielleicht die Nerven.

»He, wen haben wir denn da?«, begrüßte er den Besucher überschwenglich. »Sie wissen wohl, dass Ihre Tochter den besten Elchbraten diesseits des Thompson Rivers brät!« Er lachte schallend. »Was machen die Geschäfte? Wagt sich bei dem verdammten Schnee überhaupt noch jemand die Straße hoch?«

Die übertriebene Begrüßung ließ dem Ladenbesitzer gar keine andere Wahl, als darauf einzugehen. »Ein paar Verrückte gibt es immer«, sagte er. »Heute war ein Trapper da und wollte Zigaretten. Ohne Zigaretten geht er nicht in den Busch, hat er gesagt.«

»Die Leute werden auch immer verrückter hier draußen«, sagte Eddy. »Nun ja, oder wir sind die Verrückten, und alle anderen Leute sind ganz normal!« Er lachte wieder. »Noch 'ne Cola?«

»Wenn Sie eine mittrinken?«

»Ich trinke nur Cola«, beteuerte der Cowboy. »Cola und Wasser. Und wenn's mir schlecht geht, verschreibt mir Molly einen Kräutertee! Sind strenge Sitten hier, das kann ich Ihnen sagen!«

»Und deswegen wird jetzt auch gegessen«, löste Molly den Cowboy ab. »Setzen Sie sich, Mr Burke! Tess, du sitzt neben deinem Vater! John kommt heute etwas später!« Sie reichte ihrem Gast eine Gabel. »Nehmen Sie, Mr Burke! Sie wissen ja, wenn es den Gästen schmeckt, freut sich die Hausfrau! Es ist genug da! Eddy hat den Elch in den Flatlands geschossen, stimmt's?«

»Und wie das stimmt«, ging Eddy darauf ein, »aber ohne Steve hätte ich ihn wohl nicht getroffen. Das Biest schlich wie ein Wolf am Flussufer entlang, und ich hätte ihn bestimmt verjagt, wenn Steve nicht gewesen wäre! Er hat Augen wie ein Luchs! Sobald er eine Lizenz bekommt, lasse ich ihn auf die Jagd gehen! Ich werde alt, Mr Burke. Nächstes Jahr setz ich mich in einen Schaukelstuhl und schaue den anderen bei der Arbeit zu!«

»Untersteh dich!«, erwiderte Molly scheinbar entrüstet. »Solange du noch gerade im Sattel sitzen kannst, wirst du arbeiten! Glaub ja nicht, dass wir dich so einfach laufen lassen!« Sie lachte. »Was soll dein Brauner sagen, wenn du ihn morgens nicht mehr begrüßt? Der wäre mächtig böse, wenn du ihn im Stich lässt!«

Der belanglose Wortwechsel erzielte die gewünschte Wirkung. Die verkrampfte Stimmung lockerte sich und Dan Burke benahm sich immer gelöster. Er war kein schlechter Mensch, stellte Molly fest, eher einer von diesen sturen Hinterwäldlern, die eine fest gefügte Meinung hatten und auch dabei blieben, wenn sie längst erkannten, dass sie falsch war. Auch in Idaho hatte es solche Männer gegeben. Wenn einer von ihnen an der Theke im *Roadside Cafe* saß und lautstark seine Meinung zum Besten gab, hatte Molly sich immer zusammennehmen müssen.

Sie waren bereits beim Nachtisch angelangt, als John Running Deer zur Tür hereinkam. »He, John!«, begrüßte Tess ihn gleich. »Mein Daddy ist gekommen! Wir haben uns versöhnt!«

Der Indianer ahnte wohl, wie Dan Burke reagieren würde, und betrat das Wohnzimmer nur zögernd. Der Ladenbesitzer war blass geworden. In seine Augen trat jener ablehnende und harte Ausdruck, den Molly bei der letzten Auseinandersetzung gesehen hatte, und seine beinahe ausgelassene Stimmung verschwand. Das hatte sie die ganze Zeit befürchtet. »Du bist immer noch mit diesem Indianer zusammen, was?«, sagte Dan Burke zu seiner Tochter. »Das stimmt doch, oder?«

Tess blickte ihn ungläubig an. »Natürlich stimmt das, Daddy! Ich dachte, das weißt du! Es ist sein Kind, und wir wollen sobald wie möglich heiraten! Ich dachte …« Sie begann zu weinen. »Ich dachte, du würdest uns deinen Segen geben … Ich dachte, du bist gekommen, um … um dich mit mir zu versöhnen! Warum tust du mir das an, Daddy? Warum bist du so … so hässlich zu mir? John hat dir doch nichts getan! Er ist der beste Mann der Welt!«

»Du bist noch zu jung, um das zu beurteilen«, erwiderte ihr Vater. »Du bist neunzehn. Woher willst du wissen, dass dieser … dass er der Richtige für dich ist? Er hat dir ein Kind gemacht, das zeigt doch schon, wie verantwortungslos er ist! Was wollt ihr denn mit einem Kind?« Er sah die betretenen Gesichter der anderen und zwang sich zur Ruhe. »Ich bin in bester Absicht hierher gekommen, Tess! Ich will nicht, dass Streit zwischen uns ist! Ich bin sogar bereit, dein ... dieses Baby zu akzeptieren! Du wirst es aufziehen, und irgendwann, wenn du älter bist, wirst du einen netten Mann kennenlernen, der dir deine Verfehlung verzeihen wird. Aber ich kann nicht zusehen, wie du mit offenen Augen in dein Unglück rennst! Ich hab' nichts gegen Indianer. Aber sie sind anders als wir. Sie gehören zu einem anderen Kulturkreis.«

»Du bist ein Rassist!«, explodierte Tess. Ihre Trauer war in verzweifelte Wut umgeschlagen. »Du bist ein verdammter Rassist! Du lehnst John ab, weil er ein Indianer ist! Das lasse ich mir nicht gefallen, hörst du? Ich werde ihn heiraten! Jawohl, ich werde ihn heiraten, und du wirst nichts dagegen unternehmen können! Ich erzähle jedem, wie du dich aufführst! Mal sehen, ob dann noch jemand bei dir einkauft!«

Bevor ihr Vater etwas erwidern konnte, stand Molly auf. »Ich glaube, es ist besser, wenn Sie jetzt gehen, Mr Burke!«, sagte sie streng. »Es war wohl ein Fehler, Sie zum Essen einzuladen!«

Der Ladenbesitzer stand auf und verließ mit polternden Schritten den Raum. Bald darauf hörte man, wie er den Motor seines Pick-ups anließ und vom Hof fuhr. Molly war bereits bei dem schluchzenden Mädchen und schloss es in den Arm. »Er meint es nicht so, Tess! Ich bin sicher, er meint es nicht so! Er braucht noch etwas Zeit, das ist alles! Du wirst sehen, in ein paar Tagen kommt er vorbei und entschuldigt sich. Weine nicht mehr, okay?«

Sie blickte den Indianer an und sah den harten Ausdruck

in seinen Augen. »Wenn du jetzt die Nerven verlierst, machst du alles nur noch schlimmer«, warnte sie ihn mit sanfter Stimme. »Geh ihm aus dem Weg, hörst du? Wir haben Probleme genug auf der Ranch, da brauchen wir keinen Familienkrieg! Tu einfach so, als wäre er gar nicht hier gewesen! Ich weiß, das ist nicht einfach, aber alles andere würde nur zu einer Katastrophe führen! Kümmere dich um Tess, das ist jetzt wichtiger! Sie ist schwanger, da ist Aufregung schlimmer als Gift. Du weißt, dass alle hier auf der Ranch zu dir stehen.« Sie ließ Tess los und wartete, bis er zu ihr gegangen war. »Ich koche euch einen Kräutertee«, sagte sie. »Den Guten, den ich von Mary bekommen habe.«

23

Tess brauchte einige Tage, um sich von der Begegnung mit ihrem Vater zu erholen. Sie lachte wenig und stand oft minutenlang am Fenster und starrte mit verweinten Augen in den Hof hinaus. Ihr Essen rührte sie kaum an. »Mir ist schlecht«, sagte sie dann. »Muss wohl an der Schwangerschaft liegen.« Manchmal war ihr wirklich übel, und sie musste sich übergeben, aber das ginge allen schwangeren Frauen so, tröstete Molly den Indianer, der sich große Sorgen machte und kein Mittel wusste, um Tess aufzuheitern. Erst Molly hatte die rettende Idee.

»Nächsten Donnerstag ist Thanksgiving«, sagte sie beim Abendessen. »Ich weiß, das feiert ihr nicht in Kanada, aber wir könnten doch einen Truthahn kaufen und so tun, als wären wir in den Staaten. Wir nehmen uns morgen frei und fahren zum Einkaufen nach Kamloops. Na, was meint ihr? Wir könnten ins Kino gehen oder in die Mall, und John könnte Tess seinen Leuten vorstellen!«

Alle waren einverstanden und sie fuhren am nächsten Morgen gleich nach dem Frühstück los. Der Tag war wie geschaffen für einen Kurzurlaub, die Sonne leuchtete an einem wolkenlosen Himmel, und der Schnee war so fest, dass sie keine Schwierigkeiten beim Fahren hatten. John und Tess nahmen ihren eigenen Pickup und brachen schon vor den anderen auf, um möglichst früh in Kamloops zu sein. John hatte viele Freunde und noch mehr Verwandte. »Warum nehmt ihr euch nicht ein paar Tage frei?«, schlug Molly vor, »wir heben den Truthahn so lange auf«, aber John bestand darauf, mit den anderen zurückzukehren, weil es viel Arbeit gäbe und die Rinder nicht ohne ihn zurechtkämen.

Molly fütterte die Schweine und stellte Trockenfutter und Wasser für Dusty bereit, und Steve und Eddy brachten den Rindern frisches Heu, bevor sie aufbrachen. Sie nahmen den Blazer. Diesmal setzte sich Steve ans Steuer, und Molly zog sich freiwillig auf die Rückbank zurück und blätterte gelangweilt in einer alten Zeitschrift. Sie war mitten in der Nacht durch einen bösen Traum geweckt worden und hundemüde. Kuraluk war zurückgekehrt und hatte sich in ihrem Schlafzimmer auf die Hinterbeine gestellt. Diesmal war Verzweiflung in seinen Augen gewesen, als wäre er von einem Jäger in die Enge getrieben worden, und als sie sich schweißnass aufgesetzt und ängstlich in die Dunkelheit gestarrt hatte, waren seine Schmerzlaute als vielfaches Echo zu hören gewesen, wie in einem Film, der ständig wiederholt wird. Sie hatte den Rest der Nacht wach gelegen und war lange vor Sonnenaufgang aufgestanden und hatte Tee gekocht.

Sie hatte den anderen nichts von dem Traum erzählt, um sie nicht zu beunruhigen, und sich damit herausgeredet, dass sie in den letzten Tagen viel gearbeitet hätte. Steve und Eddy hätten über den Traum gelacht oder ihn als lästigen Alptraum abgetan, aber John hätte sich vielleicht Sorgen gemacht und ein böses Omen in dem Traum gesehen, das auch Tess und ihn betraf. Dann wäre er zu Hause geblieben und die Stimmung des Mädchens hätte sich noch mehr verschlechtert. Mein Schutzgeist war schlechter Laune, versuchte sie den Albtraum abzutun, und wertete es als gutes Zeichen, dass sie von einem Thanksgiving mit ihren Eltern träumte, als die Zeitschrift von ihrem Schoß rutschte und sie einschlief. Sie war wieder zehn, und sie saßen am großen Esstisch mit den vielen Verwandten, und alle riefen »Aaah!«, als ihre Mutter den großen Truthahn aus der Küche hereinbrachte. Sie hatte eine glückliche Kindheit gehabt, zumindest kam es ihr jetzt so vor, und sie sehnte sich manchmal danach zurück. Sie würde ihre Mutter anrufen, sobald sie in Kamloops waren.

Als sie in Clearwater an einer Tankstelle hielten, wachte Molly auf. Sie reckte sich gähnend und ging in den Laden, um sich eine Zeitung und ein paar Kekse zu holen. Für Steve brachte sie einen Schokoriegel und für Eddy neuen Kautabak mit. An der Zapfsäule stieg Brad Miller aus seinem Geländewagen. Er stieß den Zapfhahn in den Tank und grinste spöttisch. »Sieh an, die streitbare Lady!«, sagte er. »Fahren Sie in die Staaten zurück? Ich wusste doch, dass Sie irgendwann aufgeben würden. Die Arbeit auf der abgetakelten Ranch ist nichts für eine Frau und Eddy ist Ihnen sicher keine große Hilfe! He, Eddy, soll ich dir ’ne Dose Bier aus dem Shop mitbringen? Oder zwei?«

Molly legte die Kekse und die Zeitung auf die Rückbank

und gab Eddy und Steve durch einen Blick zu verstehen, dass sie allein mit dem Rancher fertig würde. Sie ging zu Brad Miller und blieb ruhig vor ihm stehen. »Ich würde es sehr begrüßen, Mr Miller, wenn Sie sich dazu durchringen könnten, diese albernen Reden zu unterlassen«, sagte sie mit jenem süffisanten Lächeln, das sie im *Roadside Cafe* für junge Flegel reserviert hatte. »Ich sage es Ihnen gern ein letztes Mal und in aller Ruhe: Unsere Ranch ist nicht abgetakelt, ganz im Gegenteil, und Sie können gern bei uns vorbeikommen und sich selbst davon überzeugen! Ich gebe nicht auf, und ich habe nicht die Absicht, dieses Land zu verlassen. Und Eddy trinkt kein Bier. Ich weiß, was zwischen Ihnen vorgefallen ist, und ich kann mir vorstellen, dass Sie immer noch wütend auf ihn sind, obwohl Sie nicht den geringsten Grund dafür haben, aber es dürfte doch so langsam an der Zeit sein, die alten Geschichten ruhen zu lassen!« Sie entdeckte Elaine Miller auf dem Beifahrersitz und lächelte ihr höflich zu. »Grüßen Sie Ihre Frau von mir, Mr Miller! Auf Wiedersehen!«

Der Rancher war viel zu verdutzt, um etwas zu antworten, und starrte ihr mit offenem Mund hinterher, als sie in den Blazer stieg und Steve auf den Highway zurückfuhr. »Dafür verleih ich dir einen Orden«, meinte Eddy lachend, als die Tankstelle hinter ihnen zurückblieb. »Hast du sein dummes Gesicht gesehen? Ich wette, der sagt nie mehr ein böses Wort zu dir!« Steve schaltete das Radio ein. Shania Twain mit einer Edelschnulze, und der Nachrichtensprecher berichtete vom Streik der Werftarbeiter in Vancouver und kündigte mit betrübter Stimme an, das Wetter würde in den nächsten Tagen schlechter werden. Ein Tiefdruckgebiet sei im Anmarsch und es würde starke Schneefälle geben. »War 'ne gute Idee, heute zu fahren«, sagte Eddy fröhlich. »Morgen wären wir wahrscheinlich im Schnee stecken geblieben.« Er schob sich einen Priem in den Mund und dachte nach. »Nur um die Rinder mach' ich mir Sorgen! Wenn der Winter zu streng wird, verlieren wir zu viele Tiere! Dann können wir im Frühjahr sehen, wie wir weiterkommen! Dann behält Brad Miller doch noch recht, und das wäre das Letzte, was ich ihm gönne!«

In Kamloops parkte Steve vor dem Supermarkt. Während Molly den Truthahn und einige Kleinigkeiten kaufte, wollten die Männer zum Autohändler fahren und einige Zündkerzen besorgen. Sie verrieten nicht, dass sie sich auch nach dem Preis für einen Schneeräumer erkundigen wollten. Molly genoss ihren Einkauf. Es tat gut, nach so vielen Wochen auf der Ranch eine andere Umgebung und andere Menschen zu erleben, und wenn es nur die Kunden eines Supermarktes waren. Sie kaufte einen prächtigen Truthahn, einen stattlichen Siebzehnpfünder, süße Kartoffeln, Mais und einige Zutaten für die Füllung, die sie mit den Innereien vermischen und nach einem Rezept ihrer Mutter herstellen wollte. Sie besorgte neue Bettwäsche im angrenzenden Kaufhaus und blieb am Zeitschriftenstand stehen, wo sie in den Klatschillustrierten blätterte. Bevor sie zur Kasse ging, setzte sie sich in der Imbiss-Abteilung an die Theke und trank eine Limonade.

Vor dem Laden kam ihr für einen Augenblick in den Sinn, dass es wie beim letzten Mal sein und Eddy wieder in seine Lieblingsbar abgetaucht sein könnte, aber die Männer waren pünktlich und warteten bereits auf dem Parkplatz. Sie halfen Molly, die schweren Tüten auf die Rückbank zu heben, und schwärmten von einem Schneeräumer, der jedoch zu teuer war und erst infrage kam, wenn die ersten Einnahmen kamen. Eddy machte einen fröhlichen Eindruck, schien nicht die geringste Lust auf einen Whiskey oder ein Bier zu haben, und schlug vor, in das neue Steakhaus zum Mittagessen zu fahren. »Ein T-Bone mit Baked Potato wär' jetzt genau richtig«, sagte er. Danach wollten sie ins Kino gehen und sich einen Western mit Kevin Costner ansehen.

Später bezeichnete Molly es als eine makabre Laune des Schicksals, dass der Unfall nicht auf dem kurvenreichen Highway nach Clearwater oder der verschneiten Schotterstraße am Clearwater, sondern mitten in der Stadt geschah. Und sie machte sich heftige Vorwürfe, den Wagen nicht selber gesteuert zu haben. Doch Steve traf keine Schuld. Die Ampel zeigte grün, als sie auf die Kreuzung fuhren und der Aufprall des rostigen Pick-ups traf sie vollkommen unvorbereitet. Der betrunkene Farmer kam von rechts auf die Kreuzung geschossen und fuhr mit voller Wucht in ihren Chevy hinein. Es geschah so schnell und so überraschend, dass niemand schrie. Das Unglück wurde ihnen erst bewusst, als die Windschutzscheibe zersplitterte und sich ein Regen von scharfen Glassplittern auf sie ergoss. Metall verbog sich mit einem hässlichen Geräusch, das Molly ihr Leben lang verfolgen würde, und dann war überall Blut, und man hörte nur ein leises Zischen, als würde irgendwo Dampf abgelassen.

Nach dem Aufprall erlebte Molly alles wie in Zeitlupe. Den Schatten des Pick-ups, der über Eddy und Steve fiel und das Erscheinen des Todes anzukündigen schien. Das verzweifelte Stöhnen des alten Cowboys, der gegen die splitternde Seitenscheibe geschleudert wurde, die Metallteile, die sich in seinen Körper bohrten, das helle Blut, das aus seiner Lunge spritzte. Den entsetzten Blick ihres Mannes, als er wie eine leblose Puppe zusammensackte.

Die dunklen Umrisse des Pickups, der durch den Aufprall zur Seite geschleudert wurde und sich mehrmals um die eigene Achse drehte. Innerhalb von Bruchteilen von Sekunden brach ihre ganze Welt zusammen und dunkle Wolken schoben sich vor die Sonne und machten den Tag zur Nacht.

Wie aus weiter Ferne hörte sie ihr eigenes Stöhnen. Sie war gegen den Vordersitz geschleudert und auf den Rücksitz gefallen und wie durch ein Wunder unverletzt geblieben. Unter Schock setzte sie sich auf. »Steve!«, flüsterte sie immer wieder. »Steve!« Sie öffnete die Tür und stolperte wie in Trance aus dem Wagen, riss die Fahrertür auf. »Steve! Steve! Sag doch was, Steve!« Sie berührte ihren verletzten Mann, sah das Blut an ihren Händen und brach weinend zusammen. »Steve! Du darfst nicht sterben!«

Fremde Hände zogen sie vom Boden hoch. Die ersten Leute kamen herbeigerannt. »Mein Handy!«, rief Molly. »Wo ist mein Handy! Ich muss einen Krankenwagen rufen!« Ein fremder Mann hielt sie fest. »Schon geschehen, Ma'am! Beruhigen Sie sich! Der Krankenwagen muss gleich hier sein!« Immer mehr Menschen eilten herbei, blieben in respektvoller Entfernung stehen, hatten Angst vor der Nähe des Todes. »Dem ist nicht mehr zu helfen«, sagte ein junger Mann, der den betrunkenen Farmer auf der Kreuzung liegen sah. Er war durch den Aufprall aus seinem Pick-up geschleudert worden. »Der war schuld!«, rief ein Junge, der den Unfall beobachtet hatte. »Er ist bei Rot über die Kreuzung gefahren! Ich hab's genau gesehen!« Eine Frau gestikulierte mit den Armen. »Warum ruft denn niemand einen Krankenwagen?«

Wenige Augenblicke später war die Sirene zu hören. Der Krankenwagen hielt mit quietschenden Bremsen am

Unfallort und ein Notarzt und zwei Sanitäter sprangen heraus. Dahinter hielten zwei Streifenwagen der Polizei. Die Polizisten begannen sofort damit, den Unfallort abzusperren, und drängten die Schaulustigen zurück. Der Notarzt kniete neben dem toten Farmer und schüttelte den Kopf. Bei Eddy Norman blieb er etwas länger und sagte: »Für ihn kommt jede Hilfe zu spät!« Die Sanitäter hatten Steve bereits untersucht und rannten los, um eine Trage zu holen. »Was ist mit ihm?«, rief Molly in panischer Angst. »Kommt er durch?« Die Sanitäter hörten sie nicht. »Doktor! Doktor! Sie müssen meinen Mann retten!«, beschwor Molly den Notarzt. »Er lebt doch noch, oder? Er wird doch durchkommen? Bitte, Doktor …«

»Beruhigen Sie sich, Ma'am!«, erwiderte der Arzt. Er erlebte so eine Situation nicht zum ersten Mal und wusste, wie er sich zu verhalten hatte. »Wir tun alles für Ihren Mann, was wir können!« Während er mit ihr sprach, versorgte er den Verletzten und brachte eine Infusion an. »Er hat sich zwei oder drei Rippen gebrochen«, berichtete er nüchtern, »aber ich weiß nicht, ob Organe verletzt sind und er sich innere Verletzungen zugezogen hat.« Während die Sanitäter den Verletzten zum Krankenwagen trugen, unterzog er Molly einer raschen Untersuchung, die positiv ausfiel. »Ihnen ist nichts passiert, Ma'am, aber mir wäre es lieber, wenn Sie trotzdem mitkämen und sich untersuchen ließen.«

»Was ist mit Eddy?«, rief Molly, immer noch unter Schock stehend. »Ist er … er ist doch nicht tot, oder? Er darf nicht tot sein …«

»Tut mir leid, Ma'am. Ihm war nicht mehr zu helfen.«

»Aber …«

»Kommen Sie, Ma'am! Wir müssen los!«

Sie stiegen in den Krankenwagen und Molly setzte sich auf die schmale Bank an der Seite. Sie griff nach dem Arm ihres Mannes, der festgeschnallt auf der Bahre lag, und flüsterte: »Du wirst wieder gesund, Steve! Ich weiß, dass du wieder gesund wirst!« Der Notarzt überprüfte bereits seine Lebensfunktionen, und sie hörte angestrengt auf das regelmäßige Piepsen des Herzschlags, als könnte sie es durch ihren bloßen Willen am Leben erhalten. Ihre Tränen versiegten langsam. Die nüchterne Umgebung des Krankenwagens und das ruhige Vorgehen des Notarztes halfen ihr, den ersten Schock zu überwinden, und ließen sie wieder klarer denken. Jetzt fühlte sie auch ihren eigenen Schmerz. Sie hatte sich einige Prellungen zugezogen, kein Vergleich zu den schweren Verletzungen ihres Mannes, aber sehr unangenehm und schmerzhaft, wenn sie sich plötzlich bewegte.

Mit heulender Sirene hielten sie vor der Notaufnahme des Krankenhauses. Die Sanitäter rissen die Türen auf und Molly sprang aus dem Wagen. Sie wartete, bis sie ihren Mann heraushoben und in die Notaufnahme rollten, und rannte hinterher. Vor den Behandlungsräumen wurde sie von einer Krankenschwester aufgehalten. »Das ist ihr Mann«, erklärte der Notarzt, nachdem er seinen Kollegen die nötigen Informationen gegeben hatte. »Leichte Prellungen und ein leichtes Schleudertrauma, nehme ich an, aber mir wär's lieber, wenn Sie Mrs Gibson nochmal gründlich untersuchten.« Er wandte sich an Molly. »Sie können jetzt sowieso nichts für Ihren Mann tun, Ma'am! Aber Sie können sich darauf verlassen, dass ihm meine Kollegen helfen!«

Molly nickte stumm und folgte der Schwester in den Behandlungsraum. Ihre Gedanken blieben bei ihrem verletzten Mann, als sie ihre Personalien angab und der Schwester ihre Versicherungskarte gab. »Mir fehlt nichts«, sagte sie, »nur die Rippen tun mir ein bisschen weh!« Tatsächlich hatte sie außer ein paar leichten Prellungen keine Verletzungen. Das Schleudertrauma war kaum der Rede wert, und sie lehnte es entschieden ab, eine Halskrause zu tragen. Nachdem die Schwester ihre Brust mit einer schmerzstillenden Salbe eingeschmiert hatte, fragte Molly: »Wann kann ich meinen Mann sehen? Wird er durchkommen?«

»Die Ärzte untersuchen ihn gerade«, antwortete die Schwester. Sie arbeitete schon lange in der Notaufnahme und hatte ihre eigene Art, mit den Angehörigen umzugehen. »Warten Sie bitte draußen! Wir sagen Ihnen Bescheid, sobald wir Näheres wissen.« Sie zeigte ihr den Weg in das große Wartezimmer, und Molly setzte sich auf einen der roten Stühle und verbarg den Kopf in beiden Händen. »Ist das die Prüfung, von der Mary gesprochen hat?«, flüsterte sie. »Soll ich deswegen stark sein?« Sie schluchzte ein paarmal und fragte sich verzweifelt, was sie ohne ihren Mann anfangen sollte, dann griff sie nach einer Zeitschrift und blätterte darin, ohne etwas zu erkennen. Sie legte die Zeitschrift wieder hin und stand unruhig auf.

Wie ein Tier im Käfig lief sie in dem Warteraum auf und ab. Eine Szene, die sie unzählige Male im Fernsehen gesehen hatte und von der sie niemals geglaubt hätte, dass sie einmal selbst darin gefangen sein könnte. Sie dachte an Eddy, der sich gerade von seinem Rückfall erholt hatte und so wunderbar über dem Berg gewesen war und der nun auf so plötzliche und gewaltsame Weise ums Leben gekommen war. Sie tröstete sich mit dem Gedanken, dass der Cowboy endlich wieder mit seiner Annie vereinigt und wahrscheinlich sogar froh darüber war, im Jenseits angekommen zu sein.

John und Tess fielen ihr ein. Sie suchte nach ihrem Handy, fand es in ihrer Anoraktasche und steckte es seufzend wieder ein. Sie wusste nicht, unter welcher Nummer sie die beiden erreichen konnte. Der Lautsprecher knackte, und ein Arzt wurde gebeten, sofort in die Notaufnahme zu kommen. Ob er zu ihrem Mann gerufen wurde? Sie blieb nervös vor der Absperrung stehen, die den Warteraum von den Behandlungsräumen trennte, und blickte auf die grünen Vorhänge. Das Piepsen eines Messgeräts hallte unheilvoll zu ihr herüber. Sie blickte zwei Schwestern nach, die sich lachend unterhielten, wahrscheinlich über ihr letztes Date, und hinter einem der Vorhänge verschwanden.

Die Zeit verging quälend langsam. Sie las die Verlautbarungen durch, die in einem Glaskasten angeschlagen waren, die studierte ein Merkheft für Zuckerkranke, das bei den Zeitschriften lag. Außer ihr waren noch drei andere Patienten oder Angehörige in dem Warteraum, ein alter Mann und zwei Frauen, die sich mit gedämpfter Stimme unterhielten, und sie war froh, dass niemand versuchte, mit ihr ins Gespräch zu kommen. Alle paar Minuten huschte ein Arzt oder eine Schwester durch den Raum.

Um zehn vor zwölf erschien eine junge Ärztin, rief »Mrs Gibson!« und bat sie in einen Untersuchungsraum. »Ihr Mann wird durchkommen, Mrs Gibson«, sagte sie. »Die Verletzungen sind nicht so schlimm, wie wir befürchtet hatten. Zwei gebrochene Rippen, aber keine inneren Verletzungen, das kriegen wir wieder hin.«

»Er muss nicht operiert werden?«

»Nein, Mrs Gibson. Wenn sich an seinem Zustand nichts ändert, und es sieht alles danach aus, kann er in zwei, drei

Wochen wieder gehen. Er hat sehr viel Glück gehabt, Mrs Gibson.«

»Ich weiß. Darf ich ihn sehen?«

»Im Augenblick nicht«, sagte die Ärztin. »Er braucht jetzt sehr viel Ruhe. Rufen Sie uns morgen früh an, dann wissen wir mehr.«

»Vielen Dank, Doktor.«

»Alles Gute, Mrs Gibson.« Die Ärztin schüttelte ihr die Hand und verließ den Behandlungsraum.

24

Vor dem Krankenhaus blieb Molly stehen. Sie kniff die Augen gegen das helle Sonnenlicht zusammen und fühlte sich wie eine verstörte Höhlenbewohnerin, die nach vielen Jahren zum ersten Mal das Tageslicht sah. Beinahe gierig atmete sie die frische Luft ein. Sie verdrängte den Schmerz und die Panik und versuchte, logisch zu denken. Sie musste sich bei der Polizei und bei der Versicherung melden. Sie musste wissen, was mit dem Wrack ihres Chevy Blazer geschah, und ob sie einen Mietwagen bekam. Sie musste zu einem Bestattungsunternehmen gehen und sich um die Beerdigung von Eddy Norman kümmern. Sie musste versuchen, John und Tess ausfindig zu machen, und ihnen die Wahrheit so schonend wie möglich beibringen, ohne Tess zu sehr aufzuregen. Sie musste dafür sorgen, dass die Tiere auf der Ranch versorgt wurden.

Sie lehnte sich mit dem Rücken gegen eine Betonmauer und schloss die Augen, wollte für einen Moment den Schmerz und die Sorgen vergessen. Doch die Probleme blieben, und als sie die Augen wieder öffnete, brannte die Sonne so hell vom Himmel, dass der Schnee auf den Hausdächern sie blendete. Sie ging ein paar Schritte und sah John und Tess in ihrem Pickup vor dem Krankenhaus halten. Beide stiegen aus und rannten ihr entgegen. »Wir haben gesehen, wie sie den Blazer von der Kreuzung geräumt haben!«, sagte John aufgeregt. »Ein Mann hat uns erzählt, was passiert ist! Ist Eddy wirklich ... ist er wirklich tot? Wie geht es Steve? Bist du okay? Können wir irgendwas tun, Molly?«

Molly gewann ihre Ruhe wieder und stellte sich der Verantwortung, die jetzt auf ihr lastete. »Eddy ist tot«, gab sie leise zu. »Er hat nichts gespürt, es ist sehr schnell gegangen.« Sie stellte erleichtert fest, dass Tess nicht in Panik geriet. »Steve ist okay. Zwei Rippen sind gebrochen, und sie müssen noch einige Tests machen, um ganz sicherzugehen, dass er keine inneren Verletzungen hat. Wenn alles gutgeht, ist er in zwei Wochen wieder draußen. Ich darf erst morgen zu ihm. Mir ist nichts passiert.«

John und Tess wollten wissen, wie der Unfall passiert war, und Molly gab ihnen bereitwillig Auskunft. Wenn sie den genauen Ablauf kannten, blieb weniger Raum für ihre Fantasie, und die Albträume waren nicht so schlimm. Sie standen in der Sonne und froren kaum. Nachdem Molly alles berichtet hatte, schwieg John betreten, und Tess begann, leise zu schluchzen. Der Indianer legte ihr einen Arm um die Schultern und zog sie sanft an sich. In diesem Augenblick wurde deutlich, dass er sie tatsächlich liebte und viel mehr zwischen ihnen war, als Dan Burke vermutete. Sie waren füreinander geschaffen und würden zusammenbleiben, das würde auch ihr Vater nicht verhindern können.

Molly ließ sich die Handynummer der beiden geben und bat John, sich um die Ranch zu kümmern, solange sie in Kamloops blieb. »Ich komme nach der Beerdigung«, sagte sie, »sobald ich weiß, dass Steve das Schlimmste überstanden hat. Ruft mich an, wenn irgendwas ist! Ich verlasse mich auf euch. Ihr braucht nicht zur Beerdigung zu bleiben, wir dürfen die Ranch nicht unbeaufsichtigt lassen. Ich werde Blumen für euch niederlegen.«

»Ich werde in der Natur für Eddy beten«, versprach John, »so wie es mein Volk früher getan hat. Dort hört mich Wakan Tanka am besten. Ich weiß, dass er sich gut um Eddy kümmern wird.« Er wischte sich eine Träne aus den Augen. »Brauchst du wirklich keine Hilfe hier? Es gibt sicher viel zu tun. Du hast kein Auto …«

Molly deutete auf das Motel schräg gegenüber. »Ich checke dort drüben ein und telefoniere vom Zimmer aus. Ich lasse mir einen Leihwagen von der Versicherung besorgen. Macht euch keine Sorgen, ich komme schon zurecht. Fahrt noch heute zurück!«

John versprach es und half Tess in den Pick-up. »Ich werde dich nicht enttäuschen, Molly! Ich werde es Brad Miller schon zeigen!«

Nachdem sie gefahren waren, überquerte Molly die Straße und mietete ein Zimmer in dem Motel. Es war sehr einfach eingerichtet: ein Bett, ein Tisch, ein Stuhl und eine Ablage für das Gepäck, und auf dem Fenster waren schmutzige Flecken. Aber es war preiswert und sie stellte keine hohen Ansprüche. Sie setzte sich auf das Bett. Es war viel zu weich und quietschte, wenn sie sich bewegte. So blieb sie minutenlang sitzen. Sie starrte auf die kahle Wand und empfand die düstere Atmosphäre in dem Zimmer als bedrückend. Um etwas Leben in die Leere zu bringen, schaltete sie den

Fernseher und die Nachttischlampe ein. Sie stellte den Apparat so leise, dass sie die Worte nicht verstand, raffte sich auf und zog die Gelben Seiten aus der Schublade.

Sie fand die Nummer ihrer Versicherung und wurde drei Mal weiterverbunden, bis sie den richtigen Ansprechpartner am Apparat hatte. Der junge Mann hatte schon von dem Unfall gehört und bedauerte, dass Molly darin verwickelt war. Er war sehr freundlich. Das Wrack ihres Wagens müsse erst von der Polizei freigegeben und von einem Gutachter untersucht werden, bevor über die Auszahlung entschieden werde, aber einen Mietwagen könne man ihr günstig besorgen, für einen geringen Aufpreis sogar einen Geländewagen. Molly ließ sich darauf ein und bestand darauf, dass man ihr den Wagen vorbeibrachte. Tatsächlich stand er schon eine halbe Stunde später vor ihrer Tür, ebenfalls ein Chevy Blazer, aber ein kleineres und neueres Modell.

Molly bezahlte mit ihrer Kreditkarte und wartete, bis der Angestellte der Mietwagenfirma ihr Zimmer verlassen hatte. Dann rief sie die Polizei an. Der Constable bestand darauf, dass sie auf der Polizeistation vorbeikam und ihre Aussage machte, aber bitte erst nach der Mittagspause. Molly hatte keinen Hunger und verzichtete auf das Mittagessen. Sie beließ es bei einem Kaffee im nahen McDonald's. Beim Anblick des kleinen Einkaufszentrums gegenüber fiel ihr ein, dass sie frische Unterwäsche und zwei oder drei T-Shirts für die nächsten Tage brauchte. Und neue Jeans für die Beerdigung. In Kamloops hatte man nichts dagegen, wenn die Trauergäste in Jeans, Anorak und Cowboystiefeln zu einer Beerdigung kamen, aber Eddy würde es ihr niemals verzeihen, wenn sie in den abgetragenen Jeans erschien.

Sie fuhr auf den Parkplatz des Einkaufszentrums und kaufte ein. Im Drugstore besorgte sie Waschzeug, Zahnbürste und Zahnpasta, dazu eine Nagelschere und etwas Kosmetik. Sie legte die Sachen auf die Rückbank und fuhr zur Polizeistation. Der Constable erwartete sie bereits und drückte ihr sein Bedauern über den schweren Unfall aus. Molly schilderte den Unfall aus ihrer Sicht und beantwortete die Fragen des Polizisten. Ein junger Mann und eine Frau hatten den Unfall gesehen und bezeugt, dass der Farmer bei Rot über die Kreuzung gefahren war, und eine Blutprobe hatte über zwei Promille bei ihm ergeben. »Mit der Versicherung dürfte es keine Schwierigkeiten geben«, versicherte der Constable. Das hilft dem armen Eddy auch nicht mehr, hätte sie am liebsten gesagt. Erst sehr viel später würde sie über den makabren Zufall lachen können, dass ausgerechnet ein Betrunkener den Tod des Cowboys verschuldet hatte.

Nach einem Telefonat bestätigte er die Freigabe des Leichnams und empfahl ihr ein Bestattungsinstitut. Dort sprach Molly am Nachmittag vor. Eddy hatte keine Versicherung abgeschlossen, und die Kosten waren höher, als sie gedacht hatte. Sie beschloss, etwas Geld beim Kauf eines neuen Wagens einzusparen. Die Beerdigung wurde auf den Freitag festgesetzt, nachdem Molly versprochen hatte, die nötigen Papiere mit der Post nachzureichen. Sie rief noch einmal die Versicherung an und berichtete, was der Constable über die Schuldfrage gesagt hatte, der Angestellte wollte sich jedoch nicht festlegen und befürchtete, dass es noch zwei Wochen dauern könne, bis das Wrack des Blazer freigegeben würde. »Vorher können wir leider nichts machen«, bedauerte er. Widerstrebend willigte er ein, für die Kosten des Mietwagens aufzukommen, bis sie in die Stadt zurückkam, um ihren Mann vom Krankenhaus abzuholen.

Gegen Abend rief Molly im Krankenhaus an und erfuhr, dass man Steve auf die Überwachungsstation verlegt hatte und er nach der Einnahme eines starken Beruhigungsmittels bis zum nächsten Morgen schlafen würde. »Ja, es geht ihm den Umständen entsprechend gut«, erwiderte die Schwester. »Wir lindern seine Schmerzen so gut wie wir können.« Und als sie fragte, wann sie ihn besuchen könne: »Die Untersuchungen beginnen um neun. Kommen Sie am besten vorher, so um halb neun.«

Molly beendete das Gespräch und legte sich auf das Bett. Der Fernseher lief noch, und sie sah die Enterprise durch das Weltall fliegen. Der Doktor des Raumschiffs hätte sogar Eddy zusammengeflickt, glaubte sie. Am liebsten hätte sie sich auf das Schiff gebeamt, nur für einige Minuten, um den Stress und die Trauer zu vergessen und mit dem Wissen des 23. Jahrhunderts in die Gegenwart zurückzukehren. Sie wechselte den Kanal und erwischte die Wettervorhersage, erfuhr dieselben schlechten Nachrichten wie am Morgen im Radio, dass starke Schneefälle bevorstanden und der Winter jetzt wohl richtig losging. »Ausgerechnet jetzt«, sagte sie.

Auf das Abendessen hätte sie am liebsten verzichtet, so übel war ihr, wenn sie an den Unfall dachte, aber spätabends plagte sie doch der Hunger, und sie fuhr noch einmal los und aß einen Hamburger bei McDonald's. Sie nahm die halbe Cola in ihr Motelzimmer mit und stellte sie auf ihren Nachttisch. Nachdem sie sich ausgezogen hatte, sank sie erschöpft auf das Bett. Sie schob sich beide Kissen unter den Nacken und sah einen Film, ohne die Handlung zu verstehen. Im Grund war ihr egal, was sie sah.

Wichtig war nur, dass der Film sie von dem schrecklichen Albtraum ablenkte, den sie am Mittag erlebt hatte. Als der Film zu gewalttätig wurde, zappte sie sich quer durch alle Kanäle und blieb an einem alten Western mit Jane Fonda hängen. »Sie sieht wirklich nicht übel aus«, sagte sie zu Eddy, »aber sie hatte auch mehrere Stylisten, die sich um ihr Aussehen und ihre Frisur kümmerten!« Sie sah den Western bis zum Happy-End und weinte hemmungslos, als Jane Fonda ihrem Widersacher gehörig die Meinung sagte und in die Arme von James Caan sank.

In dieser Nacht fand sie kaum Schlaf. Die Bilder des Unfalls gingen ihr nicht aus dem Kopf, und immer wenn sie an Eddy dachte, musste sie weinen. »Ich hoffe, du hast deine Annie gefunden!«, flüsterte sie mit erstickter Stimme. Sie stand auf und trat ans Fenster, blickte zum Krankenhaus hinüber und stellte sich vor, dass Steve hinter einem der erleuchteten Fenster lag. Sie hätte seinen Tod nicht verwunden, verstand jetzt auch Eddy besser, der nach dem tragischen Tod seiner Frau zur Flasche gegriffen hatte. Müde kehrte sie ins Bett zurück. Sie trank von dem Cola, das mehr nach Wasser schmeckte, weil das Eis geschmolzen war, und schaltete erneut den Fernseher ein. Wieder ein Western, diesmal mit John Wayne und einer rothaarigen Schauspielerin, an deren Namen sie sich nicht erinnern konnte. Sie legte ihren Kopf so, dass sie das Bild sehen konnte, und schlief bei der entscheidenden Szene endlich ein. Doch schon drei Stunden später, um kurz nach sieben, wachte sie wieder auf.

Sie stellte sich unter die Dusche. Das heiße Wasser weckte ihre Lebensgeister. Sie war froh, die Unterwäsche und die T-Shirts gekauft zu haben, und fühlte sich einigermaßen wohl, als sie die Haare zu einem Pferdeschwanz band, die Wollmütze aufsetzte und in den Anorak schlüpfte. Sie überprüfte ihr Handy, verstaute es in ihrer Anoraktasche und ging nach draußen. Obwohl sie noch eine Stunde Zeit hatte, hielt sie es nicht länger in dem Motel aus. Sie fuhr zu einem Lokal und bestellte einen Bagel mit Cream Cheese und Marmelade. Mehr brachte sie an diesem Morgen nicht herunter. Sie trank heißen Tee mit Milch und zögerte ihr Frühstück so lange wie möglich hinaus, um danach direkt zum Krankenhaus fahren zu können.

Im Krankenhaus erkundigte sie sich nach der Zimmernummer ihres Mannes und betrat den Aufzug. Er lag tatsächlich im ersten Stock. Sie begegnete dem diensthabenden Arzt und erfuhr, dass die ersten Tests, die man nach seiner Einlieferung gemacht hatte, ein zufriedenstellendes Ergebnis gezeigt hatten und nicht damit zu rechnen war, dass er innere Verletzungen davongetragen hatte. »Natürlich können Sie jetzt zu ihm«, sagte er, »ich glaube, er ist einigermaßen wieder auf dem Damm!« Sie bedankte sich, klopfte an die Tür des Krankenzimmers und ging hinein.

Steve teilte sich das Zimmer mit einem älteren Mann, der müde in seinem Bett lag und zu schwach war, um sie zu grüßen. Sie hatte ohnehin nur Augen für ihren Mann. Er sah besser aus, als sie befürchtet hatte, wirkte ausgeschlafen und erholt. Über seiner Brust spannte sich ein dicker Verband. »Steve!«, flüsterte sie. Ihre Augen füllten sich mit Tränen. Sie umarmte ihn vorsichtig und hauchte ihm einen Kuss auf den Mund. »Steve! Ich hab' mir solche Sorgen gemacht!« Sie weinte und küsste ihn erneut. »Der Arzt sagt, dass du wieder gesund wirst. Ein paar gebrochene Rippen, weiter nichts!« Jetzt lachte sie. »In zwei Wochen darfst du wieder raus!« Sie strich ihm über den Kopf, schob ein paar Haare von seiner Stirn und griff nach seiner Hand. »Eddy ist tot!«, sagte sie leise und traurig. »Die Beerdigung ist am Freitag.«

»Sie haben mir alles erzählt«, erwiderte er, »dass ich Glück gehabt hätte und froh sein könnte, dass nur die Rippen gebrochen sind. Nun ja, sie haben sich etwas vornehmer ausgedrückt.« Er musste husten und hielt sich die bandagierte Brust. »Verdammt, das tut weh! Wird wohl 'ne Weile dauern, bis ich wieder zupacken kann!« Er ließ sich von ihr das Wasser reichen, das auf dem Beistellwagen stand, und trank einen zaghaften Schluck.

»Wir kriegen das schon«, war Molly sicher. Sie berichtete ihm, was sie alles in die Wege geleitet hatte, und dass sich John und Tess um die Ranch kümmerten, solange sie in Kamloops war.

»Aber nach der Beerdigung musst du selber hin«, drängte er sie. »Allein schaffen John und Tess die Arbeit nicht! Ich bezweifle sogar, dass wir sie schaffen, wenn wir wieder einsatzfähig sind. Ohne Eddy wird es schwierig! Er war der Einzige, der den Job richtig beherrscht hat. Verdammt, warum muss dieser Mistkerl von Farmer ausgerechnet uns über den Haufen fahren? Eine Sekunde später, und er wäre gegen die Hauswand gekracht!«

»Wir müssen damit leben«, sagte Molly traurig und wurde gleich wieder kämpferisch. »Aber unterkriegen lass' ich mich deswegen noch lange nicht! Meinst du, Eddy wäre es recht, wenn wir jetzt einfach aufgeben? Wir schaffen es, Steve! Wir schaffen es immer noch! Und wenn ich Tag und Nacht allein arbeiten muss!«

Auch an den nächsten beiden Vormittagen besuchte Molly ihren Mann und ihre Stimmung wurde immer besser. Von der Stationsschwester erfuhr sie, dass Steve noch vor dem Wochenende auf die normale Station verlegt würde und damit rechnen könnte, in spätestens zwei Wochen entlassen zu werden. »Ihr Mann hat sehr viel Glück gehabt«, sagte sie noch einmal, und Molly nickte dankbar. Sie betrachtete die Genesung ihres Mannes als kostbares Geschenk, das sie noch enger zusammenschweißen würde, sah aber auch die neue Herausforderung, die damit verbunden war. Vielleicht hatte die alte Indianerin recht, und sie hatte das Fell des Bären berühren dürfen, um für die schwere Aufgabe nach dem Unfall gewappnet zu sein. Sie fühlte sich beinahe verpflichtet, auf der Ranch weiterzumachen.

Nicht einmal das Wetter konnte sie davon abhalten. Der Himmel hatte sich über Nacht mit dunklen Wolken bezogen und es schneite unaufhörlich. Auch mitten in der Stadt bedeckte jetzt eine dicke Schneeschicht den Boden und die Schneepflüge mit den gelben Warnlichtern waren den ganzen Tag und die ganze Nacht unterwegs. John Running Deer rief noch am Morgen vor dem Schneesturm an und versicherte Molly, dass auf der Ranch alles in Ordnung war. »Mach' dir keine Sorgen, Molly! Hier ist alles okay!«, sagte er. »Stell dir vor, Dusty hat ein Kaninchen erwischt! Zur Belohnung hab' ich ihm die doppelte Portion gegeben. Ja, mit Tess ist alles okay. Ihr war heute Morgen wieder schlecht, aber das ist ja nichts Neues.« Er zögerte eine Weile und fügte noch hinzu: »Vergiss nicht, Blumen für uns niederzulegen, ja?«

Sie versprach es und kaufte die beiden schönsten und größten Blumensträuße ihres Lebens. Sie schmückten den einfachen Sarg des Cowboys, der am Freitagmittag in aller Stille begraben wurde. Sie war der einzige Trauergast und bestand darauf, selbst einige Worte am Grab sprechen zu dürfen, auch wenn der Pfarrer ungeduldig darauf wartete, aus dem Schneetreiben in die warme Kirchenstube zu kommen. »He, Eddy«, sagte sie zu dem toten Cowboy, als sein Sarg in die Grube gelassen worden war. »Ich soll dir schöne Grüße von Steve und John und Tess ausrichten. Sie können leider nicht hier sein, aber sie beten woanders für dich. Steve ist im Krankenhaus und wird bald wieder gesund. John und Tess sind auf der Ranch und kümmern sich dort um alles. Stell dir vor, John will zu Wakan Tanka beten, damit du es im Himmel besonders gut hast! Ich wette, du hast deinen Spaß da oben! Hast du Annie schon getroffen? Ich bin sicher, du hast sie längst umarmt und ihr einen dicken Kuss gegeben! Mach's gut, Eddy! Wir werden dich niemals vergessen!«

Sie schaufelte etwas Erde auf den Sarg und betete still, bevor sie das offene Grab verließ und zum Ausgang lief. Ihre Augen waren voller Tränen, als sie in den Blazer stieg und davonfuhr.

25

Auf der Rückfahrt nach Clearwater war Molly allein. Ohne ihren Mann und den alten Cowboy, der ihnen die lange Fahrt mit seinem trockenen Humor verkürzt hatte, hatte sie das Gefühl, der letzte Mensch auf Erden zu sein. Sie war dazu verdammt, bis an ihr Lebensende durch einen tobenden Schneesturm zu fahren, ohne Richtung und ohne Ziel, und es schien nur eine Frage der Zeit zu sein, bis sie im meterhohen Schnee stecken blieb und auf qualvolle Weise in der Kälte verendete. Sie kämpfte gegen die quälenden Bilder an, schaltete das Radio ein und drehte die

Heizung höher. Die Vernunft sagte ihr, dass der Schneesturm nur ein heftiges Schneetreiben war und vor ihr die Lichter eines anderen Wagens zu sehen waren, doch das bedrückende Gefühl blieb. Sie musste auf einen Rastplatz fahren und einige Minuten tief durchatmen, bevor sie den Mut zum Weiterfahren fand.

Sie umklammerte das Lenkrad mit beiden Händen und folgte einem schweren Truck, der sie vor der Tankstelle überholt hatte. Die Scheinwerfer ihres Wagens ließen seine Spuren wie dunkle Narben in dem aufgewühlten Schnee aussehen. Dicke Flocken wirbelten im trüben Licht. »Ich muss verrückt sein«, sagte sie mit einem raschen Blick in den Rückspiegel. »Ich hab' den Verstand verloren, sonst würde ich gar nicht mehr auf die Ranch, sondern gleich nach Idaho zurückfahren! Ohne Eddy und Steve schaffe ich es nicht! Das ist unmöglich!« Sie fuhr dennoch weiter, war von einer grimmigen Entschlossenheit und einem »Jetzt erst recht!« beseelt. »Ich muss es schaffen! Schon wegen Eddy! Warum war ich sonst in der verdammten Bärenhöhle?« Sie fragte sich, ob Mary wohl geahnt hatte, dass Eddy verunglücken würde.

Ungefähr fünfzig Kilometer vor Clearwater ließ das Schneetreiben nach und sie atmete erleichtert auf. Vor einiger Zeit war ihr ein Schneepflug entgegengekommen, der Blazer ließ sich jetzt leichter steuern. Sie drehte das Radio etwas lauter und sang unbewusst bei einer Ballade von Shania Twain mit. Sie würde es versuchen, das hatte sie schon beschlossen, als sie John und Tess auf die Ranch geschickt hatte, sie würde es wenigstens versuchen, damit sie später nicht überlegen musste, ob sie stark genug gewesen wäre. Sie würde der neuen Kraft vertrauen, die sie in der Wildnis gefunden hatte, vielleicht sogar in der

Höhle des Bären, und die Ranch ohne den alten Cowboy und auch ohne Steve bewirtschaften, denn es würde wohl noch einige Wochen dauern, bis die gebrochenen Rippen verheilt waren und er wieder arbeiten konnte. John konnte mit Tieren umgehen, und Tess würde ihr im Haushalt helfen, sie würden es schaffen.

In Clearwater legte sie die Schneeketten an. Die Clearwater Valley Road war geräumt, erfuhr sie an der Tankstelle, und mit einem Blazer kam man immer durch, aber sie traute dem Mietwagen nicht und wollte auf Nummer sicher gehen. Ohne an einem Laden anzuhalten, fuhr sie weiter. Die Polizei in Kamloops hatte ihr erlaubt, ihre Einkaufstüten vom Rücksitz des verunglückten Wagens zu nehmen, und sie brauchte keine weiteren Vorräte. Der Anblick des gefrorenen Truthahns stimmte sie traurig, erinnerte sie daran, wie sehr sich der Cowboy auf Thanksgiving gefreut hatte. Sie würden das Festessen im nächsten Jahr nachholen und mit eiskaltem Coca-Cola auf ihn anstoßen.

Der Mietwagen ließ sie nicht im Stich. Sie kam auch auf der Clearwater Valley Road rasch voran. Ohne den Fuß vom Gaspedal zu nehmen, fuhr sie an der Tankstelle und dem Laden von Dan Burke vorbei. Die Straße lag verlassen vor ihr, sie glänzte im fahlen Licht des grauen Himmels, der ihr den Eindruck vermittelte, am frühen Abend unterwegs zu sein, obwohl es gerade erst Mittag war. An der Stelle, an der sie Kuraluk zum ersten Mal begegnet war, trat sie unwillkürlich auf die Bremse, doch es war kein Bär in der Nähe. Selbst ein mächtiges Tier wie der Grizzly aus der Indianerlegende hielt um diese Zeit seinen Mittagsschlaf. »Die Bären sind schlauer als wir«, sagte Molly zu ihrem Spiegelbild.

John hatte den Fahrer des Schneepflugs überredet, zumindest einen Teil des Feldwegs zu räumen, und sie erreichte die Ranch ohne Mühe. John und Tess standen vor dem Haus, als sie auf den Hof fuhr, und begrüßten sie herzlich. »Wie geht es Steve? Wie war die Beerdigung? Hast du unseren Blumenstrauß auf den Sarg gelegt?«, waren ihre ersten Fragen, und sie beantwortete sie der Reihe nach, während sie den Truthahn und die anderen Vorräte ins Haus trugen und in der Vorratskammer und in der Gefriertruhe verstauten. »Du willst sicher einen heißen Tee«, sagte Tess und verschwand in der Küche. »Hast du gegessen?«

»Ich hab' keinen Hunger«, sagte sie erschöpft. Sie begrüßte Dusty, der mit wedelndem Schwanz an ihr hochsprang, zog ihren Anorak aus und ließ sich erschöpft auf das Sofa fallen. »Na, mein Lieber?«, sagte sie zu dem Hund. »Du hast mich wohl vermisst! Was hab' ich gehört? Du hast ein Kaninchen gefangen?«

»Ich hab' Elcheintopf auf dem Herd«, rief Tess aus der Küche und kam bald darauf mit dem Tee und einem dampfenden Teller herein. »John hat mir das Rezept seiner Mutter verraten! Ein Löffel, und du bist stark wie ein Bär!« Sie verschwand erneut in der Küche und kehrte mit zwei Bechern Tee für John und sich zurück.

»Gestern ist viel Schnee gefallen«, berichtete John. »Einer meiner Vettern saß auf dem Schneepflug. Ich hab' ihn überredet, den Feldweg zu räumen, und ihm zwanzig Dollar gegeben, okay?«

Molly nickte. »Eine gute Idee. Das Geld bekommst du zurück.«

»Aber auf der Ranch sieht's böse aus!«, fuhr er fort. »Ich hab' den ganzen Morgen geschaufelt und bin immer noch nicht durch! Wir müssen den Weg zu den Ställen und der Koppel frei halten und die Rinder brauchen mehr Platz im Corral. Ich dachte, wir bauen ein Holzdach für das Heu, so 'ne Art Futterkrippe. Auf dem Stalldach sind einige Schindeln locker, und nachts wird es so kalt, dass das Wasser bei den Rindern und den Pferden gefriert. Wir müssen es auftauen. Im Schweinestall ist es zu kalt. Wenn das Wetter so bleibt, bekommen wir Probleme. Ich hab' Harry und Chip angerufen und gefragt, ob sie uns wieder helfen wollen, aber sie haben inzwischen einen anderen Job. Ich glaube, sie haben Angst, weil Eddy verunglückt ist. Dass ein Fluch über der Ranch liegt.« Er schwieg eine Weile und gab dann zu: »Ich hatte auch Angst vor dem Grizzly. Jeder in dieser Gegend hat Angst vor ihm. Nur Mary sagt, dass Kuraluk auf unserer Seite ist.«

»Deine Großmutter ist eine kluge Frau«, erwiderte Molly ernst. »Ich habe viel von ihr gelernt.« Sie trank ihren Tee aus. »Und ich vertraue ihr, wenn sie sagt, dass wir stark genug sind!« Sie stand auf und blickte den Indianer an. »Worauf warten wir noch, John?«

Die folgenden Tage waren mit harter Arbeit ausgefüllt. Sie schaufelten sich durch den tiefen Schnee, gruben breite Pfade zu den Ställen und zum Corral und schafften mehr Platz für die Rinder. Ihre Hände brannten, obwohl sie gefütterte Handschuhe trugen, und ihre Gelenke schmerzten. An Mollys Händen waren Blasen. Kaum waren sie fertig, begann es erneut zu schneien, und sie mussten sogar schaufeln, damit die Schneedecke auf den Pfaden nicht zu hoch wurde. Erst als das Wetter besser wurde, und die dunklen Wolken vom Himmel verschwanden, fanden sie Zeit, sich zu erholen. Unter der heißen Dusche und bei einem ausgiebigen Frühstück sammelte Molly neue Kraft.

Jeden Morgen und jeden Abend rief sie im Krankenhaus an. Steve hatte sich gut erholt und war begierig darauf, auf die Ranch zurückzukehren. »Kommst du zurecht?«, fragte er jedes Mal. »Arbeitest du auch nicht zu viel?« Und sie antwortete: »Wir schaffen das schon, Steve! John arbeitet für zwei und Tess schmeißt den ganzen Haushalt. Mach' dir keine Sorgen!« Er litt unter großen Schmerzen, wenn er sich zu rasch bewegte oder husten musste, das hörte sie sogar durch das Telefon, und einmal hörte sie die Schwester sagen: »Bleiben Sie ruhig liegen, Mr Gibson, oder wollen Sie einen Monat bei uns bleiben?« Molly freute sich jeden Tag auf die kurzen Gespräche mit ihrem Mann. Ihr »Ich liebe dich!« klang wie ein Schwur, ihre Liebe gegen alle bösen Mächte zu verteidigen. »Ich liebe dich, Molly«, antwortete er. An einem kalten, aber schneefreien Tag reparierte John den Stall und noch am selben Tag baute er das Holzdach für die Rinder. Molly hatte genug damit zu tun, die Tiere zu füttern, das Wasser für die Pferde und die Rinder immer wieder aufzutauen und den Stall mit zusätzlichen Brettern abzudichten. Sie war keine gute Handwerkerin und hätte diese Arbeit lieber Steve oder John überlassen, aber Steve lag im Krankenhaus, und John hatte genug im Corral zu tun. Mit einem Schubkarren schaffte sie frisches Heu zur Koppel. Sie arbeiteten ohne Unterlass, nahmen sich kaum Zeit für die Sandwiches, die Tess ihnen um die Mittagszeit brachte, und kehrten erst spätabends ins Haus zurück.

Es wurde immer kälter. Tagsüber zeigte das Thermometer minus zehn Grad Celsius, nachts fiel das Quecksilber unter die Zwanzig-Grad-Marke. Die Kälte überzog das Land mit einem eisigen Hauch, kroch durch jeden winzigen Spalt in das Ranchhaus und kämpfte gegen die behagliche Wärme des Feuers an. Molly stand jede Nacht auf, hüllte sich in eine Wolldecke und warf frisches Holz in den Kamin. Mit einem Becher heißen Tee trat sie an das vereiste Fenster, kratzte die Eisblumen von den Scheiben und blickte sorgenvoll in die Dunkelheit hinaus. Unter dem bedeckten Himmel wirkte das Land noch kälter und unnahbarer, und eine unsichtbare Stimme schien ihr zu sagen: »Geh nach Hause, Molly! Hier hast du nichts verloren!« Sie ließ sich nicht einschüchtern, schüttelte heftig den Kopf und erwiderte: »So schnell gebe ich nicht auf! So schnell kriegt ihr mich nicht klein!«

Eines Morgens, als sie die Schweine gefüttert hatte und in den Pferdestall ging, um ihre Stute zu begrüßen, sah sie Red gekrümmt auf dem Boden liegen. Das Fell des jungen Hengstes war schweißbedeckt, und sein Atem ging rasselnd. »Was ist los mit dir, Red?«, rief sie. Sie beugte sich zu dem Pferd hinunter und fuhr erschrocken zurück, als sie sein heißes Fell fühlte. In panischer Angst rannte sie zum Haus. »John!«, rief sie. »John! Komm schnell! Red ist krank! Irgendwas stimmt mit ihm nicht!«

Der Indianer war schon angezogen und griff hastig nach seinem Anorak. Sie rannten zum Stall und hörten den rasselnden Atem des kranken Pferdes bereits, bevor sie die Tür geöffnet hatten. John ging neben dem Hengst auf die Knie und umarmte ihn zärtlich, schien zu verstehen, was das junge Tier ihm sagen wollte. »Er hat starkes Fieber«, sagte John leise. »Er ist sehr krank!« Er streichelte den Kopf des kranken Pferdes und flüsterte etwas, das Molly nicht verstand. In seinen Augen war keine Hoffnung. »Eine Infektion oder so was! Da kann ich nichts machen!«

»Dann müssen wir einen Tierarzt holen!«, drängte

Molly. »Er soll mit dem Hubschrauber kommen! Er hat bestimmt ein Mittel!«

John schüttelte traurig den Kopf. »Nicht mal ein Tierarzt kann ihm noch helfen! Er wird sterben! Wir können ihn nicht retten.«

»Aber wir können doch nicht ...« Sie brach mitten im Satz ab und kniete neben dem Indianer. »Red! Das darfst du uns nicht antun! Hörst du mich? Du darfst nicht sterben! Werde gesund, Red!«

Doch Red starb noch am selben Tag, und ihnen blieb nichts anderes übrig, als seinen Kadaver mit dem Pick-up aus dem Stall zu ziehen und abseits der Ranch in den Schnee zu legen. Molly bestand darauf, den toten Hengst mit Steinen zu bedecken, um ihn gegen Wölfe und Kojoten zu schützen. Sie blieb allein an dem Grab stehen und dachte bekümmert: Warum tue ich mir das an, verdammt? Warum fahre ich nicht nach Idaho zurück? Auch wenn wir nur ein paar Dollar für die Ranch bekommen, reicht es, um zu Hause neu anzufangen! Doch dann glaubte sie, das geheimnisvolle Lächeln der Indianerin zu sehen und ihre heisere Stimme zu hören: »Du musst stark sein, meine Schwester! Dein Schutzgeist ist auf deiner Seite, vergiss das nicht! Mit der Kraft, die Kuraluk dir gibt, wirst du den Wintergeist besiegen!«

Am Abend desselben Tages brach die Telefonleitung zusammen. Sie hatte bereits die Nummer des Krankenhauses gewählt, als die Verbindung unterbrochen wurde und nicht mal ein Rauschen aus dem Hörer kam. Sie versuchte es mit dem Handy, hörte es klingeln und gleich darauf ein Knistern, als auch dieser Empfang gestört wurde, und dann nur noch Stille. »Das hat uns gerade noch gefehlt!«, schimpfte sie. »Meinst du, wir können die Leitung selber reparieren?«, fragte sie den Indianer nervös. »Warum geht das Handy nicht? Was ist mit deinem Handy, John?«

»Keine Chance«, antwortete der Indianer. »Wir müssen warten, bis es wärmer wird. Vorher passiert hier nichts. Wenn wir telefonieren wollen, müssen wir auf die Hauptstraße runter oder nach Clearwater. Im Winter kannst du froh sein, wenn du Strom hast!«

Doch auch auf der Hauptstraße funktionierte das Handy nicht und Molly kehrte niedergeschlagen auf die Ranch zurück. Steve würde sich Sorgen machen. »Hoffentlich sagt ihm jemand, dass die Leitung unterbrochen ist«, hoffte sie. »Das wissen die Leute«, erwiderte John, »das passiert jedes Jahr.« Zu allem Unglück brach noch am selben Abend die Stromleitung zusammen, und sie waren gezwungen, den Generator anzuwerfen. Das Rattern des schweren Dieselmotors durchbrach die Nacht und weckte Dusty, der bereits unter der Treppe eingeschlafen war. Er verkroch sich winselnd und wagte sich nicht einmal hervor, als Molly ihm frisches Wasser brachte und sagte: »Mach' dir nichts aus dem Lärm, Dusty! Ohne Strom wären wir schlimmer dran!«

Sobald es hell wurde, fuhr John Running Deer den Feldweg hinunter. Er fand die Stelle, an der einer der Masten umgestürzt und die Leitung zerrissen hatte, schon nach wenigen hundert Metern. Der Sturm hatte ihn umgeweht. »Das wird einige Zeit dauern«, sagte er. »Bis die merken, dass in unserer Gegend was nicht stimmt, ist der Winter vorbei!« Er trank einen heißen Kaffee und verbrachte den Rest des Vormittags damit, neue Zündkerzen in die Autos zu schrauben und die Motoren zu überprüfen. Bei diesen Temperaturen musste man sie beheizen, damit sie ansprangen. Er reparierte einen Stecker, füllte neues Winteröl in den Chevy Blazer und sagte: »Dein alter Blazer war besser.«

Molly gewöhnte sich nur langsam an den Generator. Wenn er lief, störte sie das ohrenbetäubende Rattern, und wenn sie ihn abschalteten, um Sprit zu sparen, wirkte die plötzliche Stille unnatürlich und bedrohlich. Sie stand mitten in der Nacht auf, ging in die Küche hinunter und kochte sich einen heißen Tee. Erst als sie das ängstliche Brüllen der Rinder hörte, erkannte sie, dass nicht die gespenstische Stille sie geweckt hatte. Sie lief ins Schlafzimmer zurück, zog sich rasch an und trat auf die Veranda hinaus. Es war so kalt, dass sie nach Luft schnappen musste.

Sie band den Schal vors Gesicht und rannte über den harschen Schnee zum Corral. John war bereits dort und empfing sie mit bitterer Miene. »Ich glaube, wir haben einige Tiere verloren!« Er deutete auf die dunklen Schatten am Zaun. »Sie sind erfroren! So kalt war es hier lange nicht mehr! Das sind sie nicht gewöhnt! Wenn es nicht wärmer wird, können wir einpacken!«

Er stieg über den Zaun und scheuchte die Rinder mit heiseren Zurufen durch den Schnee. »Bewegt euch, verdammt! Sonst liegt ihr morgen früh genauso da wie die armen Biester da drüben!«

Molly kletterte in die Koppel und half ihm. »Lauft endlich!«, feuerte sie die Rinder an. »Hört ihr nicht, was er sagt? Ihr müsst laufen, dann friert ihr nicht mehr! Das ist doch nicht so schwer!«

Sie verbrachten zwei Stunden im Corral und kehrten erst mit dem Morgengrauen ins Haus zurück. Molly blieb gerade Zeit für ein rasches Frühstück, dann musste sie erneut raus, um die Schweine zu füttern. Die Arbeit ging ihr immer schwerer von der Hand. In der eisigen Kälte waren ihre Bewegungen langsamer und die Müdigkeit lähmte sogar ihre Gedanken. »Lange halte ich das nicht mehr durch«, sagte sie zu ihrer Stute. Sie klopfte ihr liebevoll auf den Hals. »Aber was sage ich, du hast dein Kind verloren, das ist das Schlimmste, was einer Mutter passieren kann!« Sie umarmte die Stute fest und versicherte ihr: »Ich bleibe bei dir!«

Als sie zum Haus zurückkehrte, war John dabei, den Pick-up vom Schnee zu befreien. Er hielt kurz inne und sah sie an. »Tess geht es nicht gut«, meinte er nervös. »Ich bringe sie zum Arzt nach Clearwater! Wenn es sein muss, fahre ich nach Kamloops!«

Molly erschrak. »Was ist passiert? Ist sie gestürzt?«

»Sie hat sich übergeben«, erwiderte John. »Ihr ist mächtig übel, aber nicht so wie sonst! Irgendwie ist es anders und schlimmer! Ich fahr' lieber zum Doktor mit ihr, bevor es noch schlimmer wird! Vielleicht hat sie nur was Falsches gegessen, aber das Risiko geh' ich nicht ein. Wenn ihr hier draußen was passiert, sind wir geliefert! Dann hat sie 'ne Fehlgeburt! Wenn Mary nur hier wäre ...«

»Soll ich sie holen?«, schlug Molly vor. »Der Schnee liegt ziemlich hoch, aber ich komm' schon durch.« Sie lächelte flüchtig. »Ich versteh' zu wenig vom Kinderkriegen. Ich reite gleich los, okay?«

»Nein, nein«, wehrte John ab. »Wir fahren zum Doktor. Das ist was Ernsteres!« Er blickte zum Haus. »Tess! Beeil dich! Wir müssen los!« Und zu Molly: »Wir kommen so bald wie möglich zurück!«

»Ich komm' schon zurecht«, beruhigte Molly den Indianer. Sie half Tess, die in eine Wolldecke gehüllt aus dem Haus kam, in den Wagen zu steigen, und legte eine Hand auf die Scheibe. »Alles Gute, Tess! Das wird schon wieder!« Sie blieb stehen und blickte dem Pick-up hinterher. »Ruft Steve an! Sagt ihm, dass unsere Leitung gestört ist!« Aber das hörte der Indianer nicht mehr.

26

Das Wolfsgeheul war bedrohlich nahe und drang als vielfaches Echo durch die eisige Nacht, Molly schreckte aus dem Schlaf und blieb kerzengerade im Bett sitzen. Von der Treppe drang das ängstliche Jaulen von Dusty herauf. Selbst durch die geschlossenen Fenster war das Brüllen der Rinder und das Wiehern der Pferde zu hören. Wieder das Heulen, diesmal noch näher und unheilvoller, und das bedrohliche Gefühl, die Wölfe könnten bereits an der Koppel sein und eines der Rinder gerissen haben.

Molly löste sich aus ihrer Starre und zog sich hastig an. Mit wehenden Haaren stürmte sie die Treppe hinunter und nahm die Vanguard von der Wand. In Windeseile hatte sie ihren Anorak an. Sie stülpte sich die Mütze auf den Kopf, band sich einen Schal vor den Mund und hängte sich den Lederriemen mit den Handschuhen um den Hals. Erst dann öffnete sie die Haustür. Mit dem schussbereiten Gewehr ging sie nach draußen. Sie blieb auf der Veranda stehen und blickte nervös zum Corral hinüber.

Dort herrschte große Unruhe. Die Rinder rannten in der Koppel umher und brüllten angsterfüllt. Ihre Schatten waren im Licht der wenigen Sterne zu erkennen, die zwischen den dunklen Wolkenfetzen leuchteten. So nervös hatte sie die Rinder nie gesehen, nicht einmal in dem Unwetter, als sie durchgegangen waren. Sie ging ein paar Schritte und blieb wieder stehen. Aus dem Pferdestall drang aufgeregtes Wiehern. Die Schweine grunzten. Die Wölfe waren ganz in der Nähe, das spürten die Tiere, und sie wussten instinktiv, dass die Wölfe auch auf der Ranch zuschlagen würden, wenn es zu kalt wurde und sie in der Wildnis keine Beute mehr fanden. Sogar Menschen griffen sie dann an.

Molly nahm die Vanguard etwas höher und blickte sich prüfend nach allen Seiten um, bevor sie die Veranda verließ. Eisige Kälte umfing sie. Sie ging über den gefrorenen Schnee und verharrte vor dem Pferdestall, bevor sie weiterlief. Einige Meter vom Koppelzaun blieb sie stehen. Das Heulen der Wölfe schallte erneut durch die Nacht und ließ ihr das Blut in den Adern gefrieren. Sie erstarrte; für einen Augenblick war sie unfähig, sich zu bewegen, und wandte sich dann in die Richtung, aus der sie das Geheul vermutet hatte. Wie weit waren die Wölfe entfernt?

Sie versuchte, die Dunkelheit jenseits des Corrals mit ihren Blicken zu durchdringen und die verräterischen Schatten der Räuber zu entdecken. Außer den Schatten der Bäume und Büsche war nichts zu sehen. Das Geheul verklang irgendwo in der Ferne, und nur das nervöse Verhalten der Rinder deutete noch darauf hin, dass eine Gefahr in der Nacht lauerte. Molly ging am Koppelzaun entlang, das Gewehr in Hüfthöhe und bereit zu feuern, sobald sich ein Schatten aus der Dunkelheit löste. Doch nichts geschah, und als das Geheul erneut erklang, war es so weit entfernt, dass sie erleichtert das Gewehr sinken ließ. Die Wölfe hatten sich verzogen. Sie hatten wohl gespürt, dass sie eine Feuerwaffe besaß, und den Mut verloren. Sie würden es auf einer anderen Ranch versuchen oder nach einem kranken Tier suchen, das irgendwo in der Wildnis auf den Gnadentod wartete.

Molly blieb noch einige Zeit draußen und wartete, bis sich die Tiere beruhigt hatten. Erst als wieder Ruhe einkehrte, ging sie ins Haus zurück. Sie hängte das Gewehr an die Wand, zog ihre Winterkleidung aus und sank auf die Couch. Erschöpft blieb sie in der Dunkelheit sitzen. Sie ertappte sich dabei, wie sie auf das ferne Wolfsgeheul lauschte, aber die Nacht blieb ruhig, und es gab keine Störungen mehr. Dusty spürte ihre Unruhe und sprang zu ihr auf die Couch, legte sich auf ihre Beine und schlief zufrieden, während auch Molly langsam die Augen zufielen und sie in einen tiefen Schlaf versank. In ihrem Traum war sie allein in der Wildnis, nur von verschneiten Bergen und kahlen Felsen umgeben, und aus der Dunkelheit starrten sie leuchtende Augenpaare an. Gelbe Augen, leicht schräg stehend, und voller Raublust. Schauriges Geheul erfüllte die eisige Luft. Als die erste Bestie heranschoss und sich auf sie stürzte, schreckte sie aus ihrem Traum und schrie in panischer Angst, bis sie wieder klar sehen konnte und erleichtert aufatmete, als sie Dusty auf ihrem Schoß erkannte. Sie scheuchte ihn unter die Treppe zurück.

Molly blickte auf die Uhr und stellte fest, dass es erst vier Uhr war. Zu spät, um noch einmal ins Bett zu gehen. Sie zog sich aus und stellte sich unter die Dusche. Das Wasser wurde rasch kalt und sie trocknete sich gründlich ab, zog frische Unterwäsche und ein frisches T-Shirt an und die Hose und den Pullover, die sie schon am vergangenen Tag getragen hatte. Sie erledigte die Hausarbeit, die nach der Abreise von John und Tess liegen geblieben war, holte frisches Brot aus der Gefriertruhe und legte es zum Auftauen auf einen Teller und belohnte sich mit einem reichhaltigen Frühstück. Zum ersten Mal seit einigen Tagen verspürte sie wieder richtigen Hunger. Sie blieb grübelnd am Esstisch sitzen, verschlang Eier und Speck und trank heißen Tee.

Es fiel ihr schwer, sich an die Einsamkeit zu gewöhnen. Sie war nach langer Zeit wieder vollkommen auf sich allein gestellt und fühlte sich wie eine Schiffbrüchige, die auf einer einsamen Insel gestrandet und gezwungen war, um ihr Überleben zu kämpfen. Gegen unsichtbare Bestien, die mit brennenden Augen in der Dunkelheit lauerten, und den mächtigen Wintergeist, der das Land mit seinem eisigen Atem gefrieren ließ und ihr alles nehmen wollte, was sie zum Leben brauchte. Jede Verbindung zur Außenwelt war abgeschnitten, sie konnte nicht einmal ihren Mann anrufen, der sich bestimmt schon Sorgen um sie machte.

Wie lange hatte sie nicht mehr mit ihrer Mutter telefoniert? Was mochten ihre Eltern wohl denken? Dass sie in der kanadischen Wildnis verschollen war? Warum hatte sie Pam schon seit Wochen nicht mehr angerufen? Ihre Freundin glaubte sicher, dass sie nichts mehr mit ihr zu tun haben wollte. Aus den Augen, aus dem Sinn. »Molly können wir abschreiben«, würde sie zu ihrem Mann sagen. »Ich hätte nicht gedacht, dass sie sich so mies benimmt!« Und Oscar würde missmutig die Eier in der Pfanne wenden und schimpfen: »Daran ist nur dieser blöde Steve schuld! Der verdammte Kerl hat ihr wieder mal den Kopf verdreht! Er lullt sie mit seinen verrückten Ideen ein, und jetzt ist diese verdammte Ranch sicher den Bach runtergegangen, und sie traut sich nicht mehr, bei uns anzurufen!« Cliff würde sagen: »Vergiss sie, Pam! Wenn sie sich nicht von selber meldet, ist sie es nicht wert, dass wir uns mit ihr beschäftigen. Vergiss sie!« Molly stampfte wütend mit einem Fuß auf und fluchte laut vor sich hin. Dusty spähte verwirrt um die Ecke. »Schon gut, Dusty! Ich wollte dich nicht erschrecken!«, beruhigte sie den Hund. Sie trug ihr Geschirr in die Küche und wusch es ab. Doch auf einmal warf sie in einem plötzlichen Wutanfall den Teller an die Wand und heulte laut, als die Scherben nach allen Seiten flogen. Dusty bellte nervös. Er war nicht daran gewöhnt, dass sie die Nerven verlor, und zog sich winselnd unter die Treppe zurück, als sie ihn mit einem weinerlichen »Verschwinde, Dusty!« verscheuchte. Sie stützte sich auf den Herd, blieb einige Minuten stehen, bis sich ihre Nerven beruhigt hatten, und fegte die Scherben zusammen. Ihre Tränen versiegten. »Es geht schon wieder, Dusty!«, rief sie dem Hund zu. »Ich hab' nur mal die Nerven verloren! Hab' keine Angst!«

Nachdem sie die Küche aufgeräumt hatte, zog sie ihre Winterkleidung an und ging nach draußen. Sie blieb eine Weile auf der Veranda stehen und lauschte in den Morgen hinein, dann ging sie zum Stall und fütterte die Schweine. Bei der Arbeit vergaß sie ihre Sorgen am besten. Sie karrte frisches Heu zu den Rindern, suchte nach Wolfsspuren bei der Koppel und brachte zufrieden den Schubkarren zur Scheune zurück, als sie keine fand. An der Scheunentür hatte sich ein Brett gelockert, und sie schlug zwei neue Nägel hinein, bevor sie zum Pferdestall ging und nach ihrer Stute sah. »Wird höchste Zeit, dass wir wieder mal einen kleinen Ausflug machen«, sagte Molly und nahm den Sattel vom Geländer. Die Stute schnaubte erfreut, als sie merkte, was Molly vorhatte. Wenig später waren die beiden unterwegs, am Haus vorbei und über den Feldweg zur Straße hinunter.

Auf der Straße probierte Molly ihr Handy aus. Als sie wieder keine Verbindung bekam, hätte sie aus lauter Verzweiflung den Apparat am liebsten in den Schnee geworfen. Sie steckte das Handy in ihre Anoraktasche und lenkte die Stute mit grimmigem Gesicht nach Norden. Eisiger Wind wehte ihr entgegen. Der Winter hatte die Berge und Täler in das sagenhafte »Winter Wonderland« aus dem gleichnamigen Weihnachtslied verwandelt, doch sie hatte keine Augen für die Schönheit der Natur, vielmehr war sie mit den Gedanken bei ihrem Mann, der immer noch im Krankenhaus lag und sich wahrscheinlich große Sorgen um sie machte. Am Donnerstag waren zwei Wochen um, dann würde sie nach Kamloops fahren und ihn abholen. Wenn es bis dahin nicht schneite, konnte sie die Ranch für einen Tag allein lassen.

Noch glaubte sie nicht daran, dass John und Tess rechtzeitig zurückkehrten. Wenn ihr wirklich so übel war, wollte der Doktor sie bestimmt in der Nähe haben, um sie gleich behandeln zu können, wenn etwas mit dem Kind nicht in Ordnung war. Vielleicht hatte er sie auch zur Beobachtung ins Krankenhaus nach Kamloops geschickt. Wenn sie ernsthaft krank war, blieb John bestimmt bei ihr und wartete, bis es ihr besser ging. Der Gedanke, dass er dann nur einige Zimmer von ihrem Mann entfernt sein würde, tröstete sie. Würde sie allein durchhalten, bis er wieder auf der Ranch war? Oder gewann der Wintergeist das makabre Spiel, und ihr blieb nichts anderes übrig, als aufzugeben? Kamen die Wölfe und nahmen die Ranch in Besitz?

Ein Pick-up näherte sich, er fuhr mit leuchtenden Scheinwerfern durch den trüben Wintermorgen. Sie erkannte den Wagen von Brad Miller und lenkte die Stute an den Straßenrand. Sie war nicht in der Stimmung, mit dem Rancher zu reden, wollte nicht einmal mit ihm streiten, und ließ ihm genügend Platz, um ungehindert an ihr vorbeizufahren. Tatsächlich hielt er nicht an. Er blickte nicht einmal in ihre Richtung und verzog keine Miene, obwohl er sie sicher erkannt hatte. Bestimmt hatte er vom Tod des Cowboys erfahren und wollte nicht darauf angesprochen werden.

»Feigling!«, schimpfte sie leise. Sie ließ die Stute in einen leichten Trab fallen und ritt weiter nach Norden bis zum Ufer des Clearwater Lake, der spiegelglatt zwischen den verschneiten Bergen lag. Sie stieg ab und gönnte ihrem Pferd eine kleine Verschnaufpause. Der Wind war hier besonders frisch und fegte feinen Pulverschnee über den See, rauschte in den hohen Fichten und ließ nassen Schnee von den Ästen rutschen.

Der Anblick des weiten Sees und die friedliche Stille, die von keinem Wolfsgeheul und keinem Rindergebrüll gestört wurde, erfüllte sie mit einer seltsamen Ruhe. Hier glaubte sie sich den Geistern nahe, die Mary in ihrer Hütte beschworen hatte. Vielleicht stimmte ja, was die alte Indianerin gesagt hatte, dass Wakan Tanka, das Große Geheimnis der Indianer, überall war. Selbst die Bäume und die Steine sind lebendig, hatte Mary gesagt, und in dieser friedlichen Abgeschiedenheit glaubte auch Molly daran. Hier verstand sie auch, warum John Running Deer in freier Natur um Eddy getrauert und für ihn gebetet hatte. Sie blickte in den feinen Nebel, der über dem See und in den Bäumen hing, dachte an ihren kranken Mann und an Tess und an Eddy Norman, der nur noch in ihren Herzen lebte.

Nach einer Weile ritt sie zurück. Sie trieb die Stute über die verschneite Straße und über den Feldweg und wurde vor dem Ranchhaus lautstark von Dusty begrüßt. »Gleich bekommst du was zu fressen!«, versprach sie dem Hund. Sie brachte ihr Pferd in den Stall, nahm ihm den Sattel ab und rieb es trocken. Im Haus füllte sie den Hundenapf und die Wasserschale. Sie ging in die Küche, setzte Teewasser auf und merkte erst jetzt, dass der Generator nicht mehr lief. Dabei hatte sie ihn angestellt, bevor sie weggeritten war. Sie stellte das Wasser ab und verließ das Haus durch die Hintertür. Vergeblich versuchte sie, den Generator wieder in Gang zu bringen. »Auch das noch!«, schimpfte sie. »Als ob sich alles gegen mich verschworen hätte!« Sie ging ins Haus zurück, füllte die Petroleumlampe und legte Kerzen und Streichhölzer bereit, um gegen die Dunkelheit gewappnet zu sein. »Sieht ganz so aus, als müssten wir eine Weile auf Strom verzichten«, sagte sie laut. »Wird Zeit, dass John zurückkommt!«

Dusty antwortete mit einem leisen Winseln, das sich aber auf das Motorengeräusch eines nahenden Pick-ups bezog. Nach einer Weile wurde auch Molly darauf aufmerksam. Sie trat auf die Veranda und war überrascht, als sie Dan Burke aussteigen sah. Der Ladenbesitzer nickte höflich. Er kam zögernd näher und sagte: »Hallo, Mrs Gibson! Ich hab' gehört, was mit Eddy und Ihrem Mann passiert ist, und wollte Ihnen mein Beileid ausdrücken. Eddy war kein schlechter Kerl, auch wenn er nach dem Tod seiner Frau nie mehr der Alte war. Ich weiß, wovon ich spreche, Mrs Gibson, mir ging's ja ähnlich! Niemand hätte sich gewundert, wenn ich zum Säufer geworden wäre! Aber bei Ihnen ist er wieder aufgeblüht. Er hat sich richtig wohl bei Ihnen gefühlt.« Er räusperte sich. »Geht es Ihrem Mann besser, Mrs Gibson?«

»Danke der Nachfrage, Mr Burke«, erwiderte Molly reserviert. »Es geht ihm schon sehr viel besser. Wenn alles so läuft, wie die Ärzte es sagen, wird er am Donnerstag oder Freitag entlassen.«

»Das freut mich, Mrs Gibson.« Er räusperte sich wieder und überlegte wohl, wie er sich am besten ausdrücken sollte. »Ich bin gekommen, um mich zu entschuldigen!«, sagte er schließlich. Man sah seiner Miene an, wie schwer es ihm fiel, einen Fehler zuzugeben. Er nahm seine Mütze ab und drehte sie nervös zwischen den Händen. »Wegen neulich, meine ich. Sie wissen schon ... nun ja, ich hatte einen schweren Tag hinter mir, und als ich dann den Indianer sah ... ich hab' die Nerven verloren, Mrs Gibson! Eigentlich habe ich gar nichts gegen Indianer. Jeder soll auf seine Weise glücklich werden, und wie Sie schon sagen, die Indianerkriege sind seit über hundert Jahren vorbei. Ich bin noch immer der Meinung, dass es nicht gerade klug von Tess ist, diesen John Running Deer zu heiraten ... aber ich kann wohl nichts dagegen machen, und Streit haben will ich auch nicht mit ihr.«

Molly erlöste den Ladenbesitzer. »Kommen Sie doch rein, Mr Burke! Ich mach' uns heißen Tee, und wollen doch mal sehen, vielleicht hab' ich noch was von dem Apple Pie im Kühlschrank.«

Dan Burke folgte ihr ins Haus und blieb mitten im Wohnzimmer stehen. »Sie müssen mich auch verstehen, Mrs Gibson. Bei mir kaufen einige Indianer ein, und ich bin so oft beklaut worden, dass ich manchmal laut werde, wenn es um die ... wenn es um Indianer geht. Einige dieser jungen Burschen sind nicht okay!«

»John ist anders«, beteuerte Molly laut. Sie war in der Küche und brühte frischen Tee auf. Der Gasherd war nicht auf den Generator angewiesen. »Er ist der beste Schwiegersohn, den man sich wünschen kann!« Sie blickte um die Ecke. »Setzen Sie sich doch, Mr Burke! Ich bin gleich bei Ihnen!« Wenig später kam sie mit dem Tee und dem Apple

Pie ins Wohnzimmer. »Ich hoffe, er schmeckt Ihnen. Ich hab' ihn über der Gasflamme aufgewärmt.«

»Wunderbar!«, lobte er nach dem ersten Bissen. Er trank einen Schluck und suchte nach Worten. »Ich wollte mich auch bei dem Indianer entschuldigen«, brachte er nach einer ganzen Weile hervor. »Ich wollte ... sind die beiden zu Hause, Mrs Gibson?«

Molly sagte ihm die Wahrheit. »Aber ich glaube nicht, dass Sie sich Sorgen machen müssen, Mr Burke! John ist gleich mit ihr zum Arzt gefahren, als sie die Schmerzen hatte! Gestern Morgen, ganz früh. Es ist nichts Ernstes, da bin ich ziemlich sicher! Tess hatte während der Schwangerschaft nie ein Problem.« Sie wartete, bis der Ladenbesitzer die betrübliche Nachricht verdaut hatte, und fügte hinzu: »Leider geht mein Telefon nicht, sonst könnten Sie beim Arzt in Clearwater anrufen und sich erkundigen.«

»Mein Telefon geht«, erwiderte er blass. »Ich werde gleich mal anrufen, wenn ich nach Hause komme. Soll ich Ihrem Mann im Krankenhaus Bescheid sagen, dass die Leitung kaputt ist?«

»Das wäre sehr nett, Mr Burke.«

Er schüttelte nervös den Kopf. »Ich hätte mich wohl besser um meine Tochter kümmern sollen«, sagte er leise. Er war den Tränen nahe. »Warum ist sie denn nicht zu mir gekommen? Ich hätte doch den Notarzt anrufen können, dann wäre sie sicher mit dem Hubschrauber ausgeflogen worden! Ich bin gut versichert.«

»Die Frage müssen Sie sich schon selber beantworten, Mr Burke! Aber wie gesagt, ich glaube nicht, dass Sie sich Sorgen machen müssen. Es geht bestimmt alles glatt, und wenn Sie Tess am Telefon sagen, dass Sie sich mit ihr versöhnen wollen, wird sie sofort gesund, da könnte ich wetten! Ich bin Ihnen jedenfalls sehr dankbar, dass Sie gekommen sind.« Sie brachte ihren Becher in die Küche. »So, jetzt muss ich aber wieder an die Arbeit! Ich bin ganz allein hier, das wissen Sie ja, und die Probleme werden auch nicht weniger! Das Telefon, der Generator ...«

»Der Generator? Mit den Dingern kenn ich mich aus! Wenn Sie wollen, schau' ich mir den Motor mal an.« Er freute sich anscheinend, ihr helfen zu können, und Molly führte ihn bereitwillig hinters Haus. Ihr Besucher blickte unter die Haube, verstellte einige Ventile und Schrauben und betätigte den Anlasser. Nach einigem Zögern sprang der Motor wieder an. »Sehen Sie?«, meinte er. »Die Dinger sind manchmal etwas empfindlich, wissen Sie?«

»Vielen Dank«, freute sie sich ehrlich. »Ich glaube, wir werden noch richtig gute Nachbarn!« Sie führte den Ladenbesitzer zum Wagen und wartete geduldig, bis er vom Hof gefahren war. Dann kehrte sie ins Haus zurück. »Was sagst du jetzt, Dusty?«, rief sie ihrem Hund zu. »Jetzt glaube ich langsam, dass wir es schaffen!«

27

Der Blizzard kam ohne Vorwarnung, stürzte sich fauchend und tobend auf das Land am Clearwater River und riss Molly aus einem traumlosen Schlaf. Sie sprang aus dem Bett und stürzte ans Fenster, blickte in den Schnee, der vom stürmischen Wind durch die Nacht gepeitscht wurde und sich wie die Wellen eines tosenden Meeres in der Dunkelheit überschlug. »Mein Gott! Die Tiere!«, war ihr erster Gedanke. Sie griff nach ihren Kleidern, zog sich hastig an und stürmte nach unten. Dusty bellte aufgeregt, als hätte ein unerwünschter Eindringling das Haus betreten, und kehrte jaulend unter die Treppe zurück, als das Küchenfenster zerbrach und der Sturm das Haus eroberte. Der Wind brauste heulend durch die Küche, öffnete Schranktüren und riss das Geschirr aus den Regalen. Eine Schüssel flog quer durch den Raum und zerschellte in tausend Scherben. Das nasse Geschirrtuch wirbelte gegen die Wand und zerfetzte den Kalender.

Die Küchentür schlug krachend zu und sperrte den Wind aus dem Flur und dem Wohnzimmer. Molly stolperte gegen die Wand und wusste einen Augenblick nicht, was sie tun sollte. Sie zwang sich zur Ruhe, atmete ein paarmal tief durch und beschloss, das Küchenfenster mit Brettern zu verriegeln. Entschlossen stemmte sie sich gegen die Tür. Der Wind drückte von der anderen Seite, hielt sie fest verschlossen. Molly hörte, wie nasser Schnee dagegenklatschte. »Du machst meine Küche nicht kaputt!«, fluchte sie wütend. Sie drückte mit aller Macht gegen die Tür, bekam sie einen Spalt auf und schob sich dazwischen. Sofort spürte sie den eisigen Wind und den Schnee in ihrem Gesicht. Sie kniff die Augen zusammen, schaffte einen weiteren Schritt und fiel in die Küche, rutschte auf dem nassen Boden aus und wurde gegen die Wand gedrängt. Die Tür fiel krachend ins Schloss zurück.

Molly wusste, dass ihr nicht viel Zeit blieb. Wenn sie es nicht schaffte, das Fenster zu vernageln, würde der Blizzard die ganze Küche auseinandernehmen. Sie rappelte sich vom Boden hoch und hielt sich am Gefrierschrank fest. Der Lärm war unbeschreiblich, fast wie in einem Hurrikan. Sie griff nach der Tür zur Vorratskammer, die im Windschatten des Küchenschranks lag, öffnete sie mit beiden Händen und zwängte sich hinein. Der Generator war ausgeschaltet und es war stockdunkel in dem kleinen Raum. Die Taschenlampe lag in einer Schublade im Büro. Sie fluchte leise und tastete sich langsam voran. Sie kam sich wie im Bauch eines steuerlosen Segelschiffes vor, in einem dunklen Verlies auf dem untersten Deck, eine nutzlose Gefangene, die man hilflos auf die Klippen zutreiben ließ, während die Besatzung und die Passagiere in den Rettungsbooten flohen.

Sie kannte sich in der Vorratskammer aus, wusste genau, wo noch freie Regale waren, und nahm drei der losen Bretter. Der Hammer und die Nägel waren in der Werkzeugkiste gleich neben der Tür. Sie hatte die Holzkiste selbst dort hingestellt, um die Werkzeuge, aber auch Glühbirnen und Sicherungen immer griffbereit zu haben. Sie steckte den Hammer in die linke und die Nägel in die rechte Hosentasche und klemmte sich die Bretter fest unter den Arm. Nachdem sie tief Luft geholt hatte, wagte sie sich in die Küche zurück. Mit gesenktem Kopf, die rechte Hand am Wandschrank, hangelte sie sich zum Fenster vor. Der Blizzard wehte ihr heftig entgegen, raubte ihr den Atem und die Sicht.

Nach einer Zeit, die ihr unendlich lange vorkam, erreichte sie das Fenster. Hier war der Wind noch schärfer, die Kälte noch unerträglicher. Sie ließ sich davon nicht abhalten. Entschlossen wartete sie, bis der Blizzard eine kurze Pause einlegte, der Wind für zwei oder drei Sekunden schwieg. Sie drückte das erste Brett gegen den Holzrahmen und trieb die Nägel mit festen Hammerschlägen durch das dicke Holz. Wie es ihr gelang, auch die anderen drei Bretter an den Rahmen zu nageln, konnte sie später nicht mehr sagen. Sie schaffte es irgendwie, holte noch mehr Nägel, um ganz sicher zu sein, dass der Wind die Bretter nicht aus dem Rahmen riss, und sank erschöpft zu Boden. Jetzt war es auch in der Küche stockdunkel. Sie stieß sich schwer atmend vom Boden hoch und stieg fluchend durch die vielen Scherben.

»Immer mit der Ruhe, Dusty!«, beruhigte sie den winselnden Hund. »So wertvoll war das Zeug nicht!« Sie ging ins Büro, holte die Taschenlampe und nahm die Vanguard von der Wand. Im Lichtschein kramte sie einige Patronen aus einer Schachtel und steckte sie in die Hosentasche. Sie zog ihre Winterkleidung an, stülpte sich sogar den Gesichtsschutz über den Kopf, der nur die Augen freiließ, und zog den Reißverschluss des Anoraks nach ganz oben, bevor sie ins Wohnzimmer ging. Die Fenster waren verriegelt und hielten dem Sturm stand. Aus der Ferne glaubte sie das Brüllen der Rinder und das Wiehern der Pferde zu hören, obwohl das bei dem Lärm unmöglich war. Der Wind pfiff wütend um das Haus und trieb nassen Schnee gegen die Holzwände.

Sie wusste, wie gefährlich es war, bei einem solchen Sturm ins Freie zu gehen, aber sie hatte keine andere Wahl. So glaubte sie jedenfalls. Sie durfte die Tiere nicht verlieren! Wenn die Rinder und die Pferde erfroren oder hilflos im Sturm umherirrten und sich verletzten, mussten sie aufgeben. Dann war die Ranch verloren. Ohne Kälber hatten sie kein Einkommen, und ohne Pferde konnten sie nicht arbeiten. Sie waren auf die Tiere angewiesen, sie waren ihr einziges Kapital! Keine Versicherung zahlte für Sturmschäden, niemand würde ihnen die Kosten ersetzen, die ein solcher Blizzard verursachte. Sie konnten von Glück sagen, wenn sie einigermaßen glimpflich aus der Sache herauskamen, denn auf einen Kredit brauchten sie nicht zu hoffen, und die wenigen Ersparnisse, die sie noch hatten, reichten nicht ewig.

Warum kam der Blizzard ausgerechnet dann, wenn sie allein auf der Ranch war? Sie dachte an Steve, der nervös in seinem Krankenbett lag und von dem Blizzard durch das Radio oder Fernsehen erfuhr. Oder schien in Kamloops die Sonne und er ahnte nicht mal etwas von ihrer Zwangslage? Sie dachte an John und Tess, die im Krankenhaus oder in der Wohnung seiner Verwandten in Kamloops waren und vielleicht spürten, wie sehr sie unter Druck stand. Sie machte dem Indianer keinen Vorwurf. Er durfte seine Freundin nicht allein lassen, dazu war sie viel zu labil. Wenn sie wirklich krank war, brauchte sie ihn in ihrer Nähe. »Hoffentlich hat ihr Vater sie erreicht«, überlegte sie.

Sie verdrängte die quälenden Gedanken und ging noch einmal in die Küche. Das verbarrikadierte Fenster hielt, das Heulen des Sturms war nur noch dumpf zu hören. Sie stopfte sich eine Packung Kekse in die Tasche, hängte das Gewehr über ihre Schultern und ging zur Tür. Sie wartete, bis der Druck des Blizzards etwas nachließ, schob den Riegel zur Seite und schlüpfte ins Freie. Noch bevor der nächste Windstoß gegen das Haus fegte, fiel die Tür hinter ihr ins Schloss. Die Wucht des Sturms war unbeschreiblich. Der Wind heulte und orgelte so laut, dass sie sich am liebsten die Ohren zugehalten hätte, und sie musste sich mit aller Macht nach vorne stemmen, um nicht das Gleichgewicht zu verlieren und gegen das Haus geschleudert zu werden. Sie bekam kaum Luft. Obwohl sie bereits in diesem Augenblick ahnte, dass sie es nicht schaffen würde, versuchte sie es dennoch.

Sie kam nicht einmal über die Veranda. Auf halbem Weg

riss sie der Wind von den Beinen und trieb sie wie eine hilflose Puppe gegen das Ranchhaus. Der Aufprall war heftig und trieb ihr die Luft aus den Lungen. Ihr Schrei ging im Heulen des Windes unter. Sie blieb keuchend liegen, hatte für einen Augenblick nur den Wunsch, die Augen zu schließen und sich treiben zu lassen. Sie war am Ende, noch bevor sie das Haus richtig verlassen hatte. Nasser Schnee peitschte in ihre Augen. Sie stieß einen wilden Fluch aus, nahm alle Kräfte zusammen und stemmte sich noch einmal gegen den Sturm. Schon nach wenigen Metern wurde sie erneut zu Boden geworfen. Sie kroch heulend zum Haus zurück, öffnete die schwere Holztür und stolperte hinein. Unter Aufbietung aller Kräfte drückte sie die Tür wieder zu. Dann taumelte sie zu einem Sessel und ließ sich fallen.

Wie lange sie reglos dort verharrte, konnte sie später nicht sagen. Die wenigen Minuten in der Gewalt des Blizzards hatten sie betäubt. Sie war unfähig zu denken, stand unter Schock, war wie gelähmt und fand nicht einmal die Kraft, um zu weinen. Sie merkte nicht, wie Dusty jaulend zu ihr auf den Sessel sprang und sich auf ihren Schoß legte. Erst als der Sturm nachließ und plötzlich eine beinahe unheimliche Stille den Raum ausfüllte, schreckte sie aus ihrer Erstarrung. Sie zog sich die Gesichtsmaske vom Kopf und steckte sie in die Anoraktasche, entdeckte Dusty und streichelte ihn liebevoll. Noch war sie unfähig, etwas zu sagen. Aus ihrem Mund kam nur ein heiseres Krächzen.

Sie knipste die Taschenlampe an und ging ein paar Schritte, bis sie ihr Gleichgewicht wieder gefunden hatte. Nur widerwillig öffnete sie die Küchentür. Das Chaos war unbeschreiblich. Überall lag Schnee. Zerschlagenes Geschirr bedeckte den Boden und einige Kalenderblätter flatterten vom Küchenschrank. Sie seufzte leise und verschloss die Tür wieder. Das Haus konnte sie später aufräumen. Sie ging zur Haustür und trat auf die Veranda hinaus. Tiefe Dunkelheit empfing sie. Der Sturm war zu einem schwachen, aber eiskalten Windhauch verkümmert, und es fielen keine Flocken mehr. Die Stille war bedrückend. Die Rinder waren verstummt und auch die Pferde wieherten nicht mehr.

Sie schaltete die Taschenlampe ein, stieg über einige Schneeverwehungen hinweg und stapfte durch den hohen Schnee im Ranchhof. Der Lichtkegel geisterte über die Schneehügel, die ihre mühsam geschaufelten Pfade überschüttet hatten. Auf dem Weg zu den Ställen kam sie nur langsam voran. An manchen Stellen reichte ihr der Schnee bis zur Hüfte, und sie brauchte ihre ganze Kraft, um voranzukommen. Sie überlegte verzweifelt, wo sie die Schneeschuhe gesehen hatte, und glaubte, dass sie in der Scheune hingen. Wenn sie durch diese Schneemassen kommen wollte, brauchte sie Schneeschuhe. Ohne die war sie in dem meterhohen Schnee verloren.

Vor dem Schweinestall blieb sie stehen und rang nach Atem. Sie ließ den Strahl der Taschenlampe über den aufgewühlten Schnee wanderen und blieb an zwei dunklen Hügeln hängen. Zuerst glaubte sie an aufgeworfene Erde, dann erkannte sie zu ihrem Schrecken, dass es sich um die Schweine handelte. Sie waren tot. Ihre Körper ragten nur teilweise aus dem Schnee.

Molly atmete tief durch und spürte, wie die Angst mit klammen Fingern nach ihr griff. Wenn die Schweine umgekommen waren, konnte es auch die Rinder und die Pferde erwischt haben. Warum hörte sie keinen Laut? Sie leuchtete zur Koppel, aber der Strahl reichte nur bis zum

Pferdestall, und der Himmel war so dunkel, dass die Rinder nicht einmal als dunkle Schatten zu erkennen waren. Molly stapfte weiter, erreichte den Pferdestall und sah, dass die Tür offen stand. Eine düstere Vorahnung befiel sie. Zögernd ging sie weiter und leuchtete in den Stall hinein. Die Pferde waren nicht da. Es gab keine Spuren und nicht den geringsten Hinweis darauf, wohin sie geflohen waren.

Sie sank enttäuscht gegen die Stallwand und leuchtete in jeden Winkel des Raumes, in der vergeblichen Hoffnung, die Pferde doch noch zu finden. Doch die Tiere waren verschwunden. Sie ging nach draußen, drehte sich mit der brennenden Taschenlampe, ohne eine Spur der Tiere zu finden. Ohne große Hoffnung stapfte sie zum Corral. Die Umzäunung stand nur noch teilweise. Der Sturm hatte die Balken in den Schnee gerissen und die meisten Rinder waren geflohen. Sie ließ den Lichtkegel ihrer Lampe zum Heu wandern und sah, dass noch ungefähr zwanzig Rinder in der Koppel standen. Einige Tiere lagen in den Schneewehen, waren bei ihrer überstürzten Flucht gestolpert oder von nachfolgenden Tieren zu Boden getrampelt worden. Auch vor dem Corral hatte der Schnee fast alle Spuren verdeckt.

Molly blieb stehen und schien das Chaos, das sich ihren Augen bot, nicht wahrzunehmen. Ihr Blick war leer und es kamen keine Tränen. Sie starrte mit glanzlosen Augen in die Dunkelheit, ertrug den eisigen Windhauch, der ihr Gesicht traf, mit stoischem Gleichmut. »Es ist vorbei«, sagte sie nüchtern, als sie wieder klar denken konnte. »Ohne die Rinder sind wir endgültig erledigt!«

Sie schüttelte müde den Kopf. Alle Anstrengung war umsonst gewesen. Die ganze Arbeit, die sie und Steve, aber auch Eddy, John und Tess in die Ranch gesteckt hatten, war vernichtet worden. Ein einziger Blizzard hatte sämtliche Hoffnungen zerstört. Sie waren am Ende. Selbst wenn sie die Pferde und einige Rinder aufspürte, hatte es keinen Zweck mehr. Sie waren gescheitert. Ein flüchtiges Lächeln strich über ihr Gesicht. Nicht einmal die Kraft des geheimnisvollen Bären, die angeblich auf sie übergegangen war, hatte etwas genützt. Sie konnten froh sein, wenn sie überhaupt noch etwas für die Ranch bekamen!

Dennoch wollte Molly nicht aufgeben. Ob es Mitleid mit den verirrten Tieren oder der Wunsch war, ihre geliebte Stute vor einem grausamen Tod in der Schneewüste zu retten, wusste sie nicht. Sie spürte nur, dass sie nicht unverrichteter Dinge ins Haus zurückkehren durfte. Sie musste nach den Tieren suchen. Weit konnten sie nicht sein. Wenn das Glück auf ihrer Seite war, gelang es ihr vielleicht, einige Rinder zu finden. Es würde nicht viel an ihrem Zustand ändern. Selbst wenn sie zwanzig Rinder zurückholte, war die Ranch nicht mehr zu retten. Aber sie war es sich und den Tieren schuldig. Wild entschlossen stapfte sie durch den hohen Schnee zur Scheune. Sie nahm die Schneeschuhe von der Wand, schnallte sie an und marschierte los. Zuerst war sie noch etwas ungeschickt auf den Beinen, doch sie hatte schon im letzten Winter auf Schneeschuhen gestanden, während eines langen Wochenendes auf der Guest Ranch ihrer Freundin, und kam bald besser voran. Die Netze aus festen Rohhautschnüren hinderten sie daran, in den Schnee zu sinken.

Ohne ein festes Ziel lief Molly über den tiefen Schnee. Die Batterie ihrer Taschenlampe ließ in der eisigen Kälte schon nach, und sie war froh, dass sich über den Bergen im Osten die ersten hellen Streifen zeigten. Der Wind strich sanft über die Schneeverwehungen, wirbelte feine Schleier auf und rauschte in den Kronen der Fichten. Es fielen kaum noch Schneeflocken. Ohne den heftigen Wind war auch die Kälte erträglicher und Molly konnte auf die Gesichtsmaske und den Schal vor ihrem Mund verzichten. Sie hatte ihren Cowboyhut mit einer dicken Wollmütze vertauscht und die Kapuze ihres Anoraks darübergezogen. Ihr Gewehr hing über den Schultern. Wie eine einsame Jägerin zog sie über die verschneite Ebene von dem Wunsch beseelt, den Sturm doch noch zu besiegen und ihre geliebte Stute zu finden.

Ohne es zu wissen, folgte sie dem Weg, den sie mit dem Cowboy vor einigen Wochen genommen hatte. Sie stapfte durch ein weites Tal, war allein mit dem Wind und dem leichten Dunst, der über den Schneewehen hing, und suchte vergeblich nach einem dunklen Punkt in der Schneewüste. Über den Bergen zog der Morgen herauf und überzog das Land mit blassem Licht. Der Himmel hing wie eine graue Decke über dem endlosen Land und verlieh dem Schnee ein schmutziges Aussehen. Aus dem »Winter Wonderland« war eine weiße Wüste geworden, eine feindliche Wildnis, die sie zu verschlingen drohte. Molly ließ sich nicht einschüchtern. Beinahe trotzig stapfte sie über den Schnee, immer noch von der Hoffnung beseelt, wenigstens einige der Tiere zu finden. Sie dachte nicht nach, hatte gar nicht die Kraft, um ihre Chancen abzuwägen, und setzte mechanisch einen Fuß vor den anderen.

In einer Senke fand sie die ersten Rinder. Vier Kühe, die qualvoll verendet waren und mit steifen Gliedern in einer Schneewehe lagen. Molly blickte nur kurz hin, lief schnell an ihnen vorbei und versuchte, so rasch wie möglich die schroffen Felsen am anderen Ende des Tales zu erreichen.

Auf halbem Weg beschlich sie zum ersten Mal das Gefühl, beobachtet zu werden. Sie blieb stehen und blickte sich um, doch sie konnte nichts außer den verendeten Rindern und den dunklen Schatten einiger Schneeverwehungen entdecken. Kopfschüttelnd marschierte sie weiter. Doch das Gefühl blieb. Ähnlich wie damals, als John und seine Freunde sie mit dem Fernglas beobachtet hatten. Nur dass es diesmal bedrohlicher schien. Sie spürte es instinktiv und dachte unwillkürlich an die gelben Augen, die sie im Traum gesehen hatte. Sie beschleunigte ihre Schritte, wollte unbedingt die Felsen erreichen und dort in Deckung gehen. Ich habe das Gewehr dabei, tröstete sie sich, mir kann gar nichts passieren!

Ein lang gezogenes Heulen schallte über den Schnee. Ein Furcht erregender Laut, wie aus einem dieser Horrorfilme, vor denen sie solche Angst hatte. Ein vielfaches Echo ließ das Geheul anschwellen und trieb ihr einen eiskalten Schauder über den Rücken. »Wölfe!«, flüsterte sie entsetzt. Sie fanden keine Beute mehr in der Wildnis, hatten sich an den steif gefrorenen Rindern die Zähne ausgebissen und verfolgten das einzige Wesen, das sich noch in ihr Gebiet wagte. Sie schienen so verzweifelt zu sein, dass sie sogar einen Menschen angreifen würden. Wieder erklang das Geheul, drang unheilvoll über den Schnee und machte ihr klar, dass sie sich nicht geirrt hatte. Es waren hungrige Wölfe in der Nähe und sie hatten es auf sie abgesehen! Das Geheul war so nahe, dass es nicht mehr lange dauern würde, bis sie bei ihr waren.

Sie nahm ihr Gewehr vom Rücken und prüfte, ob es geladen war. Mit der schussbereiten Waffe in beiden Händen blieb sie stehen. Die Wölfe waren nicht zu sehen. Sie lief weiter, immer schneller und von wachsender Angst getrieben. »Mir kann nichts passieren«, versuchte sie, sich zu beruhigen. »Ich hab' das Gewehr! Wenn ich einen töte, laufen sie davon!« Doch die Angst ließ sich nicht vertreiben und Molly rannte verzweifelt auf die Felsen zu. Das Heulen begleitete sie bis in ihre Deckung, verfing sich zwischen den Felsen und ließ sie in panischer Angst die Waffe hochreißen.

28

Wie unheimliche Wesen aus einer anderen Welt tauchten die Wölfe aus dem Dunst. Sie kamen mit erhobenen Köpfen näher, die Ohren nach vorn gerichtet, die Vorderzähne gebleckt. Ihre Augen funkelten wie glühende Kohlen. Ihr Knurren hallte bedrohlich über den Schnee. Vornweg lief ein mächtiger Rüde, dahinter sechs oder sieben andere Tiere, alle wild entschlossen, endlich die ersehnte Beute zu schlagen. Seit etlichen Tagen waren sie in ihrem Revier unterwegs und warteten geduldig darauf, dass die Rinder aus der Koppel flohen, um sich auf die kranken und schwachen Tiere zu stürzen. Und jetzt kam ihnen plötzlich dieser Zweibeiner entgegen, eine magere Beute nur, aber in ihrer Verzweiflung waren sie nicht sehr wählerisch.

Molly kniete zwischen den Felsen, das Gewehr im Anschlag. Ihr Atem ging rasselnd. Sie war die letzten Meter gerannt, über ihre eigenen Beine gestolpert und hatte sich die Schneeschuhe von den Füßen gerissen. Sie lehnte an dem Felsen und zwang sich, ruhig zu atmen, um gezielt schießen zu können. Wenn ihr erster Schuss daneben ging, hatte sie kaum noch eine Chance gegen das Rudel. Sie hatte beide Handschuhe ausgezogen und hoffte, dass die Wölfe angriffen, bevor ihre Finger gefühllos wurden. Mit Handschuhen konnte sie nicht schießen.

Die Wölfe griffen ohne Vorwarnung an. Mit weiten Sätzen war der Rüde heran und stieß sich mit beiden Hinterläufen ab, um die Zweibeinerin an der Kehle zu packen und die Beute zu reißen. Molly zog den Abzug durch. Die Kugel löste sich krachend aus dem Lauf und schoss an dem springenden Rüden vorbei in den Dunst. Geistesgegenwärtig rollte sie sich zur Seite. Sie lud nach und legte erneut auf den Angreifer an. Aber die Wölfe hatten sie in die Zange genommen und kamen jetzt von allen Seiten. Wie eine hilflose Elchkuh verharrte sie zwischen den Felsen, in panischer Angst darauf wartend, dass die Wölfe sie töteten.

Doch sie wollte nicht kampflos sterben. Sie schoss erneut, feuerte wieder daneben und riss die Waffe hoch, um sie wie eine Keule zu benutzen. Die Wölfe ließen sich Zeit, schienen mit ihrem Opfer spielen zu wollen. Sie hatten erkannt, dass die Zweibeinerin zu schwach war, und warteten geduldig darauf, ihr die Kehle zerfetzen zu können. Molly ließ die Hände mit dem Gewehr sinken. Es hatte keinen Zweck. Die Wölfe würden sie zerfleischen, und sie würde ihren Mann nie wieder sehen. Sie begann zu weinen, sank auf die Knie und ließ den Kopf hängen.

Im selben Augenblick fiel ein dunkler Schatten auf die Felsen, wie von einem Ungeheuer, das aus dem Nichts auftauchte und gekommen war, um die lästigen Angreifer zu vertreiben. Ein furchtbarer Laut ließ den Boden erzittern, viel mächtiger und unheilvoller als das Geheul der Wölfe, und als der Schatten sich bewegte, bebte die Erde, und der Schnee schmolz, als hätte man eine riesige Flamme daran gehalten. Wieder dieses unheimliche Gebrüll und wieder das Stampfen, und dann wurde der Schatten plötzlich noch größer und noch dunkler, und die Wölfe nahmen ängstlich den Schwanz zwischen die Hinterbeine und rannten davon, wie Hunde vor einer mächtigen Raubkatze.

Molly hatte vor Schreck die Augen geschlossen und wartete auf ihren gewaltsamen Tod. Sie wunderte sich über die plötzliche Stille und öffnete die Augen: Da war nichts als eine grenzenlose Leere und die Helligkeit des trüben Himmels. Keine Wölfe, keine Bestie, kein Fauchen, keine bedrohlichen Schatten meher. »Kuraluk!«, flüsterte sie ehrfürchtig. »Das war Kuraluk! Mein Schutzgeist hat mich gerettet!« Sie wartete darauf, aus ihrem seltsamen Albtraum zu erwachen, aber diesmal war es kein Traum. Der legendäre Grizzly hatte sie also gerettet. Aber wie? Sie hatte doch selbst gesehen, dass Kuraluk Winterschlaf hielt!

Sie lud das Gewehr nach und legte die Sicherung um. Noch unsicher trat sie zwischen den Felsen hervor, immer noch zögernd und darauf gefasst, den Wölfen oder dem riesigen Bären zu begegnen. Doch vor den Felsen war nichts. Nur ein schwarzer Punkt in der Ferne, der immer größer wurde und einen Hoffnungsschimmer in ihre Augen zauberte. Noch war sie nicht ganz sicher, doch als der Punkt größer wurde, erkannte sie John Running Deer, der im Sattel seines Pferdes saß und ihre Stute an den Zügeln führte. »John!«, rief sie erleichtert. »John! Ich bin hier!« Sie winkte mit den Armen, lief ihm ein paar Schritte entgegen und stöhnte: »Gott sei Dank! Hast du die Wölfe gesehen? Sie hätten mich beinahe erwischt!« Sie konnte es selbst noch nicht glauben. »Kuraluk hat mich gerettet!«

»Der Grizzly?«, fragte er erstaunt. »Unmöglich!«

»Er hat die Wölfe vertrieben, ich schwöre es! Weiß der Teufel, wer ihn aus dem Winterschlaf geholt hat, aber er war wirklich hier! Ohne ihn wäre ich tot! Die Wölfe hatten mich umzingelt!«

John sprang aus dem Sattel und lief zwischen den Felsen herum. »Hier sind keine Spuren. Weder von einem Bär noch von Wölfen! Sieht ganz so aus, als hättest du schlecht geträumt.«

»Aber die Wölfe waren hier!« Sie suchte selbst nach Spuren und konnte keinen Abdruck finden. Sie blieb stehen und spähte in die Ferne. »Die vergangene Nacht war furchtbar«, sagte sie so leise, dass John es beinahe nicht verstand. »Der Sturm, die toten Rinder ... kein Wunder, dass ich langsam durchdrehe!« Sie roch am Lauf ihres Gewehres. »Aber ich habe eine Kugel abgefeuert!«

»Zwei«, verbesserte sie der Indianer, »deshalb bin ich ja in diese Richtung geritten. Ich hab' nach dir gesucht. Als wir sahen, was auf der Ranch passiert war, dachten wir uns schon, dass du nach den Rindern und den Pferden suchst. Ich bin gleich losgeritten. Tess geht es gut. Eine harmlose Infektion, sagt der Arzt. Wahrscheinlich hat sie was Falsches gegessen. Er hat ihr ein Mittel gegeben. Das Schlimmste hat sie überstanden. Eigentlich wollten wir nach Kamloops zu meinen Leuten fahren, aber dann kam der Sturm, und ich dachte mir, wir müssen schnell zurück!«

»Danke«, sagte Molly erleichtert. »Freut mich, dass es Tess wieder gut geht. Sie soll sich nicht so anstrengen.« Sie seufzte. »Nun ja, ich glaube, ich muss euch sowieso kündigen. Viel ist von der Ranch nicht übrig geblieben. Wir sind am Ende, John.«

»Ich weiß, Molly.«

»Hast du Steve angerufen?«

»Gestern Abend«, antwortete der Indianer. »Es geht ihm gut. Er wird morgen früh entlassen. Ich hab' ihm versprochen, dass wir ihn abholen.« Er zögerte. »Dan Burke hat sich bei ihm gemeldet.«

Molly konnte schon wieder lächeln. »Weil ich ihn darum gebeten habe. Ich wusste ja nicht, ob du dazukommst. Er war hier und hat sich entschuldigt. Er will sich auch bei dir entschuldigen. Er hat nichts mehr gegen eine Hochzeit.« Ihr Lächeln wurde stärker. »Sieht ganz so aus, als hätten wir ihm rechtzeitig den Kopf gewaschen! Er ist gar kein so schlechter Kerl, wie wir dachten.«

»Du hast ihm den Kopf gewaschen!«, betonte John. Er hob Mollys Schneeschuhe auf und hängte sie an seinen Sattel. »Er hat sich entschuldigt? Du meinst, er kommt zur Hochzeit und so?«

»Zur Hochzeit, zur Taufe, was immer«, erwiderte sie.

»Cool«, meinte er einsilbig.

Sie stieg in den Sattel ihrer Stute und griff nach den Zügeln. »Wo hast du sie gefunden? Ich hab' überall nach ihr gesucht!«

»Sie stand auf der Hauptstraße, sie und die anderen Pferde«, berichtete John ernst. »Aber die Rinder sind fast alle weg. Die finden wir nicht mehr. Sie verhungern, wenn sie niemand füttert.«

»Zwanzig Rinder standen im Corral. Sind sie noch da?«

Der Indianer nickte. »Ich hab' den Zaun notdürftig repariert, damit sie nicht auch noch weglaufen. Es sieht ziemlich böse aus, Molly! Mit den Tieren, die uns geblieben sind, kommen wir nicht weit. Du musst die Ranch verkaufen. Neue Rinder sind zu teuer.«

»Ich weiß, John. Ich weiß.«

Sie ritten schweigend zur Ranch zurück, und Molly erkannte voller Schrecken, wie sehr die Gebäude unter dem Blizzard gelitten hatten. Auf allen Dächer fehlten Schindeln. Mehrere Bretter waren lose. Die beiden Stalltüren hingen lose in den Angeln.

»Das haben wir in zwei, drei Wochen repariert«, machte John ihr Mut.» Keine große Sache. Das Holz holen wir aus dem Wald.«

Sie nickte stumm.

»Du wirst sehen, bis Weihnachten sieht die Ranch wieder so aus wie vor ein paar Tagen! Oder besser! Wenn wir schon aufgeben müssen, sollst du wenigstens Profit machen! Wir suchen einen dieser blöden Anzug-und-Krawatte-Typen und verkaufen ihm die Ranch für das Doppelte von dem, was ihr bezahlt habt!«

»Wenn das so einfach wäre, John.«

»Du wirst es sehen.« Er stieg vor dem Ranchhaus aus dem Sattel und rief: »He, Tess! Ich habe Molly gefunden! Sie ist okay!«

Tess kam auf die Veranda. »Molly! Mein Gott! Ich hatte schon Angst, dass dir was passiert ist! Wo warst du die ganze Zeit?«

»Ich hab' die Pferde und die Rinder gesucht«, sagte Molly. Sie umarmte das Mädchen und drückte sie behutsam. »Tess! Du bist gesund! Was glaubst du, was ich mir für Sorgen um dich gemacht habe? Lass mich die Hausarbeit machen, okay? Ich sag' deinem Vater, dass er auf die Ranch kommen soll, wenn ich heute Abend bei ihm vorbeifahre. Ich fahre nach Kamloops.«

»Daddy? Aber …«

»Er hat sich bei Molly entschuldigt«, sagte John zufrieden. »Und bei mir will er sich auch entschuldigen! Er kommt zur Hochzeit!«

»Hochzeit?«

»Wir heiraten so bald wie möglich, ist doch klar!«

Molly ließ die beiden allein und brachte die Pferde in den Stall. »Ich weiß auch nicht, was aus uns werden soll, meine Liebe!«, sagte sie zu ihrer Stute. »Ich fürchte leider, wir müssen uns bald trennen!« Sie stapfte durch den tiefen Schnee zum Haus zurück und hielt den Blick starr geradeaus, um das zerstörte Dach der Scheune und den Corral nicht sehen zu müssen. Drinnen nahm sie eine heiße Dusche und zog sich um. Nach einem Becher Tee und einem Imbiss stieg sie in den Blazer und fuhr los. Sie wollte so schnell wie möglich nach Kamloops und ihren Mann besuchen.

Der Highway zwischen Clearwater und Kamloops war geräumt und gestreut und sie kam rasch voran. Die Räder des Blazers gruben sich durch den festen Schnee. Sie ließ das Radio ausgeschaltet, starrte stur nach vorn und suchte verzweifelt nach einem Ausweg. Wie würde Steve reagieren, wenn er erfuhr, was auf der Ranch passiert war? Was tat ein labiler Mann wie er, wenn sein kühnster Traum auf so grausame Weise zerstört wurde? Würden sie die Ranch verkaufen und würden sie in ihr altes Leben nach Harrison zurückkehren können? Sie würde Pam anrufen, noch heute Abend würde sie mit ihrer Freundin sprechen.

Sie checkte in demselben Motel ein wie vor zwei Wochen und ging sofort ins Krankenhaus. Ihr Mann saß in der Cafeteria und küsste sie vor allen Leuten auf den Mund. »Schatz! Endlich bist du hier! Ich hab' schon von John gehört, dass du mich abholst, und Dan Burke hat angerufen! Stell dir vor, der alte Brummbär …«

»Komm mit, Schatz! Ich muss dir was sagen …«, begann sie.

»Wir geben nicht auf!«, reagierte Steve anders, als sie gedacht hatte. »Dieser verdammte Blizzard zwingt uns nicht in die Knie, das verspreche ich dir! Da muss schon was anderes passieren! Wir haben doch nicht die ganze Zeit umsonst geschuftet? Nein, Molly, wir lassen uns nicht unterkriegen! Wir machen weiter!«

»Aber wir nicht mehr genug Rinder! Es geht nicht, Steve!«

»Irgendwas fällt uns schon ein«, vertröstete er sie. »Lass mich eine Nacht darüber schlafen, okay? Wäre doch gelacht, wenn wir jetzt klein beigeben würden! Wir schaffen es! Ganz bestimmt!«

Molly ließ ihn in dem Glauben und kehrte zum Motel zurück. Sie saß eine halbe Stunde auf dem Bettrand und starrte auf die schmutzige Tapete, bis sie den Mut fand, ihre Freundin anzurufen. Sie war direkt am Apparat. »Pam! Hier ist Molly! Tut mir leid, dass ich mich so lange nicht gemeldet habe, aber hier ist 'ne Menge passiert … he, bist du noch dran, Pam? Hörst du mich?«

»Ich höre dich, Molly. Warum hast du nicht angerufen?«

»Die Leitung war kaputt, Pam, und dann hatten wir den Unfall … oh, es ist alles so schrecklich, Pam! Und dann dieses schlechte Gewissen, weil ich dich nicht angerufen habe! Ich hätte doch nach Clearwater fahren können, da war die Leitung okay, aber ich hab' mich so geschämt. Zuerst, weil alles so gut klappte und ich dir nicht sagen wollte, dass ich hierbleiben wollte, und dann, weil plötzlich alles schieflief, der Unfall und jetzt der Blizzard …«

»Langsam, Molly! Was für ein Unfall?«

Sie erzählte, was in den letzten Wochen geschehen war, und endete damit, dass der Blizzard ihre Existenz zerstört hatte und sie froh sein konnten, wenn sie einigermaßen unbeschadet aus der ganzen Sache herauskämen. »Ich schäme mich so, Pam!«

»Ach, was!«, war Pam wieder auf ihrer Seite. »Sei froh, dass Steve nichts passiert ist! Alles andere zählt nicht! Was meinst du, wie unsere Ranch hier aussah, als der Chef anfing? Dafür hätte ich keinen Blumentopf bekommen, sagt er immer, aber die Stadtleute, die lieben diese Ranch und zahlen verdammt viel Geld! Mit einer normalen Ranch könnte er mich gar nicht bezahlen!« Sie lachte fröhlich und merkte gar nicht, dass sie Molly damit auf eine Idee gebracht hatte, die sie vor dem drohenden Bankrott bewahren konnte.

»Eine Guest Ranch!«, rief Molly strahlend. »He, Pam! Hast du Lust auf 'ne Luftveränderung? Pack schon mal die Koffer! Ich ruf' dich morgen wieder an, ja? Ganz bestimmt, ich verspreche es!«

Molly legte so hastig auf, dass Pam nicht mehr dazu kam, sich zu verabschieden, und zog das Telefonbuch aus der Schublade. Sie suchte die Nummer einer großen Guest Lodge am Thompson River, wählte aufgeregt und verlangte den Manager. »Einen Manager gibt's bei uns nicht«, bekam sie zur Antwort, »aber den Vormann, den können Sie sprechen! Einen Augenblick bitte ...«

»Slim Dustman«, meldete sich eine sonore Stimme.

»Molly Gibson«, stellte sie sich vor.

»Molly Gibson aus Idaho?«, fragte er erstaunt. »Die verrückte Lady von der Clearwater River Ranch?« Und als sie erstaunt zustimmte: »Ich hab' schon von Ihnen gehört. Sie machen einen guten Job da oben, hab' ich mir sagen lassen! Die Leute haben Sie beobachtet, Mrs Gibson! Dass Sie die Ranch des alten Henderson in Schwung bringen, hätte Ihnen niemand zugetraut!«

»Das hätte ich selber nicht geglaubt, Mr Dustman. Aber der Blizzard gestern, der hat uns geschafft! Wir haben fast alle Rinder verloren. Bis vor zwei Minuten dachte ich noch, wir müssten aufgeben, aber ... nun ja, ich bin nicht der Typ, der so mir nichts, dir nichts die Segel streicht! Ich ... nun, ich will die Ranch in eine Guest Lodge umwandeln und dachte mir, ich rufe mal bei dem freundlichen Vormann an und frage ihn, ob ich morgen bei ihm vorbekommen und mir einige Tipps abholen darf ... ich hab' so was noch nie gemacht, wissen Sie, und meine Freundin, die arbeitet auf einer Guest Ranch in den Staaten und weiß noch nicht, dass ich sie so bald wie möglich nach Kanada hole ... wie sieht's mit Ihrer Zeit aus, Mr Dustman? Ich hole meinen Mann morgen früh vom Krankenhaus ab. Dürfen wir kurz vorbeikommen?«

Der Vormann lachte herzlich. »Ein Jammer, dass Sie verheiratet sind, Molly! Ich darf doch Molly sagen? Sonst würde ich Sie nämlich selber heiraten! Wie wär's mit einem echten Cowboy-Frühstück? Spiegeleier, Pfannkuchen, Kartoffeln, das ganze Drum und Dran ... morgen um neun Uhr? Ich erwarte Sie, Molly!«

Molly legte auf und stieß einen lauten Jubelschrei aus. »Warum bin ich nicht früher auf diese Idee gekommen, verdammt?« Sie riss die Tür auf und blickte zum Krankenhaus hinüber. »Hast du gehört, Steve? Wir eröffnen eine Guest Ranch! Wir bringen den verdammten Laden in Schwung, und dann geht es los!« Sie sah zum Himmel hinauf. »He, Eddy? Ist das nicht eine gute Idee?«

In dieser Nacht schlief sie vor Aufregung kaum ein. Immer wieder schaltete sie das Licht an und notierte etwas, das ihr gerade eingefallen war. »John reitet mit Gästen in die Berge«, »Kanu-Trip über den Clearwater Lake«, »Wanderung auf die Trophy Mountains«, »Viehtrieb über die Weide«. Dafür reichen unsere zwanzig Rinder leicht, dachte sie. Über die Pferde, die sie noch brauchten, wenn mehr Gäste kamen, machte sie sich keine Gedanken. Sie hatten noch genügend Geld auf dem Konto, um zwei oder drei gemütliche Stuten für Stadtleute zu kaufen. »Und wer weiß?«, sagte sie am nächsten Morgen zu Steve. »Vielleicht steigt dieser Vormann ja mit ein! Oder weißt du eine bessere Geldanlage?«

»Ich liebe dich!«, sagte Steve.

»Ich liebe dich auch!«, sagte Molly.

Als sie am frühen Abend über die Clearwater River Road nach Hause fuhren, in einem gebrauchten Pick-up, den sie von der Versicherungssumme gekauft hatte, waren sie bester Stimmung. »Wir schaffen es!«, sagte Steve. »Diesmal schaffen wir es wirklich!« Und keiner von beiden sah den mächtigen Grizzly, der hinter ihnen die Straße überquerte und im Wald verschwand.